아담 비드 1

Adam Bede

아담 비드 1
ADAM BEDE

조지 엘리엇 지음 유종인 옮김

"그래서 여러분들은
그늘 속에서 수수하게 나무가 자라고
꽃이 피어나는 자연의 해맑은 모습을 본다면
무척이나 반길 것이다. 그리고 내가
사람들 가운데서 실수하거나
넘어지는 사람의 이야기를 들려주면,
사람들은 그 사람의 험담만 말하고 잘못만 탓할 뿐
애정 어린 용서나 그 이상의 어떤 것에도
마음을 쓰려 하지 않는구나."

워즈워스(William Wordworth)의 『소요(逍遙, The Excursion)』(1814, VI권, 651-8행)

목차

소개의 글 … 9

1부
1. 목공소 … 27
2. 설교 … 41
3. 설교를 마친 후 … 75
4. 비드 집안의 슬픔 … 86
5. 목사관 … 110
6. 홀 팜 농장 … 136
7. 낙농장 … 156
8. 소명 … 164
9. 헤티의 꿈 … 178
10. 다이나, 리즈베스를 위로하다 … 189
11. 오두막집에서 … 207
12. 숲 속에 있는 사랑의 길목에서 … 220
13. 숲 속에서의 저녁 … 238
14. 집에 돌아와서 … 247
15. 두 여자의 침실 … 261
16. 고백 … 282

2부

17. 잠시 이야기를 멈추고 … 305
18. 교회 … 321
19. 아담이 일하러 가는 날 … 360
20. 아담, 홀 팜을 방문하다 … 371
21. 야간 학교와 선생님 … 400

3부

22. 생일잔치에 참석하다 … 425
23. 생일 잔칫날의 만찬 … 442
24. 축배 … 450

소개의 글

한양대 영문학 교수
유종인

청소년들의 필독서로 꼽히고 있는 세계 명작 시리즈에서 브론테 자매와 제인 오스틴은 절대 이름이 빠지지 않는 작가들이다. 이들은 19세기에 활동한 영국 여성작가들로『폭풍의 언덕』,『제인 에어』,『오만과 편견』등의 작품들은 우리에게 매우 친숙하다. 그러나 영국은 물론 전 세계의 평론가들에게 이들보다 훨씬 높은 평가를 받는 사람이 있다. 바로 조지 엘리엇(George Eliot, 1819~1880)이다.

조지 엘리엇의 본명은 메리 앤 에번스(Mary Ann Evans)이다. 영국 워릭셔의 아베리에 있는 사우드 팜이라는 조그만 농가에서 태어난 그녀는 어려서부터 책읽기를 아주 좋아했다. 일찍이 어머니를 여의었기 때문에 충분한 교육을 받지 못했고, 언니가 결혼한 후에는 혼자 집안 살림을 도맡아 하면서도 그녀는 독학으로 지식과 교양을 쌓아나갔다. 프랑스어, 독일어, 이태리어, 라틴어, 희랍어뿐만 아니라 수학, 천문학, 지질학, 곤충학 등 다방면에 걸쳐 풍부한 독서를 하였다. 지식에 대한 강한 열망을 갖고 있던 엘리엇은 당시에 배울 수 있는 모든 것에 관심을 기울였고, 자신에게 감동을 준 모든 지식인들을 숭배하였다. 단지 책만 읽었던 것이 아니라 박물관과 미술관도 탐방하였고, 심지어는 뼈의 생김새를 보고 사람의 성격을 알 수 있다고 믿었던 당시의 유행하던 골상학에도 관심을 가질 정도였다.

메리 앤은 특히 찰스 브레이의 저서「필연성의 철학(1841)」과 찰스 헨넬의 저서「기독교의 기원에 대한 연구(1838)」를 읽고 큰 영향을 받았다. 이 책들은 엄격한 감리교 신자로 자랐으나 신앙의 동요를 여러 번 경험한 메리 앤에게 결정적인 영향을 주었다. 메리 앤은 한때 교회에 나가는 것을 거부했고, 이에 격분한 아버지와 심하게 다투었다. 이러한 20대를 겪으면서 그녀는 감리교의 복음주의와 종교적인 열성을 버리고 종교에 대해 건전한 이성과 과학적인 태도를 갖게 되었다. 그러나 그녀의 작품에 드러나듯이 조지 엘리엇이 뿌리 깊은 신앙심을 잃은 적은 결코 없었다.

그 후 메리 앤은 독일의 D. F. 슈트라우스의「예수의 생애」와 포이어바흐의「기독교의 본질」을 영어로 번역하여 출판했다. 이 책들은 어마어마한 분량이었고 방대한 학문 분야에 정통해야 하는 대단한 작업이었다. 이 번역서가 출판된 후, 메리 앤은「웨스트민스터 리뷰」의 편집자인 존 채프먼으로부터 R.W. 매케이의「지성의 진보(1850)」의 서평을 써달라는 청탁을 받는다. 그리고 이 서평을 통해 그녀는 확고한 비평력과 강력한 지성을 소유한 비범한 지식인이라고 평가받았다. 그녀는 이 일을 계기로 런던으로 오게 되고, 런던에서 일하는 동안 당대의 진보적인 지식인들과 접촉을 하게 되어 사상적으로나 인간적으로 급격한 성장을 하게 되었다.

그녀의 인생에 있어서 사랑과 소설을 이루게 해준 조지 헨리 루이스(Geoge Henry Lewe, 1817~1878)를 만난 것도 이때였다. 루이스는「웨스트민스터 리뷰」의 기고가로 당대의 저명한 지식인이었다. 그는 유부남이었으나, 가정적으로 매우 불행했다. 그의 아내 애그니스 저비스는 귀족계급 출신으로 빼어난 미모의 멋진 숙녀였으나, 남편의 친구인 헌트와의 사이에서 두 자녀를 두고 있었고, 사실상 남편과는 별거상태였다. 이와 같이 애그니스는 이름뿐인 아내였지만 당시의 영국법으로는 그녀가 살아 있는 한 이혼은 성립되지 않았다.

이러한 상황 속에서 메리 앤은 루이스와 함께 돌연 독일로 떠난다. 34살에 그녀는 드디어 정열을 불태울 수 있는 사랑에 빠진 것이다. 이렇게 해서 메리 앤은 당시 청교도 정신이 지배하던 영국 역사상 도덕률이 가장 엄격했던 빅토리아 사회에서 인습과 도덕에 과감히 맞섰던 것이다. 사회 전체로부터의 지속적인 비난과 냉대는 말할 것도 없었고, 가족으로부터 혈연을 끊는다는 절연장이 날아왔고, 오랜 친구들도 등을 돌렸다. 루이스와의 결합이 법적으로 정당한 것이 아니었기 때문에 메리 앤은 이렇게 많은 것을 잃어야 했다.

하지만 그녀는 동거에 들어간 1854년부터 루이스가 죽은 1878년까지 약 24년 동안 완전한 행복 속에서 함께 살았다. 그녀는 법적으로 맺어진 형식적인 결혼보다 정신적으로 맺어진 이 결혼이야말로 참다운 신성한 결합이라고 공헌했다. 그녀는 루이스와 사는 동안 그의 아내와 자녀들에게 물심양면으로 도움을 주는 헌신적인 사랑을 했다. 그리고 루이스는 평생을 그녀의 정신적 지주가 되어주었다.

그녀는 비교적 늦은 나이인 37세에 소설가로서의 생을 시작했다. 루이스의 권유로 쓰기 시작한 소설에서 그녀는 자신은 꿈에도 몰랐던 천재성을 발견하게 된 것이다. 그녀는 "메리 앤 에번스"라는 매우 여성다운 본명을 버리고 루이스의 세례명인 "조지(Geoge)"와 '장황하고 쉽게 발음할 수 있는 말' 이라는 뜻이 담겨 있는 "엘리엇(Eliot)"을 필명으로 택했다. 그녀는 자신의 인생의 흐름을 바꾸어 놓은 루이스의 이름을 자신의 이름으로 사용함으로써 그와의 일체화를 꾀했던 것 같다. 소설가로서의 출발을 시도한 첫 단행본「목사생활의 양상」으로 작가로서의 역량을 인정받은 조지 엘리엇은 1857년 10월 22일부터 본격적으로 장편 소설을 쓰기 시작한다. 1858년 11월 16일에 완성하여 다음해인 1859년 2월 1일에 출판된 것이 두 번째 작품이자 첫 장편 소설인「아담 비드(Adam Bede)」이다.

「아담 비드」의 대성공으로 소설가의 위치를 굳힌 조지 엘리엇은 계속 소설을 쓰라는 출판업자로부터의 독촉에, 1860년 4월 4일에는 자전적 요소가 짙은「플로스 강의 물방앗간(The Mill on the Floss)」을, 1861년 4월 2일에는「사일러스 마너(Silas Marner)」, 1863년 7월 6일에는「로몰라(Romola)」를 잇달아 출판했다. 1866년 6월 15일에는「펠릭스 홀트(Felix Holt)」가 출판되었다. 1871년 12월 1일에「미들마치(Middlemarch)」1권을 발표하기 시작하여 1872년 12월에 8권으로 끝냈다. 마지막 소설인「다니엘 데론다(Daniel Deronda)」는 1876년 2월 1일에 1권이 발표되면서 같은 해 9월 1일에 8권으로 끝나고 있다. 이와 같이 조지 엘리엇은 20년의 짧은 창작기간에 모두 8편의 대작들을 남기고 있다. 작가 스스로 말하고 있듯이 루이스 없이는 소설가 조지 엘리엇은 존재할 수 없었을 것이다. 조지 엘리엇은 당대의 가장 뛰어난 지식인이었고, 심리 사회적 소설의 대가였다. 그녀는 드레스를 입은 여주인공과 말을 탄 남자주인공이 단지 시시덕거리며 연애만 하는 로맨스 소설을 매우 경멸했다. 그녀에게 있어서 소설이란 인간과 사회와 지성의 본질에 대한 심오한 탐구였다.

또한 조지 엘리엇은 페미니스트로서 직접적인 활동은 하지 않았으나 페미니즘 운동에 깊은 관심을 쏟았다. 그녀는 당대의 유명한 페미니스트들과 교류하면서 그들의 사업을 물심양면으로 지원하였다. 특히 효율적인 여성교육에 대한 방안 모색이 당시의 엘리엇의 관심사였다. 여성의 기본 권리를 주장한 많은 논고와 작품에서 엘리엇은 당시 여성문제의 양면성을 솔직하게 인정하고 있다. 당시에는 의자 이름 하나에도 여성에 대한 남성의 지배적인 태도가 드러나는 남성우월주의의 시기였다. 그러나 그녀는 이런 것을 급진적으로 부정하며 악법을 개정하려는 수단은 오히려 진정한 페미니즘 운동에 해가 될 수도 있다고 생각했다. 조지 엘리엇은 인간의 운명, 결혼, 모성, 가족과 같은 기존 제도의 급격한 변화에서는 어떤 해결책도 얻을 수 없고, 사회개혁만이 인류 전체의 점진적 발전을 가져온다고 확신했다.

조지 엘리엇의 작품 활동은 루이스의 죽음과 더불어 끝나고 있다. 루이스는 1878년 11월 29일에 세상을 떴고 그를 잃은 엘리엇은 극심한 슬픔 속에서 헤어나지 못했다. 그러나 1880년 5월 6일, 엘리엇은 60세의 나이로 20년 연하이며 자신의 재산관리인인 존 크로스와 정식 결혼을 하여 주변 사람들을 놀라게 했다. 신혼 여행지였던 이탈리아에서 돌아온 엘리엇은 남편과 런던에 새살림을 차리려고 마련한 집에서 얼마 살아보지도 못하고 그해 12월 22일 목의 통증이 악화되어 마침내 세상을 뜨고 만다. 크로스는 조지 엘리엇이 잠자듯고통 없이 밤 10시에 사망했다고 말했다. 엘리엇은 하이게이트 묘지의 루이스 옆 자리에 매장되었다. 그녀는 루이스와의 동거생활을 참다운 결혼이라고 스스로 시인하고 공언하면서도 항상 주변과 사회의 비난 속에 갈등을 느끼고 고민했던 것 같다. 루이스가 죽자 크로스와 서둘러 법적 결혼을 한 것을 보면 그녀의 그간의 고민을 헤아릴 수 있을 것이다.

'빅토리아 여왕 시대의 가장 뛰어난 여성작가'로 불리는 조지 엘리엇. 그녀는 『로빈슨 크루소』를 쓴 다니엘 디포와 『올리버 트위스트』를 쓴 찰스 디킨스의 뒤를 이어 영국 리얼리즘 문학의 대가로 손꼽힌다. 이런 조지 엘리엇의 작품을 이해하기 위해서는 첫 번째 장편소설이면서 그녀의 세계관 · 도덕관 · 종교관 · 작가관이 제시되고 있는 『아담 비드』를 먼저 이해해야 한다.

조지 엘리엇에게는 독실한 감리교도인 엘리자베스 에번스라는 친척 아주머니가 있었다. 어느 날 메리 보스라는 어린 미혼모가 자신이 낳은 갓난아기를 죽인 죄로 사형을 선고받자, 엘리자베스는 감옥으로 찾아가 메리와 함께 기도로 밤을 지새운다. 엘리자베스에게 감화된 메리 보스는 눈물로 자신의 죄를 참회하며 회개하였고, 엘리자베스는 다음날 아침 사형 형장까지 메리와 동행하였다. 이 이야기는 어린 조지 엘리엇을 감동시켰고, 오랜 세월 마음에 간직하게 하였다. 당시 19세기 영국에서는 실제로 영아살해가 빈번히 행해지고 있었다. 엘리엇이 『아담 비드』의 제일 첫 장에 적어놓은 워즈워스의 시 구절 역시 영아살해와 관련된 이야기이다. 한 목사가 교구민들에게 엘렌이란 여자에 관한 이야기를 들려준다. 엘렌은 순수하고 미덕을 갖춘 처녀로, 사랑하는 애인과 결혼을 약속했었다. 그러나 그 약혼자는 믿음을 저버리고 도망가 버렸다. 임신한 채 버려진 엘렌은 모든 사람들의 비난 속에 홀로 아이를 낳았지만, 아이와 미혼모는 산고의 고통 속에 죽었다. 결국 엘렌과 아이는 나란히 묘지에 묻히게 되었고, 그때 이 두 사람을 묻으며 목사가 교구민들에게 하는 이야기가 바로 이 시인 것이다.

『아담 비드』는 1790년대 후반(구체적으로는 1799년 6월 18일에서 1807년 6월까지의 8년간)을 시대적 배경으로 한다. 당시 영국은 산업혁명의 소용돌이 속에서 엄청난 사회 · 경제적 변화를 겪고 있었다. 기계의 등장으로 이전의 수공업이 자본주의적인 공장 산업으로 바뀌었고, 농민 인구가 줄어들고 도시 인구가 급격히 늘어나게 되었다. 방적공장, 전기, 투시화 등 이 소설에 나오는 몇몇 단어들은 가장 지적인 지식인 중 하나였던 조지 엘리엇에게는 호기심의 대상이었고, 그 당시 대부분의 사람들에겐 낯설고 아주 새로운 단어였다.

엘리엇은 자신이 살던 현재가 아닌 60여 년 전을 배경으로, 도시가 아닌 아주 전형적으로 평화로운 시골 마을을 배경으로 작품을 썼다. 자신의 아버지 로버트 에번스를 모델로 삼은 주인공 아담 비드는 지적으로 깨어 있는 목수였다. 당시에는 전통적인 지배계급이던 지주의 권한은 점점 약해지면서 대신 산업 부르주아와 임금노동자의 목소리가 커지게 되었던 것이다. 그때 영국의 국왕은 조지 3세였다. 그는 포르피린증이라는 유전병을 앓고 있었지만, 이것은 20세기에 들어와 밝혀진 병으로써 당시 영국 사람들은 그저 자신들의 국왕이 정신건강이 나쁘다고 생각할 뿐이었다. 또한 이 시기 영국은 나폴레옹이 권력을 잡고 있는 프랑스와 전쟁 중이었다. 작품에서 종종 나오는 아미앵 평화조약이란, 프랑스 아미앵에서 1802년 3월에 영국, 프랑스, 스페인, 네덜란드가 맺은 조약이다. 이 조약으로 유럽은 나폴레옹 전쟁 중 14개월의 평화를 얻었다. 그러나 1803년 5월에 또다시 전쟁이 시작되었다. 이렇듯 전쟁 중이었기 때문에 정규 군인들은 해외로 출병하였고, 따라서 영국 안에서는 지방 의용대원이나 국방 시민군 병사를 따로 징집하게 되었다. 작품 속에서 주인공 아담은 동생 세스가 정규군으로 해외로 출병되지 않게 많은 돈을 지불하는 것으로 나온다. 그리고 아서 도니손의 대위라는 직위는 자세한 사회적 상황을 잘 모르는 시골 사람들에게는 다른 신사들보다 훨씬 높은 아주 특별한 지위처럼 보였던 것이다.

17세기에 있었던 명예혁명 이후 영국 국민들의 신앙심은 점점 약해졌다. 특히 갑작스런 산업혁명으로 빈부 격차가 너무 심해지자, 영국 국민들은 교회, 특히 영국 국교회를 멀리 하였다. 이때의 교회 출석률은 전 인구의 20%도 채 안 되었다. 이렇게 신앙이 그 영향력을 잃어가면서 전반적으로 사회의 도덕 수준이 해이해지고 공직 사회의 부패가 만연하였다. 그러자 이 시기의 영국에서는 다시 제대로 된 예배 체제로 자리를 잡고, 성경연구 및 공동기도를 하고, 가난한 사람들을 위로하고 격려하기 위해 많은 경건협회가 생기기 시작하였다.

1729년 옥스퍼드 대학에서는 존 웨슬리(John Wesley)와 그의 동생 찰스 웨슬리(Charles Wesley), 그리고 G. 휘필드 등이 신성 클럽(Holy clup)를 조직하였다. 이 신성 클럽은 청교도적인 금욕생활을 조직적이면서도 규칙적으로 했기에 다른 이들로부터 규칙주의자들이라 불렸다. 감리교도라는 말은 여기에서 비롯된 것이다.

비국교도란 영국 국교회가 아닌 퀘이커, 침례교 등의 교인들을 말한다. 이들은 영국 국교회의 관례와 권위, 예배를 따르지 않았기 때문에 다른 말로는 분리주의자라고도 불리었다. 그러나 웨슬리 파의 감리교인들은 영국 교회와 분리하려는 뜻은 없었고 자기들의 종교는 비국교도의 종파보다는 영국 국교회인 성공회에 더 가깝다고 생각했다.

감리교인들은 성경 및 신학 연구 등에 힘쓰고, 빈민과 병자, 감옥의 죄수들의 전도에 힘썼다. 1738년 존 웨슬리는 거리의 집회소에 참석하여 마틴 루터의 로마서 서문을 읽을 때 갑자기 마음이 뜨거워짐을 느꼈다. 이 사건은 존 웨슬리의 일생에서 전환점이 되었고, 감리회의 구원신앙성결의 교리를 설명해 주는 산 증거가 되었다. 이때부터 존 웨슬리는 영국 교회에 속해 있으면서도 독자적으로 본격적인 전도활동에 나섰다. 존 웨슬리는 농부들을 '극도의 게으름뱅이'라고 여겼다. 농부들은 '돼지나 소'처럼 아주 행동이 느려서, 감리교인의 설교나 조직을 별로 받아들이지 못한다고 여겼다. 실제로 당시에 감리교는 영국의 농촌보다는 산업지역에서 성공을 거두고 있었다. 귀족들이 믿는 영국 국교회에 저항하는 사람들이 이런 산업지역으로 몰려와 살았기 때문이다. 그러나 영국 교회는 존 웨슬리에게 예배당 안에서의 설교를 허용하지 않았다. 게다가 시골의 지주들은 대부분 영국 국교를 신봉하였기 때문에 감리교인들을 적대시했다. 지주들은 감리교인들을 강제적으로 내쫓았고, 주민들이 공동으로 사용하는 울타리 없는 공터에서만 설교하도록 했다. 따라서 이 공터라는 지역은 감리교인들에게 종교적으로, 사회적으로, 그리고 정치적으로 소외당한 대중들의 세력을 상징한다. 웨슬리는 야외 설교의 방법을 택하였고, 임명받은 모든 감리교 목사들은 한 장소에 잠깐 동안만 체류하고 계속 지방을 순회하면서 설교하도록 하였다. 이 운동은 점차 확대되었다.

존 웨슬리는 영국 교회에 속한 채 계속 전도하려 했었다. 그러나 1784년 미국으로 파견할 선교사를 안수하여 주도록 청하자 런던 감독이 거절하였다. 할 수 없이 웨슬리 자신이 안수를 주어 T.코크 박사를 미국의 총감독으로 삼아 목사로 세우니 이때부터 감리교회는 실제적인 한 교파를 이루게 되었다.

창시자 존 웨슬리의 훌륭한 인격과 우수한 조직력, 뛰어난 지도력을 바탕으로 감리교는 엄격하고 규율적인 생활에 의거해 야외 설교 등의 꾸준한 복음 활동을 하면서 점차 발전되었다.

감리교는 신자들의 지적, 영적 수준의 향상을 위해 신앙 서적과 교양서적의 보급을 장려하면서 몸소 출판 사업에도 관여하였다. 존 웨슬리도 많은 책을 썼고, 동생 찰스 웨슬리는 종교 활동을 하기 위해 100여 개의 찬송가를 써서 책으로 편찬했다.

감리교는 영국의 여러 곳에 있는 수많은 고아원, 병원, 모자원, 구빈원 등의 설립과 감옥개량사업도 추진하였으며, 어려운 환경의 청소년들을 위하여 주간학교를 설립하였다. 또한 웨슬리의 노예제도 폐지주장으로 영국은 1833년에 노예제도가 완전히 폐지되었다. 이는 미국보다 32년이나 빠른 것이다.

이와 같이 감리교 운동을 통해 영국에 해이해진 청교도 정신이 다시 소생하였으며, 산업혁명시대에 접어든 영국은 정신적 활력을 일깨웠다. 산업혁명의 흐름을 타고 성장한 감리교는 1791년 존 웨슬리가 서거하였을 때에는 교세가 이미 영국 전역에 확장되어 스코틀랜드와 아일랜드에까지 이르렀다. 미국으로 건너가서는 휘필드의 주도로 큰 성과를 거두었고, 19세기에 급성장하면서 침례교와 더불어 미국 내에서 양대 교파로 확장되었다.

프랑스의 신학자인 존 칼빈은 예수님은 다만 제한된 몇몇 사람들만을 구원하기 위하여 돌아가셨다고 믿었다. 그들만이 하나님의 은혜를 받기로 미리 예정된 사람들이고, 그 외의 다른 사람들은 다 영원한 벌을 받게끔 미리 예정되었다고 주장하고 있다. 이런 절대 예정설을 주장하는 교리를 칼빈파라고 한다.

그러나 네덜란드의 신학자인 제이콥 아르미니우스는 칼빈파의 절대 예정설을 부정했다. 그는 신의 은총을 받아들이는 사람과 거부하는 사람이 있지만, 기본적으로 하나님의 구원은 모든 사람들을 위한 일이라고 주장했다. 이처럼 칼빈과 아르미니우스는 서로 극단적으로 반대되는 신학이론을 주장했다. 많은 영국의 복음주의자들은 칼빈 파의 신학이론을 따르지만, 존 웨슬리의 감리교는 아르미니우스의 신학이론을 따른다.

감리교인들은, 감정들이란 것은 하나님께서 우리에게 느끼게 해주는 것이므로 이런 감정들은 또 다른 종류의 신성한 안내자라고 기대했다. 그래서 초기 감리교인들은 '느낌'에 믿음의 주안점을 두었다. 우리는 우리 마음속에 떠오른 어떤 감정을 계기로 삼아 믿음을 깊게 하는 행동을 취하게 된다고 생각한 것이다. 그래서 감리교인들은 자기들의 인생을 인도해주는 어떤 표시나 신호, 즉 하느님의 의지를 적극적으로 찾았다. 개신교인들은 자신들이 신앙심 깊은 교인들이라는 특별한 위상을 주장하려고 '하느님의 백성들'이라는 명칭을 쓰기 좋아하였다. 신심이 깊은 감리교인들은 무도회와 같은 세속적인 오락은, 진정한 기독교인으로서의 정의와 진지한 믿음에 방해된다고 생각하여 거부하였다. 존 웨슬리는 신앙이 깊어지면 완전무결하게 죄가 없는 상태에 도달할 수 있다고 믿었다.

영국 국교회 교인과 복음교회 교인의 차이점은 영국 국교회의 기도서와 교리문답집에 의거한 것이다. 교리문답집에 나오는 문답은 대부, 대모와 견진 성사를 받은 사람을 위한 기도서에서 나온 것이다. 그러나 영국 국교회가 아닌 다른 개신교나, 청교도나 복음교회 교인들, 감리교도들은 구원받기 위하여 성경책만 믿어야 한다고 생각하고 있다.

감리교의 특색은 교리보다도 실제적인 생활과 성경의 진리를 실천하는 데 중점을 두는 것이라 하겠다. 사랑에 의하여 구현되는 신앙과 종교적 경험을 강조한다. 감리회 전도방법의 특색은 부흥설교를 통한 전도와 평신도를 통한 개인전도 및 심방전도이다. 감리교는 교리주의를 배격하고 경건함을 강조하며 개인의 신앙자유를 존중하는 자유주의를 견제한 경건주의 신학성격이 강하다. 또한 감리교의 예배는 설교와 찬송을 중심으로 이루어지며, 복음주의적 신앙 성향이 강하다.

감리교에만 있었던 여자 설교사란 존재는 그 당시 기독교인들 사이에서 여론을 들끓게 했던 종교적인 사건이었다. 존 웨슬리는 여인들의 설교할 권리를 인정해 주었다. 이것에 대해 여성을 비하하던 당시 일반 사람들은 거부 반응은 물론이고 종교계에서는 '개가 짖는 것과 다름없는 일'이라며 비난을 퍼부었다. 그러나 조지 엘리엇이 자신의 친척 엘리자베스 에번스를 통해 보았듯이 감리교 여성 설교사들은 비난받아 마땅하기는커녕 고결하고 훌륭한 선교 활동을 펼쳤다.

당시 여자 설교사들의 생활은 매우 궁핍했다. 그들은 대부분 산업혁명기에 영국에 막 생기기 시작한 공장에서 일을 하며 생계를 꾸려 나가는 노동자들이었다. 당시 감리교도들은 감옥을 찾아가 사형선고를 받은 죄인들을 회개시키는 일을 중요하게 여겼다. 감옥 안에서의 회개는 '수감된 영혼'이 '죄와 캄캄한 어둠에 굳세게 묶여 있던' 쇠사슬에서 벗어나는 신성한 일이라고 믿었던 것이다. 여자 설교사들은 이러한 활동에 특히 열심이었다.

존 웨슬리가 허용한 동료들 중 최초의 여자는 사라 크로스비였다. 조지 엘리엇의 친척인 엘리자베스 에번스와 친분이 있던 사라 크로스비는 이 소설에서 사라 윌리엄스로 불리고 있다. 감리교 여자 설교사 중 가장 유명한 인물은 플레처 부인이다. 플레처 부인에 관한 이야기는 이 소설 속에서 사실 그대로 나오고 있다. 메리 보산퀘트는 처음에는 무척 사양했지만 결국 주변의 권유에 못 이겨 설교를 시작하였다고 한다. 그리고 후에 복음교회의 교구목사와 결혼한 뒤로 이름이 플레처 부인으로 바뀌었다. 조지 엘리엇은 이 여성에 관한 책을 감리교 신자였던 고모에게서 빌려서 읽었다. 플레처 부인은 책에서 여성 설교사가 되어서 부딪히게 되는 많은 어려움에 대하여 이야기했다. 소설 속에 나오는 어윈의 질문들과 다이나의 대답들은 아주 밀접하게 이 토론을 반영하고 있다. 그리고 여자 설교사이면서도 결혼한 플레처 부인의 모습은 여러모로 감리교 여자 설교가의 모범이 되고 있다.

그러나 이 소설의 마지막 장에서 보듯이 웨슬리안 감리교단에서는 1803년 여성들의 설교행위를 금지시켰다. 그러나 웨슬리 파와 분리한 다른 감리교 파에서는 여성의 설교 금지령을 따르지 않고, 심지어 여성의 설교를 격려하였다. 조지 엘리엇의 고모인 엘리자베스는 웨슬리안 파의 여성 설교 금지령 때문에 결국 프리미티브 감리교로 옮겼다.

조지 엘리엇은 이 작품 속에서 여주인공 다이나 모리스의 생활을 통해 당시 감리교 여자 설교사의 실상을 아주 세밀하고 생생하게 묘사하고 있다. 다이나가 방직 공장에서 일하며 궁핍한 생활을 했다는 것, 가난하고 굶주린 사람들을 찾아가 그들과 함께 하며 설교하는 모습, 성경책을 마치 사랑하는 사람들의 얼굴을 또렷이 기억하고 있는 관상가처럼 한 장 한 장 모두 잘 알고 있다는 것, 남자를 사랑하는 것이 마치 우상을 숭배하듯 하나님에 대한 자신의 사랑을 흐릴까봐 거부하는 모습, 결혼을 거부하고 여자 설교가로서의 길을 걷는 것이 자신의 소명이라고 믿는 모습 등은 모두 당시 여자 설교사들에 대한 깊은 통찰과 이해와 묘사에서 나온 것이다. 거기에 덧붙여 다이나의 외모를 모든 남자들의 눈길을 사로잡을 만큼 젊고 아름답고 고결한, 마치 성경책에 그려진 천사의 모습으로 비유한 것은 가장 궁극적이고 이상적인 여자 설교사의 모습을 그려낸 것이다.

아담 비드에 나타난 감리교에 대한 모든 것들은 조지 엘리엇이 이 종교에 대해서 깊숙이 알고 있다는 증거이다. 아주 어려서부터 공인된 영국판 성경책을 읽고 자란 조지 엘리엇은 성경책에서 나온 말들을 인용하여 소설을 쓰고 있다. 엘리엇은 친척인 엘리자베스 에번스를 통해 이미 감리교에 대해 잘 알고 있었지만, 지적 탐구심이 강했던 작가는 이 소설을 쓰면서 웨슬리의 일대기와 여자 설교사들이 쓴 책을 탐독하는 등 철저하게 연구하였다.

1부

1

목공소

　이집트의 마법사는 우연히 마주친 사람들에게 먼 옛날의 이야기를 거울로 비춰주는 대신 단 한 방울의 잉크로 보여준다. 독자들이여, 나는 이 이야기를 여러분에게 전달하려고 한다. 나의 펜촉 끝에 묻힌 잉크 방울로 여러분에게 서기 1799년 6월 18일 당시의 광경 그대로 헤이슬롭 마을에 살고 있는 목수이자 건축가인 조나단 버즈의 넓은 목공소를 보여줄 것이다.

　창틀과 징두리 벽판(실내벽면 밑의 벽판)과 문을 만드느라 분주한 다섯 명의 인부들에게 오후의 따가운 햇볕이 내리쬐고 있었다. 활짝 열린 문밖에 차곡차곡 쌓여져 있는 소나무 판자에서는 은은한 솔향기가 피어오르고, 맞은편에 유리창 가까이 서 있는 숲은 마치 여름 눈을 맞은 듯 딱총나무의 꽃이 하얗게 덮여 있었다. 이 딱총나무 꽃 향기가 소나무 판자의 솔향기와 어우러져 청량감을 더해 주었다. 저 물어가는 석양은 대패가 쉼 없이 쏟아내는 뽀얀 먼지 사이로 비스듬히 햇살을 비춰서 벽에 기대어 똑바로 세워놓은 참나무 널빤지의 나뭇결을 선명하게 드러나게 하였다. 회색털이 덥수룩한 사냥개는 수북이 쌓인 부드러운 대팻밥 더미에 편안히 누워서, 앞 발 사이에 코를 들이밀고 이맛살을 찡그리고 있었다. 그리고 다섯 명의 인부 가운데 가장 키 큰 사람을 이따금씩 바라보았다. 그 사람은 벽난로의 앞면과 옆면을 장식할 나무장식의 중앙에 방패 모양의 무늬를 새기고 있었다. 어디선가 대패와 망치소리보다 더 크게 들려오는 강렬한 바리톤의 노랫소리, 그 소리의 주인공이 바로 이 인부였다. 이 인부는 이렇게 노래하고 있었다.

나의 영혼이여! 깨어나라, 태양과 함께.
그대가 매일 일해야 할 무대가 시작되는구나.
저 나태한 게으름을 흔들어 없애 버려라.[1]

이때쯤 우렁찬 목소리가 점점 휘파람 소리로 낮아졌다. 아마 측량을 하기 위해서 좀더 주의를 집중시켜야 하기 때문이었을 것이다. 하지만 곧 휘파람은 다시 새로운 열정적인 소리로 더 크게 터져 나왔다.

그대의 모든 말은 신중할 지어다.
그대의 양심은 정오처럼 깨끗할지어다.[2]

그 목소리는 가슴이 넓은 사람에게서만 나올 수 있는 소리였다. 그는 기골이 장대하고 근육질인 사람으로서 가슴이 넓고 크며, 키가 6피트나 되고, 등은 꼿꼿했다. 자신이 만들고 있는 작품을 좀더 멀리서 바라보기 위해서 몸을 일으켜 머리를 똑바로 치켜들고 있으면, 꼿꼿한 자세에 익숙한 군인처럼 보였다. 팔꿈치 위까지 소맷자락을 걷어올려 드러난 팔뚝은 팔씨름에서 모두를 이긴 사내처럼 탄탄하게 보였다. 길고 큰 손은 한눈에 보아도 어떤 일이든지 솜씨 있게 잘 해낼 것 같았다. 이렇듯 멋진 육체를 가진 이 남자는 아담 비드라는 사람으로, 그 이름에 딱 어울리는 색슨계통의 사람이었다. 잿빛처럼

1~2) 토마스 켄 주교(1637~1711)의 아침 찬송가 1절과 2절이다.

까만 머리카락은 가벼운 하얀 종이 모자와 대조를 이루어 더욱 두드러져 보였다. 선이 분명하고 날카로운 그의 눈매는 켈트족의 혈통도 섞여 있다는 것을 짐작하게 했다. 큰 얼굴에 면도를 하지 않은 듯 까칠한 모습으로 쉬고 있을 때는, 성격은 좋아 보여도 지성인다운 정직한 표정이 배어나올 뿐, 별로 근사해 보이지는 않았다.

아담의 옆에서 일하고 있는 인부는 한눈에 보아도 그의 동생이 분명했다. 그는 아담과 키가 거의 비슷했고 모습도 닮았으며 머리 색깔과 얼굴색도 똑같았다. 가족이라서 서로 닮았다는 건 오히려 그들의 성품과 외모의 차이를 더욱더 뚜렷하게 드러내 주는 듯했다. 아담의 동생은 세스였다. 넓은 어깨는 약간 앞으로 처져 있었고 눈빛은 파란색이며 눈썹은 아담보다 강렬하지는 않았고 훨씬 차분해 보였다. 그의 시선은 날카롭게 보이지 않고, 대신에 다른 사람을 잘 믿는 온화한 모습이었다. 세스가 종이 모자를 벗으면 아담처럼 직모가 아니라, 명주실 같은 가는 곱슬머리가 드러났는데 숱도 별로 많아 보이지 않았다. 이마 위에 뚜렷한 아치모양으로 머리카락이 자라나 있어서 마치 원숭이 이마를 보는 듯 왕관 같은 윤곽을 그렸다.

게으른 부랑아들은 언제나 세스에게서는 동전 한 닢이라도 동냥을 얻을 수 있었지만 아담에게는 감히 입조차 떼지 못했다.

갑자기 연장소리와 아담의 목소리가 어우러진 합창소리가 딱 멈췄다. 바로 세스 때문이었다. 그는 아주 열심히 만들던 문짝을 들어서 벽에 기대어 놓고 말했다.

"자! 어쨌든 오늘은 문짝을 다 만들었군."

그러자 인부들은 일제히 그 문을 쳐다보았다. 건장한 체격에 빨간 머리를 가진 샌디 짐은 대패질하다가 그만 멈췄고, 아담은 놀라서 날카로운 눈초리로 세스에게 말했다.

"뭐라구! 벌써 문짝을 다 만들었단 말이야?"

"응, 그렇다니까."

깜짝 놀라면서 세스가 물었다.

"왜? 뭐 잘못됐어?"

나머지 세 사람의 인부들이 와락 웃음을 터뜨리자 세스는 어리둥절한 표정으로 주위를 살펴보았다. 아담은 그들과 함께 웃지는 않지만, 전보다는 더 부드러운 음성으로 약간의 미소를 띠고 말했다.

"세스, 잘 봐. 문틀이 없잖아."

그제야 세스가 손으로 자기의 머리를 탁 쳤고 이마에서 머리끝까지 새빨개지자 와아 하고 또 한바탕 모두들 웃어 젖혔다.

"만세!"

성격이 유들유들하고 체격이 아담한 와이어리 벤이란 친구가 앞으로 달려나오면서 그 문짝을 붙들고 소리쳤다.

"우리 이 문짝을 목공소 저쪽 끝에다 높이 매달아 놓고 〈 '감리교인' 세스 비드의 작품, 여기서 짐이 빨간 물감 통을 같이 들어주었노라.〉라고 써놓자, 어때?"

"쓸데없는 소리!"

아담이 소리쳤다.

"그만둬, 벤 크래네지. 지금은 그렇게 의기양양하게 굴지만 언젠간 너도 똑같은 실수를 할 때가 있을 거야. 그때는 아마 너도 코가 쑥 빠질걸?"

"흥, 그런 일은 절대로 없을걸? 내 머릿속이 완전히 감리교 교리로 꽉 채워지려면 시간이 꽤 걸릴 테니까 말이야."

벤이 대꾸했다. 그러자 아담이 응수했다.

"그래? 네 머릿속은 교리가 아니라 술로 가득 채워질 거다. 그러면 세스보다 더한 실수를 저지를 게 뻔해."

그러나 벤은 아담의 말에 아랑곳하지 않고 손에 빨간 통을 들어 미리 한번 공중에다 S자를 써 보이면서 세스 비드(Seth Bede)라는 이름을 쓰려고 시도했다.

"너희들, 정말 그만두지 못해!"

아담이 연장을 놓고 소리치며 벤에게 성큼성큼 걸어가서 그의 오른쪽 어깨를 꽉 붙들었다.

"당장 집어치워! 그렇지 않으면 너를 가만두지 않을 거야."

벤은 아담의 철통 같은 손아귀에 붙들려 몸이 흔들거렸다. 하지만 작은 몸집임에도 벤은 단호한 태도를 보이며 항복하려 하지 않았다. 그는 꼼짝 못 하게 된 오른손에 쥐고 있던 붓을 왼손으로 잽싸게 낚아채어 글씨를 쓰는 근사한 묘기를 보이려 했다. 그 순간 아담은 그를 획 돌려서 다른 쪽 어깨까지 붙잡고 벽에다 밀어붙였다. 그때 세스가 말했다.

"그만둬, 에디(아담의 애칭), 그만둬. 벤이 농담한 거겠지. 벤이 나를 비웃는 것도 당연해. 나도 내가 한 짓을 생각하면 우스운데."

"문짝 갖고 너를 더 이상 놀리지 않겠다고 약속할 때까지는 절대로 이 자식 놔주지 않을 거야."

아담이 말했다.

"어이, 벤."

세스가 달래듯이 말했다.

"이 문제로 더 이상 옥신각신하지 말자. 응? 우리 형이 항상 자기 고집대로 하려는 거 다 알잖아. 그 고집을 꺾느니, 차라리 좁은 골목길에서 마차를 돌리는 게 더 쉬울 거야. 그러니 이제 더 이상 장난치지 않겠다고 말해. 이 일은 이 정도로 끝내자."

"흥! 내가 아담 따위를 무서워할 것 같아?"

벤이 말했다.

"세스 네가 부탁하는 거니까 그만두는 줄 알아."

"벤, 이제 그만하자."

아담이 멱살을 놔주며 웃으면서 말했다.

그리고는 모두가 좀 전에 하던 일을 다시 시작했다. 몸싸움에서 아주 열세에 몰렸던 와이어리 벤(빼빼 말랐지만 강인한 벤을 철사에 비유한 별명)만이 계속 씩씩거리며 그 치욕스럽던 순간을 어떻게 하면 되갚아줄 수 있을까 생각하고 있었다.

"근데 세스, 너는 대체 뭘 그렇게 생각하고 있었던 거야?"

벤이 다시 말을 걸기 시작했다.

"문틀 만드는 걸 깜빡했을 때 말이야. 예쁜 여자 설교사의 얼굴을 떠올리고 있었던 거야? 아니면 그녀의 설교를 생각하고 있었던 거야?"

벤이 비아냥거리기 시작했다.

"벤, 딱 한 번만 그녀의 설교 좀 들어봐."

마음씨 좋은 세스가 권했다.

"오늘 저녁에 말이야, 그린 광장에서 그녀가 설교를 한대. 그걸 한 번 들어보면 너 자신을 되돌아보게 되고 뭔가를 얻게 될 거야. 나쁜 노래를 큰소리로 불러대는 것보다야 좋은 종교를 갖는 것이 바로 네 인생의 큰 행운 아니겠어?"

세스의 말을 듣고 벤이 말했다.

"과연 그런 날이 올까? 세스, 내가 아무 걱정 없이 살게 된다면 그럴 수도 있겠지. 근데 말이지, 나 같은 총각들은 종교 따위에는 관심이 없거든. 하기는 나한테도 세스 너처럼 신앙생활도 하고 예쁜 애인도 가지게 될 날이 올지도 모르지. 근데 너 같으면 내가 네 애인을 빼앗아 가도 구경만 하겠냐?"

"그런 걱정일랑 하지 마. 너나 나나 절대로 그녀랑 잘되는 일은 없을 테니까. 어쨌든 와서 설교나 한번 들어봐. 그럼 너도 그녀를 보는 눈이 달라질 거다."

"글쎄…… 뭐 홀리부시('호랑가시나무 덤불'이라는 뜻) 술집에서 화끈하게 놀아줄 친구들이 없으니 오늘 밤 그 여자 설교나 한번 들어볼까 싶은데…… 그나저나 어떤 내용으로 설교할까? 세스, 혹시 내가 설교시간까지 못 가면 설교 내용이나 좀 말해주라. 근데 정말로 너는 대체 뭘 보러 가는 거야? 그 여자 예언자 때문에? 그 여자를 예언자라고 하기는 좀 그렇지 않냐? 차라리 아주 보기 드문 미인이라고 말하는 편이 낫지 않아?"[3]

그러자 아담이 다소 엄하게 말했다.

"이봐, 벤, 성경 말씀을 그런 식으로 비꼬지 마. 너는 너무 지나치단 말이야."

"뭐라구? 또 시작해 보겠다는 거야? 나는 네가 방금 전까지만 해도 그 여자 설교사에게는 전혀 관심이 없는 줄 알았는데."

"맞아, 나는 어느 쪽도 아냐. 그 여자 설교사에 대해서는 그 어떤 말도 한 적이 없어. 다만 성경 말씀만은 건드리지 말란 말이야. 너는 그냥 시시껄렁한 책이나 봐. 재미있다고 자랑했잖아. 안 그래? 네 불경한 손에는 그따위 책이나 딱 어울린다."

아담의 비꼬는 말에 벤도 지지 않는다.

"흥! 그래, 너도 세스처럼 점점 훌륭한 성인이 돼 가는 모양이군. 너도 오늘 밤 설교 들으러 갈 거지? 거기 가서도 성가대를 아주 훌륭하게 잘 지휘하겠네. 근데 궁금하군. 어윈 목사님이 자기가 끔찍이 애지중지하는 아담 비드가 감리교인으로 개종한 줄 알면 뭐라고 하실까?"

"어휴, 벤. 제발 나 때문에 그렇게 골치 아파하지 마. 네가 감리교인이 못 되는 것처럼 나도 감리교인이 된다는 건 꿈도 꿀 수 없을 테니까. 근데 너는 그보다 더 못된 사람이 될 가능성이 훨씬 크다는 것만 알아둬. 그리고 어윈 목사님은 사람들이 종교문제로 이러쿵저러쿵 하는 것에 간섭하지는 않으셔. 왜냐하면 그보다 더 훌륭한 분별력을 갖고 계시니까 말이야. 목사님이 매번 말씀하신 것처럼 종교란

---

3) 마태복음, 11:9. 세례 요한에 대하여 예수님이 즉 "그러면 너희가 무엇을 보러 나갔느냐? 예언자를 보려고 갔느냐? 그렇다. 내가 너희에게 말한다. 이 사람은 예언자보다 더 나은 사람이다."라고 하신 말씀을 건방지고 불경스럽게 빗대어 하는 말이다.

자기 자신과 하느님 사이의 일이거든."

"그래, 그렇지만 목사님도 너 같은 비국교도를 그리 좋아하지 않으실걸?"

"적어도 나는 조쉬 토드의 독한 맥주를 좋아하는 사람은 아니야. 하지만 네가 그 술 때문에 웃음거리가 된다 해도 상관하지 않으련다."

이렇듯 뜬금없는 아담의 말에 웃음이 터졌지만 세스는 매우 진지하게 말했다.

"에디, 그러면 안 돼. 종교를 진한 맥주 같은 것에 비유하면 안 된다구. 비국교도들이나 감리교인들은 교인들뿐만 아니라 모든 문제의 본질에 대해 잘 파악하고 있다는 사실은 형도 잘 알잖아."

세스의 말에 아담은 자신의 생각을 조목조목 말하기 시작했다.

"맞아, 세스. 자…… 봐. 나는 다른 사람의 종교를 가지고 웃을 생각은 없어. 그저 자신의 양심에 따라 교회를 다니라는 것뿐이야. 누구에게 이끌려 가는 것보다는 자발적으로 가는 것이 훨씬 좋은 거 아냐? 왜냐하면 교회에는 우리가 배워야 할 좋은 점들이 아주 많기 때문이지. 근데 이런 문제도 있어. 교회에서는 가끔 신앙을 너무 영적으로 다룬다는 것 말이야. 우리는 이 세상에서 복음 외에도 해야 할 일이 너무 많아. 운하, 수로, 탄갱의 엔진이나, 크롬포드에 있는 아크라이트의 방적공장을 보란 말이야. 나는 사람들이 살아가기 위해서는 무슨 일이든 해야 하기 때문에 복음 말고도 어떤 것이든 배워야 한다고 생각해. 나도 설교하는 걸 몇 번 들어봤는데, 마치 사람들은 일생 아무 일도 안 하고 눈만 감고 자기 마음속에서 무슨 일이 일어나는지 들여다보고 있으면 만사가 다 잘된다고 생각하지. 물론 사람들도 자기 영혼 안에 하느님의 사랑을 가지고 있어야 한다는 건 알아, 그리고 성경 말씀이 곧 하느님의 말씀이지. 근데 도대체 성경에는 뭐라고 쓰여 있는 줄 알아? 봐봐, 하느님은 태버내클[4]을 지을 때 일하는 인부들에게 성령을 불어넣으셨어. 그래서 인부들이 아름답게 조각하는 일이나 정교한 기술을 필요로 할 때는 그것을 할 수 있는 능력을 주셨지. 이것이 바로 내가 종교를 바라보는 방식이야. 어느 때나 항상 모든 것에는 하느님의 성령이 깃들어 있어. 주말에도 그렇고 평일에도 그래. 이 위대한 일에도, 발명품에도, 그림에도, 기계에도 하느님의 존재가 깃들어 있지. 그리고 하느님은 우리의 영혼은 물론 우리 머리와 손이 하는 일까지도 도와주고 계시지. 만약 우리가 정해진 작업시간보다 더 오래 많은 일을 하거나, 자기 마누라가 빵집까지 왔다갔다하는 수고를 덜어주기 위해 마누라에게 오븐을 만들어준다거나, 자기 텃밭에 감자 하나를 심어서 두 개를 수확하면, 그런 것들이야말로 더 없이 훌륭한 일이라는 거야. 설교를 들으러 쫓아다니거나 기도를 하는 것 못지않게 하느님과 더 가까워지는 일이란 말이야.”

“야아, 아담, 말 잘하는데…….”

아담이 말하는 동안 판자를 옮기던 샌디 짐이 일을 멈추고 말했다.

“지금까지 내가 들었던 설교 중의 최고였어. 아주 오랜만에 설교다운 설교를 들어봤네. 자네 말을 듣고 보니 생각나는군. 우리 마누라가 오븐 하나 만들어 달라며 1년이 넘게 바가지 긁고 있다는 게 말이야.”

“형이 그렇게 말한 데는 이유가 있을 것 같은데…… 그렇지, 형?”

세스가 엄숙하게 말했다.

“형이 그렇게 못마땅하게 생각하는 설교사의 말이 게으른 사람을 부지런하게 만든다는 걸 형도 잘 알잖아. 북적이는 술집을 텅 비게 만들 사람은 설교사뿐이라구. 어떤 사람들은 종교를 가진다 해도 자기가 해야 될 일은 다 잘한다니까.”

---

4) 장막. 옛 유대인의 이동식 임시 신전, 출애굽기, 25:9. “내가 너에게 보여주는 것과 똑같은 모양으로 회당과 그 안에 들어 갈 모든 것을 만들어라.”고 하느님께서 말씀하셨다.

"그렇지, 문짝 만들 때 가끔씩 문틀도 깜빡하면서 말이지. 그렇지, 세스?"

와이어리 벤이 비아냥거렸다.

"아하…… 또 나를 놀리시는구만. 너는 평생 그런 농담만 하면서 살래? 잘못은 종교에 있는 게 아냐. 세스 비드 바로 나 자신한테 있는 거지. 내가 좀 어리바리하잖아. 종교조차도 이런 나를 다 치료할 순 없나 봐. 이런 게 점점 심해지면 큰일인데 말이야."

"세스, 내 말에 너무 신경 쓰지 마."

와이어리 벤이 달랬다.

"문틀에 관한 것이든 아니든, 너는 진짜 착한 녀석이야. 내가 농담을 지껄여도 너의 가족 중의 누구처럼 신경을 곤두세우지는 않으니까 말이야. 하기는 그 사람이 더 영리할지는 모르지만."

"세스."

아담은 자기를 조롱하는 말에 전혀 관심을 기울이지 않고 동생을 불렀다.

"세스, 내가 너무 매정하다고 생각해? 그럴 필요 없어. 방금 전에 말한 것처럼 네가 줏대 없이 그녀의 설교에 빠져든다고 몰아세울 생각은 없어. 사람들은 똑같은 사물을 보고도 서로 다르게 생각하니까."

"알아. 형이 나한테 일부러 그랬다고는 생각하지 않아."

세스가 말했다.

"그건 나도 잘 아는데…… 가만 보면 형은 우리 개, 짚하고 똑같아. 짚은 나한테 가끔 으르렁거리다가도 금세 손을 아주 부드럽게 핥아주잖아."

교회시계가 6시를 칠 때까지 모든 인부들은 몇 분 동안 아무 말 없이 묵묵히 작업을 계속했다. 드디어 6시를 알리는 첫 번째 종소리가 울리자마자 샌디 짐은 일하던 판자를 내려놓고 재킷을 입으러 갔다.

와이어리 벤은 절반쯤 밀어 넣은 나사를 그대로 놔두고 드라이버를 자기의 연장가방에 던져 넣었다. 멈 태프트는 자기 이름 멈〈태프트는 말이 별로 없기도 하고, 이름에 '멈(mum. 입을 다물다는 뜻)' 이 들어가 있어서, 별명으로 '멈' 이라고 부른다.〉에 걸맞게 어떤 말이 오고 가도 침묵만 지키고 있더니, 종소리와 나자 막 들어 올리려고 하던 망치를 그냥 내동댕이쳤다. 세스 또한 등을 쭉 펴고 일어나서 종이 모자를 쓰려고 손을 쭉 내뻗었다. 오직 아담만이 아무 소리도 듣지 못한 것처럼 혼자서 하던 일을 묵묵히 계속하고 있었다. 인부들이 하던 일을 즉각 멈추는 것을 보자 아담은 몹시 화가 났다.

"잠깐, 여기들 좀 봐. 어떻게 6시 종이 땡 치자마자 연장을 그렇게 내동댕이칠 수가 있어? 꼭 마지못해 일하는 사람들처럼 말이야. 1초라도 더 일하는 게 억울하다는 거야? 도저히 이해할 수 없어."

그 말에 세스는 약간 양심이 찔리는 듯 머뭇거리며 느릿느릿 시간을 끌었고, 멈 태프트는 침묵을 깨뜨리고 입을 열었다.

"으흠…… 아담, 너 어째 말하는 게 꼭 애기 같다? 네가 스물여섯이 아니라 나처럼 마흔여섯이 되면 그렇게 아무것도 아닌 일에 핏대 세우지는 않을 거다."

"말도 안 되는 소리 하지 말아요!"

아직도 화가 나서 아담이 소리 질렀다.

"도대체 여기서 왜 나이를 들먹이는 거예요? 아저씨가 일을 못 하실 정도로 늙은 건 아니잖아요. 근데 시계 종소리가 멈추기도 전에 총에 맞은 것처럼 팔을 툭 떨어뜨리는 건 보기에도 나쁘잖아요. 자기 일에 대한 긍지와 기쁨이 전혀 없는 것처럼요. 저 맷돌조차도 갑자기 손을 떼면 조금은 계속해서 더 돌아가는데 말이에요."

"아유, 시끄러워. 아담!"

와이어리 벤이 외쳤다.

"그 양반 좀 가만히 놔둘 수 없어? 좀 전에는 여자 설교사로 꼬투리 잡더니 이제는 아예 네가 설교사가 된 줄 아는 모양이구나. 너야 노는 것보다 일하는 걸 더 좋아하는지 몰라도 나는 노는 게 훨씬 좋다구. 그러니까 너나 실컷 일하란 말이야. 너한테는 일하는 모습이 딱이다, 딱!"

와이어리 벤은 이렇게 쏘아붙이고 으스대듯 연장통을 메고 목공소를 유유히 떠났다. 멈 태프트와 샌디 짐도 재빨리 벤을 뒤따라 나섰다. 세스는 아담이 자기에게 무언가 할 말이 있을 것 같아 우물쭈물하며 의식적으로 아담을 쳐다보았다.

"설교 들으러 가기 전에 집에 들렀다 갈래?"

아담이 세스를 쳐다보고 물었다.

"아니, 모자하고 짐들을 윌 매스커리 집에 갖다 놔야 해. 10시 전에는 집에 못 갈 거야. 혹시라도 다이나 모리스가 원하면 집까지 바래다줘야 되구…… 포이저 씨 댁에서는 아무도 다이나를 마중 나오지 않을 거라는 거, 형도 잘 알잖아."

"그러면 어머니한테 너를 기다리지 마시라고 말씀드릴까?"

아담이 물었다.

"형은 오늘 밤 포이저 씨 댁에 안 갈 거야?"

세스가 목공소를 떠나려고 준비하면서 말했다.

"응, 나는 학교에 갈 거야."

아까까지 편안하게 자고 있던 짚은 이제 머리를 번쩍 들어 인부들이 떠나는 것을 보고 있었다. 그 중에서도 특히 아담을 주시하더니 그가 호주머니에 줄자를 넣고 허리춤에서 앞치마를 풀자마자 곧장 아담에게로 달려갔다. 그리고는 자기 주인의 얼굴을 아주 참을성 있게 기대에 찬 눈빛으로 바라보았다. 만약 짚에게 꼬리가 있었다면 분명 꼬리를 흔들었으리라. 하지만 짚은 자신의 감정을 나타내줄 꼬리가 없는 탓에 마치 지위가 높은 사람들처럼 타고난 본성보다 더욱 냉정하게 비춰졌다.

"뭐라고? 짚! 너 벌써 바구니 들고서 갈 준비를 다했다구?"

세스에게 말할 때처럼 온화한 목소리로 아담이 말했다. 자기감정을 있는 그대로 드러내지 못하기 때문에 불쌍해 보이는 짚은 벌떡 뛰더니 마치 "물론이죠."라고 말하는 것처럼 짧게 짖었다.

작업하는 날이면 아담과 세스의 점심을 넣어두는 바구니를 입에 물고 짚은 주인의 발뒤꿈치를 따라 걸었다. 그 모습은 누구도 의식하지 않고 씩씩하게 행진하는 제복 입은 관리의 모습과 흡사했다.

목공소를 떠나면서 아담은 문을 잠그고 열쇠를 꺼내서 목재 하치장 맞은편에 있는 집으로 가져갔다. 나지막하고 아담한 그 집은 부드러운 회색 지푸라기로 지붕이 씌어져 있었고, 벽은 담황색이었다. 저녁 노을이 비치면 이 집은 한층 더 기분 좋고 아늑해 보였다. 납으로 고정시킨 유리창들은 얼룩 한 점 없이 밝게 빛나고 있었고, 문간의 섬돌은 썰물에 자주 씻긴 하얀 돌처럼 깨끗했다. 그 섬돌 위에 말끔한 늙은 아주머니 한 분이 서 있었다. 이 늙은 아주머니는 빨간 머플러에 검은색 줄무늬 리넨 가운과 모자를 쓰고 새들에게 말을 걸고 있었다. 새들은 차가운 감자나 보리라도 얻어먹을까 하는 헛된 기대를 가지고 그 아주머니에게 가까이 다가왔다. 시력이 흐린 탓인지 이 늙은 아주머니는, 아담이 말을 걸 때까지 그를 알아보지 못했다.

"돌리 아주머니, 부탁드릴 게 있어서요. 이 열쇠 좀 집에 갖다 놔 주시겠어요?"

"알았어요, 아담. 안으로 들어올래요? 메리 양도 집에 있고, 버즈 씨도 곧 돌아올 거예요. 당신과 함께 저녁식사를 한다면 틀림없이 무척 기뻐하실 텐데……."

"아니에요, 돌리 아주머니. 말씀은 고맙습니다만, 저, 그만 가봐야 돼서요. 안녕히 계십시오."

아담은 성큼성큼 걸어서 급히 나갔다. 그의 옆에는 짚이 바짝 따라 붙어 함께 걷고 있었다. 목공소를 지나 마을에서 멀리 떨어져 있는 골짜기의 큰길까지…… 아담이 비탈길 기슭에 다다랐을 때였다. 나이가 꽤 지긋한 나그네가 가죽 끈으로 된 배낭을 등 뒤에 메고서 말을 타고 가다가, 아담이 그의 옆을 지나가자 가던 길을 멈추고 돌아서서 아담을 바라보았다. 나그네는 종이 모자를 쓰고 가죽바지에 짙푸른 털실로 짠 양말을 신고 있는 이 건장한 인부, 아담을 한참 동안 바라보고 있었다.

아담은 나그네가 자신을 바라보며 흥분하고 감탄하는 줄도 알지 못한 채 빠른 걸음으로 들판을 지나치며 하루종일 자기 머릿속에서 맴돌던 노래를 불렀다.

그대의 모든 말은 진지할지어다.
그대의 양심은 정오처럼 깨끗할지어다.
모든 것을 보실 수 있는 하느님이 당신의 비밀스런 생각과
그대가 하는 일과 행동들을 모두 다 감찰하시기 때문이다.[5]

---

5) 토마스 켄의 아침 찬송가 3절이다.

2

설교

저녁 6시 45분쯤, 헤이슬롭 마을은 평소와 다르게 상당히 들떠 있었다. 도니손 암스 여인숙에서 교회 앞마당 대문에까지 이르는 좁은 골목길에는 마을 사람들이 삼삼오오 무리지어 서 있었다. 그들은 단순히 저녁햇살을 만끽하며 한가롭게 노닥거리기 위해 집밖으로 나온 것처럼 보이지는 않았다. 마치 어떤 재미있는 광경을 보기 위해 하나 둘씩 모여든 듯했다. 도니손 암스 여인숙은 마을 어귀에 자리잡고 있었고, 그 옆에는 여인숙 주인의 소유로 보이는 작은 농장이 하나 딸려 있었다.

이 여인숙의 마당에는 수확을 꽤 많이 거두었는지 낟가리가 수북이 쌓여 있었다. 높이 쌓인 낟가리는 여인숙을 찾은 손님들에게 그들이 타고 온 말에게 줄 먹이가 이렇게 많다고 과시하는 것 같았다. 그곳에는 오랫동안 비바람을 맞고 견뎌온 듯 긴 세월의 흔적이 묻어 있는 낡은 간판이 걸려 있었다. 이 간판은 유구한 가문인 도니손 가의 의전 문장과 연관이 있어 보였지만 손님들이 알아보지 못한다 해도 개의치 않겠다는 듯 의연하게 걸려 있었다. 이 여인숙 주인의 이름은 카슨이었다. 그는 주머니에 손을 넣은 채 발뒤꿈치를 들었다 내렸다 하면서 한동안 문 앞을 지키고 서 있었다. 그의 시선은 울타리 없는 그린 광장의 한쪽을 주시하고 있었다. 그 광장 가운데에 단풍나무 한 그루가 서 있었다. 카슨은 간간이 자신을 스쳐가는 사람들에게서 시선을 떼지 않았다. 그러면서 그들이 엄숙한 표정으로 한 발짝씩 발을 내딛으며 가고 있는 곳이 바로 그린 광장이라는 것을 알게 되었다.

카슨은 아무런 설명 없이 그냥 지나쳐도 좋을 평범한 사람은 결코 아니었다. 정면에서 그를 바라보면 그의 머리와 몸은 두 개의 혹성이 붙어 있는 것처럼 보였다. 마치 지구와 달의 관계처럼 말이다. 혹성의 비율을 따져보아 아래쪽 혹성을 위쪽 혹성보다 13배가량 커 보여서 그 모습은 영락없이 지구를 중심으로 하여 그 주위를 맴도는 달의 모양과 아주 유사해 보였다. 하지만 카슨의 머리와 몸이 두 혹성의 닮은 점은 이것이 전부였다. 왜냐하면 카슨의 머리는 달의 모양처럼 어둡고 우울한 위성도 아니요, 그렇다고 밀턴이 불경스럽게 부르던 '얼룩덜룩한 천체(밀턴의 대표작 『실낙원』에 나오는 구절)'도 아니기 때문이다. 오히려 그 반대로, 카슨의 머리는 그 어떤 사람들보다 더 반들거리고 건강해 보였다. 두 뺨은 혈색이 돌고 있었고, 작고 제멋대로 생긴 코, 설명하기조차 어려울 정도로 못생긴 눈, 이런 것들이 보여주는 그의 얼굴은 걱정이라고는 전혀 없어 보일 만큼 매우 흡족한 표정을 띠고 있었다. 그 흡족해 하는 표정에는 남들이 인정하는 것에는 아랑곳없이 지켜온 자신만의 위엄이 깃들어 있었다. 이 위엄은 15년 동안이나 한 가문의 집사로 살아온 사람에게서만 볼 수 있는 자연스런 현상이었다. 지금 카슨의 지위는 그 시절보다 더 높아져서 아랫사람들과 접촉할 일이 부득이하게 많아졌다. 그래서 카슨은 현재 자신의 지위와 위엄에 걸맞은 고민을 하고 있었다.

그린 광장에서 무슨 일이 벌어지고 있기에 사람들이 그토록 몰려드는지 확인해보고 싶은 마음 때문에 그는 5분 동안이나 머뭇거리고 있었다. 하지만 이내 주머니에서 손을 빼더니 조끼의 속으로 찔러 넣고는 한쪽으로 머리를 갸우뚱 기울였다. 눈앞에서 어떤 일이 벌어지더라도 무시하겠다는 듯한 태도로 보아 그의 갈등은 일단락된 것이 분명했다. 그때, 말을 탄 사람이 카슨 쪽으로 다가오자 카슨의 관심은 말 위에 있는 기수에게로 쏠렸다. 말 위에 있는 사람은 방금 전에, 가던 길을 멈추고 아담을 하염없이 바라보던 그 나그네였다. 나그네의 발걸음은 도니손 암스 여인숙 대문 앞에서 멈췄다.

말발굽 소리에 여인숙의 하인이 작업복 차림으로 뛰어나왔다. 나그네는 그를 향해 말했다.

"어이, 말고삐를 풀어주고, 말에게 마실 것 좀 갖다주게."

그리고는 말에서 내리며 카슨에게 물었다.

"이보시오, 주인 양반. 이 아름다운 마을이 무슨 일로 이렇게 발칵 뒤집힌 거요? 꼭 무슨 소동이라도 일어난 것 같구려."

"감리교도의 설교가 있대나 봅니다. 어떤 젊은 여자가 그런 광장에서 설교를 한대나 어쩐대나……."

카슨이 가르랑거리는 고음의 목소리로 약간 점잖은 척 대답했다.

"잠깐 들어와서 뭐 좀 드시겠습니까?"

"아니오. 드로세터로 가는 길인데 그냥 말에게 물이나 먹일까 해서 들른 겁니다. 한데 당신네 교구 목사는 가만히 있답니까? 자기 코앞에서 젊은 여자가 설교를 한다는데, 그것도 감리교 교리로 말이오."

"어윈 목사님이 여기 살고 계시지 않아서 다행이지 뭡니까. 저 언덕 너머 브록스톤에 사시는데 목사관이 어찌나 낡았는지 금방이라도 쓰러질 것 같아요. 지체 높은 분이 어째서 그런 집에서 사시는지 원…… 일요일 오후에 설교하러 오실 때면 여기다가 말을 맡겨 두거든요. 그 말은 회색 코브종(다리가 짧고 튼튼한 승마용 말)인데 우리 목사님이 어찌나 애지중지 하시는지…… 제가 여기에 있는 이 여인숙을 맡아 운영하기 전부터 이곳에다 말을 맸다고 하더라구요. 말투를 들어보면 금방 아시겠지만 저는 이 지방 사람이 아니라서 이곳 사투리

를 잘 몰라요. 근데 여기 사람들은 사투리가 어찌나 심한지 당최 알
아들을 수가 있어야죠…… 저는 아주 어릴 때부터 지체 높은 귀족들
틈에서 살았는데 그분들도 토박이 말씨는 잘못 알아듣더라구요. 저
도 그 귀족들 말투를 따라하게 돼서 제 말투가 여기 토박이 말씨하
고는 달라요. 이를 테면 "밥 먹었어?"라는 말이 있다고 칩시다. 근데
여기 사람들은 어떻게 말하는지 아세요? "밥 묵었나." 하면서 말꼬
리를 내린다니까요…… 바로 이런 게 사투리라는 거지요…… 저도
도니손 지주님께서 이런 게 사투리라고 말씀하시는 걸 여러 번 들었
죠."

"예…… 그렇지요……."

나그네가 웃으면서 말했다.

"그럼요, 잘 알죠. 그런데 이런 농촌에는 감리교인들이 많지 않을
덴데요. 여기 사는 사람들 다 농사짓는 사람들이 아닌가요? 그러면
감리교가 먹힐 리가 없는데……."

"음, 꼭 그렇지만도 않답니다. 이 근방에 농사일 말고 다른 직업을
가진 사람도 많아요. 버즈 영감은 저 너머에 목재 하치장을 소유하
고 있죠. 건축일도 하고 집수리도 꽤 많이 하거든요…… 그리고 채
석장도 바로 코앞에 있고요. 이 마을에는 그런 일을 하는 사람이 얼
마나 많은지 몰라요. 저기 트레들스톤에는 여자 감리교인들이 상당
히 많을걸요? 3마일 정도 더 가면 시장이 있는데 아마 선생님께서도
거길 지나가시게 될 거예요. 지금 그린 광장에 모여 있는 사람들 중
에 스무 명은 트레들스톤에서 온 사람들일 겁니다. 원래 저기가 우
리 헤이슬룹 사람들이 잘 모이는 곳이긴 한데 오늘은 딱 두 명뿐이
네요. 윌 매스커리라고 수레바퀴 만드는 사람하고 세스 비드라는 젊
은 목수지요."

"그럼 설교사도 트레들스톤에서 왔겠네요?"

"그건 아니구…… 설교할 여자는 스토니셔 주에서 오는데 여기서

30마일 정도 떨어져 있어요. 홀 팜에 있는 포이저 씨 댁에 종종 찾아와서 지낸다구 하더군요. 저기 헛간 하나 보이죠? 왼쪽으로 큰 호두나무가 있는 집이오. 바로 그 집인데 설교사가 포이저 부인의 이질녀라네요. 포이저 씨 가족이 그 여자에게 꽤 잘해주는데도 그 여자는 감리교를 전파하네 어쩌네 하면서 바보짓을 하는 바람에 그 집 사람들도 여간 난처한 게 아닌 모양입니다. 근데 듣자하니 감리교인들은 일단 자기네 교리에 한번 빠지면 마법에 걸려든 것처럼 헤어나오질 못하는가 봐요. 완전히 교리에 미쳐서 생활이 말도 아니래요. 나는 오늘 설교할 여자를 직접 본 적이 없어서 뭐라고 하기는 그렇지만 겉으로 보기에는 말수가 적어 보인다고들 하던데요……."

"시간만 있으면 좀 기다렸다가 그 여자 설교하는 거 한번 보고 싶은데 금방 가봐야 돼서요. 계곡 경치가 하도 좋기에 그걸 보느라고 20분이나 지체했거든요. 저기가 도니손 지주 댁이 맞죠?"

"네…… 맞아요. 저기가 도니손 체이스 장원입죠. 참 멋있는 오크나무가 많죠? 제가 저 댁에서 15년간 집사로 있었잖아요. 그래서 좀 잘 아는데, 저 댁에 도니손 대위라고 지주님의 손자가 하나 있어요. 저 대궐 같은 도니손 가를 상속받을 사람인데 올해 추수 때가 되면 성년이 되죠. 모르긴 해도 그때에는 온 마을이 잔치 분위기로 들썩거릴 겝니다. 이 근방의 우리 지주님 땅이 전부 그 도련님 땅이 될 겝니다."

"네…… 뉘 댁 땅인지 경치 한번 참 좋네요."

나그네가 말에 올라타며 말했다.

"더구나 이 마을에는 아주 멋진 젊은이들이 많아서 더 좋겠어요. 한 30분쯤 됐나? 아까 이 언덕으로 올라오다가 한 젊은이를 만났는데 내 평생 그렇게 멋진 풍채를 가진 사람은 못 봤다니까요. 보아하니 목수 같긴 하던데 키가 아주 크고 어깨가 떡 벌어졌더라구요. 눈과 머리가 모두 검은색이었는데 어찌나 당당하게 걸어가던지 군인이라고 해도 믿겠더라구요. 하기는 프랑스 놈들을 박살내려면 그런 젊은이들이 꼭 있어야죠."

"아, 그 사람요? 아마 아담 비드일 겝니다, 선생님. 확실해요. 티아스 비드의 아들인데 이 근방에서 아담 비드를 모르는 사람은 없지요. 보기 드물게 머리 좋고 뚝심 있는데다 힘이 아주 장사지요. 이렇게 말씀드리는 게 실례가 될지 모르겠지만, 하여튼 아담 비드는 하루에 40마일을 걸을 수가 있고요. 60스톤(약 381kg)짜리나 되는 무거운 짐도 번쩍 들어 올린답니다. 이 지방 유지들이 아담 비드를 특별히 아끼는데, 특히 도니손 대위하고 어윈 목사님은 그 사람을 끔찍이 아끼고 좋아하죠. 근데 좀 도도하고 성급한 성질이 흠이긴 해요."

"잘 계시오, 주인장. 이만 가봐야겠소."

"안녕히 가십시오."

나그네는 말을 몰아 마을로 빠르게 달려갔다. 그가 그린 광장에 다다랐을 때, 오른쪽에는 단풍나무를 배경으로 아름다운 광경이 펼쳐진 장소에 감리교인들이 모여 있었다. 그리고 또 다른 곳에 이들과 대조를 이루며 무리지어 모여 있는 마을 사람들이 그의 눈길을 사로잡았다. 그는 가던 길을 멈추고 우두커니 서 버렸다. 설교에 열광하는 감리교인들과 그들을 비꼬듯 바라보는 마을 사람들의 상반된 모습이 흥미로워서가 아니었다. 사람들의 입방아에 오르내리는 젊은 여자 설교사가 어떤 사람인지 꼭 보고 싶었기 때문이었다.

그린 광장은 마을 끝자락에 자리 잡고 있었고, 이 광장에서 두 갈래 방향으로 길이 나 있었다. 하나는 언덕 위로 올라가면서 교회까지 이어진 길이고, 다른 하나는 구불구불하지만 완만하게 돌아가며 계곡 쪽으로 내려오는 길이었다. 광장 옆에서 교회 쪽으로 올라가는 길은 교회 문 앞까지 이어져 있었고, 이 길을 따라 초가집들이 들쑥날쑥 줄지어 서 있었다. 계곡으로 내려가는 길은 광장의 반대편 쪽,

북서쪽으로 난 길이었는데, 시야를 가릴 만한 것이라고는 아무것도 없이 탁 트여 있었다. 물결처럼 능선을 이루고 있는 목초지는 물론, 나무가 우거진 계곡과, 멀리 언덕 너머 짙은 수풀까지도 모두 한눈에 보였다. 헤이슬롭이 속해 있는 롬셔 주의 땅은 비옥하고 완만한 능선이 많았다. 롬셔 주는 스토니셔 주의 황량한 외곽 지역 바로 옆으로 연결되어 있었다. 풀 한 포기 나지 않은 언덕 위에서 내려다보면 인접해 있는 이 두 지역은 마치 한창 피어날 나이의 예쁘장한 여동생과 키가 크고 억세 보이는 가무잡잡한 오빠가 나란히 팔짱을 끼고 있는 것처럼 보였다.

두세 시간쯤 말을 타고 가다가 나그네는 이윽고 나무 하나 없이 삭막한 지역에 당도했다. 이 지역에서는 차가운 회색빛 돌이 깔려져 있는 길들이 십자모양으로 교차하게 되어 있었다. 한쪽 길을 따라가면 나무숲의 그늘 아래로 구불구불 돌아가기도 하고, 혹은 봉긋이 솟은 언덕길에 오르게 되기도 한다. 이 언덕은 줄지어 선 관목과 키가 큰 목초, 빽빽이 자란 옥수수나무로 뒤덮여 있었다. 구불구불한 길의 모퉁이를 돌 때마다 나그네는 계곡에 자리 잡거나 경사진 비탈길 위에 세워져 옹기종기 모여 있는 오래되고 훌륭한 시골 저택들을 바라보기도 하고, 기다란 곳간이 딸려 있고 황금빛 볏가리가 쌓여 있는 농가들도 구경했다.

우거진 나무들과 초가지붕 그리고 암적색 타일 지붕들이 아름답게 어우러져 있고, 그 사이사이로 높이 솟아 있는 회색빛 첨탑들도 볼 수 있었다. 이것이 바로 나그네가 완만한 경사를 따라 높은 언덕으로 유쾌하게 오르기 시작했을 때 보았던 헤이슬롭 교회 주변의 그림 같은 풍경이었다. 지금 그가 서 있는 그린 광장 근처의 앞쪽에는 이 지역만의 독특한 풍경이 멋지게 펼쳐져 있었다. 지평선 너머에는 커다란 원뿔모양의 언덕들이 바로 눈앞에 보이는 옥수수 밭과 초원지대를 지켜주듯 무리지어 버티고 있었다. 마치 굶주림에 지친 매서운

바람이 옥수수 밭과 초원지대로 칼날처럼 덤벼드는 것을 막아주는 것 같았다. 언덕들은 신비한 자줏빛 아지랑이로 뒤덮일 만큼 멀리 떨어져 있지 않았다. 다만 그 옆으로 펼쳐져 있는 짙푸른 초원에 듬성듬성 흩어져 있는 양들이 하얀 점처럼 어렴풋이 보일 뿐이었다.

양들의 움직임이 눈으로는 선명하게 보이지 않았지만 머릿속으로는 상상해 볼 수 있었다. 아무리 오랫동안 간절히 구애를 해도 반응이라고는 전혀 보이지 않는 경직된 양의 모습을…… 이 언덕들은 아침에 떠오른 붉은 태양의 햇살로 눈부시게 반짝였다. 4월이면 정오의 찬란한 햇빛이 날개 돋친 듯 날아가 버리고, 여름이면 무르익은 치자 빛 황혼이 장관을 이루며 저물어 가고는 했다. 그리고 날이 저문 뒤에는 언제나 어둑하고 음침한 모습이 펼쳐졌다. 마침내 언덕들 바로 아래로 장관을 이루고 있는 수풀에 나그네의 시선이 멈췄다. 이 수풀은 구획이 잘 나뉜 밝은 방목지와 잘 갈아 일군 밭을 구분하는 경계선 역할을 하고 있었다. 한여름이 되면 수풀의 잎사귀들이 일제히 푸른 녹음으로 물들어 휘장모양을 연출하지만 아직 그렇게까지 녹음이 짙어보이지는 않았다. 오히려 이제 막 어린 싹이 돋아나오기 시작한 모양인지 어린 오크나무에서는 연한 나무 빛깔이, 그리고는 물푸레나무, 라임나무에서는 싱그러운 초록 빛깔이 피어오르고 있었다. 이곳을 지나치고 나니 빽빽한 숲으로 둘러싸인 계곡이 나타났다. 매끄러운 비탈을 따라 방목지에서 나무들이 와르르 이 계곡의 한 장소로 모두 굴러 떨어지기라도 한 것처럼 보였다. 계곡의 울창한 숲은 높이 솟은 난간들과 어우러진 큰 저택을 보호하듯 빙 둘러싸여 있었다. 저택 주위의 수풀들 사이로 희뿌연 연기가 피어오르고 있었다. 분명히 저 저택 앞에는 아주 광대한 정원과 넓고 유리같이 잔잔한 호수가 있을 법했지만 나그네에게는 보이지 않았다. 목초지가 있는 언덕이 불룩 솟아올라 그의 시야를 가리고 있었기 때문이다. 대신에 그는 아름다운 경치를 구경했다. 부드럽게 휘어진 줄기에 솜털이 보송보송 나 있는 풀, 키가 크고 붉은 괭이밥, 그리고 울창한 관목 울타리를 따라 줄지어 피어 있는 독미나리의 하얀 산형화서(꼭대기 끝에서부터 컵 모양으로 생긴 여러 개의 꽃이 방사형으로 달린 꽃)들 위로 햇살이 수평으로 드리우자, 이들 화초들은 황금처럼 빛나는 햇빛을 받아 찬란하게 반짝거리고 있었다. 지금은 낮으로 풀 베는 소리를 들으면서, 초원에 만발한 꽃들을 바라보며 한가로이 거닐 수 있는 여름날의 한때였다.

나그네가 말안장에 앉은 채로 조금만 몸을 돌려 동쪽을 바라보았더라면 조나단 버즈의 목장과 수목원 너머로 홀 팜(포이저 가족이 사는 집과 농장이 딸린 곳을 부르는 이름)의 푸른 옥수수 밭과 호두나무들이 서 있는 또 다른 아름다운 풍경을 구경하였으리라. 하지만 그는 바로 근처에서 왔다갔다하는 사람들의 모습에 더 많은 관심이 쏠렸다. 거기에는 노인에서 아기에 이르기까지 모든 마을 사람들이 나와 있었다. 갈색 털실로 짠 모자를 쓰고, 허리가 많이 굽었지만 짧은 지팡이에 의지해서 꽤 오랫동안 설 수 있을 정도로 정정한 태프트라는 노인이 보이는가 하면, 누빈 리넨 모자 속에 푹 파묻힌 작고 동그란 아기들의 머리도 보였다. 이따금씩 늦게 도착하는 새로운 사람들도 있었다. 아마도 게으름뱅이 일꾼이 우둔한 소처럼 눈을 끔뻑거리며 저녁을 먹고 뭔가 특별한 구경거리가 있는가 하는 마음으로 나온 것이리라. 그들은 이 광경에 대해서 누군가 설명해 주기를 내심 바라고 있었지만 직접 물어볼 만큼 큰 흥미를 느끼는 것도 아니었다. 마을 사람들 모두가 그린 광장에 나와 있는 감리교인들과는 섞이지 않으려고 신경 쓰면서, 그저 자신들을 아무 의미 없이 모여든 구경꾼으로만 봐주길 바라고 있었다. 왜냐하면 그들은 단지 무슨 일이 벌어지고 있는지 호기심에 이끌려 이곳에 나왔을 뿐, 여자 설교사의 설교를 들으러 왔다는 비난은 받기 싫었기 때문이었다.

사람들은 주로 대장장이 가게 근처에 모여 있었다. 그러나 그들이 삼삼오오 떼를 지어 모여 있다고는 결코 상상하지 말기를 바란다. 마을 사람들은 우르르 몰려다니거나 수군거릴 줄도 모르는 사람들이었다. 그들은 귓속말이란 것 자체를 모르는 사람들 같았다. 암소나 수퇘지처럼 작은 목소리를 낼 줄 모르는 사람들인 것 같았다. 순박한 시골뜨기들은 어깨 너머로 질문을 던져놓고는 대답을 듣지 않으려고 도망치듯이 상대방에게 먼저 등을 돌려 버린다. 그리고 관심 있는 이야기가 절정에 다다랐을 때는 일부러 한두 발짝 더 멀찌감치 떨어져 걸어가 버리기까지 한다. 그렇게 대장간 부근의 사람들은 서로 가까이 모여 있지도 않았고 대장장이 채드 크래네지 집 앞을 가리고 서 있지도 않았다. 대장장이 채드는 검게 그을린 근육질의 팔로 팔짱을 끼고 문기둥에 기대서서 이따금씩 특유의 농담을 던지면서 껄껄대며 웃고 있었다. 사람들은 와이어리 벤의 빈정거리는 말보다는 채드가 들려주는 농담을 훨씬 더 재미있게 들었다. 한때 방탕하게 홀리부시를 드나들던 와이어리 벤은 새로운 삶을 찾기 위해 나름대로 술집에 드나드는 걸 자제하고 있는 사람이었다.

한편, 조슈아 랜은 두 사람의 기지에 찬 입담들을 똑같이 경멸하고 있었다. 그가 입고 있는 더럽고 지저분한 가죽 앞치마만 보더라도 랜이 시골 구두장이라는 것은 의심할 여지가 없었다. 그는 교구의 교회서기가 이곳에 와 있다는 사실을 미처 모르는 마을 사람들에게 이 사실을 알려 주고 싶어 턱과 배를 앞으로 내밀고 엄지손가락을 빙빙 돌리며 상당히 미묘하게 암시를 보내고 있었다.

이웃 사람들이 무례하게 '조슈웨이 할아범'이라고 부르면 조슈아 랜은 불끈불끈 화가 치솟았다. 그러나 아무리 화가 나도 조슈아 랜은, 마치 비올라를 조율할 때 나는 소리처럼 낮은 음성으로 말했다. '아모리인의 왕 시혼을 죽이신 분에게 감사하라, 그분의 사랑은 영원하다. 바산 왕 옥을 죽이신 분에게 감사하라, 그분의 사랑은 영원하다.'[6] 이렇게 중얼거릴 때를 제외하고 그는 좀처럼 입을 열지 않는 사람이었다. 랜은 현재 상황을 가벼이 넘기려 할 때 주로 이런 말을 인용했다. 그러나 항상 모든 행동에는 감춰진 의도가 있듯이, 조금만 깊이 생각해보면 그 말의 의도는 자연스레 짐작이 되었다. 랜은 마음속으로 교회의 위엄을 지켜야 한다고 생각하면서 감리교인이 이곳에 들어와 감히 저따위 소동을 벌이는 것에 데에 꽤씸하게 여기고 있었던 것이다. 그리고 보니 멋진 목소리로 또렷하게 응답 성가(교회에서 합창단과 교인들이 서로 응답하는 형식으로 부르는 성가)를 부를 때나, 지난주일 오후에 읽었던 시편을 인용해가며 자기의 주장을 펼칠 때에는 교회의 위엄을 지키려는 그의 태도가 고스란히 드러났다.

호기심이 많은 마을 여자들은 그린 광장의 가장자리로 모여들었다. 그들은 여자 감리교도들의 퀘이커 교도풍의 복장이나 이상한 행동거지들을 더 자세히 보고 싶어했다. 그린 광장의 단풍나무 아래에는 강단으로 사용하기 위해 월 매스커리가 가져다 놓은 작은 짐마차가 있었다. 그리고 이 짐마차 둘레에는 긴 의자 두 개와 작은 의자 두세 개가 놓여 있었는데, 이들 의자에 앉아 있는 몇몇 감리교인들이 기도를 하는지 아니면 명상을 하는지, 눈을 감고 그대로 자리에 앉아 있었다. 다른 감리교인들은 계속 서서 구슬픈 연민의 표정으로 마을 사람들을 바라보고 있었다. 그런 표정들이 베시 크래네지에게는 아주 재미난 것이었다. 베시는 대장장이의 딸로서 건강하고 쾌활한 소녀였는데 이웃 사람들은 그녀를 보통 채드네 베시라고 불렀다. 그녀는 '왜 사람들이 저런 표정을 하고 있는 걸까.' 하고 신기해했다. 채드네 베시는 기묘한 머리 모양과 가짜 귀걸이 때문에 마을 사람들에게 묘한 동정을 받고 있었다. 그녀는 머리 꼭대기에 모자를 살짝 걸치고 있었다. 그런데 머리카락을 돌돌 말아서 모두 그 모자 속으로 집어넣는 바람에 그녀가 귀에 걸고 있는 우스꽝스러운 장식

6) 시편, 136:19~20. 조슈아 랜은 교구의 서기이며 영국 국교회에서 예배 볼 때 회중의 합창단의 중심역할을 맡고 있는 사람이다. 지금 그는 감리교도들의 침입에 반대하여 이 시편을 인용하면서 국기를 흔들고 있다.

품이 훤히 드러나 보였다. 게다가 그녀는 그런 장식품이 자신의 탐스럽고 발그레한 뺨보다 훨씬 더 예쁘다고 착각하고 있었다. 그러나 가짜 석류석으로 치장한 둥글고 큰 귀걸이는 감리교도들뿐만 아니라 그녀의 사촌마저도 형편없다고 생각하는 장신구들이었다. 그나마 그녀를 가장 아끼는 사촌, 그녀와 이름이 같은 티모시네 베스만이 그 귀걸이들이 다른 사람들의 눈에 조금이라도 예쁘게 보였으면 하고 간절히 바라고 있었다.

티모시네 베스는 친한 사람들 사이에서는 아직도 처녀 때 부르던 이름으로 불리고 있었지만, 사실은 꽤 오래전에 샌디 짐의 아내가 되었고, 보석같이 소중한 두 아이를 가진 엄마였다. 그 아이들의 이름만 거론되어도 자연스럽게 연상될 만큼 그녀는 틀림없는 아줌마가 되어 있었다. 한 아이는 그녀가 팔에 안아 달래고 있는 토실토실한 아기였고, 또 다른 아이는 다섯 살배기 아주 말썽꾸러기 개구쟁이였다. 반바지 차림에 붉은 양말을 신은 다리를 내놓고, 목에는 녹슨 우유 깡통을 북처럼 둘러매고서 채드네 사나운 테리어 사냥개를 살살 피해 다니고 있는 이 녀석이, 바로 티모시네 베스의 가족이라는 올리브 나무의 어린 나뭇가지 중의 하나로써,[7] 벤이라는 이름을 가진 개구쟁이였다. 이 개구쟁이 벤은 꼬치꼬치 캐묻기를 좋아했는데 또 호기심이 발동했는지 자꾸만 여자들과 아이들 무리 사이를 뚫고 지나다녔다. 또 감리교인들 주위를 돌아다니며 입을 헤 벌린 채 그들의 얼굴을 올려다보고 꼭 음악에 맞추어 반주하듯 우유 깡통을 마구 두드리고 다녔다. 그 중에 나이 지긋한 한 여자가 벤을 엄히 꾸짖으려는 요량으로 몸을 구부려 녀석의 어깨를 잡으려 했다. 그러자 녀석이

---

7) 구약성서에서는 가족을 나무로, 아이들을 포도나무 가지로 생각했다. 또는 올리브 나무, 올리브나무 가지라고 했다. 창세기, 49:22. "요셉은 열매를 많이 맺는 포도나무와 같고, 샘물 가에서 자라는 풍성한 포도덩굴과 같다. 요셉은 담 위에 가지가 무성한 포도나무와 같도다." 시편, 128:3. "그의 아내는 열매 맺는 포도나무와 같을 것입니다. 그 집안에 있는 포도나무와 같을 것입니다. 그의 식탁에 둘러앉은 그의 아들들은 올리브 나무의 새싹들과 같을 것입니다."

먼저 그 여자에게 거칠게 발길질을 하고는 걸음아 나 살려라 하며 자기 아버지의 다리 뒤로 잽싸게 숨어버리는 것이었다.

"요 망할 녀석."

샌디 짐은 아버지답게 야단쳤다.

"그 막대기 좀 가만두지 못해! 안 그러면 뺏어버린다. 왜 자꾸 사람들한테 발길질이야. 앙?"

"어이, 짐. 아, 그 녀석을 이쪽으로 보내라니까."

채드 크래네지가 말했다.

"고 녀석 확 잡아다가 말처럼 편자를 신겨버릴까 부다. 아니, 카슨 씨."

그때 카슨이 사람들을 향해 어슬렁거리며 오고 있었다. 채드는 계속 말을 붙였다.

"안녕하십니까? 당신도 끙끙거리는데 한몫을 하시려구요? 사람들은 감리교인들 말을 들으면 뱃속이 편치 않은 것처럼 항상 끙끙거린다고 하던데…….[8] 어느 날 밤이던가, 당신네 소들이 크게 울었던 것처럼 내가 그렇게 신음소리를 내면 감리교 설교사는 내가 바른 길로 들어섰다고 생각하겠지요?"

"허 참, 되먹지도 않은 소릴랑 집어 치우게나, 채드."

카슨은 어느 정도 위엄을 갖추며 대답했다.

"포이저 씨도 자기 부인의 이질녀가 무시당하는 말은 어떤 말이든 듣기 싫을 걸세. 물론 자기도 속으로는 처조카가 나서서 설교하는 걸 못마땅하게 생각하기는 하겠지만서두."

카슨의 말을 듣고 와이어리 벤이 맞장구를 쳤다.

"그래요, 그렇게 비꼬지 마세요. 그 설교하는 여자가 얼마나 예쁜데요. 저는 그렇게 예쁜 여자의 설교라면 대환영이에요. 뻣뻣한 남

---

8) 그 당시에는 감리교인의 설교를 듣는 사람들이 신음하거나, 소리 지르거나 심지어 땅에 쓰러지거나 하는 게 일반적인 반응이었다고 한다.

자들보다는 예쁜 여자가 나긋나긋하게 말할 때 시간이 더 빨리 가니까요. 잘 보세요. 날이 새기도 전에 제가 세스 비드처럼 개종해서 그 여자에게 집적거릴지도 모르니까요."

"저런, 내가 보기에 세스는 그런 목적으로 설교를 듣는 건 아닌 것 같던데?"

카슨이 응수했다.

"포이저 부인은 오히려 그 여자가 평범한 목수와 어울려 품위를 떨어뜨린다고 못마땅하게 생각할걸?"

"젠장!"

벤은 길고 날카로운 억양으로 말했다.

"친척이 무슨 상관이에요? 어차피 관심도 없을 텐데요…… 포이저 부인은 지난 일들 따위는 코웃음 치면서 다 잊어버렸는지 몰라도, 다이나 모리스가 너무 가난해서 방앗간은 물론이고 이일 저일 온갖 궂은일을 다 했다는 건 아는 사람은 다 안다구요. 근근이 입에 풀칠이나 하며 사는 여자 설교사에게 세스처럼 건장하고 젊은 목수 정도면 그렇게 나쁜 상대는 아니죠. 게다가 세스는 다이나와 같은 감리교인이잖아요. 그런데 포이저 부부는 마치 아담 비드가 자기들의 조카라도 되는 것처럼 법석을 떨며 무척 좋아하는 꼴이란…… 제가 볼 때는 둘 다 똑같던데."

"말도 안 돼. 그건 정말 말도 안 되는 소리라구!"

조슈아 랜이 외쳤다.

"아담과 세스는 엄연히 달라. 그 두 사람을 한 구두골(신발이나 구두를 만들기 위하여 발의 모양을 본떠서 나무나 금속으로 만든 틀)에서 맞춘 것처럼 똑같은 사람으로 취급하면 안 되지."

"어쩌면 그럴지도 모르죠."

와이어리 벤이 오만불손하게 대꾸했다.

"세스가 두 번, 아니 그 이상 감리교인으로 개종한다고 해도, 나는 그 녀석이 참 대단하다고 생각해요. 나는 절대 세스가 아담보다 못하다고는 생각하지 않아요. 세스와 일하면서 나 역시 그 녀석을 놀려댔지만 세스는 절대로 나한테 나쁜 마음을 갖지 않았다구요. 순한 양보다 더 착한 녀석이죠. 외유내강이라는 말이 딱 어울리는 사람 있잖아요. 세스가 그래요. 언제였는지…… 하여튼 밤이었는데 고목나무 한 그루가 완전히 불길에 휩싸인 적이 있었어요. 우리는 그게 악령인 줄 알고 벌벌 떨고 있었는데 세스는 전혀 겁 먹지 않고 경찰관처럼 대담하게 그 불길로 다가가더라구요. 어? 저기 윌 매스커리 집에서 나오는 사람이 세스 맞죠? 윌도 같이 있네. 저 사람은 다칠까 봐 못대가리도 때리지 못할 정도로 얌전해 보이는데요. 와, 예쁜 여자 설교사가 드디어 나왔어요. 흠…… 모자를 벗었네? 더 가까이 가서 봐야지."

벤을 선두로 몇몇 남자들이 그 뒤를 따라갔고, 나그네는 그런 광장으로 말을 몰아갔다. 그때 다이나는 빠른 걸음으로 동료들을 앞질러서 단풍나무 아래에 세워둔 마차 쪽으로 걸어갔다. 키 큰 세스의 옆에 서 있을 때는 그녀의 키가 작아 보였지만, 짐마차에 올라 다른 동료들과 떨어져 있게 되자, 그녀는 중간 크기의 여자들보다 더 커 보였다. 비록 실제로 그녀가 다른 여자들보다 훨씬 큰 것은 아니었지만 말이다. 그녀의 키가 커 보인 것은 늘씬한 몸매에 검은색 옷을 입은 단아한 매무새 때문이었다.

나그네는 다이나가 마차로 다가가 단상에 오르는 것을 보자 놀라 숨이 턱 막혔다. 그녀의 모습이 여성스럽고 우아해서가 아니었다. 아무런 거리낌 없이 너무나 당당한 모습이었기 때문이다. 나그네는 또박또박 걸어나가는 그녀의 차분하고 엄숙한 표정을 꼭 보고 가리라 마음먹었다. 그는 그녀가 의식적으로 성자 같은 미소를 짓고 있거나 아니면 신랄한 비난의 표정을 짓고 있으리라 확신했다. 그가 알기로 감리교인은 두 가지 유형이 있는데 광신적인 경우와 괴팍한 경우였다. 하지만 다이나는 마치 시장에라도 온 것처럼 아무렇지도 않은 태도로 걸어나왔고 어린 소년처럼 자기의 외모 따위는 전혀 의식하지 않는 것처럼 보였다. 다이나는 얼굴을 붉히지도 않았고, 몸을 떨지도 않은 채 다음과 같이 말했다.

"저는 여러분이 저를 단지 예쁜 여자라고 생각한다는 것을 잘 알고 있습니다. 게다가 설교하기에 너무 젊다고도 생각하시겠지요."

눈 하나 깜짝하지 않고, 입술에 힘을 주지도 않고, 팔을 어떻게 움직이지도 않고 말했다.

"여러분은 아마도 저를 성인 같은 사람으로 여기고 계실지 모르겠습니다."

장갑을 끼지 않은 그녀의 손에는 단 한 권의 책도 들려 있지 않았다. 그녀는 그저 손을 앞으로 가지런히 모으고 서서 푸르스름한 눈으로 사람들을 둘러보았다. 그녀의 눈빛은 날카롭지 않았다. 사람들을 관찰하기보다는 오히려 사람들에게 사랑을 나눠주는 듯한 눈빛이었다. 자신의 마음이 외부의 어떤 것에 감명 받았다기보다는 남들에게 나눠줘야 할 것들로 충만해 있다는 듯 그녀의 눈빛은 촉촉이 젖어 있었다.

저물어 가는 태양이 그녀의 왼쪽 손을 비추고 있었다. 그리고 잎이 무성한 나뭇가지들이 석양빛으로부터 그녀를 가려주고 있었다. 환하지 않은 이런 석양빛을 받아 섬세하게 빛나는 그녀의 얼굴색은 저녁에 피어나는 꽃처럼 고요한 생동감을 그러모으고 있었다. 그녀의 얼굴은 조그만 타원형으로 투명하리만큼 하얀 피부를 가지고 있었다. 볼에서 턱에 이르는 얼굴선은 달걀형이었고, 입술은 도톰하면서도 굳게 다물어 있었고, 코끝이 고왔다.

이마는 평평하면서 반듯했고, 그 위로 옅은 붉은색의 머리카락이 잘 빗겨져 찰싹 붙어 있었다. 매끄럽게 빛나는 머리카락 사이로 둥그런 가르마가 보였다. 이 머리카락들을 귀 뒤로 단정하게 넘겨서 이마 위로 1~2인치 정도 나와 있는 머리카락을 제외하고는 모두 망사로 된 퀘이커 교도 모자로 다 덮여 있었다. 눈썹은 머리색과 똑같이 약간 붉은빛이 돌았는데, 선이 반듯하고 윤곽이 뚜렷했다. 속눈썹은 짙은 까만색은 아니었지만 길고 풍성했다. 그녀의 생김새 중에 흐트러지거나 깔끔하지 않은 것은 하나도 없었다. 그녀의 얼굴은 순백의 꽃잎에 뽀얀 색조가 살짝 가미된 하얀 꽃을 연상시키는 그런 얼굴이었다.

눈은 색다른 아름다움이 아니라 뭐라 형용할 수 없는 그런 아름다움을 가지고 있었다. 두 눈은 순수하고 정직할 뿐만 아니라 진지한 애정까지도 담고 있어서 그 어떤 비난의 표정도, 어떤 냉소적인 멸시도 그녀의 시선 앞에서는 봄눈 녹듯 녹아버릴 것만 같았다. 모두가 다이나를 바라보는 동안 조슈아 랜이 막힌 목소리를 틔우려는 것처럼 일부러 크게 헛기침을 했다. 아마 혼자서 다른 해석을 내리고 싶었던 모양이다. 채드 크래네지는 가죽 모자를 들어 올리고 머리를 긁적였다. 그리고 와이어리 밴은 세스처럼 수줍은 청년이 무슨 용기로 그녀에게 구애할 생각을 했는지 의아해하고 있었다.

"사랑스러운 여자로군."

나그네는 혼잣말로 중얼거렸다.

"하지만 타고난 설교자 같아 보이지는 않는걸."

아마 이 나그네는 천성이 연극적인 속성들을 가지고 있다고 믿는 모양이었다. 사람들의 천성은 심리적으로 자신의 내면을 숨기고 겉으로는 내면과 다른 예술적인 모습을 보여준다. 그러므로 신중하게 그녀의 예술적인 겉모습과 심리적인 내면을 잘 살펴보아야 그녀의 성격들이 어떻게 이루어져 있는지 파악할 수 있으며, 아무런 실수 없이 그녀의 성격을 설명할 수 있을 것이라고 생각하는 모양이었다. 그러는 동안 다이나가 설교하기 시작했다.

"사랑하는 친구들이여."

그녀가 크지 않지만 분명한 목소리로 말했다.

"축복의 기도를 드립시다."

그녀는 눈을 감고 머리를 약간 숙이면서 방금 전과 똑같이 절제된 목소리로 말을 이었다. 그 목소리는 마치 누군가 가까이 있는 사람에게 말하는 것 같았다.

"죄인들의 구세주여! 죄를 많이 지은 한 가난한 여자가 물을 긷기 위해서 우물가로 나왔습니다. 그녀는 주님이신 당신이 우물가에 앉아 있는 것을 발견했습니다. 그녀는 당신을 알아보지 못하였습니다. 당신을 찾으려 하지도 않았습니다. 그녀의 마음은 어두웠고 삶은 거룩하지 않았습니다. 그러나 당신은 그녀에게 말씀하셨습니다. 그녀에게 가르쳐 주셨습니다. 그녀의 삶이 당신 앞에 드러나 있다는 것을 알게 하셨습니다. 당신은 그녀가 결코 생각지도 않은 축복을 주려고 준비하셨습니다.[9] 주여, 당신은 우리 가운데 계시고 모든 사람을 아십니다. 만약 이곳에 그 불쌍한 여자와 같은 사람들이 있다면, 그 사람들 역시 마음이 어둡고 삶이 거룩하지 못할 것입니다. 그들이 당신에게 구원을 청하지 않고 가르침을 받기를 원하지 않는다 할지라도 당신께서는 그녀에게 보여주신 것같이 무조건적인 사랑으로 그들을 감싸 주십시오. 그들에게 말씀해 주십시오, 주여! 나의 설교를 그들이 들을 수 있게 해주시고, 그들이 자신의 마음에 있는 죄를 시인하게 해주시고, 당신이 베푸실 그 구원을 갈구하게 해주십시오.

주여! 당신은 여전히 당신의 백성과 함께 계십니다. 그들은 잠 못 이루는 한밤중에도 당신을 봅니다.[10] 당신이 길가에서 그들과 얘기할 때 그들의 가슴속은 불타오릅니다.[11] 그리고 당신은 당신을 알지 못하는 사람들 가까이

---

9) 요한복음, 4:4~31에 나오는 사마리아 여인의 이야기.
10) 시편, 63:6. "내가 침대에 누워서 주를 떠올립니다. 긴 밤이 지나도록 주를 생각합니다." 시편, 119:148. "내가 밤새도록 깨어 있습니다. 내가 주의 약속들을 깊이 생각하고 있습니다."
11) 누가복음, 24:32. 그들이 서로 이야기 했습니다. "길에서 예수님께서 우리에게 말씀하시고 성경을 풀어 주실 때에 우리의 마음이 불타는 것 같지 않았는가?"
12) 시편, 119:151. "여호와여, 주는 가까이 계십니다. 주의 모든 명령들은 진리입니다."

계십니다.[12] 그들이 당신을 볼 수 있도록 그들의 눈을 열어 주십시오.[13] 당신이 그들을 위해 우시며 '네가 나에게 오지 않는다면 생명을 얻지 못할 것이다.'[14] 라고 말씀하시는 것을 그들이 알 수 있도록 해주십시오. 당신이 십자가에 매달린 채, '하늘에 계신 아버지, 저들을 용서하여 주옵소서. 저들은 다만 자신이 하는 일을 알지 못할 뿐입니다.'[15]라고 말씀하시는 것을 알 수 있도록 해주십시오. 당신이 마지막 날에 그들을 심판하기 위하여 영광 속에서 부활하시어 다시 돌아오실 때, 당신을 알아볼 수 있도록 해주십시오.[16] 아멘."

다이나는 눈을 다시 뜨고 자신의 오른쪽에 아까보다 더 가까이 다가와 있는 마을 사람들을 바라보며 잠시 말을 멈추었다.

"친애하는 여러분."

그녀는 조금 목소리를 높여 말하기 시작했다.

"당신들 모두가 교회에 다니고 있습니다. 당신들은 목사님이 읽어주신 이런 말씀을 분명히 들었을 것입니다. '주의 성령이 내게 있다. 그는 내가 불쌍한 사람들에게 복음을 전하게 하기 위하여 내게 기름을 부으셨다.'[17] 예수 그리스도께서 그런 말씀을 하셨지요. 가난한 사람들에게 복음을 전하기 위하여 오셨다고 말입니다. 저는 여러분이 그 말씀에 대해 깊이 생각해본 적이 있는지 알 수 없습니다. 다만 제가 처음 그 말씀을 들었을 때를 여러분에게 말하려고 합니다. 오늘과 똑같은 그

---

13) 사도행전, 26:18. "그들의 눈을 뜨게 하고, 어둠에서 빛으로, 사탄의 세력에서 하느님께로 돌아오게 하였다. 그리하여 그들의 죄를 용서받을 수 있게 하고, 또 나를 믿어 거룩하게 된 백성들과 한자리에 들게 하겠다."

14) 마태복음, 11:28. "무거운 짐을 지고 지친 사람은 모두 나에게 오너라. 내가 너희를 쉬게 할 것이다." 요한복음, 10:10. "도둑은 훔치고, 죽이고, 파괴하기 위한 목적으로 온다. 그러나 나는 양들이 생명을 더욱 풍성히 얻게 하기 위해 왔다."

15) 누가복음, 23:34. 예수님께서 말씀하셨습니다. "아버지, 저 사람들을 용서하여 주소서. 저들은 자기들이 하고 있는 일을 알지 못합니다." 사람들이 제비를 뽑아 누가 예수님의 옷을 차지할지 결정하였습니다.

16) 마태복음, 24:30. "그때에 예수님이 오실 징조가 하늘에 있을 것이다. 그때에 세상의 모든 민족들이 울며, 예수님께서 큰 권능과 영광으로 하늘 구름을 타고 오는 것을 볼 것이다." 디모데후서, 4:1. "나는 하느님과 그리스도 예수 앞에서 그대에게 명령합니다. 예수 그리스도께서는 산 자와 죽은 자를 심판하실 분이십니다. 그분은 이 땅에 다시 오셔서 그의 나라를 세우실 것입니다."

런 저녁 무렵이었지요. 어린 소녀였던 저는 이모님을 따라 어떤 훌륭한 사람의 설교를 듣기 위하여 야외로 나갔습니다. 여기 우리가 모여 있는 것처럼 말입니다. 저는 설교자의 얼굴을 아직도 생생히 기억합니다. 그는 많이 연로했고, 긴 백발이었지요. 그의 목소리는 제가 이제껏 들어본 그 어떤 목소리보다도 부드럽고 아름다웠습니다. 제가 그때는 작은 소녀였기 때문에 잘 알지 못했지만 설교했던 노인은 지금껏 제가 알고 있던 사람과는 상당히 다른 분 같았습니다. 저는 그분이 아마도 우리에게 설교하기 위해 하늘에서 내려왔나 보다 하고 생각했었지요. 그래서 나는 말했습니다. '이모, 저 할아버지는 오늘 밤 성경에서 본 그림처럼 하늘로 돌아갈까요?' 라구요.

그 하느님의 사람은 바로 웨슬리 씨였습니다. 웨슬리 씨는 우리의 축복되신 주님이 하셨던 일을 그대로 행하시며 자신의 일생을 바쳤지요. 불쌍한 사람들에게 복음을 전하시다가 8년 전에 하늘나라로 가셨습니다.[18] 저는 몇 년이 지난 뒤에야 그분에 대하여 더 많이 알게 되었습니다. 하지만 그때는 제가 어리석고 둔한 아이였기 때문에 그분의 설교 중에서 오직 한 가지밖에 기억하지 못했습니다. 그것은 '복음' 이란 '좋은 소식' 이라는 것이지요. 여러분도 아시는 것처럼 복음은 하느님을 우리에게 알려주는 성경 말씀이랍니다.

자, 한번 생각해보십시오! 예수 그리스도는 정말로 하늘에서 오신 분입니다. 어리석은 아이처럼 저도 웨슬리 씨가 하늘에서 오신 분이

17) 누가복음, 4:18. "주님의 성령이 내게 내리셨다. 이것은 내게 기름을 부으셔서 가난한 자에게 복음을 전파하게 하려는 것이다. 포로들에게 자유를 선포하고, 못 보는 자들에게 다시 볼 수 있음을 선포하고, 억눌린 사람에게 해방을 선포하려고 나를 보내셨다. 주님의 은혜의 해를 선포하라고 하셨다." 웨슬리는 설교할 때마다 항상 제일 처음에 이 말로 설교를 시작했다. 특히 브록스톤에 있는 킹스우드라는 마을에 있는 광부들에게 자기 설교를 시작할 때면 이 말을 자주 사용했다. 가난한 사람들을 배려해준다는 것이 감리교의 복음의 핵심이고, 작가 조지 엘리엇의 예술관의 핵심이다.
18) 이 말은 사람이 죽었다는 말을 기독교식으로 넌지시 둘러말하는 점잖은 표현이다. 웨슬리는 1791년에 죽었다. 히브리서, 4:5~6에 이런 표현이 나온다. 그리고 다시 하느님께서는 "그들이 결코 내 안식처에 들어오지 못할 것이다."라고 말씀하셨습니다. 하느님의 안식처에 들어가 안식을 누릴 사람들이 남아 있다는 것은 확실합니다. 그러나 구원의 소식을 처음 들었던 그 사람들은 불순종했기 때문에 그곳에 들어가지 못하였습니다.

라고 착각했었지요. 예수님은 불쌍한 사람들에게 하느님의 좋은 소식을 알려주기 위하여 내려오셨습니다. 사랑하는 여러분! 여러분과 저는 가난합니다. 우리는 허름한 오두막집에서 태어났고, 보리빵을 먹으며 자랐으며, 비천하게 살았습니다. 우리는 학교도 많이 다니지 못했고, 책도 별로 읽지 못했으며 주변에서 일어나는 일 외에는 그 어떤 것도 잘 알지 못합니다. 우리는 좋은 소식을 듣기 원하는 바로 그런 사람들이지요. 사람이 부유하면 먼 곳에서 들려오는 좋은 소식을 들으려 하지 않는 법이지요. 하지만 곤경에 처해 있거나 생계를 위해 고된 일을 해야만 하는 가난한 사람들은 다릅니다. 그들은 자기를 도와줄 만한 친구가 있다는 내용의 편지를 받고 싶어합니다. 분명코 우리는 하느님에 대한 것을 모를 리 만무합니다. 비록 우리가 복음을, 다시 말해 우리 구주가 전해주는 좋은 소식을 들어 본 적이 없다 하더라도 말입니다. 왜냐하면 우리는 모든 것이 하느님에게서 비롯되었다는 것을 알기 때문이지요. 여러분은 거의 매일 이런 말들을 하지 않나요? '이러저러한 일이 일어나게 해주십시오. 제발 주여.' '우리는 곧 잔디 깎기를 시작할 것입니다. 제발 주여, 우리에게 조금 더 햇볕을 보내주십시오.' 하는 말들을요. 우리는 우리가 하느님의 수중에 있다는 것을 너무도 잘 압니다. 우리가 스스로 세상에 나온 것은 아니지요. 우리는 자고 있는 동안에는 깨어 있지 못하잖아요. 햇빛과 바람과 곡식 그리고 우유를 제공하는 젖소들, 우리가 가진 모든 것은 하느님께서 주셨습니다. 하느님은 우리에게 영혼을 주셨으며 부모자식의 사랑과 부부간의 사랑도 주셨답니다. 그런데 우리는 그만큼 하느님에 대해서 알고 싶어하나요? 우리는 하느님이 위대하고 강하다는 것과 모든 일을 뜻대로 하실 수 있다는 것을 압니다. 또 하느님을 알려고 하면 할수록 마치 거대한 바다 한가운데에서 고군분투하는 것처럼 방황하게 되겠지요.

하지만 하느님이 우리처럼 가난한 사람들도 지켜보고 계실까 하는 의문이 들기도 합니다. 어쩌면 위대한 사람들과 현자들 그리고 부자들을 위해 세상을 만드셨을지도 모르지요. 우리에게 한 줌의 작은 양식과 옷 몇 벌을 주는 것이 하느님에게는 그리 힘든 일이 아니겠지요. 여러분, 하느님이 우리에게 얼마나 많은 신경을 써 주는지 어떻게 알 수 있을까요? 그것은 우리가 당근과 양파 밭에 있는 작은 벌레에 신경 쓰는 것과는 비교도 안 됩니다. 우리가 죽을 때 하느님이 돌봐 주실까요? 불구가 되거나, 병들거나, 무기력할 때 하느님이 우리에게 어떤 위안을 주시나요? 한편으로는 우리에게 화를 내실 수도 있습니다. 그렇지 않으면 왜 식물 마름병이 돌고, 흉년이 들고, 열병이 돌고, 온갖 고통과 역경이 생기겠습니까? 하느님이 아무리 좋은 것을 보내주신다 할지라도 우리의 삶이 이렇듯 고난으로 가득 차 있어서 그분이 마치 나쁜 것을 보내주신 것처럼 보이기도 하지요. 어떻게 그럴 수 있을까요? 어떻게요?

아! 친애하는 여러분, 우리는 슬프게도 하느님에 관한 복된 소식이 너무도 부족한 가운데 있습니다. 이런 상황 가운데서 또 다른 복된 소식이 무슨 의미가 있겠습니까? 다른 모든 것들이 나고 죽으니 우리도 죽을 때 모두 홀홀 털어버리고 떠나게 되는 것이지요. 하지만 하느님은 다른 모든 것들이 사라졌을 때에도 살아 계십니다. 하느님이 우리 친구가 아니라면 우리는 어찌해야 하나요?"

그러면서 다이나는 복된 소식이 어떻게 전달되는지, 그리고 가난한 이들을 향한 하느님의 마음이 어떻게 예수의 삶에 반영되어 예수가 자신을 낮추고 자비를 행하였는지 설교했다.

"그러니, 보세요. 친구들이여."

그녀가 계속 말했다.

"예수님은 가난한 사람들에게 선을 행하면서 평생을 보내셨습니다. 광야에서 설교하셨고 가난한 일꾼들을 친구로 삼으셨습니다. 그들을 가르치고 고통도 함께 나누셨습니다. 그렇다고 부유한 사람들에게 선을 행하지 않은 것은 아닙니다. 왜냐하면 모든 사람에게 충만한 사랑을 품고 계셨으니까요. 오직 가난한 자들이 자신의 도움을 더 간절히 필요로 한다는 걸 아셨던 겁니다. 그래서 절름발이와 병든 자와 눈먼 자를 치료하시고 굶주린 사람들에게 양식을 내리는 기적을 행하셨습니다. 이 모든 것이 사람들을 불쌍히 여기기 때문이라고 말씀하셨습니다. 그분은 어린아이들에게 매우 친절하셨고 친구를 잃은 사람들을 위로해 주셨습니다. 죄인들의 죄를 딱하게 여기시어 가난한 죄인들에게 매우 친절하게 말을 건네셨지요.

아, 여러분이 만약 그분을 볼 수 있다면, 또 여기 이 마을에 함께 계신다는 걸 안다면 그분을 사랑하지 않으시겠습니까? 우리의 어려움을 함께 감내해 나갈 만큼 친절한 친구이신 예수님! 그분의 가르침을 받는다는 것은 얼마나 즐거운 일입니까.

자, 사랑하는 친구들이여, 예수님이 누굽니까? 그분은 다만 선한 사람일 뿐일까요? 아주 선한 사람 그 이상입니다. 물론 예수님도 우리 곁을 떠나간 사랑하는 우리의 친구 웨슬리 씨같이 선한 분이지요. 하지만 예수님은 하느님의 아들이시고, '하느님 아버지의 형상이다.'[19]라고 성경에 쓰여 있지요. 그 말은 예수님이 만물의 시작이고 끝이신 하느님, 즉 우리가 알고 싶어하는 하느님과 똑같은 분이라는 것을 의미합니다. 그러므로 예수 그리스도가 가난한 자들에게 보여주었던 모든 사랑은 하느님이 우리에게 주신 사랑과 똑같은 것이지요. 우리는 예수님이 느끼시는 것을 이해할 수 있습니다. 왜냐하면 예수님은 우리의 몸과 똑같은 육체를 가지고 이 세상에 오셨으며 우리들의 언어와 똑같은 언어로 말씀하셨기 때문입니다. 세상과 하늘과 천둥과 번개를 만드신 하느님, 이전에는 하느님이 어떤 분이신지 생각하기조차 두려워했지요. 우리는 결코 하느님을 볼 수 없습니다. 그저

---

19) 고린도후서, 4:4. "이 시대의 신이 믿지 아니하는 사람들의 마음을 어둡게 하여 하느님의 형상이신 그리스도의 영광을 드러내는 복음의 빛을 보지 못하게 하였습니다."

하느님이 창조해 놓으신 것만을 볼 뿐이지요.[20] 그 중에는 아주 끔찍한 것들도 있어서 우리는 하느님을 생각하기만 해도 무서워 벌벌 떨기까지 했습니다. 그러나 복되신 구세주는 우리처럼 가난하고 무지한 사람들이 이해할 수 있도록 하느님이 누구신지 보여주셨답니다. 예수님은 하느님의 마음과 우리에 대한 하느님의 생각이 어떤 것인지 보여주셨답니다.

예수님이 이 땅에 왜 오셨는지 우리 조금만 더 생각해보도록 합시다. 언젠가 예수님이 이렇게 말씀하신 적이 있습니다. '나는 길 잃은 자들을 찾아 구원하러 왔느니라.'[21] 또 언젠가는 이렇게도 말씀하셨지요. '나는 의인을 구하러 온 것이 아니라 죄인을 회개시키기 위하여 왔다.'[22] 라고요.

길 잃은 자들……! 죄인들……! 아, 친애하는 여러분, 그것이 바로 여러분과 나를 의미하는 것이 아니고 무엇이겠습니까?"

이때까지 나그네는 다이나의 부드럽고 고조된 목소리에 매혹되어 그의 의지와 상관없이 그곳에서 꼼짝할 수 없었다. 그녀의 목소리는 본능적으로 무의식적인 기교에 따라 연주되는 훌륭한 악기의 음색처럼 다양했다. 그녀가 말하는 단순한 얘기들이 신기하게 보이기까지 했다. 마치 소년 성가대가 맑은 목소리로 어떤 선율을 들려주었을 때, 지금까지 전혀 몰랐던 새로운 감동을 느낀 것처럼 말이다. 그녀가 말할 때마다 전달되는 조용하면서도 깊이 있는 확신이 그 자체로 설교의 진리를 증명해 주는 것처럼 보였다. 나그네는 그녀가 청중을 완전히 사로잡는 것을 보았다. 마을 사람들은 그녀에게 더 가까이 몰려들었고, 모두 엄숙한 표정으로 주목하고 있었다. 그녀는

---

20) 로마서, 1:20. "세상이 창조된 이래로 하느님의 보이지 않는 성품인 그분의 영원한 능력과 신성은 그가 만드신 만물을 보고서 분명히 알 수 있게 되었습니다. 그러므로 사람들은 핑계를 댈 수 없습니다."
21) 누가복음, 19:10. "예수님은 잃어버린 사람을 찾아 구원하러 왔다."
22) 마태복음, 9:13. "너희는 가서 '나는 희생 제물보다 자비를 원한다.' 라는 말씀이 무슨 뜻인지 배워라. 나는 의인을 부르러 온 것이 아니라, 죄인을 부르러 왔다."

천천히 말하면서 꽤 유창하게 말을 이어가기도 하고 질문을 던진 후 혹은 다른 이야깃거리로 넘어가기 직전에 간간이 말을 잠시 멈추기도 하였다. 그녀의 행동이나 몸짓은 아무런 변화도 없었다. 그녀는 그저 음성 조절만으로 설교의 효과를 만들어 냈다.

"우리가 죽을 때 하느님께서 우리를 돌봐주실까요?"

이렇게 질문을 할 때에 그녀의 목소리는 아주 냉정한 사람들까지도 눈물을 흘리게 만들 정도로 호소력이 짙었다. 나그네는 그녀가 함부로 떠들어 대는 청중의 마음을 꾸준히 붙잡아 둘 수 있을지에 대해서는 더 이상 의심하지 않았다. 그래도 여전히 그녀가 사람들을 더 많이 감동시킬 수 있는 힘을 발휘할지 궁금했다. 사람을 이렇게 감동시키는 것만 봐도 그녀는 감리교 설교자가 갖춰야 할 능력을 충분히 갖추고 있었다. 그녀의 천직이 설교인 것처럼 사람들은 그녀의 설교에 빠져들고 있었다.

그녀의 목소리와 몸짓이 크게 변하면서 "길 잃은 죄인들!"이라고 외칠 때까지 그런 힘은 발휘되었다. 이 말을 외치기 전에 한참 동안 말이 없던 다이나.

그런 광장은 일순간 정적이 흘렀다. 그녀의 얼굴에서는 사람들을 감동시키려는 생각들이 물밀듯이 밀려나왔다. 창백한 그녀의 얼굴은 더 창백해졌고 눈물이 그렁그렁 맺힌 것처럼 눈자위는 더 깊어졌다. 부드럽고 상냥한 두 눈은 연민의 표정으로 파리해졌다. 사람들의 머리 위에서 어슬렁거리는 타락한 천사들을 갑자기 알아보기라도 한 것처럼 말이다. 목소리는 나지막해졌지만 몸짓은 전혀 없었다. 모든 사람 중에 오직 다이나만이 일반적인 랜터교도에 버금갈 수 있었다.

그녀는 입으로만 뻥긋거리는 다른 설교자들과는 달랐다. 스스로의 감정에 충실하면서 자기만의 믿음에서 비롯된 영감으로 말했던 것이다.

갑자기 다이나에게서 새로운 감정이 흘러나오기 시작했다. 조용한 태도는 온데간데없고 좀 전보다 더 격앙되어 한결 빠르고 강렬한 말을 쏟아내었다. 그러면서 사람들에게 '당신들은 죄를 짓고 있으며 악의로 가득 찬 어두운 마음을 가졌고, 신을 거역하고 있다'는 사실을 온 마음으로 호소하였다.

자신은 죄를 혐오하고 신성한 삶을 살면서도 사람들의 구원을 위해 길을 열어준 구세주의 고통을 그대로 실천하고 있는 것만 같았다. 아흔아홉 마리 양보다 한 마리 길 잃은 양을 보살피라 했던가…… 마침내 그녀가 길 잃은 양을 인도하려는 듯 보였다. 모든 청중들에게 말하는 것만으로는 결코 만족할 수 없다는 듯이 한 사람 한 사람에게 다가갔다. 남아 있는 시간 동안 사람들이 하느님께 향하도록 눈물로 간청하며 호소하는 것이었다. 그녀는 죄악 속에서 길을 잃으면 어떻게 되는지 말해주었다. 하느님 아버지에게서 멀어지면 비참한 세상의 껍데기를 먹고살며 영혼이 황폐해진다는 것을 사람들에게 생생히 묘사해 주었다. 그리고 그들이 제 길을 찾아 되돌아오기만을 기다리며 지켜보고 계시는 구세주의 사랑을 이야기했다.[23]

감리교 교우들이 그녀의 설교에 응답하는 듯 탄식하며 신음소리를 내뱉었다. 하지만 마을 사람들의 마음은 쉽게 불붙지 않았고, 위태위태하게 동요되는 듯 보였던 좀 전의 상황만이 다이나의 설교가 불러일으킨 최고의 성과였다. 지금은 그것마저 쉽사리 가라앉아버렸다. 그래도 귀가 먹어 말을 잘 알아들을 수 없어서 한참 전에 집으로 가버린 태프트 노인과 어린아이들을 제외하고는, 그 누구도 자리를 떠나지 않았다. 와이어리 벤은 기분이 몹시 언짢아져서 다이나의 설교를 괜히 들으러 왔구나 하고 생각할 정도였다.

그는 그녀의 말들이 어떤 경우든 자신의 뇌리에서 사라지지 않을 거라는 걸 안 것이다. 그녀가 특별히 그에게 시선을 고정한 채 이야

---

23) 누가복음, 15:11~32. 예수님이 탕아에 대한 이야기를 하신 것을 언급한 것이다.

기할 때마다 거북하고 싫었음에도 불구하고 벤은 그녀를 보며 그녀의 설교를 듣는 것을 그만두고 싶지 않았다. 다이나는 아내를 편하게 해주려고 아기를 대신 안고 있는 샌디 짐에게도 벌써 말을 걸고 있었다. 덩치는 커도 마음이 여린 이 남자는 주먹으로 눈물을 훔치며 앞으로 더 착한 사람이 되겠다고 모호하게나마 결심하였다. 또한, 스톤 피츠 근방에 있는 홀리부시 술집에는 발길을 끊고 주일마다 교회에 가서 꼬박꼬박 회개해야겠다고 마음먹었다.

샌디 짐 앞에는 채드네 베시가 서 있었는데 그녀는 다이나의 설교가 시작될 때부터 시종일관 예사롭지 않게 조용히 꼼짝 않고 설교에 집중하고 있었다. 다이나의 설교에 푹 빠져서가 아니었다. 베시는 자기처럼 젊은 여자가 다이나가 쓴 모자와 똑같은 모자를 쓴다면 얼마나 즐겁고 행복할까 하는 생각을 골똘히 하고 있었다. 베시는 거기에 대한 적절한 해답을 찾지 못하자 이내 궁금해 하지 않기로 했다. 대신 그 다음에는 다이나의 눈, 코, 입, 머리를 찬찬히 살펴보며 저렇게 창백한 얼굴을 가지는 편이 더 나을까 아니면 자기처럼 통통하고 붉은 뺨과 동그란 검은 눈을 가지는 편이 더 나을까에 대해 생각하였다. 그러나 다이나가 자기를 향해 설교를 점점 더 진지하게 하는 것 같자 베시도 어느덧 다이나가 무슨 말을 하고 있는지 의식하게 되었다. 부드러운 목소리와 애정 어린 설득은 베시를 감동시키지 못했다. 그러나 다이나가 한층 강하게 호소했을 때 채드네 베시는 겁을 먹기 시작했다. 사람들은 불쌍한 그녀를 항상 천박한 아이로 보았고 자신도 그걸 잘 알고 있었다. 만약 그녀가 단정한 사람이었다면 왜 사람들이 품행을 단정히 하라는 말을 했겠는가. 그녀는 샐리 랜처럼 교회에 설 수 있는 자리를 알아보지 못했다. 그녀는 어윈 씨에게 킥킥대면서 '교회에 다니고 있다'고 말하기 일쑤였으며 이런 가벼운 신앙심에 걸맞게 도덕적으로 해이하기까지 했다. 베시는 '달걀이든, 사과든, 땅콩이든 함께 먹으며 지내는 여러 여자들'[24] 중에서도 게을러서 몸을 잘 씻지 않는 부류에 속하는 사람이었다. 그녀가 이런 사람이라는 것은 자신도 잘 알고 있었고 여태껏 창피하게 여기지도 않았었다. 그러나 지금 이 순간, 그녀는 경관이 몇 가지 알 수 없는 죄목으로 자신을 체포하여 재판관 앞에 데려다 놓기라도 한 것처럼 많은 것을 알아차리기 시작했다.

언제나 아주 멀리 계신 줄만 알았던 예수님이 바로 곁에 계시며, 비록 보이지는 않지만 자신을 가까이에서 지켜보고 계신다는 생각에 그녀는 두려워졌다. 다이나는 일반 감리교인들처럼 예수님이 가까이 계시다는 믿음을 가지고 있었다. 때문에 자신의 믿음을 바탕으로 예수님을 생생히 묘사하였고 청중들에게 확실히 전달했다. 다이나의 확고한 설교에 베스는 예수님의 존재를 느꼈고, 그랬기 때문에 두려움을 느꼈던 것이다. 다이나는 예수님은 분명 육신을 가지고 사람들 사이에 계시다고 청중들에게 말했다. 그리고 덧붙여 우리의 마음속에 고뇌와 참회가 파고들도록 언제 어떻게든 갑자기 모습을 드러내신다는 것도 말했다.

"자, 보세요!"

다이나가 이렇게 외치면서 고개를 왼쪽으로 돌려 사람들의 머리 위 어느 한 점을 꼼짝 않고 응시했다.

"우리의 복되신 주님이 여러분을 향해 두 팔을 활짝 펴고 눈물을 흘리며 서 계신 곳을 보세요. 이제 그분이 말씀하십니다. '병아리를 품고 있는 암탉처럼 내가 얼마나 너희들을 자주 끌어안는지 아느냐! 그런데 너희들은 오려고 하지도 않는구나!' 25) 여러분들은 다가가려고 하지도 않는군요!"

---

24) 영국의 속담. 요리 솜씨 없는 여자가 만든 맛없는 음식이지만 그것이라도 여러분은 먹을 수밖에 없다는 뜻이다.

25) 마태복음, 23:37. "예루살렘아, 예언자들을 죽이고 하느님께서 네게 보내신 사람들을 돌로 친 예루살렘아! 암탉이 병아리들을 날개 아래에 품듯이, 얼마나 내가 나의 자녀들을 자주 끌어안으려 했느냐! 그러나 너희들은 원하지 않았다.

그녀가 다시 사람들에게 시선을 옮기며 탄원하는 어조로 반복했다.

"그분의 귀한 두 손과 두 발에 박힌 못 자국을 보십시오.[26] 그 흉터를 만든 것은 바로 여러분들의 죄입니다! 그분이 얼마나 창백하고 지쳐 보이십니까! 그분은 골고다 언덕에서 엄청난 고통을 모두 겪어 내셨습니다. 그분의 영혼은 깊은 슬픔으로 가득하여 죽음에 이를 정도였고, 거대한 땀방울들은 마치 핏방울처럼 땅에 떨어졌습니다.[27] 사람들은 침을 뱉고, 괴롭히고 채찍질하며 조롱했지요. 그리고 그분의 멍든 양 어깨 위에 무거운 십자가를 지우고, 급기야 못까지 박아 버렸습니다.

아! 얼마나 고통스러웠겠습니까! 예수님의 두 입술은 갈증으로 바짝 말랐고, 사람들은 엄청난 고통을 당하고 있는 그분을 조롱했습니다. 예수님은 타들어 가는 입술로 기도하셨습니다. '아버지, 저들을 용서하소서. 저들은 자신이 무슨 일을 하는지 알지 못할 따름입니다.'[28] 그러자 어마어마한 어둠의 공포가[29] 그분을 덮쳤습니다. 하느님에게서 영원히 쫓겨났을 때 죄인들이 느끼는 것과 똑같은 것을 그분도 느끼셨지요. 그것은 고통의 쓴 잔에[30] 남은 맨 마지막 잔재였지요. '나의 하느님, 나의 신이여!' 그분이 울부짖었습니다. '왜 저를 버리셨나이까?'[31]

예수님은 여러분을 위해 몸소 모든 고통을 겪으셨습니다! 여러분을 위해서요. 그런데도 예수님을 몰라주시다니요. 여러분을 위해서

---

26) 요한복음, 20:25. 그래서 다른 제자들이 도마에게 "우리가 주님을 보았다"라고 말했습니다. 그러자 도마는 "내가 직접 예수님 손에 있는 못 자국을 보고, 내 손가락을 그분의 못 박힌 곳에 찔러보고, 내 손을 그의 옆구리에 넣어 보기 전에는 못 믿겠다."고 말했습니다.
27) 누가복음, 22:44. 예수님께서 고통스러워하시며 더 간절히 기도하셨습니다. 땀이 마치 핏방울처럼 땅에 떨어졌습니다.
28) 누가복음, 23:34. 예수님께서 말씀하셨습니다. "아버지, 저 사람들을 용서하여 주소서, 저들은 자기들이 하고 있는 일을 알지 못합니다."
29) 누가복음, 23:44. 정오 때쯤에 어두움이 온 땅을 덮어서 오후 3시까지 계속되었습니다.
30) 마태복음, 26:39. 그리고 나서 약간 떨어진 곳으로 가서 얼굴을 땅에 대고 기도하셨습니다. "나의 아버지, 할 수만 있다면 제게서 이 잔을 지나가게 해주십시오, 그러나 내 뜻대로 하지 마시고, 아버지의 뜻대로 하시길 원합니다."
31) 마태복음, 27:46. 오후 3시쯤에 예수님께서 "엘리, 엘리, 라마 사박다니." 하고 큰소리로 외치셨습니다. 이 말은 "나의 하느님, 나의 하느님, 어찌하여 나를 버리셨습니까?"라는 뜻입니다.

고통을 당하셨는데도 등을 돌리고 마는군요. 그분이 여러분을 위해 감수한 일들에 대해 아랑곳하지 않는군요. 그분은 여러분을 위해 쉼 없이 고초를 겪고 계십니다. 죽은 자들 가운데서 다시 살아나셨고, 하느님의 오른편에 앉아서 여러분을 위해 기도하고 계십니다.[32] '아버지, 저들을 용서해주십시오, 저들은 자신이 무슨 일을 하는지 알지 못하나이다.' 그분은 이 땅에 계시기도 합니다. 우리 가운데에 있습니다. 지금 여러분 곁에 가까이 있습니다. 제게는 그분의 상처 난 육신과 사랑 가득한 표정이 보입니다."

여기서 다이나는 베시 크래네지에게 고개를 돌렸다. 베시의 아름다운 젊음과 훤히 보이는 허영심에 다이나는 연민을 느끼지 않을 수 없었다.

"가여운 아가! 불쌍한 아가! 예수님은 너를 간절히 찾고 있는데 너는 그 부름을 듣지 못하는구나. 너는 귀걸이와 아름다운 드레스, 모자만을 생각할 뿐 너의 소중한 영혼을 구해주려고 죽음을 택한 구세주는 생각지 않는구나. 너의 두 뺨은 언젠가 주름지고, 머리는 하얗게 세고 불쌍한 육신은 말라비틀어질 것이다! 그때 너는 너의 영혼이 구원받지 못한 것을 깨닫게 되리라. 죄와 악 그리고 망상들로 얼룩진 옷을 입고 하느님 앞에 서야만 하리라. 지금 너를 도우려 네 앞에 서 계신 예수님이 그때는 너를 돕지 않으실 거다. 왜냐하면 네가 그분을 구세주로 받아들이지 않았으니 그분이 너의 재판관이 되시리라. 지금은 그분이 사랑과 자비로 너를 바라보시며 '생명을 얻으려거든 내게로 오라.' 고 말씀하시지만[33] 그때가 되면 너를 외면하고 이렇게

---

32) 로마서, 8:34. 누가 감히 죄가 있다고 판단하겠습니까? 죽으신 분은 그리스도 예수이십니다. 그분은 죽으셨을 뿐만 아니라, 다시 살아나 하느님의 오른편에 앉아 계시면서 우리를 위해 중보 기도를 하고 계십니다.
33) 마태복음, 11:28. "무거운 짐을 지고 지친 사람들은 모두 나에게 오너라. 내가 쉬게 할 것이다." 요한복음, 10:10. "도둑은 훔치고, 죽이고, 파괴하기 위한 목적으로 온다. 그러나 나는 양들이 생명을 더욱 풍성히 얻게 하기 위해 왔다." 다이나의 말은 이 두 개의 말씀이 합쳐진 말이다.

말씀하실 것이다. '영원히 불지옥으로 떨어져라!'[34]"

가여운 베시의 검은 두 눈이 휘둥그레지더니 눈물로 가득 차기 시작했다. 그녀의 넓적한 붉은 뺨과 입술은 아주 창백해졌고 얼굴은 막 울음을 터뜨리려는 아기처럼 일그러졌다.

"아! 아무것도 모르는 불쌍한 아이로구나!"

다이나가 계속 말했다.

"한때 헛된 생각들로 가득 찼던 시절, 하느님의 종에게 우연히 벌어졌던 일이 여러분에게도 똑같이 벌어졌다고 상상해보십시오. 그 종은 레이스 달린 모자를 갖고 싶어서 돈을 모았지요. 어떻게 하면 깨끗한 마음과 올바른 정신을 가질 수 있겠는지를 전혀 생각지 않고 오직 다른 소녀들보다 더 좋은 레이스를 가지려는 생각뿐이었답니다. 그런데 어느 날 그 종이 새 모자를 쓰고 거울을 봤더니 가시 면류관을 쓰고 피 흘리는 한 얼굴이 보였습니다. 그 얼굴이 지금 너를 보고 있다."

이때 다이나가 베시 바로 앞쪽 한 지점을 손가락으로 가리켰다.

"아, 그런 어리석은 것들을 떨쳐버려라! 그것들이 너를 무는 살모사로 알고 그것들을 내던져 버려라! 어리석음이 너 자신을 물고 있다. 너의 영혼을 독으로 물들이고 있다. 네가 빛과 하느님으로부터 점점 멀어져 영원히, 영원히, 영원히 가라앉게 될 어둡고 밑 없는 구덩이 속으로 너를 끌고 내려갈 것이다."

베시는 더 이상 참을 수가 없었다. 그녀는 엄청난 공포 때문에 귀걸이를 잡아채어 앞으로 내던져 버리고는 큰소리로 흐느꼈다. 그녀의 아버지인 채드는 자신도 다이나에게 걸려들까 봐 겁을 냈다. 반항적인 베시가 이런 감정을 보인 것은 기적에 가까운 일이어서 그에게는 상당한 충격이었다. 그는 급히 그 자리를 빠져나가 마음을 추

---

34) 마태복음, 25:41. 그러고 나서 왼쪽에 있는 사람들에게 이렇게 말할 것입니다. "저주받은 자들아, 내게서 떠나 악마와 그 부하들을 위해 준비한 영원한 불속에 들어가거라."

스르려고 모루(대장간에서 불에 달군 쇠를 올려놓고 두드릴 때 받침으로 쓰는 쇳덩이) 앞으로 다가가 일하기 시작했다.

"설교를 하든 말든 누구라도 편자는 사기 마련이야. 그것 때문에 저 악마 같은 여자가 나를 꼬집어 말하지는 않겠지."

채드는 중얼거리며 혼잣말을 했다.

이제 다이나는 회개하는 자들을 위해 준비해둔 이야기를 하기 시작했다. 기쁨과 믿음을 가진 자의 영혼에만 신의 평화와 사랑이 충만하다는 내용이었다. 신의 사랑이 어떤 식으로 가난함을 부유함으로 바꿔 놓는지, 또 영혼을 살찌우는지, 속세의 욕망에도 흔들리지 않으며 두려움에 놀라지 않게 하는지를 묘사했다. 그리고 죄에 대한 유혹이 마침내 어떻게 소멸하는지를 설명해 주었다. 인간의 영혼과 영구한 태양이신 하느님 사이에 어떤 어둠의 그림자도 드리우지 않을 때, 그때 비로소 땅 위에 천국이 도래한다는 것을 말해 주었다.

"친애하는 여러분!"

그녀가 마지막으로 이야기했다.

"형제자매들이여, 주님이 사람들을 위해 죽으셨던 것만큼이나 저도 여러분을 사랑합니다. 제 말을 믿으십시오. 저는 커다란 축복이 무엇인지 알고 있습니다. 그것을 알기 때문에 여러분도 그 축복을 받으셨으면 좋겠습니다. 저는 여러분처럼 가난합니다. 생계를 위해 제 손으로 직접 일해야 합니다.

만약 어떤 지주나 귀부인이라 하더라도 자신의 영혼에 하느님의 사랑을 품지 않는다면 누구도 저만큼 행복할 수는 없겠지요. 하느님의 사랑을 품는다는 것이 무엇입니까. 그것은 죄만 미워할 뿐 다른 모든 것을 사랑하게 되는 것입니다. 모든 피조물에 신의 사랑이 충만하다는 것을 알게 되면 그 어떤 두려움도 사라집니다. 만물이 다 선으로 변할 수 있다고 확신하는 것이요, 고통에 집착하지 않는 것입니다. 왜냐하면 그것이 우리 하느님 아버지의 뜻이기 때문이죠.

그 어떤 것도, 아니, 이 땅이 모조리 불타 버리거나 홍수가 나서 모두 죽는다 할지라도 하느님과 우리는 떨어질 수 없습니다.[35] 우리를 사랑하시고 우리의 영혼을 평화와 기쁨으로 채워주시는 하느님. 하느님과 우리가 결코 떨어질 수 없다는 것을 알게 되는 것. 그것이 바로 축복인 것입니다. 그분의 뜻이라면 무엇이든지 고귀하고 정당하며 올바르다는 것을 우리는 확신합니다.

"사랑하는 친구들이여, 와서 이 축복을 받아 가십시오. 여러분에게 그것을 드리겠습니다. 예수님이 가난한 사람들에게 말씀을 전하기 위해 오셨다는 복된 소식입니다. 그것은 속세의 부와 같은 것은 아닙니다. 속세의 부는 한 사람이 많이 가지면 가질수록 나머지 사람들은 더욱 적게 가지게 되지요. 하지만 하느님은 영원하신 분입니다. 그분의 사랑은 끝이 없습니다.

그 사랑의 물결은 세상 만물 전체에 가 닿습니다.
사랑은 그렇게 풍부하게 갖추어져 있습니다.
모든 사람, 한사람 한사람에게 충분할 정도입니다.
항상, 영원히 충분합니다.[36]

다이나는 최소한 한 시간 이상 설교했다. 하루가 저물어 가는 석양빛이 그녀의 끝맺는 말들을 장엄하게 강조해주는 것만 같았다. 나그네는 그녀의 설교가 어떻게 진행되는지 줄곧 관심 있게 지켜봤다. 그녀의 설교는 마치 연극처럼 전개되었기 때문이었다. 진실하면서도 미리 준비되지 않은 연설이어서 그녀의 내면의 감정이 마음껏 표

---

35) 로마서, 8:35. "누가 우리를 그리스도의 사랑에서 끊을 수 있겠습니까? 아니면 어려움입니까? 핍박입니까? 그렇지 않으면 굶주림입니까? 헐벗음입니까? 위험입니까? 아니면 칼입니까?" 로마서, 8:38-9. "나는 확신합니다. 죽음이나 생명이나, 천사들이나 하늘의 권세자들이나, 현재 일이나 장래 일이나, 어떤 힘이나, 가장 높은 것이나 깊은 것이나, 그 밖의 어떤 피조물이라도 우리를 우리 주 그리스도 예수 안에 있는 하느님의 사랑에서 끊을 수 없습니다."
36) 찰스 웨슬리의 찬송가 〈주님의 끊임없는, 마르지 않는 사랑이시여〉의 4절

출되었다. 그랬기 때문에 이토록 매력적인 설교가 된 것이다. 그제
야 나그네는 말머리를 돌려서 가던 길을 재촉했다. 그때 다이나가
말했다.

"짧은 찬송가를 하나 부릅시다, 여러분."

나그네가 조용히 언덕 아래로 내려갈 즈음이었다. 찬송가의 박자
에 환희와 슬픔이 묘하게 뒤섞이면서 높아졌다 낮아졌다 하는 감리
교인들의 목소리가 반복되어 나그네의 귓가에 들려왔다.

3

설교를 마친 후

설교가 끝난 지 한 시간도 채 안 되어, 세스 비드는 다이나와 함께 관목 울타리 길을 따라 나란히 걸어가고 있었다. 그 길은 마을과 홀 팜 사이에 있는 목초지를 푸른 밀밭의 가장자리를 따라가며 에워싸고 있었다. 다이나는 퀘이커 교도들이 쓰는 작은 모자를 벗어 손에 들고 황혼녘의 서늘한 저녁 대기를 그 어느 때보다 더 홀가분하게 만끽하고 있었다. 내성적인 세스는 다이나에게 뭔가 말하고 싶었지만 차마 말을 꺼내지 못하고 다만 함께 걸으면서 그녀의 얼굴 표정을 그저 자세히 살필 뿐이었다.

그녀의 엄숙한 표정에는 아무것도 의식하지 않는 평안함이 엿보였다. 그건 이 순간의 분위기나 개인적인 일과는 전혀 상관없는 생각들에 골몰하는 표정이었다. 무엇보다도 연인의 의욕에 찬물을 끼얹어버리는 표정이었다. 그녀의 걸음걸이 역시 세스에게 말하고 싶은 의욕을 북돋워주지 못하였다. 다이나의 걸음걸이는 마치 자기를 바래다 줄 사람을 전혀 원치 않는다는 듯 조용하면서도 가벼웠다. 세스는 이런 감정들을 희미하게나마 느끼고 있었다.

그는 속으로 생각했다. '나 같은 사람은 물론이고, 어떤 남자한테도 다이나는 너무 과분한 여자야.' 그리고는 자신이 생각하고 있는 그런 말들이 흘러나오기 전에 얼른 입을 다물었다. 하지만 또 다른 생각이 세스에게 용기를 불어넣어 주었다. '그녀를 나보다 더 많이 사랑하고 자유롭게 해주어 하느님의 일을 따르고 살아가도록 배려해 줄 수 있는 남자는 없어.'

그들은 베시 크래네지에 대해 이야기를 나누고는 또 한참 동안 서로 아무 말도 하지 않고 걷기만 했다. 마치 다이나는 세스의 존재조차 잊어버리고 있는 것만 같았다. 걸음걸이마저 더 빨라지고 있어서 이제 홀 팜의 대문까지 얼마 남지 않았다는 생각에 세스는 용기를 내어 입을 열었다.

"다이나, 토요일에 스노필드로 꼭 돌아가겠다고 마음을 굳힌 거예요?"

"네."

다이나가 조용히 대답했다.

"그곳에서 부름을 받았어요. 일요일 밤에 묵상하던 와중에 갑자기 알렌 자매가 저를 필요로 한다는 생각이 떠오르더군요. 그 자매는 병으로 몸이 쇠약해져 있답니다. 저는 엷은 흰 구름 조각을 본 것처럼 분명히 그녀를 보았어요. 불쌍하리만치 여윈 손을 들어서 제게 와달라고 손짓하고 있었어요. 그리고 오늘 아침 제가 계시를 받기 위해 성경을 펼쳤는데, 그때 맨 처음 눈에 띈 말이, '우리는 이 환상을 본 후에 우리가 즉시 마케도니아로 떠날 준비를 했습니다.'[37]였습니다. 그 말이 주님의 뜻을 분명히 보여주는 것이 아니라면 가고 싶지 않았겠지요. 이모님과 사촌 동생들, 그리고 방황하는 불쌍한 어린 양 헤티 소렐을 가엾게 여기고 있으니까요. 최근에 헤티에게는 은총이 준비되어 있을지도 모른다는 생각이 들었어요. 그녀를 위해 기도하도록 이끌려진 적이 있었는데 그것이 바로 그 증거인 것 같아요.

"하느님 맙소사."

---

37) 사도행전, 16:10. 바울이 그 환상을 본 뒤에, 우리는 하느님께서 우리를 부르셔서 마케도니아 사람들에게 복음을 전하게 하셨다고 확신하고는 즉시 마케도니아로 떠날 준비를 했습니다.

세스가 말했다.

"아담의 마음은 온통 헤티뿐이에요. 형은 다른 사람은 누구도 거들떠보지 않아요. 형이 혹시 헤티와 결혼하게 되면 어쩌나 하는 마음에 나는 은근히 걱정도 돼요. 왜냐하면 나는 그녀가 형을 행복하게 해줄 거라고는 생각하지 않으니까요. 라헬을 위해 야곱이 그랬던 걸 떠올려 봐요. 살아오면서 숱하게 많은 여자를 만났지만 야곱의 마음은 단 한 명의 여자에게 있었지요. 어떻게 그 한 여자를 위해 7년 동안이나 지치지 않고 일을 할 수가 있었던 걸까요. 정말 신비스러워요. 가끔씩 그들에 관한 말씀이 떠올라요. '그리고 야곱이 라헬을 위해 7년을 봉사하였으나 그녀를 사랑하는 까닭에 7년이 며칠밖에 되지 않는 것처럼 느껴졌습니다.' [38]라는 말씀이오. 다이나! 만약 당신이 7년 뒤에 내게로 오겠다는 희망만 준다면 이 말씀이 나한테도 실현이 될 거예요. 당신도 결혼을 하게 되면 여자는 남편에게 더 많은 신경을 써야 한다고 생각하죠? 사도 바울이 '결혼한 여자는 어떻게 하면 남편을 어떻게 기쁘게 할 수 있을까 생각하며 세상일에 마음을 씁니다.' [39]라고 말씀하셨으니까요. 당신은 내가 뻔뻔하게도 또 이런 말을 꺼낸다고 생각할 수도 있겠네요. 지난 토요일에 이미 당신 마음을 얘기해줬는데 말이에요. 하지만 밤낮으로 생각해 봤어요. 나 자신의 욕망에만 눈이 멀어서 당신이 나를 좋아할 거라고 착각하지 않게 해 달라고 기도했어요. 당신은 성경에 결혼에 대한 부정적인 말씀이 많다고 했지만, 내가 보기에는 긍정적인 말씀들이 훨씬 더 많은 것 같아요. 사도 바울은 다른 구절에서 분명히 이렇게 말하죠. '그러므로 젊은 과부들은 재혼하여 아이를 낳고 집안을 돌보게 하십시오. 그러면 비난받을 일도 없을 것입니다.' [40] 그리고 '두 사람은 한 사람보다 나으리라.' [41] 이 말씀은 다른 경우

---

38) 창세기, 29:20. 야곱은 라헬과 결혼하기 위해 7년 동안 라반을 위해 일했습니다. 하지만 라헬을 너무 사랑했으므로, 야곱에게 그 7년은 마치 며칠밖에 되지 않는 것처럼 느껴졌습니다.
39) 고린도전서, 7:34. 결혼한 남자의 마음은 이렇게 나누어집니다. 결혼하지 않은 여자나 처녀는 자기의 몸이나 영혼을 주님께 거룩하게 드리기 위해 주님의 일에 힘쓰지만, 결혼한 여자는 어떻게 하면 남편을 기쁘게 할 수 있을까 생각하며 세상일에 마음을 씁니다.

뿐만 아니라 결혼에 대해서도 좋게 말하는 대목이에요. 우리는 한마음 한뜻이 되어야 해요,[42] 다이나. 우리 둘 다 같은 주님 한 분을 섬기고 같은 주님의 은혜를 입으려고 힘쓰잖아요.[43] 나는 당신을 구속하고 방해하는 남편은 절대로 되지 않겠어요. 하느님께서 정해주신 일을 당신이 잘 수행할 수 있도록 할 거예요. 나는 최선을 다하여 집안에서나 밖에서나 당신을 보필하고, 당신에게 더 많은 자유를 주겠어요. 당신이 지금보다 더 많은 자유를 누릴 수 있도록 할 거예요. 여태껏 그래왔던 것처럼 당신은 자신만을 위해 사세요. 나는 우리 둘을 위해서 일할게요. 나는 강하니까 분명히 그렇게 할 수 있어요."

한번 말문이 터진 세스는 다급하다 싶을 정도로 진지하게 자신의 마음을 전했다. 준비한 말들을 다 하기도 전에 다이나에게 거절당할까 봐 초조해서였다. 다이나에게 고백할 때 그의 두 뺨은 발그레해졌고, 부드러운 푸른 눈동자에는 눈물이 맺혔다. 마지막 말을 할 때는 목소리마저 떨렸다.

롬셔 지방의 들판에는 여러 갈래의 길이 있었는데, 그 중에 한 길에는 키 큰 바위 두 개가 서 있었다. 이 바위들은 들판의 계단(목장, 농장 따위에 있는 계단으로 가축이 지나가지 못하게 막아두는 역할을 한다.) 역할을 하는 바위들이었다. 그들이 이 바위 사이로 난 아주 좁은 길에 이르렀을 때 다이나가 멈춰 섰다. 그리고 세스를 향해 돌아서더니 부드럽고 차분하면서도 또렷한 목소리로 말했다.

"세스 비드, 저를 사랑해주시는 마음은 고맙습니다. 제가 어떤 남

40) 디모데전서, 5:14. 그러므로 젊은 과부들은 재혼하여 아이를 낳고 집안을 돌보게 하십시오. 그러면 비난 받을 일도 없을 것입니다.
41) 전도서, 4:9. 왜냐하면 두 사람이 한 사람보다 나은 것은 두 사람이 힘을 합치면 더 큰 일을 할 수 있기 때문이다.
42) 사도행전, 4:32. 믿는 사람들의 무리가 다 한마음과 한 정신으로, 자기 것을 자기 것이라고 말하는 사람이 단 한 사람도 없이, 자기가 가지고 있는 모든 것을 서로 나누어 썼습니다.
43) 마태복음, 6:24. "아무도 두 주인을 섬기지 못한다. 한쪽을 미워하고 다른 쪽을 사랑하든지, 한쪽을 귀중히 여기고 다른 쪽을 업신여길 것이다. 너희는 하느님과 재물을 같이 섬길 수 없다."

자를 기독교 교우 이상으로 생각한다면, 그 사람은 아마 당신일 거예요. 근데 저는 제 마음대로 결혼할 수 있을 만큼 자유롭지 못해요. 다른 여자들에게는 결혼이 좋은 것이겠지요. 한 남자의 아내가 되고 아이들의 어머니가 되는 것은 멋지고 축복받은 일입니다. 하지만 이런 말이 있어요. '각 사람은 주님께서 각 사람에게 나눠 주신 대로, 그리고 하느님께서 부르신 위치를 그대로 유지하며 살아가십시오. 이것은 내가 모든 교회에 세워준 원칙입니다.'[44] 하는 말처럼 하느님은 다른 이에게 봉사하도록 저를 부르셨습니다. 저 자신만의 기쁨이나 슬픔에 연연하지 않고 다른 사람들이 기뻐할 때 함께 기뻐하고, 슬퍼할 때 함께 슬퍼하도록[45] 하느님은 저에게 말씀을 전하는 전도사로서의 사명을 주셨습니다. 저는 스노필드의 형제자매들을 떠나서도 살 수 있어요. 그것 역시 하느님의 뜻이니까요. 하지만 그곳의 형제자매들은 세상의 좋은 것들을 별로 갖지 못했어요. 아이의 손가락으로도 셀 수 있을 만큼 나무도 거의 없구요. 가난한 사람들은 겨울에 더 힘들어지는 법이죠. 저에게는 그곳에 사는 몇 안 되는 친구들을 돕고, 위로해주고, 살아갈 용기를 주고, 방황하는 많은 사람들을 찾으라는 소명이 주어졌답니다. 아침에 일어나서 잠자리에 들기까지 제 영혼은 이런 생각으로 가득 차 있어요.[46] 저의 인생은 짧고 하느님의 일은 너무나 위대해요. 그러니 이 세상에서 저 자신을 위해 가정을 꾸린다는 걸 생각이나 할 수 있겠어요? 당신의 말에 귀를 막고 있었던 건 아니에요, 세스. 당신이 저를 사랑한다는 것을 알았을 때 그것이 혹시 인생의 방향을 바꾸라는 섭리가 아닐까 생각했거든요. '우리는 서로의 동반자[47]가 돼야 하나 보다.' 이렇게 생각하고 주님 앞에 그 문제를 펼쳐 놓았어요. 그런데 당신과 결혼해서 함께 살겠다고 마음을 굳히려 할 때마다 항상

44) 고린도전서, 7:17.
45) 로마서, 12:15. 기뻐하는 사람들과 함께 기뻐하고, 슬퍼하는 사람들과 함께 슬퍼하십시오.
46) 예레미야애가, 3:63. 주여, 보십시오. 그들은 앉으나 서나……
47) 요한3서, 8절. 우리 역시 진리를 위해 함께 일하는 사람이 되는 것입니다.

다른 생각들이 떠오르더군요.

　병들어 죽어가는 사람들 곁에서 기도했던 순간들, 하느님의 말씀과 사랑이 제 마음에 넘칠 정도로 가득 차서 행복하게 설교했던 시간들이 떠올랐어요. 계시를 받으려고 성경책을 펴면 제가 어디에서 무슨 일을 해야 할지 분명히 알려주는 말씀이 항상 눈에 띄었죠. 세스, 당신은 제 일을 도우려고 할 뿐, 절대로 방해하지 않겠다는 말을 믿어요. 하지만 우리의 결혼이 주님의 뜻은 아닌 것 같아요. 하느님께서 제 마음을 결혼보다는 다른 길로 이끌고 계시니까요. 저는 남편이나 자식은 만들지 않을 거예요. 이렇게 살다가 죽을 거예요. 저 혼자만의 욕구나 두려움을 제 영혼 속으로는 받아들일 수가 없나 봐요. 제 마음이 궁핍하고 고통받는 가엾은 이들로 가득 채워져야만 비로소 주님이 기뻐하실 것 같아요. 그들은 주님의 사람들이거든요.”

　세스는 더 이상 대답할 수 없었다. 그들은 아무 말 없이 계속 걸었다. 마침내 농장 입구에 거의 다다랐을 때 세스가 입을 열었다.

　“저기…… 다이나, 눈에 보이지 않는 하느님을 보고 있다는 마음가짐으로 이 상황을 참고 견딜게요.[48] 그런데 지금은 내 믿음이 너무나 나약하게 느껴지네요. 당신이 떠나버리면 그 어떤 즐거움도 없을 것 같으니까요.[49] 내가 당신을 사랑하는 건 단순히 남자가 여자를 사랑하는 그런 마음이 아닙니다.[50] 왜냐구요? 스노필드까지 따라가서라도 당신 옆에 있을 수만 있다면 나는 그것만으로도 만족하거든요. 당신과 결혼을 하지 않더라도 말이에요. 내가 당신에게 빠져들게 만든 건 주님의 강한 사랑이에요. 바로 우리 두 사람을 위한 주님의 뜻이란 얘기죠. 어찌 보면

---

48) 히브리서, 11:27. 모세는 보이지 않는 하느님을 마치 보이는 듯이 바라보며 꿋꿋이 참았습니다.
49) 로마서, 5:11. 우리는 이제 우리 주 예수 그리스도를 통해 하느님 안에서 즐거워합니다. 예수그리스도로 말미암아 이제 우리는 하느님과 화해하게 되었습니다.
50) 사무엘하, 1:26. 내 형제 요나단이여, 내가 너를 위해 우노라. 너는 나를 너무나 사랑하였지. 네가 나를 사랑함이 놀라웠으니 여자들의 사랑보다도 놀라웠다.

나만의 시련을 의미하는 것일 수도 있겠네요. 하지만 나는 다른 사람을 위하는 마음보다 당신을 향한 마음이 더 강한가 봐요. 찬송가에 이런 구절이 있죠?

> 짙은 어둠 속에서 그녀가 나타난다면,
> 나의 새벽은 시작된다네.
> 그녀는 내 영혼의 빛나는 샛별,
> 그리고 그녀는 나의 떠오르는 태양이오.[51]

이 노랫말이 틀렸을지도 몰라요. 나는 좀더 많은 걸 배워야 해요.[52] 내가 이곳을 떠나 스노필드로 가서 살아도 불쾌하게 생각하지 않을 거죠?"

"그럼요, 세스, 하지만 그렇게 쉽게 마을과 가족을 떠나서야 되겠어요? 조금만 더 참고 기다리는 편이 나을 것 같네요. 주님이 확실히 불러주실 때까지는 아무것도 하지 마세요. 거기는 황량하고 척박한 땅이에요. 친숙한 이곳 고센 땅[53]과는 달라요. 우리는 우리의 운명을 성급하게 결정하고 선택해서는 안 됩니다. 주님의 인도를 받게 될 때를 기다려야 해요."

"다이나! 무슨 일이 생기면 편지 정도는 써도 되겠지요?"

"그럼요, 물론이죠. 어려운 일이라도 생기면 바로 알려주세요. 당신을 위해 끊임없이 기도할 거니까요."

---

51) 찰스 웨슬리의 찬송가 4절
52) 세스는 이삭 와트의 찬송가 〈나의 하느님, 나의 모든 기쁨의 샘이여〉의 2절에 나오는 대명사를 그대로 쓰고 있다. 원래 이 찬송가는, "가장 어두운 그림자 속에서, 만약 그대가 나타난다면……." 이다. 이러한 언행은 얼마나 대단하게 감리교인들의 사상이 찬송가 작가들의 시에서 영향을 받았는지 잘 보여주고 있다. 그러나 신에게 바치는 찬사를 다이나에게 구애하면서 바친다는 것은 거의 신성모독이라고 할 수 있는 일이다. 사실, 그런 일은 옳은 일이 아닐 것이다.
53) 야곱의 가족들이 정착하여 이스라엘의 민족이 번성했던 곳으로 애굽에서 가장 풍요로운 땅이었다. 성서에 나온 이스라엘 민족들은 이집트에서 황야로 쫓겨나기 전까지 이곳에 살았다. 다이나는 친지들이 있고 풍요로운 헤이슬롭을 성서에 나오는 고센에 빗대어 말하고 있는 것이다.

그들은 농장 입구에 도착했다. 세스가 말했다.

"나는 들어가지 않을게요. 안녕, 다이나."

다이나가 손을 내밀자 세스는 멈춰 서서 망설이다가 그녀에게 말했다.

"얼마간의 시간이 지나면 당신도 세상 만물을 달리 보게 되겠죠? 그것 말고는 아무것도 알 수 없군요. 머지않아 새로운 빛이 나를 인도해줄 거라 믿어요."

"이 문제는 그만 잊어버리기로 해요, 세스. 한 번에 한순간만 사는 것이 좋대요. 이 말은 웨슬리 씨의 책에 나온 말이에요. 계획을 세우는 것이 당신과 저를 위한 일은 아닙니다. 아무것도 하지 말고 그저 순종하며 믿고 따르는 수밖에요. 안녕히 가세요."

다이나는 애정 어린 눈빛으로 슬픈 표정을 지으며 그의 손을 꼭 잡아주고 나서, 대문 안으로 들어갔다. 힘없이 돌아선 세스는 내키지 않는 발걸음으로 집을 향했다. 그는 지름길 대신에 다이나와 함께 지나왔던 들판을 따라 되돌아갔다. 집에 도착하려면 아직도 한참을 더 가야 한다. 그때까지 어떻게든 슬픔을 지우고 표정을 가다듬어야 하리라. 하지만 세스의 파란 리넨 손수건은 이미 눈물로 흠뻑 젖어 있었다. 그의 나이 겨우 스물셋. 이제 막 사랑이 무엇인지를 배우게 된 것이다.

자신보다 훨씬 뛰어나고 훌륭하다고 생각하는 여자를 우러러보며 사랑한다는 것이 어떤 것인지를…… 이런 사랑은 종교적인 감정과 구분하기가 상당히 힘들다. 어떤 사랑이 이처럼 깊고 숭고하겠는가? 여자, 혹은, 자식에 대한 사랑, 예술이나 음악에 대한 사랑 중에서 그 어떤 것을 이런 사랑에 견주겠는가. 어루만져주고, 부드러운 말을 건네고, 가을의 석양, 멋진 기둥이 서 있는 광경, 혹은 고요하고 장엄한 조각상을 보았을 때, 혹은 베토벤의 교향곡을 들었을 때, 우리는 황홀함에 전율한다. 하지만 이 모든 것들은 사랑과 아름다움이라는 헤아릴 수 없는 깊은 바다 속에서 너울거리는 파도와 같고, 잔물결에 불과하다는 것을 우리는 알게 될 것이다.

그런 강렬한 순간에 우리의 감정은 도저히 말로는 표현할 길이 없어 침묵 속으로 빠져들고, 우리의 사랑은 절정에 이르렀을 때 물불을 가리지 않고 성스러운 신비감 속으로 사그라진다. 세상이 시작된 이래로 소박하고 숙련된 직업을 가진 수많은 명장들에게는 축복받은 선물이 있었다. 그것은 사랑을 숭배하는 일이다.

우리는 반세기 이전에 감리교인인 한 목수의 영혼 속에 그런 사랑이 존재했었다는 것을 듣고 놀라지 않을 수 없다. 세스는 목수라는 직업을 갖고 있었고 사랑을 숭배하는 청년이었다. 오래전, 웨슬리와 그의 동료들은 가난한 이들에게 신의 말씀을 전하러 다니다가 날이 저물면 피곤에 지친 몸으로 콘월 울타리에 열린 장미열매와 산사나무 열매를 따먹고는 했다. 그때 웨슬리의 일행을 비춰주던 석양이 지금 똑같은 모습으로 세스를 비추고 있었다.

이런 저녁놀이 저물어 간 지 꽤 오래되었다. 이런 분위기에서 우리가 상상으로 그려 본 감리교는 어떤 모습일까. 혹시 숲이 우거진 원형극장이나 넓은 잎사귀들이 풍성한 단풍나무의 짙은 그늘을 떠올리고 있다면 그것은 실제와 상당히 다르다. 이런 곳에서 거친 남자들과 피곤에 지친 여자들이 원시적인 믿음으로 출발했기 때문이다. 초기 감리교인들은 자신들의 생각을 과거와 연결해보기도 하고, 현재의 지저분하고 궁핍한 삶에서 종교를 통하여 자신들이 구원받을 거라고 믿었다. 이렇게 감리교는 사람들의 영혼 속에서 끝없는 성령과 연민, 그리고 사랑이 뒤섞이는 느낌을 얻게 하였다. 마치 집 없이 사는 가난한 사람들이 환영하는 여름처럼 말이다. 독자들 중 몇몇 사람들은 감리교를 아무런 의미 없이 생각하는 사람도 있을 것이다. 우중충한 거리에 낮게 드리워진 박공지붕(지붕이 ∧모양으로 양쪽으로 경사진 지붕)이나 말주변 좋은 야채장수, 식객 노릇을 하는 설교사가 위선에 가득 차 횡설수설하는 것, 단순히 그것 이상의 의미는 생각하지 않을 것이다. 이런 것들은 최신 유행하는 많은 출판물 가운데에서 감리교를 철저히 분석하여 그럴듯하게 내놓은 사실이라고 할 수 있다.

참 안타깝게도 나는 세스와 다이나를 감리교인 이상으로 꾸며서 묘사할 수는 없다. 그들은 현대적인 사람들이 아니라 아주 옛날 사람들이었다. 계간 평론잡지를 읽거나 현관이 멋진 기둥으로 장식된 최신 양식의 예배당에 다니는 현대적인 사람들이 아니라 아주 구시대에 살았던 옛날 사람들이었다. 그들은 기적을 믿고 순간적인 귀의, 꿈과 환상에 나타난 계시를 믿었다. 그들은 제비뽑기도 하였고, 성경책의 그럴듯한 페이지를 아무렇게나 펴 보았다고 하면서 우연히 눈에 띈 그 구절을 하느님이 인도하시는 말씀이라고 믿었다.

정평 있는 논설자에 의하면 감리교인들은 전혀 인정받을 수 없는 성경 말씀을 글자 그대로 해석하였다고 한다. 이와 같은 성경 말씀에 대한 해석이 올바른 것인지, 그 지시가 제멋대로였던 것은 아닌지는 나로서는 말하기가 어렵다. 나는 종교사에서 믿음, 희망, 그리고 자비심이 잘 조화되는 경우를 한 번도 찾아보질 못했다. 내가 종교사를 제대로 이해했다는 전제하에 말이다. 이 얼마나 놀라운 일인가! 비록 자신이 가진 이론이 잘못되었다 할지라도 이렇게 숭고한 감성을 가질 수 있다는 것이…… 촌뜨기로 몰리는 이웃집 아이가 발작하는 것을 보고 자신이 아끼는 생 베이컨이 조금밖에 남지 않았는데도 이 발작을 멈추게 하려고, 베이컨을 재빨리 아이에게 가져다주었다고 한다. 작은 베이컨 하나로 아이의 발작을 멈추게 하려 했던 것은 안타깝게도 별 효과가 없는 방법이긴 했지만 몰리의 그 행동처럼 따뜻하고 감동적인 이웃 간의 정이야말로 지금도 우리들 마음속에 꺼지지 않는 사랑의 빛으로 남아 있는 것이다.

우리는 어떤 사랑에 익숙해 있는가? 공단 부츠를 신고 크리놀린 스커트를 입은 여주인공과 사나운 말을 탄 남자주인공이 격렬한 열정에 휩싸이고 고상한 슬픔을 겪는 것 같은 이야기에 우리는 눈물을 흘리고는 하지 않았던가. 하지만 다이나와 세스를 그런 감정으로 보아서는 안 된다.

 가여운 세스! 그는 한평생 딱 한 번 말을 타보았다. 어린 소년이었을 때 조나단 버즈 씨가 세스를 자신의 뒤에 앉히고 "꽉 붙잡아라."라고 말하며 말을 태워주었었다. 이처럼, 말을 타본 적이 거의 없는 세스는 기사도 같은 남자주인공과는 너무나 동떨어진 순박한 청년이었던 것이다. 그는 분노를 삼키면서 하느님과 운명을 향해 거칠게 비난하지 않았다. 오히려 그는 엄숙한 별빛 아래에서 집으로 향해 길을 걸어가며 굳게 결심하고 있었다. 이 고통과 슬픔을 억누르겠노라고, 나 자신의 뜻만을 고집하지 않겠노라고, 그리고 나도 다이나처럼 더더욱 다른 사람들을 위해 살겠노라고……

4

비드 집안의 슬픔

최근 며칠 동안 계속 비가 내렸다. 푸른 골짜기 사이에 흐르는 시냇물은 거의 넘칠 정도로 불어났다. 버드나무 가지들이 낮게 드리워져 있는 시냇물 위에는 널빤지로 된 다리가 하나 걸쳐져 있었다. 이 널빤지 다리 위로 아담비드가 성큼성큼 지나갔고 그의 개, 짚은 바구니를 입에 물고서 아담의 뒤에 바싹 따라붙었다. 그는 반대편 산등성이 쪽으로 약 20야드 떨어져 있는 초가집으로 걸어가는 중이었다. 오두막집 옆 마당에는 통나무가 잔뜩 쌓여 있었다.

오두막집 대문은 활짝 열려 있고 초로의 부인이 집 안에서 밖을 내다보고 있었다. 그녀가 조용히 감상하고 있는 것은 저녁놀이 아니었다. 그녀는 흐릿한 눈으로 집 쪽으로 점점 가까워지며 커져오는 형상을 바라보고 있었던 것이다. 그것이 아주 가까이 다가오기 전 짧은 몇 분 동안 그녀는 눈앞에 보이는 형상이 사랑하는 아들 아담이라고 확신했다. 리즈베스 비드는 아담이 늦게 얻은 첫 아이라는 이유로 훨씬 더 애틋하게 그 아들을 사랑하고 있었다. 그녀는 여위고 매사에 걱정이 많았지만 한편으로는 원기왕성하고 아네모네처럼 순수한 사람이었다. 그녀는 회색빛 머리칼을 단정하게 빗어 넘긴 다음 검은 띠로 가장자리를 둘러놓은 하얀 리넨 모자를 눌러쓰고 있었다. 그녀가 목에 둘러맨 담황색 네커치프(중세 이후로 여성들이 머리나 목, 가슴 등에 두르는 장식용 천) 자락이 그녀의 넓은 가슴 위로 살포시 내려와 있었다. 그 밑으로는 엉덩이까지 내려오는 짧은 길이의 파란색 체크 무늬 리넨 잠옷이 보였다. 그녀는 이 잠옷의 허리춤을 단단히 매고 있었고, 잠옷 밑으로는 상당히 기다란 면모직 페티코트가 보였다.

큰 키를 비롯해서 여러 가지로 리즈베스는 그녀의 아들과 닮은 구석이 많았다. 그녀의 검은 눈동자는 나이가 들어서인지 다소 흐릿해 보였다. 아니, 어쩌면 너무 많이 울어서 그렇게 보이는 것인지도 모른다. 그러나 넓고 뚜렷한 눈썹은 여전히 까맣고, 치아도 튼튼했다. 우물에서 물을 길을 때는 아직도 꼿꼿한 자세로 물통을 이었다. 지금도 꼿꼿하게 서 있는 자세로 그녀는 평생 일만 해서 딱딱하게 굳어진 손으로 뜨개질을 하고 있었다. 그 손놀림은 너무나 빨라서 마치 무의식적으로 움직이는 것 같았다. 두 모자는 골격도 닮았고, 열심히 활동하는 성미도 꼭 닮았다. 하지만 아담의 잘생긴 이마와 넓은 이해심을 느끼게 하는 표정은 어머니로부터 물려받은 것은 아닌 것 같았다.

가족이 서로 닮았다는 것은 어쩐지 깊은 서글픔을 느끼게 한다. 자연은 위대한 비극작가이다. 똑같은 뼈와 살로 몸을 만들었다 할지라도 저마다 머릿속에 든 복잡한 생각으로 서로를 갈라놓기도 하고, 그리움과 거부감을 섞어 어우러지게 하기도 하고, 또 어떤 일이 벌어져도 심금을 울리는 애정만 있으면 우리들 사이에 맺힌 갈등을 풀게 하여 다시 우리를 합쳐 놓는다.

우리는 어떤 목소리를 들을 때 미묘한 억양만으로도 우리를 경멸하며 지껄이는 소리인지 아닌지 바로 알 수 있다. 그리고 눈을 보면, 아! 어찌 그리 어머니와 똑같을까. 그런데 그 눈은 냉정한 소외감을 느끼면 시선을 돌려 외면해 버린다. 사랑스런 막내는 슬프게도 오래전에 죽은 여동생과 모습이며 몸짓이 너무 똑같아 우리를 깜짝 놀라게 한다. 아버지는 우리에게 아주 많은 유산을 남겨주셨다. 무의식적인 본능, 조화를 맞출 줄 아는 예리한 감수성, 그리고 남들이 부러워할 만큼 놀라운 손재주 같은 것을 물려주셨다. 하지만 아버지는 매일 실수를 연발해서 식구들 보기가 민망한지 항상 면목 없어 하셨고, 그런 아버지가 우리는 안타깝기만 했다. 우리가 나이가 든 후 주름진 얼굴로 거울을 들여다봤을 때에는 오래전 돌아가신 어머니의 얼굴이 떠올랐다. 어머니는 살아계셨을 때 조바심내면서 말도 안 되는 고집을 부려 어린 우리를 들볶았던 적이 많았다.

지금 리즈베스가 말하는 음성이 바로 어머니의 사랑이 넘치는 조바심 내는 목소리였다.

"얘야! 7시가 넘었잖니. 어디 막내가 태어날 때까지 계속 늑장 부려보지 그랬어. 배고프지? 저녁 먹어야겠구나. 세스는 어디 있니? 또 알량한 예배당에 설교 들으러 갔나?"

"아니에요, 세스는 염려마세요, 어머니. 안심하세요. 한데 아버지는 어디 계세요?"

아담은 집에 들어서자마자 왼편에 있는 방을 들여다보며 급하게 다그쳤다. 그 방은 작업실로 쓰이는 곳이었다.

"톨러가 주문한 관을 아직도 못 짜셨나? 목재들이 아침에 있던 그대로 있네요."

리즈베스는 계속 뜨개질을 하면서 아담을 따라다녔다. 그리고는 몹시 불안한 표정으로 아들에게 물었다.

"관 말이냐? 얘! 네 아버지는 오늘 아침에 트레들스톤에 가시더니 감감 무소식이다. 또 웨깅 오버스로우('뒤집혀진 마차' 라는 뜻) 술집에 가셨는지 원……."

그 얘기를 듣자마자 아담의 얼굴이 확 붉어졌다. 화가 난 모양이었다. 그는 아무 말도 없이 윗도리를 획 벗어 던지더니 소매를 다시 걷어붙였다.

"아담, 뭐 하려구? 응?"

리즈베스가 놀라서 쳐다보며 물었다.

"저녁도 안 먹고 또 일하려는 거야?"

아담은 화가 잔뜩 나서 아무 대꾸도 없이 작업실로 걸어 들어갔다. 리즈베스는 뜨개질 하던 것을 내려놓고 서둘러 아들을 쫓아 들어갔다. 그리고 아담의 팔을 잡고는 애원하듯 말했다.

"안 돼, 아담! 밥도 먹지 않고 일해서야 되겠니? 고기 스프를 끼얹은 감자요리 좀 먹어 봐. 네가 좋아하는 거잖니. 너 주려고 따로 남겨 놓았단 말이다. 어서 저녁 먹자. 응?"

"그냥 놔두세요!"

아담은 퉁명스럽게 대꾸하며, 어머니를 뿌리치고, 벽에 세워져 있던 널빤지 하나를 집어들었다.

"지금 태평하게 저녁 먹으란 말씀이 나오세요? 내일 아침 7시까지 브록스톤에 관을 갖다 줘야 한단 말이에요. 지금쯤은 관이 다 만들어져 있어도 시원찮을 판에…… 보세요. 못 하나도 박아놓지 않으셨잖아요. 울화통이 터져 목구멍이 막혔는지 아무것도 못 먹겠어요."

리즈베스가 아담을 보며 말했다.

"아니, 그렇다고 관이 그렇게 뚝딱 만들어지는 것도 아니잖니? 이렇게 일하다가 쓰러지기라도 하면 어쩌려구. 밤을 꼬박 새워도 다 못 짤 텐데……."

"시간이 얼마나 오래 걸리든 무슨 상관이에요? 관을 만들어 주겠다고 약속했잖아요. 관 없이 시신을 묻을 수 있어요? 그런 식으로 사람들에게 거짓말 하느니, 차라리 일을 너무 많이 해서 제 오른팔이 부러져버리는 게 나아요. 생각할수록 화가 나 미치겠어요. 금방 다 해치울 거예요. 이만한 일쯤이야 충분히 할 수 있어요."

가여운 리즈베스는 이런 협박 같은 말을 처음 듣는 것도 아니었다. 만약 그녀가 현명한 사람이었다면 그냥 조용히 물러가서 한참 동안 아무 말도 안 했을 것이다. 그러나 여자들이 다른 모든 것들에 대해서는 다 알면서도 절대 모르는 교훈 중의 하나가 바로 화났거나 술 취한 남자에게는 절대로 말을 걸지 말아야 한다는 것이었다.

리즈베스는 긴 의자에 앉아서 울음을 터뜨렸다. 실컷 울고 난 뒤, 그녀는 가련한 목소리로 울먹이면서 말을 조잘거렸다.

"안 된다, 얘야, 아들아. 그렇게 막무가내로 고집 부려서 어미 가슴에 이렇게 아픈 상처를 주다니…… 그리고 네 아버지 말이다. 술로 폐인이 돼가는 걸 그냥 내버려 둘 거니? 제발 그러지 마. 내가 죽으면 누군지도 모르는 사람들이 교회 묘지로 실어 갈 텐데, 그때 너는 따라오지도 않겠구나. 그러면 네 마음도 편치 않을 텐데 왜 그러니…… 내가 마지막까지 너를 못 보고 눈을 감는다면 무덤에서도 편히 쉴 수 없을 거다. 네가 먼 곳으로 일하러 집을 나가버리면 분명 세스도 너를 따라갈 테고, 이 어미 옆에는 아버지만 달랑 남을 거 아니냐. 근데 아버지가 손이 떨려서 펜조차 잡을 수 없는 지경에다 네가 어디 있는지조차 모른다면 사람들이 어떻게 나의 임종을 너한테 알려주겠느냔 말이다. 아버지를 용서해라. 아버지에게 그렇게 모질게 굴지 마. 술고래가 되기기 전에는 참 좋은 아버지였잖아. 네 아버지는 솜씨 좋은 일꾼에다 너한테도 그 기술을 가르쳐 주셨다는 걸 잊어선 안 돼. 게다가 너한테 손찌검 한번 하지 않았고, 욕을 해대는 일은 더더욱 없었다. 술이 아무리 취해도 말이야. 너, 설마 아버지를 구빈원에 보낼 생각은 아니지? 그래도 아버지 아니냐. 네가 25년 전 갓난아이로 내 품에 있을 때는 아버지 역시 준수한 청년이었고 너만큼이나 무엇이든 척척 만드는 손재주가 많은 사람이었단다."

리즈베스는 목소리가 점점 커지면서 흐느낌에 숨이 막혔다. 정말로 슬픈 일이 일어나고 무슨 일이 진짜로 벌어졌을 때 들리는 모든 소리 중에서도 가장 귀에 거슬리는 소리로 통곡했다. 아담은 더 이상 못 참겠다는 듯이 짜증을 냈다.

"제발요, 어머니, 그만 좀 우세요. 그리고 그런 말씀도 하지 마세요. 그러잖아도 짜증 나 죽겠는데 어머니까지 왜 그러시냐구요. 매일같이 읊어대는 그 잔소리. 정말 해도 해도 너무하시네요. 그런다고 뭐가 달라져요? 그리고 아버지를 그냥 내버려 두는 거라면 이렇게 널려 있는 일을 제가 왜 직접 하겠냐구요. 쓸데없는 잔소리는 정말 넌덜머리나요. 저는요, 일하려고 숨을 쉬는 거지 말하려고 숨 쉬는 건 아니라구요."

"다른 사람들이 못 하는 일도 너는 척척 잘해낸다는 걸 내가 왜 모르겠니. 근데 너는 아버지한테만 유독 모질게 굴고 있단 말이야. 동생이라면 그냥 끔찍이 감싸고돌면서 말이야. 세스가 잘못했을 때 내가 야단이라도 칠라치면 너는 항상 내 말을 가로막았어. 다른 사람한테는 그렇게 관대하면서 왜 아버지한테는 버럭버럭 화만 내느냔 말이야."

"듣기 좋은 말만 하면 아버지는 일을 그르칠 게 뻔해요. 어머니는 그러길 바라세요? 지금 당장은 화를 낼망정 아버지가 하루빨리 정신 차리도록 도와주는 게 중요하잖아요. 제가 만약 아버지한테 심하게 굴지 않으면 아마 마당에 있는 것들이 남아나질 않을걸요. 벌써 죄다 팔아서 술 마시는데 몽땅 탕진해 버렸을 거라구요. 저는요, 아버지에게는 아버지로서 해야 할 의무가 있다고 생각해요. 아버지가 술독에 빠져 폐인이 되도록 부추기는 것이 자식으로서 제가 할 도리가 아니잖아요. 그리고 세스가 뭐가 어때서요? 걔는 정말 아무 문제없는 착한 아이예요. 그러니까 저 좀 가만 내버려 두세요. 어머니, 저 일 좀 하게 내버려 두시라구요."

리즈베스는 더 이상 말할 엄두가 나지 않았다. 그녀는 불쑥 일어나 짚을 불렀다. 리즈베스는 아담이 밥을 먹는 동안 곁에 앉아 사랑이 듬뿍 담긴 눈길로 지켜봐야겠다는 기대를 잔뜩 하고 있었다. 그런데 그가 저녁식사를 거절하는 바람에 낙심하고는 대신 아담의 개나 실컷 먹여서 자신의 마음을 달래려고 했던 것이다. 짚은 평소와 다른 분위기에 당황했는지 이마에 주름을 잔뜩 잡히도록 긴장하고, 귀는 쫑긋 세운 채 아담을 지켜보고 있었다. 그리고 리즈베스가 자신을 부르자 그녀를 쳐다보더니 먹이를 주려 한다는 사실을 알아채고, 앞발을 불안하게 흔들어 대며 마음의 갈피를 잡지 못하였다. 짚은 웅크리고 앉아 또다시 걱정스럽게 아담을 뚫어지게 쳐다보았다. 아담은 짚이 마음속으로 갈등하고 있는 것을 알아차렸다. 분노가 치밀어서 어머니에게는 평소보다 부드럽게 대할 수는 없었지만, 자신의 개에게만큼은 여느 때와 다름없이 잘 대해 주고 싶었다. 우리는 우리를 사랑하는 어머니들보다 짐승들에게 더 친절하게 대하는 경향이 있다. 짐승들이 말을 못 하기 때문일까?

"짚! 가 봐. 어서!"

아담은 짚을 격려하는 듯한 어조로 말했다. 짚은 자신의 의무도 지키고 동시에 먹이도 먹을 수 있다는 즐거움에 날 듯이 기뻐하면서 리즈베스를 따라 거실로 들어갔다.

짚은 저녁밥을 다 먹어치우자마자 곧바로 자신의 주인에게로 되돌아갔고, 리즈베스는 혼자 앉아서 뜨개질감을 안고 흐느껴 울었다. 마음에 쓰라린 경험이 없거나 화나 본 적이 없는 여자들은 몹시 성마른 법이다. 리즈베스는 남편 때문에 마음고생이 심했기 때문에 결코 성마른 여자는 아니었다. 현명하기로 명성이 자자한 솔로몬도 세상에 고약한 여자는 없다고 생각했다. 여자의 잔소리가 폭우 속에서 퍼붓는 빗줄기처럼[54] 심하다고 해도 그 속에는 나름대로의 이유가 있을 거라고 생각했다. 잔소리가 심하다고 해서 무조건 긴 손톱을 가진 매섭고, 쏘아대고, 이기적인 복수의 여신 같은 그런 여자는 아니라는 것이다. 오히려 솔로몬은 리즈베스와 같이 잔소리가 많은 여자가 분명 좋은 축에 속한다고 생각했을 것이다. 다시 말해 사랑하는 사람의 행복을 최고의 기쁨으로 여기는 여자라고 말이다. 그런 여자는 사랑하는 사람을 위

---

54) 잠언, 27:15. 비 오는 날에 연달아 떨어지는 물방울이나 다툼 잘하는 여인은 마찬가지다.

해 음식을 만들면서 정작 자신에게는 한없이 궁색하기 때문에 받는 사람의 입장에서는 거북하고 부담스러워 하는 건 당연한 일이다. 바로 리즈베스의 경우와 같이 말이다. 그녀는 참을성이 있는 것 같으면서도 불평이 많고 자포자기하면서도 우겨대기 일쑤였다. 뿐만 아니라 어제는 물론, 내일 일어날 일들까지 하루종일 근심하면서 좋을 때나 나쁠 때나 너무 쉽게 울음보를 터트리고는 했다. 그리고 이런 그녀는 아들 아담을 거의 숭배하다시피 했다. 그녀의 사랑에는 어떤 경외심이 뒤섞여 있어서 '날 좀 내버려 두세요.' 라는 말이 끝나기가 무섭게 늘 입을 다물어 버리고는 했다.

얼마나 시간이 흘렀을까. 집안에서는 재깍재깍 울리는 낡은 시계 소리와 아담의 연장소리만이 들릴 뿐이었다. 마침내 그가 등불과, 물 한 잔을 가져다 달라고 청하자(맥주는 오직 공휴일에만 마실 수 있었다.), 리즈베스는 아담에게 물을 가져다주며 용기 내어 말했다.

"출출하면 언제든지 와서 먹어라. 저녁식사는 다 준비해 뒀으니까."

"주무세요, 어머니. 저 때문에 마냥 기다리지 마시구요."

아담은 부드러운 목소리로 말했다. 어느 정도 일을 해 나가자 화는 저절로 사그라졌다. 평소에는 사투리를 쓰지 않던 그였다. 하지만 어머니에게 특별히 따뜻한 말을 건네고 싶을 때 아담은 짙은 토박이 말씨와 사투리를 썼다.

"아부지가 언제 오실지 알아볼게요. 까딱하믄 오늘은 안 들어 오실지도 모르겠으요. 어무니가 잠자리에 드셔야 제 마음이 더 편할끈데요."

"아니다, 세스가 올 때까지 기다릴란다. 많이 늦지는 않을 거 아니냐."

시계는 이미 9시를 넘기고 있었는데, 이 집 시계는 보통 시계보다 조금 빨랐다. 괘종시계가 10시를 울리기 전에 문의 빗장을 열고 세스가 들어왔다. 그는 집에 들어서자마자 뚝딱거리는 연장소리를 듣고 의아한 얼굴로 어머니께 물었다.

"아니, 어머니. 아버지가 이렇게 늦게까지 일을 하시다니…… 어찌 된 일이에요?"

"아버지가 이 시간까지 일하실 것 같니? 하기는, 네 머릿속은 교회 일로 꽉 차 있으니 누가 일하는지 알 턱이 없겠지. 언제든지 간에 일하는 사람은 네 형뿐이잖니. 네 형 말고 일할 사람이 누가 있겠니."

리즈베스는 세스의 마음은 전혀 아랑곳하지 않고 자신이 하고 싶은 말만 계속했다. 그녀는 자신이 경외하고 있는 아담에게는 차마 쏟아 붓지 못했던 잔소리를 세스에게 몽땅 퍼붓고는 했다. 소심한 사람들은 항상 마음 여린 사람들에게만 역정을 내는 법이니까…… 그러나 세스는 평생 어머니에게 한 번도 심한 말을 해 본 적이 없었다. 세스는 걱정스런 표정으로 작업실로 갔다.

"형, 이게 다 뭐야? 맙소사! 아버지가 관 짜는 걸 잊어버리신 거야?"

"이게 뭐 하루 이틀 일이냐. 거의 끝났어."

아담이 예민하게 빛나는 눈빛으로 동생을 쳐다보며 말했다.

"그런데 너는 무슨 일 있었니? 뭐 안 좋은 일이라도 있었던 모양인데?"

세스의 눈이 충혈되어 있었고 온화한 그의 얼굴은 깊은 시름에 잠겨 있는 것처럼 보였다.

"맞아, 하지만 어쩌겠어. 내 운명이 그런걸. 근데 형, 학교에는 안 갔어?"

"학교? 못 갔지. 일이 너무 많아서."

아담이 다시 망치질을 하자 세스가 말했다.

"이제 그거 나한테 맡기고 형은 잠 좀 자."

"아니야. 내가 하던 거니까 마무리도 내가 해야지. 지금 생업에 종사하는 중이잖아. 다 마치고 브록스톤에 갖다줄 때나 좀 도와줘. 동틀 때쯤 부를게. 너는 가서 저녁이나 먹어. 어머니 잔소리 안 들리게 문 좀 닫고 나가고."

세스는 아담이 무슨 말을 하는지 항상 잘 알아들었고, 형의 말에 다른 뜻이 있을 거라고는 생각하지 않았다. 세스는 착잡한 마음으로 거실로 들어갔다.

"아담은 집에 온 뒤로 음식에는 손도 대지 않더구나."

리즈베스가 말했다.

"나는 네가 같은 감리교인 집에서 저녁쯤은 얻어먹었을 줄 알았는데……."

"아뇨, 어머니. 아직 못 먹었어요."

"그럼 이리 오너라. 감자 요리는 손대지 말구. 남겨두면 이따 아담이 먹을지도 모르니까. 고기 스프를 끼얹은 감자요리는 네 형이 좋아하잖니. 아까는 얼마나 화가 났는지 통 아무것도 입에 대지도 않더라. 네 형 먹으라고 일부러 만들었는데 말이야. 글쎄, 또 집을 나가버리겠다고 성질을 부리더라니까."

그녀는 훌쩍거리면서 말을 계속했다.

"날이 밝으면 내가 일어나기도 전에 네 형은 또 온다간다 말도 없이 나가버리겠지. 다시는 집에 오지도 않을 거고. 그런 아들이라면 차라리 없었으면 좋았을걸. 우리 아담은 뉘 집 아들보다도 잘났는데…… 손재주도 좋고 솜씨도 뛰어나고. 여자아이들은 우리 아담만 보면 사족을 못 쓰잖아. 키는 또 얼마나 큰지 포플러 나무처럼 훤칠하잖아. 그런 내 아들이 떠난다니…… 나를 영영 안 본다고 하면 어쩌지?"

"왜 그러세요, 어머니. 괜히 속상해 하지 마세요."

세스가 달래는 목소리로 말했다.

"어머니 때문에 형이 집을 나갈 거라고는 생각하지 마세요. 그럴 이유는 없으니까요. 어머니 곁에 있을 거예요. 화가 나서 괜히 한번 해 본 말일 거예요. 형은 가끔씩 화내고 나서 또 미안해하잖아요. 형은 마음이 착해서 차마 집을 나가지는 못할 거예요. 정말 힘들었을 때 형이 우리 가족을 어떻게 지켜줬는지 생각해보세요. 모아두었던 돈을 다 써서 제가 군대에 가는 것을 막아주었죠. 그것뿐이에요? 아버지 일하는데 쓰시라고 나무도 사드렸잖아요. 형이라고 돈 쓸 일이 없었겠어요? 형 나이쯤 되면 누구든지 결혼해서 잘사는데 말이에요. 형은 마음이 변하거나 자기 일을 저버릴 사람이 아니에요. 설령, 식구들이 평생 큰 짐이 된다 해도 쉽게 저버릴 사람이 아니란 말이에요."

"결혼이라구? 아이고, 말도 마라."

리즈베스가 다시 울면서 말하였다.

"네 형은 헤티 소렐한테만 마음을 두고 있어. 그 헤티라는 아이는 돈 한 푼 저축하지 않고도 늙은 어미 앞에서 고개 빳빳이 쳐들고 있을 아이야. 네 형이 메리 버즈를 아내로 맞는다고 생각해보렴. 그러면 네 형은 동업자가 생겨, 버즈 씨처럼 휘하에 일꾼들을 거느리는 큰 인물이 될 거라고 돌리가 거듭 그렇게 얘기하더구나. 그런데 담벼락에 핀 패랭이꽃처럼 아무 쓸모없는 헤픈 계집아이에게 마음을 두다니. 장부정리나 계산하는 데에는 그렇게 머리가 잘 돌아가면서 정작 결혼 문제에 있어서는 그 여자애보다 더 좋은 사람을 도무지 알아보지 못하는구나!"

"어머니도 잘 아시잖아요. 다른 사람들이 이래라 저래라 한다고 해서 아무나 사랑할 수는 없다는 것을요. 사람의 마음을 움직일 수 있는 것은 하느님밖에 없어요. 우리는 그저 형이 다른 여자를 선택하길 바랄 뿐이죠. 그 문제는 형 자신도 어쩔 수 없는 모양인데 전들 무슨 수가 있겠어요? 한 가지 확실한 건 형도 자신의 감정을 억누르려고 애쓰고 있다는 거예요. 그런데 자꾸 옆에서 이러쿵저러쿵 떠들어 대면 좋아할 리 없잖아요. 그냥 주님께서 형을 축복하시고 이끌어 주시기만을 기도드릴 뿐입니다."

"흥! 너는 기도만 하면 만사가 다 해결되는 줄 아는 모양인데 네가 아무리 기도해도 별 수 없다는 거 나는 다 안다. 너는 이번 성탄절까지 돈을 두 배로 벌어오지도 못할걸? 감리교인들이 너를 네 형의 반만이라도 따라갈 수 있게 만들어 줄 것 같니? 천만에 말씀! 그 사람들은 모두 너를 설교자로 만들려고만 할 거야."

"어머니 말씀도 어느 정도 일리는 있어요."

세스가 부드럽게 대답했다.

"형은 저보다 훨씬 더 훌륭해요. 제가 형을 위해 일하는 것보다 형이 저를 위해 훨씬 더 많은 일을 해주니까요. 하느님은 당신이 보시기에 좋았던 대로 모든 사람에게 맞는 재능을 부여해 주셨어요.[55] 어머니, 기도를 과소평가하지 마세요. 기도가 돈을 벌게 해주지는 못하더라도 돈으로 살 수 없는 것을 가져다주니까요. 기도는 죄를 범하지 않도록 힘을 주고, 하느님이 보내주시는 것이 무엇이든 하느님의 뜻에 만족하도록 해줘요. 어머니, '도와주세요.' 하고 기도해 보세요. 그리고 하느님의 사랑을 믿으세요. 그러면 지금처럼 온갖 것들에 불안해하지는 않으실 거예요."

"내가 불안해한다고? 불안이라…… 그래 그럴지도 모르겠다. 불안해하지 않는 게 뭔지 너를 보니까 훤히 보이는구나. 돈은 버는 족족 다 써버리고 말이야. 비가 와서 일거리가 없어지면 뭐 먹고살 건데? 그때를 대비해서 모아놓은 돈도 한 푼 없잖아. 그러고도 너는 아무 생각이 없으니…… 아담이 너처럼 천하 태평했다면 무슨 돈이 있어 너를 도와주었겠냔 말이다. '내일은 생각하지 말자.'[56]라고? 생각하지 마라? 이 말은 네가 항상 지껄였던 말인데 지금에 와서 남은 게

---

55) 마태복음, 25:14~30. 그는 각자의 능력에 따라 한 사람에게는 5달란트, 다른 사람에게는 2달란트, 또 다른 사람에게는 1달란트를 주고 여행을 떠났다. 고린도전서, 12:11. 이 모든 일은 같은 한 성령이 행하사 그 뜻대로 각 사람에게 나눠주시리라.

뭐야. 아담은 너만 생각하며 사는데."

어머니의 말을 듣고 세스가 대답했다.

"어머니, 그건 성경 말씀이에요. 우리가 게을러야 한다는 의미가
아니구요. 내일 일어날 일들까지 너무 지나치게 염려해서 노심초사
하지 말라는 거예요. 우리의 도리를 다하고 나서 나머지는 하느님의
뜻에 맡겨야 한다는 뜻이라구요."

"아니, 아니, 그건 네 생각이겠지. 되로 퍼서 말로 써먹는 식으로
성경 한 구절 갖고 크게도 부풀려 먹는구나. 어떻게 '내일은 생각하
지 말자.'는 말에 그렇게 많은 뜻이 있다는 거야? 저렇게 두꺼운 성
경책의 깨알 같은 성경 구절을 다 읽고, 거기서 제일 좋은 말씀은 잘
도 골라내면서, 성경보다 거창하지 않으면서 더 좋은 말들은 왜 가
려내지 못하는지 도통 모르겠구나. 아담은 너처럼 어려운 성경 말씀
만 골라서 말하지는 않아. 나는 아담이 '하느님은 스스로 돕는 자를 돕는
다.'[57]는 성경 말씀을 할 때 항상 그 말을 이해한다."

"아니에요, 어머니. 그건 성경 말씀이 아니에요. 형이 트레들스톤
의 진열대에 있는 책을 보고 한 말이라구요. 학식 있는 어떤 사람이
한 말인데, 닳고 닳은 말이라니까요. 하기는 그 말에도 일리는 있어
요. 성경에도 '우리는 하느님과 함께 일하는 일꾼이 되어야 한다.'[58]고 말하
고 있으니까요."

"그래? 내가 그런 걸 어떻게 알겠니. 나한테는 꼭 성경구절처럼
들리던데…… 근데 무슨 일 있었니? 저녁을 통 못 먹네. 귀리 빵 한
조각이라도 먹지 그래. 얼굴이 베이컨 기름 덩어리처럼 창백하네.
정말 무슨 일 있었던 거야?"

"아뇨, 신경 쓰지 마세요. 별로 배가 안 고파서 그래요. 형한테나

---

56) 마태복음, 6:34. 그러므로 내일 일을 걱정하지 마라. 내일 일은 내일 걱정할 것이고, 오늘
의 고통은 오늘로 충분하다."
57) 벤저민 프랭클린의 『가난한 리처드 책력』에 나오는 속담이다.
58) 고린도후서, 6:1. 우리는 하느님과 함께 일하는 일꾼으로서 여러분께 권면합니다. 하느님
의 은혜를 헛되이 받지 마십시오.

가봐야겠어요. 제가 좀 도울 일이 없나 해서요."

"그러지 말고 따뜻한 국물이나 한 모금 먹어라. 얼른 장작에 불 지
펴서 국물을 끓여 줄 테니까."

리즈베스는 다시 모정이 살아나 중얼거리면서 말했다.

"아, 어머니, 고마워요. 어머니는 정말 좋은 분이에요."

세스가 고마워했다. 그리고 이런 애정에 감동받아 기분이 고무되
어 말했다.

"아버지와 형, 우리 모두를 위해 함께 기도드려요. 그러면 마음이
한결 가벼워질 거예요. 어머니가 생각하는 것보다 훨씬 편안해지실
거예요."

"그럼 그렇게 하자꾸나."

리즈베스는 세스와 이야기할 때 언제나 그의 말은 들어주지 않았
지만, 오늘은 그의 지극한 효심으로 조금이나마 위안을 얻게 되고
안정을 찾은 것 같았다. 어쨌든 세스의 그런 효심이야말로 리즈베스
가 혼자 감당해야 할 정신적 고통을 잊게 해준다는 것은 그녀도 알
고 있었다.

어머니와 아들은 함께 무릎을 꿇고 기도했다. 세스는 방황하는 아
버지와 그런 아버지 때문에 집에서 마음 아파하는 가족들을 위해 기
도했다. 아담이 일자리를 찾아 영영 떠나지 않게 해달라고, 일생 순례
자처럼 힘들게 살아가시는[59] 어머니께서 아들을 곁에 두고 즐겁게 살게
해달라고 애원하다시피 기도했다. 그때, 리즈베스는 머금고 있던 눈
물을 다시 흘리기 시작했고 급기야 큰소리로 울어버렸다.

기도를 마치고 일어나 세스는 아담에게 가서 말을 건넸다.

59) 창세기, 47:9. 야곱이 파라오에게 말했습니다. "제가 이 세상을 떠돌아다닌 햇수가 130년
이 되었습니다. 제 조상들보다는 짧게 살았지만 고통스러운 삶이었습니다. 히브리서, 11:13.
그들은 스스로 자신들이 이 땅에서 나그네일 뿐이라고 고백하였습니다. 창세기, 13:18. 그리
하여 아브람은 자기 장막을 옮겼습니다. 아브람은 헤브론에 있는 마므레의 큰 나무들 가까이
에서 살았습니다. 그는 그곳에 여호와를 위한 제단을 쌓았습니다. 누가복음, 15:11~32. '먼
곳'으로 나간 탕아가 방랑자로 떠돌아다닌 이야기에도 이런 주제를 볼 수 있다.

"잠깐 한두 시간만 쉬어. 그동안만이라도 내가 대신하고 있을게."

"됐어, 세스. 가서 어머니나 좀 주무시도록 해 봐."

아담과 세스가 이런 말을 주고받는 동안 리즈베스는 눈물을 훔치고, 손에 뭔가를 들고서 세스를 따라왔다. 그것은 갈색과 노란색이 섞인 접시였는데, 그 안에는 고기수프를 끼얹은 구운 감자요리가 있었고 고기도 약간 담겨 있었다. 고기는 먹기 좋게 잘 잘려져 감자와 뒤섞여 있었다. 이 당시에는 그런 음식이 참 귀했다. 일꾼들에게 밀가루 빵과 신선한 고기 정도면 상당히 고급 음식이라고 여겨질 때였다. 그녀는 아담 곁에 있는 의자 위에 조심스럽게 음식접시를 내려놓고 말했다.

"일하면서 조금씩 집어 먹도록 해라. 물도 좀 가져다주마."

"예, 그럴게요. 마침 목이 마르던 참이었어요."

아담이 다정한 목소리로 대답했다.

30분이 지난 뒤에도 집안은 온통 정적만이 감돌았다. 낡은 벽시계가 큰소리로 재깍거렸고, 아담의 연장소리 외에는 어떤 소리도 들리지 않았다. 밤은 아주 고요했다. 12시가 되자 아담은 문을 열고 밖을 내다보았다. 세상천지에 움직이는 것은 반짝반짝 빛나는 별뿐인 듯했고, 풀잎조차도 모두 잠들어 있는 듯 적막감에 휩싸여 있었다.

몸을 열심히 움직이며 일하다 보면, 우리의 머릿속에서는 그 어떤 잡념도 다 사라지고 대신에 알 수 없는 예감과 상상의 나래를 펴게 된다. 오늘 밤이 아담에게 바로 그런 때였다. 그가 자기 몸의 근육을 혈기왕성하게 쓰면서 일하는 동안 그의 정신은 투시화를 보는 관객처럼 멍해졌다. 서러웠던 과거와 앞으로 닥쳐올 미래의 슬픈 장면들이 파노라마처럼 빠르게 스쳐가면서 아담의 눈에 선명하게 떠올랐다.

그는 내일 아침의 상황, 관을 브록스톤에 갖다주고 집에 다시 돌아와 아침식사를 할 때의 상황이 눈에 선했다. 아마 그때나 돼야 아버지는 돌아오실 것이고, 민망해서 아들과 눈도 마주치지 못할 것이다. 전날 아침보다 더 늙어 보이는 얼굴로 더 심하게 비틀거리며 앉아서, 고개를 떨어뜨린 채 바닥에 깔린 돌 타일만 내려다볼 것이다. 한편, 리즈베스는 남편에게 맡은 일은 하지도 않고 능구렁이처럼 사라져 버리고서는 어떻게 관이 만들어져 있을 거라고 기대했냐며 다그칠 것이다. 리즈베스는 아버지에게 가혹하게 군다며 아담을 야단치면서, 정작 자신이 가장 먼저 남편에게 비난의 말을 꺼내고는 했다. 아담은 생각했다.

'그렇게 하루하루 지나면 상황은 점점 더 나빠지기만 하겠지. 일단 언덕에서 굴러 떨어지기 시작하면 다시 올라가기도 몹시 힘들고, 그 자리에 가만히 서 있기도 엄청 어렵겠지.'

그러다가 아담은 아버지 옆에서 뛰놀던 어린 시절을 떠올렸다. 아버지가 자기를 일터에 데리고 가주었다고 어린 아담은 얼마나 으쓱하였던가. 아버지가 친구들에게 "우리 꼬마 녀석 손재주가 얼마나 뛰어난 줄 알아?" 하며 자랑하는 소리를 들었을 때는 더욱 의기양양했었다. 그때 아버지는 얼마나 활기차고 훌륭했던가! 사람들이 뉘집 아들이냐고 물어봐서 "티아스 비드의 아들입니다."라고 당당하게 대답할 때는 자신이 무슨 특별한 사람이라도 되는 양 기분이 으쓱해졌다. 그 당시 아담은 자기 아버지를 모르는 사람은 없다고 확신했기 때문이었다.

아버지는 브록스톤 목사관에 근사한 비둘기 집도 만들어 주었었다. 생각만 해도 정말 행복한 날들이었다. 특히 3살 난 어린 동생, 세스와 함께 아버지의 일터로 나갔을 때는 아버지께 일을 배우면서 세스에게 가르치는 노릇까지 했기 때문에 아담은 더없이 행복했다. 아담이 십대가 되었을 무렵에, 아버지는 술집에 드나들기 시작했고, 어머니는 아이들이 듣고 있는 가운데 온갖 불평불만을 쏟아냈고, 눈물과 슬픔으로 얼룩진 날들이 계속됐다.

정말 부끄럽고 화났던 그날 밤을 아담은 생생하게 기억하고 있었다. 그날 밤, 아담은 아버지가 웨깅 오버스로우 술집에서 술 취한 친구들과 고래고래 소리 지르며 노래를 부르고 소란을 피우는 걸 처음으로 목격했다. 그 일로 충격을 받아 아담은 집을 뛰쳐나왔다. 겨우 열여덟 살밖에 되지 않은 나이였다. 그는 어깨에 작은 푸른색 보따리를 매고 주머니에 『측량법』책을 꽂은 채 어두운 새벽길을 달렸다. 이 지긋지긋한 고통에서 벗어나리라. 혼자서 중얼거리며 달리고 또 달렸다. 그리고 내 운명은 내가 찾아야겠다고 마음먹었다. 갈림길에 도착했을 때는 막대기를 세워놓고 그것이 쓰러지는 방향으로 발걸음을 옮겼다. 스토니톤에 다다랐을 때였다. 자신이 없으면 집에 남아 있는 어머니와 세스가 그 모든 고통을 참아내야 한다는 사실이 아담을 끈질기게 괴롭혔다. 그래서 자신의 결심을 포기했고 다음날 다시 집으로 돌아왔다. 어머니는 아담이 없는 이틀 동안 겪었던 시름과 고통을 이후로도 내내 떨쳐버리지 못했다.

"안 돼!"

아담은 이렇게 혼잣말하였다.

"다시는 그런 일이 일어나선 안 돼. 종말에 이르러 내가 한 일을 최후의 심판에서 따져보아, 만약에 불쌍한 어머니가 의롭지 못한 사람으로 간주된다면,[60] 그건 참으로 어이없는 일이 될 거야. 내 등은 이렇게 넓고 강인하잖아. 조그마한 고통에도 힘들어하는 가족들에게 모든 아픔을 떠넘기고 도망친다면 나는 겁쟁이에 불과해. '강한 자들은 자신에게 만족하지 말고 약한 자들의 부족한 점을 감싸주어야 한다.'[61]는 말도 있잖아. 성경을 읽으려면 촛불도 필요 없어. 성경 그 자체가 촛불처럼 빛나니까. 무슨 일이든 자기만의 평안과 즐거움을 좇는다면 그건 분명

---

60) 마태복음, 25:31~46. 성경에서 종말에 최후의 심판을 받는 날에 하느님께서 의로운 자와 의롭지 않은 자를 갈라놓는다고 하였음.
61) 로마서, 15:1. 강한 우리는 약한 사람들의 약점을 돌보아 주고, 우리 자신을 기쁘게 하지 말아야 합니다.

인생을 잘못 살고 있는 거야. 내가 만약 돼지라면 여물통에 코를 처박고 아무것도 생각하지 않겠지. 그러나 인간의 심장과 영혼을 가졌기에 가족들이 차가운 돌 위에서 잠을 잔다면 모른 척할 수 없을 거야. 내 잠자리가 편할 리 없을 테니까. 안 돼, 안 돼. 내 목에 걸린 멍에를 벗어버리기 위해 힘없는 가족들에게 무거운 짐을 떠맡길 순 없어. 아버지는 내게 가혹한 십자가[62]가 되었고 앞으로도 쭉 그러겠지. 하지만 그러면 어때? 나는 건강하고 사지가 멀쩡하니까 얼마든지 그런 십자가를 지고 갈 수 있어."

그 순간, 버드나무 가지로 대문을 탁탁 치는 듯한 날카로운 소리가 들렸다. 짚은 마치 미리 다 짐작하고 있었다는 듯 짖지도 않고 그저 으르렁거리기만 하였다. 화들짝 놀란 아담은 곧바로 대문으로 뛰어나가 문을 열어 보았지만 아무도 없었다. 불과 한 시간 전에 그랬듯이 온 사방이 고요하기만 했다. 나뭇잎들은 미동도 하지 않았고, 시냇물 양쪽으로 펼쳐진 고요한 들판에 움직이고 있는 것은 아무것도 없었다. 그저 별빛만 초롱초롱 빛나고 있을 뿐이었다.

아담은 집 주변을 돌아보며 살펴보았지만, 목재 창고로 후다닥 달아나는 쥐 한 마리를 제외하고는 아무것도 발견하지 못했다. 그는 의아해하면서 다시 집 안으로 들어왔다. 조금 전 그 소리는 참 희한하게도 마치 버드나무 가지가 문을 두드리는 것처럼 들렸다. 순간, 아담은 살짝 몸서리쳤다. 누군가 세상을 떠날 때는 일종의 암시처럼 어떤 소리가 들리는 법이라고 했던 어머니의 말이 떠올랐기 때문이다. 아담은 근거 없는 미신을 믿는 사람은 아니었다. 하지만 아담도 목수로서의 장인의 피는 물론 농부의 피를 이어받은 사람이었다. 말이 낙타를 보면 벌벌 떠는 것처럼 농부들이 예부터 전해오는 미신을 믿는 것은 어쩌면 더 당연한 일이었다. 아담은 신비로운 일을 보면

---

62) 힘든 문제나 짐을 의미함. 마태복음, 16:24. 그때, 예수님께서 제자들에게 말씀하셨습니다. "만일 누구든지 나를 따르려면 자기를 부정하고, 자기 십자가를 지고, 나를 따르라."

겸허히 수용하고, 지식으로 해결해야 할 일에서는 예리함을 보였다. 그는 종교에 대한 경외심이 깊었지만 일상생활에 쓰이는 상식에 대해서도 많이 알고 있었다. 그렇기 때문에 일방적으로 교리만 강조하는 종교는 싫어했다. 그래서 그는 "아, 그건 정말 신비로운 일이야. 하지만 너는 그 비밀을 알 수 없어."라고 말하면서 세스의 논쟁적인 강신술[63]을 꾸짖고는 하였다. 아담은 통찰력이 있으면서도 남의 말을 쉽사리 믿어버리는 성격이었던 것이다. 만약 새로 지어진 건물이 무너졌는데 이 사건이 하느님의 심판이었다는 말을 아담에게 들려주었다면 그는 이렇게 대답했을지 모른다. "어쩌면 그럴 수도 있겠지. 하지만 지붕을 떠받치는 벽에 문제가 있었을 거야. 그렇지 않고서야 건물이 무너질 리가 없잖아." 하지만 또 한편으로 꿈이라든지 전조 따위를 믿기도 했다. 그랬기 때문에 우리는 버드나무 가지가 문을 두드린다는 생각에 몸을 떠는 아담의 모습을 보게 된 것이다.

그는 겁에 질려 떨리는 마음을 진정시켜 줄 최선의 해결책은 부지런히 관을 짜는 것이라 생각하고 애써 일하는데 집중적으로 정신을 쏟았다. 그는 십 여 분간 멈추지 않고 망치질을 계속했다. 설령 다른 소리가 나더라도 전혀 들리지 않도록 말이다. 하지만 그가 자를 집어들어 잠깐 일을 멈추었을 때, 다시금 문을 톡톡 두드리는 이상한 소리가 들려왔고, 짚도 으르렁거렸다. 아담이 조금도 지체하지 않고 문 쪽으로 달려가 봤으나 사방은 금세 조용해졌다. 위로는 빛나는 별빛이, 아래로는 오두막 앞마당의 이슬 맺힌 풀잎들 외에는 아무것도 없었다.

한순간, 아담은 아버지가 은근히 걱정되었다. 최근에 아버지는 트레들스톤에 가기만 하면 밤이 깊어져도 집에 돌아오는 법이 없었다. 그러니 이번에도 웨깅 오버스로우 술집에서 만취된 상태로 잠들었

---

63) 강신술은 죽은 사람의 혼령이나 먼 곳에 있는 살아 있는 사람의 영혼을 데려올 수도 있다고 한다. 신이나 영혼의 존재를 증명하는 데도 사용한다. 강신술을 일반적으로 샤머니즘과는 달리 과학적인 설명이 뒤따르고, 이를 조직적으로 추구하는 심령과학 분야가 있다.

겠거니 하고 생각했다. 더구나 자기 미래가 아버지 때문에 엉망이 되었다고 여겼기에, 설마 큰 사고가 났을 거라고는 꿈에도 생각하지 못했고, 오히려 아버지가 창피스런 짓을 하지는 않았을까 하는 습관적인 걱정만 할 뿐이었다. 그 다음으로 아담에게 떠오른 생각은 신발을 벗고 조심조심 위층으로 올라가 침실 문가에서 무슨 소리가 들리는지 귀를 기울여야겠다는 것이었다. 그렇지만 세스와 어머니는 쌔근쌔근 규칙적인 숨소리를 내며 곤히 잠들어 있었다.

아담은 다시 아래층으로 내려와, 일에 몰두하면서 스스로에게 말했다.

'이제 다시 문을 열어보지는 않을 거야. 어디서 나는 소리인지 알아내려고 여기저기 둘러본들 무슨 소용이야. 어쩌면 눈에 보이지 않는 세상에서 들려오는 소리였는지도 몰라. 아마 귀가 눈보다 빠르기에 예민해서 소리가 가끔씩 들리는 것일 거야. 사람들은 자기 눈으로 확인했다고 생각하겠지만 대부분은 제대로 보지 못하는 경우가 많잖아. 나한테는 유령을 찾는 것보다 목재가 수직으로 잘 맞춰졌는지 살펴보는 게 더 중요해.'

새벽이 밝아오고 있었다. 촛불이 희미해지고 새들이 노래 부르기 시작하면서 이런 생각은 점점 당연한 듯 느껴졌다. 붉게 떠오르던 새벽빛이 관 뚜껑 위에 머리글자로 박힌 쇠못을 비출 무렵이었다. 관을 다 짜서 약속을 지킬 수 있게 됐다는 안도감에 머릿속을 떠나지 않았던 불길한 예감은 슬그머니 사그라져 버렸다. 세스를 깨울 필요도 없었다. 그는 이미 일어나 있었고, 위층에서 왔다갔다하다가 곧 아래층으로 내려올 것이기 때문이었다. 세스가 나타나자 아담이 말했다

"세스, 관은 다 짰어. 브록스톤에 가져다주고 나면 6시 반 이전에 돌아올 수 있을 거야. 이제 오트밀 빵을 좀 먹자. 그리고 나서 출발하자."

곧장 두 명의 키 큰 장정들은 어깨에 관을 짊어지고 길을 나섰다. 그들은 목재를 쌓아 놓은 작은 마당을 지나 집 뒤쪽에 나 있는 길로 걸어갔고, 짚은 그 뒤를 졸졸 따라왔다. 반대편 경사진 언덕으로 올라가면 브록스톤까지 대략 1마일 반 정도만 걸어가면 되는 길이 있었다. 그들이 택한 길은 들판을 가로질러 구불구불 난 오솔길로, 사람을 기분 좋게 해주는 길이었다.

그 길에서는 관목 숲에 핀 하얀 인동덩굴과 들장미 향기가 났고, 높이 자란 떡갈나무와 느릅나무의 우거진 잎사귀 사이로 새들이 지저귀며 노래하고 있었다. 신선한 여름 아침은 에덴동산처럼 평화롭고 사랑스러웠다. 활기 넘치는 숲 속의 아침과 낡은 작업복 차림으로 긴 관을 짊어진 건장한 두 형제의 모습이 잘 어우러져 한 폭의 그림을 연상케 했다.

형제는 브록스톤 마을 외곽에 있는 작은 농가 앞에서 마지막으로 잠시 쉬었다. 이날, 아담과 세스는 관에 못을 박는 일까지 모두 마친 다음 아침 6시 무렵에야 비로소 집으로 돌아갈 수 있었다. 형제는 이번에는 지름길로 가기로 했다. 그 길은 들판과 시냇물을 지나 집 앞으로 이어져 있었다. 아담은 어젯밤 일에 대해 세스에게 아무런 말도 하지 않았지만, 그 이상야릇한 일이 머릿속에 여전히 강하게 남아 있었다. 아담은 마침내 입을 열었다.

"세스, 혹시 아버지가 아침 먹을 때까지도 안 들어오시면, 트레들스톤에 가서 아버지 좀 찾아보고, 황동 철사 줄도 좀 구해올래? 작업장에는 한 시간쯤 늦게 와도 상관없어. 그 정도는 내가 보충할 수 있으니까. 알겠지?"

"그럴게, 형. 그런데 저것 좀 봐. 아까 집에서 출발한 뒤부터 구름이 몰려오고 있어. 비가 더 오려나 봐. 물이 넘쳐서 목초지에 홍수가 나면 한동안 건초를 만들긴 어렵겠네. 지금도 시냇물이 넘치고 있어. 비가 하루만 더 내리면 냇물 위에 있는 널빤지 다리가 완전히 잠기겠는데? 에휴, 그럼 저쪽으로 돌아서 다녀야겠네."

그들은 골짜기를 넘어서, 시냇물이 가로질러 흐르는 목장으로 들어섰다.

"어? 저기 버드나무에 달라붙은 건 뭐야!"

세스가 걸음을 빨리 하면서 계속해서 말했다. 아담은 너무 놀라 심장이 터져버릴 것 같았다. 막연히 아버지를 걱정하던 마음이 이제는 엄청난 두려움으로 바뀌어 버렸다. 그는 아무 대답도 하지 않고 무조건 앞으로 달려나갔다. 짚이 불안하게 짖어대면서 앞장서 뛰어가고 있었다. 그는 순식간에 다리에 다다랐다.

어젯밤의 불길한 징조가 바로 이것이었던가! 불과 몇 시간 전, 아담은 머리가 회색빛으로 변한 아버지를 자기 삶의 가시 같은 존재로 여기고, 자기에게 고생만 시킨다고 매정하리만큼 미워했다. 자신이 그렇게 아버지를 원망하고 있을 때 아버지는 물에 잠겨서 발버둥치고 있었던 것이다. 이런 생각이 아담의 양심에 번쩍 떠오른 첫 번째 생각이었다. 그는 아버지의 외투를 붙잡고 장신의 무거운 시신을 끌어올렸다. 세스도 어느새 아담의 곁에 와서 그를 도왔다. 시신을 건져 강둑에 눕혀 놓았을 때, 그들은 말문이 막혀 할 말을 잃었다. 무릎을 꿇은 채 생기 없는 아버지의 흐릿한 두 눈을 한없이 바라보았다. 형제는 정신이 혼미해져 무슨 행동을 취해야 할지 갈피를 잡지 못했다. 아버지가 숨이 끊어진 채로 자신들 앞에 누워 있다는 사실 외에는 아무것도 생각나지 않았다. 아담이 먼저 입을 열었다.

"어머니한테 달려갔다 올게."

그는 조금 큰소리로 속삭이듯이 말했다.

"얼른 다녀올게."

불쌍한 리즈베스는 아들들이 먹을 아침식사를 준비하느라 분주했다. 아침메뉴로 만든 죽은 이미 불 위에서 김이 모락모락 나고 있었다. 그녀의 부엌은 항상 깔끔했다. 그런데도 오늘 아침은 평소보다 유난히 많은 정성을 들여 화덕에 불을 지폈고, 식탁은 더욱 아늑하고 깔끔하고 먹음직스럽게 꾸며놓았다.

"아이들이 얼마나 배고프겠어."

그녀는 죽을 저으면서 약간 목소리를 높여 혼자 말했다.

"브록스톤까지 꽤 먼 거리를 다녀와야 하니 언덕배기쯤 왔을 때는 상당히 배가 고프겠지. 무거운 관까지 지고 갔으니 말이야. 아! 관 속에 불쌍한 밥 톨러의 시신이 들어 있었다면 더 무거웠을 텐데. 어쨌든 오늘은 평소보다 더 맛있는 죽을 많이 끓여 놔야 해. 아이들 아버지는 아이들보다 더 늦겠지? 그 양반은 많이 못 드실 거야. 6펜스짜리 에일 맥주를 실컷 마셨을 테니까 말이지. 그러니 0.5펜스짜리 죽을 먹으면 뭐 얼마나 먹겠어? 그렇게 돈을 아끼시는구만. 휴…… 내가 이렇게 수차례 잔소리를 하고, 귀에 못이 박이도록 바가지를 긁었는데, 아! 불쌍한 양반. 그 양반은 내가 아무리 그래도 대꾸 한번 안 하고, 아니라고 거짓말한 적도 없었지……."

이때 리즈베스는 잔디밭 위로 쿵쿵거리며 달려오는 소리를 듣고 재빨리 문 쪽으로 몸을 돌렸다. 혼비백산하여 창백한 얼굴로 들어서는 아담을 보고 그녀는 순간적으로 비명을 질렀다. 그리고 아담이 말문을 열기도 전에 황급히 다가섰다. 아담이 약간 쉰 목소리로 말했다

"쉿! 어머니. 놀라지 마세요. 아버지가 물에 빠지셨는데 이쪽으로 모셔야겠어요. 세스와 제가 모셔 올 테니까 불을 뜨겁게 해서 담요 좀 따뜻하게 데워놓으세요."

아담은 아버지가 이미 숨을 거뒀다고 확신했지만 어머니에게는 희망을 주고 싶었다. 희망을 주면서 다른 일에 전념하게 하면, 대성통곡하며 슬퍼할 어머니의 감정이 조금이나마 누그러질 거로 생각했다.

그는 다시 세스에게 달려갔다. 형제는 가슴이 미어지는 듯한 슬픔

속에 아무 말 없는 아버지의 시신을 들어 올렸다. 아버지의 두 눈은 크게 떠 있었지만 생기라고는 찾아볼 수 없었다. 살아생전 아버지는 세스처럼 푸른빛의 눈동자로 어린 두 아들을 자랑스럽게 바라보았다. 하지만 술을 마시기 시작한 어느 날부턴가 수치심으로 자식들 앞에서 고개를 들지 못하셨다. 이렇게 갑자기 아버지의 영혼이 자취를 감춰버리자 세스는 두려움과 비통함에 휩싸였다. 이와 반면 아담에게는 후회와 연민으로 얼룩진 지난 추억들이 물밀듯이 밀려왔다. 죽도록 미워했던 사람과도 화해시켜주기 때문에 죽음이 위대하다 했던가! 위대한 화해자인 죽음이 오면, 우리는 세상을 떠난 사람에 대해서 잘해 주었던 추억보다 가혹하게 굴었던 순간만 또렷하게 떠올라 더욱더 후회하게 된다.

5

목사관

  그날 정오까지 상당히 많은 비가 내렸다. 브록스톤 목사관 정원 자갈길 옆에 있는 깊은 도랑은 빗물로 넘치고 있었다. 큼직한 프로방스 장미꽃들이 바람에 시달리며 빗물을 흠뻑 맞았고, 길가를 따라 만발하게 피어 있던 꽃들도 모두 꺾여 버렸다. 가느다란 연약한 줄기에 대롱대롱 매달려 있던 꽃들이 길바닥에 나뒹굴며, 진흙으로 범벅이 되어 있었다. 참으로 우울한 아침이었다. 건초 수확이 시작될 때인데 수확은 고사하고 목초지에 홍수가 날 지경이었으니 말이다.
  하지만 집안에서 행복한 시간을 보내는 이들은 궂은 날씨 속에서도 즐거운 한때를 만끽할 수 있었다. 비가 오지 않았다면 꿈도 못 꿀 일들이다. 오전에 비가 오지 않았더라면 어윈은 식당에서 어머니와 체스놀이를 하지 못했을 것이다. 그는 어머니를 좋아했고 체스도 좋아했다. 그 덕분에 폭풍우가 몰아쳐 아무것도 할 수 없는 날을 편안히 잘 보낼 수 있었다. 나는 이 집안의 식당을 독자들에게 보여주고, 그리고 브록스톤의 목사이자 헤이슬롭과 블라이스 지역의 대리 목사직을 맡고 있는 겸임목사인 아돌퍼스 어윈 목사를 소개하려 한다. 냉혹한 교회 개혁가도 함부로 그를 건드리지는 못했다. 그럼 여기 살짝 열려 있는 문틈으로 어윈 목사의 집안을 함께 살펴보기로 하자. 이 식당 안에는 반질반질한 갈색 세터(사냥개의 일종)가 양 옆에 두 마리 새끼강아지를 거느리고 화덕 앞을 가로막고 엎드려 있었다. 또 다른 개 퍼그는 교장 선생님처럼 검은 콧잔등을 치켜세우고서 졸고 있었다. 이 개들이 깨지 않도록 조용히 서서 관찰해야 하리라.

　방은 넓고 천장이 높았다. 방 한쪽의 퇴창에는 큰 창살이 달려 있었다. 벽들은, 독자 여러분의 눈에 보이는 것처럼, 새로 회반죽을 발라놨지만 아직 칠이 다 되어 있지는 않았다. 가구는 비싼 것이긴 하지만 낡고 허름했다. 창문에는 커튼도 달려 있지 않았다. 큰 식탁에 씌워놓은 진홍빛 식탁보는 많이 닳아 있었지만 벽에 바른 회반죽의 침침한 빛깔과 대조를 이루어 생각보다 잘 어울렸다.

　식탁보 위에는 큼지막한 은쟁반이 놓여 있었고 쟁반 위에는 물병이 세워져 있었다. 이 물병보다 더 큰 병이 선반 위에 두 개나 있었다. 이 병들은 쟁반 위의 물병과 똑같은 모양으로 생겼고, 각각의 병 한가운데에는 화려한 문장이 새겨져 있었다. 이것을 보고 독자들은 이 방에 사는 사람들이 단순히 부자라기보다는 뼈대 있는 가문의 자손이란 것을 추측할 수 있으리라. 그러니 독자들은 어원의 코와 윗입술이 참 잘생겼다는 것을 보고도 놀라지 않을 것이다. 우리가 볼 수 있는 건 그의 넓고 우람한 등, 숱이 많고 희끗희끗한 머리를 검은 리본으로 묶어 등 뒤로 넘긴 모습, 그뿐이었다. 약간 보수적인 차림새를 하고 있는 것으로 보아 독자들은 그가 젊은이는 아니라는 것을 눈치 챌 수 있을 것이다. 어쩌면 곧 그가 이쪽으로 몸을 돌릴지도 모르겠다. 그 사이에 우리는 우아하고 위엄을 갖춘 브루넷(피부, 눈, 머리카락이 거무스름하거나 갈색인 사람)의 노부인인 어원의 어머니를 살펴보자. 그녀는 레이스 달린 순백색 삼베 두건을 머리에서 목덜미까지 두르고 있었고, 이것은 그녀의 혈색 좋은 피부색을 더 두드러져 보이게끔 해주었다. 그녀는 케레스(농업의 여신) 석상처럼 풍만한 체격으로 아직도 꼿꼿한 몸을 유지할 정도로 정정한 모습을 보여주었다.

　그녀는 가무잡잡한 얼굴에 섬세한 모양의 매부리코, 단호한 표정으로 꽉 다문 입, 작지만 열정을 품고 있는 검은 눈을 가지고 있었다. 그녀의 얼굴 표정은 상당히 예리하면서도 냉소적이어서, 독자들은 본능적으로 체스 판(서양장기 판)의 말들을 카드 한 벌로 대체하고 그녀가 여러분의 운명을 예언해주는 듯한 상상에 빠져들지도 모르겠다. 자신의 여왕 말을 집어 드는 그녀의 갈색 손은 진주와 다이아몬드 그리고 터키석 장신구들로 치장되어 있었다. 그녀의 모자 정수리에 아주 조심스럽게 매달린 크고 검은 베일이 목덜미까지 살포시 흘러내려 하얀 주름살과 대조를 이루고 있었다. 묘한 흑백의 조화였다.

노부인은 아침에 옷을 차려입는데 꽤 많은 시간이 걸렸을 것이다. 그러나 그 모습은 마치 자연의 순리에 따라서 그렇게 차려입는 것 같아 보였다. 그녀는 확실히 왕족의 고귀한 혈통을 가진 자손으로서의 신성한 권리[64]를 단 한 번도 의심받아 본 적이 없었으며, 그것을 의심하는 어리석은 사람을 만나본 적도 없는 것 같았다.

"자, 더핀. 그게 뭐지."

품위 있는 노부인이 퀸을 침착하게 내려놓고 팔짱을 끼면서 말했다.

"너에게 마음 상할 말을 해서 미안하기 짝이 없구나."

"아! 요술쟁이 어머니. 정말 심술궂으시네요. 마법사 같아요! 그러니 기독교인이 이 게임에서 어떻게 어머니를 이기겠어요? 게임 시작 전에 체스 판에 성수라도 뿌려놔야겠군요. 정정당당하게 했다면 절대로 어머니가 이길 수 없었을 거예요. 그러니 실력으로 이긴 것처럼 굴지 마세요."

"알았다, 알았어. 패자는 항상 위대한 승자에 대해 그런 말을 하는 법이지. 하지만 보렴. 햇빛이 환하게 체스 판에 비춰주니까 이제 확실히 보이지? 네가 졸을 얼마나 바보같이 두었는지 말이야. 어디 보

----

[64] 옛 군주주의 이론에 의하면 왕과 왕비는 신이 부여해서 성스럽고 의로우며, 그들의 옥좌는 세습되었다. 그들의 권위와 옥체는 이와 같이 성스럽게 여겨졌다. 여기서 어원의 모친의 경우는 비유해서 하는 말이다.

자, 한 수 물러줄까?"

"에이, 싫습니다. 어머니, 양심껏 생각해보세요. 그럼 이번 판은 다 끝난 거죠? 주노(주노는 결혼과 출산을 관장하는 로마의 여신이다. 어윈의 개를 주피터의 아내의 이름인 '주노'로 부르고 있다. 이 개의 주인은 분명히 학자이자 재담가임을 보여준다.), 우리 밖에 나가서 진흙 길이나 걸어볼까?"

어윈이 갈색 세터에게 이렇게 말하자, 이 사냥개는 주인의 목소리를 듣고 껑충 뛰어오더니 슬그머니 주인의 다리에 코를 들이댔다.

"근데 먼저 위층에 올라가 앤을 좀 살펴봐야겠네요. 아까도 그 애한테 가려다가 톨러의 장례식에 불려갔었잖아요."

"얘야, 소용없는 짓이다. 앤은 지금 너한테 말도 건네지 못할 거야. 케이트가 그러는데 오늘 아침부터 두통이 몹시 심하다더구나."

"음…… 그 애는 제가 오는 걸 좋아해요. 아무리 아파도 설마 저를 귀찮아하지는 않을 겁니다."

얼마나 많은 사람들이 아무런 목적 없이 충동적으로 혹은 습관적으로 말하며 사는지를 잘 안다면 여러분은 그다지 놀라지 않을 것이다. 어윈의 여동생 앤이 지난 15년간 아파서 누워 있는 동안 수백 번, 수천 번이나 이런 식으로 똑같이 거절하고 똑같은 대답을 들어왔다는 걸 내가 여러분께 말해준다 해도 말이다. 아침에 옷을 차려입느라 꽤 많은 시간을 낭비하는 화려한 노부인들은 병약한 딸들을 미처 측은히 여기지 못하는 경우가 더러 있는 법이다.

어윈이 의자에 등을 기대고 앉아서 주노의 머리를 쓰다듬으며 미적미적 시간을 보내는 동안 하인이 문가로 와서 말했다.

"목사님, 저…… 바쁘지 않으시면, 조슈아 랜이 만나 뵙기를 청하는데요."

"들여보내게."

어윈 모친이 뜨개질감을 들고 말했다.

"나는 랜 씨가 무슨 말을 할지 항상 궁금하더라. 그 사람 신발은 좀 더럽지만 말이야. 캐롤, 신발은 닦고 왔는지 살펴 보거라."

2분 후에 랜이 문가에 나타나 공손하게 절을 했다. 하지만 그의 모습이 퍼그를 달래 주지는 못했나 보다. 퍼그는 사납게 짖으며 방을 가로질러 달려오더니 정찰이라도 하는 듯 낯선 방문객의 다리 근처에서 낑낑 어슬렁거렸다. 랜은 털실로 짠 밤이랑 무늬의 양말을 신고 있었다. 갑자기 개 두 마리가 랜의 두꺼운 장딴지를 쳐다보고 신이 난 듯 달려들어 으르렁거렸다. 어윈이 의자를 랜에게 돌리며 말했다.

"어서 오게, 조슈아. 이렇게 비 오는 아침에 여기를 다 오다니, 헤이슬롭에 무슨 일이라도 생긴 건가? 자리에 앉게, 앉아. 개들은 신경 쓰지 말게. 살짝 발로 차버리게. 저리 가, 퍼그, 이 장난꾸러기야!"

자기를 향해 의자를 돌려서 쳐다봐 주는 사람을 만나면 누구든지 기분이 좋아지는 법이다. 한겨울에 따사로운 미풍을 잠깐이나마 만나는 경우처럼, 혹은 차가운 날 땅거미가 질 때 난롯불이 환하게 비춰 줄 때처럼, 그렇게 기분 좋은 일인 것이다. 어윈은 바로 그렇게 사람들의 기분을 좋게 해주는 사람이었다. 우리가 기억하는 친구의 얼굴이 애정을 느꼈던 얼굴 모습을 그대로 간직하고 있는 것처럼 어윈은 그의 어머니와 닮은 데가 많았다. 전체적으로 온화한 인상을 풍기는 얼굴의 주름이라든지, 환한 미소라든지, 다정한 표정이 그렇게 닮아 보일 수가 없었다. 만약 얼굴 윤곽이 품위 있게 다듬어지지 않았더라면 어윈은 참 쾌활해 보였을 것이다. 하지만 쾌활하다는 표현만으로는 좋은 인상과 기품 있는 그의 얼굴을 제대로 설명하기에 부족한 것 같았다.

"감사합니다, 목사님."

랜은 이렇게 대답하면서, 자신의 다리로 달려드는 개들을 개의치 않는 척했지만 사실은 개를 떼어놓으려고 번갈아 발길질해야 했다.

"괜찮으시다면 그냥 서서 말씀드리겠습니다. 그게 더 편합니다.

목사님과 어윈 마님, 어윈 양[65]께 문안 인사차 왔는뎁쇼. 앤 양도 별고 없으시죠? 밤새 안녕하신가요?'

"그럼 조슈아. 고맙네. 알다시피 우리 어머니께서는 얼마나 훤하신가. 우리 같은 젊은 사람들도 꼼짝 못 하게 하신다니까. 그런데 다른 무슨 일은 없는가?'

"아, 목사님. 실은 목사님께 전해드릴 말이 있어서 이곳 브록스톤까지 달려왔습죠. 마을에 무슨 일이 생겼는지를 목사님께 전해드려야 하는 게 도리일 것 같아서 이렇게 왔습죠. 이제껏 살아오면서 그런 일은 처음 보았지 뭡니까. 저는 소년 시절부터 노인이 된 이날까지 육십 평생을 여기서 살고 있습죠. 목사님이 여기에 오시기 전부터 성 토마스 교회를 다녔고 블리크 씨를 위한 부활절 성금도 모았고요, 교회 종도 울리며 누가 돌아가시면 무덤을 파는 일도 숱하게 해왔지요. 어디선가 갑자기 나타난 바틀 메이시가 근사하게 찬송가를 부르기 훨씬 전부터 성가대 활동도 했구요. 메이시는 성가대원들한 사람씩 해서 모두에게 짜증 나게 굴었는데…… 모두가 메이시에 대한 불만을 토로했거든요. 마치 양 한 마리가 우리를 몽땅 차지하고 혼자서 메에 하고 우는 격이었다니까요. 저는 교구의 집사가 되려면 어떤 자질을 갖춰야 하는지 잘 압니다요. 누가 얘기해주기 전에 제가 먼저 어떤 일을 처리하도록 허락받으려면, 목사님과 교회와 국왕 폐하의 뜻을 따라야 한다는 걸 잘 알고 있습니다. 그런데도 너무 놀랐습죠. 그 일은 사전에 조금도 알지 못했거든요. 너무 어리둥절해서 꼭 연장이라도 잃어버린 것처럼 멍해졌습니다. 어젯밤에 네 시간도 못 잤습니다. 게다가 자는 동안에는 내내 악몽에 시달려서 밤을 꼬박 샌 것보다 더 피곤합니다."

"저런, 무슨 일이 있었구만. 조슈아, 또 교회에 도둑이라도 들었

<hr>

65) 다른 사람들은 어떤 집안의 가족 중에 제일 큰 딸을 그 집안 성으로 이름 대신 부르기도 했다.

나?”

“도둑이라고요? 아닙니다, 목사님. 하지만 제 입장에서 보면 그건 도둑이지요. 교회를 훔쳐가는 일이었으니까요. 목사님과 도니손 지주님께서 심사숙고해보고 도둑이라는 심한 말은 하지 말라고 말씀하신대도, 제가 이런 말을 쓰는 건 감히 교회를 넘보려는 감리교도 때문이라고 말씀드릴 수 있습니다. 지금 제가 목사님께 지시하는 건 아닙니다. 저는 제가 지체 높으신 분들보다는 현명하지 못하다는 걸 잘 알고 있습니다만, 그래도 제가 슬기롭게 굴어야 한다는 것을 잊지 않고 있습니다. 하지만 제가 영리하든 아니든 관계없이 그래도 할 말은 해야겠어요. 젊은 감리교도 여자였는데요. 포이저 씨 댁에 있는 여자라고 했어요. 어젯밤에 그린 광장에서 설교하고 기도를 드렸다지 뭡니까. 정말이라니까요. 제가 목사님 앞에 이렇게 서 있는 것처럼 정말입죠.”

“그린 광장에서 설교를 했다고?”

어윈은 놀라면서도 진지한 표정으로 말했다.

“아니, 내가 포이저네 집에서 본 적 있던 그 젊은 여자 말인가? 왜 얼굴빛이 창백하고 예쁘장하던…… 옷차림을 보고 감리교도거나 퀘이커 교도거나 뭐 대충 그런 사람이거니 하고 짐작했었지. 하지만 그 여자가 설교사라고는 전혀 상상도 못 했는데.”

“분명합니다, 목사님.”

랜은 이렇게 대답하고 입을 반원형으로 오므리고 감탄부호 세 개쯤은 쓸 정도로 한동안 아무 말 하지 않았다.

“그 여자가 어젯밤에 그린 광장에서 설교를 했는데, 설교 도중에 채드네 베시를 졸도시킬 정도로 몰아세웠답니다.”

“흠, 베시 크래네지는 좀 맹랑해 보이는 아가씨지. 그러니 곧 괜찮아질 거야. 조슈아, 기절했던 사람은 또 있었나?”

“없었습니다, 목사님. 하지만 만약 동네 사람들이 매주 그런 설교를 듣게 된다면 또 무슨 일이 벌어질지 모르는 일이죠. 아무도 이 마을에서 살려고 하지 않을 겁니다. 감리교도들은 사람을 선동하는 재주가 있어서요. 사람들이 술 한 잔 마시거나 조금이라도 해이해지면 반드시 지옥으로 떨어진다고 굳게 믿게 만든다니까요. 저는 그렇게 막된 사람도 아니고 술주정뱅이도 아니지만…… 말할 것도 없이 사람들도 저를 그렇게 알고 있습죠. 하지만 부활절이나 크리스마스에는 술 한 잔쯤 하고 싶거든요. 물론 크리스마스에 노래 부르며 이 집 저 집 다닐 때는 술을 권하기도 하고, 어떨 때는 사람들이 까닭 없이 술을 권하기도 하니까요. 혹은 교무금(일반적인 헌금이 아니라 교회에 의무적으로 내는 십일조와 같은 공과금을 말한다.) 걷으러 다닐 때도 마찬가지죠. 저는 이따금씩 담배 한 대 피우면서 술 한잔 마시고 카슨 씨와 허심탄회하게 이야기 나누는 것이 좋답니다. 저는 교회에서 자랐잖아요. 하느님께 감사할 일이죠. 게다가 32년 동안 교회에서 일해 왔고요. 그러니 교회의 신앙생활이 어떤지 잘 알고 있습죠."

"그래, 조슈아. 그럼 자네가 정말 하고 싶은 얘기는 뭔가? 내가 뭘 어떻게 해야 한다고 생각하는 건가?"

"아, 목사님, 저는 그 젊은 여자에 대해서 이러쿵저러쿵 함부로 지껄이려는 건 아닙니다. 그냥 계속 설교하도록 내버려 두면, 그 여자가 알아서 모든 것을 순리에 따라서 처리할 것입니다. 제가 듣기로 그녀는 자기 고향으로 곧 돌아갈 거라더군요. 그래도 포이저 씨의 조카딸이라니 홀 팜에 있는 그 집 식구들에게 무례한 말을 하고 싶지 않습니다.

구두 만드는 일을 해본 적 있다고 해서 구두가 작다느니 크다느니 하면서 구두에 대해 이러쿵저러쿵 말하는 것처럼 그 가족에 대해 함부로 말하기는 싫습니다. 하지만 거 왜, 윌 매스커리라고 있잖습니까, 목사님. 그자는 대단히 설치고 다니는 감리교도예요. 그자가 그 젊은 여자를 충동질해서 지난밤에 설교하도록 했던 것이 분명합니다. 그자의 기를 꺾어 놓지 않으면, 또다시 트레들스톤에서 설교할 만한 사람을 찾아내 데려올지 모릅니다. 그자에게는 자기가 교회의 마차와 악기들을 만들 수도 고칠 수도 없듯이 교회 일을 좌지우지할 수 없다는 걸 알게끔 따끔하게 혼내주어야만 합니다. 도니손 지주 댁과 같은 그런 집에서 그자를 잠자코 엎드려 있도록 조치를 취해야 합니다."

"글쎄, 자네가 한번 말해보게, 조슈아. 그전에는 그런 광장으로 누가 설교하러 오리라고는 감히 생각도 못 했잖아. 그런데 왜 그런 사람들이 다시 올 거라고 생각하느냐 말이야? 감리교도들은 헤이슬롭처럼 조그만 마을에는 설교하러 오지 않아요. 헤이슬롭에는 일꾼들이라고는 겨우 몇 사람만 살고 있을 뿐이고, 그나마도 너무 피곤해서 한가하게 설교나 듣고 지낼 만한 사람들이 아니잖아. 감리교도들은 아마 빈톤 힐스에 가서 설교할 테지. 게다가 윌 매스커리 본인은 전혀 설교할 줄 모르는 위인이야."

"그건 그렇습니다. 그는 책을 보지 않는 사람이니 말을 엮어낼 재주가 없겠죠. 축축한 진흙탕 속에 처박혀 있는 소처럼 꼼짝도 못 하는 위인이죠. 하지만 이웃에게 무례한 언사를 함부로 퍼부을 정도의 말솜씨는 가지고 있어요. 저를 보고 무지막지한 바리새인[66]이라고 욕했으니까요. 게다가 자기보다 지체 높은 사람들과 어르신들에게 불명예스러운 별명까지 붙이려고 성경을 이용하는 작자입니다. 설상가상으로, 그는 어윈 목사님에 대해 얼토당토않은 말을 하고 다니기까지 해요. 그자가 목사님을 '벙어리 개' 라든지, '게으른 목자'[67]라고

---

66) 마태복음, 15:12~14, 23:16. 복음서에서 바리새인은 잘못된 종교 지도자이며 지나치게 까다롭거나 혹은 위선적이고, "이들은 앞 못 보는 인도자이다. 보지 못하는 사람이 다른 보지 못하는 사람을 안내하면 둘 다 구덩이에 빠질 것이다." "바리새인들은 박하와 회향과 뿌리채소의 십일조까지 드리면서, 정의, 자비, 믿음과 같은 율법의 더 중요한 부분은 무시한다."라고 말씀하셨다.
67) 이사야, 56:10. 백성을 지켜야 할 파수꾼들이 눈이 멀었다. 그들 모두가 자기들이 하는 일이 무엇인지도 모르고, 모두 짖을 줄 모르는 개 같아서, 그저 누워서 늘어지게 잠자는 것이나 좋아한다. 스가랴, 11:17. "양떼들을 돌보지 않은 못된 목동에게 재앙이 내릴 것이다."

막 부르는 걸, 정말 맹세컨대, 분명히 들었습니다. 제가 이런 이야기까지 전하는 걸 다시 한 번 용서하십시오."

"괜찮네, 괜찮아, 조슈아. 좋지 못한 말들은 입에서 내뱉자마자 없던 일로 하세나. 윌 매스커리는 보기보다 훨씬 더 못된 사람이구먼. 사람들이 그러는데 예전에 그 사람은 일도 안 하고, 아내를 두들겨 패기나 하는 술주정뱅이 날건달이었다더군. 그런데 이제 그는 예절도 바르고 검소해진 데다가 아내와 함께 안락하게 잘사는 것 같던데. 만약 매스커리가 이웃 사람들을 괴롭히고 소란을 피웠다는 증거가 보이기만 하면 그때는 내가 목사이자 행정관으로서의 책무에 따라 그 일을 해결하도록 나서보겠네. 하지만 윌 매스커리가 입을 함부로 놀린다거나 젊은 처자가 그린 광장에서 사람들을 몇 명 모아놓고 영국 국교회를 반대하는 종교교리를 설파하거나 그런 신앙심을 조장한다고 해서, 교회가 위험에 처하게 된 것처럼 굴지는 말게나. 그런 사소한 일로 야단법석을 떠는 건 자네나 나처럼 현명한 사람이 할 짓은 못 되지. 우리는 다른 일들과 아울러 신앙심도 지켜가며 '우리도 살고 다른 사람도 살아가도록 배려해야' 한다네, 조슈아. 자네는 이제껏 잘해오기도 했지만, 앞으로도 교구의 집사이자 교회지기로서의 직분에 충실하도록 하게나. 그리고 이웃들을 위해 최고로 좋은 부츠도 계속해서 만들고 말이야. 헤이슬롭 내에서 말이 와전되지 않도록 주의하게. 명심하라구."

"그렇게 말씀해주시니, 목사님, 정말 고맙습니다. 저도 사리분별은 할 줄 압니다. 그런 일이라면 염려 마십시오. 목사님께서 교구 안에 살지 않으시니까 제 두 어깨가 더욱 무겁구먼요."

"물론 그렇겠지. 사소한 일로 잔뜩 겁 먹은 것처럼 보이면 사람들이 교회를 얕보게 되니 그렇지 않도록 신경 써 주게나, 조슈아. 나는 자네의 분별력만 믿겠네. 윌 매스커리가 무슨 말을 하든지, 자네와 나에 대해 뭐라 지껄이든지, 신경 쓰지 말게나. 자네하고 이웃 사람

들은 하루 일과를 끝마치고 계속 적당한 술자리를 가져도 좋아. 홀
륭한 교인들처럼 말이지. 만약 윌 매스커리가 자네와 어울리기를 꺼
려하고, 트레들스톤에서 열리는 기도회에 나가려고 할 경우에는, 그
것 역시 그 사람 마음대로 하도록 내버려두게나. 그건 자네가 참견
할 일이 아니니까. 다만 그자가 자네 일을 방해하지 않는다면 말일
세. 그리고 사람들이 우리에 대해 근거 없는 말을 좀 한다고 해서 그
런 것까지 신경 쓸 필요는 없어. 긴 세월을 지새운 경건한 교회 첨탑
이 까마귀가 와서 까악까악 울어댄다고 신경이나 쓰겠는가. 윌 매스
커리는 주일마다 오후가 되면 예배드리러 오는 사람이고 주중에는
마차바퀴 만드는 일을 착실히 잘하고 있잖나. 그가 그렇게 잘 지내
는 한, 하고 싶은 대로 하게 내버려 둬도 괜찮을 거야."

"아, 목사님. 한데 매스커리는 교회에 와서 의자에 앉으면 머리를
흔들어대고 우리 모두가 성가를 부를 때도 건방지게 못마땅하다는
듯 시큰둥한 표정을 지어요. 그런 모습을 보면 따귀를 한대 갈겨주
고 싶단 말입니다. 아이고, 하느님, 용서하십쇼. 어윈 마님과 목사님
앞에서 이런 막돼먹은 말을 해서 죄송합니다. 그 작자는 우리가 부
른 크리스마스 성가가 듣기 좋기는커녕 냄비를 데우는 부지깽이가 딱딱
거리는 것처럼[68] 형편없다고 말했다뎁쇼."

"아, 그건 그 사람이 음악을 제대로 감상할 줄 몰라서 그래. 조슈
아. 자네도 잘 알다시피, 머리가 나쁜 사람들은 어쩔 수 없다니까.
자네가 한결같이 착실히 지내면서 성가대 활동도 계속하는 한 헤이
슬롭 안에서는 그 사람과 뜻을 같이하는 사람들은 생기지 않을 걸
세."

"네, 목사님. 하지만 성경 말씀을 그렇게 나쁘게 빗대는 걸 보면
오장육부가 뒤집히던걸요. 저는 윌 매스커리만큼 성경 말씀을 많이

알고 있어요. 그것뿐인 줄 아세요? 누가 꼬집어도 모를 만큼 깊이 잠들었을 때에도 시편을 똑바로 읊을 수 있답니다. 저는 그자보다 더 성경 말씀을 잘 이해하고 언제 어디서건 올바로 말할 수 있어요. 집에 성찬용 컵을 가져다가 끼니때마다 사용해도 괜찮을 정도죠."

"조슈아, 아주 훌륭하게 말하는군. 하지만 내가 전에 말했듯이……."

어윈이 말하는 동안, 부츠발로 집 안에 들어서는 소리와 현관의 돌바닥 위로 박차가 덜그럭거리는 소리가 들렸다. 조슈아 랜은 황급히 문가의 한쪽으로 비켜서서, 현관홀에 들어선 사람이 안으로 들어올 수 있도록 자리를 마련하면서 낭랑한 테너음성으로 인사했다.

"아서 대자(어윈 목사가 아서의 대부이므로 이렇게 부르는 것이다.)님, 오셨습니까?"

"애야, 들어와라, 들어와!"

어윈의 모친이 활력 넘치는 노부인 특유의 남자 같은 굵은 목소리로 말했다. 이윽고 승마복을 입은 젊은 신사가 오른 팔에 삼각건을 걸고 있는 모습으로 들어섰다. 신사는 유쾌하고 호탕한 웃음소리를 내면서 악수를 하고 말했다.

"안녕하셨습니까?"

말이 끝나기가 무섭게 개들이 아주 친숙한 듯 반갑게 짖으며 방문객을 향해 꼬리를 흔들어 댔다. 이 젊은 신사가 아서 도니손이었다. 그는 '젊은 지주', '상속자', '대위' 등 다양한 명칭으로 불리며 헤이슬롭에서 모르는 사람이 없을 정도로 꽤 유명 인사였다. 그는 롬셔 출신의 군인 중에서 유일한 대위였다. 헤이슬롭의 소작농들은 아서의 대위라는 직위가 국왕의 정규병 직급을 가진 다른 모든 젊은 신사들보다 훨씬 높은 지위인 줄 알고 있었다. 목성이 은하수보다 훨씬 찬란하게 빛을 발하듯 아서는 다른 장교들보다 훨씬 돋보였다. 만약 그가 얼마나 멋진 사람인지 더 알고 싶다면, 황갈색 구레나룻에 머리카락을 묶은 아주 잘생긴 젊은 영국 남자를 떠올려 보면 될 것이다. 여러분이 그런 사람을 외국에서 만났다면, 그런 신사가 여러분과 같은 동포라는 사실만으로도 가슴 뿌듯해 할 것이다. 아서는 깔끔하고 좋은 집안 태생인데다가 손이 하얗기는 했지만, 왼팔로도 멋지게 일격을 가해서 상대방을 쓰러뜨릴 수 있을 것처럼 강하게 보였다. 그러나 나는 사람들의 옷차림이 어떻게 다른지 상상만으로 구별할 수 있게 할 만큼 대단한 재단사가 아니다. 그래서 아서가 줄무늬 조끼와 뒷단이 길게 늘어진 코트, 그리고 짧은 부츠를 신었다고 확실하게 말할 자신이 없다.

어디 앉을 만한 의자가 있나 하고 뒤를 돌아보면서, 도니손 대위는 말했다.

"조슈아를 방해하고 싶지 않군요. 할 말이 있는 것 같은데."

"아이구, 아닙니다요."

조슈아가 허리를 굽혀 절하며 말했다.

"제가 목사님께 드릴 말씀은 딱 하나뿐이었어요. 그동안 떠들어댄 다른 얘기들은 벌써 머리에서 다 사라져버렸구요."

"그래? 조슈아. 어서 말해보게나, 할 얘기가 뭔가?"

어윈이 말했다.

"목사님, 티아스 비드가 죽었다는 소식을 아직 못 들으셨지요? 오늘 아침인지 어젯밤인지 집 앞에 있는 윌로우 브루크(버드나무 개천)를 건너다가 다리에서 떨어져 익사한 모양입니다."

"뭐라구?"

두 신사가 이구동성으로 놀라 소리쳤다. 둘 다 그 소식에 엄청난 관심이 있는 것 같았다.

"세스 비드가 아담의 말을 전하러 아침에 들렀었는데요. 아버지 묏자리로 하얀 가시나무 밑에 있는 땅을 쓰고 싶은데 목사님께서 허락해 주셨으면 하드라구요. 아담의 어머니 꿈에 그곳이 나타났다나 어쨌다나, 하여튼 묫자리로 거길 얘기했었나 봐요. 세스하고 아담이 직접 와서 부탁드리고 싶은데 장의사와 함께 처리해야 할 일이 너무 많아서 못 온다고 했습니다. 그 모친도 마찬가지구요. 보아하니 아버지 묫자리를 확실히 점찍어 두고 싶어하더라구요. 다른 사람에게 그 자리를 뺏길까 봐 걱정스러워하는 눈치였어요. 목사님께서 선처해 주시면 바로 가서, 우리 애를 시켜 말씀을 전하겠습니다. 이 말씀을 드리려고 온 겁니다요."

"물론이지, 조슈아, 그분들한테 확실히 그 자리를 내 드려야지. 내 직접 아담에게 가 보겠네. 그래도 자네는 아이를 보내 전하게. 불상사가 생기지 않는 한 묘를 써도 좋다고 말이야. 그럼 이제 됐나? 조슈아, 부엌에 가서 에일 맥주나 한잔 들이켜고 가게나."

"쯧쯧, 불쌍한 티아스!"

조슈아가 자리를 뜨자 어윈이 말했다.

"술 때문에 개천에 빠져 그렇게 죽다니…… 참 안 된 일이야. 그래도 다행인 게 아담을 그렇게 힘들게 했었던 짐이 힘들이지 않고 덜어졌으니, 이제 그의 어깨가 좀 가벼워지겠구먼. 지난 5~6년간 아버지가 폐인이 되지 않게 하려고 무척 걱정하면서 아담이 고생깨나 했는데 말이야. 참 훌륭한 청년이야."

"아담은 정말 믿음직한 사람이죠."

도니손 대위가 말했다.

"제가 어린아이였을 때 아담은 열다섯 살로 덩치가 꽤 큰 소년이었어요. 그때 잠깐 아담한테 목수 일을 배웠는데 이런 생각이 들더라구요. 제가 만약 부유한 술탄(옛날 터키의 황제)이 된다면 아담을 재상자리에 앉혀야겠다고요. 그러면 아담은 동방 이야기에 나오는 가난한 현자 못지않게 칭송받을 거라고 저는 확신했죠. 지금도 그 생각에는 변함이 없어요. 제가 빈털터리에 불한당 같은 사람이 되지 않고 넓은 토지를 가진 대지주로 살게 된다면 아담을 제 오른팔로 삼을 겁니다. 왜냐하면 그가 우리 집안을 위해 숲을 잘 운영해 줄 거라 믿기 때문이죠.

아담은 숲에 관련해서는 지금까지 제가 만난 그 누구보다 뛰어난 생각을 갖고 있는 것 같아요. 우리 할아버지는 세챌 노인에게 운영을 맡겼는데 형편없었거든요. 아담이라면 세챌 노인이 운영해서 우리 할아버지가 벌어들인 돈의 두 배는 너끈히 벌어올 수 있을 겁니다. 늙은 잉어가 목재를 모르듯이 세챌 노인은 목재에 대해서 아는 게 하나도 없어요. 그래서 제가 할아버지께 몇 번이나 아담에게 맡기는 게 어떻겠냐고 말씀을 드렸었는데, 이런저런 이유로 아담을 꺼려하시더군요. 그러니 정말, 뭐 어떻게 할 수가 없었죠. 그런데 저…… 목사님, 괜찮으시면 저랑 같이 말을 타고 나가보실래요? 바깥 날씨가 굉장히 좋거든요. 지금 나가서 아담한테 가 보는 것도 좋겠네요. 가는 길에 홀 팜에 들러 포이저 가족이 저를 위해 기르고 있는 강아지도 좀 보구요."

"아서, 우선 여기에 있다가 점심부터 하려무나."

어윈의 모친이 말했다.

"이제 곧 2시야. 캐롤이 금방 식사를 가져올 게다."

"나도 홀 팜에 가보고 싶긴 하군."

어윈이 말했다.

"홀 팜에 머무르고 있다는 자그마한 감리교인이나 한 번 더 보고 싶구먼. 아까 조슈아가 그러는데 그녀가 어젯밤에 그린 광장에서 설교를 했다지 뭔가."

도니손 대위가 웃으며 말했다.

"오, 세상에 맙소사! 포이저 부인의 질녀 말이죠? 생쥐처럼 얌전해 보이던데 그런 면이 있다니 놀랍군요. 처음 그녀를 보았을 때는 꽤나 수줍음이 많을 것처럼 보이더라구요. 집 바깥 양지바른 곳에 웅크리고 앉아 바느질을 하고 있었는데 제가 말을 타고 다가가서 큰소리로 물어봤죠. '안에 마틴 포이저 씨 계신가?' 하고요. 그때는 그녀가 낯선 사람인지 몰랐거든요. 그랬더니 일어나서 저를 처다보며 '안에 계실 겁니다. 제가 모셔 올게요.' 라고 대답하더군요. 모르는 사람에게 갑작기 말을 걸어서 미안하더라구요. 그녀는 퀘이커 교도들이 입는 옷을 입고 있었는데 꼭 캐서린 성녀처럼 보였어요. 일반 사람들 사이에서는 보기 드문 얼굴이었지요."

아서의 말을 듣고 어윈 모친이 말했다

"나도 그 젊은 처자를 보고 싶구나, 더핀. 무슨 구실이라도 좀 만들어서 한번 데려와 봐."

"제가 무슨 수로 그녀를 데려오겠어요, 어머니. 월 매스커리가 저더러 게으른 목사라고 했답니다. 그따위 목사가 베푸는 호의를 그녀가 기꺼이 받아 줄까요? 설령 받아준다 해도 감리교 설교사에게 선심 쓰는 척하기는 너무 힘들어요. 아서, 조금만 더 일찍 오지 그랬나. 조슈아가 월 매스커리에 대해 욕하는 걸 들었어야 했는데……거 왜 수레바퀴 만드는 사람 있잖은가. 월 매스커리 말이야. 조슈아는 내가 그 사람을 파문시켜서 시민군에게 넘겨주길 바란다네. 자네 조부님께 말이지. 집에서도 일터에서도 쫓아냈으면 하더라구. 만약에 내가 이런 일에 개입하면 증오심과 박해 운운하면서 구설수에 오르겠지? 특히 감리교도들은 신이 나서 자기네 다음호 간행물에 싣고 싶어할 게야. 월 매스커리를 마을에서 쫓아내는 건 별로 어렵지 않아. 채드 크래네지와 대여섯 명의 멍청이 친구들한테 교회를 위해서라고 설득하면 될 테니까…… 그를 밧줄로 꽁꽁 묶고 쇠고랑을 채워서 마을 밖으로 내쫓아 보내라고 하면 그 사람들은 그렇게 하고도 남을걸? 그 다음에 그 일의 대가로 1파운드 금화 절반 정도만 술값으로 쥐여주어 얼근히 취하게 하였다고 해보세. 아마 그것은 지난 30년 동안 다른 성직자들이 자기네 교구를 좌지우지하면서 보여주었던 광대극보다 훨씬 더 어리석은 광대극의 극치를 보여주는 꼴이 될 거야."

어원 모친이 말했다.

"너를 '게으른 목사'라고 말했다구? '멍청한 개'라고 불렀단 말이냐? 정말 무례한 사람이구나. 그렇게 말했다는 게 나는 몹시 거슬리는데, 너는 아무렇지 않은가 보구나. 더핀."

"어휴, 어머니, 윌 매스커리가 하는 말에 일일이 대꾸한다고 명예스러운 권위가 지켜지나요? 그리고 그런 말들은 그렇게 심한 비방도 아니에요. 제가 게으른 사람인 건 맞잖아요. 말안장에 앉으면 엄청나게 뚱뚱한 사람이고요. 게다가 벽돌을 새로 쌓고 회반죽을 칠하면서 집수리하는 데에 쓸데없이 많은 돈을 써버렸죠. 절름발이 거지가 은화 한 닢만 달라고 해도 화가 날 지경으로 말이에요. 가난하고 깡마른 구두수선공들은 하루를 시작하기 전에, 어두컴컴한 새벽부터 설교하러 다니면, 인류를 개심시킬 수 있으리라 믿고 있어요. 그러니 저에 대해 안 좋은 견해를 가질 만도 해요. 자, 어머니, 이리 오셔서 점심 드세요. 케이트는 점심 먹으러 안 내려오려나?"

"어윈 양이 브리짓에게 점심을 위층으로 갖다 달라고 하셨답니다. 케이트 아가씨는 앤 양 곁에 계시겠다고 하고요."

캐롤이 대답했다.

"아, 잘됐군. 브리짓에게 내가 곧 올라가서 앤을 보겠다고 말해줘. 아서, 이제 오른팔은 쓸 만한 모양이군."

어윈은 이렇게 말하며 삼각건에서 팔을 빼고 있는 도니손 대위를 쳐다보았다.

"네, 썩 좋아졌어요. 하지만 좀더 삼각건을 걸고 다녀야 한다고 고드윈이 강조하더라고요. 그래도 8월 초에는 군대로 복귀할 수 있었으면 좋겠는데…… 여름철에 꼼짝 않고 체이스 장원에만 갇혀 살아야 한다면 굉장히 지루할 거예요. 거기서는 여름이 되어도 사냥이나 수렵 여행은커녕 도무지 아무것도 할 게 없어서 초저녁부터 잠만 자야 할 테니까요. 하지만 7월 30일, 제 성년의 날이 되면 시끌벅적한 소리 때문에 온 마을이 깜짝 놀라게 될 겁니다. 할아버지가 이번만 큼은 제 마음대로 쓰라고 까르데 블랑쉬[69]를 주셨거든요. 연회를 열면 분명 축제가 한결 흥겨워질 겁니다. 이 마을 사람들은 제 성년의 날처럼 성대한 날은 두 번 다시 보지 못할 겁니다. 대모님, 대모님께서 배석하실 높은 옥좌를 하나, 아니, 두 자리 마련해 놓겠습니다. 한 자리는 잔디밭에, 다른 하나는 무도회장에 놓고, 그 자리에 앉아 올림피아의 여신처럼 사람들을 내려다보도록 해드릴게요."

"나는 20년 전 너의 세례식에 입고 갔던, 최고로 좋은 비단 옷을 입고 나가마."

어윈 모친이 계속 말했다.

"아, 가엾던 네 엄마가 하얀 드레스를 입고 나풀거리던 모습이 눈에 훤하구나. 그날, 그 옷이 꼭 수의처럼 보이더니만. 석 달 후에 정말 네 엄마의 수의가 되어버렸지. 네가 세례 받을 때 썼던 작은 모자와 세례복도 네 엄마와 함께 묻혔지. 네 엄마의 부탁이었거든. 가여운 것! 네가 외가 식구들을 닮아서 얼마나 하느님께 감사한지. 아서! 네가 허약하고, 마른 데다가 황달까지 있는 아기였다면, 내가 대모를 서기도 전에 너는 이미 세상을 떠났을지도 몰라. 그렇지만 나는 네가 어엿한 도니슨 가문에 걸맞은 사람으로 성장할 거라고 확신했었지. 얼굴이 반듯하고, 가슴도 떡 벌어진 데다가 목소리도 우렁찬 너는 어느 모로 보나 트라제트 가문의 혈통을 이어 받았어."

어윈이 미소를 지으며 말했다.

"하지만 어머니, 그건 너무 성급한 말씀이세요. 주노가 최근에 낳은 새끼들이 어땠는지 벌써 잊어버리셨어요? 녀석들 중 한 마리는 제 어미를 쏙 빼 닮았는데, 나머지 두세 마리는 제 아비 성격을 닮았

---

69) 프랑스 말로, 자유 재량권이라는 뜻이다. 문자 그대로 자기가 원하는 바와 조건을 마음대로 쓸 수 있는 서명이 있는 백지 위임장을 말한다.

었잖아요. 자연은 그렇게 만만치 않아요."

"말도 안 돼, 애야! 자연은 흰 족제비를 매스티프 개와 닮도록 만들지 않는단다. 아무리 나를 설득시켜도, 나는 사람을 외모로밖에 판단할 수 없다. 만약 외모가 마음에 들지 않으면, 나는 분명 그 사람을 좋아할 수 없을 거야. 볼품없이 차려진 음식을 먹기 싫은 것만큼이나, 못생기고 형편없는 사람들과는 알고 지내기도 싫다. 첫 눈에 몸서리칠 정도로 외모가 못났다면, 나는 당장 내쫓아 버릴 거야. 못생기고 돼지처럼 뒤룩뒤룩 살이 쪘다거나 동태눈처럼 맹하게 생긴 사람을 보면 나는 역겨워. 악취가 풍기는 것 같단 말이다."

"눈에 대해 얘기하시니 생각나서 하는 말인데."

도니손 대위가 말했다.

"제가 대모님께 가져다 드리려던 책이 하나 있었는데, 이제야 생각나네요. 언젠가 런던에서 소포로 온 건데요. 대모님은 기이한 이야기나 마녀가 나오는 그런 이야기들을 좋아하시죠? 그 책은 『서정시집』(1798년 윌리엄 워즈워스와 사무엘 콜리지가 출판한 시집)이라는 시집이랍니다. 거기 있는 시들은 대부분 허튼 소리들을 지껄여 놓은 것이죠. 하지만 첫 번째 시는 아주 새로운 형식으로 쓰여 있는데 제목이 『노수부의 노래』(사무엘 콜리지가 쓴 시. 이 시에서 늙은 수부는 알바트로스라는 새를 죽여 자연의 법칙을 위반하려 했다.)예요. 그 이야기가 무슨 내용인지 도무지 이해할 순 없었지만, 그래도 아주 기묘하고 인상적이었어요. 그 책을 가져다 드릴게요. 어윈 목사님, 목사님이 좋아하실 만한 책도 몇 권 있답니다. 내용이야 어쨌든, 도덕률의 폐기론과 복음론에 관한 소책자들이랍니다. 그런 책들을 내게 보내는 사람들의 의도는 도대체 알 수가 없단 말이에요. 그래서 『 ~론』으로 끝나는 제목의 책이나 소책자들은 앞으로 보내지 말아달라고 편지를 썼죠."

"글쎄, 나도 『 ~론』은 별로 좋아하지 않는걸. 하지만 그 소책자들을 읽어 보는 건 좋을 것 같군. 지금 세상에서 무슨 일이 벌어지고 있는지 알려주니까. 나는 지금 좀 해야 일이 있어서…… 아서."

어윈이 방에서 나가려고 일어서면서 말을 계속했다.

"일 좀 마치고 난 다음에 자네와 같이 나설 차비를 해야겠네."

할일이 무엇인지 모르지만 어쨌든 그는 오래된 돌계단으로 올라가 (어윈 집의 일부는 아주 낡았다.) 어느 방문 앞에 멈춰 서더니 가볍게 문을 두드렸다.

"들어오세요."

여인의 목소리가 들렸고, 어윈은 차양과 커튼이 드리워진 어두컴컴한 방 안으로 들어섰다. 침대가에 서 있는 날씬한 중년 여인이 케이트 양이었다. 그녀의 옆에는 작은 탁자가 있었고 그 위에는 뜨개질감이 놓여 있었다. 그녀는 뜨개질감이 겨우 보일 정도로만 불을 밝혔다. 그 이상으로 방 안을 환하게 하는 일은 결코 없었다. 지금, 그녀는 어슴푸레한 빛이면 충분할 그런 일을 하고 있었다. 그것은 두통 때문에 베개를 베고 누워 있는 앤의 머리에 신선한 초제(약물을 희초산으로 녹인 액)에 적신 물수건을 얹어 놓는 일이었다. 앤의 자그마한 얼굴에는 가엾은 환자의 기색이 역력했다. 한때는 꽤 예뻤겠지만 지금은 수척하고 혈색도 좋지 않았다. 케이트가 오빠에게 다가가 속삭였다.

"앤한테 말 걸지 마세요. 오늘은 신경이 매우 날카로워요."

앤은 눈을 감고 있었고, 엄청난 고통 때문인지 이마를 찡그리고 있었다. 어윈은 침대가로 가서 그녀의 고운 손에 입을 맞추었다. 그녀는 가느다란 손가락에 약간 힘을 주었는데, 오빠가 위층으로 올라와 손에 입맞춤 해줘서 고맙다고 말하는 듯했다. 어윈은 그녀를 쳐다보며 잠깐 머뭇거리다가 몸을 돌려 발걸음을 조용히 죽이며 방에서 나왔다. 그는 위층으로 올라가기 전에 이미 부츠를 벗고 실내화로 갈아 신었었다. 사실 어윈은 자신을 위해 할 일도 아주 많은 사람이다. 그런 어윈이 지금 만사를 제쳐두고 아픈 여동생을 위해 발소리를 죽이러고 부츠를 신고 벗는 성가신 일을 기꺼이 하고 있다. 이것을 본 사람이라면 누구든 그가 동생을 위해 마지막에 보여준 세심한 배려가 참 대단하다고 생각할 것이다.

어윈의 여동생들은 브록스톤에서 10마일 안에 있는 모든 사람들이 다 아는 것처럼 상당히 별 볼일 없고 매력도 없는 여자들이었다. 인물 좋고 명석하기까지 한 어윈 모친이 그토록 평범한 딸들을 둔 것은 참으로 안타까운 일이었다. 이 근사한 노부인은 10마일이나 떨어진 곳에 있다 해도 언제라도 마차를 타고 달려가 만나고 싶은 사람이었다. 아름다운, 아직 정정하고 고운 용모에 고풍스런 위엄까지 있어서 그녀는 아주 우아한 대화 상대자가 되었다. 국왕의 건강상태, 면 드레스의 새롭고 예쁜 문양, 이집트 소식, 그리고 가엾은 달시 부인을 죽을 만큼 애타게 만들었던 달시 경의 소송 등등의 이야기들을 나누기에 더없이 좋은 말상대가 되어 주었던 것이다.

반면, 어느 누구도 어윈 집안의 처녀들에 대해서 말하는 사람은 없었다. 그녀들이 의학에 깊이 빠져 있다고 생각하는 사람들, 막연히 그녀들을 '귀족'으로 여기는 브록스톤의 가난한 사람들을 제외하고는 말이다. 만약 어떤 사람이 잡 더밀로우 노인에게 플란넬 외투를 누가 주었냐고 묻는다면, 노인은 "작년에 귀족 아가씨들이 주었지."라고 대답할 것이다. 과부 스틴은 기침 감기에 좋다며 귀족 아가씨들이 준 '약'이 아주 효험 있었다고 이리저리 떠들고 다니기도 했다. 또한 '귀족 아가씨'라는 말은, 말 안 듣는 아이들을 길들이는 방편으로써 상당한 효과가 있었다. 몇몇 어린 장난꾸러기들은 불쌍한 앤 양의 혈색 나쁜 얼굴을 보기만 해도 무서워했다. 자기들이 저질렀던 몹쓸 장난을 그녀가 다 알고 있다고 생각했기 때문이다. 자신들이 브리톤 농부의 오리에게 몇 개의 돌을 던졌는지까지 모두 알거라는 생각에 끔찍해 하며 무서워했다. 하지만 어윈 가의 아가씨들을 전혀 신비롭지 않게 여기는 사람들에게는 이들은 쓸모없는 존재들이었다. 다시 말해, 인생이라는 캔버스 위에서 아무런 효과도 내지 못하고 와글거리고 있는 보잘것없는 인물일 뿐이었다. 만약 앤의 만성두통이 애처로운 실연 때문이라면 좀 낭만적으로 보였을지도 모른다. 하지만 그녀와 관련된 이야기는 전혀 알려지지도 않았거니와 낭설로도 없었다. 일반적으로 사람들이 받은 인상은 어윈집의 두 자매가 그럴듯한 청혼조차 받아본 적 없는 평범한 노처녀라는 것이었다.

그럼에도 불구하고 보잘것없는 사람들이 산다는 사실 자체가 세상에서는 굉장히 중요한 일이다. 이런 사람들은 빵 값과 급료에 영향을 미치고, 이기적인 사람은 못된 성질을 부리고, 공감할 줄 아는 사람은 수많은 영웅적 행동을 한다. 다시 말해 그들은 비극적인 인생을 초래하는데 적잖은 역할을 해왔던 것이다. 만약 잘생기고 관대한 성품의 성직자인 아돌퍼스 어윈 목사에게 아무 희망이 없는 노처녀 여동생들이 없었더라면, 그의 운명은 상당히 달라졌을 수도 있다. 그는 청춘시절에 적당한 배필을 맞이했을 것이고, 분가루가 내려앉은 듯 머리가 희끗희끗해질 때쯤에는 훤칠한 아들들과 한창 피어나는 딸들을 두었을 것이다. 그렇게 보통 남자들이 생각하는 것처럼 처자식을 거느리는 것은, 단도직입적으로, 땡볕 아래에서 열심히 일하는 보람이 될 수 있다.

그러나 어윈의 경우에는 그렇지 않았다. 그는 세 명의 식솔들과 함께 1년에 700파운드 정도로 살림을 꾸려 나가야 했다. 그 수입으로 두 여동생과 어머니를 부양한다는 건 너무 버거운 일이었다. 다른 처녀들처럼 천성적으로나 후천적으로 숙녀답고 얌전하다는 그런 수식어 따위는 아무것도 붙지 않는 평범한 둘째 여동생, 사치스러운 어머니, 허구한 날 병을 달고 사는 첫째 여동생. 이렇게 가족들이 딸려 있는 처지여서 어윈은 자신만의 가정을 따로 꾸린다는 것을 엄두도 내지 못했다. 그래서 마흔여덟의 나이가 되도록 어윈은 독신이었다. 그는 독신이기에 겪게 되는 금욕주의를 자랑하지도 않았다. 그리고 이런 생활이 자신에게 전혀 이로울 것이 없음에도 불구하고 누군가가 결혼을 권하기라도 하면, 어윈은 웃으면서 아내가 있으면 방탕한 짓을 마음대로 할 수 없다고 핑계를 대고는 했다.

어쩌면 그는 자기 여동생들이 매력 없고, 쓸모없는 사람이라고는 생각지 않는 유일한 사람일 것이다. 그는 도량이 넓고, 편협하거나 인색하게 생각할 줄 모르는 온화한 사람이었기 때문이다. 이런 말을 해도 될지 모르겠지만, 그는 열정적이지도 않고, 의무감으로 괴로워하지도 않는 낙천적인 사람이었던 것이다. 그리고 독자들이 본 대로 별것 아닌 고통을 당하는 사람에게 섬세하게 신경 쓸 만큼 도덕적인 사람이었다. 그는 어머니가 딸들에게 따뜻하게 대하지 않는 것을 너그러운 마음씨로 묵인하고 있었다. 그의 어머니는 딸들에게 냉정하게 대하면서, 아들에 대한 편애는 눈에 띄게 심했다. 그는 어머니의 잘못된 행동에 대해서 아무 말도 못 한 채 눈살만 찌푸린다는 것은 결코 미덕이 되지 않는다는 걸 알고 있었다.

독자들이여, 여러분이 어떤 사람과 함께 걸으면서 친숙한 대화를 나눌 때나 그 사람이 자기 집에 있을 때 그가 보여주는 인상과, 그 사람이 훌륭한 역사적인 인물이거나, 이웃 사람들이 비판의 눈길을 보낼 만큼 사회의 어떤 조직이나 이념의 화신이 된 인물일 때, 그가 보여주는 인상이 서로 얼마나 다른지 비교해 보라.

트레들스톤에 머물고 있는 '순회하는 설교사'인 로우 씨[70]는 그 지역 근방의 교회 성직자들을 통틀어 말할 때 어윈 목사도 포함시켜 언급하면서, 어윈은 육신의 욕망과 속세의 영화에 빠져 있는 사람이라고 혹평하였다. 사냥이나 수렵을 하고, 자기 집이나 치장하며, 뭘 먹고,

---

70) 감리교 목사, 존 웨슬리는 임명받은 모든 성직자들은 순회를 하며 성직을 수행해야 한다고 주장했다. 그래서 잠시 트레들스톤에 머물고 있는 로우도 곧 어디로든가 이동해야 한다. 그래서 로우 씨는 '떠돌이 설교사'이다. 오늘날까지 감리교 목사들은 한 장소에 잠깐 동안만 체류하도록 한다.

마시고, 입고 살아가야 하나 궁리만 하는 사람이고, 교인들에게 생명의 빵을 나눠 주는 일에는 무심하고, 기껏해야 세속적이고 영혼을 마비시키는 도덕이나 설교하는 사람. 1년에 고작 한두 번 사람들을 볼까 말까하는 교구에서 목사로서의 직무를 수행한다는 명목으로 돈이나 받으면서 사람들의 영혼을 사고파는 짓이나 하는 사람이라고 혹평했다. 또한 당대의 의회보고서를 연구하는 교회 역사가는 로우 씨 못지않게 통탄하는 진술을 하면서, 교회를 위해 열정적으로 일했거나 '말만 번지르르하게 하는 감리교도들'에 부화뇌동하지 않는 순수하고 존경할 만한 국회의원들을 발굴하였다고 한다.

내 입장에서는 어윈이 자기와 같은 지위를 가진 일반적인 부류와 완전히 다른 사람이라고 말하기는 불가능하다. 그는 고매한 이상도 없었고, 신학적인 열정도 정녕 가지고 있지 않았다. 만약 내가 엄중히 심문당한다면, 나는 이렇게 고백할 수밖에 없을 것이다. 그는 자신의 교구민들의 영혼에 심각한 문제가 있을 거라고 여기지도 않고, 페이써 태프트 노인이나 대장장이 채드 크래네지 같은 사람들에게 교리나 계몽을 강요하는 건 그저 시간 낭비로 여기고 있었다. 그가 종교를 보는 시각은 이러했다. 평범한 사람들의 건전한 종교 활동은 한 가족으로서의 애정과 이웃에 대한 도리를 함께 지키게 하는 신성한 영향력을 끼치면서, 종교의 가르침을 받아 격정적이지 않은 부드러운 감정을 간직하는 것이었다.

어윈은 세례 관습이 교의보다 훨씬 중요하다고 생각했다. 농부들이 조상대대로 예배를 드렸던 교회에서, 자신의 조상이 묻혀 있는 신성한 교회무덤에서, 그들이 받을 수 있는 종교적인 은혜는 무엇일까. 어윈은 가벼운 설교나 기도서를 확실히 이해하는 것만으로도 종교적 은혜는 충분하다고 생각했다. 분명히 어윈은 요즘 같은 세상에서 요구되는 '진지한' 사람은 못 되었다. 그는 종교적인 신성함보다는 교회의 역사 이야기를 더 좋아했고, 사람들의 평판에 관심을 기울이기보다는 사람들의 성격을 꿰뚫어 보기를 좋아했다. 그는 부지런하지도 않았고 자기 부정적이지도 않았으며 헌금도 그리 많이 하지 않았다. 그가 가진 신학도 독자들이 이미 간파했듯이 허술하기 짝이 없었다. 그의 정신적 사상은 정말이지 다소 이교도적인 기미까지 보였다. 그는 이사야서나 아모스서 어디에도 나와 있지 않은 소포클레스나 테오크리투스의 말을 인용하기를 퍽이나 좋아했다.[71] 하지만 독자들이여! 그대들이 만약 세터 강아지에게 생고기를 먹여 길렀다면, 그 녀석은 성장한 이후에도 생고기에 식욕을 느끼는 것이 당연할진대 어찌 그것을 이상한 일이라고 생각하겠는가. 어윈의 젊은 날을 돌이켜 보면, 그때 가졌던 열정과 야망이 모두 성경과는 거리가 먼, 시나 윤리학과 관련이 깊었었다.

그렇지만 나는 어윈 목사를 회상하면 그분에게 특별한 애정이 있어서 다음과 같은 호소를 독자들에게 하고 싶다. 어윈은 악의가 없고, 몇몇 박애주의자들이 여태까지 보여준 것처럼 옹졸하지도 않다. 몇몇의 열광적인 신학자들은 모두 도덕적으로 완전무결하다는 낭설이 있는데 그렇지는 않다. 왜냐하면 그들은 대중을 위해 기꺼이 자기 몸을 불사르지도 않을 것이고, 가난한 자들을 구호하기 위해 전 재산을 기부하지도 않을 테니까…… 반면에 그들은 겉으로만 그럴듯한 미덕을 행하는 사람들에게서 찾아볼 수 없는 자비로운 사랑을 가지고 있고,[72] 타인의 실수에 관대하고 사람들의 잘못을 야단치지도 않는다. 어윈도 이런 사람들 중 하나였다. 이런 유형의 사람들을 평범하다고 말할 수는 없다. 이들을 더 잘 알고 싶다면 시장에서, 혹은 강단이나 설교단

---

71) 희랍의 비극작가인 소포클레스와, 전원 시를 쓴 테오크리투스라는 시인은 기독교가 아닌 고전문학의 작가들이다. 어윈은 이런 고전문학을 이사야서나 아모스서 같은 성경책보다 선호하였다는 사실은 기독교도는 신의 은총으로 도덕률에서 초월한다고 주장하는 이론을 모른다고 말하는 것과 같다. 그래서 감리교도들이 어윈 목사를 '벙어리 개'라고 생각하는 것이 당연하게 여겨지게 하는 말이다.
72) 고린도전서, 13:3. "내가 내 모든 재산을 나누어 주고 내 몸을 불사르게 내어 준다 하더라도 사랑이 없으면 내가 얻는 것은 아무것도 없습니다."

에서 강론을 마치고 집으로 돌아갈 때 뒤를 따라 가보면 된다. 그러면 이들이 부모자식과 어울려 가정에서 일어난 일을 한가롭게 이야기하는 목소리를 듣게 되고, 궁핍한 친구들을 사려 깊게 보살펴 주되, 자신들의 친절을 친구들이 당연하게 받아들이고 지나치게 부담스러워하지 않도록 세심하게 배려해야 한다는 것을 목격하게 된다. 이것이 바로 그들의 모습을 가장 잘 보여주는 예이다

그들은 악습이 넘쳐나는 시대에도 행복하게 살았으며, 가끔 그 악습들의 살아 있는 대표자들로 여겨지기도 했다. 그리고 가정의 문턱을 넘어 사회의 폐단을 개혁하자고 외치는 소위 말하는 위대한 사람들을 따르지 않는 것이 때로는 더 좋았다. 하지만 폐단이 없는 시대에 살고 있는 우리는 그들의 뜻을 따르지 않아도 되니까 오히려 더 다행일지도 모르겠다.

나는 독자들이 지금 어윈에 대해 어떻게 생각하는지 모른다. 하지만 만약 독자들이 6월 오후에 회색빛 말을 타고 가고 그 곁에는 개들이 따르고 있는 어윈 목사를 마주치기라고 한다면, 거대한 몸집에 등을 꼿꼿이 세운 당당한 풍채를 보이며, 갈색 말을 탄 생기발랄한 젊은 친구와 이야기하며 잘생긴 입술에 선량한 미소를 머금은 그의 모습을 본다면, 아무리 그가 성직자들의 딱딱한 이론에는 적합하지 않는 사람이라 하더라도, 이런 평화로운 풍경과 그는 지극히 잘 어울린다고 느낄 수밖에 없을 것이다.

이따금씩 떼를 지어 지나가는 구름이 브록스톤 산마루에 그늘을 드리웠다. 그 가운데 환한 햇빛을 받으며 브록스톤 산허리를 따라 올라가는 어윈과 아서를 보라. 브록스톤 산허리에는 하얗고 작은 교회위로 목사관의 높은 박공지붕과 느릅나무가 더 두드러져 보였다. 어윈과 아서는 곧 헤이슬롭의 교구에 도착할 것이다. 그들의 시선에서 왼쪽으로는 회색빛 교회 지붕 탑과 마을 가옥들의 지붕들이 펼쳐져 있고, 오른쪽으로는 저 멀리 홀 팜의 굴뚝만 보일 뿐이었다.

6

홀 팜 농장

분명히 저 대문은 한 번도 열린 적이 없었던 모양이다. 대문 옆에
는 풀이 무성하게 크고 있었고, 독미나리도 큼직하게 제멋대로 자라
있었다. 저 대문으로 사람들이 드나들려 해도, 지금은 녹이 잔뜩 슬
어 있어서 경첩(창문이나 출입문, 또는 가구의 문짝을 벽에 다는 데 쓰이는 철
물)에 달린 문을 열려면 상당히 힘이 들 것 같았다. 그래도 억지로 밀
어서 열려고 하면 돌로 만들어진 네모난 기둥들을 쓰러뜨리고, 석조
로 된 두 개의 암사자 상을 망가뜨릴 것 같았다. 두 개의 돌기둥에는
문장들이 새겨져 있고, 각 기둥 위에 암사자 조각이 하나씩 얹혀 있
었고, 이 두 개의 암사자 조각들은 음흉한 육식성향을 감추려는 듯
상냥한 미소를 띠고 있었다. 이 돌기둥의 움푹 팬 골을 타고 벽돌 담
장을 오르는 일은 아주 쉬운 일일 것이다. 벽돌 담장 위에 매끄럽게
다듬은 갓돌을 씌워놓았다. 하지만 대문의 녹슨 창살 사이로 눈을
가까이 대고 집 안을 들여다보면, 풀로 뒤덮인 구석진 곳만 빼고는
집 전체가 잘 보였다.
　집은 빨간 벽돌집으로 아주 오래되고 근사했으며, 벽 표면에는 여
기저기 희끗희끗한 이끼가 하얀 가루처럼 보송보송 끼어 있었다. 빨
간 벽돌은 참 멋지게도 세 개의 박공지붕, 창문들, 그리고 현관 주변
을 장식한 석회암들과 다정한 친구처럼 잘 어울렸다. 창문들은 나무

창틀에 끼어 있었고, 아무리 봐도 대문인 것 같아 보이는 문이 있었다. 하지만 그 대문은 단 한 번도 열린 적이 없었던 것 같다. 만약 이 대문을 열어본다면, 문 밑이 돌바닥에 긁히는 소리로 얼마나 삐걱거리는 신음소리를 낼까! 대문은 단단하고 묵직한 멋진 문이었다. 그 대문도 한때는 제복 입은 하인이 마당에서 쌍두 사륜마차를 타고 떠나는 집주인과 부인을 배웅하고 나면, 하인의 뒤에서 격조 있게 쿵소리를 울리며 닫힌 적이 있었을 것임에 틀림없다.

그 집을 바라보고 있는 지금, 우리는 대법관 법정에서 벌어진 소송[73]을 취급하느라고 한없이 시간만 보내던 그 옛날에 세워진 집의 모습이 어떠했을지 상상할 수 있다. 커다란 건물의 뒤쪽에서 개 짖는 소리가 울려 퍼지지 않았다면, 그 건물 구내의 오른편에 두 줄로 늘어선 큰 호두나무에의 열매들이 땅에 떨어져 풀밭에서 썩고 있을 것이라고 생각했을 것이다. 그런데 왼편 담장 쪽에 있는 가시금작화 덤불로 지어진 헛간에서는, 어미의 젖을 뗄 때가 된 거의 다 자란 송아지가 우렁차게 짖어대는 개의 소리를 듣고서는, 방금 밖으로 뛰쳐나와 순진하게 음매하며 화답하고 있었다. 개 짖는 소리를 이제 곧 어미젖을 잔뜩 준다는 신호쯤으로 여긴 듯했다.

그렇다. 저 집은 틀림없이 누군가가 살고 있으며, 우리는 이제 그 사람이 누구인지 보게 될 것이다. 우리의 상상력은 마음대로 이 집안을 드나들 수 있기에, 개를 전혀 무서워하지 않고, 벽을 타고 올라가 무난히 창문 안을 엿볼 수 있는 것이다. 오른쪽 창문의 유리창 하나에 얼굴을 대고 들여다보자. 무엇이 보이는가? 큰 벽난로가 열려져 있고 벽난로 안에는 장작을 받쳐주는 낡은 놋쇠 받침대가 있고, 깔개를 깔지 않은 맨 마루가 있었다. 마루의 한편 끝에는 털실이 소복이 쌓여 있고, 마루 한가운데에는 텅 빈 옥수수자루가 몇 개 놓여

---

73) 대법관 법정에서는 유산문제를 다루었다. 그 소송은 시간이 무척이나 오래 걸리기로 악명이 높았다. 디킨스의 소설, 『황폐한 집』(1853)에서 본 것처럼 소송에 걸린 재산들이 소송 중에 폐허가 되다시피 무너져 버리기도 하였다.

있다. 저기 식당용 가구도 보인다. 왼쪽 창문으로는 무엇이 보이는가? 옷걸이가 몇 개 있고, 여성용 말안장과 물레가 있고, 낡은 상자가 있는데 뚜껑이 활짝 열려 있어 거기에 가득 담긴 형형색색의 천 조각들을 그대로 보여주고 있었다. 상자의 가장자리에는 커다란 나무인형이 놓여 있었다. 인형은 많이 망가져 있었고, 특히 코 부분이 완전히 없어지다시피 해서 아주 정교한 그리스 조각상과 흡사해 보였다. 상자 근처에는 작은 의자가 하나 있었고, 소년용의 기다란 가죽 채찍의 손잡이가 놓여 있었다.

이제 이 집의 평범한 내력을 들어보자. 이 집은 한때 시골 지주가 살았던 곳으로, 식구가 점점 줄어들어 급기야 겨우 한 명만 남게 되었다. 이렇게 규모가 작아져서 가문의 이름은 온데간데없어지고 그 지방의 이름이라 할 수 있는 도니손이라는 이름과 합쳐졌다. 이 농장의 이름은 예전에는 '홀'이었으나 지금은 '홀 팜'이다. 마치 어느 해안가 마을이 한때는 해수욕장이었지만 이제는 이름 없는 항구가 되어버려, 뽐내던 거리는 한산해지고 풀만 무성하게 자라고, 부두와 창고만이 붐벼서 와자지껄한 생활을 보여주는 것과 같은 모습이었다. '홀'이라 불리는 이 집도 생활의 중심이 바뀌어 이제는 응접실이 아니라 식당과 안뜰에서 불빛이 환하게 새어 나왔다.

이런 곳에서 늘 느끼는 삶의 풍요로움이여! 지금은 건초를 수확하기 직전이라 1년 중 가장 나른한 때였다. 게다가 하루 중 가장 졸린 시간이기도 했다. 태양이 도는 방향으로 보아서는 거의 3시에 가까웠는데, 8일 만에 한 번씩 태엽을 감는 포이저 부인의 멋진 시계는 3시 반을 가리키고 있었다.

비 온 뒤라서 그런지 유난히 태양이 더욱 찬란하게 비추는 것처럼 모든 것들이 더욱 활기 넘치게 보인다. 이런 햇볕이 내려 쬐면, 젖어 있는 지푸라기의 물방울은 더욱 반짝거리고, 외양간의 빨간 기와지붕 위에 군데군데 피어 있는 이끼들의 파릇파릇한 초록색은 더욱 생생하게 빛난다.

노란 부리의 오리들은 온몸을 흠뻑 적셔가며 흙탕물을 마셔대고
있었다. 물길을 따라 배수구로 쏙쏙 빨려 들어가는 흙탕물이 오리들
눈에는 거울처럼 투명해 보였던 모양이다. 이런 풍경을 배경으로 시
끄러운 소리가 한꺼번에 어우러져서 마치 합창소리처럼 들려왔다.
마구간에 묶여 있는 커다란 불도그가 개집 앞으로 가까이 다가오는
닭에게 잡아먹을 듯이 달려들며 천둥 같은 소리로 짖어대고 있었다.
이 소리에 화답이라도 하듯, 맞은편 외양간에 가둬 둔 여우 사냥개
두 마리도 같이 컹컹 짖어대는 것이었다. 밀짚 가운데서 머리에 볏
이 달린 늙은 암탉들은 병아리들을 끌어안고서 애처롭게 울어대고,
놀란 수탉들도 함께 꼬꼬댁 하며 화음을 맞추고 있었다. 새끼 돼지
를 품고 있는 암돼지는 다리에서부터 온몸에 진흙을 잔뜩 묻히고 꼬
리를 위로 똘똘 말고서, 굵직하면서도 짧게 끊어지는 소리로 꿀꿀대
고 있었다. 우리의 친구 송아지들은 집 옆에 있는 작은 텃밭에서 음
매 음매 하고 울고 있었다. 이렇게 시끌벅적한 상황에서 사람들이
와자지껄하게 떠드는 소리를 식별해 내려면 귀가 아주 밝아야 했다.

큰 헛간 문은 활짝 열려 있었다. 그 안에서 사람들이 마구를 수리
하느라 분주하게 일하는 모습들이 보였다. '위토'(마구를 만드는 사람
을 일컫는 말), 즉 마구 제조업자인 고비가 그 일의 감독관이었는데, 인
부들은 고비가 트레들스톤에서 최근 떠돌고 있는 소문을 이야기해
주자 즐거워하고 있었다. 목동 알릭이 마구를 손보겠다고 하면, 그
날은 꼭 운이 그다지 좋지 않았다. 그런 날은 아침부터 비가 내리기
일쑤여서, 저녁식사 시간에 집으로 들어온 일꾼들은 신발에 유난히
진흙을 많이 묻혀가지고 들어오기 일쑤였다. 이런 신발을 보면 포이
저 부인은 심하게 불평하며 화를 냈다. 정말로, 그녀는 그것 때문에
아직도 마음이 편치 못했다. 식사가 끝난 지 거의 3시간이나 지났
고, 마룻바닥도 깨끗이 치워서 흙이 묻어 있던 자리는 이제 집안의

어느 곳 못지않게 깨끗해졌는데도 말이다. 집에 먼지가 조금이라도 남아 있다면 소금 단지 위에 있는 먼지뿐일 것이다. 높은 벽난로 선반에 손가락을 대고 쓰윽 문질러 보아도 먼지는 묻어나지 않았다. 심지어 선반 위에 놓여 있는 놋쇠 촛대마저도 먼지 하나 없이 반질반질 윤을 내고 있었다. 이 촛대가 여름 한낮을 한가롭게 즐기고 있게 된 것은 1년 중 이맘때쯤으로, 물론 사람들은 일찍 하루일과를 마치기도 했거니와, 또 날이 어두워지지 않았는데도, 아니 적어도 정강이를 부딪치고 나서 어디에 부딪혔는지 사물의 윤곽이 뚜렷이 보일 정도로 날이 밝은 시간인데도 사람들이 일찍 잠자리에 들었기 때문이다.

다른 어느 곳에서도 이렇듯 반질반질 윤이 나게 손질해놓은 참나무 시계 케이스와 참나무 식탁은 볼 수 없을 것이다. 그것은 포이저 부인의 말대로 순전히 '팔꿈치로 낸 윤'이었는데, 하느님께 감사하게도 자기 집에는 니스로 윤을 낸 물건이 단 하나도 없다고 그녀는 늘 말하고는 했다.

헤티 소렐은 외숙모가 등을 돌려 자신을 감시하지 않을 때마다, 틈만 나면 윤나는 표면에 자기의 멋진 모습을 비춰보고는 했다. 참나무 식탁은 보통 때는 가리개를 씌우고 세워놓아서 식사용이라기보다는 장식용이 되기도 했다. 헤티는 종종 커다란 둥근 백랍접시에도 자신의 모습을 비춰 보고는 했는데, 이 백랍접시는 기다란 전나무 식탁 위에 있는 선반 위에나, 혹은 벽난로 안쪽의 시렁에 잘 정리되어 있었으며, 항상 벽옥같이 빛나고 있었다.

이 시간이 되면 모든 물건들이 가장 밝게 빛나 보였다. 태양이 백랍접시를 직접 비추면 접시의 표면에서 반사되는 눈부신 햇살이 매끄러운 참나무 탁자와 밝은 놋쇠로 반사되었다. 햇빛은 이보다 훨씬 기분 좋은 것도 비추고 있었는데, 바로 다이나의 아름다운 뺨이었다. 그녀의 옅은 붉은색 머리는 밝은 햇빛을 받아 황갈색처럼 보였다.

이때 다이나는 이모를 도와 무거운 이불 홑청을 꿰매느라 고개를 숙이고 있었다. 포이저 부인은 월요일 날 세탁했던 빨랫감 중에서 아직 손보지 못한 몇 가지를 다림질하고 있었다. 다리미를 이리저리 움직이기도 하고, 뜨거움을 식히려고 앞뒤로 흔드는 포이저 부인의 모습을 빼면 어떠한 광경도 이보다 더 평화로울 수는 없었을 것이다. 그러는 동안 포이저 부인의 푸른색 눈동자는 부엌을 쳐다보다가, 헤티가 버터를 만들고 있는 낙농장으로 눈길을 보냈다. 그 다음에는 낸시가 오븐에서 파이를 꺼내고 있는 부엌 안쪽을 날카롭게 쳐다보았다. 그렇다고 포이저 부인의 외모가 나이 들었다거나 심술궂게 생겼다고 상상하면 오산이다. 서른여덟 남짓한 포이저 부인은 아름다운 여자였다. 피부는 곱고 머리는 옅은 갈색이었으며, 예쁘게 생긴 발로 사뿐사뿐 가볍게 걸어다니는 사람이었다. 포이저 부인의 복장에서 가장 눈에 띄는 것은 풍성한 체크무늬 리넨 앞치마였는데, 그 밑에 입고 있는 치마를 거의 다 덮을 정도였다. 포이저 부인의 모자나 가운은 평범하고 소박하기 그지없었다. 그건 포이저 부인이 여성스런 허영심도 없고, 장식보다는 실용성을 우선시하는 성격임을 잘 보여주고 있었다. 한마디로 흠잡을 데 없는 사람이었던 것이다. 포이저 부인과 그녀의 이질녀인 다이나 모리스는 한집안 식구라서 서로 닮았다. 하지만 포이저 부인의 예리한 표정과 다이나의 천사 같은 온화한 표정은 아주 대조적이었다. 만약 화가가 마르타와 마리아[74]를 그리려고 한다면, 포이저 부인과 다이나는 그림의 모델로서 손색이 없을 정도로 딱 어울렸다. 포이저 부인과 다이나의 눈은 똑같은 색이었다. 하지만 흑갈색 테리어 개 트립의 태도를 보면 그녀들의 눈초리가 얼마나 다른지 알 수 있었다. 이 의심 많은 개는 무심코 있

74) 누가복음, 10:38~42. 마르타와 마리아는 두 자매로, 예수의 친구들이다. 한 여자는 집안일로 바빴고, 다른 한 여자는 예수의 설법을 들으며 따라다녔다. 이들은 빅토리아시대 사람들이 선호하는 유형으로 한 명은 아주 바쁘게 사는 가정주부이며, 또 한 명은 훨씬 더 종교적인 묵상을 하는 사람이다.

다가도 포이저 부인의 냉정하고 쌀쌀맞은 눈초리와 마주치기만 하면 그 자리에서 태도가 확 달라져 움찔한다. 포이저 부인의 말씨는 눈초리 못지않게 날카로웠고, 말소리가 들릴 만한 곳에 하녀가 들어오면 지난번에 하다 만 잔소리를 정확히 기억해내고, 그 뒤부터 이어서 일장 연설을 해댔는데 꼭 아코디언을 연주하듯이 읊어댔다.

마침 그날은 버터를 만들려고 우유를 교유하는 날이어서 마구 만들기에는 적당하지 않은 날이기도 하였거니와, 포이저 부인이 하녀 몰리를 유난히 혹독하게 야단치는 일이 벌어지고 있었다. 언뜻 봐서는, 몰리가 저녁식사 후에 해야 할 일들을 제대로 미리 끝마치고, 재빨리 '씻고' 와서, 우유를 짤 때까지 앉아서 물레 돌리는 일을 하면 되겠느냐고 공손히 물어보아서 아무 탈이 없어 보였다. 그러나 포이저 부인에 의하면, 이런 나무랄 데 없는 몰리의 행동은 터무니없는 소망을 은밀히 감추는 짓이라는 것이다. 몰리의 잔꾀를 먼저 파악한 포이저 부인은 그녀의 엉큼한 속셈을 호되게 야단치고 있었다.

"나 원 참, 물레를 돌린다고! 그 일은 네가 할 일이 아닌 줄 뻔히 알면서도, 네 멋대로 하시겠다? 너같이 못된 계집애는 내 생전에 본 적이 없다! 너도 어떤 계집애처럼 밖으로 나가서 남자아이들하고 어울려 시시덕거리고 싶은 게냐? 내가 만약 이런 말을 들었다면 창피해서 얼굴을 못 들었을 거다. 몰리, 작년 성 미카엘 축일[75]부터 우리 집에서 와서 일했지? 나는 신원조회 같은 건 해보지도 않고 트레들스톤 시장에서 너를 데려왔어. 우리 집같이 평판 좋은 곳에서, 너를 그렇게 잘 대접해서 데려왔으면 감사하게 여기고 열심히 일해야 되는 거

75) 9월 29일. 매년 이 무렵 1년에 한 번씩 열리는 시장에서 농부들이 일꾼들을 고용했다. 성 미카엘 축일은 6세기에 이탈리아의 몬테 가르가노를 성 미카엘의 성역으로 봉헌한 것을 기념하는 날이다. 천상 군대의 지휘관인 성 미카엘의 전통적인 지위 때문에 미카엘 숭배는 결국 모든 천사들의 숭배로 확대되었다. 영국 국교회에서는 성 미카엘과 모든 천사의 축일로 지내고 있다. 서유럽에서는 추수기와 일치하는 이날을 중심으로 많은 대중적 전통이 생겨났다. 영국에서는 이날 거위고기를 먹는 풍습이 있는데, 이는 다음해에 경제적 궁핍을 막아준다고 믿기 때문이다. 아일랜드에서는 성 미카엘 축일 때 먹는 파이에서 반지를 찾은 사람은 곧 결혼하게 된다고 한다.

아냐? 처음 네가 여기 왔을 때 어떤 애였는지 생각만 해도 한숨이 난다. 도대체 네가 뭘 제대로 했어. 들판에 서 있는 허수아비만도 못한 것 같으니라고. 하여튼 뭘 해야 할지 몰라서 허둥지둥하던 꼴이란. 에휴, 내가 지금까지는 본 사람 중에 두 주먹을 불끈 쥐도록 답답한 사람이 있다면 바로 너야, 너! 대체 마루 닦는 건 누구한테 배운 건지 알기나 해, 엉? 네 눈에는 저 구석에 수북이 쌓인 먼지조차 안 보였던 모양이지? 그랬으니 안 치웠겠지. 너 같은 계집애가 기독교인들 사이에서 자랐다고 한다면 누가 그걸 믿겠니. 그리고 물레 말이다. 흥, 네가 물레질 배운답시고 망쳐버린 리넨 값이 네 월급하고 맞먹는 줄 알기나 하냔 말이다. 그러니까 정신 똑바로 차리란 말이야. 네가 멍하니 하품이나 늘어지게 하면서 이리저리 돌아다닐 때 아무도 안 보는 줄 알고 있는 모양인데, 천만에 말씀! 또 한 번 그랬다간 그냥……

마구 만드는 사람들을 도와 줄 요량으로 엉킨 털실이나 다시 풀어서 잘 감아 놓겠다 이 말씀이지, 엉! 그게 네가 하고 싶었던 일이지? 그렇겠지. 너는 늘 그런 식이니까. 네가 택한 길은 모조리 망조가 들 길인데 말이야. 너 같은 바보천치를 누가 좋아서 애인 삼겠니? 그러니 연애는 꿈도 꾸지 마라. 또 네가 결혼이라도 하면 잘살 거라고 생각하는 모양인데 지나가는 개가 웃겠다. 내가 장담컨대 앉을 만한 세발 의자 하나 있으면 다행일 거다. 따뜻하게 덮을 담요 한 장 없이 저녁으로 딱딱한 오트밀 빵이라도 조금 먹으려 들면 셋이나 되는 네 자식들이 당장 낚아채 버릴걸?"

"저는 정말이지, 마구 만드는 사람들과 어울리기 싫어유."

몰리는 이렇게 대꾸하면서, 포이저 부인이 자신의 장래를 단테가 쓴 신곡의 지옥 편처럼 묘사해대자 완전히 기가 질려 울먹였다.

"오틀리 주인님 농장에서는 엉킨 털실을 빗질하디시피 잘 풀어서 감아놓는 게 보통이었다구유. 그래서 마님께 그렇게 물어본 거예유.

마구 만드는 사람들은 다시는 쳐다보지 않을게유. 혹시 본다 하더라도 마음이 흔들리지는 않을 거예유."

"오호라…… 오틀리 씨네 농장이라! 거기서 네가 무슨 일을 했는지 말 한번 잘했다. 너 같은 계집아이들은 마구 제조업자들과 한 패가 돼서 마룻바닥이나 더럽히고 다녔겠지. 안 봐도 훤히 보인다, 보여. 내가 보기로 사람들은 자기가 뭘 원하는지 도통 모르는 법이지. 내 집에 들어온 계집애치고, 깨끗하게 한다는 게 뭔지 아는 애는 여태 없었어. 내가 보기에 보통 그런 사람들이 꼭 돼지처럼 살고 있단 말이지. 베티는 우리 집에 오기 전에 트렌트 씨네 농장에서 우유를 짰었다. 그 애는 말이야. 낙농장 안에 있는 진열대마다 몇 주가 지나도 치즈를 상하지 않게끔 잘 간수했었지. 내가 한참 병을 앓고 나서 아래층으로 내려왔을 때, 그 치즈에다 자랑스럽게 내 이름을 새겨 넣고 싶을 지경이었다. 그때는 내가 폐렴 진단을 받았었는데, 다시 건강을 되찾아서 정말 다행스러웠기 때문이기도 했지만 말이다. 몰리, 네가 여기 온 지 벌써 아홉 달이 지났다. 그런데도 전보다 더 나아진 것이라고는 거의 없으니, 입이 열 개라도 할 말이 없지? 고기 굽는 꼬챙이를 돌리다 딱 멈춰버린 잭(고기를 구울 때 쓰이는 꼬챙이를 돌리는 기계)같이 왜 그렇게 거기 멍하니 서 있어? 물레는 저리 치워놓지 않을 테냐? 한참 전에 그만 둘 시간이 지났는데 아직도 앉아서 일을 하다니 너는 정말 희한한 애구나."

"엄마, 다리미가 다 식어 버렸어요. 뜨겁게 해주세요."

작은 소리로 이렇게 쫑알거리며 부탁을 한 사람은 서너 살 정도 되는 금발 머리 꼬마 소녀였다. 소녀는 다리미판의 끄트머리 쪽에 놓여 있는 높은 의자에 앉아 있었다. 작고 통통한 주먹으로 소형 다리미의 손잡이를 꼭 쥐고, 작고 빨간 혀를 있는 대로 길게 내밀고서 천 조각을 아주 열심히 다리고 있었다.

"아가, 다리미가 식었다고? 아유, 이 예쁜 얼굴 좀 봐!"

포이저 부인이 말했다. 포이저 부인은 굉장히 사무적인 말투로 엄하게 꾸짖다가도 금방 다정한 말투로 확 바꾸는 능력이 탁월했다.

"괜찮아! 엄마는 다림질 다 했어. 엄마가 여기 다 치울게."

"엄마, 나 토미 보러 헛간 갈래요. 마구 고치는 것도 보고 싶어요."

"안 돼, 안 된다. 얘야, 그러면 우리 톳티 발이 젖어버려요."

포이저 부인이 다리미를 치우며 달랬다.

"낙농장으로 가서 헤티 언니가 버터 만드는 것이나 보렴."

"나, 호박 케이크 먹고 싶어요."

톳티가 말을 계속 했다. 아이는 이것저것 뭔가를 더 해달라고 조를 참이었다. 그때였다. 눈 깜짝할 사이에 톳티의 손가락이 녹말 풀 그릇에 걸려서 그릇이 엎질러져 버렸다. 다림판 위로 풀이 완전히 쏟아져 그릇이 텅 비어 버렸다.

"저런 애가 또 있을까."

허연 풀이 주르륵 흐르는 것을 보고 탁자 쪽으로 달려가며 포이저 부인이 소리쳤다.

"잠시라도 한눈을 팔면 꼭 일을 저지른단 말이야. 아니, 도대체 너를 어쩌면 좋니, 이 말괄량이야!"

하지만 톳티는 재빨리 의자에서 내려와 아장아장 뛰어 낙농장 쪽으로 도망쳐 버렸다. 그 모습은 꼭 목이 토실토실해서 아직 젖을 떼지 못한 하얀 새끼 돼지처럼 보였다.

포이저 부인은 몰리와 함께 녹말풀을 다 닦고, 다리미 도구를 치우고 나서, 뜨개질을 시작하였다. 뜨개질은 그녀가 제일 좋아하는 일이어서 언제든지 손에 잡히도록 가까이 두었다. 그리고는 이리저리 일하러 다니다가도 손쉽게 집어들어 뜨개질을 하고는 했다. 포이저 부인은 다이나의 맞은편으로 와서 앉은 다음, 회색 털양말을 뜨면서 명상에 잠긴 듯 다이나를 바라보았다.

"다이나, 바느질하는 모습이 꼭 네 이모 주디스를 쏙 빼닮았구나.

30년 전에 있었던 그때 일들이 생생하게 떠오를 정도야. 나는 집에서 꼬물거리며 놀기만 하던 꼬마 애였는데 주디스가 집안일을 끝내고 앉아서 무슨 일을 할 때면, 나는 그 언니를 쳐다보고는 했었지. 우리 집은 작은 오두막집이었어. 아버지 집이었는데, 한군데 치우고 나면 어느새 다른 곳이 더러워지는 크고 꼴사나운 집은 아니었다.

지금은 그때하고 많이 다른데도 나는 네가 주디스 언니가 아닌가 싶을 정도로 똑 닮아 보이는구나. 그 언니는 너보다 더 짙은 머리색에, 몸도 다부졌고 어깨도 넓은 편이었어. 나는 항상 언니하고 붙어 다녔는데 네 엄마는 그 언니를 별로 좋아하지 않았어. 그 언니가 좀 괴팍한 구석이 있었거든. 아! 그랬는데 네 엄마가 주디스 언니를 쏙 빼닮은 딸을 낳을 거라고 생각이나 했겠니? 그리고 네 엄마가 그렇게 일찍 세상을 떠날 줄 누가 알았으며, 고아로 남겨진 너를 주디스 언니가 거두게 될 줄은 누가 알았겠냐구. 언니도 스토니톤에 있는 묘지에 묻히는 날까지 숟가락 하나밖에 없는 형편이었는데 말이야. 그때 내가 언니한테 뭐라고 한 줄 아니? 왜 언제나 다른 사람 짐까지 모조리 언니가 짊어지고 있느냐고 했다. 내 기억 속에서 언니는 언제나 한결 같았어. 감리교 신자가 되었을 때도 말하는 것하고 모자만 바뀌었지 달라진 건 전혀 없었어. 일생 단정한 차림이긴 했지만 그 외에는 자신을 위해서 돈 한 푼 쓰지 않았거든."

"주디스 이모는 축복받은 분이셨지요."

다이나가 말했다.

"하느님께서 주디스 이모에게 사랑스런 성품을 주셔서 그런가 봐요. 자기 자신은 언제나 맨 뒷전이었지요. 주님의 은총이 그렇게 예쁜 성품을 만들어 주신 것 같아요. 주디스 이모는 레이첼 이모를 무척 좋아하셨지요. 레이첼 이모에 대해서 주디스 이모가 이런 말을 하셨어요. 제가 겨우 열한 살이었을 때 주디스 이모가 아주 편찮았는데, 그때 그러셨어요. '내가 이 세상을 떠나면 네 곁에는 나의 동생, 레이첼밖에 없겠구나. 참 마음씨 고운 사람이지.' 라구요. 저도 그 말이 백번 옳다고 생각해요."

"애, 누군가 행여 너를 속이고 해를 끼칠까 두렵구나. 내 생각인데, 네가 하늘을 나는 새처럼 돌아다니기만 하면, 네가 어떻게 사는지 아무도 모를 거야. 이 고장에 와서 살면, 이모인 내가 엄마처럼 잘해줄 수 있어서 좋을 텐데. 여기는 사람이나 짐승이나 모두 먹을 걱정, 잠잘 걱정을 안 해도 되는 곳이야. 마을 사람들이 돌만 가득 쌓인 둑을 쪼아 먹는 새들처럼 허허벌판에 사는 것도 아니고……

너 정도면 괜찮은 남자 만나서 결혼도 할 수 있을 거다. 너 설교하러 다니는 걸 보면 주디스 이모보다 열 배는 더 힘들어 보여. 만약 여기서 지내면서 그런 걸 죄다 그만둔다면 너하고 결혼하고 싶다는 남자들이 줄을 설 거야. 가난하고 얼뜨기 같아 보이는 세스 비드 있지? 감리교도에 돈 한 푼 없는 그 사람 말이야. 네가 그 세스 비드에게 시집간다고 해도 네 이모부가 돼지하고 소 한 마리씩은 해주실 거다. 그 양반은 가난한 우리 친정식구들한테 끔찍하게 잘하잖니. 언제든지 누가 와도 환영해주고, 너한테 하는 걸 봐도 알잖아. 그 양반은 자기 조카딸인 헤티와 똑같이 너한테 잘해주잖아. 그리고 집에 리넨 천이 많아서 네가 시집을 간다면 좀 나눠줄 생각인데…… 필요하면 언제든지 침대보, 식탁보, 수건을 만들 수 있거든. 키티가 짜놓은 홑청도 몇 필 있는데 그것도 줄게. 키티는 사팔뜨기인데도 어쩜 그렇게 길쌈을 잘하는지…… 참 보기 드문 아이지. 장난꾸러기 녀석들이 아무리 옷감을 망쳐놔도 키티는 다 감당했었다. 너도 알다시피 실 뽑는 일은 끊임없이 해야 하거든. 지금 쓰던 리넨이 닳아지기가 무섭게 새 리넨을 짜내야 하니 말이야.

하지만 이런 말을 아무리 지껄여 봤자 다 무슨 소용이겠니. 너는 절대로 마음을 바꾸지 않을 테고, 다른 정상적인 여자들처럼 가정에 정착하려고 하지도 않을 텐데 뭐. 오히려 파김치가 되도록 걸어다니며 설교하느라 고생고생하면서, 돈 한 푼이라도 벌면 다 남들한테 줘 버리겠지. 그렇게 살다가 나중에 병이라도 나면 약값이나 제대로 대겠니? 네가 이 세상에서 벌 수 있는 걸 모두 다 합친다 해도, 치즈 두 덩어리나 될까 말까 하겠다. 하기는 그 정도 작은 보따리 하나라도 건지면 천만다행이겠다. 네 머릿속에는 교리문답서와 기도서에[76] 쓰여 있는 내용보다 종교에 대한 허황된 생각만 가득할 테니."

"하지만 그것들은 성경에 있는 내용보다는 많지 않아요. 이모."

다이나가 말했다.

"아니, 그런 문제라면 성경도 마찬가지야."

포이저 부인이 다소 날카롭게 대꾸했다.

"그렇지 않으면 사람들이 성경에 있는 말이 무슨 뜻인지 잘 알면서도 왜 실천하지 않겠니? 목사님이나 다른 것은 하나도 신경 쓰지 않으면서 성경만 배우려는 사람들이나, 너랑 똑같잖아. 이왕 나온 김에 하는 말인데 모든 사람들이 너처럼 살면, 세상 모든 것이 그 상태에서 정지돼 버리고 말 거야. 사람들이 집도 절도 없이 먹고 마시는 것조차 변변치 않으면서 그렇게 살려고 한다면, 그리고 너처럼 세속적인 것은 멸시해야 한다고 항상 말하고 다닌다면, 가축과 곡식을 수확하고 최고급 품질의 새 치즈를 만들 필요가 어디 있겠니. 결국 사람들은 코딱지만한 빵 한 조각이 없는데도, 식솔을 부양하기는커녕 설교자들이나 쫓아다니고, 흉작에 대비하지도 않으면서 살게 될 거야. 그러니 그런 식으로 살라고 하는 건 올바른 종교일 수 없다 이 말이지. 어때, 이치에 맞는 말이지?"

"아니에요, 이모. 제가 언제 사람들한테 자기 할 일을 하지 말고, 가족들도 돌보지 말라고 말한 적이 있었나요? 한 번도 들으신 적 없

76) 포이저 부인은 영국 국교회 교인과 감리교 교인의 차이점을 말해주고 있다. 포이저 부인의 믿음은 영국 국교회의 기도서와 교리문답 집에 의거한 것이다. 교리문답집에 나오는 문답은 대부, 대모와 견진 성사를 받은 사람을 위한 기도서에서 나온 것이다. 다이나는 다른 개신교나, 청교도나 복음교회 교인들처럼, 구원받으려면 성경책만 믿어야 한다고 생각하고 있다.

잖아요. 밭을 갈아 씨를 뿌리고, 소중한 곡식을 거두어 저장해 두고, 인생살이에 신경 쓰는 것은 아주 올바른 일이에요. 그리고 사람들이 집에서 식구들과 함께 기뻐하고, 그들을 부양하는 것 역시 옳은 일이지요. 이런 일은 하느님을 경외하는 가운데 행할 수 있는 일이에요. 사람들은 자기 몸을 돌보면서, 자기 영혼이 기쁨으로 충만하도록 신경 써야 해요. 우리의 운명이 어떻든 간에 결국에는 모두 하느님의 종이 되도록 정해져 있어요. 하느님은 한 사람 한 사람 모두에게 각자 알맞은 일을 주시고 그런 일을 하도록 우리를 부르시지요. 집 어딘가에서 귀여운 톳티의 울음소리가 들리면, 이모가 달려갈 수밖에 없는 것처럼요. 저도 다른 사람의 영혼을 위해 제가 할 수 있는 일을 하며, 인생을 보낼 수밖에 없다구요. 톳티가 울면 이모도 사랑스런 그 아이가 어떤 어려움에 처해 있을까 하는 생각에 마음이 불안할 거예요. 재빨리 달려가 톳티를 도와주고 안심시키지 않고서는 못 배길걸요?"

포이저 부인이 자리에서 일어나 문 쪽으로 걸어가면서 말했다.

"아, 내가 몇 시간을 설교해도 너는 끄떡없을 줄 알았다. 결과적으로 너는 나에게 똑같은 대답만 하고 있으니 말이다. 차라리 졸졸 흘러가는 시냇물 보고 가만히 멈춰 서라고 소리 지르는 편이 더 낫겠다."

부엌문 밖으로 나 있는 길은 충분히 말라 있었다. 포이저 부인은 이렇게 바싹 마른 길 위에 서서 마당에서 일어나는 일을 지켜보고 있었다. 그 와중에도 그녀는 쉴 새도 없이 회색 털양말을 짜려고 뜨개질을 했다. 하지만 그녀는 그렇게 길에서 5분도 채 서 있지 못하고 집안으로 헐레벌떡 들어와 두려움에 사로잡힌 목소리로 다이나에게 소리쳤다.

"설마 지금 마당으로 들어서려는 사람들이 도니손 대위와 어윈 목사는 아니겠지! 만약 저분들이 네가 설교했던 일을 따지러 온 거라면…… 나는 차라리 죽어버릴 테다. 네가 저분들을 맞이해서 직접 대답해 드려라. 나는 입 다물고 보고만 있을 테니. 네가 이모부 집에 얼마나 망신을 끼치고 있는지 그렇게도 말해 주었건만…… 차라리 네가 네 이모부의 친 조카딸이라면 이렇게까지 신경 쓰이지는 않을 거야. 사람들은 쓸데없는 간섭이라도 그걸 그냥 참고 견디는 것처럼 자기 친척이 저지른 일은 잘 참는 법이거든. 자기네 피붙이니까 말이야. 하지만 자기 마누라의 조카딸 때문에 농장에서 쫓겨날 것을 생각해보렴. 나는 내 손으로 모아 놓은 것 말고는 이제껏 네 이모부한데 돈 한 푼 보태주지 못했는데 말이야."

"아니에요, 레이첼 이모."

다이나가 부드럽게 안심시켜드렸다.

"그렇게 두려워하지 마세요. 제가 했던 일로 이모와 이모부님, 그리고 이종 사촌 동생들이 해를 당하지는 않을 거라고 정말 확신해요. 저는 하느님의 지시를 받아 설교했을 뿐이에요."

"주님의 지시라고! 나는 네가 말하는 그 지시라는 것이 뭔지 잘 알아."

포이저 부인이 흥분했는지 뜨개질하는 손을 빨리빨리 놀리면서 말했다.

"너는 네 머릿속에 평소보다 엉뚱한 생각이 더 많아지면, 그것을 '하느님의 지시' 라고 둘러대는구나. 그러고는 무슨 일이 생겨도 눈하나 깜짝하지 않지. 트레들스톤 교회 밖에 서 있는 동상처럼 날씨가 좋건 궂든 간에 멍하니 하늘만 쳐다보며 미소나 짓고 있을 테지. 하지만 나에게는 너처럼 그렇게 대단한 인내심이 없단 말이다."

이때, 두 신사는 말뚝이 있는 곳에 와서 말에서 내렸다. 그들은 분명 집 안으로 들어오려는 모양이었다. 포이저 부인은 문으로 나가 그들을 맞이했고, 허리를 깊이 수그려 인사했다. 다이나에 대한 노여움을 참으면서 동시에 격에 맞는 완벽한 예절을 갖추어 행동하려고 하니, 온몸이 부들부들 떨렸다. 그 시절에 상당히 예민한 몇몇 시골 사람들은 지체 높은 신사들을 보기만 해도 은근히 위압당한 듯이 말소리도 크게 내지 못하였다. 마치 옛날 사람들이 엄청나게 키가 큰 사람의 모습으로 지나가는 신을 보기 위해 발돋움하고 서서 가슴을 졸이는 경외감과 같은 것이었다.

"저, 포이저 부인, 오늘 아침 비바람이 심했는데, 가내 두루 안녕하신지요?"

점잖게 예의를 갖추며 어윈 목사가 물었다.

"저희 신발에 진흙이 묻지 않아서 깨끗한 마룻바닥을 더럽히지는 않을 겁니다."

"아유, 목사님, 그런 말씀 마세요."

포이저 부인이 말했다.

"목사님, 도련님, 어서 응접실로 들어오세요."

"아닙니다, 됐습니다. 감사합니다, 포이저 부인."

대위는 부엌을 열심히 둘러보면서 말했다. 그는 눈으로 뭔가를 찾고 있었지만, 끝내 발견하지 못한 것 같았다.

"부엌이 정말 마음에 듭니다. 제가 본 부엌 중에서 가장 매력적인 곳이네요. 모든 농부의 아낙네들이 여기 와서 보고 배워갔으면 좋겠습니다."

"오, 그렇게 말씀하시는 걸 보니, 저희 집 부엌이 대위님 마음에 드신 모양이군요. 자, 앉으시지요."

포이저 부인은 아서로부터 이런 칭찬을 받은데다가, 대위의 기분이 좋아 보여서 약간 안심했다. 하지만 어윈 목사가 다이나에게 다가가는 것을 보자 다시 걱정이 됐다.

"포이저 씨는 집에 안 계신가 봐요. 그렇죠?"

도니손 대위는 이렇게 물으면서, 짧은 통로를 따라 문이 열려 있어 낙농장이 훤히 들여다보이는 자리에 앉았다.

"네, 안 계세요. 바깥양반은 양털 중개상, 웨스트 씨를 만나러 로세터에 가셨어요. 헛간에 아버님이 계신데요. 아버님이라도 모셔올까요?"

"아닙니다, 괜찮습니다. 그저 강아지를 보러 온 것뿐이랍니다. 목동에게 강아지에 관한 전갈을 남겨 놓겠습니다. 부군은 다른 날에 와서 만나 뵙도록 하지요. 그분과 말들에 관한 문제를 상의하고 싶습니다만, 부군께서는 언제쯤 시간이 나실까요?"

"글쎄요, 도련님. 아시다시피 트레들스톤의 장날만 빼고 언제든지 제 남편을 만나실 수 있을 겁니다. 그날이 금요일이라서 말입니다. 그 양반이 농장 어딘가에 있기만 하면, 당장이라도 사람을 시켜서 남편을 불러올 수 있어요. 만약 우리한테 스켄트랜즈 농장이 없어지면, 우리는 외딴 농장이라고는 하나도 없을 겁니다. 그거라도 있으니 정말 다행이지요. 무슨 일이 생기면 바깥양반은 꼭 스켄트랜즈 농장으로 가버리니까요. 무슨 일이든지 기회만 생기면 항상 예상 밖의 일이 터지기 일쑤죠. 이 마을에 대위님 농장이 조금밖에 없고 나머지 농장은 모두 다른 지방에 있다면 얼마나 불편하겠어요."

포이저 부인의 말을 듣고 아서 대위가 말했다.

"아, 포이저 씨가 낙농장을 필요로 하시고 또 댁에서는 수확도 풍부하게 거두시니, 스켄트랜즈 농장에 초이스 씨의 농장이 딸려 있었더라면 훨씬 더 나았을 텐데요. 그래도 부인네 농장이 이 영지에서 가장 좋다고 생각해요. 포이저 부인, 제가 결혼을 해서 정착을 한다면 말이에요. 포이저 씨 가족들을 모두 나가라고 한 다음, 훌륭하고 오래된 이 집을 새롭게 단장하고 싶단 마음이 있다는 걸 아시나요? 저는 여기서 농사지으며 살고 싶거든요."

포이저 부인이 깜짝 놀라며 말했다.

"어머나, 도련님. 도련님은 농사일 못 하실 거예요. 농사란 돈을 오른쪽 주머니에 넣기가 무섭게 왼쪽 손으로 써버리는 그런 일이거든요. 그뿐인 줄 아세요? 다른 사람들을 위해 양식을 재배하면서도, 자기 자신과 자식들한테는 평생 입에 풀칠밖에 못 해주는 일이에요.

대위님은 당장 먹을 빵이 없을 정도로 가난한 사람들과는 다르시 잖아요. 농사를 짓다가 돈을 많이 잃어도 감당하실 수 있구요. 그런 데 돈을 잃는다는 건 참 안 된 일이죠. 저도 이해는 합니다만, 런던 의 아주 훌륭한 분들이 다른 어떤 것들보다도 더 푹 빠져 있는 일이 어떤 건지 저도 다 알고 있답니다. 우리 바깥양반이 시장에서 들은 소문인데요.

다아시 경의 맏아들이 웨일즈 공에게 수천만 파운드를 잃었대요. 그래서 그 부인이 그 빚을 갚기 위해 보석을 저당잡혀야 될 지경이 라고 사람들이 수군거린다는군요. 물론 그런 일이야 대위님이 저보 다 더 많이 알고 계시겠지요. 그러나 농사는 말입니다. 대위님, 대위 님이 농사를 좋아하실 거 같지는 않아요. 게다가 이 집은 말이죠. 외 풍이 너무나 심해서 살이 에일 정도랍니다. 또 위층 마룻바닥도 심 하게 썩었구요. 지하실에 돌아다니는 쥐들은 정말 생각만 해도 끔찍 하거든요."

"음, 그건 확실히 끔찍한 광경이네요, 포이저 부인. 그렇게 허름한 데서 살지 않도록 부인 댁에 무언가를 해드려야겠군요. 한데 그럴 기회가 쉽게 오지 않겠군요. 제가 40대의 건장한 신사가 될 때까지 앞으로 20년 동안은 어느 한 곳에라도 정착하지 못할 것 같으니 말 입니다. 저희 할아버지께서는 당신들처럼 마음에 드는 소작인이 집 을 나간다면 앞 다투어 말릴 겁니다."

"도련님, 제 남편을 그렇게 좋은 소작인으로 여기신다면, 조부님 께 말씀 좀 드려주세요. 다섯 군데에 있는 농장의 문들을 새것으로 바꿀 수 있도록요. 제 남편이 계속 말씀드렸는데도 지주님께서 꿈쩍 도 안 하셔서요. 남편은 궂을 때나 좋을 때나 농장을 위해서 뼈 빠지 게 일했지만 한 푼도 받은 적이 없었거든요. 종종 남편한테 말했지만, 대위님이 지주였다면 설마 이렇게까지 나 몰라라 하지는 않으셨겠죠? 높으신 분들에 대해 불손하게 말하고 싶지는 않습니다만, 치즈가 부풀어 오를까, 젖소가 새끼를 유산하게 될까, 종자로 쓸 곡식에 싹이 다시 날까 노심초사하면서 이른 아침부터 늦은 밤까지 일하는 건 고생스럽다는 것이죠. 부모형제지간에 무조건적으로 참아야하는 고통이 있잖아요? 그것보다도 훨씬 더 심한 고통이라니까요. 예를 들면 연말에 축제준비를 위해 고생고생하며 음식을 장만하고서는, 한 입도 먹지 못하고 냄새만 맡는 꼴이지요."

포이저 부인은 아무리 존경하는 지체 높은 사람과 대화하더라도 일단 말을 시작하면 일방적으로 말하는 것을 자제하지 못하고 계속 자기 말만 쏟아내는 사람이었다. 그녀는 자신이 어떤 문제에 대해서든 누구보다 더 잘 설명할 수 있는 능력이 있다고 자신했다. 그리고 이러한 자신감은 타인이 자신에게 갖는 모든 거부감을 이겨내는 원동력이 되어 주었다.

"제가 대문에 관해 할아버지께 말씀드리면, 득보다는 오히려 해가 되지나 않을지 염려스럽습니다, 포이저 부인."

대위가 대답했다.

"부인께 확신하지만 제가 이 영지에 사는 사람 중에서 한 마디라도 더 대화하고 싶은 사람이 있다면 바로 남편 되시는 포이저 씨입니다. 포이저 씨는 우리 땅 주변 10마일 내에서 다른 어떤 농장보다도 관리를 더 잘하기 때문이죠. 그리고 부엌 말인데요."

그는 미소를 지으며 덧붙여서 말했다.

"이 영국 땅 전체를 뒤져봐도 이 부엌에 버금가는 부엌은 없을 거라고 생각해요. 그런데 제가 여기 낙농장을 살펴본 적이 없어서요. 포이저 부인, 낙농장을 좀 구경해도 될까요?"

"저런, 도련님께서 보실 만한 곳이 아니에요. 참 부끄럽습니다만, 저희 남편의 조카인 헤티가 버터를 만들고 있어요. 교유기 돌리는 일이 늦어져서요."

포이저 부인은 이렇게 말하고는 얼굴을 붉혔다. 버터를 만들려고 우유를 저장한 통이 있었는데 아서 대위가 정말로 거기에 관심이 있다고 믿었던 것이다. 혹시나 낙농장의 모습으로 자신을 평가할지도 모른다는 생각에 두려웠던 모양이다.

"아닙니다, 분명히 최고로 깨끗할 텐데요. 그럼 들어가 볼까요."

대위가 앞장서 나가자 포이저 부인도 따라 들어갔다.

7

낙농장

낙농장은 정말로 볼 만했다. 여기에 비하면 먼지가 잔뜩 낀 거리는 열병에 걸릴 만큼 후텁지근해서 역겨울 지경이었다. 그러나 이곳 낙농장의 내부는 서늘하면서도 청결한 가운데, 갓 만들어낸 치즈와 단단한 버터의 신선한 향내가 풍겼다. 심지어 맑은 물 위에 둥둥 떠 있는 나무 용기에서도 신선한 향기가 느껴졌다. 붉은색 질그릇과 뽀얀 빛깔의 버터와 치즈, 갈색의 목재 물건과 반질반질 윤나는 주석그릇이 묘한 색채의 조화를 이루고 있었고, 주홍빛 녹이 슬어 있는 쇠저울, 갈고리, 경첩은 회색 석회석 벽과 어우러져 부드러운 느낌을 풍겨주었다. 이 풍경의 한가운데에 넋이 나갈 정도로 어여쁜 열일곱 살 소녀가 서 있었다. 이 소녀의 존재감으로 낙농장의 오밀조밀하고 산뜻한 모습이 흐릿해졌다. 그녀는 작은 나막신을 신고 서서, 포동포동한 팔을 구부려 저울 접시에서 버터 1파운드를 들어 올리고 있었다.

헤티는 도니손 대위가 낙농장 안으로 들어와 자신에게 말을 걸자, 얼굴이 점점 붉어지더니 진한 장밋빛이 되었다. 그러나 당황해서 그런 것은 아니었다. 그녀의 얼굴은 길게 위로 말려 올라간 짙은 속눈썹 아래로 초롱초롱 빛나는 눈빛과 어여쁜 미소와 귀여운 보조개가 마치 꽃다발처럼 서로 조화를 이루고 있었다. 외숙모는 젊은 신사에게 한참 동안 이야기하는 참이었다. 송아지들이 아직 젖을 떼지 않아서 버터와 치즈용으로 쓸 우유의 비축량을 얼마쯤 줄여야 한다는 얘기, 시험 삼아 구입했던 뿔 짧은 샬리 소는 우유의 양은 많은데 품질이 그저 그렇다는 얘기 등등 머지않아 지주가 될 아서 대위가 흥미를 가질 법한 이야기를 늘어놓았던 것이다. 그동안 헤티는 아서 대위가 자신이 머리를 돌리는 작은 동작 하나까지도 모든 동작을 놓치지 않고 보고 있다는 걸 알면서도 모르는 척, 태연하고도 요염한 자세로 버터 1파운드를 던져서 톡톡 두드려 모양을 만들고 있었다.

미인의 종류는 여러 가지다. 어찌 됐건 보통 남자들은 미인만 보면 바보처럼 어쩔 줄 몰라 하며 쩔쩔맨다. 이런 바보 같은 남자들의 종류도 다양해서, 어떤 남자는 절망에 빠지는가 하면, 어떤 남자는 아주 소심해진다. 그러나 남자뿐만 아니라 식별력이 있는 모든 포유동물, 심지어는 같은 여자들까지도 고개를 돌려 쳐다볼 만큼 아름다운 미인도 있다. 그런 미인의 매력은 어떻게 표현할 수 있을까. 새끼 고양이 혹은 여린 부리로 부드러운 잔물결 소리를 내는 털이 보송보송한 새끼오리, 아장아장 걸으며 심술궂은 장난을 치는 아기의 귀여움에다 비할 수 있을까? 독자들은 이런 앙증맞은 예쁜이가 미운 짓을 해도 감히 화를 내지 못하고, 그냥 그 매력에 마음을 홀랑 다 빼앗겨 멍하니 있는 자기 자신을 이해할 수 없으리라. 헤티 소렐의 아름다움이 바로 그런 미모였다.

헤티의 외숙모인 포이저 부인은 겉으로 드러난 외모의 매력을 경멸하는 사람이라서, 헤티에게 늘 미모를 뽐내지 말라고 엄하게 훈계하는 사람이었다. 그러나 이런 포이저 부인마저도 어느 틈에는 헤티의 매력에 이끌려 남몰래 힐끔힐끔 쳐다보고는 했다. 포이저 부인은 남편의 조카딸인 헤티를 잘 돌봐주고자 하는 의욕이 너무 앞선 나머지, 시도 때도 없이 잔소리를 해댔다. 아, 잔소리를 해줄 친엄마가 없으니 얼마나 가여운가! 그런 뒤에는, 아무도 듣지 않는 틈을 타서,

종종 남편에게 확실히 저 예쁜 말괄량이는 짓궂은 짓을 하면 할수록 더욱 사랑스럽게 보인다고 실토하고는 했던 것이다.

　내가 독자 여러분에게 헤티의 아름다움을 일일이 글로 표현한다는 것은 정말 부질없는 짓이다. 장미꽃잎 같은 뺨, 입술을 삐죽이 내밀면 움푹 패는 보조개, 크고 까만 두 눈동자, 긴 속눈썹 밑으로 살짝 감춰진 장난스런 눈빛. 그뿐이던가. 일을 할 때는 둥근 모자 속에 곱슬머리를 모두 밀어 넣었는데, 이마 위로, 그리고 흰 조개껍질 같은 귀 주위로 곱실거리는 검은 머리카락이 살짝 흘러내렸다. 깃이 깊이 파진 보라색 싸구려 모직 보디스(끈으로 가슴 허리를 조여 매는 여성용 웃옷) 안으로 찔러 넣은, 목에 맨 분홍색 테두리가 둘러진 하얀 네커치프는 얼마나 사랑스러웠던가. 버터를 만들 때나 입는 가슴받이 달린 리넨 앞치마가 헤티의 매혹적인 몸매에 걸치면 공작부인의 실크 앞치마처럼 얼마나 빛이 났던가. 투박한 갈색 스타킹이나 바닥이 두껍고 죔쇠가 달린 뭉뚝한 신발조차도 그녀의 다리와 발에 신으면 얼마나 눈이 부시게 아름다웠던가. 필자가 그녀의 아름다운 자태를 구구절절 이야기해도 부질없는 짓일지 모른다. 독자들이 헤티처럼 사람의 마음을 뒤흔드는 여자를 본 적이 없다면 내 말을 전혀 이해하지 못할 테니까. 아니, 설령 본 적이 있다 해도 독자들의 상상 속에서 그려 본 그런 여자는 새끼 고양이처럼 매혹적인 헤티와는 조금도 닮지 않았을 게 뻔한데 아무리 떠들어 댄들 무슨 소용이 있겠는가.

　예를 들어 성스럽게 보이는 어느 화창한 봄날의 매력을 묘사한다고 가정하자. 만일 독자 여러분이 날아오르는 종달새를 눈을 가늘게 뜨고 열심히 쳐다보느라 자기 자신을 완전히 잊어본 적이 없다면, 형형색색의 꽃들이 온통 만발하게 피어 있는 교차로의 아름다운 길을 따라 걸으며 무아지경에 빠져본 적이 없다면, 내가 설명하는 아름다운 묘사들이 무슨 소용이 있을까.

　나는 독자들에게 밝은 봄날의 풍경을 실감나게 설명할 수는 없지만, 헤티는 봄날같이 예뻤다. 토실토실한 팔다리로 장난치며 당신들을 앞지르기도 하면서, 순진하게 까불고 뛰어다니는 깜찍한 동물같이 예쁜 모습이다. 가령 경계선을 넘나들며 뛰노는 한 마리 송아지가 있다고 하자. 이마에는 별 모양의 장식이 빛나고 있는 순진한 송아지가 당신을 유인하여 울타리와 도랑을 넘어 험난한 장애물을 건너다가 늪 한가운데 딱 멈춰 서는 장난을 친다. 헤티는 이런 깜찍한 송아지처럼 예뻤던 것이다.

이와 같은 아름다움은 버터를 만드는 헤티의 태도와 동작에서도 찾아볼 수 있었다. 그녀는 세상에서 가장 예쁜 동작으로 버터를 만들고 있었다. 그녀의 팔이 매력적인 곡선을 그리며 가볍게 버터를 던지고, 토실토실한 하얀 목은 한쪽으로 비스듬히 기울이고, 손바닥으로 살짝 치고 굴리는 모습. 거기에 삐죽 나온 입과 까만 눈. 그 모습은 아름다움의 극치를 보여주는 듯했다. 그녀의 신선한 매력이 스며들어서인지 버터에서도 순수하고 달콤한 향내가 났다. 연노랑 빛의 대리석같이 아름답고 단단하게 틀이 잡힌 버터의 모양은 참 보기 좋았다. 게다가 헤티의 버터 만드는 솜씨는 월등히 뛰어났다. 그 일만은 깐깐한 외숙모가 보기에도 나무랄 데가 없었다. 그렇게 헤티는 숙달된 솜씨로 아주 우아하게 버터를 다루었다.

"포이저 부인, 7월 30일에 굉장한 축제가 열릴 건데 기대해도 좋을 겁니다."

도니손 대위는 낙농장을 극찬하고 스웨덴 순무와 뿔 짧은 샬리 소에 대한 의견을 즉흥적으로 말하고는 헤티에게 말했다.

"그날이 어떤 날인지는 아시겠죠? 제일 먼저 오셔서 가장 늦게까지 있어줘요. 헤티, 저와 두 번 춤추겠다고 약속해야 해요. 지금 약속을 받아놓지 않으면 저한테는 영영 춤출 기회가 올 것 같지 않아서요. 마을의 멋진 젊은이들이 모두 당신만 차지하려고 할 테니까 말이에요."

헤티는 미소를 띠며 얼굴을 붉혔다. 그러나 헤티가 미처 대답하기도 전에, 포이저 부인은 보잘것없는 남자들 때문에 젊은 지주가 헤티를 차지하지 못할 거라는 말이 참말인 줄 알고 얼른 말을 가로 막았다.

"도련님, 헤티에게 이런 호의를 베풀어 주시다니 참으로 친절하십니다. 도련님이 원하실 때는 언제든지 헤티와 춤을 추서도 됩니다. 혹여 저녁 내내 가만히 있게 되더라도 헤티는 분명 자랑스러워하고 감사하게 생각할 겁니다."

"오, 아니에요. 아닙니다. 그렇게 되면 미녀와 춤추고 싶은 다른 젊은이들에게는 너무 가혹한 일이 되겠죠. 그러니 저는 두 번이면 족합니다. 그렇지 않소?"

대위는 계속해서 말하면서, 헤티가 자기를 쳐다보고 대답하도록 했다.

헤티는 고개를 살포시 숙이고는 가장 예쁘고 귀여운 인사를 하며, 그에게 수줍음과 애교가 반씩 섞인 눈짓을 남몰래 보냈다.

"네, 감사합니다. 도련님."

"그리고 포이저 부인, 댁네 아이들도 모두 꼭 데려와 주십시오. 남자아이들뿐만 아니라 작은 톳티도 말입니다. 이 지역에 사는 가장 어린아이까지 모두 다 왔으면 좋겠어요. 내가 대머리 노인이 될 즈음에는 모두 멋진 선남선녀가 될 아이들이니까요."

"도련님, 그렇게 되려면 아직 멀었습니다."

젊은 지주가 너무나 겸손하게 말을 하자 쩔쩔매면서 포이저 부인이 말했다. 그러면서 그녀는 유머감각이 뛰어난 이 멋진 신사에 대한 이야기를 자기 남편에게 들려주면 얼마나 재미있어 할까 생각하였다. 이 고장 사람들 대부분은 아서 대위를 '농담을 아주 잘하는 사람'으로 생각하고 있었으며, 아서 역시 사람들을 점잖게 대하면서 권위를 내세우지 않았기에 영내 전역에 걸쳐 대단한 인기를 얻고 있었다. 모든 소작인들은 농장의 실권이 모두 그의 손에 넘어가면 상황이 많이 달라질 것이라 확신하고 있었다. 새 대문을 달 수 있고, 석회가 지급되고, 10%의 수익금을 거두게 되어 향후 천 년이 지나도록 윤택한 생활을 할 수 있을 거라 생각했다.

"그런데 톳티는 오늘 어디 갔나요? 톳티가 보고 싶은데요."

그가 물었다.

"헤티, 이 꼬맹이가 또 어디 갔지? 방금 전까지 여기 있었는데."

포이저 부인이 물었다.

"잘 모르겠어요. 아마 양조장에 낸시를 보러 갔나 봐요."

의기양양해진 어머니는 톳티를 보여주고 싶은 마음에 아이를 찾으려고 부엌 뒤쪽으로 달려갔다. 그러면서 마음 한구석에는 자신의 아이가 창피한 옷차림을 하고 있지나 않나 하는 걱정이 앞서기도 했다.

포이저 부인이 나가자 대위는 헤티에게 물었다.

"버터를 다 만들면 당신이 직접 시장으로 갖고 나가나요?"

"아니에요, 대위님. 너무 무거울 때는 제가 못 가져가지요. 제 힘으로는 그걸 옮기기가 어렵거든요. 알릭이 버터를 말에 실어간답니다."

"그렇군요. 그 예쁜 팔로 그렇게 무거운 물건을 못 드는 건 당연하죠. 가끔 기분 좋은 저녁이면 산책을 하겠죠? 그쵸? 온 천지가 푸르고 기분까지 상쾌한 이런 날 가끔 체이스 장원으로 산책을 오는 건 어때요? 집과 교회 말고는 어디에서도 당신을 만나본 적이 없는 것 같군요."

"외숙모는 제가 밖으로 나다니는 걸 싫어해요. 중요한 볼일이 있을 때만 빼구요. 그래도 가끔 체이스 장원을 지나다니기는 해요."

헤티가 대답했다.

"그럼 가정부 베스트 부인을 만나러 온 적은 없나요? 우리 집 가정부의 방에서 당신을 한 번 본 적이 있었던 것 같은데."

"베스트 부인이 아니라, 리디아 양의 하녀인 폼프렛 부인을 만나러 갔었어요. 폼프렛 부인은 저에게 십자수와 레이스 수선법을 가르쳐주시거든요. 내일 오후에는 함께 차를 마시기로 했어요."

두 사람이 이렇게 긴 시간 오붓하게 얘기를 나눌 수 있었던 이유는 부엌 뒤쪽을 보면 금방 알 수 있다. 거기서는 톳티가 표백제 자루를 아무렇게 헤쳐 놓고 코를 그 속으로 들이대고 문지르며, 동시에 오후에 입는 앞치마에다 쪽빛 물감을 뚝뚝 떨어뜨리고 있었다. 톳티와 어머니가 손을 잡고 나타난 지금, 아이의 둥근 코끝이 비누로 급하게 씻어서인지 반짝반짝 윤이 났다.

"아, 꼬마가 왔네요! 톳티가 여기 있었군요! 그런데 본명이 뭐죠? 톳티란 이름이 세례명은 아닐 텐데."

대위는 아이를 들어 올려 나지막한 돌 선반 위에 앉히면서 말했다.

"아, 대위님, 보통 때만 그렇게 부릅니다. 세례명은 샬롯트지요. 샬롯트는 포이저 집안에서 물려받은 이름이랍니다. 시할머님 이름이 샬롯트였어요. 처음에는 로티라고 부르다가 지금은 톳티가 된 거예요. 세례받은 아이의 이름이라기보다는 강아지 이름 같긴 하지만 말이에요."

"왜요? 이름 좋은데요. 음, 얘는 톳티라는 이름이 잘 어울려요. 아이 옷에 주머니가 달려 있나요?"

자신의 조끼 주머니를 뒤적이면서 대위가 물어보았다.

톳티는 의젓하게 옷을 들어 올려서 축 처진 분홍빛 작은 호주머니를 보여주었다.

"호주머니 속에 아무것도 없어요."

아이는 매우 진지하게 주머니를 내려다보면서 말했다.

"음, 가엾어라! 호주머니가 예쁘구나. 아저씨 호주머니 안에서 뭔가 딸랑거리는 소리가 들리지 않니? 맞아! 작고 동그란 은화 다섯 개가 들어 있어. 이 은화들이 톳티의 분홍 호주머니에 들어가면 얼마나 예쁜 소리가 나는지 들어볼래?"

그가 톳티의 호주머니에 6펜스짜리 은화 다섯 개를 넣고 흔들어 보이자 아이는 아주 좋아하며 이를 드러내고 코를 찡긋거렸다. 그리고는 거기에 계속 있어봐야 더 이상 얻을 게 더 없다고 생각했는지, 선반에서 훌쩍 뛰어내려 호주머니를 딸랑거리며 낸시의 말소리가 들리는 곳으로 달려가 버렸다. 아이 엄마는 딸을 부르면서 뒤쫓아가며 말했다.

"아휴, 창피해. 이 말썽꾸러기야! 감사하다고 인사도 않고 가버리다니. 대위님은 정말 친절한 분이세요. 얘가 버릇이 너무 없는 것 같아 부끄럽습니다. 애 아빠가 이 애 말이라면 뭐든지 다 들어줘서 저 모양이 됐지 뭐예요. 저로선 도무지 어떻게 해 볼 도리가 없어요. 제일 막내인데다 딸이라고는 저 아이 하나뿐이거든요."

"아니에요, 별말씀을요. 토실토실 귀엽기만 한걸요. 지금처럼 앞으로도 변하지 않고 귀엽게 자라면 좋겠네요. 이제 가봐야겠어요. 목사님께서 기다리고 계실 것 같군요."

반짝이는 눈빛으로 헤티에게 '안녕' 하고 머리를 한 번 숙이더니 아서는 낙농장을 떠났다. 하지만 그의 예상대로 목사가 그를 기다리고 있지는 않았다. 목사는 이 집에 오기 전까지는 이토록 가까이서 대면할 거라고는 생각지도 못했던 다이나와 무척 즐겁게 대화를 나누고 있었던 것이다. 이제 독자들은 그들이 서로 무슨 이야기를 나누고 있는지 곧 듣게 될 것이다.

8

소명[77]

　다이나는 신사들이 들어오자 이불 홑청을 손에 쥔 채 조용히 자리에서 일어나 자신에게 다가오는 어윈을 보고는 공손히 인사를 드렸다. 어윈은 여태까지 그녀에게 말을 걸어 본 적도 그녀와 마주쳐본 적도 없었다. 다이나 역시 마찬가지였다. 어윈과 눈이 마주쳤을 때 다이나에게 맨 처음 떠오른 생각은 '정말 호감이 가는 얼굴이야. 아! 저렇게 좋은 씨앗이 땅에 떨어지게 되면 그 열매는 분명히 풍성하게 번창하게 될 거야.[78]'였다. 이런 생각에 다이나는 상냥한 표정을 지었다. 그리고 이런 상냥한 인사에 답례하듯 목사도 마치 지인들 중 가장 고귀한 숙녀를 대하듯 온화한 태도로 그녀에게 공손하게 고개 숙여 인사했다.

　"저…… 이곳에는 그냥 잠깐 방문하신 건가요?"

　그녀와 마주 앉으면서 목사가 이렇게 첫마디를 던졌다.

　"아닙니다, 목사님. 저는 스토니셔에 있는 스노필드에서 머물고 있는데, 제가 몸이 좀 안 좋아지자 이모님께서 그걸 아시고 이곳으

---

77) 주로 그리스도교에서 죄 많은 세상에서 살던 자가 하느님의 부름을 받고 구원(救援)에 이르는 것

78) 마태복음, 13:3~23. 다이나는 어윈 목사를 건전한 복음주의 신학이론과 설교에 대한 이론, 즉 복음서에서 말하는 훌륭한 씨앗(자손)이나, 설교사같이 복음을 전파하는 제창자(씨를 뿌리는 사람)와, 네 가지 땅에 떨어진 씨의 비유 등의 설교에 대한 이론을 잘 알지 못하는 목사로 여기고 있다.

로 오라고 하셨어요. 여기서 머물면서 휴식을 좀 취하라구요."

"아, 스노필드요. 거긴 잘 알아요. 저도 한 번 가본 적이 있는데 쓸쓸하고 황량한 곳이었지요. 거기에 방직공장을 짓고 있던데…… 몇 년 전의 일이라서요. 아마 지금은 사람들이 일자리를 찾아 공장으로 몰려와서 그 지방도 상당히 변했으리라 생각됩니다만."

"맞습니다. 많이 변했어요. 생계를 위해서 사람들은 공장으로 몰려왔고, 장사하는 사람들 말이 경기가 좋아졌다고 하더라구요. 저는 거기서 일합니다. 이웃에게 나누어 주며 함께 살아 갈 정도로 돈도 충분히 벌고 있으니 항상 감사할 따름이지요. 그래도 여전히 황량하답니다. 목사님이 말씀하신 것처럼 이 지역과는 아주 달라요."

"아마 거기에 친척이 살고 있어서 고향처럼 그곳에 애착을 느끼나 보죠?"

"네, 이모님이 한 분 살고 계셨거든요. 고아였던 저를 키워주신 분이었는데 7년 전에 세상을 떠나셨어요. 그분이 돌아가시고 나서 친척이라고는 포이저 이모밖에 없어서 이곳으로 오게 된 거랍니다. 이모는 저한테 아주 잘해 주세요. 여기는 정말 좋은 곳이에요. 식량도 넉넉해서 사람들이 마음껏 먹을 수 있구요. 그래도 저는 스노필드를 마음대로 떠날 수가 없어요. 왜냐하면 그곳에 처음 심어져 언덕 위에 자리 잡은 작은 풀처럼 뿌리가 깊게 내려져 있거든요."

"그렇군요. 그곳에 교우들이나 교회동료가 많은가 보군요. 당신은 감리교도, 그러니까 아마도 웨슬리교도겠죠?"

"네, 스노필드에서 이모가 그 교파에 속해 있었습니다. 참 감사하게도, 저는 아주 어릴 때부터 많은 특권을 누렸답니다."

"그러면 꽤 오래전부터 설교에 익숙해졌겠군요. 지난밤에 헤이슬롭에서 설교했던 게 이해가 되는군요."

"4년 전에 처음으로 그 일을 시작했습니다. 그때가 스물한 살 때였죠."

"당신이 속해 있는 교파에서는 여자가 설교하는 게 인정되나 보죠?"

"여자들이라도 분명한 소명을 느낄 때, 그리고 그들의 목회가 하느님의 백성을 강하게 하고 죄인들을 개종시킬 수 있다고 믿어질 때는, 여자라고 설교를 금하지는 않습니다. 목사님, 아실지 모르겠습니다만 플레처 부인이란 분이 계셨었는데, 처녀 적에 보산퀘트 양이라고 불렸습니다. 그분이 결혼 전에 우리 교파에서 설교한 최초의 여자 설교사였습니다. 웨슬리 씨가 설교하는 일을 맡겼었는데, 그녀는 아주 재능이 뛰어났던 사람이었죠. 지금은 목회 일을 돕는 소중한 동료 사역자들이 많이 있어요. 최근에는 우리 교파에도 여자가 설교하는 걸 반대하는 사람들이 꽤 많아요. 하지만 저는 그들의 말을 대수롭지 않게 여깁니다. 남자들이 물길을 내면서 '이쪽으로는 흘러도 저쪽으로는 흐르지 마라.' 라고 하는 것처럼, 남자들이 성령을 위한 수로를 만드는 건 아니니까요."

"주변 사람 중에 그런 위험한 사람들 없었습니까? 자신이 성령의 전도사라고 생각하는 사람이오. 아, 오해는 하지 마세요. 당신이 그렇다는 게 아니니까. 당신은 그런 것과는 거리가 먼 사람이라는 걸 알아요. 때때로 남자든 여자든 자신들이 성령으로 가는 통로라고 착각하면서 큰 실수를 범하잖아요. 더러 그들은 좋지 못한 일을 저지르거나 신성한 일을 수치스러운 일로 만드는 경우가 있을 것 같은데요."

"물론 그런 일은 때때로 있을 수 있지요. 우리들 사이에도 형제들을 속이려는 나쁜 사람들이 있습니다. 또 몇몇은 자기 자신들까지도 속이기도 해요.[79] 하지만 우리에게는 이런 일들을 경계하기 위한 규율과 징계가 있습니다. 아주 엄격한 질서라고 할까요? 형제자매들은 서로의 영혼을

---

79) 마태복음, 24:24. 거짓 그리스도들과 거짓 예언자들이 일어나서 큰 증거를 내보일 것이고, 기적을 일으킬 것이다. 그래서 사람들을 속일 것이다. 그리고 할 수만 있으면 선택하신 사람까지 속일 것이다.

살펴가면서 자신의 느낌을 얘기해 주지요.[80] 누구나 자기 자신만의 길을 가는 건 아니에요.[81] '내가 내 형제를 지켜주고 있는가?'[82]라고 끊임없이 자문하며 사는 사람도 있어요."

"한데…… 참, 이런 걸 물어봐도 될지 모르겠지만, 정말 궁금해서 물어보지 않을 수가 없네요. 당신이 처음 설교를 하겠다고 생각한 동기가 뭔지……."

"사실은 처음부터 설교할 생각은 전혀 없었습니다. 저는 열여섯 살 때부터 어린아이들과 이야기하며 그 아이들을 가르쳤어요. 교리반에서 가끔 가슴이 벅차올라 말이 줄줄 이어지고, 아픈 사람들을 위해서 기도를 많이 하게 되더군요. 하지만 제가 설교하도록 소명을 받았다고 느끼지는 않았습니다. 왜냐하면 별로 할 일이 없을 때면, 그저 조용히 혼자 계속 앉아 있는 성격이거든요. 마치 흘러가는 월로우 브루크 시냇물에 씻기며 가만히 놓여 있는 조약돌처럼 제 영혼은 하느님 생각으로 넘쳐나서 온종일 조용히 앉아 있었지요.

성찰이란 건 아주 위대해요. 목사님, 그렇지 않나요? 성찰은 엄청난 홍수처럼 우리를 덮어 버리죠. 저는 그렇게 성찰에 잠겨 있으면 저의 걱정거리는 물론 제가 어디에 있는지, 제 주위에 무엇이 있는지 모두 잊어버리고, 설명할 수 없는 생각 속에 빠져들고, 그 성찰들을 말로 하라면 어떻게 시작해서 어떻게 끝내야 할지 모르겠던 것이었어요. 하여튼 제 방식은 그랬어요. 그 와중에 설교는 저 자신의 의지와 상관없이 다가온 것 같아요. 눈물이 흐르는 것처럼 말이 저절

---

80) 히브리서, 13:17. 여러분을 인도하는 지도자들에게 순종하고 그들의 권위를 존중하십시오. 그들은 여러분의 영혼을 책임진 자들이기에 여러분을 주의해서 살피고 있습니다. 그들이 이 일을 괴로워하지 않고 즐거운 마음으로 할 수 있도록 해주십시오. 그들의 일을 힘들게 하는 것은 여러분에게 아무 도움이 되지 않습니다.
81) 이사야, 53:6. 우리는 모두 양처럼 흩어져 제 갈 길로 갔으나, 여호와께서는 우리의 죄 짐을 그에게 지게 하셨다.
82) 창세기, 4:9. 카인이 자기의 동생 아벨을 죽인 후에 하느님께서 카인에게 물었던 질문이다. 여호와께서 카인에게 말씀하셨습니다. "네 동생 아벨은 어디 있느냐?" 카인이 대답했습니다. "저는 모릅니다. 제가 동생을 지키는 사람입니까?"

로 슬슬 나왔지요. 가슴이 충만해져서 어쩔 수 없었기 때문이에요. 그 순간은 항상 위대한 축복의 시간들이었어요. 사람들이 모여 있는 곳에서도 그렇게 축복받으리라고 생각한 적은 없었지만 말이죠. 하지만 목사님, 우리는 어린아이처럼 스스로도 알지 못하는 길로 이끌리지요. 저는 어느 순간 갑자기 설교를 하도록 이끌렸어요. 그리고 그때부터 저는 제게 주어진 일을 의심해본 적이 없답니다."

"그때 상황을 좀 말해 줄 수 있겠어요? 당신이 맨 처음 설교를 시작한 그날, 바로 그날이 어땠는지요."

"어느 일요일, 저는 말로우라는 형제와 함께 걸어가고 있었습니다. 말로우 형제는 나이가 지긋하셨고, 전도사들(감리교의 조직에서 목회와 설교를 떠맡고 있는 사람들을 말한다.) 가운데 한 분이셨어요. 저는 그날 그분과 헤튼 디프까지 내내 걸어가고 있었습니다. 그 마을 사람들은 납을 캐는 광산에서 일하면서 살고 있었지요. 그곳에는 교회도 목사도 없어서 사람들이 목자 없는 양들[83]처럼 살아갔습니다. 거기는 스노필드에서 12마일이나 떨어진 곳이었고, 여름이었기에 우리는 아침 일찍 출발했지요. 나무 하나 없는 언덕을 오를 때 저는 하느님의 사랑에 놀랄 만큼 감동받았습니다. 여기처럼 그곳의 하늘도 좁아 보였는데 하늘이 텐트처럼 펼쳐져 있더군요.[84] 영원하신 하느님의 팔이 우리 주위를 감싸 안고 있는 것 같았습니다.[85] 하지만 우리가 헤튼 디프에 도착하기 전에 말로우 형제가 현기증을 느끼고 쓰러질 뻔했지요. 그분은 시험에 들지 않게 깨어서 기도하면서[86] 말씀을 전하려고 수 마일을 걸어

---

83) 마가복음, 6:34. 예수님께서 배에서 내리시면서 많은 사람들을 보셨습니다. 예수님께서는 그들을 불쌍히 여기셨는데 그것은 마치 목자 없는 양들과 같았기 때문입니다. 예수님께서는 그들에게 많은 것을 가르쳐 주셨습니다.

84) 이사야, 40:22. 하느님께서 땅 위의 보좌에 앉아 계신다. 하느님 보시기에 땅 위에 사는 사람들은 메뚜기 떼와 같다. 하느님께서 하늘을 휘장처럼 펼치셔서, 사람이 사는 장막처럼 만드셨다.

85) 신명기, 33:27. "영원하신 하느님이 너의 피난처이시다. 그의 팔이 너희를 영원히 붙들어 주시고, 하느님이 너희 앞에서 원수를 쫓아내시며 '원수를 물리쳐라.' 하고 말씀하신다. 이 말은 결코 그 힘이 다하지 않는 전능하신 하느님의 팔이 항상 이스라엘의 안전한 처소가 되어 그들을 돌보고 붙드실 것이라는 뜻이다.

다녔고, 게다가 리넨 천을 팔러 다니며 평생 너무 많은 고생만 하고 살아오신 분이었답니다. 우리가 마을에 도착했을 때, 사람들이 말로 우 형제를 기다리고 있었습니다. 아마 그분이 예전에 그곳으로 시간 과 장소를 약속해둔 것 같았습니다.

생명의 말씀을 들으려는 이들이 다른 사람들도 쉽게 동참하도록 일부러 오두막집이 빽빽이 들어선 장소에 모여 있었지요. 그런데 그분이 설교를 못 할 것 같다고 하시는 거예요. 할 수 없이 우리가 맨 처음 도착하는 오두막집에 그분을 눕혀놓아야 했습니다. 우리는 저 오두막집들 가운데 어느 한 집에 들어가게 되면, 저 사람들과 함께 성경책을 읽고 기도는 내가 해야 되겠구나 하고 생각하고서, 사람들에게 말해주려고 걸어갔지요. 저는 오두막집들 옆을 지나가다 가 문가에서 떨고 있는 노파들과 표정이 굳어 있는 남자들을 보았습니다. 그들의 눈은 마치 하늘을 올려다본 적이 없는 말 못 하는 황소 같았어요. 안식일 아침이 어떤 광경인지 한 번도 본 적이 없는 것 같았습니다. 저는 마음속으로 커다란 동요를 느꼈습니다. 그리고 저의 연약한 육신에 강한 성령이 들어와 뒤흔드는 것처럼 온몸이 떨렸습니다.

저는 사람들이 모여 있는 곳을 지나 푸른 언덕을 등지고 지어진 나지막한 벽 쪽으로 걸어갔습니다. 그리고 하느님이 전해주신 풍부한 말씀[87]들을 전했지요. 그들은 모두 오두막에서 나와 제 주위로 몰려 왔어요. 많은 사람들이 자신들의 죄를 뉘우치며 흐느껴 울었고, 그와 동시에 사람들은 하나 둘씩 주님의 품으로 들어왔습니다. 그것이 제 설교의 시작이었습니다. 그때부터 지금까지 저는 계속 설교를 하고 있습니다."

---

86) 마태복음, 26:41. 깨어서 너희가 시험에 빠지지 않도록 기도하여라. 영은 원하지만 육체가 약하구나."
87) 에베소서, 3:20. 우리 가운데서 일하시는 하느님께서는 우리가 구하고 생각하는 것보다 훨씬 더 많은 것을 채워 주실 것입니다.

다이나는 이야기를 하는 동안 하던 일을 내려놓고 있었다. 그녀는 평상시처럼 단조롭지만 항상 청중을 압도해 왔던 진지하고 분명한 떨리는 듯한 고음으로 말했다. 이야기를 마치고 나서 그녀는 몸을 굽혀 바느질감을 주워 모으더니 멈추었던 일을 계속했다. 어윈 목사는 깊은 관심을 보였다. 그는 속으로 생각했다. '여기서 현학자인 척하다가는 틀림없이 낭패를 보겠구먼. 그런 인간은 차라리 밖으로 나가서 제멋대로 자라는 나무들을 향해 강연하는 편이 낫겠어.' 그는 큰소리로 말했다.

"그러면 혹 자신이 젊은 처녀라는 것 때문에 당황한 적이 없습니까? 지금 당신의 외모는 남자들의 눈길을 사로잡을 만큼 사랑스럽고 젊잖아요."

"아니오, 그런 감정을 누릴 만한 여유가 없습니다. 그리고 사람들이 저의 외모에 주목하리라고는 생각하지 않아요. 제 생각에, 하느님이 우리를 통해서 자신의 모습을 드러내실 때, 우리는 타오르는 나무와 같을 겁니다. 모세는 그것이 어떤 나무인지 전혀 의식하지 않았어요. 단지 주님의 광명을 보았을 뿐이지요. 저는 스노필드 부근에 사는 사람들 못지않게 거칠고 무식한 사람들에게 설교해 왔습니다. 그 남자들은 무뚝뚝하고 거칠어 보였어도 제게는 한 번도 무례한 말을 하지 않았습니다. 오히려 제가 그들이 서 있는 가운데로 지나가도록 길을 터주고 친절하게도 감사하다고까지 말했는걸요."

"그랬겠군요. 정말 그랬을 거라 믿어집니다. 그럼요, 충분히 믿어집니다."

어윈 목사는 강조하듯이 말했다.

"그러면 지난밤의 청중들을 어떻게 생각하나요? 그들이 조용히 경청했다고 생각하나요?"

"음…… 참 조용했지요. 하지만 저는 베시 크래네지라는 젊은 여자를 제외하고는 위대한 하느님의 역사가 일어났다는 그 어떤 징표를 보지 못했습니다. 그 여자에게 제 마음이 열정적으로 향했는데, 처음에는 어리석고 허영으로 가득한 그녀의 한창 피어나는 젊음만이 제 눈에 들어오더군요. 나중에 그녀와 개인적인 이야기를 나누고 함께 기도드렸습니다. 저는 분명히 그녀가 감동받았다고 믿습니다. 그러나 가축을 돌보고, 땅을 일구면서, 푸른 목초지와 고요한 강가에서 사람들이 유유히 일상생활을 하는 이런 마을들에서는, 이상하게도 하느님의 말씀이 아주 생소하다는 것을 알아챘습니다.

제가 언젠가 어떤 성녀가 설교한다는 말을 듣고 리즈라는 곳을 방문한 적이 있는데요. 이 마을은 리즈 같은 그런 큰 도시들과는 사뭇 다르더군요. 높은 벽으로 둘러싸인 거리에서 영혼을 수확하는 것이 얼마나 값진 일인지 모른답니다. 그곳에서는 감옥 앞마당을 걷는 것 같은 기분이 느껴지고, 세속에서 땀 흘리며 일하는 소리는 들리지 않지요. 그건 아마도, 인생이 아주 어둡고 황량할 때일수록 구원과 영생의 약속은 더 달콤하고, 육신이 편치 못하여 아플 때 영혼이 하느님을 더욱더 갈구하게 되기 때문일 거라고 생각합니다.”

“네, 맞아요. 우리 지방의 농장 일꾼들은 쉽게 선동되지 않습니다. 그들은 양이나 소처럼 천천히 인생을 살아가니까요. 하지만 이 근처에는 어느 정도 똑똑한 일꾼들도 있답니다. 비드 형제들을 잘 아시죠? 그 세스 비드는 감리교도이지요.”

“네, 세스는 잘 알고 있지요. 그의 형, 아담도 좀 알구요. 세스는 은혜를 많이 받은 젊은이지요. 진실하고 쉽게 성내지 않아요. 그리고 아담은 그 옛날 족장이었던 요셉 같더군요. 그는 요셉처럼 훌륭한 솜씨를 가지고 있고, 아는 것도 많고, 그리고 자기 형제와 부모를 극진한 사랑으로 모시고 있지요.”

“당신 말을 들어보니, 비드 형제들 집에 지금 어떤 일이 일어났는지 전혀 모르는 것 같군요. 아버지 메티아스 비드[88]가 월로우 브루크에서 지난밤 익사했답니다. 그 월로우 브루크는 그 집 근처에 있는

171

개천이지요. 지금 아담에게 조문하러 가던 길이었습니다."

"어머, 아담 형제의 연로하신 어머니가 참 안됐군요!'

다이나는 눈앞에 있는 연민의 대상을 보는 것처럼 가여워하는 눈길로 앞을 바라보며 손을 늘어뜨린 채 말했다.

"그 어머님이 몹시 슬퍼하시겠네요. 어머니 마음이 언제나 근심과 불안으로 가득 차 있다고 세스가 말했었거든요. 제가 그분에게 혹시 어떤 도움이라도 드릴 수 있을지 가 봐야겠군요."

그녀가 일어나 자신의 일감을 주섬주섬 치우기 시작했을 때, 도니손 대위는 우유통이 늘어서 있는 곳에 더 머물 만한 적당한 구실을 찾지 못해, 포이저 부인을 따라 낙농장 밖으로 나오고 있었다. 어윈 목사도 이제 일어나서 다이나에게 다가가 손을 내밀고 말했다.

"안녕히 계십시오. 곧 여기를 떠나신다고 들었습니다만, 이번이 이모님을 마지막으로 찾아오신 건 아닐 테지요. 머지않아 다시 만나게 되기를 바랍니다."

목사가 다이나에게 다정하게 인사하는 모습에 포이저 부인의 모든 근심은 사라지고, 안심이 되었는지 여느 때보다 한결 밝아진 표정으로 이렇게 말했다.

"제가 아직 어윈 마님과 목사님 자매들의 안부를 물어보지 못했네요. 목사님, 가내 별고 없으시지요?'

"그럼요, 포이저 부인. 앤이 오늘 심한 두통으로 고생하는 것을 빼면요. 어쨌든 우리 식구 모두 이 댁에서 보내주시는 훌륭한 크림치즈를 아주 좋아한답니다. 특히 저희 어머니께서요."

"그렇다니 정말 기쁘네요, 목사님. 크림치즈는 어쩌다 하나씩 만든 것뿐이에요. 어윈 마님께서 크림치즈를 좋아하셨다는 게 생각나서 하나 만들어 보내드린 겁니다. 마님과 케이트 양, 앤 양에게 안부

---

88) 아담의 부친 성함은 메티아스 비드이다. 지금까지 티아스 비드 라고 불린 것은 사람들이 긴 본명보다는 편하게 '티아스' 라고 부르기 때문이다.

전해 주세요. 요즘은 저희 집 가축을 보러 통 안 오시네요. 검고 하얀 털이 알록달록 난 예쁜 병아리가 생겼는데, 케이트 양이 어쩌면 병아리 몇 마리 갖고 싶어할지 모르겠습니다."

"음…… 제가 동생한테 말을 전하지요. 그 애는 틀림없이 병아리를 보러 올 겁니다. 그럼 안녕히 계십시오."

말에 오르면서 목사가 인사했다.

"어윈 목사님, 먼저 말을 타고 천천히 가고 계세요."

도니손 대위가 말에 오르며 말했다.

"몇 분 안에 목사님을 따라잡겠습니다. 저는 목동한테 강아지에 대해 당부 좀 하고 갈게요. 안녕히 계세요, 포이저 부인. 바깥어른께 제가 조만간 찾아뵙겠다고 전해 주세요. 아마 짧게 끝날 얘기는 아닐 겁니다."

포이저 부인도 그들에게 정중히 답례했다. 그리고 그들을 태운 두 필의 말이 마당에서 점점 멀리 사라질 때까지 지켜보았다. 한편 마당 한편에서는 돼지와 닭이 야단법석을 떨고 있었으며, 불도그는 몹시 화가 났는지 피닉 춤(전투 행위를 음악에 맞춰 표현해낸 고대 그리스의 춤) 같은 것을 추면서, 자기 목을 매고 있는 쇠사슬 목줄을 금방이라도 끊어버릴 듯 으르렁거렸다. 목사와 대위가 길을 나섰을 때 이렇듯 시끄러운 소리가 났다는 것은 포이저 부인에게 반가운 일이었다. 농장이 잘 지켜지고 있다는 증거였으니까. 수상한 사람이 함부로 침입하지 못할 거라는 사실을 그녀는 새삼스럽게 확인할 수 있었다.

대위가 나가자 대문이 닫히고 포이저 부인은 다시 부엌으로 갔다. 다이나는 리즈베스 비드의 집에 가기 위해 손에 모자를 들고 서 있었다. 가기 전에 포이저 부인의 허락을 받기 위해서였다.

포이저 부인은 다이나가 나갈 차비를 했다는 걸 알면서도 모른 척하고 어윈의 뜻밖의 행동에 대해 물었다. 자초지종을 다 듣고 나서 마음이 놓일 때까지 다이나의 외출을 미루었다.

"그런데 대체 어떻게 된 거냐? 어윈 목사님이 화내지 않았니? 다이나, 그분이 뭐라 하셨는지 빨리 말 좀 해봐. 어제 설교한 일로 너를 나무라지는 않으셨냐?"

"네, 전혀 화내지 않으셨어요. 저에게 아주 호의적이셨어요. 그분과 아주 자연스럽게 이런저런 이야기를 했고요. 어떻게 그렇게 편안하게 얘기할 수 있었는지 저도 잘 모를 지경이에요. 저는 항상 그분을 세속적인 사두개교도(부활이나 천사 등의 존재를 믿지 않는 유대교 일파)라고 생각해왔거든요. 하지만 그분의 표정은 아침 햇살처럼 사람을 기분 좋게 만들어주더군요."

"기분 좋게 해주시지! 그분에게서 가장 기대할 수 있는 게 바로 그거니까."

포이저 부인이 더 이상 기다릴 수 없다는 듯이 뜨개질감을 집어들고서 말했다.

"그분 표정은 정말 보기 좋지. 아주 타고난 신사야. 그 어머님은 또 어떻구. 그림 속에 나올 법하게 고상하게 생기신 분이지. 이 근방을 다 둘러봐도 예순여섯 나이에 그 마님처럼 고상한 사람은 눈 씻고 찾아봐도 없을 게다. 꼭 성직에 종사하는 남자처럼 훌륭해 보이시지. 내가 네 이모부에게도 얘기했지만, 그분을 보면 말이다. 낱알이 풍성한 보리나 젖소들이 뛰노는 목장의 초원을 보는 것 같은 기분이 들지. 그런 거야말로 기분을 편안하게 해주는 것들이 아니겠니. 그런데 너희 감리교도들이 보살피는 사람들은 하나같이 어떤 느낌이 드는 줄 알아? 갈비뼈가 앙상하게 드러날 정도로 삐쩍 마른 송아지들이 텅 빈 공터에 모여 있는 것 같단 말이야. 평생 칼날같이 말라붙은 베이컨이나 시큼한 케이크보다 더 맛있는 걸 먹어본 적이 없는 사람들 같아 보이니, 그 사람들이야말로 네가 어떻게 해야 옳은지를 보여주는 훌륭한 사람들이겠구나. 그건 그렇고, 어윈 씨는 너의 바보 같은 짓에 대해 뭐라 하시던? 그런 광장에서 설교한 거 말이야."

"그분은 그런 일이 있었다는 것만 들으셨다고 그랬어요. 목사님이 그 일로 언짢아하실 기색은 못 느꼈는데요. 그러니까 이모, 신경쓰지 마세요. 그리고 그것보다도 목사님이 불행한 소식을 전해주셨어요. 이모도 이 소식을 들으면 저 못지않게 슬퍼하실 거예요. 티아스 비드 씨가 어젯밤 월로우 브루크 시냇물에 빠져서 돌아가셨대요. 그래서 비드 형제의 어머니를 진심으로 위로해드려야 할 것 같아요. 어쩌면 제가 그분에게 도움이 될 수 있을지 모르겠어요. 그래서 지금 나가려고 모자를 든 거예요."

"어머머, 세상에나 어쩜 그런 일이…… 얘, 일단 차 한잔 마시고 나서 얘기하자."

이 소식을 듣자마자 포이저 부인의 목소리가 샤프(#) 다섯 개인 B장조의 음조처럼 날카로워졌다. 그리고는 갑자기 낮아지더니 C장조의 음조처럼 솔직하고 부드럽게 변했다.

"주전자가 끓고 있구나. 얼른 음식부터 좀 만들자. 곧 아이들이 들어와서 먹을 것을 달라고 보챌 거다. 나도 네가 당장 리즈베스 부인한테 달려갔으면 좋겠지만 우선 여기 일부터 해야지. 너는 감리교인이든 아니든 간에 항상 힘든 일을 겪는 사람들에게 환영받는 사람이지. 하지만 네가 도우려는 마음은 부모형제로서 당연히 해야 될 일과는 달라. 치즈를 봐라. 기름 뺀 우유로 만들었든, 새 우유로 만들었든 모두 치즈라고 부르잖니. 모양이나 냄새로 어떤 치즈인지 분간해 낼 수는 있지만……

티아스 비드, 그 노인 말인데, 어찌 됐건 그렇게 세상을 뜨는 편이 더 나을지도 몰라. 하느님 맙소사, 이런 말을 해서 좀 죄송하기는 하지만 말이야. 어차피 그 사람은 10년 동안 아무 일도 안 하고 식구들 속만 썩여 왔거든. 비드 노부인에게 작은 럼주 한 병 갖다 드리려무나. 분명히 술 한 모금도 못하고 계실 거다. 술이라도 몇 방울 들어

175

가면 마음이 한결 진정될 텐데 말이야. 얘…… 일단 앉아서 마음을 가라앉혀봐. 차 한잔 마시고 마음을 좀 진정시키자구. 그리고 난 다음에 가도 늦지 않아."

말을 마치면서 포이저 부인은 선반에서 찻잔과 스푼 등을 챙기고 빵을 가지러 찬장으로 향했다. 덜커거리는 찻잔 소리를 듣고 톳티가 나타나서 포이저 부인의 뒤에 바싹 붙었다. 그때 헤티가 일에 지친 두 팔을 머리 뒤로 올려 맞잡아 피로를 풀며 낙농장 밖으로 나오고 있었다.

"몰리!"

헤티는 피곤하다는 듯 하녀를 불러서 부탁했다.

"가서 오리 모양의 풀 잎사귀 한 뭉치만 가져다 줘. 버터를 포장해야 해."

"헤티, 무슨 일이 일어났는지 소식 들었니?"

포이저 외숙모가 물었다.

"아니오, 무슨 일인데요?"

헤티가 뾰로통한 목소리로 대답했다.

"넌 이 소식을 들어도 아무렇지 않겠지. 누가 죽었다고 한들, 너는 눈 하나 깜짝하지 않고 위층에 올라가 옷치장이나 하면서 두어 시간은 훌쩍 보낼 테니까. 하지만 다른 사람들은 달라. 당연히 신경 써야 할 일보다 훨씬 더 마음을 쓰지. 너는 아담 비드와 그의 친척들 모두가 물에 빠져 죽었다고 해야 관심을 보일까 말까 하겠지. 설사 그렇다 해도 금방 나 몰라라 하면서 너는 거울이나 보고 멋이나 부리겠지."

"아담 비드가 죽었다구요?"

약간 당황한 듯한 표정으로 두 팔을 내리며 헤티가 물었다. 헤티는 자신의 외숙모가 그저 평소에 하던 잔소리를 좀 과장해서 하는 건 아닌가 의아해했다.

"아냐, 아니다."

포이저 부인이 더 이상 자세한 이야기를 해주지 않고 식품저장실로 가버리자, 다이나가 부드러운 목소리로 설명해 주었다.

"아담이 아니고, 아담의 아버지. 그분이 돌아가셨대. 어젯밤 윌로우 브루크에 빠지셨다는구나. 어윈 씨가 방금 그 소식을 전해 주고 가셨어."

"아유, 끔찍해라!"

헤티는 이렇게 말하며 진지한 표정을 지었지만, 마음속으로 깊이 슬퍼하는 것 같지는 않았다. 그때 몰리가 오리 모양의 풀 잎사귀를 한 뭉치 들고 들어왔다. 헤티는 아무 말 없이 그것을 받아들고는 더 이상 한 마디도 물어보지 않고 낙농장으로 돌아가 버렸다.

9
헤티의 꿈

헤티는 하얀 버터를 널찍한 잎사귀로 포장하고 있었는데 그 완성된 모양은 마치 초록색 꽃잎받침으로 둘러싸인 앵초꽃처럼 보였다. 그녀의 머릿속은 아담의 불행을 슬퍼하기보다도 도니손 대위의 모습으로 꽉 차 있었다. 잘생긴 젊은 신사가 환한 표정으로 흠모하는 듯 자기를 쳐다보던 그 눈길, 하얀 손, 금줄, 가끔 입고 나타나는 장교복, 그리고 엄청난 재력, 누구와도 비교할 수 없을 만큼의 당당함, 이 모든 것들을 겸비한 아서의 모습은 헤티의 가슴에 생생한 빛으로 다가와 그녀를 바보처럼 계속 두근거리게 만들었다.

아가멤논의 석상이 들려주는 선율을 들은 적이 있는가! 거센 바람에 흔들리거나, 아침에 잠깐 햇살이 비칠 때, 석상이 아름다운 선율을 흘려보낸다 해도[89] 우리는 그 소리를 듣지 못한다. 인간의 영혼은 교활한 악기와 같아서 제한된 소리만 내고, 때때로 기쁨에 넘쳐 전율하거나 고통에 빠져 몸을 떨리게 하는 연주를 해도 그다지 동요하지 않는다는 사실도 알아두어야 한다. 헤티의 영혼이 바로 그랬다. 아담의 슬픔이 그녀의 가슴에 아무런 미동도 일으키지 못했던 걸 보면……

헤티는 사람들이 자기를 계속 쳐다보고 싶어한다는 걸 알고 있었

89) 그리스 여행자들은 아가멤논의 석상에서 그의 목소리를 듣기를 원하였다. 매일 아침 떠오르는 햇빛이 석상에 닿으면 하프 줄이 '팅' 하고 울리는 것과 같은 소리를 내는데 사람들은 이것이 어머니 에오스 여신이 안부를 묻는 것에 대해 아가멤논의 대답하는 소리라 하였다.

다. 그녀는 브록스톤에 사는 젊은이 루크 브리튼이 그녀를 보려고 일요일 오후마다 헤이슬롭 교회에 예배 보러 온다는 사실도 잘 알고 있었다. 외숙부인 포이저는 루크 브리튼을 하찮게 여겼다. 못난 아버지로부터 물려받은 형편없는 땅의 상속자는 별로 탐탁하게 여기지 않았기 때문이다. 만약 외숙모가 루크 브리튼을 말리지 않았다면 그는 헤티에게 당당히 구애를 했을 것이다. 또 헤티를 좋아하는 사람은 루크 브리튼만이 아니었다. 도니손 장원의 정원사인 크레이그는 그녀에게 홀딱 반해 정신 나간 사람처럼 굴었고, 최근에는 달콤한 딸기와 콩을 한 짐 가져와서 자신의 마음을 고백했었다. 헤티는 이 모든 것을 잘 알고 있었다. 특히 아담 비드에 대해서는 훨씬 더 잘 파악하고 있었다. 아담은 키가 훤칠하고 풍채도 좋고 영리한데다가 용감하기까지 해서 주위 사람들의 신망을 얻고 있었다. 외숙부마저도 '아담은 손윗사람들 못지않은 혜안을 가지고 있고 사리분별도 할 줄 안다.'고 칭찬하면서 매일 저녁 아담과 만나는 것을 즐기고 있었다. 아담은 다른 사람들에게 꽤 엄격하게 대하는 사람이라서 여자 뒤꽁무니를 쫓아다니는 일 따위는 절대 할 리 없었다. 그러나 그런 성격의 아담조차도 헤티의 말 한 마디, 눈길 한 번이면 얼굴이 창백해지거나 빨개진다는 걸 그녀는 알고 있었다.

헤티가 마음속으로 이리저리 견주어 볼 수 있는 남자들은 몇몇 안 됐지만, 그 중에서도 아담이 꽤 괜찮은 남자라는 건 그녀도 인정했다. 아담은 온갖 일들을 어떻게 처리해야 하는지 잘 알고 있었고, 헤티의 외숙부에게 헛간 짓는 법을 조언해 주는 사람이었으며, 눈 깜짝할 사이에 교유기도 고쳐놓는 사람이었다. 그리고 바람이 불어서 거꾸러진 밤나무 목재의 가치라든가, 벽에 왜 습기가 찼는지, 들쥐들을 없애려면 어떻게 해야 하는지, 이런 여러 가지 일들을 눈으로 보기만 해도 척척 알아 맞혔다. 또한 아담은, 사람들이 읽을 수 있는 근사한 필체로 글씨를 썼고, 머릿속으로 암산도 척척 할 수 있어서 그 지역 일대의 부농들도 일찍이 만나 본 적이 없는 최고 수준의 능력을 지니고 있었다. 구부정하게 걷는 루크 브리튼은 아담과 아주 딴판이었다. 그는 일전에 브록스톤에서 헤이슬롭까지 헤티와 함께 걸어가면서 내내 한 마디도 하지 않다가, 고작 한다는 말이 회색빛 거위가 알을 낳기 시작했다는 말이었다.

그리고 정원사인 크레이그는 상당히 분별력이 있는 사람이기는 했지만, 안짱다리인 데다가 말할 때는 이상하게 흥얼거리는 버릇이 있었다. 게다가 아무리 좋게 봐주려 해도 내일모레면 나이가 족히 마흔 살은 될 것이 분명했다.

헤티 생각에, 외숙부는 자기가 아담을 진심으로 좋아하기를 바라셨고, 그와 결혼하기를 원하는 것이 분명했다. 당시에는 부농과 유능하고 훌륭한 장인(匠人) 사이의 신분을 엄중하게 구분하지 않아서, 시내의 선술집에서는 물론이고, 집안에서도 함께 앉아 에일 맥주잔을 서로 기울이는 모습을 종종 볼 수 있었다. 부유한 농부는 돈을 모으는 잠재력이 있고, 교구 일에서도 실세라 할 수 있었지만, 그들은 확실히 말주변이 없었다. 헤티의 외숙부인 마틴 포이저는 선술집에 자주 드나드는 사람이 아니었고 주로 자기 집으로 사람들을 초대하여 집에서 양조한 술을 함께 들며 담소하는 것을 즐겼다.

그는 아둔한 이웃 사람들이 농사일을 제대로 못 할 때 가르쳐 주는 것을 즐거워했지만, 아담 비드같이 재능 있는 사람에게 뭔가 배우는 것 또한 색다른 즐거움으로 생각했다. 아담은 새 헛간 짓는 일을 감독한 이후, 3년 동안 홀 팜에서 항상 환영받고 있었다. 특히 어느 겨울날 저녁, 포이저 씨 부부, 아이들, 하인들이 서열에 따라 적당한 간격을 두고 활활 타오르는 화덕을 옆에 두고 부엌에 모였을 때, 그들은 이야기꽃을 피웠는데 화기애애한 분위기가 무르익을수록 아담은 더욱더 큰 환영을 받았던 것이다. 그리고 지난 2년 동안, 헤티는 외숙부에게서 이런 말들을 듣고는 했다.

"아담 비드가 지금은 임금을 받고 일하지만 분명히 나중에는 가장 높은 지위에서 목수들을 호령하는 사람이 될 거야. 그건 지금 내가 여기 앉아 있는 것만큼이나 확실한 일이지. 사람들이 뭐라고 수군거리는 줄 아니? 버즈 씨가 아담과 동업해서 사위로 삼으려고 한다는 거야. 아담과 결혼하는 여자는 호박이 넝쿨째 들어오는 거지. 성 미카엘 축일이나 성모 영보 대축일[90]처럼 경사 나는 일이지."

그리고 외숙부의 말에 포이저 부인은 옳다고 맞장구를 치며 장단을 맞추었다.

"아, 돈 많은 부자하고 결혼하는 것도 좋지만, 그런 사람은 대개 바보이기 십상이죠. 구멍 난 주머니에 돈을 가득히 채워 놓는 거나 마찬가지라니까요. 자기는 용수철 짐마차 속에 푹 들어앉아서 바보한테 마차를 몰게 하는 꼴이지 뭐겠어요. 참 정신 나간 짓이죠. 바보는 마차를 금방 도랑으로 빠뜨려 버릴게 뻔하니까. 암, 그렇게 멍청한 사람하고는 절대 결혼하면 안 되지. 여자가 아무리 머리가 좋아도, 남편이 사람들에게 비웃음 받는 바보라면, 그런 바보 같은 남편하고 말씨름만 하면서 살 게 뻔한데, 대체 그 좋은 머리가 무슨 소용 있겠어요? 그런 여자는 아무리 옷을 잘 차려입어도 나귀를 거꾸로 타고 있는 거나 마찬가지지요."

이런 표현들은 비유적이기는 하지만 아담을 굉장히 좋게 생각하는 포이저 부인의 의중을 충분히 반영하는 것이었다. 헤티가 친딸이었

90) 3월 25일. 하느님께서 동정녀 마리아가 구세주의 어머니가 되리라고 가브리엘 천사를 시켜 계시한 사실을 성모 영보라 하고 이를 성대히 기념하는 날을 성모 영보 대축일이라 부른다. 성모 영보에 관한 성서의 말(루가, 1:26~28)에 의하면 동정녀 마리아는 하느님의 명을 받아 천사로부터 "은총이 가득하시다"는 인사를 받으셨고 동정녀는 천사에게 "주님의 종이오니 그대로 내게 이루어지소서." 하고 대답하였다. 이렇게 마리아는 하느님 말씀에 동의함으로써 예수의 모친이 되셨고, 아무런 죄의 거리낌도 없이 온전한 마음으로 하느님의 구원계획을 받아들였다. 그래서 교부들은 마리아가 순전히 피동적으로 하느님께 이용당한 것이 아니라, 자유로운 신앙과 순명으로 인류 구원에 협력하였다고 생각하였다(교회헌장 56). 성모 영보 대축일을 동방교회에서 지킨 사실이 콘스탄티노플의 수호성인 프로클로의 설교에 나타난다. 서방교회에서는 젤라시오 전례서에 처음으로 언급되어 있다. 서방교회에서 이 대축일을 널리 지내게 된 것은 8세기부터이다.

더라면 생각이 좀 달랐을지도 모른지만, 어쨌든 포이저 부부는 지참금 한 푼 없는 조카딸의 배우자로 아담 정도면 더할 나위 없이 좋은 배필이라고 확신하고 있었다.

헤티가 이 집에 오게 된 것은 처음부터 집안일을 거들기 위해서였다. 포이저 부인은 톳티를 낳은 후 건강이 나빠졌고, 하인들과 아이들 모두를 건사하기가 무척이나 어려워서 헤티를 데려왔다. 헤티 역시 이곳에 오지 않으면 남의 집 식모살이나 해야 할 처지였던 것이다. 그러나 헤티는 아담이 자신에게 가까이 다가오도록 절대 틈을 보이지는 않았다. 헤티는 자신을 흠모하는 모든 남자들 중에서 아담이 제일 낫다는 것을 알고 있을 때에도, 그를 받아들일 생각은 눈곱만큼도 하지 않았다.

그녀는 강인하고, 재주 있고, 예리한 눈빛을 가진 이 남자를 자신의 매력으로 사로잡고 있는 걸 단지 재미있어 할 뿐이었다. 아담에게 그녀의 요염한 매력은 폭군과 같은 굴레였던 것이다. 헤티는 아담의 마음을 절대로 받아주지 않을 거면서도 그가 자신의 굴레를 살짝 빠져나가 얌전한 메리 버즈에게 호감을 갖는 기색을 조금만 보여도 발끈 화를 내고는 했다. 헤티의 눈에 메리 버즈는 아담이 아주 시시한 관심 정도만 보여줘도 황송해 해야 할 여자로 보였다.

'메리 버즈라고, 흥! 피부가 거무튀튀한 그깟 계집애쯤이야. 제일 예쁜 분홍색 리본을 매어도 까마귀 꽃처럼 누리끼리해 보여. 또 머리는 면포 타래처럼 얼마나 뻣뻣한데.'

그리고 아담이 홀 팜에 몇 주 동안 뜸하거나 자신의 열정을 억누르는 듯한 기색을 보이면, 항상 헤티는 그의 무관심 때문에 괴로워하는 듯 힘이 쭉 빠진 것처럼 풀죽은 분위기를 연출해서, 다시 그를 유혹하여 옴짝달싹 못 하게 만들었다. 아무리 그래도 결혼은 전혀 다른 문제였다! 아담은 헤티가 결혼하고 싶은 조건을 하나도 가지고 있지 않았던 것이다. 아담의 이름이 거론되어도 그녀의 두 뺨은 전혀 발그레해지지 않았다. 그가 창가 옆으로 나 있는 길을 지나가도, 혹은 초원에 있는 길에서 그가 갑작스럽게 나타나도 전혀 가슴 떨리지 않았다. 아담의 두 눈이 그녀를 바라보고 있어도 아무런 느낌이 오지 않았고, 그가 헤티를 사랑하여 메리 버즈를 전혀 의식하지 않을 때에는 그저 냉랭한 승리감만 느낄 뿐이었다.

그림으로 그려진 태양은 초목의 가늘고 고운 세포 하나하나에 봄의 기운을 북돋워 주지 못하는 것처럼, 아담은 헤티에게 그와 달콤한 사랑에 빠지도록 애틋한 감정을 불러일으키지는 못했다. 그녀는 아담이 처한 현실을 있는 그대로 볼 뿐이었다. 그와 결혼하면 가난한 생활은 물론 늙으신 어머님을 모시고 살아야 하고, 그나마 외숙부 집에서 누렸던 최소한의 사치마저 한참 동안은 꿈도 꾸지 못할 것이다.

헤티는 온통 사치스러운 꿈을 꾸고 있었다. 매일 새하얀 스타킹을 신고 카펫이 깔려 있는 응접실에 앉아 있는 모습, 크고 아름다운 최신 유행의 귀걸이로 외모를 가꾸는 모습, 외투 윗자락 끝의 가장자리에 노팅험 문양 레이스를 빙 둘러 장식하고, 리디아 도니손이 교회에서 슬그머니 꺼냈던 향기 나는 손수건처럼 자신의 손수건에도 똑같이 향수를 뿌려 놓는 모습, 아침이 되면 그 누구에게서도 일찍 일어나라는 잔소리를 듣지 않고 꾸지람도 듣지 않고 사는 모습. 이런 것들이 그녀의 꿈이었다. 그녀는 아담이 부자가 되어 이런 사치스런 삶을 누리게 해줄 수만 있다면, 그를 사랑하여 결혼할 수도 있을 거라 생각했다.

헤티는 지난 몇 주 동안 완전히 새로운 기분에 휩싸였다. 그녀는 꼭 잠결에 취해 있는 것처럼, 한 번도 상상하거나 바란 적도 없는 어떤 몽롱한 기분에 휩싸여 있는 느낌을 받았다. 땅에 발을 딛고 일을 하고 있지만 꿈을 꾸듯 허공에 둥둥 떠다니는 것 같았고, 세상 모든 것이 부드럽고 투명한 베일 사이로 보이는 것처럼 아련하기만 했다.

그녀는 벽돌과 반석처럼 단단하고 안전한 이 현실에 사는 것이 아니었다. 태양이 환히 비추고 있는 물속처럼 꿈결같이 아름답고 몽롱한 세상에 살고 있는 것 같았다.

헤티는 아서 도니손이 자신을 만나기 위해 그동안 굉장히 고생했다는 걸 알게 되었다. 아서는 항상 교회에서 앉거나 서 있는 등 헤티의 모든 모습이 잘 보이는 좋은 위치만 찾아 자리를 잡았으며, 어떡하면 홀 팜에 갈 수 있을지 끊임없이 구실을 찾아냈고, 그녀가 아서 자신을 쳐다보고 뭔가 말을 하도록 항상 이야깃거리들을 만들어 두었던 것이다. 젊은 왕자가 유독 많은 사람들 가운데에서 빵집 딸에게 찬탄하는 듯 멋진 미소를 보내오자, 스스로 미래의 왕비가 될 수도 있을지 모른다는 환상에 빠져드는 것처럼, 지금 가여운 소녀 헤티는 그 젊은 지주가 연인이 될 수 있다는 상상만 하고 있었다. 빵집 딸은 집에 돌아가서 잘생긴 젊은 왕자의 꿈을 꾸고는 그가 남편이 된다면 얼마나 큰 행운일까 골똘히 생각하다가 밀가루 무게도 제대로 재지 못할 것이다. 가여운 헤티도 깨어 있을 때나 꿈을 꿀 때나 아서의 얼굴과 모습만이 떠올랐다. 부드럽게 빛나는 그의 눈길이 뚫어지게 바라보는 것 같아서, 모든 생활은 알 수 없는 행복과 나른한 기분에 휩싸이고는 했다. 그런 눈길을 보내는 아서의 두 눈은, 이따금씩 슬프게 간청하듯 바라보는 애정 어린 아담의 진실하고 아름다운 눈빛에 비하면 실제로는 시시하기 짝이 없었다. 그러나 헤티의 어리석고 하찮은 상상 속에서 아서의 두 눈은 자신의 왕자님이 되었고, 아담의 눈동자는 그 근처에도 가지 못했다. 3주 동안, 그녀는 아서가 자기를 바라보던 표정과 자기에게 해주었던 말들을 떠올리는 것으로 거의 모든 시간을 보냈다. 다른 일에는 아무 관심도 없었고, 집 밖에서 그의 목소리가 들려올 때, 또 그가 들어오는 걸 봤을 때의 감정들, 그리고 그의 눈길이 자신에게 머물고 있다는 걸 의식했을 때의 흐뭇한 느낌들에 사로잡혀 있었다.

키 큰 사내가 그녀를 어루만지는 듯한 눈빛으로 내려다본다. 근사한 옷을 입고 저녁 미풍에 은근한 꽃밭 향수 냄새를 풍긴다. 자기에게 점점 가까이 다가온다. 이런 것을 느꼈을 때 설레던 느낌들을 계속 되풀이해서 생각하고 또 생각했던 것이다. 미련하기 짝이 없는 생각 같으니! 독자들도 알다시피, 현재 이 시대에 살고 있는 열여덟 살의 아리따운 소녀들은 전혀 그런 식으로 사랑을 느끼지 않을 것이다. 그런데 독자들이 기억할 수 있을지 모르겠지만, 거의 60여 년 전에는 모두 그런 식으로 사랑했고, 더군다나 헤티는 제대로 된 교육을 받지도 못했다. 이렇게 순진한 시골 처녀였기에, 흰 손을 가진 신사를 보면 올림포스 신이라도 되는 것처럼 그녀는 황홀경에 빠져버렸던 것이다. 지금까지도 그녀는 먼 미래를 내다보지 못하고, 겨우 다음번에 도니손 대위가 홀 팜 농장으로 온다던 말과 다음 일요일이면 그를 교회에서 만나 볼 수 있다는 정도만 기대하고 있을 따름이었다. 지금도 그녀는 내일 체이스 장원에 가면 도니손 대위가 자신을 만나려 할지도 모른다고 생각했다. 아무도 없을 때 그가 자신에게 다가와 단둘이서 산보를 하자고 말할지도 모른다고 생각했다. 그런 일은 아직 벌어지지도 않았다. 그런데 그녀의 상상은 과거로 거슬러 올라가는 대신에 내일 벌어질 일을 미리 그려보고 있었다. 체이스 장원의 어디쯤에서 다가오는 아서를 맞이해야 할지, 아직 그에게 보여준 적이 없는 새 장밋빛 리본을 어떤 식으로 꽂아야 좋을지, 그가 어떤 식으로 말을 걸며 눈을 맞춰올 것인지를 상상하고 있었다. 헤티는 그의 눈빛이 자꾸만 떠올랐다. 온종일 그 눈빛으로 머릿속이 꽉 차 있는 것만 같았다.

이런 마음에 사로잡혀 있는 헤티가 어떻게 아담의 고통을 헤아리겠는가? 지금 이 순간 물에 빠져 죽은 불쌍한 티아스 노인이 생각이나 나겠는가? 그녀처럼 즐거운 환희에 젖어 있는 젊은이는 꿀을 빨고 있는 나비같이 냉담하기 이를 데 없는 법이다. 젊은이든 나비든 달콤한 꿈속에만 취해 있거나, 자기를 바라보던 눈빛과, 껴안아 주던 팔의 감촉만을 상상하고 있다면, 그들은 밖에서 어떤 불행이 일어나도 전혀 아랑곳하지 않을 것이다.

헤티의 두 손은 버터를 포장하느라 부지런히 움직였지만, 머릿속은 그 다음날 일을 상상하느라 여념이 없었다. 그리고 바로 이 순간, 아서 도니손은 월로우 브루크의 골짜기를 향해 어윈과 나란히 말을 타고 가고 있었다. 다이나에 대해 얘기하는 어윈의 말을 들으면서도 아서는 마음속 깊이 어떤 막연한 예감을 느끼고 있었다. 뚜렷하지는 않지만 분명 느낄 수 있을 정도의 강렬한 어떤 예감…… 그때 어윈이 갑작스럽게 물었다.

"아서, 자네는 포이저 부인의 낙농장이 어디가 그리 좋았나? 젖은 마룻바닥과 기름에 찌든 사발이 그렇게도 마음에 들었나?"

아서는 아무리 기발한 생각을 해내 얼버무린다 해도 어윈 목사가 금방 알아맞힌다는 걸 잘 알고 있었기에, 늘 그렇듯이 솔직하게 대답했다.

"아니요, 솔직히 버터 만드는 헤티 소렐을 보러 간 겁니다. 예쁘잖아요. 완벽한 헤베 여신 같아요. 제가 만약 화가라면 그녀와 같은 여자를 그리고 싶었을 겁니다. 농사짓는 남자들은 참 형편없는 사람들인데, 농부의 딸 중에 그렇게 예쁜 아가씨가 있다는 게 참 놀랍지요. 건강하고 혈색 좋은 평범한 얼굴이야 가끔 남자들에게서도 볼 수 있기는 하죠. 뺨은 다 비슷해도 얼굴에 특징이 없단 말이에요. 마틴 포이저네 가족도 그렇잖아요. 그런데 상상할 수 없을 만큼 매혹적인 외모를 가진 여인이 그 집안의 식구라니."

"흠, 자네가 예술적인 견지에서 헤티를 생각하는 거라면 반대하지 않겠네. 하지만 그 아이의 허영심을 부추긴다거나, 그 아이에게 '내가 최고의 미인이다. 나의 매력으로 지체 높은 신사들을 얼마든지 사로잡을 수 있다.' 뭐 이런 생각을 심어줘서는 안 되네. 그러면 가난한 남자의 아내가 될 그 아이의 인생을 자네가 망치는 꼴이 되는 거야. 이를테면 정직한 크레이그 같은 사람 말일세. 나는 크레이그가 그 아이를 애절하고 부드러운 눈빛으로 쳐다본다는 걸 알고 있거든. 고 작은 계집아이는 벌써부터 허영심에 들떠 있어서 장래의 남편감을 아주 비참하게 만들 소지가 충분히 있단 말이야. 조용히 잘 살던 남자가 미인과 결혼하게 되면 인생이 시끄러워지는 법이지. 결혼 얘기가 나왔으니 하는 말이네만, 아담도 부친이 세상을 뜨셨으니, 이제 그만 정착했으면 좋겠구먼. 그 친구는 결혼해서도 어머니를 모시고 살아갈 참인가 봐. 아담이 메리 버즈하고 사이가 좋던데…… 언젠가 조나단 노인하고 이야기 하다가 알게 된 거라네. 그런데 아담은 내가 그 이야기만 하면 불편한 심기를 드러내면서 꼭 화제를 다른 데로 돌린단 말이야. 물론 연애가 쉬운 건 아니지만서두. 아니면 자기 처지가 안정될 때까지 결혼을 미루려는 것일지도 몰라. 그 친구는 장정 두 사람 몫이라도 너끈히 해낼 정도로 독립심이 강한 남자지. 만약 아담에게 굳이 어떤 탈이 있다면 자긍심이 너무 커서 문제긴 하지만."

"그거 참 잘 어울리는 한 쌍이 되겠군요. 아담이 버즈네 가족이 되면 건축 사업을 훌륭히 해낼 거예요. 제가 아담 대신 결혼을 주선해봐야겠어요. 그 친구가 우리 마을에 정착해서 잘사는 모습을 꼭 보고 싶네요. 그러면 내가 그 친구를 필요로 할 때, 언제든지 나의 오른팔이 되어 줄 수 있을 테니까요. 우리 둘은 함께 계획을 세워서 많은 보수공사와 개수공사를 할 수 있을 거예요. 그런데 메리 버즈라는 아가씨는 잘 모르겠네요. 한 번도 본 적이 없어서요."

"그럼 다음 일요일에 교회에서 한번 보게나. 항상 독서대 왼쪽에 자기 아버지와 함께 자리를 잡고 앉아 있으니까. 자네, 헤티 소렐만 너무 쳐다봐선 안 돼. 아무리 탐나는 강아지가 있어도 살 형편이 안 된다고 판단되면 아예 눈길을 주지 않는 게 좋아. 비록 그 녀석이 아무리 마음을 사로잡고, 사랑스럽게 쳐다봐도 주머니 사정 때문에 못 사게 되면 마음이 무겁고 불쾌해져 버리니까. 나는 그런 점에서는 내가 지혜롭다고 자랑하고 싶네. 아서, 자네에게는 이 늙은이의 지혜가 별거 아닐지 모르지만, 한마디 충고하는 거라네."

"감사합니다. 목사님의 충고가 언젠간 제게 큰 도움이 될 겁니다. 하지만 지금은 그 충고가 아예 귀에 들어오지 않네요. 이런! 강이 다 넘치고 있어요. 좀 빨리 달려야겠어요. 이제 곧 언덕배기예요."

말을 타고 가면서 대화를 나눈다는 건 여러모로 편리한 일이다. 말을 천천히 몰 수도 있고 빨리 몰 수도 있을 뿐 아니라, 말안장에 앉아서 소크라테스처럼 마냥 사색에 잠기지도 않을 테니까. 그들 사이에 더 이상 대화가 필요 없어질 때쯤, 말발굽은 벌써 아담의 오두막 뒷길로 접어들고 있었다.

10

다이나, 리즈베스를 위로하다

　5시가 되자 리즈베스는 손에 큰 열쇠 하나를 들고 아래층으로 내려왔다. 열쇠는 남편의 시신을 모셔놓은 방 열쇠였다. 그녀는 하루 동안 내내, 불쑥불쑥 복받치는 슬픔에 통곡하면서도, 시종일관 경건하고 엄숙하게 죽은 남편에 대한 예를 갖추려고 쉴 새 없이 움직이고 있었다. 바로 이런 중대한 순간에 쓰려고 그동안 그 많은 리넨 천을 간직해 왔나 보다. 그녀는 하얗게 손질해둔 리넨 천을 꺼냈다. 몇 년 전 여름에 리즈베스는 티아스에게 리넨 천이 어디 있는지 알려주었다. 그때 그녀는 티아스에게 자기가 두 살이나 더 많으니, 혹시 먼저 죽게 되면 리넨 천을 수의로 써달라고 부탁했었던 것이다. 그렇게 말했던 것이 바로 엊그제 일 같았다. 천을 꺼낸 후 그녀는 이 숙연한 방에 있는 모든 물건을 다 치웠다. 티끌 하나 없이 깨끗해진 방에서는 일상생활의 흔적이라고는 찾아볼 수 없었다. 얼마 전까지만 해도 이 방은 창문으로 서리 같은 하얀 달빛이 가득 들어왔었고, 사람들이 일에 지쳐 잠이라도 들면 창문으로 따스한 여름 햇살이 들어와 동이 트는 걸 알려주었다. 하지만 지금은 이 창문에 곱고 새하얀 천이 드리워져 있어서 방은 어두컴컴하기만 했다. 이렇게 말끔하게 치워야만 서까래 지붕의 보잘것없는 집에서도 회반죽 칠한 지붕집 못지않게 시신을 성스럽게 모실 수 있었다. 리즈베스는 침대둘레에 드리운 체크무늬 커튼을 수선해 놓았다. 오랫동안 신경 쓰지도 못한 데다가 눈여겨보지 않고 내버려두어서 헤어졌던 부분이 군데군데 있었다.

지금 이 순간은 가만히 누워 있는 남편에게 그녀가 할 수 있는 최소한의 존중과 사랑을 보여주는 아주 귀한 시간이었다. 그녀는 죽은 사람에게도 얼마간의 의식이 있을 것이라 생각했다. 죽은 이들은 우리의 머릿속에서 사라져버릴 때까지는 결코 완전히 죽은 것이 아니었기 때문이다. 우리는 살아생전에 죽은 사람들에게 상처를 주거나 고통을 주었을지도 모른다. 하지만 죽은 사람들도 우리가 그런 것들을 후회하고 있다는 것, 그들의 빈자리에 우리 마음이 찢어질 듯 아프다는 것을 다 알고 있을 것 같았다. 아무리 하찮을지라도 고인의 체취가 남아 있는 유품에 온갖 입맞춤을 쏟아 붓는 것을 죽은 사람들도 다 알고 있을 것 같았다. 나이가 많은 농가의 아낙들은 죽은 사람들에게도 의식이 있다는 것을 그 누구보다도 굳게 믿고 살았다. 예를 갖춘 엄숙한 장례는 리즈베스가 절약하며 살아온 수년 동안 자신의 장례식을 염두에 두고 생각해 온 것이었다.

장례식에서 그녀는 자기의 시신이 묘지로 운반될 때 남편과 아들들이 그 뒤를 따르리라 막연히 기대했었다. 그런데 바로 지금 그녀의 눈앞에서 하얀 가시나무 아래에 티아스가 엄숙하게 땅에 묻히는 모습이 아른거렸고, 그녀는 생전 처음 가장 훌륭한 일을 해내는 듯한 기분이 들었다. 그녀는 언젠가 꿈속에서 이곳에 묻히는 꿈을 꾸었다. 나무 아래에 놓여 있는 관 속에 자신이 누워 있고, 그 위로 내내 따사로운 햇빛이 비추는 꿈. 어느 일요일 날, 아담이 태어나 산후 감사 예배를 드리러 교회에 갔을 적에 활짝 핀 가시나무 꽃이 유난히 짙은 향기를 내어 그윽한 풍경을 만들어 주던 꿈이었다.

이제 리즈베스는 고인을 모셔둔 방에서 오늘 할 수 있는 일을 모두 끝마쳤다. 그녀의 두 아들이 관을 들어 옮겨 주었지만, 그 외의 모든

일은 그녀 혼자의 힘으로 치러내었다. 마을 사람들이 도와주겠다고
했지만 모두 거절했다. 특히, 이웃 아낙네들을 별로 좋아하지 않았
다. 그녀와 친하게 지내는 버즈네 늙은 가정부인 돌리가 티아스의
부고를 듣자마자 아침 일찍 달려와 그녀를 위로해 주었지만, 돌리는
눈이 침침해서 그다지 큰 도움이 되지 못했다.

리즈베스는 문을 잠근 후 손에 열쇠를 쥐고서는 거실 한가운데에
있는 안락의자에 지친 모습으로 풀썩 주저앉았다. 평소에 그녀는 이
의자에 앉는 법이 별로 없었다. 그러나 이날만큼은 부엌에 신경 쓸
겨를이 없었다. 부엌바닥은 사람들이 진흙투성이 신발로 걸어다녀
서 지저분해졌고, 아무 곳에나 벗어둔 옷가지들과 잡동사니들로 어
수선해졌다. 다른 때였다면 깔끔하고 정리정돈 잘하는 리즈베스의
성격상 못 견뎌 했겠지만 오늘은 집 안의 난잡한 광경에도 아무런
신경이 쓰이지 않았다. 남편이 슬프게 생을 마감한 이 마당에 부엌
이 아무렇지도 않게 잘 정돈되어 있을 리가 없었다.

아담은 밤새도록 힘든 일을 해서 피곤한데다가, 아버지의 죽음에
대한 슬픔으로 완전히 기진맥진하여 작업장의 긴 의자에 앉은 채로
깜박 잠이 들어 버렸다. 세스는 한사코 음식을 마다하며 아무것도
입에 대지 않으려는 어머니에게 차 한 잔을 드리려고 부엌 저 뒤편
에서 불쏘시개를 만들어 물을 끓일 준비를 했다.

리즈베스는 텅 빈 부엌에 들어와 안락의자에 앉아서, 멍한 눈으로
주위를 둘러보았다. 먼지가 쌓이고 어수선한 부엌이 화창하게 비치
는 오후 햇살로 인해 더욱 우울하게 보였다. 이렇게 어지럽혀져 있
는 광경은 슬픔으로 어찌할 바를 모르는 그녀의 마음을 그대로 반영
하는 것 같았다. 갑작스럽게 슬픈 일을 당하면 맨 먼저 그렇게 혼란
스러운 마음이 생기는 법이다. 이를테면 이런 것이다. 불쌍한 영혼
이 거대한 도시의 폐허 속에 잠들어 있다가 불길한 기분이 들어서
깜짝 놀라 깨어나, 죽음의 날이 점점 다가오고 있는 줄도 모르고, 끝

없이 황량한 광경이 왜, 어디에서 왔는지도 모르고, 혹은 왜 자신이 그 한가운데에서 쓸쓸하게 버려져 있는지를 몰라서 어리둥절해 하는 마음과 마찬가지다.

또 한편 리즈베스에게 처음 떠오른 생각은 '아담은 어디 있지?'라는 질문이었을 수도 있다. 갑작스런 남편의 죽음으로 이렇게 힘들 때, 그녀가 가장 먼저 떠올린 것은 26년 전의 사랑했던 남편이었다. 우리가 유년시절에 겪었던 슬픔을 금방금방 잊어버리듯이, 그녀도 남편의 잘못들은 깡그리 잊어버리고 다만 젊었던 시절에 보여주었던 남편의 자상함과, 나이 든 후에 보여준 그의 인내심만 생각날 뿐이었다. 세스가 들어와 이리저리 어질러진 물건들을 치우고 작고 둥근 탁자를 깨끗이 닦았다. 그리고 그 위에 차를 올려놓자, 그제야 그녀의 두 눈은 멍하니 두리번거리던 것을 멈췄다.

"너, 뭐 하고 있니?"

그녀가 약간 퉁명스럽게 말했다.

"어머니, 차 한잔이라도 드세요."

세스가 부드럽게 대답했다.

"차를 마시면 기분이 좀 나아지실 거예요. 그리고 여기 있는 것들을 좀 치우면 집 안이 조금이나마 편안해질까 해서요."

"편안하다고! 지금 그런 말이 나오니? 그냥 놔둬라, 놔둬. 그런다고 마음이 편안해지겠니?"

입을 열자 눈물이 왈칵 쏟아졌다. 그녀는 계속 말했다.

"이제 불쌍한 너희 아버지는 세상을 뜨셨다. 나는 30년 동안 네 아버지를 위해 빨래하고, 다림질하고, 음식도 해드렸단다. 내가 하는 일이라면 뭐든 다 마음에 들어 하셨지. 게다가 네 아버지는 손재주도 좋았고, 내가 아프거나 어린아이들 때문에 꼼짝할 수 없을 때는, 참 많이 도와주셨어. 파싯(뜨거운 우유에 포도주·설탕·향료 따위를 탄 음료. 옛날에는 감기약으로 마셨다.)을 만들어 위층으로 갖다주기도 했었어.

192

한 번은 내가 네 이모가 보고 싶다고 했더니, 무거운 너를 안고 5마일이나 걸어서 나와 함께 이모한테 간 적도 있었지. 워슨 웨이크까지 가는 동안 단 한 마디 불평도 없으셨단다. 그 이듬해 크리스마스 때 네 이모가 세상을 떠났지만 말이야. 그런데 우리가 결혼해서 집에 오는 길에 함께 건넜던 바로 그 강에서 그렇게 가실 줄이야. 접시하고 그릇 올려놓으라고 선반을 만들어 주면서 그걸 얼마나 자랑스럽게 내게 보여줬는데…… 흑……. 내가 좋아할 거라 생각한 거지. 네 아버지가 물에 빠진 그 순간에도 나는 침대에서 잠만 쿨쿨 자고 있었으니. 아무런 걱정도 없이 말이야. 아! 내가 이런 끔찍한 일을 겪게 될 줄이야. 네 아버지랑 내가 젊었을 때, 그러니까 결혼했을 때만 해도 이렇게 한 사람이 먼저 세상을 떠날 거라고는 생각도 못 했단다. 그냥 놔둬. 나를 내버려 둬! 차 같은 건 마시고 싶지도 않아. 안 먹고 안 마셔도 이렇게 멀쩡하잖아. 다리 한쪽 끝에서 누가 넘어졌는데, 저 건너편에 있는 사람이 손놓고 멍하니 서 있었다면 그 사람을 어디 쓸모 있는 인간이라 하겠니? 나도 죽었으면 좋겠다. 아이구…… 영감. 나도 데려가요. 혹시 당신도 그걸 원하는 건 아닌지…… 흑흑……."

입에서 신음소리가 터지자 리즈베스는 말을 제대로 잇지 못하고, 의자에 앉은 채 앞뒤로 몸을 흔들며 오열했다. 어머니 앞에서 늘 소심했던 세스는 자신이 아무런 힘이 되지 못한다는 것을 알아차렸다. 그리고 어머니를 아무리 설득하고 위로해도 소용없다는 기분이 들어서 이내 의기소침해졌다. 그는 어머니의 격한 슬픔이 가라앉을 때까지 부엌 뒤편 화롯가로 가서, 아침부터 널어둔 아버지의 옷가지를 개어 놓았다. 그리고는 어머니를 더 이상 자극하지 않으려고, 어머니가 계신 주변에서는 움직이는 것도 조심조심했다.

리즈베스는 한동안 오열하다가 갑자기 울음을 뚝 그치고 큰소리로 혼잣말을 하였다.

"참, 아담한테 가 봐야겠다. 우리 아들이 어디 있는지 생각이 안 나네. 더 어두워지기 전에 같이 위층에 한번 가봤으면 좋겠는데…… 어두워지면, 이 양반 몸이 녹아내리는 눈처럼 하얗게 보일지도 몰라."

이 말을 들은 세스는 다시 부엌으로 들어가서, 그의 어머니가 의자에서 일어서는 걸 보고 이렇게 말했다.

"형은 작업장에서 잠들었어요. 어머니, 깨우지 않는 게 좋겠어요. 너무 과로해서 지쳐 있어요."

"아담을 깨워? 누가 깨운다고 했니? 그냥 보기만 할 거야. 두 시간이 넘도록 네 형을 못 봤거든. 아버지가 안고 다니던 꼬마인 줄만 알았더니 어느새 훌쩍 커버린 걸 모르고 있었어."

아담은 간이 의자에 앉아 작업장 한가운데 있는 긴 작업대에 어깨를 올려놓고 팔베개를 한 채 머리를 기대고 자고 있었다. 슬픔에 젖고 피곤에 지쳐서 그대로 잠깐 쉬려고 의자에 앉았던 게 그만 깜박 잠들어 버린 모양이었다. 어제부터 세수를 하지 못해서 얼굴은 해쓱하고 눈물로 얼룩져 있었다. 머리는 덥수룩하게 이마를 덮고 있었고, 감고 있는 두 눈은 슬픔의 날을 지새우느라 움푹 들어간 것 같았다. 미간은 찌푸리고 있었다. 그의 얼굴은 전체적으로 고통스럽고 피곤한 표정이 역력했다.

아담을 따라다니던 짚은 분명 불안해하고 있었다. 웅크리고 앉아서 주인의 쭉 뻗은 다리 위에 코를 들이밀고 힘없이 처진 손을 핥다가 혹시 인기척이 나는가 하고 문 쪽을 쳐다보기도 했다. 가여운 짚은 배도 고프고 잠도 못 잤을 텐데 주인 곁을 떠나지 않고 이런 상황이 바뀌기만 초조하게 기다렸다. 물론 이건 짚의 입장에서 생각해본 것이다. 리즈베스는 작업장에 들어와서 아담을 깨우지 않으려고 살금살금 숨소리도 죽여 가며 아담에게 다가갔으나, 뜻대로 되지 않았다. 짚이 그녀를 보고 너무 반가운 나머지 짧게 컹 짖는 바람에 아담이 번쩍 눈을 뜨고 앞에 서 있는 어머니를 보게 된 것이다. 그 모습은 꿈에서 본 모습과 별반 다르지 않았다. 열이 나서 헛소리를 하고 새벽부터 겪었던 일들이 모두 꿈이 아니라 생시에 일어났던 것 같았다. 그의 어머니는 꿈속에서조차 계속 짜증스럽게 비탄하고 있었다. 현실과 꿈의 큰 차이가 있다면 꿈에 헤티가 몸소 나타났다는 것이다. 꿈속에서 헤티는 마치 여배우처럼 아담에게 다가오려고 했지만 이상하게도 아무것도 할 수 없는 상황을 연출하고 있었다. 심지어 헤티가 윌로우 부르크까지 와서 아담의 집에 들어오려고 하자 어머니는 그냥 화만 내시는 것이었다. 아담은 트레들스톤에 있는 검시관에게 다녀오면서 비를 맞아서 옷이 온통 다 젖어버렸다. 이렇게 젖어버린 멋진 양복을 입고 헤티를 맞이하러 나갔다. 그러나 헤티가 어디든지 다가오기만 하면 어김없이 어머니가 헤티를 따라가 화를 내고 계셨다. 그래서인지 잠에서 깬 아담은 눈앞에 서 있는 어머니를 보고도 전혀 놀라지 않았다.

"흑흑…… 아담…… 아담…… 아이고……."

리즈베스는 곧바로 눈물을 쏟았다. 다시 울부짖고 싶은 심정이 들었다. 뜻밖의 이별로 모든 상황이 달라졌다. 이 사실을 받아들이기가 힘들었는지 아담의 어머니는 통곡하며 또다시 비탄에 빠졌다.

"아들아, 이제는 너를 괴롭히고 짐만 안겨주는 이 어미밖에는 없구나. 불쌍한 네 아버지는 너를 더 이상 괴롭히지 않겠구나. 휴……. 나는 이제 어떡하니. 아무에게도 쓸모가 없으니 나도 네 아버지를 뒤따라가고 싶다. 빨리 갈수록 네가 더 편할 텐데. 옷이 낡아서 못 입게 되면 다른 옷을 수선할 때 헝겊 조각으로나 쓰지, 그걸 어디다 쓰겠니. 너도 아내를 얻어서 옷을 수선해 입고, 밥도 제대로 먹을 수 있게 되면 이 어미보다 네 아내를 훨씬 좋게 생각할 거다. 그렇게 되면 이 어미는 벽난로 구석에나 앉아 있는 골칫덩어리가 되겠지."

아담은 몸을 움츠리고 거북하게 움직였다. 무엇보다도 어머니가 헤티 말씀을 하실까 두려워서였다.

"네 아버지가 살아계신다면, 네 어미가 그 꼴로 있는 걸 보고만 계시지는 않았을 거다. 가위는 짝 하나가 없어지면 다른 한 짝으로는 못쓰는 것처럼, 네 아버지도 나 없이는 아무것도 못하셨지. 암, 우리 두 사람이 함께 이 세상을 떠났어야 했어. 그랬으면 이 꼴 저 꼴 볼 필요 없이 네 아버지하고 한 무덤에 묻히는 건데 말이야."

여기까지 말한 다음 리즈베스는 말을 잠시 중단했다. 아담은 고통스런 표정을 짓고 침묵하고 있었다. 오늘은 어머니께 좋은 말만 하고 다른 말을 해서는 안 되기 때문이었다. 하지만 어머니의 이런 한탄을 듣자 짜증이 날 수밖에 없었다. 상처 입은 개가 주인의 마음은 안중에도 없이 신음소리를 내는 것처럼 리즈베스는 자신의 한탄이 아담에게 얼마나 심적으로 부담이 되는지 알지 못했다. 불평만 하는 다른 모든 여자들처럼, 어머니는 아담에게 위안을 받을 생각만으로 탄식했다. 아담이 아무 반응이 없자, 어머니는 그 즉시 더욱 서럽게 우는 소리를 내며 푸념을 했다.

"너는 내가 없어도 아무렇지 않겠구나. 네 마음대로 가고 싶은 곳에도 가고 마음에 드는 사람하고 결혼도 하겠지. 네가 결혼하겠다고 데려오는 사람이 있으면 반대는 않으련다. 절대 트집도 안 잡을 거야. 사람은 늙으면 아무짝에도 쓸모가 없어. 밥 한 술만 얻어먹어도 그게 어딘데, 내가 감히 잔소리를 하겠냐. 네가 좋아하는 여자라면 빈손으로 시집와서 흥청망청 쓰다가 살림을 거덜 낸다고 해도 아무 말 안 할 거야. 네 아들만 낳아준다면 말이야. 네 아버지도 돌아가신 이 마당에 나 같은 늙은이가 무슨 힘이 있겠니. 이빨 빠진 칼자루나 마찬가지지."

아담은, 더 이상 참고 들을 수 없어서 말없이 의자에서 일어나 작업장을 빠져나가 부엌으로 걸어갔다. 리즈베스도 아담의 뒤를 따라 나왔다.

"그럼 너 이층에 가서 아버지 얼굴이라도 좀 봐드려라. 내가 준비는 다 해놨다. 아들이 와서 들여다보면 아버지도 좋아하실 거야. 아버지는 네가 조금이라도 따뜻하게 대해주면 항상 기뻐하셨잖니."

아담은 곧바로 몸을 돌려 대답했다.

"예, 어머니. 이층으로 올라가요. 세스, 너도 같이 가자."

그들 모두가 이층으로 올라갔다. 한 5분 동안 모두가 말이 없었다. 그리고 다시 열쇠를 잠그고 나오자 계단에서 발소리가 들렸다. 그러나 아담은 침대에 가서 쉬려고 아래층으로 내려가지 않았다. 그는 너무 지치고, 어머니의 비탄에 잠긴 푸념에 질려버려 더 이상 듣고 싶지 않았던 것이다. 리즈베스는 부엌에 들어가 의자에 앉자마자 앞치마를 머리 위로 뒤집어쓰고 몸을 흔들며 이전처럼 대성통곡하기 시작했다. 세스는 생각했다. '이제 차차 진정되시겠지. 어머니 말씀대로 아버지를 봐드렸으니까.' 그리고 세스는 다시 부엌으로 들어가, 사그라져가는 불씨도 살리고 곧 차를 끓여 어머니께 드려야겠다고 생각했다.

리즈베스가 5분 동안 몸부림치며 통곡하다가 점점 진정되어 가고 있을 때, 갑자기 그녀는 양손을 부드럽게 감싸주는 어떤 손길을 느꼈다. 그리고 듣기 좋은 또렷한 음성이 들렸다.

"사랑하는 자매님, 하느님께서 자매님을 위로하라고 저를 보내셨습니다."

리즈베스는 뒤집어쓴 앞치마를 벗지 않고 듣는 자세로 울음을 그쳤다. 들려온 목소리는 생전 들어보지 못한 목소리였다. 이미 오래전에 세상을 떠났던 언니의 혼령이 자기에게 찾아온 것인가 하는 착각이 들었다. 무서워서 누구인지 쳐다볼 엄두가 나지 않았다.

놀란 리즈베스가 울음을 그치자 다이나는 슬픔에 젖은 여인을 좀 진정시켰다는 생각에 아무 말 없이 모자를 벗고 세스에게 조용히 몸짓을 했다. 세스는 다이나의 목소리를 듣자마자 두근거리는 가슴을 안고 다가왔다. 그는 어머니에게 다가가 한 손을 의자 위에 올리며 몸을 기댔다. 그리고 어머니께 아주 다정한 사람이 찾아왔음을 알려 주었다.

리즈베스는 천천히 앞치마를 벗고, 겁에 질린 흐릿한 눈을 조심스럽게 떴다. 맨 처음 그녀의 눈에는 아무것도 보이지 않고 얼굴만 보였다. 그 얼굴은 사랑스런 푸른 눈동자에 순수하고 창백한 얼굴이었다. 그러나 전혀 낯선 얼굴이었다. 이 얼굴이 혹시 천사가 아닌가 싶어 리즈베스는 더욱더 놀랐다. 바로 그 순간, 리즈베스의 손 위에 다이나가 다시 손을 올렸고, 세스의 어머니는 그 손을 물끄러미 내려다보았다. 다이나의 손은 자기 손보다 작았으나 하얗지도 않고 섬세하지도 않았다. 다이나는 평생 장갑을 손에 껴본 적이 없었고, 어릴 때부터 지금까지 일만 해왔다. 잠시 리즈베스는 진지하게 그 손을 보더니, 다이나의 얼굴에서 눈을 떼지 않고 뚫어지게 쳐다보았다. 그리고 어디에서 용기가 솟아났는지, 갑자기 깜짝 놀란 음성으로 말했다.

"이런, 손을 보니 평생 일만 했나 보네."

"네, 맞아요. 고향에서는 방적공장에서 일했습니다. 저는 다이나 모리스입니다."

"그랬구나!"

리즈베스는 아직도 놀라움이 가시지 않아 의아해하면서 천천히 말했다.

"아가씨가 벽에 드리운 그림자처럼 사뿐히 와서 내 귀에 속삭이는 소리를 듣고 혼령인 줄 알았지 뭐야. 아담의 새 성경책에 나오는 그림하고 아가씨 얼굴이 어쩜 그리 똑같은지. 무덤 위에 요정이 앉아 있는데 거기 나오는 얼굴인 줄 알았다니까."

"저는 방금 홀 팜에서 왔습니다. 포이저 부인을 아시죠? 그분이 저의 이모랍니다. 아주머니께서 슬픈 일을 당하셨단 소식을 듣고 이모님도 무척 슬퍼하셨어요. 그래서 도와드리려고 왔답니다. 저는 세스와 아담 형제를 잘 알아요. 이 댁에 딸이 없다는 것도 알고요. 하느님께서 아주머니의 마음에 얼마나 큰 고통을 주셨는지는 어윈 목사님이 말씀해 주셨습니다. 그 말씀을 듣고 이런 생각이 들었어요. 허락해 주신다면, 이렇게 힘들 때 저라도 찾아와 딸 노릇이라도 해드려야겠다구요."

"아, 이제 보니 누군지 알겠네. 저기 세스하고 같은 감리교인이시구면. 세스가 아가씨 이야기 많이 합디다."

놀랄 일이 아니란 걸 깨닫고 나니, 다시금 설움이 북받쳐 올라오는지, 리즈베스는 울음 섞인 말투로 말했다.

"아가씨도 세스처럼 고생하는 것이 좋은 일이라고 생각하지? 그래도 나한테는 아무 소용없어요. 그런 말로 이런 고통이 없어지는 건 아니니까. 설령 내 남편이 죽을 운명이었다고 해도, 아가씨는 그 사람이 집 밖에서 떠난 걸 다행으로 생각하라고 말할 순 없겠지. 목사님이 그 사람을 위해 기도해준다고 아픈 내 마음이 달래지겠어요? 살아생전 내가 화가 나서 쏘아붙였던 말들도 잊고, 음식을 조금만 준 것도 잊어달라고 죽은 사람에게 애원해 봤자 무슨 소용이겠냐구요. 흑흑……. 그렇게 가까운 내 남편이 차가운 물에 빠져 죽는 것도 모르고 나는 잠만 자고 있었다니 기가 막힌 일 아니겠소? 나는 아이들 아버지랑 아무 상관없는 사람이 돼버렸어. 집도 절도 없는 떠돌이도 그렇게까지 모른 척하지는 않았을 텐데. 하물며 내 남편을…… 흑흑……."

이런 말을 쏟아내고 보니 설움이 다시 북받쳐 오는지 그녀는 오열하기 시작했다. 그러자 다이나가 위로했다.

"그래요, 사랑하는 교우님. 고초가 참 크셨겠네요. 고통을 참으라고 말씀드리면 저를 냉정한 사람으로 생각하시겠죠? 주님께서는 아주머니의 슬픔을 덜어드리라고 하지 않고, 오히려 함께 슬퍼하라고 하셨어요. 만약 아주머니께서 친구들과 축제를 열기 위해 잔칫상을 차린다면, 사람들 틈에서 저도 같이 즐겼으면 하고 생각하실 거예요. 제가 즐거울 때만 함께 있는 걸 좋아할 거라 생각하시죠? 아니에요. 저는 고통의 순간과 힘든 순간에 함께 있는 걸 더욱 기쁘게 생각합니다. 그런데 이런 뜻을 거절하시면 제가 얼마나 서운하겠습니까. 아주머니, 설마 저한테 나가라고 하지는 않으시겠죠? 여기 왜 왔느냐고 노여워하지도 않으실 거죠?"

"아니에요, 아니에요. 노여워하다니! 무슨 그런 말을……. 정말 잘 왔어요. 세스, 차 한잔 대접하지 않고 뭐 하는 거냐? 나한테는 생각 없다고 해도 막 갖다주더니만 정작 대접해야 할 사람한테는 왜 가만히 있는 거야. 어서, 의자에 앉아요. 앉으래두. 이렇게 와 주어서 정말 고마워요. 뭐 좋을 게 있다고 나 같은 늙은이 때문에 질퍽질퍽한 들판을 걸어와요……. 나는 딸이 없어도 섭섭하지 않아요. 계집아이들은 그냥 불쌍한 애물단지일 뿐이에요. 그런 생각에 나는 항상 아들만 바랐어요. 아들들은 최소한 자기 밥벌이는 하니까요. 또 장가 가면 딸자식 같은 며느리들이 생길 텐데 뭘……. 참, 지금은 아가씨가 직접 차를 끓여 마셔요. 오늘 같은 날, 나는 도무지 입맛이 없어서 모든 게 귀찮고 싫네. 한 가지 마셔야 한다면 쓰디쓴 슬픔이면 모를까."

다이나는 이미 차를 마셨다는 것을 내색하지 않고 리즈베스의 권유를 곧장 받아들였다. 그래야만 하루종일 힘든 일만 하고 아무것도 먹지 못한 노부인에게 음식과 마실 것을 마음대로 권할 수 있었기 때문이었다. 세스는 다이나가 자기 집에 있다는 것이 너무 기뻐서, 그녀가 여기 있다는 것만으로도 그칠 새 없는 슬픔과 비탄에서 어머니를 구해 주는 것만 같았다. 그러나 그는 곧 그런 자신을 나무랐다. 아버지가 돌아가신 마당에 이렇게 좋아만 하고 있는 자신이 부끄러웠다. 그럼에도 불구하고 다이나와 함께 있다는 사실에 좋아할 수밖에 없었다. 그건 마치 아무리 저항해도 이겨낼 수 없는 날씨와도 같은 것이었다. 세스의 얼굴에 좋아하는 표정이 역력하게 떠올라 차를 마시는 어머니가 눈치 챌 정도였다.

"세스, 너는 이 슬픈 상황에 무슨 신나는 일이 생긴 것처럼 잘도 지껄이는구나, 뭐가 그렇게 즐거우냐? 꼭 요람 속에 있는 아기처럼 뭐가 힘든지, 뭐가 고통스러운지 하나도 모르고 있는 것 같아. 눈뜨고 있어도 잠자고 있는 것같이 말이야. 아담은 일단 잠에서 깨면 한 번도 눈을 붙인 적이 없어. 너는 어째 빻아서 쓸 수도 없는 한 자루 곡식 같으냔 말이다. 사실, 네 아버지도 너 같은 사람이긴 했다. 어쩜 그렇게 표정까지 똑같은지……. (이때 리즈베스는 다이나에게 몸을 돌리며 말했다.) 지금 저 감리교인 아가씨가 와서 그런 모양인데, 그것 때문이라면 더 이상 트집 잡지 않을란다. 그렇게 안절부절못할 거 없다. 죄송스럽다는 표정도 지을 필요 없다. 참 나, 감리교인들은 슬픈 일이 생길수록 더 좋아하는 것 같더라. 힘든 일도 싫은 일도 거절하지 않고 다 맡아야 하니 참 안됐구나. 나도 힘들고 귀찮은 일들을 원 없이 할 수 있다면 좋겠구나. 나도 네 아버지랑 살 때는 아침부터 저녁까지 애도 많이 태우고 고생도 실컷 했다만, 이제 돌아가시고 나니, 그때 그 일들이 아무리 고생스럽더라도 다시 한 번만 해봤으면 좋겠구나."

"네, 그러실 거예요."

다이나는 리즈베스의 신경을 건드리지 않으려고 조심스럽게 대답했다. 다이나는 하느님의 뜻에 의지하면서 가능한 행동이나 말을 최소로 줄여서, 리즈베스의 마음을 예민하게 눈치 채는 여성 특유의 빈틈없는 재치로 꼭 필요한 말만 했다.

"그래요, 저도 기억이 나요. 제가 좋아했던 이모님이 돌아가시고 나니, 조용하셨을 때보다 밤이 되면 유난히 심하셨던 기침소리가 더 그립더라구요. 어머님, 차도 드시고 무엇이라도 좀더 드세요."

"그랬어요?"

리즈베스는 컵을 들며 퉁명스런 음성으로 대꾸했다.

"아가씨는 부모님도 안 계신데, 이모가 돌아가셨다고 그렇게 서럽고 슬펐어?"

"네, 저는 부모님 얼굴도 몰라요. 이모님이 저를 아기 때부터 키워주셨거든요. 이모님은 결혼을 하지 않으셔서 자녀가 없었어요. 그래서 저를 친자식처럼 돌보고 길러주셨어요."

"음, 아기 때부터 길러 주셨다니, 참으로 훌륭한 분이었네. 여자혼자 힘으로 남의 자식을 기른다는 게 보통 힘든 일은 아니었을 텐데……. 떠돌이 양을 기르는 것처럼 말이야. 내가 보기에는 아가씨도 참 착한 사람인 것 같아. 평생 화를 낸 적도 없지? 그런데 그 이모가 돌아가시고 난 다음에는 어떻게 살았어요? 포이저 부인도 아가씨의 이모인데 왜 이 마을에 와서 살지 않은 거지?"

다이나는 리즈베스의 관심을 끌게 되자, 어릴 때부터 자기가 어떻게 살아왔는지를 이야기해 주었다. 얼마나 많은 일들을 열심히 해왔는지, 스노필드가 어떤 고장인지, 거기서 얼마나 많은 사람들이 심한 고생을 하고 사는지, 리즈베스가 관심을 가질 만한 모든 일들을 자세히 말해 주었다. 리즈베스는 이야기를 경청하느라 짜증을 내는 것도 잊어버리고 어느새 다이나의 얼굴을 쳐다보고 또 그녀의 목소리를 들으며 위로받고 있었다. 얼마 후 다이나는 리즈베스에게서 부엌을 치워도 좋다는 허락을 받고서 청소를 했다. 집안을 말끔히 정돈하여 차분한 분위기로 바꿔 놓은 후, 리즈베스 곁에서 기도를 하면 그녀도 함께 기도하고 싶어할 것이라고 믿었던 것이다. 그러는 동안, 세스는 다이나가 어머니와 단둘이 있고 싶어한다고 짐작하고 밖에 나가서 장작을 쪼개고 있었다.

리즈베스는 다이나가 조용하고 빠른 솜씨로 부엌을 치우는 것을 구경하더니 마침내 입을 열었다.

"아가씨는 부엌을 어떻게 관리해야 하는지 잘 아는 것 같구면. 꼭 내 며느리 삼았으면 좋겠네. 아가씨라면 아들이 벌어온 품삯을 사치스런 옷에다 쓰지 않을 것이고 낭비도 하지 않을 것 같아. 이 지역에 사는 보통처녀들 같지 않네. 스노필드에 사는 사람들은 여기 사람들하고 다른 모양이지?"

리즈베스의 말에 다이나가 대답했다.

"사람들은 모두가 다르게 생활해요. 저마다 다른 일들을 하거든요. 제재소에서 일하는 사람도 있는데, 대부분은 탄갱이나 혹은 주위에 있는 마을에서 일을 하며 지낸답니다. 하지만 어딜 가나 사람들의 마음은[91] 다 똑같아요. 여기나 저기나 세상사에만 관심 있는 사람도 있고, 빛을 따르는 사람들도[92] 있지요. 여기보다는 스노필드에 감리교인들이 훨씬 더 많습니다."

"그런데 나는, 감리교를 믿는 여자들 중에 아가씨 같은 사람이 있는 줄 몰랐구만. 윌 매스커리 부인이 있는데 사람들이 그러더라구. 그 부인같이 감리교인이 거드름 피우는 꼴을 보면 기분이 나빠져서 차라리 두꺼비를 보는 게 낫다구. 그건 그렇구, 오늘 우리 집에서 자고 갔으면 좋겠는데…… 내일 아침에 아가씨 얼굴을 보면 안심이 될 것 같아서 말이야. 아 참, 포이저 씨 댁에서 아가씨를 찾을지도 모르겠네."

다이나가 대답했다.

"아네요, 그렇지는 않을 거예요. 아주머니께서 좋으시다면 여기에 더 있을게요."

"그래, 그럼…… 방이 하나 남아 있긴 한데. 부엌 저 안쪽 위층에 있는 조그만 방에 내 침대가 있는데, 내 옆에서 자요. 아가씬 말이 잘 통해서 말이야. 우리 밤새도록 얘기하면서 자자구. 아가씨 말을

---

91) 잠언, 12:25. 마음에 근심이 있으면 절망에 빠지지만, 격려의 말은 그를 다시 일으킨다.
92) 누가복음, 16:8. 주인이 그 불의한 일꾼이 슬기롭게 행동하는 것을 보고 그를 칭찬하였다. 이 시대의 아이들이 자기 일을 처리하는 데 있어서는 빛의 자녀들보다 더 슬기롭다.

들으면 어떤 느낌이 드는 줄 알아? 작년에 처마지붕 아래로 제비들이 날아와서 아침이 되니까 부드럽고 조용히 지저귀더라구. 그 소리를 처음 들었을 때 느낀 기분이랄까? 그랬어. 아이들 아버지도 새들이라면 아주 좋아했었지. 아담도 그랬고. 한데 올해는 제비들이 날아오지 않더라구. 그 새들도 죽었나 봐."

다이나가 말했다

"여기 좀 봐주세요. 부엌을 깨끗이 치웠어요. 오늘 저녁부터 제가 아주머니의 딸이 되어 드릴게요. 괜찮으시죠? 그럼…… 어머님을 세수시켜 드리고 깨끗한 모자도 씌어드리고 싶은데요. 하느님께서 다윗의 어린 자식을 데려갔을 때 그가 어떻게 했는지 기억나세요? 아이가 죽지 않았을 때는 자식을 살려달라고 기도하며, 금식하고 물한 모금 마시지 않고 밤새도록 땅 위에 엎드려 하느님께 빌었어요. 그러나 자식이 죽었다는 것을 안 순간, 땅에서 일어나 목욕을 하고 몸에 성유를 바르고 옷을 갈아입고 음식을 먹기 시작했어요. 사람들이 애가 죽었는데 어떻게 슬퍼하지 않을 수 있느냐고 물었더니, 다윗이 이렇게 말했어요. '아이가 살아 있을 때, 나는 아무것도 먹지 않고 기도만 했어요. 혹시 하느님이 그런 나에게 자비를 베풀어 그 애를 살려주실지도 모르니까요. 하지만 아이가 죽어버렸으니 내가 금식을 해야 할 이유가 없잖아요. 내가 그런다고 아이가 다시 살아나는 것도 아니고. 나는 머지않아 그 애 곁으로 가겠지만, 그 애는 나에게 다시 돌아오지 않을 거예요.' 라구요."[93]

그 말을 듣고 리즈베스가 말했다.

"응, 듣고 보니 그 말이 맞네. 그렇지, 우리 집 양반도 다시는 살아오지 않겠지. 내가 그 양반한테 가면 모를까. 그게 빠르면 빠를수록 더 좋을 텐데 말이야. 그럼 하고 싶은 일을 하렴. 서랍에 모자가 깨끗한 게 하나 있을 거야. 나는 부엌 저 안쪽에 가서 세수나 하고 올

---

93) 사무엘 하, 12:15~23. 여호와께서는 다윗 왕과 우리아의 아내였던 밧세바와의 사이에서 낳은 아들에게 큰 병을 주셨습니다.

게. 그리고 세스, 아담이 갖고 있던 그림이 있는 새 성경책 좀 가져오너라. 저 아이가 우리한테 성경을 읽어 줄 거야. 그래, 나도 그 말이 마음에 든다. '머지않아 나는 그 사람한테 가겠지만, 그 사람은 나에게 다시 돌아오지 않을 것이다.'"

다이나와 세스는 리즈베스가 영적으로 한결 평온해진 모습을 보고 마음속으로 감사의 기도를 드렸다. 이것이 다이나가 직접 말로 권유하지 않았으나 말없이 공감해준 모든 감정을 통하여 갈구하던 바였다. 어린 소녀였을 때부터 지금까지 다이나는 아픈 사람들과 신음하는 사람들, 무지와 가난으로 마음이 닫히거나 무력해진 사람들과 살아오면서 많은 일을 겪었다.

그런 다양한 경험으로 다이나는 섬세하고 인정 많은 마음을 갖게 되었다. 이 마음가짐 때문에 사람들은 다이나에게 가장 감동하고 자기들의 마음을 열어 영적인 위안이나 훈계를 들으려고 했다. 다이나가 역설한 것처럼, 리즈베스는 절대로 혼자 있으려 하지 않았다. 언제 입을 다물어야 할지 또 언제 말을 해야 할지는 항상 리즈베스에게 달려 있었다.

우리는 문득 떠오른 생각과 고귀한 욕구를 모두 다 '영감'이라고 하지는 않는다. 마음속으로 깊이 생각을 해 본 후에야 비로소 다이나처럼 말할 것이다. '가장 드높은 생각과 훌륭한 태도는 우리 자신에게 달려 있다.'라고 말이다.

그날 밤 조그마한 부엌에서 간절한 기도가 있었고 믿음, 사랑, 희망의 기도가 쏟아졌다. 가엾고, 늙고, 짜증 부리던 리즈베스는 기도 중에 나온 말들이 무엇인지 확실히 알지도 못했고 종교적인 감동을 받지도 않았다.

하지만 사랑, 선, 그리고 이 세상의 모든 슬픈 인생의 이면이나 혹은 그 너머에 있는 어떤 올바른 것을 막연하게나마 느낄 수 있었다. 리즈베스는 슬픔이 무엇인지 이해할 수 없었다. 그러나 이 순간만큼은 다이나의 영적인 영향에 감화되어 그저 인내하고 가만히 있는 것이 좋을 거라고 느꼈다.

11

오두막집에서

다음날 새벽 4시 반, 다이나는 잠에서 깨어났다. 밖에서는 새소리가 들렸고 지붕 아래 다락방에는 작은 창문으로 햇살이 비추고 있었다. 다이나는 밝아오는 새벽빛을 보며 누워 있다가, 리즈베스가 깨지 않도록 조용히 일어나 옷을 입기 시작했다. 집안에서는 벌써 인기척이 났다. 누군가 일어나서 개를 앞세우고 계단을 내려가는 소리였다. 짚과 함께인 것으로 보아, 아담이란 것을 짐작할 수 있었다. 그러나 다이나는 그 사람이 세스일 거라고 생각했다. 아담이 간밤에 일하느라 잠을 못 잤다고 세스가 말해주었기 때문이었다.

세스는 방금 문이 열리는 소리에 잠을 깼다. 세스는 다이나가 예기치 않게 자기 집에 찾아와 주어서 몹시 기뻤지만, 그것만으로 몸의 피곤함이 덜어지지는 않았다. 왜냐하면 그는 평소처럼 힘든 일을 한 것은 아니었지만 대신 잠이 오지 않아서 몇 시간 동안 뒤치락거리다가 겨우 잠이 들었던 것이다. 그래서인지 나중에는 평소보다 더 깊이 잠들어, 아침이 되어서도 일찍 일어나지 못했다. 오히려 더 몸이 무겁고 피곤했다.

반면, 아담은 잠을 푹 잤기 때문에 기분이 상쾌했다. 늦게까지 늦잠 자는 습관이 없어서 그런지, 강한 의지력과 당당한 힘으로 슬픔을 억누르고 새로운 아침을 시작할 준비를 하고 있었다. 골짜기에는 희뿌연 아지랑이가 피어올랐다. 아지랑이는 하루가 맑고 따뜻할 것이라는 징조였기에, 아담은 아침만 먹으면 곧바로 다시 일을 시작하리라 결심했다.

"사람이 일을 할 수만 있다면 무엇인들 못 견디겠어."

아담은 혼잣말을 했다.

"인생은 변화무쌍하지만 사물의 본질은 변하지 않는다. 4를 제곱하면 16이다. 몸무게에 비례할 만큼 너의 힘을 키우라. 슬플 때가 있으면 행복할 때도 있는 법! 최고로 일을 잘하려면 너의 운명과 상관없는 일들도 잘 파악하고 있어야 한다."

아담은 머리와 얼굴에 찬물을 끼얹고 나자 완전히 정신이 맑아진 듯했다. 평소처럼 새까만 눈동자는 예리하게 빛났으며, 머리에 끼얹은 잔잔한 물방울로 숱이 많은 검은 머리카락이 반짝거렸다. 그러고 나서 아버지의 관을 만들 재목을 보려고 작업장으로 들어갔다. 세스와 함께 조나단 버즈의 목공소로 재목을 가져가서, 인부 한 사람과 함께 관을 만들려고 마음먹었다. 그러면 어머니는 집에서 관을 짜는 슬픈 작업을 보지 않아도 되고, 만드는 소리도 듣지 않게 될 것이다.

아담은 작업장에 들어서자마자 소리를 죽이고 가볍게 걷는 걸음소리를 들었다. 아담은 귀가 예민해 작은 소리도 잘 들었다. 어머니의 발걸음 소리는 분명히 아니었다. 간밤에 다이나가 들어올 때 아담은 침대에서 깊은 잠을 자고 있었기 때문에 걸어오는 사람이 누구인지 알 수 없었다. 그는 어리석은 생각이 떠올라 이상하게 흥분되었다. 혹시 헤티일지도 몰라! 하지만 헤티가 자기 집에 올 리 만무했다. 아담은 헤티가 아니면 누구일까 하는 생각을 했지만 직접 가서 확인하고 싶지는 않았다. 들고 있던 널빤지에 기대어 서서 귀에 들려오는 소리를 듣고 그저 상상만 해보았다. 소리의 주인공을 상상하자 아담의 강인하고 날카로운 얼굴은 기분이 좋아서인지 멋쩍은 듯한 표정으로 부드러워졌다. 부엌을 돌아보는 가벼운 발소리가 나더니, 빗자루로 청소하는 소리가 들렸다. 마치 가을 낙엽을 날리는 가벼운 미풍처럼 가만가만 소리 나지 않게 먼지가 수북한 길바닥을 빗자루로 쓸고 있었다. 아담은 보조개가 움푹 들어간 헤티의 얼굴을 상상해 보았다. 까맣고 반짝이는 눈동자와 미소 띤 붉은 입술로 빗자루를 따라 뒤를 돌아보는 모습을, 그리고 성숙한 몸매로 빗자루를 들고 몸을 숙이는 모양을 떠올려 보았다. 정말이지 허황된 생각이었다. 헤티일 리가 없었다. 이런 어리석은 생각을 떨쳐버리려면 소리의 주인공이 누구인지 직접 확인해야만 했다. 소리만 듣고 있으니 그의 환상은 점점 더 헤티라고 믿게끔 만들었다. 참다못해 그는 널빤지를 놔두고 부엌문으로 다가갔다.

"안녕하세요, 아담 비드?"

다이나가 청소하다 말고 온화하고 차분한 눈으로 아담을 쳐다보며 조용하고 맑은 음성으로 말했다.

"푹 주무셨으니 이제 좀 기운이 나시죠? 그래야 오늘처럼 무더운 날에 힘든 일을 견뎌낼 수 있잖아요."[94]

아담은 해가 떠 있는 대낮에 꿈을 꾸는 것처럼, 달빛이 비치는 밤에 깨어 있는 것처럼, 꿈인지 생시인지 분간이 되지 않았다. 아담은 다이나를 몇 번 보기는 했으나, 그것은 항상 홀 팜에서였다. 그 댁에 가면 오로지 헤티만 의식했을 뿐 다른 여자들은 전혀 안중에도 없었다. 한 이틀 전에야 비로소 세스가 다이나를 사랑하는 건 아닌가 의심하기 시작했다. 그의 머릿속에는 늘 동생만 있었기 때문에 더더욱 다이나가 눈에 보이지 않았던 것이다. 그러나 다이나의 호리호리한 몸매, 너무나 평범한 검은 가운, 창백하면서도 평온한 얼굴을 보자 아담은 충격을 받았다. 지금까지 자신이 상상했던 다이나의 모습과는 정반대였던 것이다. 처음 얼마 동안 아담은 아무 말도 못 했다.

---

94) 마태복음, 20:12. "저 사람들은 겨우 한 시간밖에 일하지 않았는데, 하루종일 뙤약볕 아래서 수고한 우리들과 똑같이 취급하는군요."

갑자기 눈앞에 나타난 그녀에게 정신이 팔려서 넋 나간 시선으로 멍하니 쳐다보기만 하였다.

다이나도 난생처음 가슴이 두근거리는 수줍음을 느꼈다. 아담은 온화하고 얌전한 동생 세스와는 전혀 달랐다. 강인하고 남성적이고, 검은 눈동자로 사람을 꿰뚫어 보는 시선에는 알 수 없는 무언가가 들어 있었다. 다이나의 얼굴이 살짝 붉어졌다. 자신이 왜 이러는지 의아해할수록 그녀의 얼굴은 더욱 발갛게 물들었다. 발그레한 다이나의 얼굴을 보고 아담은 무아지경에서 번쩍 정신을 차렸다.

"아…… 깜짝 놀랐습니다. 저희 어머니를 위로하려고 이렇게 집에까지 와주시다니, 참 고맙습니다."

아담이 부드러운 어조로 말을 걸었다. 그는 다이나가 왜 여기 와있는지 금방 헤아릴 수 있었기 때문이다.

"어머니께서도 고맙다고 하시지요?"

아담은 어머니가 다이나를 어떻게 맞이했는지 궁금해 하면서 덧붙여 말했다.

"네."

다이나가 하던 일을 다시 시작하면서 대답했다.

"어머니께서는 시간이 좀 지나니까 많이 좋아지셨어요. 간밤에는 마음도 편안해지셨구요. 아까 방을 나올 때 보니까 푹 주무시고 계시더라구요."

"근데 저희 집 부고는 어떻게 받으셨어요?"

아담은 홀 팜에 있는 누군가가 머릿속에 떠올라, 혹시 그런 소식을 헤티가 들었다면 어떻게 느끼고 있을지 궁금해서 물어보았다.

"어윈 목사님께서 알려 주셨어요. 이모도 그 소식을 듣고 몹시 슬퍼하셨고, 어머님 걱정을 많이 하셨어요. 이모가 저한테 가보라고 하시더군요. 물론 이모부도 그 소식을 들었으면 마음 아파하실 텐데, 마침 어제 하루종일 로세터에 나가계셔서 아직 모르고 계실 겁니다. 집안 식구들 모두가 당신이 홀 팜에 언제 들를까 하며 기다리고 있답니다. 거기선 어느 누구보다도 당신과 제일 먼저 이야기하고 싶어해요."

다이나는 직관적으로 아담의 마음을 간파했다. 아담은 자신의 슬픔에 대하여 헤티가 무슨 말을 했는지 그것이 궁금했던 것이다. 다이나는 이런 아담의 마음을 잘 알고 있었다. 그래서 헤티를 좋게 말해주고 싶었지만, 아담의 소식을 듣고도 아무 반응이 없던 헤티를 어떻게 말해야 좋을지 다이나는 고심했다. 사랑이란 혼자서 숨바꼭질하는 어린아이처럼 의식적으로 그의 사랑을 위하여 속임수를 쓴다. 믿기지 않는 소식일지라도 사랑은 그것을 사실로 받아들이고 마냥 기뻐한다. 아담은 다이나가 전해준 말을 듣고, 몹시 기뻐서 다음에 꼭 홀 팜에 가봐야겠다는 생각으로 꽉 차 있었다. 그리고 헤티가 지금까지 자기에게 보여주었던 태도보다 더욱더 상냥하게 자기를 맞아줄 것이라고 상상했다.

"홀 팜에 더 이상 오래 머물지는 않으시죠?"

아담은 다이나에게 물었다.

"네, 토요일에는 스노필드로 가야 합니다. 거기로 가는 오크본 짐차를 타려면 트레들스톤으로 일찍 출발해야 될 거예요. 그러려면 오늘 밤에는 홀 팜으로 돌아가야죠. 마지막 밤은 저의 이모와 조카아이들과 함께 지내고 싶어요. 하지만 어머님께서 원하시면 오늘 하루 종일 여기 있으려고 해요. 어젯밤 어머니께서 저에게 마음을 열어주셨거든요."

"아아, 물론 그러실 겁니다. 틀림없이 오늘 같이 있어달라고 부탁하실 거예요. 어머니가 처음 만난 사람과 말을 잘한다는 것은 그 사람이 마음에 들었다는 뜻이에요. 이상하게도 어머니는 젊은 여자를 싫어하세요. 정말로요. 확실해요."

아담은 웃음을 띠며 계속 말했다.

"그렇다고 어머니가 당신까지 안 좋아하신다는 건 아니에요."

지금까지 짚은 꼼짝 않고 조용히 엉덩이를 땅에 대고 앉아 주인의 표정을 살폈다. 그리고 부엌 주변을 돌아보며 청소하고 있는 다이나를 보다가, 두 사람을 번갈아 쳐다보며 그들의 대화를 듣고 있었다. 아담이 미소를 지으며 말을 끝내는 모습을 보고 주인이 분명히 낯선 사람에게 호감을 가졌다고 생각한 모양인지, 다이나가 청소를 끝내고 빗자루를 치워놓자 주둥이를 들어 그녀의 손을 핥으며 친밀감을 나타내 보였다.

"저것 좀 보세요. 짚이 당신을 환영한다고 인사하네요."

아담이 말했다.

"저 녀석은 여간해서 낯선 사람을 반가워하지 않는데."

"아유, 가여운 우리 북슬개!"

덥수룩한 회색 빛 털을 쓰다듬어 주며 다이나가 말했다.

"말하고 싶어도 말 못 하는 짐승들을 보면 참 안쓰러워요. 걔들이 얼마나 답답하겠어요. 저는 개를 보면 왠지 미안한 마음이 들어요. 그럴 필요는 없는데도 말이죠. 개는 나름대로 사람을 이해시키는 방법을 알긴 하지만 마음속에는 뭔가 깊은 생각이 있는 것 같아요. 사람들도 온갖 말을 다하면서도 정작 하고 싶은 말은 절반도 못 하잖아요."

세스는 아래층으로 내려와서 아담과 다이나가 이야기하는 것을 보고 흐뭇해했다. 그는 다이나가 다른 모든 여자들보다 훨씬 훌륭하다는 것을 아담이 알아주기를 바랐다. 그러나 다이나와 아담의 대화는 거기까지가 끝이었다. 아담은 동생을 작업장으로 불러들여 아버지의 관에 대해 의논했고, 다이나는 청소를 계속했다.

아침 6시가 되자 그들은 그 어느 때보다도 깨끗하게 치워진 부엌에서 리즈베스와 함께 아침식사를 하기 위해 식탁에 모여 앉았다. 유리 창문과 방문을 모두 열어 놓아서인지 아침의 신선한 공기가 집안에 가득했다. 오두막집 옆의 조그마한 텃밭에서 자라고 있는 쑥, 백리향, 들장미의 향긋한 향내가 부엌 안으로 들어왔다. 처음에 다이나는 식탁에 앉지 않고 부엌에서 왔다갔다하며 따뜻한 죽과 구운 오트밀 빵을 식탁으로 가져다주었다. 다이나는 어머니가 평소에 아침 식사로 무엇을 드시는지 세스에게 미리 물어보았고, 식구들이 여느 때와 다름없이 먹을 수 있도록 죽과 빵을 준비했던 것이다. 리즈베스는 아래층에 내려온 뒤로 보통 때와 다르게 아무 말이 없었다. 그녀는 마치 모든 일들이 문제없이 진행되었다는 걸 알면서도 정말로 자신의 뜻대로 처리되었는지 재차 확인하려는 귀부인처럼 앉아 있었다. 새로운 분위기에 리즈베스는 슬픔도 잊어버린 모양이었다. 마침내 그녀는 오트밀 죽을 먹어보더니 입을 열었다.

"다이나, 이것보다 훨씬 맛없는 죽을 만들었어도 나는 괜찮았을 거다."

리즈베스가 다이나에게 말했다.

"죽이 내 입맛에 딱 맞아서 잘 넘어가는구나. 이보다 살짝 되직하게 끓였어도 좋았을 텐데. 내가 여기에 박하 잎하고 줄기를 넣는 걸 어떻게 알았지? 내 아들이라면 내가 요리해준 죽이랑 똑같이 끓여주는 사람들을 좋아할 거다. 만약 애들이 그런 여자를 만난다면 얼마나 좋을까. 다이나, 너는 어떻게 잠깐 보고도 내가 끓인 것하고 똑같이 끓일 수가 있니? 아침 일찍부터 일어나 가볍게 걸어다니면서, 급하게 치웠다는 게 믿기지 않을 만큼 집안도 깨끗하구……."

"어머니, 이게 급하게 치운거라구요?"

아담이 말했다.

"아니, 제가 보기에는 그전보다 훨씬 아름다워진 것 같은데요? 집이 왜 이렇게 좋아 보이는지 영문을 모르겠어요."

"모르겠다구? 그렇지, 네가 어찌 알겠니? 남자들이란 마룻바닥이 깨끗한지, 청소를 대충대충 했는지 도무지 모른단 말이야. 너는 죽이 다 타서 바닥에 눌어붙은 다음에야 그걸 알아차릴 거다. 나도 어쩌다 지나치게 끓이다 보면 죽이 눌어붙을 때가 있어. 네가 그런 걸 먹어봐야, 지금까지 이 어미가 얼마나 죽을 잘 끓였는지 알게 될 거다."

세스가 말했다.

"다이나, 이리 와서 자리에 앉아요. 아침식사를 해야죠. 우리는 벌써 다 먹었어요."

"그래, 이리 와서 앉아. 앉으라구. 어서."

리즈베스가 재촉했다.

"그리고 너도 뭘 좀 먹어야 하지 않겠니? 오늘 아침에 벌써 한 시간 반 동안이나 서서 일만 했어. 자, 이쪽으로 오렴."

다이나가 옆에 와서 앉자 리즈베스는 애정 어린 목소리로 트집 잡듯이 덧붙여 말했다.

"나는 다이나, 네가 여기 계속 있었으면 좋겠지만 그럴 수는 없겠지? 다른 누구보다 네가 있어주면 더없이 좋을 텐데."

"어머니께서 그렇게 생각하신다면, 오늘 저녁까지는 여기 있을게요."

다이나가 대답했다.

"제가 토요일에 스노필드로 떠나지 않아도 된다면 여기 좀더 있을 텐데, 사정이 그렇지 않네요. 그리고 내일은 이모네 식구들하고 함께 있어야 해요."

"참, 나 같으면 그런 곳에는 절대로 돌아가지 않겠구먼. 아이들 아버지는 아주 어릴 때 그쪽 스토니서에서 왔지. 물론 그때는 그럴 수밖에 없었어. 거기는 나무나 숲이 없어서 목수들이 먹고살 만한 동네는 아니었거든."

리즈베스의 말을 듣고 아담이 말했다.

"맞아요, 제가 어렸을 때 아버지께서 이사해야 할 경우가 생기면 꼭 남쪽 지방으로 가겠다고 하셨던 게 기억나요. 그게 정말인지 잘은 모르겠지만요. 바틀 메이시 씨가 말씀하신 걸 들은 적이 있어요. 그분은 남쪽 지방을 잘 아신다고 그랬어요. 남쪽 사람들보다 북쪽 사람들이 훨씬 잘생겼고, 머리도 좋고, 몸도 더 튼튼하고, 키도 상당히 크다고 하셨지요. 남쪽의 어떤 지방은 땅이 우리 손등처럼 평평해서 거기서 제일 큰 나무에 올라가서 봐야 거리가 얼마나 멀리 떨어져 있는지 알 수 있대요. 저는 그런 데서는 못살 것 같아요. 언덕에도 올라가고, 가까운 들판을 몇 마일이라도 돌아볼 수도 있고, 다리도 있고, 동네도 있고, 여기저기 뾰족탑도 있는 그런 곳에서 일하면서 살고 싶어요. 그런 데서는 세상이 얼마나 넓은지 실감할 수 있고, 우리들과 함께 머리를 맞대고 손을 써서 일할 사람도 있으니 얼마나 좋아요."

아담의 말에 이어 세스가 말했다.

"저는 구름이 머리 위로 떠다니고, 저 멀리 롬포오드의 길 너머로 쏟아지는 햇살을 마음껏 받을 수 있는 이 언덕이 너무 좋아요. 요즈음 저는 폭풍우가 몰아치는 날에도 자주 언덕을 올라가 봐요. 지상에서의 삶이 아무리 어둡고 먹구름이 끼어 있더라도 그곳만큼은 천국처럼 항상 기쁨과 햇빛이 가득 차 있는 것 같아요."

다이나가 말했다.

"사람들이 뭐라 해도, 저는 스토니셔 지방을 사랑해요. 가축과 곡식이 풍요롭고, 땅이 평평해서 걷기 편한 그런 마을보다는요, 불쌍한 사람들이 갖은 고생을 하는 그곳이 더 좋아요. 햇빛 구경 한번 제대로 못 하는 남자들이 탄광 속에서 일하며 살아야 하는 험한 산골에 가서 그들을 도와주며 살고 싶어요. 쓸쓸하고 추운 날, 언덕 위의 하늘에 검은 구름이 덮여 있을 때에도 마음속에 하느님의 사랑만 있다면 그들을 위로해 줄 수 있을 겁니다. 외롭고, 메마르고, 헐벗은 사람들을 찾아가 주님의 사랑을 전한다는 것은 정말 축복받을 일이죠."

리즈베스가 말했다.

"애야! 너는 참 마음씨 고운 말만 하는구나. 내가 꺾어놓은 아네모네 꽃들이 물 한 방울, 햇볕 한 번 쬐고는 며칠 동안 사는걸 보는 것처럼 아주 흐뭇하구나. 그런데 배고픈 이들이 굶주리는 곳이라면 네가 살기에도 어려운 마을일 것 같구나. 빵이 부족하면 먹을 사람이라도 적어야 하건만 그건 아닌 것 같고⋯⋯."

리즈베스는 아담을 쳐다보며 말을 계속했다.

"아담, 이제 너도 무덤 속에 있는 부모를 두고 생전 가보지 않았던 낯선 지방으로 북부든 남부든 어디든 가버릴 거라는 말은 다시 하지 않겠지. 일요일 날 교회에서 네 얼굴이 안 보이면 나는 무덤 속에서도 편안히 누워 있지 못할 거야."

아담은 이제 아침식사를 끝내고 자리에서 일어나며 말했다.

"염려 마세요, 어머니. 제가 떠나겠다고 마음먹었다면, 이미 여기 없었을 겁니다."

리즈베스가 말했다.

"왜? 뭐 하려구? 아버지 관을 만들려구?"

아담이 대답했다.

"아니에요, 어머니. 목재를 갖고 가서 마을에서 관을 짜려구요."

"아담, 안 돼. 안 돼!"

리즈베스가 갑자기 간절하고 애끓는 음성으로 소리 질렀다.

"너, 혹시 다른 사람한테 부탁하려는 거야? 너보다 관을 잘 짤 사람이 누가 있겠니. 네 아버지가 잘 만든 관이 어떤 건지 모르는 것도 아니고, 더구나 이 마을이나 트레들스톤의 모든 마을 중에서 네 솜씨가 제일 낫다는 것을 다 뻔히 아는 분인데 말이야."

"네, 어머니. 좋아요. 어머니 소원이 정 그러시다면 제 손으로 직접 집에서 관을 짤게요. 그런데 관 만드는 소리가 계속 들려도 어머니 마음이 편하실지 걱정돼서요."

"뭐…… 내가 왜 그 소리를 싫어하겠니. 소리가 나는 건 당연하지. 그런 일에 좋고 말고가 어디 있어. 아무리 불쾌하더라도 내가 해야 될 일이라면 꼭 해야 하는 거야. 아무리 입맛이 없어도 밥 한술이라도 먹는 것이 안 먹는 것보다는 낫단다. 오늘 아침, 다른 어떤 일보다도 제일 먼저 관 만드는 일부터 시작해라. 너 말고는 어느 누구도 아버지 관을 못 만들게 할 거야."

아담과 세스의 눈이 마주쳤다. 세스는 뭔가 곰곰이 생각하듯 다이나를 바라보다가 아담을 쳐다보고 있었다. 아담이 말했다.

"아니에요, 어머니. 만약에 꼭 집에서 관을 짜야 한다면 세스도 함께 거들어야죠. 그게 아니라면 어머니 말씀대로 하지 않을래요. 저는 오전 중에 버즈 씨를 만나러 마을에 가봐야 해요. 그동안 세스가 집에서 먼저 일을 시작하면 될 것 같아요. 그리고 제가 정오에 오면, 그때 세스가 일하러 가면 되잖아요."

리즈베스가 울음을 터뜨리기 시작하면서 우겨댔다.

"안 돼, 안 된다니까. 나는 꼭 네 손으로 아버지 관을 만들게 해야겠다고 마음먹었다. 너는 왜 그렇게 고집이 세고 건방지니. 어미가 바라는 건 하나도 들어준 적이 없어. 네 아버지 살아계실 때도 밤낮으로 아버지를 화나게 만들고. 이제는 아버지가 돌아가셨으니까 특히나 더 잘해드려야지. 아버지는 세스가 자기 관을 만들 거라고는 털끝만큼도 생각해본 적이 없으셨을 거다."

"이제 그만해, 아담 형. 어머니도 아무 말씀 마세요."

세스는 점잖게 말했으나 뭔가를 꾹 참고 말하는 토라진 목소리였다.

"어머니가 옳아. 차라리 내가 일하러 갈 테니 형은 어머니 말씀대로 해."

세스는 아담을 뒤따라 곧장 작업장에 들어갔다. 리즈베스는 옛날부터 해오던 버릇대로 아침에 먹은 그릇들을 씻기 시작했다. 다이나

에게 자기 일을 더 이상 시키지 않고 싶은 듯했다. 다이나는 아무 말
도 하지 않고 조용히 작업장에 있는 두 형제에게 올라가 보았다.

두 형제는 벌써 앞치마를 두르고 종이 모자를 쓰고 있었다. 아담은
왼손은 세스의 어깨 위에 올리고, 오른손은 망치를 들고서 어떤 판
자를 가리켰다. 아담과 세스는 함께 판자를 쳐다보고 있었다. 이때
다이나가 들어왔다. 하지만 그들은 문을 등지고 서 있어서 소리 없
이 들어온 다이나를 보지 못했다.

"세스 비드!"

다이나가 부르자 그 소리에 깜짝 놀라 두 사람은 몸을 획 하고 돌
아보았다. 다이나는 아담은 보이지 않는 것처럼 세스에게만 시선을
고정하고 조용하고 친절한 어조로 말했다.

"세스, 저 작별인사하러 온 거 아녜요. 일이 끝나면 다시 올게요.
그때쯤 저 좀 바래다줄래요? 그러면 날이 저물기 전에 홀 팜 농장에
도착할 수 있을 텐데요."

"고마워요, 다이나. 당신을 또 한 번 바래다 줄 수 있다면 저야 당
연히 좋죠. 하지만 이번이 마지막이겠지요?"

세스의 음성은 약간 떨렸다. 다이나는 손을 내밀고 대답했다.

"세스, 당신은 늙으신 어머께 다정하게 해드렸잖아요. 그 때문
에 오랫동안 고생도 했구요. 그러니 오늘은 당신의 마음에 감미로운
평화가 깃들길 바랍니다."

다이나는 아까 들어올 때처럼 조용히 그리고 재빨리 몸을 돌려 작
업장을 빠져나왔다. 아담은 내내 다이나를 주의 깊게 관찰했지만,
다이나는 아담을 조금도 쳐다보지 않았다. 다이나가 방을 나가자마
자, 아담이 말했다.

"세스, 네가 다이나를 사랑하는 게 아주 당연하다고 느껴져. 그 여
자의 얼굴은 백합같이 아름다워."

세스의 눈과 입술에 갑자기 생기가 돋아났다. 그는 아직까지 아담

에게 자기의 비밀을 털어놓은 적이 없었다. 세스는 말했다.

"그래, 에디. 나는 다이나를 사랑해, 아주 많이 사랑해. 그러나 그녀는 나를 사랑하지 않아. 그저 교우일 뿐이지, 다만 하느님의 자녀로서 그 안에서 사랑할 뿐이야. 그녀는 어떤 남자든 남편으로는 사랑하지 않을 것 같아, 나는 그럴 거라고 믿고 있어."

"그렇지 않아, 세스. 그렇게 말할 필요 없어. 낙담하지 마. 다이나는 본래 다른 여자들보다 훨씬 더 섬세한 심성을 가지고 있어. 나는 분명히 알 수 있었어. 이건 내 생각인데 말이지. 다이나가 다른 면에서도 다른 여자들보다 더 낫다면 사랑에 있어서도 마찬가지일 거야. 조금도 부족하지 않을 거라구."

세스는 더 이상 말을 하지 않고 마을로 일하러 나갔다. 그리고 아담은 관을 짜기 시작했다.

'주여 제 동생을 도와주소서. 그리고 저도 도와주소서.' 아담은 나무판자를 들어 올리면서 생각했다. '우리는 인생살이가 어렵다는 것을, 그것도 안팎으로 모두 힘들다는 걸 충분히 알고 있습니다. 이 세상에 한 남자로 태어나 무엇인들 못 하겠습니까. 50마일이나 되는 길이라도 이빨로 의자를 물고 끝까지 걸어갈 수 있습니다. 그런 남자가 이 세상의 모든 것 중에서 오직 한 여자의 눈빛에 벌벌 떨며, 온몸이 뜨거워졌다가 차디차게 식어졌다 하니 참으로 이상한 일입니다. 씨앗이 어떻게 해서 싹을 틔우는지 모르는 것처럼, 여자의 눈빛에 흔들리는 남자의 마음은 도저히 설명할 수 없으니 그저 신비스럽기만 합니다.'

12

숲 속에 있는 사랑의 길목에서

　같은 날 목요일 아침, 아서 도니손은 잠자리에서 일어나 옷 방을 서성이고 있었다. 그리고 영국신사의 용모를 갖춘 잘생긴 자기 얼굴을 고풍스런 거울에 찬찬히 비춰보았다. 아서는 어두운 올리브 그린색 벽걸이 융단 앞에 서 있었다. 융단에는 파라오의 딸과 그녀의 시녀들이 어린 모세를 살펴보고 있는[95] 문양이 짜여 있었다. 그는 하인이 검은 실크로 된 멜빵을 자신의 어깨에 걸어줄 때 무엇인가 깊이 고민하고 있었다. 마침내 고민을 행동으로 옮겨 분명하게 매듭짓겠다고 결심했다. 아서는 큰소리로 말했다.

　"이글데일로 가서 한 일주일 정도 낚시나 즐기며 지내야겠다. 핌, 낚시하러 가자. 아침에 출발할 거야. 11시 반까지는 떠날 채비를 마치도록 해."

　아서는 고민거리가 해결되자 낮은 휘파람 소리를 가장 큰 테너소리로 바꾸어 낭랑한 목소리로 노래 불렀다. 그가 서둘러 지나간 복도에는 그가 가장 좋아하는 《거지 오페라》 중 〈한 남자의 마음이 근심과 걱정으로 고통받을 때〉란 노래가 울려 퍼졌다. 아서의 노래는 영웅적인 선율은 아니었지만, 말을 준비시키라고 명령하기 위해 마

---

95) 출애굽기, 2:1~10. 이집트의 파라오 왕이 모든 이스라엘의 남자 아기들을 죽이라고 했다. 이를 모면하기 위해서 숨겨진 아기 모세이다. 파라오의 공주들이 갈대 밭 사이에서 모세를 발견하여 양자로 궁중에서 기른다. 노예들인 히브리사람의 자손으로 위험하게 성장했다.

구간을 향해 성큼성큼 걸어가는 자신의 모습이 매우 영웅적이라고 느끼고 있었다. 아서는 자기 자신에게 칭찬해줄 필요가 있었다. 그리고 그것은 꽤 만족스럽게 즐길 수 있는 것이었다. 하지만 그렇다고 아무런 근거 없이 칭찬할 수 없었다.

칭찬은 상당히 많은 장점들, 즉 미덕과 덕목들을 근거로 삼아야 얻을 수 있다. 그는 그러한 칭찬을 결코 놓칠 수 없었고, 자신의 덕목으로 보아 자기는 마땅히 칭찬받을 만한 사람이라고 자부하고 있었다.

아서만큼 자신의 결점을 기꺼이 털어놓는 젊은이는 이 세상에 없을 것이다. 아서는 정직을 가장 중요시 여겨야 할 덕목 중의 하나로 생각하고 있었다. 하지만 만약 그가 사람들 입에 오르내릴 만한 실수를 몇 번이라도 저지르지 않았다면, 어떻게 그의 정직함이 빛을 발할 수 있었을까? 아서는 자신이 저지르는 실수는 경미한 수준이라 모두 용납될 수 있는 것이라고 자인해 버렸다. 자기는 성급하고 열정적이며 사자처럼 용맹스러운 성품을 가지고 있어서, 비록 어쩔 수 없이 저지른 실수들은 조금 있다고 해도, 그것은 결코 교활하고 비열한 종류의 실수들이 아니다.

아서 도니손이 야비하거나 비열하고 잔인한 짓을 한다는 것은 상상도 못 할 일이었다. '아니다! 내 자신이 곤경에 처하게 되면, 나를 악마 같은 사람으로 생각하겠지만, 그럴 때마다 내 어깨에 지어진 짐은 항상 내가 책임져야만 한다.' 불행히도, 그런 곤경에 처했을 때 매번 권선징악의 법칙이 작용하는 것은 아니다. 아서가 큰소리로 소리 질렀던 자기의 소망에도 불구하고, 자신의 실수로 발생한 최악의 결과에 대해서는 아주 완강히 책임을 회피한 경우가 더러 있을 것이다. 아서가 자신이 아닌 다른 사람을 곤경에 빠뜨린 적이 있다면, 그건 당연히 있을 수 있는 아서의 이런 단점 때문이었을 것이다. 그에게서 좋은 품성을 빼버리고 나면 남는 것은 아무것도 없을 것이다.

아서는 먼 훗날 유산으로 이곳 영지를 물려받아 지주가 되어 돌아올 때의 자신의 모습을 미리 그려보았다. 소작인들이 번창할 수 있고 흡족한 삶을 살아가도록 베풀어주면, 그들은 자신들의 새로운 대지주로 자기를 떠받들며 살아 갈 것이다. 그리고 그 대지주는 영국 신사의 표본이 될 것이다. 자기는 최대한의 품위 있고 고귀한 취향을 갖춘 최고급의 대저택에 살면서 즐거운 가정생활을 영위하고, 롬셔 주에서 가장 우수한 품종의 종마를 가지고, 모든 공식적인 목적을 위하여 기꺼이 지갑을 털어서 돈을 기부할 것이다.

간단히 말해, 그때쯤이면 현재 도니손의 이름과 관계되는 모든 상황들이 확 달라질 것이라고 생각했다. 아서가 앞으로 실행하고 싶은 일들 중 제일 먼저 하고 싶은 일은 헤이슬롭의 목사관에 사는 가족들을 위하여 어윈 목사의 수입을 늘리는 조치이다. 그래서 어윈이 어머니와 여동생을 위해 계속 마차를 소유할 수 있도록 하는 것이었다. 이 교구목사에 대한 아서의 진심 어린 애정은 그가 성직자복과 바지를 입고 복사(천주교회나 성공회에서 미사를 지낼 때 사제를 도와 시중드는 사람) 노릇을 하던 어린 소년시절로 거슬러 올라간다. 목사를 향한 아서의 애정은 반은 효심이요, 반은 우정에서 나온 것이라 할 수 있다. 아서의 남다른 우정은 다른 젊은 남자들보다도 어윈이 자기의 친구가 되기를 훨씬 더 좋아했고, 어윈에게 야단을 맞으면 효심 때문에 심하게 움츠러들 정도였다.

독자들은 아서 도니손을 '좋은 사람'이라고 인식할 것이다. 그의 대학 친구들 모두가 그렇게 생각했다. 그는 어떤 사람이든지 힘들어 고생하는 것을 보면 못 견뎌했고, 어떤 사람이 할아버지에게 손해를 끼쳐 매우 화가 나도, 도리어 그 사람에게 미안하다고 말할 줄 아는 사람이었다. 아서가 남녀를 불문하고 누구한테나 보여주는 이런 부드러운 심성 덕택으로 톡톡히 이득을 얻고 있는 사람은 바로 그의 이모 리디아였다. 아직까지 아서에게 반감을 품은 사람은 아무도 없기에, 그가 언제까지 자기 뜻대로 누구에게나 항상 좋게 대해주고,

해도 끼치지 않으며, 순수하게 자비를 베풀지는 아직은 미지수이다. 하지만 독자들이 명심해야 할 일은 그가 겨우 스물한 살 밖에 안 됐다는 사실이다.

그렇지만 그 자신이 저지른 무수히 많은 잘못에 대해 보상을 다해 주고도 남을 정도로 엄청난 재산을 소유하게 될 관대하고 잘생긴 청년의 성품에 관해서는 시시콜콜하게 캐묻지 말도록 하자. 만약 운 나쁘게도 마차를 급히 몰다 어떤 사람의 다리를 부러뜨렸다 하더라도 아서는 그 사람에게 후한 보상금을 지불할 능력이 있는 사람이다. 혹은 한 여인의 생계를 망쳐놓았다 하더라도 아서는 비싼 사탕을 손수 포장해서 전달하며 그녀의 마음을 보듬어 줄 줄 아는 사람이었다. 이렇게 높은 사회적 위치에서 살고 있는 아서의 성품에 대해 이것저것 들추어내고 분석하는 것은 신앙심이 두터운 정직한 성직자의 품성을 조사하는 것같이 우스꽝스러운 일이 될 것이다. 우리는 출생신분이 좋고 재산이 많은 젊은 남성에게 솔직하고 관대하며 신사답다는 수식어를 사용하기 쉽다.

여인들은 특유의 뛰어난 직감으로 이런 조건을 가진 아서를 보면, 그가 '좋은 사람' 이란 것을 금방 알게 된다. 그러나 인생을 살면서 아서가 단 한 번이라도 어떤 사람과 추문을 뿌리지 않을 거라고 확신할 수는 없다. 그것은 마치 아무리 항해를 잘하는 배라고 해도 보험에 드는 것을 마다할 사람이 아무도 없는 것과 마찬가지다. 빈틈없이 만들어진 배가 잔잔한 물에서 항해할 때는 아무런 하자를 발견하지 못한다 하더라도, 보이지 않고 예기치 않았던 사소한 결함이 드러나기라도 한다면 그 배는 엄청난 재난을 당하게 된다. '좋은 사람' 이라도 뜻밖에 어떤 난관에 부딪치면, 우리의 기대를 저버리고 좋지 못한 일을 저지르기 쉽다.

오늘 아침 아서는 양심에 따라 행동하겠다는 신중한 결심을 했다. 그런 아서를 일부러 불안한 눈으로 볼 필요는 없다. 다만 한 가지 분명한 것은, 아서가 자신에 대해 철저히 만족하고 안심할 때, 자연은 그를 반드시 옳은 길로 인도한다는 점이다. 혹시 아서가 선악의 경계선을 넘어 죄를 저지르게 된다면 극심한 비난을 받아 영원히 시달리겠지만, 그는 절대로 그 경계선을 넘어서지 않을 것이다. 그는 악의 신하가 되지 않을 것이고, 단춧구멍에라도 악의 꽃을 꽂지 않을 것이다.

시간은 오전 10시쯤 되었고, 태양이 밝게 빛나고 있었다. 어제 내린 비 때문인지, 모든 것이 여느 때보다 사랑스러워 보였다. 이런 날 자갈이 아름답게 깔려 있는 마구간으로 가는 길은 잠시 소풍 나온 것처럼 굉장히 상쾌하고 기분 좋은 일이다. 마구간에서 풍기는 자연 그대로의 냄새는 보통 남자의 인생에 위로가 되는 여러 가지 중의 하나이지만, 그럼에도 불구하고 항상 코를 찌르는 듯이 역겨웠다.

마구간만큼은 아서 마음대로 하지 못했다. 아서의 할아버지는 천하제일의 구두쇠처럼 마구간 운영에는 거의 돈을 쓰지 않았다. 뿐만 아니라 지렛대로도 꿈적하지 않을 만큼 오랜 습관에 찌들려 있는 늙은 얼간이를 말 사육의 책임자로 계속 고용하겠다고 고집 부렸다. 게다가 그 얼간이는 척박한 롬셔 주의 젊은 녀석들을 연거푸 자신의 부하로 고용했다. 그 중 한 녀석은 새로 장만한 가위가 잘 드는지 시험해본다며 아서의 적갈색 암말의 털을 타원형의 반점모양으로 싹둑 깎아버리기도 했다. 마구간의 이런 모든 상황을 생각만 해도 아서는 속이 상했다.

집안에서의 불편한 일은 견딜 수 있었지만, 마구간에서는 성가시고 짜증이 나는 일들이 하도 많이 발생해서 아서 역시 그 사람을 미워할 수밖에 없었다. 누구든지 피와 살을 가진 사람이라면 모두 참을 수 없었을 것이다.

아서가 마구간의 앞마당에 들어서자마자, 처음으로 마주친 것은 늙은 존의 깊게 주름진 얼빠진 얼굴이었다. 마구간을 지키고 있는 두 마리의 블러드하운드 개들이 짖어대는 소리도 적잖이 그의 신경을 건드렸다. 아서는 그 늙은 바보인 마구간지기에게 무슨 말이라도 하지 않고는 도무지 참을 수 없었다.

"11시 반까지 멕에게 안장을 올려서 문 앞으로 데리고 나와야 하네. 그리고 핌이 탈 래틀러도 안장을 올려서 같이 데리고 오게나. 알아듣겠나?"

"아, 예, 알겠습니다. 대위님."

늙은 존은 젊은 주인을 따라 마구간 안으로 들어서며 매우 조심스럽게 대답했다. 이 늙은 하인은 젊은 주인을 본능적으로 적대시했고, 세상을 짊어지고 가기에는 이런 젊은이들은 너무나 형편없다고 생각했다.

아서는 멕을 어루만져 주려고 마구간 안으로 들어섰다. 하지만 식전 아침부터 기분 상하는 게 싫어서 가능한 한 마구간을 쳐다보지 않으려고 했다. 아름다운 말 '멕'은 아서가 마구간 안에서 보고 싶은 것들 중 하나였다. 말은 주인이 곁으로 다가오자 유순하게 머리를 주인 쪽으로 돌렸다. 마구간에는 스패니얼 종의 작은 애완견이 있었는데 이름이 '리틀 트롯'이었다. 리틀 트롯은 이 마구간에서 멕하고 떨어질 수 없을 만큼 절친한 친구인지라, 이 애완견은 멕의 등 위에서 몸을 웅크리며 편안히 누워 있었다.

"멕! 오, 우리 예쁜 녀석."

아서가 그 말의 목을 쓰다듬으며 말했다.

"조금 있다가 신나게 산책을 하자."

"주인님, 멕하고 산책하는 건 좀 어려울 것 같은데요."

"뭐라구? 아니 그게 무슨 소리야?"

"저기, 멕이 좀 절룩거립니다요."

"절룩거린다고? 자네가 잘못 알았겠지! 대체 무슨 소리야?"

"아니, 저 녀석이 멕을 달튼의 말들 너무 가까이에 데려갔지 뭡니까요. 말 한 마리가 멕에게 달려들어 앞다리 근처의 정강이에 멍이 들었습니다."

약아빠진 마구간지기는 입을 다물고 정확히 어떤 일이 벌어졌는지 말해주지 않았다. 아서는 멕의 다리를 자세히 살펴보면서 욕설을 내뱉었지만 대부분은 그가 다친 말을 달래느라 '워, 워.' 하는 소리에 묻혀버렸다. 젊은 주인에게 신경질적인 욕설을 듣는 존은 정교하게 잘 조각된 돌능금나무 지팡이처럼 만감이 교차하는 듯이 그 옆에 서 있었다. 그리고 아서 도니손은 조금 전 노래를 흥얼거리며 들어서던 것과는 전혀 다른 기분으로 유원지의 철문을 나섰다.

그는 매우 실망했고 잔뜩 화가 났다. 자신과 하인이 타고 갈 수 있는 말이라고는 마구간에 멕과 래틀러밖에 없었다. 1주일 혹은 2주일 정도 이곳을 떠나 있으려고 했던 아서에게 이런 사고는 정말 짜증이 나는 일이었다. 주변 상황을 이런 식으로 꼬이게 만든 신에게 비난을 퍼부을 만도 해 보였다. 같은 연대에 있는 동료들은 윈저에서 한껏 즐거운 시간들을 보내고 있을 때, 자신은 팔이 부러진 채 체이스에서 감금되다시피 지내야 하다니. 양피지로 된 부동산 양도증서에 대한 애착심 못지않게 아서에게도 똑같은 애착심을 갖고 있는 할아버지 곁에서 쥐죽은 듯 지내야 한다니! 게다가 할아버지가 집과 영지들을 운영하는 방식들이 하나하나 모두 다 마음에 들지 않아 지긋지긋했던 터였다. 이 같은 상황에서는 누구든 기분이 언짢아지기 마련이다. 그는 뭔가 도가 지나친 일을 저질러 자신의 분노를 발산하려 했다. '살켈드가 이런 상황이라면 매일 포트와인을 한 병씩 들이마셨을 텐데 말이야.' 아서는 혼자서 중얼거렸다. '하지만 나는 그런 짓을 하기에는 너무 어리지. 이글데일에 못 가게 된 바에야, 래틀러나 몰고 놀번으로 가서 가웨인과 점심식사나 해야겠군.'

이와 같이 확고한 결심을 하게 된 건, 그 뒤에 숨겨진 이유가 하나 더 있었다. 아서가 가웨인과 점심식사를 하고 잡담을 나누며 꾸물거리면 체이스 숲 속에 5시까지는 돌아올 수 없다. 5시쯤이면 헤티는 가정부 방에서 시간을 보내느라 아서의 눈에 띄지 않을 것이다. 혹은 헤티가 집으로 돌아가 버릴 수도 있다. 또 그 시간이면 저녁식사를 마치고 난 뒤라서 느긋하게 게으름피고 있을 터이니 절대로 헤티와 마주치지 않을 것이었다. 설사 자기가 그 귀여운 아가씨에게 작은 친절을 베풀어준다 해도 그것은 정말 아무런 해가 되지 않을 것이다.

헤티를 30분 동안 바라보는 것은 무도회장에서 12명의 미인들과 춤을 추는 것과 다름없는 일이다. 하지만 아서는 그녀에게 더 이상의 호의를 베풀어서는 안 된다는 것을 잘 알고 있었다. 어윈이 충고한 대로, 헤티가 머릿속으로 엉뚱한 기대를 할지도 모르기 때문이다. 아서는 소녀들이 한없이 부드럽지도 않고 쉽사리 상처받지도 않을 거라 생각하면서도, 사실은 소녀들이 자신보다 두 배는 더 냉정하고 교활하다는 것을 알고 있었다. 헤티의 경우, 정말로 어떤 난처한 일이 발생했을지라도 그건 아무 문젯거리도 안 되겠지만, 아서 도니손은 자신에게 한 스스로의 약속을 틀림없이 지키리라 맹세했다.

내리쬐는 정오의 햇빛을 받으며 그는 놀번을 향해 빠르게 달렸다. 다행스럽게도 거기까지 가는 도중에 한셀 광장이 있어서 래틀러를 타고 달리기에 딱 좋았다. 악마를 몰아내는 액막이를 하려면 여러 군데의 도랑과 수풀들을 '가로질러 달리는 것'만큼 더 좋은 것도 없다. 이런 식으로 미친 듯이 신나게 달리는 데 어마어마한 강점을 지닌 켄타우루스(신화에 나오는 반인 반마(半人半馬)의 괴물)들이 역사상 그렇게도 악평을 받는다는 것은 정말 놀라울 따름이다. 하지만 아서는 가웨인이 집에 있었음에도 불구하고 뜰 안에 있는 시계가 3시를 치자마자 그 집 대문을 나왔다. 그리고 서둘러 집으로 돌아와 헐떡이는 래틀러 위에서 내려 점심을 먹으러 집 안으로 들어섰다. 앞서의 정황으로 봤을 때, 아서의 이런 행동에 독자들은 놀랐을지도 모른다. 하지만 우연한 만남을 회피하기 위해 멀리 도망치다시피 떠났다가 오히려 그 만남을 놓치기 싫어 말을 더욱 빨리 달려 되돌아왔던 사람이 비단 아서만은 아닐 것이라고 생각한다. 이것만 보더라도 우리 마음속에 있는 열정이란 감정은 물러서는 척하며 얼마나 간교한 작용을 하는지 알 수 있다. 승리는 바로 우리의 것이라고 결단을 내리는 순간, 열정이 우리의 결심을 사정없이 무너뜨리고 만다.

"대위님께서 무시무시하게 말을 달리셨나 보군."

존이 래틀러를 이끌고 마구간으로 오는 것을 보며, 마부 달튼이 말했다. 달튼은 벽에 기대어 담배를 피우고 있었는데, 파이프를 든 모습이 벽면에 양각으로 두드러지게 새겨진 부조처럼 보였다.

"휴…… 저런 말을 돌보려면 악마라도 고용해야 쓰겠구먼."

존이 투덜거리며 말했다.

"에, 그러면 지금 있는 마부보다 더 형편없는 마부를 부리게 되실 텐데 말이야."

달튼은 그 자리에는 자기 혼자 있다고 생각하고, 자신이 방금 말한 농담이 너무나 멋졌다 싶어 계속해서 상상 속의 청중을 위해 윙크를 하려는 듯 입에서 담배파이프를 빼들고는 하였다. 그리고 소리 없이 크게 웃어젖히고 상상 속의 청중들을 향해 우아하게 허공 속에서 손을 흔들어 주었다. 달튼은 하인들이 있는 방 안에서 멋지게 낭송할 대사들을 처음부터 끝까지 마음속으로 되풀이하며 연습해보았다.

아서가 점심식사를 마친 후 다시 옷 방으로 돌아왔을 때, 바로 이 방에서 아침 일찍 스스로에게 다짐했던 일들이 그의 머릿속을 스쳐 지나갔다. 하지만 그 기억을 곰곰이 떠올릴 수가 없었다. 단호하게 결심했을 때 느꼈던 감정을 다시 기억해낸다는 것은, 아침에 일어나 맨 처음 창문을 열었을 때 자신을 개운하게 해주던 향기롭고 독특한 공기를 상기해 보는 것 이상으로 어려운 거의 불가능한 일이었다.

헤티를 보고픈 욕망이 억지로 봉쇄해 버린 급류가 터진 것처럼 급습해왔다. 아서는 이같이 사소한 환상이 어마어마한 힘으로 자신을 꼼짝달싹하지 못하도록 휘어잡고 있는 데에 놀랄 뿐이었다. 머리를 빗어 넘길 때는 심지어 전율하기도 했다. 이런! 전력을 다해 말을 타고 달리는 것처럼 온몸이 부들부들 떨렸다. 아무것도 아닌 시시한 일을 중대한 일로 키우는 것처럼 그는 하찮은 문제를 심각한 일로 만들고 있었기 때문이었다. 아서는 오늘만 헤티를 만나 보겠다고 생각하며 마음속에서 쓸데없는 생각들을 떨쳐 냈다. 이 모든 것은 다 어윈 탓이다. '만약 어윈이 아무런 말도 하지 않았더라면, 지금 나는 헤티의 문제를 멕이 절름발이가 됐다는 문제처럼 별거 아니라고 생각했을 텐데 말이야.' 어찌 됐건, 오늘은 그의 은신처인 허미티지에서 하루종일 빈둥거리기에 딱 알맞은 날이라서 아서는 저녁식사 전에 무어박사의 『젤루코』[96]란 소설을 다 읽어 버릴 작정을 하고 거기로 향하였다. 그 은신처는 헤티가 홀 팜에서 체이스 숲 속으로 올 때마다 반드시 지나가는 전나무 숲 속에 위치해 있었다. 그러니 이보다 더 간단하고 자연스럽게 헤티와 마주치는 방법도 없을 듯했다. 그러나 이건 아서가 헤티를 만나기 위해 일부러 간 것이 아니라 단지 우연히 산책을 즐기다가 발생한 일일 뿐이었다.

체이스 숲 속의 억센 참나무 사이에서 움직이는 아서의 그림자는 나른한 오후에 지쳐버린 한 남성의 그림자가 움직이는 것치고는 쏜살같다고 할 만큼 빨랐다. 아서가 체이스 숲 속의 한쪽 가장자리를 두르고 있는, 얽히고설킨 울창한 숲 속으로 들어가는 높고 좁다란 문 앞에 당도했을 때의 시간은 아직 4시도 안 되었다. 그 숲은 전나무 숲이라 불리는데 그 이유는 전나무들이 많아서가 아니라 오히려 전나무들이 별로 없었기 때문이었다. 그곳은 너도밤나무들과 라임

---

96) 존 무어박사가 1786년에 쓴 소설이다. 이 소설은 세실리안 출신이고 바람둥이인 어느 귀족의 이야기다. 분명히 가상의 주인공을 좋아하는 아서의 취향은 도덕적으로 개탄할 만한 일이다.

나무들의 숲이었다. 이 숲 이곳저곳에는 밝은 은빛줄기의 자작나무가 한 그루씩 섞여 있어서, 요정들이 가장 많이 나타날 것 같은 숲이었다.

당신은 요정들이 하얀 햇살 같은 날개를 펴고 나뭇가지를 가로질러 날아다니며 깜박깜박 빛나고 있는 것을 볼 것이다. 혹은 외곽에 매끄럽게 펼쳐진 큰 라임나무들의 수풀 뒤에 숨어 당신을 엿보며 웃고 있는 요정들의 부드럽고 촉촉한 웃음소리들도 듣게 될 것이다. 만약 당신이 지나친 호기심을 가지고 쳐다본다면, 요정들은 은빛 너도밤나무 뒤로 사라지고, 당신은 졸졸 흐르는 실개천 소리를 요정들의 목소리로 알았구나 하고 생각할 것이다. 아마도 그들은 황갈색의 다람쥐로 모습을 변신하여 이리저리 도망치며 가장 높은 나뭇가지 위에 올라가서 당신을 보고 비웃어 댈지도 모른다.

숲 속에 난 길은 당신이 편하게 걸을 수 있는 잔디와 자갈돌로 잘 다듬어진 길이 아니었다. 좁디좁은 그리고 여기저기 움푹 팬 곳이 많은 흙탕길에다 가장자리는 보일 듯 말 듯한 미세한 이끼들로 소복하게 덮여 있었다. 이 길은 나무와 덤불들이 옆으로 비켜서 있는 것처럼 보였다. 마치 하얀 발을 가진 요정들이 키 큰 여왕을 경건하게 바라보기 위해 자기들 스스로 길을 낸 것 같았다.

아서 도니손이 지나간 길은 라임나무들과 너도밤나무 길 아래에 있는 길 중에서 가장 넓은 길이었다. 때는 아직 황금빛 햇살이 높은 나뭇가지들 사이에 나른하게 걸려 있는 오후였다. 그 햇살은 보랏빛 길의 가장자리에서 희미하게 반짝이고 있는 습지를 환하게 비추고 있었다. 그날 오후는 운명의 여신이 냉정하고 무서운 얼굴을 어렴풋이 빛나는 베일 뒤에 살짝 숨기고, 우리를 포근한 날개로 감싸 안아 보랏빛 향기에 취하게 만들 것 같은 오후였다. 아서는 팔 밑에 책 한 권을 끼고 편안히 길을 따라 한가로이 거닐었다. 그러나 깊은 사색에 잠긴 사람처럼 땅 밑을 내려다보며 걷는 것이 아니었다. 그의 두 눈은 저 멀리 굽어져 돌아가는 길 쪽에 고정되어 있었다. 그곳에서 귀여운 모습이 금방이라도 분명히 튀어나올 듯했기 때문이다.

아! 저기 그녀가 오고 있다. 나뭇가지들 사이에 앉아 있는 열대 지방의 새처럼 화사한 옷이 제일 먼저 눈에 들어왔다. 그 다음 둥그런 모자를 쓰고 조그마한 바구니를 팔에 끼고 경쾌하게 걸어오는 그녀의 모습이 보였다. 아서가 그녀를 향해 다가가자 그녀는 깜짝 놀란 듯했다. 그녀는 홍조를 띤 밝은 미소에, 두근거리는 가슴을 안고 행복한 눈빛으로 그에게 인사를 했다.

만약 아서에게 생각할 틈이 있었다면 그 역시도 자신의 가슴이 두근거리고 양 볼이 상기되는 것이 너무 이상하다고 생각했을 것이다. 하지만 아서는 우연을 가장해서 헤티를 만나고, 또 깜짝 놀란 것처럼 보이려는 자신의 모습이 어리석게 느껴졌다. 얼마나 애처로운 젊은이들의 모습인가! 그들이 인생의 황금기인 어린아이가 아니라는 것이 너무나 안타깝다. 만약 그들이 어린아이였다면 서로 얼굴을 맞대고 서 있을 수도 있고, 조심스레 좋아하는 눈빛을 주고받을 수도 있으며, 그 다음 나비처럼 가벼운 키스를 나누고 아장아장 걸으며 함께 놀이를 할 수 있을 텐데 말이다. 그렇게 놀고 나서, 아서는 실크 커튼이 둘러진 침대로 돌아가고 헤티는 수수한 베개에 얼굴을 파묻고 잠들 것이다. 두 사람 다 아무런 꿈도 꾸지 않은 채 깊은 잠을 잘 것이고 그 다음날에는 어제 있었던 일 따위는 전혀 떠올리지 않을 것이다.

아서는 아무런 이유 없이 몸을 돌려 헤티의 곁으로 다가가 함께 걸었다. 처음으로 둘만이 함께 있게 되었다. 젊은 남녀가 처음으로 은밀하게 만난다는 것은 얼마나 숨 막히는 일인가! 실제로 아서는 처음 몇 분 동안은 버터를 만드는 이 소녀를 감히 쳐다볼 용기도 없었다. 그리고 헤티는 따스한 미풍을 타고 날아가는 것처럼 두 발이 구름 위를 둥둥 떠다니는 것같이 느껴졌다. 그녀는 자신의 장밋빛 리본에 대해서는 까맣게 잊고 있었다.

헤티는 자신의 천진한 영혼이 수련 꽃에 옮겨져 따스한 한여름의 태양 아래서 물 위에 누워 쉬는 것처럼 자신의 손발을 의식하지 못했다. 이런 상황과 모순되게 아서는 자신의 소심한 마음을 털어버리고 아무 일도 없는 척하면서 자신감을 가지려고 했다. 이런 마음은 아서가 헤티와의 만남을 기대하고 결심했던 마음과는 완전히 딴판이었다. 아서가 아리송한 감정에 사로잡혀, 잠시 침묵이 흐르자, 그 순간 오전에 여러 가지로 망설이고 심사고했던 결심이 이제는 아무 소용없다는 생각만이 확고해졌다. 마침내 아서는 헤티를 내려다보며 입을 열었다.

"헤티, 이 길로 오길 잘했군요. 이 길은 문간채 옆으로 나 있는 어느 길보다 훨씬 더 아름다운데다가 지름길이기도 하죠."

"네."

헤티는 거의 속삭이듯 떨리는 목소리로 대답했다. 그녀는 아서와 같이 지체 높은 신사에게는 어떤 식으로 말을 해야 하는지 모르는 소녀였다. 그리고 그녀는 허영심에 들떠서 더욱더 수줍은 목소리를 냈다.

"매주 한 번씩 폼프렛 부인을 만나러 가나요?"

"네, 매주 목요일이면, 부인은 도니손 양과 함께 외출을 하시거든요."

"그런데 부인한테 뭔가 배운다고 들은 것 같은데 맞아요?"

"네, 그분이 외국에서 배워 오신 레이스 만드는 법을 배워요. 그리고 양말을 수선하는 법도 배우고요. 이것 보세요. 그냥 양말같이 생겼죠. 수선한 양말로는 보이지 않죠? 그리고 또 재단도 가르쳐 주신답니다."

"흠…… 그럼 당신은 귀부인들의 시녀가 될 생각이에요?"

"저는 정말 그렇게 되고 싶은데요."

232

헤티는 여전히 떨리긴 하지만 들릴락말락 한 목소리로 말했다. 루크 브리튼이 자신에게 바보같이 보였던 것처럼 지금 자신이 도니손 대위에게 그렇게 비춰질 것이라는 생각이 들었다.

"폼프렛 부인께서는 항상 이때쯤에 당신이 올 거라고 예상하겠네요?"

"네, 4시 정각에 올 거라고 생각하실 거예요. 오늘은 외숙모님 때문에 제가 좀 늦었습니다. 원래는 4시까지 가야 해요. 그래야 도니손 양이 외출하자고 종을 울리기 전에 저를 가르쳐 주실 수가 있답니다. 그때까지밖에 시간이 없으시거든요."

"아, 그러면 지금 가봐야겠군요? 혹 시간이 나면 내 은신처를 보여줄까 하고 생각했는데 말이오. 내 은신처를 본 적이 있어요?"

"아니요, 없어요."

"이 길을 돌아서서 가면 바로 있어요. 하지만 지금은 갈 수 없을 테고, 보고 싶단 생각이 들거든 언제 한번 보여드리리다."

"네, 꼭 가보고 싶어요."

"저녁때 집으로 돌아갈 때도, 항상 이 길로 가요? 혼자서는 좀 무서울 것 같은데."

"아니에요, 그렇게 늦은 시간도 아닌데요. 항상 8시에 집으로 가요. 요즘은 그 시간에도 날이 꽤 밝아요. 외숙모는 9시 이전에 집에 들어오지 않으면 아주 호되게 야단치시거든요."

"정원사인 크레이그가 당신을 데리러 오나 보죠?"

아서의 말을 들은 헤티의 온 얼굴과 목이 빨개졌다.

"아니요, 그 사람은 그런 사람이 아니에요. 절대로 아니에요. 제가 그렇게 하도록 허락하지도 않구요. 저는 그 사람이 싫어요."

헤티는 단숨에 말했다. 그러더니 화가 났는지 두 눈에서 갑작스레 눈물이 나왔다. 말을 끝마치기도 전에 반짝이는 눈물방울이 뜨거운 두 볼을 타고 흘러내려왔다. 헤티는 아서 앞에서 눈물을 보였다는 사실이 죽고 싶을 만큼 창피해서, 한없이 오랜 시간이 지나간 것같이 느껴지는 이 짧은 순간에 그녀의 모든 행복이 사라져 버렸다고 생각했다. 그러나 바로 다음 순간, 그녀는 자신을 감싸 안는 팔을 느꼈고 상냥한 목소리를 들었다.

"아니, 왜 그래요? 헤티, 왜 이렇게 우는 거요? 나는 당신을 화나게 하고 싶지 않았는데. 자, 예쁜 아가씨, 이리 와요. 눈물을 거두고 나를 보세요. 그렇지 않으면 나를 용서해주지 않은 거라 생각할 거요."

아서는 바로 가까이에 있는 헤티의 부드러운 팔 위에 자신의 손을 얹고 몸을 구부려 달콤하게 애원하는 눈빛으로 그녀를 쳐다보았다. 헤티는 이슬에 젖은 듯이 촉촉한 긴 속눈썹을 들어 올렸다. 그리고 몸을 숙여 자신을 바라보는, 달콤하지만 주저하는 듯 간청하는 아서의 눈을 쳐다보았다. 두 사람의 눈이 마주치고 아서의 팔이 헤티를 안고 있는 이 세 번째 행위까지 얼마나 시간이 걸렸을까! 그녀는 아침햇살의 황홀함에 넋을 잃고 처음으로 꽃봉오리를 터뜨리는 것 같았다. 스물한 번의 여름을 보냈던 소년과 눈으로 보기에도 파르르 떨고 있는 열일곱 살의 소녀에게 있어 사랑에 빠지는 것이란 이렇듯 간단한 일이었다.

순수한 두 젊은 영혼은 촉감이 부드러운 복숭아처럼 뿌연 솜털로 서로를 어루만졌다. 두 개울물이 아무것도 바라지 않고 자연스레 합쳐져 군데군데 숨어 있는 굴곡에서 잔잔한 물결을 일으키며 잎이 무성한 은닉처로 흘러들어가는 것과 같이, 사랑하는 두 연인도 쉽게 어우러졌다. 아서가 헤티의 간절한 까만 두 눈동자를 들여다보고 있는 동안에는 그녀의 말씨가 어떤 사회적인 계급에 속한 말투인지, 그에게는 아무런 문제가 되지 않았다. 심지어 고리 모양의 귀걸이와 화장분이 한참 유행에 뒤떨어졌어도, 아서는 헤티가 상류층의 출신이 되고 싶어하는 징조들을 눈치 채지 못하고 있었다.

아서와 헤티는 여전히 뛰는 가슴으로 한참 안고 있다가 어느 순간 깜짝 놀라 서로 약간 떨어졌다. 뭔가 땅 위에 떨어져 덜커덩 구르는 소리가 났기 때문이다. 그것은 헤티의 바구니였다. 바구니 안에 있는 자질구레한 헤티의 물건들이 모두 땅바닥 위로 흩어졌고 어떤 물건들은 상당히 멀리 굴러가기도 했다. 그것들을 다시 주워담는 데는 꽤 시간이 걸렸지만 둘은 서로에게 아무런 말도 하지 않았다. 하지만 아서가 헤티의 팔에 그 바구니를 다시 얹어주었을 때 불쌍한 소녀는 아서의 모습과 태도가 좀 달라진 걸 느꼈다. 아서는 헤티의 손을 꼭 쥐고 아주 냉정하게 말했다.

"내가 당신에게 방해가 됐군요. 더 이상 붙들면 안 되겠어요. 집에서 당신을 기다리겠네요. 그럼 저 먼저……."

아서는 헤티가 대답할 틈도 주지 않은 채, 서둘러 돌아서서 자신의 은신처를 향해 걸어가 버렸다. 느닷없이 찾아온 어리둥절한 기쁨이 갑자기 완전히 상반된 슬픔으로 변해버렸다. 아서는 이런 이상한 꿈속에서 헤티가 헤매도록 그냥 놔두고 가버렸다. 헤티는 집으로 돌아갈 때에 아서가 그녀를 다시 만나줄까? 왜 그는 기분이 언짢아졌을까? 왜 그리 갑작스럽게 도망치듯 가버렸을까? 이런 물음들에 도무지 답을 알아맞힐 길이 없어 눈물만 흘렸다.

아서 역시 마음이 편안하지 못했다. 헤티를 향한 감정들이 보다 더 구체적이고 뚜렷하게 인식되기 시작했다. 숲 속 한가운데 있는 자신의 은신처에 도착한 아서는 문을 열고 허겁지겁 들어갔다. 쾅 소리가 나게 문을 거칠게 닫고는 『젤루코』책을 오두막 안 제일 먼 구석으로 휙 내던져버렸다. 오른손을 호주머니에 쑤셔 넣고, 별로 길지도 않은 작은 방을 너덧 번씩 걸어다녔다. 그러더니 어떤 감정에 휩싸이지 않고 싶을 때 우리 모두가 종종 그렇게 하듯이 오토만 의자(등이나 팔걸이가 없으며 앉는 자리에 쿠션을 넣은 낮은 의자)에 매우 불편한 자세로 **빳빳**하게 걸터앉았다.

아서는 헤티와 사랑에 빠지기 시작한 것이다. 이건 아주 명백한 사실이었다. 아서는 지금 막 실체를 드러낸 감미로운 사랑의 감정에 빠져들어 모든 것을 팽개쳐 버릴 만반의 준비를 했다. 아서가 계속해서 헤티를 관심어린 눈빛으로 바라본다면 두 사람은 서로 좋아하는 것이 분명했다. 이 사실은 모른 체하려 해도 아무 소용없는 일이다. 하지만 그 다음으로 벌어질 일들은 어떻게 처리할 것인가? 아서는 고작 몇 주만 머물다 다시 군대로 복귀해야 한다. 그러면 가엾은 헤티는 비참하기 짝이 없을 것이다. 다시는 헤티를 단둘이서 만나는 일이 없도록 조심해야 한다. 그는 그녀가 지나다니는 길목을 피해야만 할 것이다. 유혹을 이기지 못하고 결국 가웨인 집에서 급하게 돌아온 아서, 얼마나 멍청한 짓을 하고야 말았는가!

아서는 몸을 일으켜 창문을 활짝 열었다. 오후의 따사로운 공기와 오두막 주변에 감돌고 있는 상쾌한 전나무의 향기가 방 안으로 밀려들어왔다. 창가에 기대서서 저 멀리 울창한 숲을 쳐다보며 부드러운 오후의 공기를 한껏 들이마셨지만, 아서는 아무런 해결책을 떠올릴 수 없었다. 그러나 그는 헤티에 대한 자신의 결심을 확고히 했다. 더 이상 이 문제에 대해 스스로 자책하며 고민할 필요가 없었다. 아서는 헤티와 두 번 다시 만나지 않겠다고 굳게 다짐했다. 만약 두 사람의 환경이 다르지 않았다면 얼마나 기막히게 잘 어울렸을까라는 생각을 하는 건 부질없는 짓이다.

오늘 밤 집으로 돌아가는 헤티를 만나 그녀를 다시 한 번 안아주고 그 사랑스런 얼굴을 볼 수만 있다면 얼마나 좋을까! 아서는 귀엽고 사랑스러운 헤티도 자신을 생각하고 있을지 궁금해졌다. 물론 20대 1 정도로 그녀가 자기를 생각할 리가 없다고 생각했다. 눈물에 촉촉이 젖은 긴 속눈썹으로 자신을 바라보던 헤티의 눈은 얼마나 아름답던가! 아서의 마음은 하루종일 그 눈빛을 바라보고 있어야만 직성이 풀릴 것 같았다. 아서는 헤티를 다시 만나야만 한다고 생각했다. 방금 전에 했던 행동으로 그녀가 엉뚱한 기대를 할지 모르기 때문이다. 그런 기대를 하지 않도록 자기는 어쩔 수 없이 그녀를 다시 만나야만 했다. 헤티를 만나 침착하고 친절한 자신의 모습을 다시 보여줘야만 했다. 헤티가 집으로 돌아가는 길에 스스로의 머릿속에 잔뜩 집어넣었을지 모를 엉뚱한 망상을 지워주어야 한다. 그렇게 하는 것만이 최선책이었다.

아서가 명상에 잠겨 이런 결론을 내리기까지는 한 시간이 넘도록 꽤 많은 시간이 흘렀다. 일단 이렇게 결심을 하자 오두막에 더 이상 머무를 이유가 없어졌다. 헤티를 다시 한 번 만날 때까지 자신이 계획한 일을 행동에 옮기면서 시간을 보내야 했다. 할아버지의 저녁식사는 6시부터 시작하니까 집에 돌아가 옷을 갈아입고 식사를 함께 하기에는 이미 너무 늦은 시간이었다.

13

숲 속에서의 저녁

목요일인 오늘 아침, 침모인 폼프렛 부인과 가정부인 베스트 부인 사이에 약간의 말다툼이 있었다. 그 덕분에 헤티에게는 이로운 점이 두 가지나 생겼다. 사건은 베스트 부인이 자신의 방으로 차를 갖다 달라고 폼프렛 부인에게 심부름을 시킨 것이 화근이 되었다. 흠잡을 데 없이 모범적인 하녀인 폼프렛 부인은 차를 내가면서 지난번에 베스트 부인의 행동 때문에 둘이 옥신각신 말다툼을 했던 기억을 생생히 떠올렸고, 자신과 대화할 때마다 베스트 부인이 분명 자신에게 열등감을 느낀다는 생각이 들어서 폼프렛 부인의 마음이 더욱 편치 않았다. 이런 연유로, 첫째, 헤티는 바느질을 배우면서 가끔씩 마음 놓고 '네.' '아니요.' 라는 짧은 대답만 해도 괜찮았다. 둘째, 헤티는 평소보다 더 일찍 모자를 눌러쓰고 빨리 이곳을 나서고 싶었는데 그렇게 할 수 있게 되었다. 그녀는 도니손 대위에게 자기가 8시쯤 집으로 돌아간다고만 말해 놓았었다. 만약 아서가 자신을 만나기 위해 다시 숲을 지나가게 된다면 반드시 자기는 그때쯤에는 그곳을 지나야만 한다! 과연 아서는 그 무렵에 그곳에 다시 올 것인가? 그녀의 마음은 추억과 불안한 기대감 사이에서 작은 나비처럼 그칠 새 없이 파닥거리며 두근거렸다. 마침내 놋쇠로 만들어진 구식 시계의 분침이 7시 45분을 가리켰을 때 헤티는 어떤 이유로든지 집을 나설 채비를 하고 있었다. 그러나 폼프렛 부인이 아무리 다른 곳에 정신이 팔려 있었을지라도 거울 앞에서 모자 끈을 묶으며 서 있는 헤티의 얼굴이 여느 때와 달리 홍조를 띠고 있다는 사실을 눈치 채지 못할 리가 없었다. 폼프렛 부인은 속으로 이렇게 생각했다.

'저 아이는 날이 갈수록 점점 더 예뻐지는구나. 정말이야. 그러니 더 불쌍하지. 아무리 예뻐도 웬만한 집안의 남편을 쉽게 구할 수는 없을 거야. 건전하고 정신이 올바로 박힌 남자들이라면 저렇게 예쁜 여자를 아내로 맞이하기는 싫지. 내가 어렸을 적에 저렇게 예뻤다면 남자들이 훨씬 더 감탄했겠지. 어쨌든 헤티는 나한테 감사해야 돼. 먹고살기 위해 농장에서 일하는 것보다 훨씬 나은 일을 가르쳐 주잖아? 사람들은 항상 내가 품성이 착하다고 말하지. 맞아. 내가 생각해도 그런 것 같아. 그래서 또 속상해 죽겠어. 그렇지 않았다면 내가 어떻게 이 댁 사람들을 떠받들고 일해 왔겠어. 하다못해 집안일을 거드는 가정부도 내 머리 꼭대기에 군림하고 있는데.'

헤티는 크레이그를 만날까 봐 두려워서 유원지의 좁은 길을 가로질러 허둥지둥 서둘러 걸어갔다. 헤티는 걸어가는 도중에 크레이그를 만난다면 도저히 공손하게 대해줄 수 없는 심정이었다. 참나무가 많고 고사리가 여기저기 깔려 있는 체이스 장원의 숲 속에 무사히 도착하자 그녀는 얼마나 안심을 했는지! 심지어 헤티는 그녀가 가까이 다가오는 것을 보고 깜짝 놀라 달아났던 사슴처럼 놀랄 준비가 되었다. 헤티는 황혼의 노을이 고사리들 사이로 보이는 풀에 뒤덮인 오솔길을 부드럽게 비춰주고, 초록색 풀들을 대낮의 환한 뙤약볕보다 더욱 선명하고 아름답게 비춰주고 있는 것도 전혀 알지 못했다. 헤티는 눈앞에 펼쳐진 그 어떤 것에도 관심이 없었다. 그녀는 오로지 자신이 기다렸던 꿈같은 일이 벌어지기만 바랄 뿐이었다. 아서 도니손이 그녀를 만나기 위해 전나무 숲을 따라 다시 걸어오고 있는 모습만을 기대할 뿐이었다. 그 모습은 헤티의 상상 속에서 펼쳐진 하나의 전경이었다. 전경 뒤에는 밝고 몽롱한 무언가가 도사리고 있었다. 그것은 헤티가 여태까지 살아왔던 과거와는 완전히 다른 앞날에 대한 화려한 전망이었다. 마치 바다의 신이 자기에게 구애를 하여 언제든지 저 아래 바다 속 천국에 있는 황홀한 대저택으로 데리고 갈 것 같은 기분이었다.

이국적이고 매혹적인 황홀감이 점점 다가오고 있었지만 그게 무언지 전혀 알 수 없었다. 만약 레이스와 공단과 보석들이 가득 든 상자 하나가 익명으로 도착한다면, 헤티는 무슨 생각을 할까? 아마도 내 운명이 송두리째 변할지도 모른다! 다음날에는 나를 더욱 어리둥절하게 할 만큼 기쁜 일이 생길지도 모른다! 이런 생각 외에 달리 무슨 생각을 하겠는가!

지금까지 헤티는 단 한 권의 소설책도 읽어본 적이 없다. 설령 읽어 본 적이 있다 해도 책에 쓰인 단어들은 그녀가 이해하기에는 너무나 어려웠을 것이다. 그런 헤티가 어떻게 자신이 꿈꾸는 바를 구체적인 언어로 표현할 수 있겠는가? 헤티의 꿈같은 기대는 체이스 정원에 있는 달콤하고 나른한 빛깔처럼 아무런 형체가 없어서, 정원의 문을 지나갈 때는 벌써 어디론가 훨훨 날아 가버리고 말았다.

그녀는 전나무 숲으로 이어지는 또 다른 문 앞에 서 있었다. 이 문을 지나 어스름하게 땅거미가 지고 있는 숲 속으로 들어섰던 것이다. 한 걸음 한 걸음 내디딜 때마다 그녀의 심장은 불안감에 휩싸여 점점 서늘해지기 시작했다. 만약 아서가 나타나지 않는다면 어떡하나. 숲의 반대편 끝까지 난 이 길을 누군가의 보호도 받지 못하고 혼자서 걸어가야 한다면, 그건 생각할수록 끔찍하고 우울한 일이다.

헤티는 오두막 쪽을 향하여 가다가 첫 번째 길모퉁이에 다다랐을 때 일부러 느릿느릿 천천히 걸었다. 하지만 거기에도 아서는 없었다. 그녀는 길을 가로질러 깡충깡충 뛰어가는 토끼가 너무나 얄미웠다. 헤티는 자신이 바라던 바가 아니면 모두 다 괜스레 미워졌다. 굽

어진 길이 나타날 때마다 저쪽 보이지 않는 길목에 아서가 있을 것
이란 기대감으로 행복해 하며 계속해서 걸었다. 거기에도 그는 없었
다. 그녀는 눈물이 막 나려고 했다. 너무나 서운한 마음에 감정이 복
받쳐서 눈에 눈물이 가득 고이고 말았다. 입술 양끝이 파르르 떨리
자 눈물이 두 볼을 타고 흘러 내렸다. 그녀는 결국 큰소리로 흐느껴
울었다.

　그녀는 오두막으로 가는 길모퉁이가 하나 더 남아 있다는 것을 미
처 몰랐고, 자신이 그곳 가까이 왔는지도 몰랐다. 한편, 머릿속으로
온통 한 가지 생각만 가득 찬 아서 도니손은 헤티로부터 얼마 떨어
지지 않은 곳에 서 있었다. 아서의 생각은 오로지 헤티뿐이었다. 지
나간 3시간 동안 아서는 오로지 다시 헤티를 만나기만을 갈망하면
서 초조하게 기다리고 있었다. 저녁식사 전에 무심코 내뱉은 말처럼
그녀를 달래주기 위해서가 아니었다. 친절하고 정중하게 그녀와 자
신이 처한 상황을 깨우쳐 주고, 그녀가 더 이상의 오해는 하지 않도
록 미연에 방지하고자 했던 것이다. 만약 아서가 기다리고 있다는
이 사실을 헤티가 미리 알았더라면 눈물을 보이지 않았을 것이고,
모든 일은 순조롭게 풀렸을 것이다.

　두 사람이 서로 마주쳤을 때, 아서 역시 이미 자신에게 다짐한 대
로 현명하게 행동하고 처신했을 것이다. 하지만 현실은 그렇지가 않
았다. 아서가 오솔길 끝에서 나타났을 때 헤티는 깜짝 놀랐고, 두 볼
에 눈물을 흘리며 그를 올려다보았다. 아서는 발에 박힌 가시 때문
에 반짝이는 눈물을 흘리는 스패니엘 개처럼 헤티가 너무 가여웠다.
이 모습을 보고 있는데 그녀를 부드러운 말투로 달래는 것 외에 달
리 무슨 수가 있었겠는가!

　"무슨 일이에요? 헤티. 숲 속에서 뭐라도 나타났어요? 놀라지 말
아요. 내가 이렇게 당신 옆에 있잖아요."

　헤티는 얼굴을 붉히며 자신이 지금 행복한지 비참한지 도무지 알

수 없는 지경에 이르렀다. 또 이렇게 울고 있는 소녀를 보고 신사는 어떤 생각을 하겠는가! 그녀는 '아닙니다.' 라는 말조차 하지 못할 정도로 얼어버렸다. 헤티는 딴 곳을 쳐다보며 자신의 뺨에 흘러내린 눈물을 닦아낼 뿐이었다. 커다란 눈물 한 방울이 그녀의 장밋빛 리본 위에 떨어져 내렸다. 헤티는 그런 모습이 연출되리란 걸 잘 알고 있었다.

"이리 와요, 그리고 다시 기운 내서 나를 보고 웃어 봐요. 뭣 때문에 울었는지 말해 주겠어요? 어서."

헤티는 아서 쪽으로 얼굴을 돌리고 속삭였다.

"저는 대위님이 여기 안 오실 줄 알았어요."

그리고 용기를 내어 천천히 두 눈을 들어 그를 올려다보았다. 그 모습이 아서에게는 너무나 아름다워 보였다. 아서가 헤티의 눈을 사랑이 가득한 눈빛으로 바라보지 않으려면, 이집트 화강암으로 만든 눈이 필요했다.

"헤티, 당신을 보면서 무슨 생각이 들었는지 알아요? 깜짝 놀란 새인 줄 알았어요. 이슬을 가득 머금은 장미나, 귀여운 강아지처럼 얼마나 사랑스러웠는지 몰라요. 자, 그러니 울지 말아요. 내가 함께 있어 줄게요. 그럴 거죠?"

아서는 자신이 무슨 말을 하는지 전혀 알지 못하고 있었다. 이 말은 그가 의도했던 말들과 전혀 달랐다. 그의 팔은 다시 한 번 헤티의 허리를 감싸고 있었고, 점점 더 세게 끌어안았다. 아서는 자신의 얼굴을 헤티의 포동포동한 볼에 점점 더 가까이 가져갔다. 그의 입술이 토라진 아이의 입술처럼 삐죽 나온 헤티의 입술에 닿았다. 그러자 아주 오랫동안 시간이 소멸되어 가는 느낌이 들었다. 잘은 모르지만, 아서는 아르카디아의 목동[97]이 된 듯했다. 아서는 자신이 마치

---

97) 그리스에 있는 산악 지대의 이름으로, 조용하고 소박한 생활을 하는 전원적 이상향을 말하는 상투어이다. 아서는 이 순간 이상향에 살고 있는 목동이 된 것처럼 전원에서 맛볼 수 있는 환희나 목가적인 기쁨을 느끼고 있다.

첫사랑에게 키스하는 순수한 청년이 되는 듯한 기분이 들었다. 또한 프시케의 입술에 입맞추는 에로스가 된 듯한 기분이 들었다. 이 모든 것이 아무래도 좋았다.

그렇게 키스를 한 후 몇 분 동안 두 사람은 서로 아무런 말이 없었다. 아서와 헤티는 숲 속 끝에 있는 대문이 보일 때까지 콩닥거리는 가슴으로 걸어갔다. 문이 보이자 그들은 서로를 바라보았다. 마주보는 시선이 예전의 시선들과는 달랐다. 그들의 눈에는 방금 전에 나누었던 키스의 여운이 남아 있었다.

그러나 이미 무언가 씁쓸한 무언가가 달콤한 쾌락의 샘물에 섞이기 시작했다. 아서는 벌써 자신의 행동에 대한 후회와 불안감을 느끼기 시작했다. 그는 헤티의 허리에서 자신의 팔을 떼며 말했다.

"숲을 다 지나온 것 같군요. 너무 늦은 것 아니에요?"

아서는 시계를 꺼내 확인하며 덧붙여 말했다.

"8시 20분이네요. 하기는 내 시계가 좀 빠르니 많이 늦은 건 아닐 거요. 자, 여기서부턴 혼자 갈 수 있죠? 그 귀여운 발을 재촉해서 걸으면 집에 많이 늦지는 않을 것 같네요. 그럼 잘 가요."

아서는 헤티의 손을 잡고 약간은 슬픈 표정으로 억지로 웃음을 띠며 그녀를 내려다보았다. 헤티는 그가 좀더 같이 있어주기를 간청하는 듯한 눈빛을 보냈다. 그러나 아서는 그녀의 뺨을 가볍게 어루만지며 '안녕, 잘 가요.' 란 인사만 다시 했을 뿐이었다. 헤티는 그에게서 몸을 돌려 집으로 가야만 했다.

아서는 숲 속을 급하게 빠져나와 집으로 돌아갔다. 마치 헤티한테서 최대한 멀리 떨어지고 싶어하는 사람처럼 말이다. 그는 두 번 다시 오두막으로 가고 싶지 않았다. 그곳에서 저녁식사 전까지 얼마나 힘들게 마음을 다잡았었는데…… 왜 일이 이렇게 돼버렸을까! 모든 노력이 모두 수포로 돌아갔다. 아니 그것보다 더 나쁜 상황에 빠져버렸다. 그는 곧바로 체이스 장원을 향해 걸어갔다. 그로브 숲에서는 교활한 악령에게 사로잡힌 것만 같았고, 그런 숲을 벗어났다는 생각에 이제는 기쁘기까지 했다. 너도밤나무와 매끈한 라임나무는 그냥 바라보기만 해도 사람을 무기력하게 만드는 무언가가 있는 것이 분명했다. 그러나 억센 매듭 같은 옹이가 박힌 참나무들은 그렇지 않았다. 너도밤나무와 라임나무와는 달리, 참나무는 한 남자에게 활력을 주는 것 같았다.

커다란 나뭇가지들 아래로 땅거미가 짙어졌다. 밤이 될 무렵, 그의 앞을 쏜살같이 지나치는 산토끼 한 마리가 검은색으로 보일 정도로 어두워졌다. 좁은 길만 보이는 무성한 고사리들 사이에서 그는 길을 잃고 뱅뱅 돌고 있었다.

아서는 아침에 느꼈던 충동보다 훨씬 더 강한 정열을 느꼈다. 그 정열은 마치 그가 타고 다니는 말이 도약대 앞에서 갑자기 발을 휙 돌려 주인에게 건방지게도 저항하려고 대드는 기분이었다. 아서는 자신이 불만스럽고, 짜증이 났고, 실망스러웠다. 아서의 정열은 그를 자신의 의지대로 하도록 내버려두지 않았다. 그는 타오르는 정열을 참지 못해 계속 헤티를 바라보고, 가볍긴 했지만 포옹까지 하고 말았던 것이다. 그는 이 일로 인해 어떤 결과가 나오더라도 그냥 받아들일까 하고도 생각해보았다. 하지만 그런 생각과 동시에 도저히 있을 수 없는 일이라며 그는 고개를 절레절레 내저었다.

헤티와 잠시 놀아나는 건, 신분이 같은 숙녀들과 불장난하는 것과는 별개의 일이었다. 만약 자신과 신분이 같은 여인이랑 노닥거렸다면, 양측 모두 재미삼아 해본 장난에 불과한 일이라고 이해할 수 있다. 설령, 두 사람의 관계가 심각해진다 해도 결혼해 버리면 그만이니까 아무 문제가 없을 것이다. 그러나 불쌍하고 가엾은 헤티가 자신과 함께 산책하는 모습을 다른 사람이 보기라도 한다면, 그들은 곧바로 구설수에 오를 것이 뻔했다. 또 이 지방에서 가장 훌륭한 혈통을 이어왔다고 자부하는 포이저 집안사람들이 어떻게 생각하겠는

가. 그들은 가문의 명예를 굉장히 중요하게 생각하는 사람들인데, 더구나 자신은 조금만 세월이 지나면 이 영지의 지주가 될 사람인데, 자신을 존경하는 소작인들의 입방아에 오르는 것이 싫었다. 자신의 평판이 아주 나쁘게 추락한다면 남은 인생 내내 두 다리가 부러져 지팡이를 짚고 다니는 것이 더 나을 거라는 생각까지 들 정도였다. 그는 자신이 그렇게까지 창피한 상황에 처한다는 건 상상도 할 수 없는 일이었다. 이것은 너무나 추잡스럽고 귀족답지 못한 일이었다.

이 일을 아무도 모른 척해도 결과는 마찬가지다. 만약, 아서와 헤티가 서로에게 정말 깊이 빠져든다 해도, 결국에는 서로 헤어져야만 하기 때문이다. 그렇게 되면 더욱 괴로운 결과를 만들게 될 것이다. 감상적인 유행가처럼 농부의 조카와 결혼하려고 하는 신사는 현실에서는 아무도 없다. 자신과 헤티의 모든 관계는 지금 당장 끝내야 한다. 그녀와 어찌해보겠다는 것은 정말 어리석은 생각일 뿐이다.

오늘 아침 가웨인의 집으로 가기 전에 그렇게도 굳게 다짐했건만, 가웨인의 집에 있을 때 무언가가 그를 사로잡아 집으로 전속력으로 되돌아오게 만들지 않았던가. 그건 자신이 결심한 대로 행동할 수 있다는 생각이 틀렸다는 것을 의미했다. 아서는 차라리 팔이 다시 아팠으면 하고 바랐다. 그리 된다면 이 아픔을 어떻게 벗어날까 하는 생각 외에 다른 쓸데없는 생각을 하지 않았을 테니 말이다. 긴 하루 동안 그의 마음을 온통 사로잡아 줄 일이라고는 아무것도 없는 쾌쓸한 이곳에서 내일은 또 어떤 충동이 그를 뒤흔들지 도무지 알 수 없어 겁이 났다. 어리석은 행동을 하지 않기 위해 그는 대체 어떤 대책을 마련해야 한단 말인가?

딱 한 가지 묘안이 있긴 하다. 어윈에게 달려가 이 모든 것을 다 털어놓는 것이다. 어윈에게 고백해버리면 모든 것이 시시하게 보일 수도 있다. 아무리 달콤한 이야기라도 그 일과 아무 상관이 없는 사람에게 자꾸만 얘기하다 보면 결국 그 이야기에 대한 마력이 서서히 사라지듯 헤티에 대한 유혹도 서서히 사라져 갈 것이다. 아서가 이 모든 것을 털어놓기만 하면 어윈은 어떻게든 아서를 도와줄 것이 자명했다. 내일 아침식사를 마치자마자 브록스톤 목사관으로 말을 몰아 어윈을 만나는 것이 자기가 제일 먼저 해야 할 일인 듯했다. 아서는 결심을 하자마자 어느 길로 가야 그 집에 제일 가깝게 갈 수 있는가를 생각하며 서두르기 시작했다. 그는 오랫동안 고민을 했기에 너무 지쳐버렸다. 그래서 이제 집에 도착하자마자 바로 잠들 수 있을 거라 확신했다. 게다가 내일 어윈 목사를 만나기로 결심했으니 더 이상 고민할 필요가 없었다.

14

집에 돌아와서

숲 속에서 아서와 헤티가 이별하는 동안, 오두막에서는 다이나가 아담의 가족에게 작별인사를 하고 있었다. 리즈베스와 아담은 문간에 나와 서 있었다. 리즈베스는 주름진 눈을 가늘게 뜨고 반대쪽 산기슭으로 올라가는 세스와 다이나의 마지막 모습을 오래 바라보고 있었다.

"아, 저렇게 떠나는 다이나의 마지막 뒷모습을 보고 싶지 않구나."

그들이 집으로 다시 들어왔을 때 리즈베스가 아담에게 말했다.

"내가 죽어서 네 아버지 곁에 눕게 될 즈음에는, 다이나랑 같이 살았으면 좋겠다. 그 애는 내가 눈을 감을 때 아주 편안하게 갈 수 있게 해줄 거야. 정말 상냥하게 말하고, 소리 없이 일하더라. 네가 새로 산 성경책 있잖니, 그 책에서 무덤 옆에 큰 바위가 있고 그 위에 천사가 앉아 있는 그림 봤니? 나는 암만 봐도 다이나가 그 그림 속의 천사로 보여. 그런 며느리를 얻으면 원도 한도 없을 텐데……. 그런데 그 앤 아무하고나 결혼하지는 않겠지?"

"네, 저도 다이나가 어머니의 며느리가 됐으면 좋겠어요. 세스가 그녀를 좋아하거든요. 다이나가 빨리 세스에게 마음을 열기를 바라지요."

"그런 말 해봤자 무슨 소용 있겠느냐? 저 애는 세스한테는 별로 관심이 없던데. 이제 20마일 이상이나 멀리 가 버렸을 텐데. 어떻게 하면 세스를 좋아할까? 참 궁금하네. 효모가 없으면 빵을 못 만드는 것처럼 그 이상 어떻게 할 수 없지. 혹시 네가 갖고 있는 도형과 계산책에서는 뭐 좋은 방법이 안 나오니? 사람의 마음을 움직이는 법, 뭐 이런 거 없냐구. 없다면 너도 세스가 하는 것처럼 기도 책이나 읽어봐."

아담이 웃으면서 말했다.

"아니에요, 어머니. 숫자와 도형은 우리에게 많은 도움이 되죠. 그렇게 계산과 도형을 가르쳐주는 책이 없으면 어쩜 우리는 살아갈 수 없을지도 몰라요. 하지만 계산법이 사람의 감정을 설명해주지는 않아요. 감정을 계산할 수만 있다면 얼마나 편하고 좋겠어요. 세스는 연장을 다루는 사람치고는 아주 마음이 선량하고, 감성도 풍부하고, 잘생겼지요. 또 세스는 생각하는 게 다이나와 똑같아요. 그래서인지 두 사람은 잘 어울리죠. 하지만 다이나는 보기 드문 여자라서 할 일이 많은 사람이에요. 어머니도 다이나에게 물레나 돌리면서 평범하게 사는 그런 모습은 기대하시지 않는 게 좋을 거예요."

"아, 너는 항상 동생 편을 들었었지. 작은 꼬마였을 때부터 줄곧 그랬어. 항상 동생하고 모든 걸 나눠 가지려고 했고 말이야. 아무리 그래도 세스한테 결혼이 웬 말이냐. 이제 겨우 스물세 살인데. 세스는 더 배우고 더 많이 돈을 모아야 해. 글쎄……. 세스가 다이나에게 어울릴까? 다이나가 세스보다 두 살이나 많은데, 나이로 보면 차라리 너하고 딱 맞는다고 봐야지. 그렇지! 바로 그거야. 돼지고기를 상한 고기와 좋은 고기로 분류해 놓고도 제대로 고르지 못하는 것처럼 사람들은 부모의 말을 안 듣고 꼭 자기랑 맞지 않는 정반대의 사람을 선택한단 말이야."

약간 우울한 기분에 젖은 여인의 마음에는, 현재 눈앞에 보이는 것보다 앞으로 일어날 일들이 순간적으로 더 매력적으로 보인다. 아담이 다이나와 결혼할 의사가 전혀 없다는 걸 알았을 때 리즈베스는 다소 기분이 언짢았다. 설령 아담이 다이나와 결혼할 마음이 있다고 해도 어머니는 언짢아 할 것이다. 아담이 헤티와 결혼하게 될 때와 마찬가지로 다이나와 결혼하게 되더라도 메리 버즈와 그 부친과의 공동사업에서 아담은 손을 떼어야 하기 때문이다.

아담이 그의 어머니와 함께 이야기를 하고 있을 때 시간은 8시 반이 지나고 있었다. 그로부터 약 10분 후, 헤티는 반대 방향의 길모퉁이에서 걸어오는 다이나와 세스를 보고는 그 자리에 서서 그들을 기다렸다. 그들도 헤티처럼 걸음을 멈칫했다. 왜냐하면 세스와 헤어지는 순간에 다이나는 세스에게 위로와 격려의 말을 하려고 했었기 때문이다. 헤티를 보자, 그들은 잠깐 머뭇거리더니 악수를 했다. 세스는 집으로 돌아가려고 몸을 돌렸고 다이나는 혼자서 헤티에게 걸어왔다.

"헤티, 세스 비드가 너한테 인사를 하고 싶어했는데,"

다이나는 헤티에게 다가가면서 말했다.

"세스 비드는 굉장히 슬픈 일을 많이 겪었어."

헤티는 무슨 말을 들었는지 전혀 모르는 것처럼, 보조개가 움푹 패도록 미소만 지었다. 그 순간 생기 넘치고, 자아도취에 빠진 아름다운 미소를 보여주는 헤티와, 사심 없고 차분하고 연민이 가득한 다이나의 얼굴이 묘한 대조를 이루었다. 다이나의 사심 없는 눈은 마음속에 소중한 비밀을 담고 있지 않았다. 세상 모든 사람들과 함께 그 어떤 감정이라도 함께 나누며 살고 싶다는 눈빛이었다.

헤티는 다른 여자들을 좋아했지만 그 중에서도 특히 다이나를 좋아했다. 외숙모가 자기를 야단치고 있을 때, 친절한 말을 건네주고, 언제나 자신을 힘들게 하는 말썽꾸러기 꼬마 톳티를 데려가 돌봐 주는 사람을 어찌 좋아하지 않을 수 있겠는가. 사실 모든 사람들이 톳티를 귀여워했지만 헤티는 그 아이에게 전혀 관심이 없었고 성가신 존재로만 여겼다. 다이나는 홀 팜에 머물러 있는 동안 헤티를 못마땅하게 생각하거나 나무라는 말은 결코 하지 않았다. 다이나는 헤티에게 진지한 말을 많이 해주었지만, 헤티는 그다지 신경 쓰지 않았고, 전혀 귀 기울여 듣지도 않았다.

다이나는 무슨 말을 했든 간에, 말이 끝나면 항상 헤티의 뺨을 어루만져 주었고, 헤티가 옷을 수선하는 일을 도와주었다. 헤티의 눈에 다이나는 수수께끼 같은 사람이었다. 헤티가 다이나를 볼 때는, 이 가지에서 저 가지로 푸드덕거리며 겨우 날 수 있는 작은 새 한 마리가 나뭇가지에 앉아서 급격히 하강하는 제비, 혹은 하늘로 힘껏 날아오르는 종달새를 상상하듯이 바라보았다. 헤티는 마티와 토미가 일요일마다 항상 읽어달라고 졸라대던 『천로역정』[98]이나 낡은 2절판으로 된 성경책에 나오는 그림들이 무엇을 의미하는지 알고 싶지 않았다. 그것처럼 다이나에 대한 수수께끼도 별로 풀고 싶어하지 않았다. 다이나는 헤티의 손을 자기의 팔 밑으로 끌어당기며 말했다.

"헤티, 오늘 밤 매우 행복한 모양이구나. 예쁜 아가씨. 내가 스노필드로 간 후에, 어쩌다 네 생각이 나면 지금 여기 서 있는 네 얼굴을 떠올릴 거야. 참 이상한 일이지? 내가 조용히 방에 앉아 눈을 감고 있거나, 언덕을 거닐 때면, 내가 알고 만났던 사람들이, 바로 얼마 전에 보았던 것처럼 눈앞에 생생하게 나타나는 거야. 그리고는 정말로 함께 있는 기분이 들어서 바로 옆에 있을 때보다도 더 생생하게 그 사람들의 목소리가 들려. 그뿐만이 아냐. 사람들이 나를 바라보고, 또 움직이는 모습이 너무나 명확하게 보이는 거야. 그 사람들만 생각하면, 꼭 그들의 운명이 내 운명인 것처럼 느껴진단다. 나는 주님 앞에 그들의 운명을 펼쳐놓고 간절히 기도하지. 주님의 사랑 속

<hr>

98) 1678년에 출판된 존 버니언의 종교 우화 소설이다. 선자의 인생역정을 상징적으로 보여주는 이 작품은 한때 성서에 버금가는 인기를 누렸다. 오늘날까지 영국에서 성경책 다음으로 많이 익히는 책이다.

에서 그 사람들이 편안히 쉴 수 있게 해 달라고 말이야. 그럴 때 내 마음은 참 기뻐. 너도 언젠가는 이처럼 나에게 다가올 거라고 나는 믿어."

다이나가 잠깐 말을 멈췄지만, 헤티는 아무 말도 하지 않았다.

"어젯밤과 오늘은 나한테 참 소중한 시간이었어."

다이나가 계속 말을 했다.

"아담과 세스 같은 좋은 사람들을 만나서 말이야. 두 사람은 늙으신 어머니를 자상하게 모시고 진심으로 마음속 깊이 생각하고 있었어. 노부인은 나한테 아담에 대한 얘길 많이 해주셨지. 몇 년 동안 아버지와 동생을 돌보면서 무슨 일을 해왔는지, 얼마나 훌륭한 지혜와 지식을[99] 갖추고 있는지, 그리고 약한 사람들을 위해서는 언제든지 최선을 다해 도와줄 준비가 되어 있다고 말씀하셨지. 내가 보기에도 아담 비드는 남을 사랑하는 마음으로 가득 차 있었어. 나는 스노필드 근처에 있는 우리 마을 사람들 중에서 힘세고, 재주 있는 남자들이 여자와 어린아이들을 잘 돌봐주는 걸 여러 번 봤었어. 남자들이 어린아이를 작은 새보다 더 가볍게 데리고 다니는 걸 보면 참 보기 좋았어. 아이들도 건장한 팔에 안기는 걸 제일 좋아하는 것 같았어. 분명히 아담 비드의 팔과 같을 거야. 그렇게 생각하지 않니, 헤티?"

"그러겠지."

헤티는 계속 숲 속으로 마음이 가 있어서 자기가 무슨 말에 동의하는지도 모른 채 건성으로 대답했다. 다이나는 헤티가 말하기 싫어한다는 것을 눈치 챘다. 그리고 벌써 대문 앞까지 다 와 있어서 더 이상 말할 시간도 없었다.

서쪽 하늘이 붉게 물들고, 하나 둘씩 별들이 희미하게 떠오르기 시작했고, 고요한 황혼이 농장의 뜰에서 서서히 짙어가고 있었다. 마

---

99) 이사야, 11:2. 여호와의 영이 그에게 내릴 것이고, 주의 영이 그에게 지혜와 총명과 분별력과 능력을 주시며, 주를 알고 경외하게 할 것이다.

구간에서 짐마차 끄는 말이 발을 구르는 소리가 들렸고, 뜰 안은 조용했다. 해가 진 후 20분 정도 되었을 때의 광경이었다. 닭과 오리들은 모두 닭장으로 들어가 버렸고, 불도그는 개집 밖에 놓여 있는 밀짚 위에 사지를 쭉 뻗고 드러누워 있었고, 그 옆에는 흑갈색 테리어 개가 자리 잡고 있었다. 사방이 조용해서인지 대문 여는 소리가 유난히 크게 들렸다. 이 소리에 개들은 영문도 모른 채 훌륭한 경찰처럼 짖어댔다.

개 짖는 소리가 나자 집안에서 인기척이 났다. 다이나와 헤티가 대문으로 다가오자 우람한 체구의 남자가 딱 버티고 나섰다. 이 사람은 불그스레한 얼굴에 검은 눈을 가졌고 아주 예리하게 사물을 볼 것 같았다. 장날이 되면 때때로 경멸하는 듯한 표정을 지었을지는 몰라도, 지금은 저녁식사 후라 그런지 아주 따뜻한 성품을 갖고 있는 듯한 인상이었다.

다른 학자의 학식에 대해서는 가장 신랄하게 비판하는 위대한 학자도, 일상생활을 할 때는 부드럽고 너그러운 성향을 보여준다는 사실은 널리 알려져 있다. 학식 있는 사람들은 왼손으로 쌍둥이가 누워 있는 요람을 가만가만 흔들어 주면서, 오른손으로는 히브리어 문자도 모르는 짐승처럼 무지한 적수를 혹독하게 비난한다는 얘기도 있다. 결점과 실수는 용서해야만 한다. 슬프다! 결점과 실수는 우리 인간에게 낯설지가 않다. 히브리어 단어를 쓸 때 모음을 나타내기 위해 찍는 작은 점과 같은 중대한 문제에 있어서, 점을 잘못 찍기라도 하는 사람은, 틀림없이 자기 민족의 적으로 취급당한다. 마틴 포이저도 이와 같이 대조적인 성향을 다 지니고 있는 사람이었다.

그는 매우 훌륭한 성품을 지녔기에 모든 재산을 자기에게 물려준 아버지를 언제나 극진히 모시며 공경하였고, 어떤 일을 결정할 때면 항상 상대방의 입장에 서서 너그럽게 생각하고 결정했다. 그의 모습을 보고 사람들은 지금껏 모셔왔던 하느님 아버지보다 더 존경스럽고 자애롭다는 말을 할 정도였다. 하지만 그렇지 않은 경우도 있었다. 예를 들면, 휴경지를 잘 정리하지 않고, 산울타리 손질과 도랑 파는 일의 기본도 모르는 루크 브리튼에게는 전혀 다른 성품을 보여주었다. 겨울을 대비해서 비축물을 살 때 얼토당토않게 구매하는 브리튼의 모습을 보고 포이저는 매서운 겨울바람처럼 거세고 무자비하게 나무랐다. 그래서인지 포이저 앞에서 루크 브리튼은 날씨에 대한 말조차도 한마디도 꺼내지 못했다. 포이저는 그가 입을 여는 순간부터 불건전한 무식함을 바로바로 간파하기 때문이었다. 루크 브리튼은 앞서 언급한 것처럼 모든 농사일에 서툴렀던 것이다.

포이저는 장날에 '로얄 조지'라는 술집에서 그 친구가 바에서 1파인트의 백랍(주석을 주성분으로 한 합금) 맥주잔에 맥주를 마시는 꼴도 보기 싫어했고, 도로의 반대편에 그 친구가 나타나기만 해도 혹독하고 비판적인 눈길로 그를 쏘아보고는 했다. 그렇지만 이런 혹독한 눈초리와는 정반대로 두 질녀가 대문으로 들어올 때 바라보는 마틴 포이저의 눈빛은 아버지처럼 다정한 눈빛이었다. 포이저는 저녁에 피우던 파이프 담배를 입에 물고, 두 손을 주머니에 넣고 있었다. 이것은 하루의 일과가 끝난 후 잠을 자지 않고 계속 앉아 있을 때 그가 즐기는 유일한 심심풀이였다.

"너희들, 오늘 밤은 좀 늦었구나."

두 질녀가 인도로 이어지는 작은 문에 다다르자 그가 말했다.

"아이들 엄마가 너희들 때문에 안절부절못하고 있다. 우리 꼬맹이가 좀 아픈 모양이야. 다이나, 비드 부인은 어떻게 하고 계시든? 노부인께서는 돌아가신 부군 때문에 많이 슬퍼하시지? 한 5년간 남편 때문에 마음고생 많이 하셨는데."

"네, 그분은 바깥 어르신이 돌아가신 게 몹시 슬펐던가 봐요."

다이나가 말했다.

"그렇지만 오늘은 기분이 조금 나아지셨어요. 아담이 종일 집에서 아버지의 관을 짜고 있어 기분이 좋으셨던 모양이에요. 어머님은 하루 내내 아담 얘기만 하셨어요. 아담을 너무 사랑해서 그런지 몰라도, 좀 불안해 보였고 뭔지 모르지만 아담을 두려워하는 것 같았어요. 더 나이 들어서도 아담이 꼭 편안하게 모실 거라고 믿으셨으면 좋겠어요."

"암, 그렇지. 아담이라면 충분히 그렇게 해드리고 말고."

다이나의 바람을 오해한 포이저가 말했다.

"아담은 도리깨질을 하면 할수록 많은 곡식을 거둬들이는 사람과 같으니까 아무 걱정 없어. 알맹이 없이 껍데기만 있는 그런 사람은 절대 아니니까. 나는 언제나 아담을 확실히 믿고 있지. 그는 죽을 때까지 훌륭한 효자가 될 거다. 그나저나 언제 우리 집에 온다는 말은 안 하든? 자자, 너희들 그렇게 서 있지만 말고 어서 들어와라."

그는 덧붙여 말하면서 그들에게 길을 비켜주었다.

"내가 너희들을 계속 밖에다 세워두면 안 되지."

마당 주변에 있는 높은 건물들이 하늘을 가리고 있었지만, 커다란 유리 창문으로 들어온 넉넉한 노을빛이 집안 거실의 구석구석을 잘 비춰주고 있었다.

포이저 부인은 거실에서 꺼내온 흔들의자에 앉아서 톳티를 재우려고 하고 있었다. 하지만 톳티는 잠을 자려 하지 않았고 사촌언니들이 들어오자 벌떡 일어나 발그레한 두 볼을 보여주었다. 톳티는 머리에 리넨 나이트캡을 쓰고 있었는데, 캡의 테두리가 얼굴 윤곽을 더 뚜렷이 보이게 해서 어느 때보다도 더 포동포동해 보였다.

왼편에 있는 벽난로 구석의 고리버들 나뭇가지로 엮어 만든 큰 안락의자에는 마틴 포이저의 아버지가 앉아 있었다. 그의 아버지는 누가 봐도 할아버지이긴 했지만 너무나 정정해서, 마치 검은 머리의 건장한 포이저가 얼굴에 주름지고 검은 머리가 하얗게 된 모습으로 착각할 정도였다. 그는 머리를 약간 앞으로 숙이고, 팔꿈치는 뒤로 하여 의자 팔걸이에 팔뚝 전체를 기대고 있었다.

그는 집 안에 있을 때면 보통 하늘색 손수건을 무릎 위에 펼쳐 놓고 조용히 앉아 있었다. 이 하늘색 손수건을 머리에 걸쳐놓지 않을 때에만 말이다. 그리고는 자신의 마음속에 대해서는 아무런 관심이 없는 모양인지, 아직 정정한 눈으로 주변에서 무슨 일이 진행되는지 열심히 쳐다보기도 했다. 마룻바닥에 떨어져 있는 핀을 꼼꼼하게 찾아보기도 하고, 어떤 때에는 아무 목적 없이 갑자기 어떤 사람의 움직임에 시선을 고정시킨 채 아주 세세한 움직임까지도 눈으로 좇아다니면서 바라보기도 하고, 흔들리는 불꽃이나 벽에 비추는 태양빛을 보기도 했다. 마룻바닥에 깔린 네모난 돌 타일을 세어 보기도 하고, 시계 바늘을 쳐다보기도 하고, 시계가 재깍거리는 소리의 리듬을 들으며 즐거워하기도 했다.

"헤티, 이렇게 늦은 시간에 돌아오다니 어떻게 된 거야!"

포이저 부인이 나무랐다.

"시계를 좀 봐라. 9시 반이 다 돼가는 게 안 보이니? 딴 하녀들은 30분 전에 벌써 잠자리에 들었단 말이다. 그것도 너무 늦은 시간이라구. 내일 아침 4시 반에 일어나서 풀 베는 인부들이 먹을 물도 챙겨야 하고 빵도 구워야 하는데 어쩌려구 이렇게 늦게 와. 우리 집 복덩이 톳티가 열이 나서 아직도 말똥말똥 눈만 뜨고 잠을 안 잔다. 그래서 약 좀 먹여서 재우려는데 도와줄 사람이 네 외숙부밖에 없었다는 게 말이나 되니? 약이 절반이나 잠옷에 쏟아져 버렸다구. 약을 먹으면 더 아플까 봐 그러는지 원. 하여튼 일하기 싫을 때 나갈 일이 생기면, 사람들은 이게 웬 떡이냐 한다니까."

"8시 전에 거기서 나왔어요, 외숙모."

토라진 어조로 약간 머리를 젖히며 헤티가 대답했다.

"우리 집 시계는 체이스 장원에 있는 시계보다 훨씬 빨리 가요. 그러니 제가 집에 오면 몇 시가 될지 알 수 없는 건 당연한 거 아니에요?"

"뭐라고! 지금 저 귀족들 집 시간에 맞춰 살겠다는 거냐? 밤늦도록 촛불을 켜놓고 잠도 안 자고, 밭에서 자라는 오이마냥 해가 중천에 떠올라 햇볕에 까맣게 그을려질 때까지 늦잠이나 실컷 자고 싶다 이거지? 그리고 내가 말이지, 오늘 처음으로 시계를 제대로 맞췄단 말이다."

헤티가 도니손 대위에게 8시에 출발했다고 말했을 때, 정말로 그녀는 두 집에 있는 시계의 시간 차를 잊어버리고 있었던 것이다. 게다가 헤티는 꾸물거리며 늑장을 부려서 평소보다 거의 한 시간이나 지체됐다. 그러나 이 순간 포이저 부인은 헤티보다 사랑하는 딸 톳티에게 더 관심을 보일 수밖에 없었다. 왜냐하면 사촌언니들이 집에 돌아와서도 자기에게 관심을 보이지 않자 톳티가 격정적으로 '엄마, 엄마.' 하면서 울음보를 터뜨리기 시작했기 때문이다.

"아이구, 그래. 내 강아지. 엄마 여기 있어. 톳티 두고 어디 안 갈 거야. 아유, 착하지? 어서 자자."

톳티를 포근하게 안아 의자를 뒤로 기대어 흔들어 대면서 포이저 부인은 아이를 얼렀다. 그러나 톳티는 더욱 큰소리로 울며 '싫어. 싫어.' 하고 소리만 질렀다. 포이저 부인은 성미가 급한 엄마였지만 그래도 딸에 대한 모성애를 가지고 놀라운 인내심을 보였다. 다시 일어나 앉아서 자기의 뺨으로 톳티의 리넨 나이트캡을 꼭 눌러주고 뽀뽀를 해주었다. 그러는 동안 자신이 헤티를 꾸짖고 있다는 것을 잊어 버렸다.

"이리 오렴, 헤티."

마틴 포이저가 달래는 어조로 말했다.

"우리는 저녁식사를 다 해서 밥상은 벌써 치웠다. 저기 주방에 가서 저녁을 챙겨 먹으렴. 그리고 네 외숙모가 옷을 갈아입을 동안 톳티나 좀 봐줘라. 엄마가 재워주지 않으면 침대에 누우려고 하질 않으니……. 다이나, 너도 뭘 좀 먹으렴. 그 집의 살림살이가 별로 넉넉하지 못해서 제대로 못 먹었을 테니 말이다."

다이나가 말했다.

"괜찮아요, 이모부. 여기 도착하기 바로 직전에 저녁 먹었어요. 비드네 어머님이 케틀 빵을 만들어 주셨거든요."

"저도 저녁생각이 별로 없어요."

모자를 벗으며 헤티가 말했다.

"외숙모님이 원하신다면, 제가 지금 톳티를 안고 돌볼게요."

포이저 부인이 말했다.

"아니, 무슨 그따위 소리를 하는 거야. 너는 대체 빨간 리본을 꽂기만 하면 아무것도 먹지 않아도 배부르단 말이냐? 어서 가서 저녁이나 먹어. 찬장에 차가운 푸딩이 있을 거다. 네가 정말 좋아하는 푸딩 말이야."

헤티는 아무 말 없이 식당으로 갔다. 포이저 부인은 다이나에게 계속해서 말을 했다.

"다이나, 여기 앉아 봐. 네 표정을 보니 너를 편안하게 해준 뭔가가 있는 모양이구나. 네가 가니까 노부인이 무척 기뻐하시지? 네가 이렇게 늦게까지 거기 있다 온 걸 보니 확실히 그랬을 거야."

"노부인께서 제가 온 걸 좋아하시는 눈치셨어요. 그 집 형제 말로는 자기 어머니는 보통 때 같으면 젊은 여자가 자기 집에 오는 걸 별로 탐탁지 않게 여기신대요. 그래서 처음에는 제가 그 집을 찾아왔다고 노부인이 저한테 화를 내실 줄 알았어요."

"음, 노인들이 젊은 아이들을 안 좋아한다면 그건 안 된 일이지."

마틴 노인이 고개를 아래로 숙여 눈으로 마룻바닥의 네모난 돌 타일의 문양을 살펴보며 말했다.

"닭장에서 살면서 작은 벌레를 싫어하면 그건 말도 안 되죠. 좋든 싫든 간에 우리는 다 젊은 시절이 있었으니까 말이에요. 특히 비드 부인은 젊은 여자 비위를 잘 맞춰야 될 거예요."

포이저 부인이 맞장구쳤다.

"아담이나 세스 같은 아들들이 자기 어머니 뜻만 따르느라 젊은 여자한테 무관심하다 보면 앞으로 10년 이상은 홀아비로 지내야 될 걸요?"

"그건 터무니없는 짓이야. 늙은이든 젊은이든 모든 것을 자기편에만 유리하게 욕심을 부리면 그건 옳은 짓이 아니지. 좋은 게 좋은 거라고 모든 사람이 두루두루 좋아야지. 그래도 야생능금(들판에서 저절로 자라는 사과나무의 사과이다. 이 사과는 맛이 아주 시다.)과 사과도 구별 못 하면서 결혼하는 젊은이들은 나도 탐탁지 않아. 분별력이 있어야지. 암, 좀 시간이 걸리더라도 결혼을 하려면 기본적인 것은 갖춰야지."

"물론이에요."

포이저 부인이 대답했다. 그리고 다시 헤티를 보며 말했다.

"저녁시간을 놓치면 식욕이 떨어져 음식 맛이 없을 거다. 식욕이 없는데 고기를 어떻게 먹겠니. 포크로 깨작거리기만 하다가 결국에는 안 먹겠지. 헤티, 음식이 맛없는 게 아니라 네 속이 이상한 거야."

헤티는 식당에서 저녁을 먹고 와서 말했다.

"외숙모, 제가 톳티를 돌볼게요."

"이리 와 봐요, 레이첼."

포이저가 말했다. 하지만 톳티가 엄마 품에 포근하게 안겨 있어서 포이저 부인은 헤티에게 선뜻 톳티를 맡기지 못했다.

"옷 갈아입을 동안, 헤티한테 톳티를 위층으로 데려다 놓으라고 해요. 당신, 좀 지쳐 보이는구려. 푹 자면서 쉬어야겠소. 안 그러면 다시 앓아눕겠다고."

"음…… 톳티가 헤티한테 가기만 한다면 그렇게 할게요."

포이저 부인이 대답했다. 헤티는 흔들의자로 다가갔다. 흔히 보이

258

던 미소도 짓지 않았고, 톳티를 어르려고도 하지 않고, 그저 외숙모가 아이를 건네주기만을 기다리고 있었다.

"엄마가 잠자리 준비할 동안 헤티 언니한테 가 있을래, 아가? 그럼 이따가 엄마랑 한 침대에서 같이 잘 수 있을 텐데."

엄마가 말을 끝내기도 전에 톳티는 단호한 의사표현을 했다. 눈살을 찌푸리며 작은 이로 아랫입술을 꼭 깨물고, 앞으로 몸을 내밀어 온 힘을 다해 헤티의 팔을 때렸다. 그리고는 다시 아무 말도 하지 않고 엄마 품에 안겼다.

헤티가 꼼짝 않고 서 있는 동안 포이저가 말했다.

"애, 톳티. 헤티한테 안 갈 거야? 애기같이 왜 그래? 꼬마 아가씨! 우리 톳티는 아기가 아니잖아. 응?"

"아무리 설득해도 소용없을 거예요. 얘가 몸이 아프면 항상 헤티에게 심술궂게 굴더라구요. 아마 다이나한테는 갈 거예요."

포이저 부인이 말했다.

다이나는 모자와 숄을 벗어 놓고도 주제넘게 나서지 않았다. 그냥 조용히 뒤편에 앉아 헤티의 행동을 보고 있었다. 그녀는 이모의 말이 떨어지자 톳티 앞으로 다가가 팔을 뻗으며 말했다.

"톳티, 이리 와. 내가 위층으로 데려다 줄게. 엄마가 너무너무 힘드신가 봐. 엄마는 피곤하셔서 코, 주무셔야 된대."

톳티는 다이나 쪽으로 얼굴을 돌려 그녀를 보았다. 그리고는 엄마 품안에서 일어나더니 작은 팔을 내밀어 다이나에게 안겼다. 그렇지만 이 광경을 보고 헤티는 기분 나쁜 표정을 짓지도 않았다. 그냥 돌아서더니 테이블에서 모자를 집어들고 아무렇지 않다는 태도로 다른 심부름시키기만 기다리고 서 있었다.

"여보, 이제 문을 꼭 잠그세요. 알릭이 집에 돌아온 지 꽤 오래됐으니까요."

안심된다는 듯 낮은 의자에서 일어나면서 포이저 부인이 말했다.

"헤티, 성냥 좀 갖다주겠니? 방에 있는 골풀 양초[100]를 켤 거니까. 아버지, 이제 주무세요."

포이저는 대문의 무거운 나무 빗장을 걸어 잠갔다. 마틴 노인은 자리에서 일어나 하늘색 손수건을 주워들고서 구석에 있는 손잡이 있는 밝은 색 호두나무 지팡이를 가지러 갔다. 포이저 부인이 먼저 부엌에서 나오자 노인이 뒤따랐고, 다이나도 톳티를 팔에 안고서 따라 나왔다. 다른 사람들은 모두 새들처럼 땅거미가 질 무렵에 이미 잠자리에 들어 있었다. 포이저 부인은 걸어가면서 두 아들이 자고 있는 방을 들여다보았다. 베개에 얼굴을 묻고 자는 아이들의 불그스름하고 동그란 뺨을 쳐다보고, 잠깐 동안 서서 규칙적으로 쌔근쌔근 숨 쉬는 소리를 듣고 있었다.

"헤티도 어서 자거라."

포이저는 위층 쪽으로 올라가면서 달래는 어조로 말했다.

"근데 일부러 늦게 온 건 아니지? 그치? 너희 외숙모가 저녁 내내 많이 걱정했다. 그럼 잘 자라. 우리 귀한 아가씨."

---

100) 1830년 이전에 나온 성냥은 가는 노끈, 천이나 종이를 녹인 유황에 적셔서 만든 것이어서 부싯깃 통에서 부싯돌로 쳐서 번쩍하는 불똥에 쉽게 불을 붙일 수 있다. 이 성냥으로 수지 양초나, 약한 골풀 양초에 불을 켰다. 이 골풀 양초는 수지나 다른 기름에 골풀의 속(고갱이)을 적셔서 만든다.

15

두 여자의 침실

헤티와 다이나는 2층에 있는 각자의 침실에서 잤다. 그들의 방은 옆에 나란히 붙어 있었다. 헤티의 방 안에는 아주 소박한 가구들이 놓여 있었다. 창에는 커튼이 없기 때문에 막 떠오르는 달빛이 방 안을 환하게 비춰주고 있어서 헤티는 편안하게 옷을 벗고 마음대로 움직일 수 있었다. 페인트 색이 희미해진 낡은 옷장 위에 박아놓은 못들도 환히 보였다. 이 못들에다가 헤티는 모자와 가운을 걸어 두었다.

달빛이 얼마나 환한지 빨간 바늘방석 천 위에 꽂혀 있는 바늘의 끝머리 하나하나까지도 잘 보였다. 헤티는 구식 거울 속에 비쳐진 자신의 모습을 또렷이 보았다. 그녀는 거울을 보면서 머리를 빗고 나이트캡을 써야겠다고 생각했다. 거울이 얼마나 이상하게 생겼는지, 헤티는 옷을 갈아입을 때마다 짜증이 났다. 물론 처음에 살 때는 멋진 거울이었다. 어느 상류집안에서 경매로 내놓았던 가구를 25년 전에 포이저 가에서 사들였던 것이다. 경매인은 지금도 그 장롱이 대단한 것이라고 말할 정도로 좋은 물건이었다. 장롱의 기반 부분은 단단한 마호가니 나무로 만들어졌고 서랍이 달려 있었지만, 도금된 부분은 많이 변색되어 있었다. 그 서랍들은 확 잡아당겨야 열렸고, 그러면 물건을 꺼내려고 애쓸 필요도 없이 깊숙한 구석에 있던 물건들까지 툭 튀어나왔다.

장롱에는 청동 촛대가 양쪽에 각각 놓여 있어 귀족적인 분위기가 났다. 하지만 장롱에 달린 거울은 여기저기 수많은 얼룩이 퍼져 있어 아무리 닦아도 지워지지 않았기 때문에 헤티의 마음에 들지 않았다. 게다가 앞뒤로 움직이지도 않고 똑바로 고정되어 있어서 겨우 그녀의 얼굴과 목만 보일 뿐이었다. 그것조차도 화장대 앞에 놓인 낮은 의자 위에 앉아야만 보였다. 정말이지 한 마디로 경대라고는 말할 수 없는 물건이었다. 단지 서랍장의 기능만 있었고, 그 앞에 앉는다는 것 자체가 세상에서 가장 불편한 일이었다. 더구나 거울 앞에 앉으면 서랍장의 큰 청동 손잡이가 튀어나와 있어 무릎에 상처를 내기 때문에 쉽게 다가갈 수도 없었다. 그래도 독실한 신자들은 아무리 불편한 물건이라도, 자신들이 좋아하는 종교적인 의식을 실천하는데 있어서는 아무런 방해가 되지 않는다고 여긴다. 그렇듯 헤티는 오늘 저녁 특별한 종교적인 의식을 치르려는 것처럼 정성을 다했다.

가운과 하얀 머릿수건을 벗으면서, 그녀는 페티코트에 달려 있는 주머니에서 열쇠를 꺼냈다. 화장대의 서랍 하나를 열고 트레들스톤 시장에서 몰래 샀던 작은 양초를 꺼내 두 개의 청동 촛대에 하나씩 꽂았다. 성냥갑에서 성냥을 꺼내 촛불을 켜고, 마지막으로 은화만큼 작은 거울을 꺼냈다. 빨간 테두리에 얼룩 하나 없는 거울이었다. 그녀가 자리에 앉은 후 맨 처음 들여다본 것이 바로 이 거울이었다. 그녀는 미소를 지으며 거울을 들여다보았다. 잠깐 동안 한쪽으로 고개를 돌리고 나서 거울을 내려놓고 맨 위에 있는 서랍에서 머리 솔과 빗을 꺼냈다. 그리고 머리칼을 풀어 늘어뜨리고, 자신의 모습을 리디아 도니손의 드레스 룸에 걸어놓은 어느 숙녀의 사진처럼 보이게 했다. 그것은 아주 간단한 일이었다. 그녀의 목 위로 히아신스[101]같이 아름답게 굽실거리는 까만 머리가 흘러내렸다. 숱이 많고, 굵고, 형

클어진 머리카락이 아니라, 비단결같이 부드럽고 윤기나는 머리카락은 틈만 나면 곱고 가느다란 고리모양으로 곱실곱실하게 찰랑거렸다.

헤티는 사진 속의 숙녀처럼 보이게끔 머리카락을 모두 뒤로 넘겼다. 그리자 그녀의 머리카락이 까만 커튼처럼 펼쳐져 둥글고 탐스러운 목을 더욱 하얗고 또렷하게 드러내 보였다. 그녀는 머리 솔과 빗을 내려놓고 사진에 있는 숙녀처럼 팔짱을 낀 채 여전히 거울 속에 비친 자신의 모습을 쳐다보았다. 거울이 낡고 얼룩덜룩해도 사랑스러운 헤티의 모습은 변함이 없었다. 헤티의 코르셋(허리를 날씬하게 조여주기 위해 여성들이 입는 속옷)은 다른 소설 속 여주인공의 것처럼 하얀 공단으로 만든 일반적인 것이 아니라 짙은 녹색의 면직물로 만든 것이었는데 정말 예뻤다. 진짜 그랬다! 그녀는 아주 예뻤다. 도니손 대위도 그렇게 생각했다. 헤이슬롭에서 살고 있는 그 누구보다도 훨씬 예뻤다. 그녀가 여태까지 보아온 체이스를 방문한 그 어떤 귀부인보다도 더 예뻤다. 사실 훌륭한 귀부인들은 대부분 늙고 못생겨 보였다. 그리고 트레들스톤의 미인이라 불리는 방앗간 집 딸 베이콘보다도 더 예뻤다.

헤티는 오늘 밤의 자기 모습이 여태까지 보았던 것과 아주 다르게 보여서 특별한 감흥을 느꼈다. 마치 자신이 화환 위에 앉아 있는 새벽의 여신이 된 것 같았고, 보이지 않는 관객들의 시선이 자기를 쳐다보고 있는 기분이었다. 숲 속에서 아서가 그녀에게 속삭였던 달콤한 말들이 지금도 반복해서 그녀의 귀에 쟁쟁하게 들리는 것 같았다. 그녀를 꼭 안아주던 팔, 그의 머릿결에서 풍기던 우아한 장미향이 여전히 그녀의 몸에 남아 있는 것 같았다.

허영심 많은 여인은 한 남자의 사랑을 받고서, 마음이 격정적으로

---

101) 이 말은 호머의 시에서 나온 말이다. 아름다운 머리카락을 시적으로 나타내는 형용사로 쓰이는 말이다. 그리스 신화에 나오는 미소년 히아킨토스가 죽은 자리에서 피어난 아름다운 꽃 히아신스는 신비하고 아름답다는 뜻으로 쓰인다.

변하면 그때야 비로소 자신이 무척 아름답다는 것을 알게 된다. 하지만 헤티는 이것만으로는 뭔가 부족하다는 생각이 들었던 모양이었다. 그녀는 일어나서 양초를 꺼냈던 서랍 속에서 커다란 귀걸이를 꺼내고 리넨 장롱에서 낡은 검정 스카프를 가져왔다. 그것은 여기저기 해진 다 낡은 스카프였다. 그녀는 스카프를 어깨를 멋지게 감싸하얀 팔 위쪽을 더욱 돋보이게 했다. 그녀는 귀에 걸린 작은 귀걸이를 뺐다. 외숙모는 귀걸이를 했다고 그녀를 얼마나 나무랐던가!

헤티는 색유리와 금박으로 된 커다란 귀걸이를 귀에 걸었다. 만약독자들이 헤티의 액세서리가 무엇으로 만들어졌는지 몰랐다면, 그 귀걸이들이 귀부인들이 달고 다니는 것과 똑같다고 생각했을 것이다. 그녀는 귀에 귀걸이를 걸고 다시 앉았다. 그리고 검정 레이스 스카프를 어깨에 잘 둘러 걸쳤다. 팔꿈치 조금 아래까지 보이는 자신의 팔을 내려다보았더니 그 어떤 팔이라도 이보다 더 아름답게 보일 수 없을 거란 생각이 들었다. 팔은 하얗고 통통했고, 보조개 같은 곡선이 뺨과 잘 어울렸다. 헤티는 자신의 거칠어진 손을 보고 너무 속상했다. 다른 숙녀라면 절대 하지 않았을 일, 버터 만드는 일 따위를 많이 해서 손이 거칠어졌던 것이다.

헤티는 도니손 대위가 자신이 계속 일하는 걸 별로 좋아하지 않을 거라고 생각했다. 그는 헤티가 멋진 옷, 얇은 신, 특히 양말의 목 부분에는 실크 장식의 자수가 있는 하얀 스타킹, 이런 것들을 입고 있으면 좋아할 것이다. 정말로 아서는 자기를 끔찍이 사랑하는 것 같았다. 지금까지 어느 누구도 자기를 힘껏 안고 키스해 준 사람은 없었으니까 말이다. 그는 자기와 결혼하고 싶을 테고, 자기를 숙녀로만들고 싶어할 것이다. 그녀는 감히 이런 소원을 실현시킬 수는 없었다. 하기는 달리 어쩔 수도 없었다. 하지만 어떤 의사의 조수였던제임스가 의사의 질녀와 결혼한 것처럼, 아주 비밀리에 결혼해서 오랫동안 아무도 모르게 지내다 보면, 나중에는 말려봐야 아무 소용없는 일이 될 것이다.

헤티가 빤히 듣고 있는 자리에서 그 의사는 그녀의 외숙모에게 그런 이야기를 모두 들려주었었다. 그녀는 어떻게 하면 아서와 결혼을 할 수 있을지 감히 알지 못했다. 물론 아서의 할아버지는 헤티와 아서의 소문에 관해서 아무것도 듣지 못할 것이다. 그래서 만약 헤티가 체이스 장원에서 그 어른을 우연히 만나기라도 한다면 두려움에 바들바들 떨고 너무 놀라서 거의 혼비백산할 것이다. 헤티가 아는 것은 그 어른도 이 세상에 인간으로 태어났다는 것이다. 하지만 그분도 다른 사람들처럼 젊은 시절이 있었다는 것까지는 미처 생각하지 못했다. 다만 모든 사람들이 감히 쳐다보지도 못하는 지주 어르신이라고 생각할 뿐이었다.

아! 정말 그녀가 아서의 아내가 된다는 것은 상상도 할 수 없는 일이다. 그러나 도니손 대위라면 분명 헤티와 몰래 결혼할 방법을 알고 있을 것이다. 그는 아주 훌륭한 신사이고, 모든 것을 자신이 원하는 대로 다 할 수 있다. 또 그는 사고 싶은 것이 있으면 뭐든지 다 살수 있기 때문에 분명 아서가 원한다면 헤티와 결혼할 수도 있을 것이다. 그렇다면 헤티는 지금까지 그녀가 살아왔던 것처럼 살지는 않을 것이다.

그녀는 어느 날 저녁 로비에 있는 작고 둥근 창으로 리디아 양과 다아시 부인이 식당으로 들어가는 것을 몰래 들여다 본 적이 있었다. 그 여자들처럼 언젠가는 자신도 당당한 귀부인이 될 것이다. 마차를 타고 만찬에 참석하기 위하여 비단 옷을 입고 머리에는 깃털 장식을 꽂고, 드레스를 땅에 질질 끌리게 할 것이다. 그 여인들과 다른 것이 있다면 그녀는 리디아 양처럼 늙고 못생기고, 혹은 다아시 부인처럼 뚱뚱한 사람은 절대로 되지 않을 것이다. 그들과는 전혀 다르게 머리를 아주 예쁘게 꾸미고, 분홍 드레스나, 흰 드레스를 입을 것이다. 지금으로서는 자신에게 어떤 옷이 좋을지 그것까지는 모르지만 어쨌든 드레스를 입고 마차를 타고 지나가는 것을 메리 버즈와 모든 사람이 구경하게 될 것이다. 미처 구경을 못한 사람들은 드레스 차림으로 마차를 탄 헤티의 이야기를 듣게 될 것이다. 헤이슬롭에 사는 외숙모의 눈앞에서 이런 일이 발생한다는 것은 상상도 못할 일이었다. 이렇게 찬란한 상상에 빠진 채, 헤티는 의자에서 일어났다. 그녀가 일어서자 테두리가 빨간 거울이 스카프 끝자락에 걸려서 바닥에 쿵 소리를 내며 떨어졌다. 하지만 헤티는 잠깐 놀랐을 뿐 이내 황홀할 정도로 아름다운 자신의 모습에 홀딱 반해버렸다. 다시 거울을 집어들 생각도 하지 않고, 채색된 코르셋을 입고 울긋불긋한 치마를 입고 어깨에 낡은 검정 레이스 스카프를 둘렀다. 그리고 커다란 유리로 된 귀걸이를 귀에 달고 방에서 왔다갔다하며 귀족 아가씨처럼 우아하게 걷기 시작했다.

이렇게 기묘한 드레스를 입어도 이 소녀는 얼마나 아름다운가! 그녀와 사랑에 빠진다는 것은 이 세상에서 가장 어리석은 일이 될 것이다. 헤티의 얼굴과 몸매는 사랑스런 아기같이 탐스럽게 생겼다. 곱실거리는 아름다운 머리카락은 귀와 목덜미 아래로 매력적으로 찰랑찰랑 흘러내렸다. 긴 속눈썹 사이의 크고 까만 눈은 신비로움마저 느껴졌다. 마치 그녀의 눈 속에 꼬마요정이 갇혀서 이리저리 뛰어다니며 눈 밖의 세상을 내다보는 것처럼 보였다.

아! 헤티같이 어여쁜 신부를 데려가는 사람은 얼마나 큰 영광인가! 결혼식에서 헤티는 흰색 레이스 장식의 옷을 입고, 오렌지색 꽃다발[102]을 들고서 아서의 팔짱을 끼고 있을 것이다. 결혼 조찬에 참석한 남자들은 이 광경을 보고 얼마나 아서를 부러워할까! 헤티는 또 얼마나 사랑스럽고, 여리고, 탐스럽고, 부드럽고, 나긋나긋해 보일까! 헤티의 마음은 아주 부드럽고, 기질 또한 둥글둥글하고, 성격은 참으

---

102) 전통적으로 기독교를 믿는 서구 사람들의 결혼식에서 신부는 하얀 꽃다발을 들어야 한다. 그런데 허영심에 가득한 헤티는 오렌지색 꽃다발을 들면 훨씬 예쁠 거라고 상상하고 있다.

로 유순할 것이다. 만약 그녀에게 문제가 생긴다면 그건 남편이 잘못해서 그런 것임에 틀림없다.

아서는 그녀를 자기 마음에 드는 여자로 만들 수 있을 것이다. 그건 아주 분명하다. 애인인 아서 또한 그렇게 생각할 것이다. 귀엽고 사랑스런 그녀가 자신을 좋아해주고, 그녀의 몸을 치장한 귀여운 액세서리들을 보고 몹시 황홀한 나머지 그녀에게 좀더 현명한 여자가 되라고 말하지도 않을 것이다. 아서는 헤티의 새끼고양이 같은 눈빛과 행동이 자신의 보금자리를 천국으로 만들어 줄 거라 생각할 것이다.

헤티처럼 혼자만의 상상 속에 빠져 있는 사람이면 누구든 자신을 위대한 관상가라고 착각한다. 그런 사람들은 자연이 엄격하게 진실한 말만 하며, 자연은 그 나름의 언어를 가지고 있고, 자신은 바로 그 자연의 언어를 잘 안다고 생각한다. 자연은 신랑을 위하여, 신부의 모습을 뺨과 입과 턱을 절묘한 윤곽으로 그렸다. 눈은 꽃잎처럼 섬세한 눈꺼풀에, 꽃술처럼 올라간 긴 속눈썹으로 그렸고, 눈동자는 짙고 촉촉하고 깊숙하게 그려냈다.

그녀는 자신의 아이들을 얼마나 사랑하게 될까! 어쩌면 아이들과 함께 그녀도 거의 어린아이가 되어 있을 것이다. 그녀를 중심으로 주변에는 토실토실한 꼬마 아이들이 그녀에게 매달려 있을 것이다. 마치 분홍빛의 작은 꽃들이 큰 꽃을 에워싸고 있는 것처럼 말이다. 남편은 행복해 하는 아내와 아이들을 인자한 얼굴로 미소를 지으며 바라볼 것이다.

그리고 남편은 원하기만 한다면, 언제든지 자신이 추구하는 지혜의 성역에 들어갈 수 있을 것이다. 그리고 아내는 남편을 매우 존경하는 눈빛으로 감탄하며 바라볼 것이다. 그리고 남편이 허락하지 않는 한, 절대로 성역의 커튼을 열어 보지 않을 것이다. 그것은 아주 현명하며 당당한 남자들과, 너무나 사랑스러운 여자들이 황금시기에 결혼을 했을 경우에 해당된다.

아담 비드도 헤티를 이런 식으로 상상했었다. 다만 그는 다른 말로 자기의 상상을 전달했을 뿐이다. 만일 그녀가 아담에게 오만하게 행동했다면 그건 단지 그녀가 자기를 충분히 사랑하지 않기 때문이라고 아담은 생각할 것이다. 그녀가 사랑을 준다면 아담은 그 사랑이 한 남자가 이 세상에서 소유할 수 있는 가장 값진 것이라고 확신했다.

독자들이여! 아담의 통찰력이 부족하다고 비웃기 전에, 여러분도 영혼을 홀릴 만큼 예쁜 여자를 지레짐작으로 나쁘게 생각한 적이 과연 있었는지 생각해보라. 그 여자로 인해 머리가 쪼개질 듯한 고통을 겪지 않았다면 독자들도 틀림없이 그 여자를 나쁘게 생각하지 않을 것이다. 분명히 그럴 것이 확실하다. 솜털이 있는 복숭아를 좋아하는 사람들은 때때로 복숭아의 씨까지 미처 생각하지 못하고 덥석 깨물어버려 이빨에 통증을 느끼는 경우가 있다.

아서 도니손이 헤티의 특징에 대해 조금만 깊게 생각했다면 헤티를 아담과 똑같은 방식으로 생각했을 것이다. 아담은 헤티가 사랑스럽고, 상냥하고, 착하고 귀여운 여자라고 확신했다. 어린 소녀의 가슴을 두근거리게 하고 떨리게 하는 열정을 깨우쳐 준 남자라면 항상 그녀가 사랑스럽다고 생각한다. 아서는 진실로 자신이 그녀에게 애정을 느낀다고 생각할 것이다. 왜냐하면 그 가여운 것이 자신을 너무 좋아해서 거의 매달리다시피 하기 때문이다. 하느님은 사랑스런 여자들을 그렇게 만드셨다. 그것은 사랑의 열병에 빠지게 된 경우에 쓸 수 있는 편리한 조치이다.

아무리 현명한 사람이라도 가끔은 이런 함정에 빠져서 다른 사람을 정당하게가 아니라 더 좋게 혹은 더 나쁘게 평가하게 된다. 자연은 자기 나름의 언어를 가질 뿐, 결코 거짓말은 하지 않는다. 그러나 우리는 자연의 복잡 미묘한 모든 법칙을 잘 파악하지도 못한 채 너무 조급하게 읽어버려서 본래의 의미와 정반대의 뜻으로 이해해버리기도 한다.

자, 그럼 이제 다시 그 길고 짙은 속눈썹을 바라보라. 무엇이 이보다 더 아름다울 수 있을까? 나는 그런 눈들이 기만, 횡령, 그리고 어리석음을 보여주고 있다는 것을 충분히 경험했다. 하지만 그럼에도 불구하고, 길고 짙은 속눈썹으로 덮인 커다란 푸른 눈동자에 깊이 있는 영혼이 존재할 거라는 착각에 빠지고 만 것이다. 그러나 나는 흐리멍덩한 눈을 보면 역겹게 느껴지기에, 두 눈은 모두 결론적으로 역겹다는 반응을 보이게 된다는 점에서 두 눈이 비슷하다고 말할 수 있다. 이쯤 되면 누구든 속눈썹과 사람의 품행이 직접적으로 무슨 상관이 있을까 하고 의심할 것이다. 그렇지 않으면 그 속눈썹이 미인인 할머니를 닮았나 하고 추측하겠지만 그것은 우리에게 별로 중요하지 않다.

하지만 어떤 미인의 속눈썹도 이 헤티의 속눈썹보다 예쁠 수는 없었다. 그녀는 낡은 검정 레이스 숄을 두르고 자신의 어깨를 내려다보았다. 그리고 귀족 아가씨처럼 위엄을 갖추고 방 안을 거닐고 있을 때, 그녀의 분홍빛 뺨은 검정 숄의 가장자리와 완벽하게 어울렸다. 헤티의 좁은 머리로 상상하는 미래의 모습은 어쩐지 어둡고 흐릿하여 윤곽이 뚜렷하지도 않았다. 그러나 상상 속의 장면 하나하나에서 그녀는 눈부신 옷을 입고 사람들에게 둘러싸여 있는 화려한 주인공이었다. 도니손 대위가 그녀를 껴안고 키스할 듯이 가까이에 서 있자 모든 사람들이 그녀를 보고 감탄하며 부러워할 것이다. 특히 메리 버즈가 그럴 것이다.

헤티는 찬란한 옷을 입고 있어서 메리 버즈의 무늬 있는 새 드레스가 매우 시시하게 보일 것이다. 헤티의 기억 속에 있는 일들이 아무리 달콤하거나 혹은 슬프다 할지라도, 양부모 같은 포이저 부부, 돌봐야 할 아이들, 어릴 적 친구들, 애완동물, 심지어 유년시절의 추억,

추억이 깃는 물건들, 이처럼 그녀의 과거와 연관된 그 어떤 것이 미래의 꿈과 뒤섞일 수 있겠는가? 절대로 단 하나도 미래의 꿈과 뒤섞일 수 없다. 어떤 식물들은 뿌리가 거의 없다. 여러분이 바위나 절벽의 틈새에서 자란 야생화초를 뽑아 바로 장식용 꽃 화분에 심는다 해도, 그 화초는 변함없이 꽃을 피운다. 헤티는 할 수만 있다면 자신이 살아왔던 지난날의 모든 삶을 등 뒤로 내던져 버리고 다시는 회상하고 싶지 않았다. 오랫동안 정들었던 집에도 눈곱만큼의 미련이 없었다. 야곱의 사다리[103]나, 길게 줄지어 핀 정원의 제비꽃들도 좋아하지 않았다. 제비꽃은 다른 꽃들보다 더 아름다웠음에도 불구하고 말이다. 오히려 다른 꽃들이 그렇게 곱게 피어나지 않은 탓일지도 모르지만 말이다. 놀라운 것은 헤티는 자신을 그렇게도 따뜻하게 돌봐주는 좋은 아버지 같은 외숙부의 시중마저도 들고 싶어하지 않는 것이다. 그녀는 집안에서 지나치다가 외숙부를 보게 되어도 그분에게 때맞춰 파이프를 갖다주는 일이 없었다.

물론 손님이 있거나 외숙부가 심부름으로 시키면 그때야 갖다 드렸다. 헤티는 사람들이 왜 이 중년의 아저씨를 좋아하는지 이해할 수 없었다. 귀찮은 아이들, 마티와 토미와 톳티는 평소에 정말 그녀를 성가시게 하였다. 이 아이들은 무더운 여름날 조용히 쉬고 싶을 때 괜스레 날아와 붕붕 대며 괴롭히는 날벌레처럼 그녀를 못살게 굴었다.

헤티가 맨 처음 농장에 왔을 때 장남인 마티는 아기였었다. 그 애보다 먼저 태어난 아이들은 이미 죽었다고 한다. 헤티는 세 아이를 초원으로 데려가 그녀 주변에서 아장아장 걸어다니게 했고, 궂은 날이면 오래된 큰집의 비어 있는 방 안에서 데리고 놀았다. 남자 아이들은 이제 돌 볼 필요가 없을 만큼 자랐다. 그러나 톳티는 다른 두 아이보다 더 많이 헤티를 성가시게 굴면서 아직도 온종일 귀찮게 한

---

103) 성서의 창세기에 언급되는 이야기로, 야곱이 꿈에 본 하늘까지 닿는 사닥다리.

다. 그리고 옷을 만들고 수선하고 고치는 일 역시 끝이 없었다. 그녀는 아이를 돌보지 말라는 말만 들어도 좋을 것 같았다.

양치기에게는 갓 출산한 엄마양보다 끊임없이 돌봐주어야 하는 어린양들이 더 귀찮게 느껴진다. 갓 출산한 엄마 양은 잠시 동안만 돌보면 더 이상의 손길이 필요하지 않지만 어린양들은 달랐기 때문이다.

포이저 부인은 어린 병아리들이나 칠면조들이 자라서 새끼를 낳기만 하면 꼭 한 마리씩 주겠다는 약속으로 헤티가 이 어린 가금(닭, 칠면조, 집오리, 거위 따위)을 돌보도록 꾀었다. 만약 포이저 부인이 이런 약속을 하지 않았다면 헤티는 어린 병아리와 칠면조들이 너무 귀찮아서 '부화'라는 말만 들어도 몸서리칠 정도로 싫어했을 것이다. 어미의 품 안에서 밖을 내다보는 토실토실한 작은 병아리들을 보고도 헤티는 별로 귀엽다는 생각이 들지 않았다. 그런 것들은 그녀가 좋아하는 대상이 아니었다. 대신 그녀가 애지중지하는 것은 그렇게 기른 닭을 팔아서 트레들스톤 시장에서 새로 산 예쁜 장신구들이었다. 하지만 그럼에도 불구하고 그녀가 닭장 안으로 촉촉한 빵을 넣어주려고 웅크리고 앉아 있을 때에는 정말 탐스럽고 매력적이어서, 아무리 날카로운 사람이라도 그녀가 진짜 인정머리 없는 사람인지 의심했을 것이다.

하녀 몰리는 들창코에 턱이 앞으로 불룩 솟아 있어서 절대 예쁘지는 않지만, 마음씨는 정말 고운 소녀였다. 포이저 부인은 이런 몰리를 질그릇 물병에 빗대어 말하고는 했다. 갈색 질그릇의 물병은 안에 램프가 들어 있어도 불빛이 밖으로 새나오지 못한다. 그것처럼 몰리는 닭을 돌보는데 있어서는 보물 같은 사람이지만 멍청한 얼굴에 가려져 어머니처럼 따뜻한 마음이 빛을 내지 못한다고 말한다.

일반적으로 '아름다움'이라는 '귀여운 속임수'에 감춰진 도덕적인 결함을 맨 처음 눈치 채는 것은 여성의 눈이다. 포이저 부인은 헤티같이 예쁜 사람을 예리하게 관찰할 기회가 많아서 헤티의 감정적인 면이 어떤지를 비교적 공정하게 평가하고 있었다. 그래서 가끔씩 화가 날 때면 남편에게 그런 문제를 아주 터놓고 퍼부었다.

"헤티라는 아이는 공작새보다 나을 게 하나도 없어요. 우리 교구에 있는 마을 사람 모두가 죽어간다고 해도 헤티는 아무렇지도 않을 거예요. 햇빛이 비추면 꼬리를 쫙 펴고 담을 따라 뽐내며 걸어가는 공작새처럼요. 심지어 톳티가 구덩이 속으로 넘어져도 눈 하나 깜짝하지 않을 거예요. 구덩이에 빠진 우리 귀여운 천사를 생각해봐요. 나는 톳티가 저 멀리 말구덩이 부근의 진흙 속에서 신발을 빠뜨려 가슴을 치며 우는 걸 본 적이 있어요. 헤티는 그걸 봐도 아무렇지도 않았을 거예요. 톳티를 갓난아기 때부터 돌봐왔는데 어쩜 그럴 수 있는지 원…… 뻔히 보이네요, 보여. 헤티는 분명 자갈처럼 딱딱하고 인정머리 없는 애라구요."

"아니, 그렇지는 않아."

포이저가 대답했다.

"헤티를 너무 인정머리 없는 아이라고 몰아세우지 말아요. 헤티처럼 어린 처녀들은 아직 덜 자란 곡식과 같아요. 지금은 덜 자랐지만 점점 여물어가는 곡식이 될 거요. 아직 완전히 성장하지 않은 것뿐이란 말이오. 헤티도 좋은 남편을 만나 자기 아이들이 생기게 되면 괜찮아질 거요."

"나도 그 아이를 너무 심하게 야단치고 싶지 않아요. 그 아이는 손재주가 많아서 마음만 내키면 무슨 일이든지 썩 잘해내지요. 특히 버터를 만들려면 그 아이가 없어서는 안 돼요. 그 애는 아주 솜씨가 좋거든요. 그래서 그런대로 놔두고 보지만 당신의 조카니까 나도 그 아이한테 해줘야 할 일은 꼭 하려고 애썼어요. 실제로도 그랬고요. 집안일도 가르쳐줬고요. 하느님도 아실 거예요. 정말 숨 돌릴 여유도 없이 온 힘을 다했다구요. 그래서 때로는 끔찍한 고통에 시달리

기도 했죠. 그래도 나는 그 애에게 자기가 해야 할 일이 무언지 충분히 알아듣게끔 이야기해주었어요. 집에 처녀를 세 명이나 데리고 있으면서 그 아이들이 맡은 일을 하나하나 봐주느라고 내가 얼마나 힘들었는지 알기나 해요? 한꺼번에 세 개의 화덕에 고기를 굽는 것과 같이 정신없다구요. 이쪽 고기를 다 구웠다고 생각하면 다른 쪽 고기가 타고 있는 그런 꼴이었다니까요."

헤티는 외숙모를 아주 무서워해서 자질구레한 장신구들을 어떻게든 외숙모에게 들키지 않게 하려고 얼마나 애썼는지 모른다. 포이저 부인은 예쁜 장신구를 별로 좋아하지 않았고 헤티는 그런 걸 사려고 돈을 헤프게 썼었다. 만약 이 순간에 외숙모가 방문을 열고 들어와 작은 촛불을 켜놓고, 스카프와 귀걸이로 치장한 채 활보하는 헤티를 본다면, 그녀는 부끄럽고, 속상하고, 놀라서 그냥 죽어 버리고 싶을 것이다. 그래서 그렇게 놀랄 일이 일어나지 않도록 그녀는 항상 빗장을 질러 문을 잠갔고, 오늘 밤에도 문 잠그는 것을 물론 잊지 않았다. 그건 매우 잘한 일이었다. 그런데 바로 이때 가볍게 문을 똑똑 두드리는 소리가 들렸다.

헤티는 마구 두근거리는 가슴을 안고 얼른 촛불을 훅 불어 끄고는 초와 모든 장신구들을 서랍 속에 싹 쓸어 넣었다. 곧장 다시 문 두드리는 소리가 나서, 그녀는 미처 귀걸이를 떼어내지 못했다. 대신 스카프를 얼른 벗어서 바닥에 떨어뜨렸다. 여기서 우리는 헤티 대신 다이나에게로 잠깐만 시선을 돌리면 왜 문 두드리는 소리가 났는지 금방 알 수 있을 것이다. 다이나는 톳티를 엄마 품에 데려다 주고, 이층 헤티의 방 옆에 있는 자기 침실로 올라갔다.

다이나는 침실에서 창밖을 내다보는 걸 좋아했다. 그 방은 높다란 집 이층에 있어서, 이 방의 창문으로 들녘의 넓은 광경이 다 보였다. 창문 아래의 벽은 두께가 약 1야드 정도로 넓어서 디딤돌로 쓸 수 있었다. 다이나가 방에 들어와 맨 처음 한 일은 의자에 앉아 관목의 느

릅나무 위로 막 솟아오르는 보름달이 비추는 평화로운 들녘을 바라
보는 것이었다. 그녀는 초원을 제일 좋아했다. 그곳에는 젖소가 누
워 있고 바로 옆 목초지는 잔디가 반쯤 베어져, 은빛으로 물결치며
넓고 완만한 곡선을 이루었다. 그녀의 가슴은 매우 충만해졌다. 그
렇게 한참 동안 들판을 바라볼 수 있는 기회가 단 하룻밤 밖에 남지
있지 않았다. 그러나 그녀는 곧 떠나게 될 평온한 경치에는 별 미련
이 없었다. 오히려 황량한 스노필드가 그녀에게는 훨씬 더 매력적으
로 다가왔다. 그녀는 평화로운 들판에 살면서 그동안 자신이 보살폈
던 다정한 사람들을 생각하고 있었다. 이곳 사람들은 이제 그녀의
사랑스런 추억 속으로 영원히 사라질 것이다. 이곳과 떨어져 지내는
동안 이들에게는 무슨 일들이 닥칠지 모른다. 남은 인생의 여정에서
이들이 겪게 될 고통과, 지쳐버릴 심신에 대해 다이나는 진심으로
걱정했다. 이런 생각에 짓눌려서, 달빛이 비치고 정적에 휩싸인 들
판의 경치를 한가로이 즐길 수가 없었다. 눈을 감으니, 하늘과 대지
에서 느껴지는 감상보다 그들을 향한 사랑과 연민의 감정이 훨씬 더
깊고 부드럽고, 강렬하게 느껴졌다.

다이나는 이처럼 종종 혼자서 기도하고는 했다. 눈만 감으면 그녀
는 자신을 에워싸고 있는 하느님의 존재를 느낄 수 있었다. 그러자
다른 사람에 대한 진정한 걱정과 두려움이 따뜻한 바닷속의 얼음조
각처럼 차츰 스르르 녹아 없어졌다. 그녀는 두 손을 무릎 위에 포개
놓은 채 꼼짝 않고 앉아 있었다. 그녀의 평온한 얼굴에 창백한 달빛
이 15분 정도 비추고 있을 때, 헤티의 방에서 뭔가 떨어진 듯한 큰소
리가 들려서 다이나는 깜짝 놀랐다. 어떤 생각에 골똘히 잠겨 있을
때 정체 모를 큰소리가 갑자기 들리면 누구든 깜짝 놀라기 마련이
다. 그녀는 방금 들었던 소리의 정체를 몰라서 불안했다. 일어나서
다시 들어 보았지만, 그 후로는 아무 소리가 나지 않고 사방이 조용
했다. 그녀는 헤티가 침대에 잠자러 가면서 뭔가를 떨어뜨렸을 거라

고 생각했다. 그녀는 천천히 옷을 벗기 시작했다. 그러나 조금 전의 소리가 신경 쓰여서인지 자꾸만 헤티가 떠올랐다. 다이나는 사랑스럽고 귀여운 헤티가 앞으로 자기에게 닥쳐올 고된 시련과 힘든 삶, 아내와 어머니로서 날마다 해야 할 엄숙한 의무, 이런 모든 것들에 대해 전혀 대비가 되어 있지 않다고 생각했다.

헤티는 앞으로 배고픔을 참고 추위에 떨면서 안식처도 없는 어둠 속에서 헤매게 될지도 모른다. 그렇게 험한 인생의 긴 여정 앞에서 아직 헤티는 장난감만 끌어안고 있는 철없는 아이 같았다. 다이나의 눈에 헤티는 어리석고 혼자만 즐거워서 어쩔 줄 모르는 그런 아이처럼 보였던 것이다. 다이나가 헤티에게 관심을 두는 이유는 두 가지가 있었다. 하나는 세스가 형의 앞날을 걱정하고 있어서 다이나도 마음이 편치 않았기 때문이고, 또 하나는 헤티가 아담을 결혼상대로 생각할 만큼 충분히 사랑하지 않기 때문이었다.

그녀는 헤티의 본성이 따뜻하지 않고 헌신적인 사랑이 부족하다는 것을 분명히 알고 있었다. 따라서 헤티가 아담을 냉대한다는 것은 그를 남편감으로 생각하지 않는다는 표시로 생각했다. 다이나는 본성이 매정한 헤티의 마음을 싫어하기보다는 오히려 깊은 연민을 가졌다. 마음이 순결하고 정이 많은 사람은 질투심이 없기 때문에 아름다운 사람을 보면 언제나 순수하게 감명을 받는다. 이처럼 다이나도 헤티의 외모가 아름다웠기에 더욱더 마음 아팠던 것이다. 가난한 사람들과 죄 많은 사람들, 그리고 슬픔에 젖어 사는 불쌍한 이들에게 더 깊은 동정심을 느낀다면 그것은 정말 훌륭한 신의 선물이다. 백합같이 하얀 꽃봉오리가 병에 걸려 시름시름 말라갈 때, 보통의 흔한 꽃봉오리보다는 병든 꽃봉오리가 더 애처롭게 보이는 건 어쩔 수 없는 일이다.

다이나는 옷을 벗고 잠옷을 입을 때까지 예쁜 헤티가 더욱 불쌍하게 여겨져 몹시 고통스러웠다. 다이나는 헤티가 언젠가 저지를지 모르는 죄악과 그로 인한 슬픔의 가시밭길을 상상해 보았다. 불쌍한 헤티가 가시덤불 속에서 헤매다가 살이 찢기고 피 흘리며 고통스러워하고 눈물을 흘려도 아무런 도움도 받지 못하는 모습을[104] 상상해 보았다. 다이나의 마음속에서는 늘 이렇게 상상력과 동정심이 습관적으로 떠오르고 있었다. 두 개의 감정은 더 깊이 작용하여 더 큰 상상과 동정심으로 다이나의 가슴에 자리 잡았다.

그녀는 당장 헤티에게 달려가서 마음에서 솟아오른 애정 어린 경고와 호소의 말들을 속삭이고 싶었다. 그러나 헤티는 이미 잠이 들었을 것이다. 다이나는 벽에 귀를 대었다. 헤티의 방에서 작은 소리가 들려왔다. 아직 헤티가 깨어 있는 것이 분명하다. 그래도 그녀는 망설였고, 아직은 신의 지시를 확신하지 못했다. 헤티에게 가보라는 목소리보다는 그녀가 지쳐 있다는 목소리가 훨씬 더 크게 들렸다. 적절하지 못할 때에 다가가면 헤티는 더욱 고집스럽게 마음을 닫아버릴지도 모른다. 다이나는 자신의 마음에서 들리는 소리보다 좀더 뚜렷한 지시가 없어서 만족스럽지 못했다. 이때 떠오른 생각이 지금 성경을 펴 보면 거기에는 자신을 위한 지침이 쓰여 있을 것이라는 생각이었다. 그녀는 성경구절을 충분히 분간하고 있기에 성경책을 열어본 쪽에 쓰인 구절이 무엇을 말하는지 알고 있었다. 그녀는 성경의 모든 쪽의 내용을 다 알고 있으며, 펼친 부분이 어느 부분인지도 알고 있었고, 때로는 제목이나 쪽 번호를 보지 않고도 몇 장인지 알 수 있었다. 그녀의 성경책은 작고 두껍고, 가장자리가 다 닳아서 둥글게 되어 있었다.

다이나는 달빛이 가장 환히 비치는 창가로 가서 벽의 돌출부 위에 성경을 비스듬히 놓고 집게손가락으로 성경책을 폈다. 그녀의 눈에

104) 성경에서 아브라함이 자기 아들 이삭을 하느님께 제물로 바치려고 하자, 하느님께서는 아브라함에게 이삭 대신에 양을 구하여 제물로 쓰도록 해주었다. 창세기, 22:13. 아브라함이 눈을 들어 살펴보니 나무에 뿔이 걸려 있는 숫양 한 마리가 보였습니다. 아브라함은 그 양을 잡아다가 자기 아들 대신에 하느님께 번제물로 드렸습니다. 여기서 다이나는 이 양을 생각한 것이다. 그 양은 '가시밭길에서 잡았다'고 한다.

맨 처음 들어온 구절은 왼쪽 상단에 있는 성경 말씀이었다. '그들은 모두 비통하게 울었고, 바울의 목을 껴안고 키스했다.' 다이나에게는 이 구절이면 충분했다. 그녀가 펼쳐 본 장면은 에베소서에서 기억에 남을 만한 이별을 하게 되었을 때, 바울이 마지막 훈계와 경고를 하면서[105] 마음을 열어야겠다고 느꼈던 장면이었다. 이 부분을 읽은 그녀는 더 이상 주저하지 않고, 문을 열고, 헤티의 방으로 가서 문을 두드렸다. 그녀는 두 번이나 문을 두드렸다. 첫 번째 두드릴 때 헤티는 촛불을 끄고, 검정 레이스 스카프를 벗었다. 두 번째 두드렸을 때야 비로소 헤티의 방 문이 열렸다.

"들어가도 되겠니, 헤티?"

다이나가 물었다. 헤티는 당황스럽고 짜증이 났지만, 아무 말도 못하고 문을 활짝 열어 그녀를 들어오게 했다.

두 사람의 모습은 얼마나 기묘한 대조를 이루는지! 어슴푸레한 달빛 아래에서도 두 사람의 대조된 모습은 뚜렷하게 드러났다. 헤티는 상기된 뺨, 상상 속에 펼쳐진 드라마 덕분에 반짝거리는 눈, 아무것도 걸치지 않은 아름다운 목과 팔 등에는 곱슬곱슬한 머리카락이 치렁치렁 내려와 있고, 양쪽 귀에는 값싼 귀걸이가 걸려 있었다. 반면, 다이나는 하얀 드레스를 온몸에 걸쳐 입었고, 창백한 얼굴에는 차분한 감정이 묻어나고 있었다. 한마디로 아름다운 시체에 숭고한 비밀과 드높은 사랑을 듬뿍 지닌 영혼이 되돌아온 것 같았다. 두 사람은 거의 키가 같았다. 그래도 다이나가 조금 더 컸던 모양인지 헤티의 허리를 팔로 감싸며 이마에 키스해 주었다.

"네가 깨어 있을 줄 알았어."

달콤하고 낭랑한 목소리로 다이나가 말했다. 하지만 그 목소리가

105) 다이나의 성경점(성경을 펴서 눈에 띈 문장으로 길흉을 점친다.)에서는 사도행전, 20:17~38에 나온 말을 보여주고 있다. 사도 바울이 에베소서의 교회에 나오는 장로들에게 양의 우리를 약탈하는 '사악한 늑대들'을 경계하라고 경고하는 장면이다. 이 성경점을 보고 다이나는 헤티를 염려하고, 그리고 헤티에게 닥쳐올 고난에 대비하라고 경고해주라는 걸로 다이나는 확신하게 된다.

헤티에게는 쨍그랑거리는 사슬소리와 음악 소리가 섞인 것처럼 들렸다. 그래서 신경질 나고 짜증이 났다.

"아직 안 잤구나. 오늘 밤은 너랑 이야기하고 싶은데 어때? 내가 여기 머무는 것도 오늘 밤이 마지막이잖니. 우리는 내일 무슨 일이 생길지 몰라.[106] 우리가 다시 만나기도 어려울 텐데……. 네가 머리 빗는 동안 옆에 앉아 있어도 괜찮지?"

"그럼."

헤티는 방 안을 서둘러 둘러보더니 다른 의자를 끌어당겼다. 헤티는 다이나가 자신의 귀걸이를 보지 못한 것 같아서 다행이라고 생각했다.

다이나는 의자에 앉았다. 헤티는 머리를 틀어 올리려고 하는 것처럼 머리카락을 빗기 시작했다. 자신의 당황한 의식을 감추고 아무 일도 없는 척하면서 머리를 빗으며 다이나의 표정을 살펴보았다. 헤티는 점차 마음이 놓였다. 그녀의 눈은 모든 것을 세세히 보지는 못한 것 같았다. 다이나가 말했다.

"헤티, 오늘 저녁 문득 이런 생각이 떠올랐어. 네가 앞으로 언젠가 고난을 당하게 되면 말이야. 하기는 고난은 하늘 아래에 있는 우리 모두에게 찾아오기 마련이야.[107] 우리는 세상을 살면서, 내 자신이 받을 수 있는 것보다[108] 더 많은 위안이나 누군가의 도움을 필요로 할 때가 생긴단다. 만약 네가 고통에 빠져 너를 사랑하고 도와줄 친구가 필요하게 된다면, 스노필드에 이 다이나 모리스가 있다는 것만 기억해줘. 네가 나에게 오거나 나를 부르러 누군가를 보낸다면 지금 너에게 한 말을 결코 잊지 않고 달려올게. 헤티, 꼭 기억해줄 거지?"

---

106) 잠언, 27:1. 참조. 내일을 자랑하지 마라, 오늘 무슨 일이 일어날지 누가 알 것인가?
107) 고난의 날, 고난의 시기는 성경에서 자주 언급되는 말이다. 욥기, 5:7. 그런데도 인생은 문제를 갖고 태어나네, 그것은 마치 불꽃들이 위로 솟는 것과 같지. 욥기, 14:1. "여인에게서 난 사람의 수명은 짧고, 괴로움으로 가득함이며."라는 말씀 등에서 나온 말이다.
108) 고린도전서, 6:3. 우리가 천사들을 심판한다는 사실을 알지 못하십니까? 하물며 이 세상의 사소한 일들이야 어떻겠습니까?

헤티는 깜짝 놀라서 말했다.

"그런데 언니는 왜 내가 앞으로 고통에 빠질 것이라고 생각해? 뭔가를 아는 거야?'

헤티는 머리를 모자로 조이면서 의자에 앉았다. 다이나는 앞으로 몸을 기울여 헤티의 손을 잡으며 대답했다.

"헤티, 이 세상을 사는 동안 고통은 우리 모두에게 반드시 찾아오는 거야. 하느님이 우리에게 바라지 않는 것들이 있어. 그런데 그것에 대해 우리가 연연해 하면,[109] 계속 슬픔을 겪게 되는 거야. 하느님이 우리에게서 사랑하는 사람들을 빼앗아가 버리면 우리는 아무런 낙이 없어지지. 그들이 우리 곁에 없으니까. 우리는 병이 들면 쇠약해진 육체를 지탱하지 못하고 쓰러질 거야. 길을 잃어 헤매기도 하고, 잘못을 저지르기도 하지. 또 동료들과 함께 자기 자신을 고통 속으로 몰아넣기도 한단다. 이 세상에 태어난 사람이면 남자든 여자든 누구든 이런 시련[110]을 당하지 않는 사람은 아무도 없어. 내 느낌에는 너에게도 어떤 시련이 닥칠 것 같단 말이야. 헤티, 그래서 말인데, 조금이라도 나이가 어릴 때, 불행하게 될 날[111]에 대비해서, 전지전능한 아버지로부터 도움받을 수 있는 힘을 얻으려고 노력해야 해."

다이나는 말을 멈추고, 헤티의 손을 놓고 그녀에게 방해가 되지 않도록 했다. 헤티는 아주 조용히 앉아 있었다. 그녀는 다이나가 염려해주는 애정 어린 말에는 아무런 반응도 보이지 않았다. 그러나 엄숙하고 감상적이고 또렷한 다이나의 말은 헤티를 알지 못할 두려움

---

109) 골로새서, 3:2. '하늘에 속한 것을 생각하고, 땅의 것에 마음을 두지 마십시오' 라는 말과 반대되는 말이다.
110) 베드로전서, 4:12. 사랑하는 여러분, 고난을 받는 중에 당황해하거나 놀라지 마십시오. 그것은 여러분의 믿음을 시험하는 것입니다. 그러므로 여러분에게 이상스러운 일이 일어나고 있다고 생각하지 말고. 이 말과 같이, 어떤 사람이나 기독교인이라 할지라도 피할 수 없는 운명으로 당하게 되어 있다고 성경에서 예상하는 도덕적인, 정신적인 고난이나 시험을 말한다.
111) 에베소서, 6:13. 하느님의 전신갑주가 필요한 이유가 여기 있습니다. 그것은 악한 날에 쓰러지지 않고 싸움이 끝난 후에도 굳건히 서기 위해서입니다. 라는 말에서 나온 말로 성경에서 특별히 시련을 주어 시험해 보는 날을 의미한다.

으로 몸서리치게 하였다. 헤티의 얼굴에서 핏기가 사라지더니 창백하게 변해갔다. 그녀는 천성적으로 겁이 많고 단지 가볍게 즐기고 노는 것만 좋아해서 고통스러울 것 같으면 무조건 움츠러들고 말았다. 다이나가 그런 반응을 보고 좀더 열성적으로 걱정하고 애원하자, 헤티는 자기에게 언젠가 뭔가 좋지 않은 일이 생길지 모른다는 막연한 두려움에 사로잡혀 울기 시작했다.

우리는 습관적으로 이렇게 말한다. 본성이 천박한 사람은 고귀한 본성을 가진 사람을 결코 이해할 수 없지만, 본성이 고귀한 이는 천박한 본성의 사람을 완전히 파악한다고 말이다. 그러나 나는 고귀한 본성을 가진 사람은 그렇지 않은 사람보다 더 직감적이어야 한다고 생각한다. 우리는 어떤 일에 있어서, 결말이 예상대로 되지 않거나, 상상했던 공간이 실제보다 더 넓으면 넘어지기 십상이다. 그러면 멍이 들고 상처를 입는 경우가 허다한데, 이처럼 힘든 경험을 반복하다 보면 우리에게는 통찰력이 길러진다.

다이나는 헤티가 이렇게 감명받은 모습을 단 한 번도 본 적이 없었다. 원래부터 마음속에 사랑이 충만했던 다이나는 자신의 간절한 바람으로 헤티가 거룩한 신의 자극을 받았다고 믿었다. 그녀는 흐느끼는 헤티에게 입맞추고, 고마운 마음에 기쁨의 눈물을 흘리며 함께 울기 시작했다. 그러나 헤티는 단지 어쩌다 보니 이렇게 흥분된 상태에 이르렀을 뿐이었다. 무엇이 자신의 감정을 단 한 순간에 바꾸어 놓았는지 전혀 계산하지 못했다. 그리고 다이나의 달래는 듯한 태도에 처음으로 짜증을 부렸다. 헤티는 더 이상 참지 못해 다이나를 밀쳐내고 아이같이 흐느끼는 목소리로 말했다.

"나한테 그렇게 말하지 마. 왜 나를 겁주는 거야? 나는 언니한테 아무 짓도 하지 않았다구. 나를 좀 가만히 내버려둘 수 없어?"

가엾은 다이나는 비통한 심정이었다. 하지만 그녀는 현명한 사람인지라 고집 부리지 않고 그냥 부드럽게 말했다.

"그래, 피곤한 모양이구나, 더 이상 너를 귀찮게 하지 않을게. 어서 자."

다이나는 유령처럼 조용하고 빠르게 헤티의 방에서 빠져나왔다. 그러나 다이나는 다시 자기의 침대 곁에 가서 무릎을 꿇고 마음속으로 느꼈던 열정적인 연민으로 깊은 침묵 속에 빠졌다.

한편, 헤티의 마음은 재빨리 숲 속으로 돌아갔다. 그녀는 꿈인지 생시인지 분간이 되지 않는 숲 속에서 벌어졌던 일들이 짤막짤막한 파편처럼 떠올라 혼란스러워했다.

16

고백

독자들도 기억하고 있다시피, 아서 도니손은 이번 금요일 아침에 어윈 목사를 만나기로 약속이 되어 있었다. 그는 너무 일찍 일어나 외출준비를 끝냈기 때문에 아침식사 전에 어윈을 만나야겠다고 마음먹었다. 목사는 9시 반경에 혼자서 아침식사를 하고 그 집안 여자들은 따로 먹는다는 것을 그는 잘 알고 있었다. 아서는 일찍 말을 타고 언덕을 넘어가 어윈과 함께 아침을 먹을 생각이었다. 식사를 하면서 대화를 할 때는 무슨 이야기든지 술술 잘 풀리니까 말이다.

문명이 진보하면서 귀찮은 허례허식보다는 아침식사나 저녁식사를 함께 들면서 즐겁게 의논하는 현상이 많아졌다. 고해를 듣는 목사가 달걀과 커피를 앞에 두고 식사하는 중이라면 우리는 자신의 죄를 좀 가볍게 고백할 수 있게 된다. 계몽시대 이후에 살고 있는 신사들은 식탁에서 다양한 대화를 나눌 수 있다고 믿었다. 반드시 가혹한 시련을 겪어야만 속죄를 받는다는 건 말도 안 된다며 토론할 때도, 죽을 만큼 큰 죄에 대해 이야기할 때도, 머핀을 먹고 싶다는 욕망을 느낄 때와 같이 식탁 위에서 대화를 주고받았던 것이다. 지금보다 훨씬 야만적인 시대였다면 권총으로 위협하여 우리의 주머니를 털었을지 모르겠지만, 지금은 점잖게 웃으면서 절차를 밟아가며, 두 번째 세 번째 포도주 잔을 기울이면서 돈을 꿔달라고 말하게 되었다.

아직도 옛날의 엄격한 방식에는 이로운 점이 있기는 하다. 그것은 당신이 어떤 결심을 했을 때, 그것을 행동으로 옮기기만 하면 된다는 것이다. 예를 들어 보자. 돌담구멍의 한쪽 끝에 입을 갖다 대자, 건너편에서 누군가 귀를 기울이고 있다는 걸 알았을 때는 하고 싶은 이야기를 마음대로 해버리게 된다. 사실, 별로 중요한 얘기도 아니고 별로 놀라지도 않을 친구지만 우리는 편하게 대접받을 때보다는 훨씬 쉽게 말문이 트이게 되는 것이다.

아서 도니손은 아침 햇살이 내리쬐는 말 잔등에 앉아 기분 좋게 길을 달리면서 목사에게 마음을 털어놓겠다고 진지하게 결심했다. 그리고 이런 솔직한 목적 때문인지, 초원 부근을 지날 때는 낫 휘두르는 소리가 한층 더 유쾌하게 들렸다. 건초를 만드는 시기여서 농부들이 날씨를 몹시 걱정하고 있었는데, 앞으로는 계속 날씨가 좋을 것 같아서 아서는 무척 기뻤다. 그리고 그는 자기가 혼자만의 생각에 빠져 있지 않고 모든 이와 함께 기쁨을 나눈다는 생각에 마음이 가벼워왔다. 농부의 마음을 헤아리는 건전한 생각이 자신의 결심을 한층 북돋아주어 보다 쉽게 실천할 수 있을 것 같았다. 아마도 도시 근처에 사는 사람이라면 어린이 동화책을 꺼내 읽어도 자연에서 맛볼 수 있는 상쾌한 기분을 느끼지 못할 거라고 생각할 것이다. 만일 여러분이 들판과 산울타리가 있는 자연 속에 서 있다면, 소박한 자연에서 시종 일관되게 느낄 수 있는 상쾌한 기쁨보다 더 나은 기쁨을 어디에서도 찾아보기 힘들 것이다.

아서는 헤이슬롭 마을을 지나서 브록스톤 쪽에 있는 언덕으로 가까이 다가가고 있었다. 이때, 그는 길모퉁이에서 약 100야드가량 떨어진 저 너머에서 아담 비드 같아 보이는 사람의 모습을 발견했다. 비록 발 옆에 항상 따라다니던 꼬리 없는 회색 사냥개의 모습이 보이지는 않았지만 그는 아담 비드가 확실했다. 그는 평상시와 다름없이 빠른 속도로 힘차게 걸어가고 있었다.

아서는 그를 따라잡으려고 말에 박차를 가했다. 그는 아담에게 소년 시절부터 좋은 감정을 가지고 사이좋게 지내오고 있던 터라, 이렇게 아담과 담소를 나눌 기회를 절대 놓치고 싶지 않았다. 아담에 대한 그의 우정은 그의 후원자가 되고 싶은 욕심에서 어느 정도 비롯되기는 하였다. 아서는 멋있다고 생각되는 일은 뭐든지 하고 싶어했으며, 자신의 근사한 행동을 인정받고 싶어했다.

아담은 빨리 달려오는 말굽 소리가 들리자 뒤돌아보았고, 누군지 알아보자 환하게 웃으며 종이 모자를 벗어들고 서서 아서를 기다렸다. 아담은 이 세상의 모든 젊은이 중에서 자신의 동생 세스 다음으로는 아서 도니손을 위하여 가장 많은 일을 해주고 싶어했다. 아담은 주머니 속에 항상 2피트짜리 자를 넣고 다녔다. 그것은 아서의 선물이었고 아담은 그것을 가장 소중한 물건으로 여겼다. 아서는 열한 살의 금발 소년이었을 때, 아담으로부터 목수 일과 나무 선반 세공법을 배웠는데, 그때 고마운 마음에 자신의 용돈을 직접 털어 아담에게 자를 선물했던 것이다. 이런 일은 실패와 둥근 바느질 상자들이 집안에 충분히 남아도는데도 또 집안의 여자들에게 이것을 선물해서 모두를 어리둥절하게 만드는 것과 똑같은 사건이었다. 하지만 아담은 그 당시 어린 지주에 대한 긍지가 대단했다. 그 긍지는 금발의 어린 소년이 턱수염 난 젊은이로 성장해감에 따라 조금씩 겉모양만 달라졌을 뿐이었다. 작가로서 고백하지만 아담은 사회적인 신분상의 지위에 아주 민감한 사람으로, 그 자신보다 높은 사람이라면 누구든 서슴지 않고 대단한 존경심을 내보이고는 하였다. 철학자로서 혹은 민주주의의 이념을 가진 프롤레타리아[112]로서가 아니었다. 그는 타고난 성격상 신분이 높은 윗사람을 존중할 아는 건강하고 똑똑

112) 자신의 노동력을 팔아 생활하는 산업노동자계급. 넓은 의미로는 자본을 소유하지 않아 자신의 노동으로 살아가는 사람들로 이루어지며 농업노동자도 포함된다. 고대 로마 시대에 토지를 소유하지 못한 가난한 자유민을 뜻했던 라틴어 'proletari' 에서 유래했다.

한 목수로서 그럴 뿐이었다. 그는 어떤 사람이 자신의 존경을 받을 만한 사람인지 아닌지를 확실히 가늠하지 못한다면 먼저 상대방이 갖고 있는 모든 자격을 인정해주고 존경했다.

그는 세상을 올바르게 개혁할 만한 거창한 이론은 가지고 있지는 않았지만 자신의 직업에 관한 것만큼은 확고한 신념을 가지고 있었다. 가령 제대로 영글지 않은 목재로 건축을 한다든지, 옷만 근사하게 입은 무식한 사람들이 건축물을 지지하는 구조도 모르면서 헛간과 작업장, 혹은 그 비슷한 건물을 지으려고 한다든지, 가구를 만드는 목수들이 건성건성 일한다든지, 성급하게 계약을 해서 누군가의 재산을 망치고 만다든지 하면 대단히 위험하다는 것쯤은 알고 있었다. 그리고 자신은 그런 일들에 단호히 맞서겠다고 결심했다. 그의 이런 생각은 롬서 주나 스토니서 주에서 가장 넓은 땅을 가진 지주와 정반대되는 생각인지도 모른다. 그러나 아담은 자신만의 확고한 신념보다는 우선 자신보다 많이 알고 있는 사람에게 경의를 표하는 것이 스스로에게 더 유익하다고 여겼다. 그는 영지의 숲 속에서 자라고 있는 나무들이 얼마나 잘못 다뤄지고 있는지, 농장의 건물상태가 얼마나 허술한지를 분명히 알고 있었다.

만약 노(老)지주 도니손이 일 처리가 왜 이렇게 잘못되었는지를 그에게 물어본다면, 서슴없이 자신의 의견을 이야기해 주었겠지만, 먼저 나서서 그렇게 하기보다는 항상 귀족 신사를 존경하여 제대로 처신하겠다는 마음을 굳게 가지고 있었다. '신사'라는 말은 아담에게 있어서 어떠한 마법과도 같았다. 그는 종종 이렇게 얘기하고는 했다.

"나는 자신보다 뛰어난 사람 앞에서 잘난 척하며 스스로를 멋진 사람이라고 착각하는 사람은 참지 못하지."

나는 아담이 이미 농부의 피를 이어받았다는 것과, 반백 년 전에 살았던 혈기왕성한 젊은이이기 때문에, 독자들에게 그의 성격이 어느 정도 진부하리라는 것을 다시 한 번 상기시켜 주고 싶다.

아담이 본능적으로 젊은 지주를 공경하는 것은 소년 시절의 추억과 개인적인 존경심이 합쳐진 결과였다. 그래서 독자들은 아서의 장점과 행동은 아담처럼 평범한 일꾼들에게도 있는 것이지만, 아담은 아서의 장점을 실제보다 훨씬 더 높이 평가하고 그의 사소한 행동도 실제보다 훨씬 더 값어치 있게 여긴다고 상상할 것이다. 아담은 그 젊은 지주가 영지를 상속받아 완전히 이곳으로 돌아와 대영지의 주인이 되는 날이 헤이슬롭 근방에 사는 모든 이들에게 가장 멋진 날이 될 것이라고 확신했다. 이제 막 성인이 된 아서의 나이를 감안해 본다면, 이 젊은 지주야말로 정말 편견 없이 관대할 것이고 농장 개선과 수리에 대해 남다른 관심을 보일 것이다. 그래서 아담은 말을 타고 오는 아서 도니손과 마주치자 자신의 종이 모자를 들어 올리면서 존경심과 우정이 깃든 미소를 지어 보였다.

"어이, 아담. 잘 지냈나?"

아서가 손을 내밀며 말했다. 아서는 다른 농부들과는 결코 악수하지 않았기에, 아담은 그와 같은 영광을 마음속 깊이 고맙게 새겼다.

"멀리서 등만 보고도 자네라고 확신했지. 옛날에 나를 업어주던 그 넓은 등은 여전하군. 기억나나?"

"물론이죠, 도련님, 기억하고 말구요. 어릴 때 무엇을 했고 어떤 말을 했었는지 기억도 안 난다면 정말 별 볼일 없는 사람이지요. 그런 사람은 옛날 친구도 잊었을 테고 새로운 친구 역시 생각해주지 않을 테니까요."

"자네는 브록스톤으로 가는 길인가 보군."

아서는 아담이 옆에서 나란히 걸어가자 말을 천천히 몰면서 이렇게 물었다.

"목사관에 가는 길인가?"

"아닙니다, 브래드웰 씨네 헛간을 좀 살펴보려고 가는 길입니다.

금방이라도 지붕이 내려앉을까 봐 그 집 사람들 걱정이 이만저만이 아니라서요. 그래서 건축자재와 일꾼들을 보내기 전에 지붕이 어떤지 미리 알아보려고요."

"역시, 버즈가 이제 자네한테 거의 모든 것을 맡기나 보군. 아담, 그런가? 머지않아 그 사람이 자넬 동업자로 삼겠구만. 하기는 조금만 현명하다면, 당연히 그렇게 하겠지."

"아니에요, 도련님. 일을 처리할 때는 버즈 씨가 저보다 훨씬 더 나아요. 올바른 양심을 가진 감독관이라면, 버즈 씨 같은 분을 자기의 동업자로 생각하고 업무를 잘 처리할 겁니다. 저 같으면 추가 수당이 없다고 해서 못을 아무렇게나 박는 사람한테는 한 푼도 주지 않을 테니까요."

"그건 나도 알아, 아담. 나는 자네가 버즈의 일도 자네 일처럼 열심히 해줄 거라 믿네. 그리고 자네의 능력이 지금보다 더 향상되면 사업도 더 잘될 테고 그만큼 이익도 더 많아지겠지. 한데 그 노인도 언젠가 은퇴를 할 텐데, 자기 가업을 물려줄 아들도 없잖은가. 그래서 일을 맡아서 해줄 수 있는 사윗감을 원할 것 같긴 한데…… 그래도 일을 계속하려 들겠지? 굳이 말하자면, 그는 자기 사업에 돈을 얼마쯤 투자할 그런 사람을 원할 것 같아. 내가 조금이라도 가진 게 있다면 자네가 영지에 정착할 수 있도록 기꺼이 돈을 투자할 텐데. 그렇게 되면 나는 분명히 이익을 보게 될 거고 어쩌면 1~2년만 지나도 꽤 수입이 짭짤할걸? 나도 이제 성년이 되니까, 용돈도 더 많이 받게 될 거고 한두 군데 있는 빚만 갚으면, 주변을 돌아보고 챙겨 줄 여유도 생기겠지."

"그런 말씀을 해주시다니, 참 좋은 분이시군요. 도련님, 감사합니다. 하지만."

아담은 결연한 목소리로 계속 말했다

"저는 버즈 씨에게 제안을 한다거나 또 저한테 이득이 될 것 같은 일은 그 어떤 것도 하고 싶지 않아요. 동업을 어떻게 해야 할지 명확한 방법도 모르거든요. 만약 버즈 씨가 자기 사업을 처분하려 한다면 그건 또 다른 문제겠지만요. 그때는 제가 정당한 이자를 붙여서 상당한 금액으로 사업을 인수할 수 있다면 다행이겠지요. 저는 제 빚을 기필코 제때에 다 갚을 수 있을 테니까요."

"그렇겠지, 아담."

아서는 아담과 메리 버즈가 연인 사이일 수도 있다고 어윈이 말했던 것을 떠올리면서 말했다.

"이제 그런 이야기는 그만하지. 근데 자네 아버님 장례식이 언제지?"

"일요일입니다. 목사님이 일부러 일찍 와 주시겠다고 하셨어요. 장례식을 치러야 저의 어머니 마음이 좀 편해지실 테고, 저 역시도 한숨 놓을 테니까요. 연세도 높으신 분이 저렇게 슬퍼하시는 것을 보면 정말로 마음 아파요. 연세가 드신 분들은 슬픔을 잘 삭이지 못하잖아요. 봄이 다시 돌아와도 고목이 새싹을 틔우지 못하는 것처럼 말이죠."

"흠, 요사이 자네가 정말 힘들고 어려웠겠군. 아담, 자네는 다른 젊은이들처럼 무모하고 경솔하게 행동했던 적이 거의 없었지. 항상 근심 걱정이 많아 마음이 편할 날이 없었던 건가?"

"뭘요, 도련님. 하지만 그런 건 떠벌릴 만큼 대단한 일이 아니지요. 우리가 사나이라면, 또 사나이다운 기개를 가졌다면, 어떤 고난이든 사나이답게 이겨내야만 된다고 생각합니다. 무릇 남자들이 날아다니는 새들하고 같을 수가 없지요. 어떤 새들은 날 수 있게 되자마자 둥지를 떠나버리고, 다시 친인척들을 만나도 누군지 몰라보고, 매년 새로운 패거리와 몰려다니죠. 사내대장부라면 그래선 안 되죠. 저는 정말 많은 은혜를 받아서 여러 가지 좋은 것들을 충분히 가지고 있습니다. 항상 힘세고 건강하고, 튼튼한 몸과 머리가 있어서 제가 해 놓은 일을 되돌아보면 정말 자랑스러워요. 게다가 바틀 메이시의 야학을 다닐 수 있다는 것도 정말 근사한 일이에요. 그분은 저 혼자 힘으로는 결코 배울 수 없었던 많은 지식을 가르쳐주셨어요."

"아담, 자네는 정말 보기 드문 젊은이군!"

아서가 잠시 말을 멈추고서, 자신과 나란히 걸어가는 덩치 큰 젊은 이를 생각에 잠긴 듯 바라보더니 이렇게 말했다.

"나는 나와 함께 옥스퍼드에 다녔던 사람들과는 충분히 싸워 이길 수가 있어. 하지만 자네와 겨루게 된다면 아마 다음주까지 일어나지 못할 만큼 완전히 뻗어버리게 될 걸세. 맞아. 틀림없이 그러고도 남을 거야."

"맙소사. 제가 감히 도련님께 그런 짓을 할 리가 있겠어요?"

아담은 아서를 돌아보며 이렇게 대답하고는 싱긋 웃었다.

"언젠가 장난삼아서 질 트랜터랑 티격태격한 적은 있었어요. 근데 그 친구가 2주일 동안 앓아누웠더군요. 그 이후로 저는 절대로 싸우지 않는답니다. 누군가가 불한당처럼 굴 때만 빼고는 다시는 안 싸울 겁니다. 혹 누군가가 수치심이나 양심도 없이 도련님한테 덤벼들면, 눈이 시퍼렇게 멍들도록 두들겨 패 버리세요."

아서는 무슨 말을 하려고 골똘히 생각하는 중이어서 웃지 않았다.

"지금 생각난 건데 말이야. 아담, 자네는 마음속의 자신과 싸워본 적이 없나? 자네는 옳지 않은 욕망에는 절대로 빠지지 않겠다고 한 번 결심하면 반드시 그렇게 할 것 같아. 마치 술 취한 사람이 시비를 걸어올 때 단번에 때려눕히는 것만큼이나 쉽게 마음도 잘 조절할 것 같단 말이지. 자네는 결코 우유부단한 사람이 아닐 거야. 처음부터 안 하겠다고 마음먹으면 절대로 하지 않는 성격이지?"

"글쎄요."

아담이 잠깐 머뭇거리다가 천천히 입을 열었다

"네, 저는 도련님이 말씀대로, 잘못된 일이라고 결정을 내리면, 갈

등해본 적이 없어요. 양심에 조금이라도 꺼림칙하다고 생각되면 그게 무엇이든 간에 해보겠다는 의욕이 싹 사라지거든요. 사리분별을 할 수 있게 된 순간부터 저는 잘못을 하면 더 많은 죄악과 근심이 생긴다는 것을 알게 되었어요. 조금이라도 나쁜 짓을 하게 되면 그 결말이 어떻게 될지 예측할 수 없어요. 세상 사람들을 이롭게 하기는커녕 더 나쁘게 만든다는 건 정말 말도 안 되는 형편없는 짓입니다.

사람들이 소위 말하는 '잘못' 이라는 것에도 차이가 있어요. 저는 바보들이나 저지르는 사소한 속임수나, 몇몇 비국교도들처럼 하찮은 일에 매달리는 위인은 못 됩니다. 사내대장부라면 장난삼아 주먹질을 해서 한두 군데 멍들게 하는 행동이 정말 가치가 있는지 없는지 망설일 수도 있어요. 그렇지만 무슨 일이든지 망설이는 것은 제 비위에 맞지 않아요. 제 단점은 그런 것하고 좀 다른 것 같아요. 저는 일단 약속하고 나면, 그 약속이 내 자신에게 혼자 했던 약속일망정 결코 번복하지 않고 지키거든요."

아서가 말했다.

"그래, 자네는 역시 내가 생각했던 대로야. 강철 같은 팔뚝에다 강철 같은 의지력을 가지고 있었어. 하지만 한 남자의 결심이 아무리 강하다고 해도, 그걸 행동으로 옮기기 위해서는 때때로 어떤 대가를 치러야 한다네. 체리를 따먹지 않으려고 호주머니에 손을 꾹 집어넣고 있어도 입안에서 군침이 도는 건 어쩔 수 없는 일이잖은가."

"맞는 말씀이죠. 세상에는 굳이 결심을 하지 않아도 되는 일이 많이 있지만, 결국 확고한 결심 없이는 아무것도 할 수 없어요. 사람들이 인생을 그저 공연이나 보고 물건이나 사는 트레들스톤 시장처럼 가볍게 생각한다면 그건 아무 의미 없는 인생이지요. 하지만 내 의지대로 살아가려고 마음먹어도, 인생은 내 뜻대로 되지 않는 때가 많더군요. 제가 도련님께 이렇게 말한들 무슨 소용이 있겠어요? 도

런님이 더 잘 아시잖아요."

"꼭 그런 건만은 아니야, 아담. 자네는 나보다 네다섯 살이나 더 많아서 경험도 훨씬 많을 거 아닌가. 그러니 내가 아무리 대학을 나왔다지만 자네의 연륜을 어떻게 따라가겠어."

"아니, 지금 도련님은 대학을 바틀 메이시가 운영하는 그런 야간 학교로 착각하시는 거예요? 뭐⋯⋯. 메이시 씨가 대학이 사람을 허풍쟁이로 만든다고 말하기는 했지만요. 쓸데없는 잡동사니만 머릿속에 꽉 차 있는 허풍쟁이로 만든다고 말이에요. 그분이 워낙 독설을 잘하시잖아요. 내뱉는 말이 꼭 칼날 같아서 닿기만 하면 뭐든지 싹둑 베어버릴 것처럼 상처받기 쉽죠. 아, 이제 갈림길이군요. 목사관으로 가신다니, 여기서 그만 인사를 드리고 헤어져야겠네요."

"그래, 아담. 잘 가게."

아서는 목사관 입구에 도착하여 마부에게 말을 넘기고, 정원 쪽으로 열려 있는 문 앞까지 자갈이 깔려진 길을 따라 걸어갔다. 그는 어윈 목사가 아침식사는 항상 서재에서 한다는 것을 알고 있었다. 서재는 현관 왼쪽에 있는 식당 맞은편 방이었다. 천장이 낮고 자그마한 방이었는데, 이 집에서는 꽤 남루한 편에 속했다. 이 방에는 거무스름한 표지의 책들이 벽에 가지런히 꽂혀 있었고, 어두침침했다. 하지만 아서가 도착했을 때는 창문을 열어놓아서 그런지, 매우 환했다.

금붕어가 노니는 커다랗고 둥근 유리 어항에 아침 햇살이 비스듬히 비치고 있었다. 어항은 인조 대리석 기둥 위에 놓여 있었고, 그 앞에 어윈의 아침식사를 이제 막 차려놓은 모양이었다. 아침상 옆에는 어떤 방이라도 근사해 보이게 만들 법한 애완견 한 무리가 자리를 차지하고 있었다.

어윈은 기분이 상쾌한 듯, 밝은 표정으로 진홍빛 다마스크 안락의자에 앉아 있었다. 방금 세수를 하고 나와, 기분이 좋아지면 어윈은 이런 표정을 짓고는 했다. 부드럽고 투실투실한 흰 손으로 그는 갈색 털이 곱실곱실 난 개, 주노의 등을 쓰다듬고 있었다. 주노는 만족스러운 듯 마님처럼 조용히 꼬리를 살랑살랑 흔들었고, 주노의 꼬리 가까이에는 두 마리의 갈색 강아지들이 신이 난 듯, 깽깽거리면서 함께 뒹굴고 있었다. 그곳에서 조금 떨어진 곳에 쿠션이 있었다. 펴 그는 이 쿠션 위에 앉아서, 마치 위엄을 갖춘 숙녀처럼 개들이 맹목적으로 함께 놀고 있는 친숙한 장면을 유치한 동물들의 행동으로 여기는 것처럼 바라보면서, 가능한 한 애써 안 보는 척했다. 탁자 위, 어윈의 팔꿈치 옆에는 책이 한 권 놓여 있었다. 책에는 『파울리스 아이스킬로스, 제 1권』[113]이라고 쓰여 있었다. 아서는 그 책을 한눈에 알아볼 수 있었다. 캐롤이 갖다 놓은 은빛 주전자에서는 독신 남자의 즐거운 아침식사를 완성해주는 감미로운 커피 향기가 진동하고 있었다.

"어서 오게, 아서. 참 훌륭한 청년이기도 하지! 딱 제시간에 맞춰 왔군."

아서가 낮은 창문턱을 넘어 한 발 들어서자 어윈이 말했다.

"캐롤, 커피와 달걀을 좀더 갖다줘요. 햄하고 곁들여 먹을 만한 차가운 닭고기는 더 없나? 아, 이러니 꼭 옛날 그 시절로 되돌아간 것 같군. 아서, 최근 5년 동안 우리가 한 번도 아침식사를 같이 하지 못했잖나."

"아침식사 전에 말을 타고 달리기 딱 좋은 상쾌한 아침이었어요." 아서가 말했다.

"목사님과 책을 읽던 시절에는 함께 아침을 먹는 것을 저는 참 좋아했었죠. 할아버지는 하루 중 어느 때보다도 아침식사 때 항상 체온이 조금 더 내려갔었구요. 아침식사 전에 하셨던 목욕이 그분 몸

---

113) 로버트 파울리스(1707~1776)는 1746년에 아이스킬로스의 고전비극을, 그리스—라틴어의 이중 언어로 된 두 권을 출판했다. 이 책의 주인공은 엘렉트라의 동생으로 자신의 어머니를 죽인 오레스테스이다. 『유멘니드스』는 이 책의 2권에 해당한다.

상태에는 맞지 않았었나 봐요."

아서는 특별히 볼일이 있어서 왔다는 이유를 굳이 밝히고 싶지 않았다. 여기 오기 전에는 간단한 문제라고 자신만만했었는데, 어윈 앞에 서자마자 갑자기 세상에서 가장 어려운 일로 느껴졌다. 어윈과 악수를 나누던 바로 그 순간, 아서는 여기 온 목적을 완전히 새로운 시각에서 바라보게 되었다. 어윈에게 자신의 처지를 말할 때 숲에서 일어난 그 세세한 장면들을 설명하지 않을 수 있겠는가? 그리고 어떻게 바보처럼 보이지 않게 그 이야기를 고백할 수 있겠는가? 가웨인 집에서 급히 되돌아왔던 일과 자신의 의도와는 정반대로 행동했던 심약함도! 어윈이 눈치 챈다면 자기를 고금에 다시없는 우유부단한 놈이라고 생각할지도 모른다. 그래서인지 마음먹었던 이야기는 전혀 예기치 못한 화제로 바뀌고 말았다. 어윈과의 대화는 아서가 생각했던 것과 전혀 다른 방향으로 흐르고 있었다.

"나는 하루 중에서 아침식사를 하는 시간이 제일 좋아."

어윈이 말했다.

"아침식사를 할 때에는 마음속에 먼지 한 점 없고 온갖 것들이 청명한 거울같이 반짝거려. 나는 가장 좋아하는 책을 늘 곁에 두고 식사를 하지. 이때 뭔가를 알아내면 얼마나 신이 나는지, 매일 아침마다 내가 다시 학구적인 사람이 된 것 같다네. 그런데 요즘 덴트는 산토끼를 죽였다고 그 가난하고 불쌍한 녀석을 야단치고 있다네. 나는 캐롤이 말하는 소위 '재판하는 일'을 끝마치면 말을 타고 교회의 소유지인 경작지를 둘러보고 싶어지지. 그리고 돌아오는 길에 구빈원장을 만났는데, 거칠기 짝이 없는 빈민들에 관한 이야기를 한 보따리씩 내게 들려준다네. 요즘은 하루하루를 그렇게 보내고 있지. 날이 저물 때까지 언제나 똑같이 게으름뱅이처럼 지낸다니까. 사람은 동정심을 유발할 만한 계기가 필요한 법인데 말이야. 가엾은 도일리가 트레들스톤을 떠난 후에는 그런 계기가 없었다네. 자네가 만약 독서에 상당히 열중했다면, 이 사람아, 내 앞에 더 근사한 모습으로 나타났어야지. 하기는, 자네 집안이 학자 집안은 아니었지."

"그렇죠. 아니죠. 지금은 어디 써먹지도 못하는 라틴어지만 조금이라도 기억해둔다면 앞으로 6~7년 안에 써먹을 수 있을까요? 뭐⋯⋯. 의회에서 난생처음 해보는 연설을 라틴어로 하게 될지 누가 알겠어요? 그렇게만 된다면 천만다행이겠죠. '크라스 잉겐스 이테라비무스 에꾸르[114]'나 몇 마디 라틴어를 알고 있는데, 그런 라틴어들이 그때에도 제 머릿속에 아련히 남아 있다면 제 발표를 라틴어로 근사하게 늘어놓을 수도 있잖아요. 하지만 저는 고전에 대한 지식이 시골 신사에게 꼭 필요한 것이라고 생각하지는 않아요. 그것보다는 비료에 대해서 해박한 지식을 가지는 것이 훨씬 더 낫죠. 최근에 목사님의 친구 분인 아서 영의 책들을[115] 읽었습니다만 흡족할 만한 것은 아무것도 없던데요? 그분의 이론을 몇 가지 활용해서 농부들이 자기 땅을 더 잘 운영할 수 있다는 것과, 그분 말대로, 모두 어두운 빛깔인 시골에 밀밭과 소들이 더해진다면, 화사하고 다채로운 광경이 될 수 있다는 걸 제외하고는 마음에 드는 것이 없더라고요. 저의 할아버지께서는 살아 계시는 동안에는 제게 어떤 권한도 주지 않으시겠지만, 그래도 저는 무엇보다 스토니셔 주 쪽의 영지를 맡고 싶어요. 그 땅은 아주 형편없이 버려져 있거든요. 우선 그곳을 개량하고는 이쪽에서 저쪽 끝까지 말을 달려가면서, 완전히 바뀐 영지의 모습을 둘러보고 싶어요. 모든 일꾼들이 저를 알아보고 반가운 표정으로 모자를 들어 제게 인사하는 모습을 보고 싶을 따름입니다."

"훌륭한 생각이군, 아서. 하지만 학문에는 전혀 마음이 없이 세상사에 너무 파묻히려고 그럴듯한 핑계를 대지는 말게나. 학자들과 그

114) 호레이스의 『오드스』(Odes), I. vii. 32. 참조. '내일 드넓은 바다로 다시 나아가겠소.' 라는 말
115) 아서 영(1741~1820)은 여행기와 농업 개혁을 주도하는 책을 많이 써냈다. 정기간행물로 『농사에 관한 기록들』을 1784년~1809년까지 45권이나 출판했다. 1793년에는 정부에 새로 만들어진 농림부의 비서가 되었다.

학자들에게 고마워하는 목사들을 먹여 살리기 위해 식량을 늘여야 한다는 핑계가 더 그럴싸하지 않은가? 자네가 본격적으로 모범적인 지주 활동을 시작할 때가 언제인지는 모르겠지만 그때에는 내가 곁에서 지켜봐주지. 그 이상적인 그림에 구색을 갖추려면 풍채 좋은 목사가 필요할 거 아닌가. 그리고 자네가 열심히 노력해서 얻은 존경과 명예를 10분의 1만 떼어서 목사의 몫으로 돌려주게. 그 결과로 자네가 얻게 될 찬사에만 너무 집착하지 말구. 쓸모 있는 인간이 되려고 노력하는 남자들 모두가 가장 사랑받는 존재가 되지는 못하네.

자네도 가웨인이 공유지를 사유화해서 모든 이웃 사람들의 비난을 받았던 것을 잘 알잖나. 인기 있는 사람이 될 것인지, 쓸모 있는 사람이 될 것인지 자네 마음을 분명히 해두게. 그렇지 않으면 자네는 둘 다 놓치고 말걸세. 이제 보니, 자네는 나이만 먹었지, 아직도 애송이 같은 데가 많구먼."

"그래도 가웨인은 너무 심했어요. 소작인들에게 인심을 잃은 건 자업자득이죠. 저는 사람들에게 친절하게 대한다면 모두 설득할 수 있다고 믿습니다. 저는 저를 존경하지 않거나 사랑하지 않는 이웃들과는 부대끼며 살 수 없을 것 같아요. 그래서 저는 이곳의 소작농들과 더불어 사는 것이 정말 즐거워요. 사람들 모두가 저를 진심으로 좋아하는 것처럼 보이거든요. 제가 어린 시절에 얌전한 꼬마 망아지를 타고 다니던 일들이 그 사람들에게는 바로 엊그제 일 같은가 봐요. 저는 그들에게 정당한 급료를 지급하고, 거처도 마련해줄 겁니다. 그렇게 하면 아무리 바보라도 제 말을 따라주지 않겠어요? 저는 농사를 지을 때 좀더 체계적인 방법으로 그들을 이끌 거니까요."

"그렇다면, 올바르게 사랑을 베풀어야 한다는 것을 꼭 유념해두게. 돈을 물 쓰듯 해서 부지불식간에 자네를 쩨쩨한 사람으로 만들고 마는 그런 아내를 얻지는 말게나. 우리 어머니와 나는 가끔씩 자네 이야기를 나누지. 어머니께서는 '나는 아서가 어떤 여자를 사랑하는지 직접 보기 전까지는 앞으로 어떻게 될 거라고 섣불리 예견하지 않겠어.' 라고 말씀하신다네. 어머니는 달이 바닷물의 높이를 좌지우지하듯 자네의 연인이 자네를 좌지우지할 것 같다고 생각하신다네. 하지만 나는 내 제자인 자네를 꼭 두둔하고 싶거든. 이 사람아, 내 마음 잘 알지? 나는 자네가 이리저리 잘 휩쓸리는 사람이 아니라고 여전히 믿고 있어. 그러니 이렇게 생각하는 내 얼굴에 먹칠하지는 말게나."

아서는 그의 이야기를 들으면서 움찔했다. 자신의 사랑을 예언하는 것 같은 어윈 모친의 날카로운 의견에서 어떤 불길한 조짐이 느껴져 기분이 상했던 것이다. 어윈의 이 이야기는 그가 속마음을 털어놓지 않고 스스로를 더 철저히 방어해야 하는 또 하나의 이유가 되고 말았다. 그래서 아서는 대화중에 헤티의 이야기를 꺼내는 일을 점점 더 꺼리게 되었다. 아서는 귀가 얇아 남의 말에 쉽사리 마음이 흔들리는 성격이었고, 대부분 다른 사람들의 의견과 감정에 휘둘리며 살아왔다. 심지어 친한 친구에게 속내를 털어놓았을 때조차, 자신이 속으로 심각하게 갈등한다는 걸 그 친구가 헤아려 주지 않으면, 자기 자신마저도 스스로의 입으로 말한 그 갈등의 심각성을 믿지 못할 정도였다. 결국 헤티의 일은 야단법석을 떨면서 해결할 만한 일은 아니었다. 자기 자신도 못 하는 일을 어윈이 어떻게 해줄 수가 있겠는가?

그는 자신의 말 멕이 다리를 다쳐서 절룩거리는데도 불구하고 이글데일로 가려 했었다. 멕 대신 래틀러를 타고서라도 말이다. 그는 어떻게든 늙은 말이라도 빌리려 했고 거기에 핌까지 함께 데려가려 했던 것이다. 커피에 설탕을 타면서 아서는 이런 기억을 되살렸다. 그러나 다음 순간 커피를 마시려고 컵을 들어 올리자, 바로 어젯밤의 자신의 모습이 떠올랐다. 모든 걸 어윈에게 털어놓겠다고 얼마나 이를 악물고 다짐했던가! 안 된다! 또다시 흔들려서는 안 된다. 이번

만큼은 마음먹은 대로 행동하리라. 그는 대화가 지금 이대로 스스럼 없이 진행되도록 하는 것이 더 좋을 것 같았다. 혹시 전혀 쓸모없는 이야기로 화제를 돌린다면 아서의 입장이 더 딱한 처지에 놓일지 모를 일이었다. 또 감정이 치달아 배가되어도 대화를 멈추지 말고 계속해야만 했다. 그는 때맞춰 다음과 같이 대답했다.

"하지만 저는 아무리 강인한 성격의 사람이라 해도 사랑에만큼은 쉽게 빠질 수 있다고 생각해요. 건강한 사람도 수두같이 피할 수 없는 질병 앞에서는 어쩔 수 없잖아요. 사랑도 마찬가지 아닐까요? 남자가 다른 문제에서 만큼은 확고하게 자기 의지대로 할 수 있겠지만 여자의 유혹은 거부할 수 없는 마력 같아서 가끔 자기 뜻대로 안 되는 경우가 있거든요."

"그렇긴 하지. 그러나 사랑을 하거나 수두에 걸리는 것과 여자에게 홀딱 빠지는 것은 분명한 차이가 있어. 만약 자네가 어떤 병에 걸렸다고 치세. 그럼 초기에 그 증상이 나타나겠지? 그때 어떤 병인지 알아내서 요양을 가거나 기분전환으로 휴식을 취하면 더 심각해지기 전에 충분히 완쾌될 수가 있어. 그러나 그것보다 더 확실한 치료 방법은 병에 대한 자생력을 길러주는 것이야. 그러기 위해서는 병이 심각해졌을 경우의 증상을 마음속에 그려보는 거야. 예를 들면, 자네에게 김이 서린 안경을 주고 그 안경을 통해 눈부시게 아름다운 미인을 보게 한다면 그 여자의 윤곽만 판별할 걸세. 그렇지만 불행하게도, 윤곽보다는 그 미인의 실체를 정작 보고 싶어하면 뿌연 안경은 그녀의 실체를 보여주지 못할 걸세. 고전에 관한 지식이 풍부한 어떤 사람이, 프로메테우스[116]의 합창이 그렇게 경고를 하건만, 결국 여자에게 홀려서 경솔하게 결혼을 해버릴 수도 있단 말이지."

일순간 아서의 얼굴에서 미소가 사라졌다. 그리고 어원이 신나게

---

116) 그리스의 비극시인 아이스킬로스의 작품 『결박당한 프로메테우스』의 887~893행. 같은 계급끼리 결혼하면 현명하다고 칭찬하고, 자기 손으로 벌어서 먹고 사는 사람은 돈이 많은 사람이나 신분이 높은 사람과는 결혼할 수 없다고 충고하는 내용이다.

해대는 이야기에 맞장구를 치는 대신 아주 진지하게 대답했다.

"그래요, 그거야말로 가장 최악의 사태죠. 심사숙고해서 모든 결정을 내렸는데도 불구하고 전혀 예기치 못한 기분에 휩쓸려 버린다는 건 정말 참을 수 없는 일이죠. 그래도 저는 어떤 남자가 자신의 결심과는 달리 그렇게 바보 같은 짓을 저질렀다고 해도 너무 지나치게 비난해서는 안 된다고 생각해요."

"아, 하지만 성찰이나 기분이나 다 자신의 성격에 달려 있는 거야. 사람이란 자신의 본성대로 행동하는 법이거든. 사람이 으레 하는 행동들은 다 자신의 마음속에서부터 나오는 법이야. 만약 아무리 현명한 사람일지라도 어떤 특별한 경우에 용서할 수 없는 바보짓을 저질렀다면, 그에 따른 법적인 결과를 감수해야만 할 거야. 어리석은 짓의 작은 씨앗은 결국 자신의 눈곱만한 지혜에서 나온 것이니까."

"글쎄요, 하지만 이런 저런 주변 환경이 복합적으로 작용해서, 어쩔 수 없이 실수를 저지를 만한 상황이 만들어지면, 자신도 모르는 사이에 어리석은 짓을 저지를 수 있잖아요."

"아, 그건 그래. 누구든 눈에 띄는 곳에 돈다발이 있다면 그냥 지나치기가 분명 쉽지 않겠지. 하지만 자기 앞에 돈다발이 툭 떨어져 있었네 하고 떠들어댄다고 해서 그 사람을 정직한 사람이라고 여기지는 않지."

어윈의 말을 받아 아서가 말했다.

"아무리 그래도 타락에 빠지지 않으려고 애써 노력한 사람과 그렇지 않은 사람을 똑같이 나쁘다고 생각하시는 건 아니죠?"

"물론이지, 이 친구야. 오히려 타락하지 않으려고 노력하는 사람들을 더욱 가엾게 여기지. 왜냐하면 그런 사람들은 네메시스[117]가 내린 가장 최악의 벌이라고 할 내적 고통을 이미 받고 있는 전조로 보

---

117) 잘못한 사람에게는 벌을 내리는 복수의 여신. 조지 엘리엇은 기독교의 교리에 의하면 잘못된 행동은 반드시 어떤 대가를 치른다고 생각했다.

기 때문이라네. 결과란 냉혹하지. 우리가 아무리 바른길로 가려고 발버둥친다 해도 그것과는 상관없이 우리의 행위는 어쩔 수 없이 끔찍한 결과를 초래하지. 그 결과는 우리 자신에게만 책임을 묻기도 어려워. 그래도 무슨 변명을 할까 고심하지 말고, 차라리 그 결과를 솔직하게 인정하는 것이야말로 최선책이라네. 나는 자네가 도덕적인 문제에 그렇게 관심 있는 줄은 미처 몰랐군. 아서, 이렇게 철학적이고 원론적인 생각을 하고 있다니, 자네 혹시 어떤 위험에 빠져 있는 건 아닌가?"

이렇게 질문하면서 어윈은 접시를 한쪽으로 치우고 의자에 등을 기대면서 아서를 똑바로 응시했다. 그는 아서가 뭔가를 이야기하고 싶어한다는 것을 벌써 눈치 채고 있었다. 그리고 자신의 이런 직접적인 질문으로 인해 아서가 입을 열기 훨씬 수월해졌을 거라 생각했다. 하지만 그건 착각이었다. 갑자기, 그리고 본의 아니게 고백하도록 멍석을 깔아주자 아서는 오히려 꽁무니를 빼고, 그 어느 때보다도 더 굳게 입을 다물었다. 대화는 아서가 의도했던 것보다 한층 더 진지하게 진행되었고, 그것 때문에 어윈이 잘못 눈치 챈 것 같았다. 헤티를 향한 자신의 열정이 생각보다 훨씬 깊다고 생각한 모양이었다. 실제로 아서의 고민은 그것이 아니었는데도 말이다. 아서는 얼굴이 빨개지는 것을 느꼈고 이런 자신이 어린아이 같아서 슬그머니 신경질이 났다.

"아…… 아니에요. 위험이라니요…… 그런 거 없어요."

가능한 한 태연자약하게 그는 말했다.

"저는 제가 다른 사람보다 더 우유부단하다는 사실을 몰랐어요. 어쩌다 한 번씩 앞으로 어떤 일이 일어날지 예측되는 우발적인 사건들은 조금 있었지만요. 그런 건 사소한 거니까 걱정할 정도는 아니구요."

아서가 꺼림칙한 기분을 느끼는 이 와중에, 아서 본인은 인정하지 않는다 해도 은밀한 무언가가 그에게 영향을 끼치고 있었을까? 우리가 머릿속으로 하는 일들은 대부분의 경우, 나라의 일과 똑같은 방식으로 수행된다. 나라에서는 일반인에게 알려지지 않은 수행원들이 어려운 일들을 수없이 해낸다. 마찬가지로 기계도, 눈에 보이는 거대한 기계를 움직이는 데에는 눈에 보이지 않는 작은 바퀴 하나가 비중 있는 역할을 하는 경우가 많다. 아마 이 순간 아서의 마음속에서는 바삐 서두르는 알 수 없는 어떤 요인이 있었을 것이다. 그 요인이란 목사에게 고백을 할 경우 자신이 이 문제로 의논했다는 사실 자체가 심각한 골칫거리로 번지지 않을까 하는 두려움이었다. 그럴 경우에 그는 자신의 선의의 결심을 수행할 수 없을지도 모른다. 그러지 않다고 나는 감히 단언할 수 없다. 인간의 마음은 복잡 미묘한 것이니까.

어윈은 아서를 미심쩍게 바라보다가 불현듯 헤티에 대한 생각이 떠올랐다. 하지만 무심하게 사실을 부인하는 아서의 답변이 있었고, 어윈의 머릿속에서는 이내 어떤 확신이 생겼다. 헤티와 관련해서는 심각한 일이 일어날 수 없다. 아서는 오직 교회와 포이저 씨 집에서만 헤티를 보았을 뿐이니까. 그것도 포이저 부인이 바로 옆에 있을 때만 말이다. 그리고 언젠가 자신이 아서에게 넌지시 해주었던 말이 떠올랐다. '헤티에게 어린아이처럼 쓸데없는 허영심을 심어주지 마라. 그녀의 연극 같은 순진한 인생을 혼란에 빠뜨리지 마라.' 그는 아서에게 이렇게 말해 주었었다. 그 말은 더 이상 헤티에게 빠져선 안 된다며 아서를 단속하는 것 이상의 심각한 의미는 없었다. 아서는 곧 군부대에 합류하기 위해 멀리 떠날 것이다. 그렇다. 헤티에 관해서는 아무런 위험도 없을 것이다. 비록 아서의 성격이 헤티라는 유혹을 떨쳐 버릴 수 있을 만큼 강인하지 못하더라도 말이다. 아서는 만인에게 존경받는 것에 굉장한 자부심을 가지고 있으니, 이런 성품이 아서를 어리석은 사랑의 유혹에서 빠지지 않도록 스스로 보호할 것이다. 더 나아가 저급한 실수까지도 저지르지 않게 할 거다. 만약 아서가 방금 전에 얘기한 것과 다른 생각을 했다면 구태여 자기 집에까지 와서 이런저런 얘기를 나눌 수 있었겠는가. 어윈은 너무 세심한 성격이어서 아서에게 우정 어린 호기심조차도 내비치지 않았다. 그는 화제를 바꾸는 것이 좋겠다고 생각했다.

"그런데 아서, 우리 대위님 생일잔치에는 브리태니아, 피트, 롬셔 시민군, 그리고 무엇보다도 그날의 영웅인 '우리의 관대한 젊은이'의 명예를 확실하게 보여줄 수 있도록 대단한 효과를 내는 슬라이드[118]를 보여주겠지. 그것을 보면 우리의 태평한 마음이 정신을 번쩍 차릴 거라고 생각하지 않나?"

이제 고백할 기회는 다 지나가 버렸다. 아서가 머뭇거리는 동안, 그가 매달릴 만한 지푸라기는 떠내려가 버렸다. 그는 이제 혼자 힘으로 헤쳐나가야만 한다. 그로부터 10분이 지나자, 어윈은 일이 있어 밖에 나가야겠다고 했다. 아서는 어윈에게 인사를 하고 불만스러운 기분으로 다시 말 위에 올라탔다. 그는 한 시간도 지체하지 않고 이글데일로 떠나 버리겠다고 결심하고는 편치 않은 심기를 가라앉혀보려 했다.

---

118) 사진이나 그림 등을 환등기에 넣어 확대 투영시키는 필름. 1799년 1월 4일 벨보아 성에서 루트랜드 대공의 성인식을 기념하는 성대한 파티가 열렸다. 어윈은 이를 기본으로 아서의 21세 되는 생일을 축하하자고 권하고 있다.

2부

17

잠시 이야기를 멈추고

나는 여성 독자들 중 어떤 이가 이렇게 소리치는 게 들리는 것 같다.

"브록스톤에 사는 목사님은 이단자보다 나을 게 하나도 없어! 만일 당신이 어윈 목사님한테 아서에게 참된 충고를 해주라고 말했다면, 그럼 그 충고가 아서를 선도하는데 얼마나 도움이 되겠어요? 당신은 목사님에게 아주 듣기 좋은 사탕발림처럼 충고하시라고 부탁했을 거예요. 멋진 설교를 하는 식으로 말이에요."

나를 공정하게 비판해 준 독자여! 만일 내가 영리한 소설가라면, 나는 글을 쓸 때 우주만물과 어떤 사실을 본모습에 가장 가깝게 실제 그대로 묘사하기보다는 지금까지 존재한 적도 없고 앞으로도 있을 수 없는 모습으로 꾸며내려 했을 것이다. 그러면, 내 소설 속에서는 전적으로 나의 입맛에 맞는 인물들을 골라내고, 그 중에서도 가장 훌륭한 목사를 선택하여, 언제든지 내가 바라는 멋진 견해를 그의 입으로 말하게 할 것이다. 그러나 이미 여러분이 오래전에 간파한 바와 같이 나는 그토록 멋진 소명의식을 가지고 있지 않다. 인간들이나 어떤 사실들을 내 마음의 거울에 비춰진 그대로 충실하게 설명하고자 할 뿐 그 이상을 시도해보지 않는다. 물론 그 거울은 불완전해서 실체의 윤곽을 흐트러지게 보여주기도 할 것이고, 희미하거나 혹은 엉망으로 보여주기도 할 것이다. 하지만 나는 법정의 증인

석에 앉은 사람이 맹세를 하고 자신이 겪은 일을 사실대로 진술해야 하는 것처럼, 여러분에게 거울에 비친 형상이 무엇인지 정확하게 말해주어야 한다고 생각한다.

60년 전, 그때는 아주 오래전이라 여러 가지 일들이 지금과 많이 달랐겠지만, 목사들이라고 해서 모두 다 열성적이지는 않았다. 진짜로, 열성적인 목사가 많지 않았다고 믿을 만한 이유도 있다. 얼마 안 되는 소수의 열성적인 목사들 중 한 사람이 1799년 브록스톤과 헤이슬롭에서 살고 있었다고 가정하면, 당신은 그를 어윈 목사보다도 더 좋아하지 않았을 것이다. 당신은 그를 십중팔구 멋없고, 재미없고, 신중하지 못하고, 감리교 신자 같은 사람일 것이라고 생각할지도 모른다. 하지만 세상에 존재하는 사실들을 있는 그대로 표현할 수 있는 매개체는 없다. 아무리 현명한 판단과 세련된 표현이 총동원된 매개체라 할지라도 사실에 딱 들어맞게 표현한다는 것은 굉장히 어려운 일인 것이다! 그러면 여러분은 아마 이렇게 생각할 것이다. '그러면 사실들을 약간 고쳐서, 우리의 올바른 시각에 맞도록 더 좋게 바꾸면 되지 않을까? 세상은 꼭 우리가 바라는 대로 되어 있지는 않아. 그러니 세상을 세련된 필체로 보기 좋게 수정해보는 거야. 그리고 그 일은 세상을 엉망으로 만들거나, 혼란스럽게 만드는 그런 작업이 아니라고 믿는 거지. 훌륭한 의견을 가진 사람들은 모두 나무랄 데 없이 완벽하게 행동하도록 만드는 거야. 결점이 많은 사람들은 항상 나쁜 사람들로, 덕이 있는 사람들을 항상 옳은 사람들이 되도록 구분하여 표현하는 거야. 그러면 누구를 비난해야 하고, 누구를 칭찬해야 하는지 한눈에 알 수 있지. 그때야 비로소 우리는 일말의 선입견도 없이 옳은 사람들을 칭찬할 수 있고, 확고한 신념으로 나쁜 사람들을 증오하거나 멸시할 수도 있게 될 거야.'

그러나 나의 좋은 친구여! 만약 제복실[119]의 모임에서 당신의 남편을 반대하는 동료 교구위원이 있다면, 당신은 그 사람에 대해서 어뗗게 생각하겠는가? 교회에 새로 부임한 목사의 설교가 못마땅했던 전임자보다도 훨씬 더 형편없다고 생각된다면 당신은 어떻게 할 것인가?

정직하지만 어떤 결점 하나 때문에 당신을 속상하게 하는 하인, 당신이 아플 때 진심으로 걱정해주다가도 회복된 뒤에는 당신의 험담을 하고 다니던 이웃집 그린 부인, 더할 나위 없이 훌륭한 남편이지만 그가 자기 구두도 닦지 않고, 당신을 짜증 나게 하는 몇 가지 나쁜 버릇들을 가지고 있다면, 이런 경우 당신은 어떻게 하겠는가? 이들 모두는 우리와 똑같은 인간이다. 누가 어떤 일을 하든 그 사람들을 있는 그대로 받아들여야만 한다. 당신은 그들의 매부리코를 반듯하게 펼 수도 없고, 미련한 머리가 뛰어난 지혜를 갖추도록 바꿀 수도 없고, 그들의 타고난 기질들을 바꿀 수도 없다. 때문에 당신은 당신과 함께 살아가는 이 사람들을 너그럽게 대하고, 동정하고, 그리고 사랑해 주어야 한다. 그들이 설령 다소 못생겼거나, 멍청하거나, 모순덩어리더라도, 당신은 그들의 착한 행동에 감탄하게 될 것이다. 그러니 당신은 그들을 위하여 모든 희망과 인내심을 소중히 간직해야 한다.

만일 나보고 선택하라고 한다면, 결코 나는 능숙한 소설가는 되지 않을 것이다. 만약 내가 능숙한 소설가가 되어, 아침에 일어나 일상적으로 살아가는 모습보다 더욱 보기 좋은 세상을 그려놓았다고 가정하자. 그러면 당신은 먼지투성이 길이나 평범한 푸른 들판을, 실제로 숨을 쉬면서 사는 사람들을, 더 차가운 눈으로 경멸하듯 바라보게 될 것이다. 그러면 그 사람들은 당신의 무관심에 오싹함을 느끼고, 당신의 편견으로 인해 상처받을 것이다. 반면에 당신이 그들에게 당신의 동료애와 관용, 솔직하고 용감한 정의감을 보여준다면

---

119) 교구의 일을 운영하기 위해 선출된 교구위원들의 모임이다. 주로 제복실에서 이러한 모임들을 가졌다. 또 이 제복실에서 교구 목사들의 제복들을 보관했다.

그들은 의기양양해지고 당신에게 계속 도움을 받을 수 있을 거라 생각하고 안심할 것이다.

그래서 나는 정말로 아무런 두려움 없이, 일상적인 삶을 현실보다 훨씬 좋게 그리지 않고, 그저 솔직하게 사실대로 이야기하는 것만으로 만족하려 한다. 그러나 거짓된 행동은 아무리 최선을 다한 경우에도 두려운 일이다. 거짓말은 쉽게 할 수 있지만 진실을 말하기는 아주 어렵기 때문이다. 솜씨만 있다면 연필로 그리핀(그리스 신화에 나오는 괴물. 몸통은 사자, 머리와 날개는 독수리)이라는 괴물을 멋대로 그릴 수 있을 것이다. 갈고리 발톱은 더욱 길게, 날개는 더 크게 그릴수록 좋으리라. 그러나 전혀 과장하지 않고 있는 그대로의 사자를 그리려고 할 때에는 천재성에 가까운 놀라운 솜씨로도 진짜 사자와 똑같이 그리지는 못한다. 당신이 하는 말을 잘 살펴보라. 그러면 당신은 정확한 진실을 있는 그대로 말하려고 해도 그게 어렵다는 걸 알게 될 것이다. 심지어 지금 당장 느끼는 감정조차도 정확하게 말하기가 쉽지 않다는 걸 알게 될 것이다. 즉 확실하지 않은 진실을 그럴듯하게 듣기 좋게 말하는 것보다 사실대로 말하는 것이 훨씬 더 어렵다는 것을 당신은 알게 될 것이다.

스스로 고상한 생각을 한다는 이들은 네덜란드 사람들의 그림을 무시하지만 나는 진기하고 귀중한 진실성이라는 특성 때문에 네덜란드의 그림들을 좋아한다. 나는 단조롭고, 소박한 삶을 충실하게 그려 놓은 그림에서 향기로운 공감의 원천을 발견할 수 있다. 화려하거나, 찢어지게 가난하거나, 혹은 비극적인 고통을 당하거나, 아니면 굉장한 행동으로 세상을 떠들썩하게 만드는 인생보다는 평범한 인생을 사는 사람들이 훨씬 더 많다.

나와 같은 부류의 사람들도 대부분 이렇게 평범한 삶을 운명으로 여기며 살고 있다. 나는 구름을 타고 둥실둥실 떠다니는 천사나, 예언자나, 무당이나, 영웅에게는 별로 관심이 없다. 그들보다는 오히려 늙고 평범한 여인이 화분의 꽃을 돌보려고 허리를 구부리거나, 혹은 혼자서 외로이 식사하는 모습을 보았을 때, 곧장 관심이 간다. 그 여인이 화분을 손질하거나 식사하고 있는 동안에는 장막처럼 드리워진 나뭇잎 사이로 정오의 부드러운 햇살이 비칠 것이다. 햇살은 그녀의 모자 위에, 그녀가 돌리고 있는 물레의 가장자리 위에, 돌단지 위에, 그리고 그녀가 소중하게 여기는 값싸고 소박한 생활필수품들을 어루만지듯이 내리쬐고 있을 것이다. 또 나는 어느 시골 마을의 결혼식에도 관심을 갖는다. 이 결혼식은 사방이 갈색 벽으로 둘러싸인 곳에서 열린다. 어색해하는 신랑과 어깨가 높고 얼굴이 넓적하고 못생긴 신부가 춤을 추기 시작하면, 나이가 지긋한 중년의 이웃 어른들은 손에 1리터의 술이 족히 들어갈 큰 컵을 들고 좋아죽겠다는 표정을 지을 것이다. 그들의 얼굴은 코나 입이 비뚤어져 있지만 선하기 그지없는 표정으로 신랑 신부를 바라볼 것이다. 이런 나의 생각에 이상주의자들은 이렇게 말할지도 모른다. "피이! 참 시시껄렁하네. 뭣 때문에 늙은 여인이나 시골뜨기를 그렇게 사실대로 묘사하려고 애쓰지? 너무 시시하잖아! 얼마나 천박하고, 못생긴 사람들인지!"

 하지만 모든 독자들이 다들 그렇게 생각하지는 않을 것이다. 어떤 독자들은 못생긴 얼굴을 가진 사람일지라도 사랑스럽게 여겨줄지도 모른다. 나는 대다수의 사람들이 잘생긴 얼굴을 가졌다고 확신할 수 없다. 심지어 '만물의 영장'이라 일컫는 영국사람 가운데에도 작달만한 키에 괴상하게 생긴 코, 거무죽죽한 얼굴을 가진 사람들이 깜짝 놀랄 만큼 많다. 그러나 그들도 우리와 똑같이 가족애와 같은 사랑을 많이 느끼며 살아간다. 내 친구들 중 한두 명은 둥그런 이마 위의 곱슬머리가 진짜 아폴로[120]처럼 생긴 사람도 있다. 그러나 내가 확

---

120) 그리스, 로마 신화에 나오는 태양 · 빛 · 의학 · 음악 · 시 · 예언 · 젊음 · 남성미 등을 주관하는 신. 아폴로는 청춘과 미남의 상징이다.

실히 아는 것은 못생기고 마음이 여린 사람들이 멋있는 사람들 때문에 종종 상처받기도 한다는 것이다. 그리고 그들을 쏙 빼닮은 꼬마들은 아무리 좋게 말해주려고 해도 별로 사랑스럽게 생기지는 않았다. 그래도 어머니는 이 아이들을 예뻐서 남몰래 입맞춤을 해준다.

나는 참 훌륭한 부인을 많이 보았다. 어떤 부인은 한창 청춘이었을 때에도 별로 매력적이지는 않았지만, 비밀 서랍에 노랗게 빛바랜 한 묶음의 연애편지를 간직하고 있고, 지금은 그녀의 귀여운 자녀들이 그녀의 홀쭉 들어간 뺨에다 키스를 퍼부어 준다. 중간키에 보일 듯 말 듯한 턱수염을 가진 영웅 같은 젊은이들은 다이나[121] 같은 미인보다 더 시시한 여자는 결코 사랑할 수 없다고들 말한다. 그렇지만 중년이 되어서는 뒤뚱뒤뚱 걸어다니는 자기 부인과 행복하게 살아가고 있다는 것을 나는 알게 되었다.

그렇다! 고맙게도 인간의 감정은 마른 땅을 축복으로 적셔주는 힘찬 강물처럼 세차게 흘러간다. 이런 강물처럼 인간의 감정은 저절로 아름다워지기를 기다리지 않고, 불가항력의 힘에 휩쓸려 고난을 겪으면서 아름답게 성숙해가는 것이다.

어디 한번, 우러러볼 정도로 아름다운 사람의 고귀한 모습에 모든 명예와 존경심을 바쳐 보자! 남자와 여자, 그리고 어린아이에게서, 그리고 우리의 집과 정원에서 아름다운 모양을 최대한 찾아내 보자. 그러나 눈에 보이는 아름다움만을 좇아서는 아니 되리라. 인간으로서 느끼는 심오한 공감 속에 숨어 있는 또 다른 아름다움 역시 사랑해야 하리라. 혹시 가능하다면, 당신에게 그림 하나를 그려 달라고 부탁하고 싶다. 천국의 빛을 받은 하얀 얼굴의 천사가 보랏빛 옷을 입고 훨훨 날아다니는 그림을…… 온화한 얼굴을 들어 거룩한 영광을 환영하는 듯 하늘을 향해 두 팔을 벌리고 있는 마돈나(동정녀 마리

---

121) 로마 신화에 나오는 달의 여신으로서 달, 사냥, 순결의 여신. 그리스 신화의 아르테미스에 해당한다.

아)같은 그림을 더 많이 그려달라고 부탁한다. 그러나 미학적 규칙을 강요해서는 안 된다. 미학적 규칙들을 지키려면 우리에게 친숙한 광경을 예술적인 소재로 다루지 못하도록 현실의 모습을 배제하게 된다.

예를 들면 일에 찌든 거친 손으로 당근을 긁고 있는 늙은 여인의 모습이나, 초라한 선술집에서 휴일을 즐기고 있는 뚱뚱한 시골뜨기, 허리를 굽혀 삽질하며 거친 일로 등골이 휘어지고 세월에 찌들어 버린 멍청한 얼굴들, 양철 냄비와 갈색의 물주전자, 털북숭이 개, 그리고 양파 다발들이 걸려 있는 시골집들의 풍경들은 예술적인 소재가 되지 못하고 만다. 이 세상에는 평범하고 신분이 낮은 이들이 많이 살고 있지만, 그렇다고 그들이 유별나게 감상적이고 야비하지는 않다! 우리는 평범하고 낮은 신분의 사람들이 존재한다는 것을 반드시 기억해야 한다. 그렇지 않으면 우리는 종교와 철학을 다루면서 그들은 전혀 고려하지 않은 채, 극단적이고 고상한 이론만을 세우게 될지 모른다. 그래서 예술은 항상 우리에게 그들의 존재를 상기시켜주어야 한다. 그리고 우리는 예술을 통해 한평생 기꺼이 고통을 바쳐 살아온 평범한 사람들을 충실히 묘사해 주어야 한다. 그러면 우리는 그들이 가진 진정한 아름다움이 어떤 것인지 알게 되고, 하늘의 빛이 그들에게 얼마나 친절한 은혜를 베풀었는지 보면서 즐거워하게 된다. 이 세상에 예언자 같은 사람은 거의 없다. 고상한 미인도 영웅도 없다. 나는 좀처럼 만나기 힘든 고귀한 사람들을 존경할 수 없다. 또 그들에게 나의 모든 애정을 바칠 수도 없다. 나는 나처럼 평범한 동료들에게, 특히 내가 제일 잘 알고 있는 몇몇 사람들에게 진정한 애정과 존경심을 바치고 싶다. 나는 그들의 얼굴을 알고 있고, 손을 잡아보았으며, 친절한 호의를 가지고 그들을 위해 길을 비켜주었다.

평범한 노동자들에 비하면, 눈길을 끄는 레자로우네이[122] 같은 부랑

---

122) 거리의 거지, 부랑자. 실직자들 같은 최하층민을 일컫는 말이다.

자들이나 괴기한 범죄자들은 절반도 존재하지 않는다. 평범한 노동자들은 자기 손으로 직접 양식을 조달하고, 투박하지만 믿음직스럽게 주머니칼을 사용하여 양식을 먹는다. 나는 붉은 스카프와 푸른 깃털을 달고 있는 잘생긴 악당들에게는 공감하지 않는다. 대신 초라한 양복조끼에 유치한 색깔이 잡다하게 어우러진 넥타이를 매고 내가 구입하려는 설탕을 저울에 달아주는 소박한 시민에게 더욱 공감이 간다.

나는 풍문으로만 들었던 영웅들의 행동이나, 혹은 능숙한 소설가의 상상 속에나 존재하는 성직자들의 고귀하고 추상적인 미덕에 감탄하지 않는다. 이런 것들보다는 나와 함께 벽난로 앞에 앉아 실수를 연발하는 사람들을 보여주거나, 혹은 오베른[123]이나 틸로스톤[124] 같은 사람은 아니지만, 좀 뚱뚱한 우리 교구의 목사 같은 성직자가 보여주었던 인자하고 선한 마음에 동요되어 애정 어린 감탄을 하게 된다.

다시 어윈 목사 이야기로 돌아가 보자. 그는 독자들의 기대를 충족시켜주는 훌륭한 품성을 가진 성직자는 아니기에 독자 여러분도 그를 최대한 가엾게 여겨주었으면 좋겠다. 아마도 독자들은 어윈이 영국 국교회의 성직자로 많은 혜택을 누릴 권리가 있는데도 불구하고 그렇지 못했다고 생각할 것이다. 그러나 나는 그 점에 대해 다르게 생각한다. 나는 브록스톤이나 헤이슬롭의 사람들이 어윈 목사와 헤어지면 매우 섭섭하게 여기고, 그를 만나면 대부분 얼굴이 밝아졌다는 사실을 잘 알고 있다. 인간의 영혼에 사랑보다 증오심이 더 좋다는 것은 절대로 입증할 수 없는 일이다. 그처럼 나는 질투심 많은 라이드 목사보다는 어윈 목사가 훨씬 더 이 마을에 유익한 영향을 주

---

123) 쟝 오베른(1740~1826). 그는 독일의 개신교 목사로서 프랑스 알자스 지방의 성직자이자 사회개혁가다. 학교 교육을 통해서 자기 지역을 개선하고, 농업의 개혁, 도로와 다리를 놓아주려고 노력을 기울였던 사람으로 유명하다.
124) 존 틸로스톤(1630~1694). 영국의 성직자. 켄터벨리 대주교(1691~1694)이며 명쾌한 설교와 관대함으로 유명했다.

었다고 확신한다. 라이드 목사는 어윈 목사가 죽은 지 20년 후에 새로 부임한 사람이었다. 라이드 목사는 종교개혁의 교리[125]들을 반드시 지키도록 강요했고, 신자들의 가정을 방문하고 다니면서, 교인들의 탈선을 호되게 꾸짖었다. 그리고 마을에 술주정뱅이가 늘어나고 신성하게 지켜야 할 교리를 너무 소홀히 여긴다는 이유로, 교회의 성가대원들이 새벽에 크리스마스 캐럴 송을 부르며 돌아다니는 것을 금지시켰다. 그러나 내가 지금은 할아버지가 된 아담 비드와 이에 대해 이야기해보니, 라이드 목사만큼 교구민들의 사랑을 받지 못한 성직자는 거의 없었다고 한다. 물론 마을 사람들이 라이드 목사 때문에 교리는 아주 많이 알게 된 것은 사실이라고 했다. 마치 비국교도로 태어났느냐 그렇지 않으냐로 사람들을 구분하는 것처럼, 50세 미만인 교인들은 순수한 복음을 아는 사람과, 복음의 기본도 모르는 사람을 아주 잘 구별한다고 말했다.

아담 비드는 또한 라이드 목사가 이 교구에 온 뒤 얼마 안 돼서 조용하던 시골 마을에 굉장한 종교운동이 일어났다고 말했다.

"그러나 나는 어렸을 때부터 종교란 교리가 전부가 아니라는 것을 분명히 알고 있었지요. 사람들이 옳은 일을 하는 것은 교리 때문이 아니라, 마음에서 우러나오기 때문이에요. 종교가 가르쳐준 교리는 수학 개념과 똑같은 거예요. 누구든지 난롯가에 앉아서 담배를 피우다가도 머릿속으로 바로바로 수학문제를 풀 수 있어요. 그러나 어떤 사람이 기계를 만들거나 집을 짓겠다고 결심을 한다면, 틀림없이 그일을 하려는 의지가 있어야 해요. 그래야 힘들어도 고생스러운 일을 흔쾌히 할 수 있거든요. 아무튼, 교인들은 점점 줄어들기 시작했고, 사람들은 라이드 목사에 대해서 가볍게 말하게 되었지요. 나는 그분이 진심으로 옳은 일을 하려 했다고 믿어요. 하지만 괴팍한 사람이

---

125) 중대한 개신교의 원칙들, 즉 구원 문제와 같은 것은 좋은 일을 하여서 구원을 얻기보다는 믿음 자체만을 통해서 구원을 얻어야 한다고 강조했다.

어서 자기를 위해 수고해주는 사람들을 인정하지 않았지요. 그러니 사람들이 점점 더 그의 설교를 외면하게 된 거지요. 라이드 목사는 사람들이 잘못을 하면 교구의 주임재판관처럼 벌을 주고 싶어했어요. 마치 고함만 치는 사람처럼 연단에서 사람들을 크게 꾸짖고는 했었어요. 또 비국교도들을 못마땅하게 생각해서 어윈 목사보다 더 많이 그들과 맞서기도 했어요. 그뿐만 아니라 자기 수입에 맞추어 살지도 못했죠. 처음에는 1년에 수입이 600프랑이나 되었기 때문에 그는 자기가 도니손만큼이나 여유 있게 된 줄 알았던 모양이이에요. 하지만 내가 보기에는 큰 오산이었지요. 어떻게 가난한 목사가 하루 아침에 도니손 같은 생활을 할 수 있겠어요? 그래서 나는 라이드 목사는 거리를 두고 생각해야 될 사람이라고 생각했어요. 물론 그분은 책도 많이 썼죠. 그렇지만 수학이나 사물들의 본질에 대해서는 무지한 여자들만큼이나 아무것도 몰랐어요. 그저 교리에 대해서만 너무 잘 알고 있을 뿐이었죠. 그래서 사람들은 그를 종교개혁의 보호자라고 여겼지요. 한데 나는 사람들을 바보로 만들고 사무적인 일을 비합리적으로 운영하는 그런 학문은 항상 믿지 못하겠더라고요. 반면 어윈 목사님은 라이드 목사와는 전혀 다른 분이셨죠. 어윈 목사님은 상대방의 의도를 재빨리 눈치 채고, 건물에 대해서는 물론이고, 당신이 어떤 일을 잘해내는지까지도 모두 알고 계셨어요. 또한 농부들이나, 할머니나, 심지어 일꾼들을 만나도 귀족을 상대할 때와 똑같은 태도로 대해 주셨지요. 그분이 누구를 간섭하거나 꾸짖거나, 또는 누구한테든 제왕처럼 군림하려고 하는 것은 한 번도 본 적이 없었어요. 정말로! 지금껏 지켜본 것처럼 어윈 목사님은 참으로 훌륭한 사람이에요. 자신의 어머니와 여동생에게도 더할 나위 없이 친절하셨구요. 특히 몸이 약했던 앤 양을 세상 누구보다도 더 아껴주셨죠. 이 교구에서 어윈 목사님이 싫다는 사람은 하나도 없었어요. 그분의 하인들은 너무 늙어서 도저히 일을 할 수 없을 때까지 그분과 함께 살았다니까요."

아담 비드의 말을 듣고 나는 이렇게 말했다.

"평상시에 설교를 해야 한다면 어윈 목사의 태도는 정말 살아 있는 설교라고 할 수 있지요. 그러나 어윈 목사가 다시 살아나서 다음 주일에 예배를 드리기 위해 단상에 선다면 어떨까요? 아마 당신이 그렇게도 칭찬했던 분이 기대한 만큼 훌륭한 설교를 못 하는 것 보고 몹시 실망할걸요?"

아담은 가슴을 쭉 펴고 의자 뒤로 몸을 젖히면서, 마치 모든 추측에 답할 준비가 되어 있는 듯이 말했다.

"아니에요, 그렇지 않아요. 나는 여태까지 어윈 목사가 대단한 설교자였다고 말한 적은 없어요. 나뿐만 아니라 어느 누구도 그런 말은 안 했을 거예요. 그분은 심오한 영적 경험을 하지는 않았어요. 하지만 '이렇게 해라. 그러면 저런 일이 이루어질 것이다.' 라든가 '저렇게 해라. 그러면 이런 일이 이루어질 것이다.' 라는 식의 고지식한 말씀은 하지 않으셨죠. 다시 말해, 직각자로 잴 만큼 엄격한 원칙론보다는 내면적으로 좀 다른 면을 가지고 계셨어요. 성경에 이런 말이 나옵니다. 평화롭던 영혼 속에 어떤 감정이 거센 강풍처럼[126] 휘몰아치면 영혼은 둘로 갈라진다고요. 그리고 갈라진 두 마음은 모두 내 것인데도 불구하고 어느 한 쪽은 마치 타인의 마음처럼 느껴진다고 했어요. 내 안에 있는 두 마음을 바라보면 비로소 진정한 나를 돌아보게 되는 거죠. 이 말인즉슨 당신이 '이것 해라.' 아니면 '저것 해라.' 라는 식으로 구분 지을 수 없는 일들이 세상에는 무수히 많다는 얘기예요. 그리고 나는 당신이 이제껏 만나본 사람 중에서 가장 믿음이 강한 감리교인과 앞으로도 계속 함께 살아갈 겁니다. 그것만 보더라도 종교에는 심오하고 영적인 일들이 있다는 것을 나에게 보

---

126) 사도행전, 2:2. 그때 갑자기 하늘에서 세찬 바람 소리 같은 것이 나더니, 사람들이 앉아 있던 집안을 가득 채웠습니다.

여주는 셈이지요. 영적인 것에 대해서 당신은 말로 다 표현할 수는 없을 거예요. 하지만 느낄 수는 있지요. 어윈 목사님은 영적인 것은 거론하지 않았어요. 그분은 도덕적인 설교만 짧게 하셨고, 또 그게 전부였지요. 그리고 자신이 한 번 말한 것은 거의 다 실천하면서 살았던 분이기도 하죠. 그분은 두 개의 콩을 보는 것처럼 사람들과 똑같이 보이다가, 또 어떤 때는 사람들과 아주 다르게도 보이는 그런 분은 아니셨어요. 늘 한결같은 분이셨죠. 사람들이 자기를 사랑하고 존경하도록 만들었죠. 그것이 사람들을 지나치게 몰아세워서 원한을 사는 것보다는 훨씬 더 좋은 일이었지요.

포이저 부인께서는 늘 말씀하셨어요. 아시다시피, 그 부인은 모든 일에 꼭 한마디씩 바른말을 하지 않고는 못 배기는 분이니까요. 부인은 이렇게 말씀하셨어요. '어윈 목사님은 건강에 좋은 음식과 같아서, 그분의 말씀을 들으면 자신도 모르게 건강이 좋아졌다는 걸 느끼게 된다구요. 반면에 라이드 목사는 쓴 약과 같아서, 우리를 시달리게 하고, 걱정하게 만들고도, 건강이 좋아졌다는 보람은 조금도 못 느끼게 하는 분이라구요.'"

"그렇지만 아담, 라이드 목사는 당신이 말하던 종교의 영적인 부분에 대하여 상당히 많은 설교를 했잖습니까. 어윈 목사보다는 라이드 목사의 설교에서 영적인 경험을 더 많이 얻었을 텐데요."

"예에, 그걸 모르는 것은 아닙니다. 라이드 목사님은 교리에 대한 설교를 많이 하셨지요. 하지만 나는 어렸을 때부터, 종교라는 것은 교리나 개념이 아니라 다른 어떤 것이라는 걸 확실히 알고 있었지요. 어떤 사람은 본 적도 없고 다루어 본 적도 없는 연장을, 그 이름만 안다고 해서 마치 다 아는 것처럼 말하기도 하지요. 그것처럼 교리라는 것은 당신이 어떤 감정의 명칭을 안다고 해서 한 번도 느껴보지 못한 그 감정을 절실히 느껴본 것처럼 말하는 것과 같다니까요.

나도 젊었을 때에는 교리에 대한 가르침을 많이 받았었지요. 17살

때에는 세스와 함께 비국교도의 설교자들을 쫓아다니기도 했구요. 그때는 아르미니우스 파와 칼빈 파의 종교가 상당히 궁금했었어요. 당신도 아시다시피, 감리교인 웨슬리 파는 아르미니우스 파 중의 하나이지요. 세스는 무슨 일에나 모질게 굴지 못했고, 항상 최선을 다 했죠. 그 애는 처음부터 웨슬리 파를 확고히 고수했었거든요. 그러나 나는 그들의 믿음에도 한 두 개의 허점이 있다는 것을 알았어요. 그래서 트래들스톤에서 그 감리교 종파의 지도자들 중의 한 사람과 토론을 벌이며 처음에는 이런 문제로 그 다음에는 저런 문제로 그 사람을 귀찮게 굴었어요. 그랬더니 마침내 그가 '젊은이, 자네가 자부심과 자만심을 무기로 삼아 단순한 진리와 싸운다는 것은 악마 같은 짓이네.' 라고 말하더군요. 그제야 나는 웃고 말았답니다. 그리고 집으로 돌아오는 길에 그 사람 말이 과히 틀리지는 않았다고 생각했지요.

나는 이리저리 재보고 엄밀히 조사해본 다음에, 성경의 구절들이 무엇을 의미하는지 알기 시작했어요. 그리고 사람들이 모두 하느님의 은혜로 구원을 받는다거나, 혹은 자신들의 작은 의지로 은혜를 얻거나 하는 것은 결코 참된 종교의 역할이 아니라는 걸 알았어요. 당신은 이런 문제에 대해서 몇 시간이라도 한없이 이야기할 수 있습니까? 그렇다면 당신은 훨씬 더 잘난 체하고 자만에 빠진 사람입니다. 그래서 나는 교회가 아닌 곳은 아무 데도 가지 않고, 어윈 목사님 외에는 누구의 말도 듣지 않기로 했지요. 왜냐하면 그 목사님은 우리에게 좋은 말씀만 하셨고, 그 말을 기억하면 할수록 우리는 더욱 현명하게 되었거든요. 뿐만 아니에요. 내 영혼이 신비스런 하느님의 역사 앞에서 겸손해지고, 내가 결코 알 수 없는 것을 아는 척 떠들어대지 않게 되어 더 좋았어요. 그리고 어떻게 은혜를 얻고, 구원을 어떻게 받느냐 하는 것은 결국 아주 어리석은 질문이라는 걸 알았어요. 왜냐하면 우리가 하느님에게서 주시는 것을 제외하면 안에서나 밖에서 무엇을 얻을 수 있겠어요? 나는 우리가 옳은 일을 하겠다는 결심을 한다면 조만간 하느님께서 그런 결심을 우리에게 내려주신다고 봐요. 우리가 결심하지 않으면 옳은 일을 결코 못 한다는 것을 확실히 알고 있지요. 그것만 알고 있어도 나는 충분해요."

사람들 사이에서도 서로 허물없이 지내는 친한 사람들이 있는 것처럼, 아담도 어윈 목사를 좀 편애하는 재판관이자, 따뜻한 예찬론자였다. 이상을 추구하며 고고하게 산다고 생각하는 이들은 누구를 추종하는 것은 약점이라고 생각하면서, 아담 같은 사람을 무시해 버릴지도 모른다. 이상주의자들은 일반적으로 자신의 감정은 매우 고상해서 평범한 사람들 중에는 자신과 말이 통하는 사람이 없을 거라는 편견에 치우쳐 있다. 다행히도 나는 상류계급에 속한 사람들의 신임과 호의를 받았다. 하지만 이것만은 일반인, 이상주의자 할 것 없이 모두 똑같은 경험을 했을 것이다. 위대한 사람은 과대평가를 받고 하찮은 사람은 과소평가를 받는다는 것 말이다. 만약 당신이 어떤 여자에게 구애하는 도중 그녀가 죽었다고 가정해보자. 그래도 당신은 자신의 행동을 어리석은 짓이라고 후회하지는 않을 것이다. 오히려 못 이룬 지나간 사랑을 추억하며 그녀를 진정으로 사랑했노라며 마음속에 간직할 것이다.

또 어떤 영웅이 죽었다고 가정해보자. 만약 당신이 그 사람의 영웅적인 행위를 조금이라도 인정하지 않는다면, 그를 찾아보기 위한 순례 여행 따위는 절대 하지 않을 테니까. 가끔씩 나는 교양 있고 명민한 신사들에게 나 자신의 경험담을 털어놓기가 꺼림칙했다. 나는 종종 그들에게 동의하는 척 위선적인 미소를 보여준 건 아닌지, 덧없이 사라지고 마는 환상에 대하여 경구 한마디를 해주고 만족스러워한 건 아닌지 걱정스럽다. 그런 경구는 프랑스 문학을 숙지한 사람이면 누구든지 즉석에서 말할 수 있는 것인데 말이다. 어떤 명망 있는 사람이 말했던 것처럼, 나는 사람들이 반드시 진지하게 대화를 해야 한다고는 생각지 않는다. 그러나 이번 기회에 양심대로 말하지만 가장 엉터리 같은 영어로 말하고, 가끔 짜증도 부리고, 교구 민생위원의 영향보다 더 높은 수준의 영향을 결코 받아 본 적이 없었던 어원 같은 노신사를 열성적으로 찬탄하고 싶다. 다소 평범하고 보잘 것없는 사람들과 상당히 오랫동안 함께 살아오면서 나는 인간의 본성에 대해 생각해보았다. 그리고 본성이란 아주 사랑스럽고, 연민을 느끼게 한다는 것과, 그 속에 들어 있는 숭고하고 신비한 점들을 깨닫게 되었다. 여러분이 이웃들에게 그들과 함께 살고 있는 아주 평범한 사람들에 대하여 물어보아도 별로 놀랄 만한 이야기를 듣기는 어려울 것이다. 십중팔구 자기 집 근처에서 작은 구멍가게를 운영하는 사람들에게서 대단한 점이라고는 거의 본 적이 없었을 것이다. 나는 상류사회에 속한 사람들이 이상을 목마르게 추구한 나머지 평범한 바지나 치마를 입는 사람들에게서는 존경과 사랑을 충분히 받을 만큼 위대한 점이라고는 아무것도 발견할 수 없다는 것을 알았다. 그렇지만 나는 이런 상류계급에 속한 사람들이 이상하게도 졸렬하고 시시한 사람들과 기가 막히게 일치하는 희한한 속성을 목격하였다. 예를 들면, 로얄 오크의 지주인 겟지 씨는 자신이 속해 있는 셋퍼톤 마을의 이웃들을 핏발이 선 눈으로 노려보고는 했다고 한다. 자기의 교구에 사는 사람들인데다, 아는 사람들이라고는 그들이 전부인데도, '아, 선생. 내가 몇 번이나 말했지만, 다시 말해도, 이 교구에 사는 놈들은 참 보잘것없는 놈들이에요. 어른이나 아이나 할 것 없이 다들 형편없는 놈들이라니까요.' 이렇게 자기 의견을 피력했다는 말을 나는 몇 번이나 들었었다. 그 사람은 자신이 먼 교구로 이사를 가면, 자기와 어울릴 만한 수준 높은 이웃들을 만날지도 모른다는 막연한 생각을 했던 것 같다. 그 뒤로 그는 실제로 사라센 지방의 헤드란 곳으로 이사했다. 그곳은 이웃동네 시장 뒷골목에서 사업이 번창하고 있었던 동네였다. 그러나 정말 이상하게도, 그 뒷골

목에 사는 사람들이 셋퍼톤 마을 주민들과 판에 박은 듯이 똑같다는 사실을 그는 알게 되었다.

"선생, 어른이나 아이나 다 보잘것없는 놈들이에요. 비싼 진을 마시러 오는 놈들도 2페니짜리 핀트 술을 마시러 오는 놈들보다 나을 게 하나도 없더라고요. 다들 똑같이 시시한 놈들이더라구요."

18
교회

"헤티, 헤티, 지금 벌써 1시 반이 넘었어. 2시에 예배가 시작되는 것도 모르니? 티아스 비드 씨가 간밤에 물에 빠진 채 발견되셨단다. 나는 그 소리만 들어도 등골이 오싹하구나. 오늘이 그분 장례식이라는데 너는 무슨 결혼식에 가는 줄 아니? 그렇게 마냥 요란하게 꽃단장만 하고 있으니 말이다. 오늘 같은 일요일에 뭐가 그렇게 신이 나니? 너는 대체 그 소식을 듣고도 아무렇지도 않은 거야?"

"네, 다 됐어요."

헤티가 대답했다.

"근데 제가 늦은 건 톳티한테 옷 입히느라 그런 거예요. 아무리 가만히 있으라고 말해도 도무지 말을 듣지 않아서요."

헤티는 아래층으로 내려오고 있었고, 평범한 모자와 숄을 두른 포이저 부인은 아래층에서 기다리고 서 있었다. 어떤 소녀가 활짝 핀 장미꽃처럼 보였다면, 그녀가 바로 헤티임에 틀림없다. 일요일에 교회 갈 때 입는 옷과 모자를 쓰고 나타나는 헤티. 그녀가 쓰고 있는 모자는 가장자리가 분홍색 띠로 둘러져 있었고, 그녀가 입고 있는 옷은 하얀색 바탕에 여기저기 산뜻하게 분홍색 물방울무늬가 있었다.

새까만 눈동자와 흑단 같은 머리카락과 죔쇠로 조인 귀여운 신발만 빼고는 온통 분홍색과 하얀색으로 둘러싸여 있는 헤티. 누구든지 이렇게 예쁘고 성숙한 헤티를 보면 저절로 흡족한 미소가 떠올랐다.

포이저 부인은 헤티를 보며 미소를 참지 못한 자신에게 괜스레 부아가 났다. 포이저 부인은 말없이 뒤돌아서서 현관문 밖에서 기다리고 있는 식구들에게 합류했고, 그 뒤로 헤티가 따라왔다. 헤티는 교회에 가면 고대하던 사람을 만나게 될 것이라는 생각에 몹시 가슴이 두근거렸다. 그녀는 땅을 딛고 걸어가는 게 아니라 공중에 둥둥 떠다니는 것만 같았다.

드디어 작은 행렬이 출발했다. 포이저는 일요일에 입는 엷은 갈색의 양복을 차려입고 불그스름한 초록색 조끼를 받쳐 입었다. 그리고 시계를 넣어 툭 튀어나온 호주머니에서 초록색 시곗줄을 추에 맨 줄처럼 늘어뜨리고 있었다. 그 시곗줄에 커다란 홍옥수[127] 도장을 매달아 놓았기 때문이었다.

포이저는 목에 노란 명주 스카프를 두르고, 밭이랑무늬로 짜인 최고급 회색 양말을 신었다. 이 양말은 포이저 부인이 손수 짠 것으로 남편의 건장한 다리 모양을 돋보이게 했다. 포이저는 자기 다리는 어디다 내놓아도 부끄러울 것이 없다고 자부했다. 그리고 사람들이 목이 기다란 부츠[128]나, 또 다른 유행을 따르는 구두를 신는 것은 자신들의 종아리가 점점 가늘어져 가는 것을 감추기 위해서라고 생각했다. 더구나 그는 자신의 통통하고 명랑한 얼굴을 하나도 부끄러워하지 않았다. 얼굴만 보아도 호인이라는 걸 금방 알 수 있기 때문이다. 그런 얼굴로 포이저는 말했다.

"헤티, 이리 와라. 얘들아, 너희들도 이리 오너라."

그는 아내와 팔짱을 끼고, 현관 입구에 있는 자갈길 통로를 지나 마당으로 앞장서서 걸어갔다.

포이저가 '얘들아.' 하고 불렀던 귀여운 아이들은 그의 아들들로

---

127) 붉은색의 반투명 수정과 같은 보석종류이다. 보통 도장으로 많이 쓰였다.
128) 그 당시 유행한 신발은 목이 긴 부츠로, 부츠의 맨 윗부분은 그 아랫부분보다 더 엷은 색의 가죽으로 만들어졌다.

아홉 살의 마티와 일곱 살의 토미였다. 아이들은 코르덴으로 된 연미복과 반바지를 입고 있었으며, 장밋빛 뺨과 새까만 눈동자가 돋보였다. 작은 아기 코끼리가 커다란 어른 코끼리를 닮은 것처럼, 이 아이들도 아빠를 쏙 빼 닮았다. 헤티는 두 아들 가운데 서서 함께 걸어갔고, 그 뒤로 참을성 있는 몰리가 따라오고 있었다. 몰리는 톳티를 안고 마당을 지나느라 물이 고여 질퍽한 곳을 모두 피해 걸어가야 했다. 톳티는 간밤에 열이 올라서 심하게 아팠지만 지금은 많이 좋아지자, 어깨 망토 위에 유난히 빨갛고 까만 목걸이를 하고서 교회에 따라가겠다고 떼를 썼다. 아침에는 폭우가 엄청 많이 쏟아졌지만 오후가 되자 비구름은 멀리 물러갔고, 저 멀리 수평선 위로 은빛 뭉게구름이 탑처럼 높이 피어오르고 있었다. 그러나 아직도 질퍽질퍽한 곳이 많아서 몰리는 톳티를 안고서 가야 했다.

당신이 어느 농가의 안뜰에서 잠을 자다가 깼다면, 오늘이 일요일이라는 걸 바로 알아차렸을 것이다. 닭들도 그걸 알았는지 가라앉은 소리로 나지막하게 꼬꼬댁거렸고, 불도그도 보통 때보다 적은 양의 음식을 줬는데도 오늘따라 별로 사납게 굴지 않았다. 따뜻한 햇볕은 모든 만물이 졸음에 취해 아무 일도 하지 못하고 쉬도록 했다. 잠 그 자체가 만물 위에 내려앉아 있었다.

이끼가 끼어 있는 외양간은 곤히 잠자는 듯했다. 하얀 거위들은 무리지어 부리를 날개 속에 파묻고 포근하게 잠을 자고 있었다. 늙고 까만 암돼지는 노곤하다는 듯이 볏짚 위에 온몸을 쭉 뻗어 드러누워 있었고, 제일 큰 새끼 돼지 한 마리는 어미 돼지의 살찐 갈빗대 위를 멋진 용수철 침대 삼아 잠자고 있었다. 목동 알릭도 새 작업복을 입고 곡물 창고 계단 위에서 반쯤은 앉고 반쯤은 서 있는 불편한 자세로 낮잠을 자고 있었다. 알릭의 생각에는 일꾼이자 현장주임인 자신에게 교회란 호사스러운 사치에 불과했다. 현장주임은 작업을 하기 위해 항상 날씨도 염두에 두어야 했고 암양도 돌봐야 하기 때문에 교회에 자주 참석할 수가 없다고 생각했다. 그는 자주 신랄한 어조로 대답하여 교회에 관해서는 더 이상 물어보지 못하게 딱 잘라 말했다.

"교회요! 아유, 어림없어요. 그것 말고도 신경 쓸 일이 얼마나 많은데요."

알릭의 말에 불손한 뜻은 전혀 없었다고 나는 확신한다. 사실 알릭은 일부러 불손하게 굴었던 것도 아니고, 교회를 부정하는 생각에서 비롯된 말도 아니었다는 걸 나는 잘 알고 있다. 물론 알릭도 성탄절, 부활절,[129] 그리고 '성령 강림절 주간'[130]에는 빠지지 않고 교회에 나간다. 하지만 알릭이 보기에 예배나 종교적인 행사들은 비생산적인 일처럼 느껴져서 교회란 한가한 사람들이나 다니는 곳으로 생각했다.

"저런! 아버님이 벌써 대문에 나와 계시네."

대문 앞에 다다른 마틴 포이저가 말했다.

"우리가 들판을 가로질러 교회 가는 모습을 보시려는 건가? 일흔 다섯이 넘은 나이에도 눈은 어지간히 밝으신가 보네."

"정말 그러네요. 나는 나이 드신 분들이 갈수록 꼭 애기 같아지신다는 생각이 가끔 들어요."

포이저 부인이 대답했다.

"애기들처럼 뭘 보시든 간에, 그저 바라보는 것만으로도 만족하시잖아요. 아마도 전능하신 하느님께서 노인들이 돌아가시기 전에 평안하게 지내라고 그러시나 봐요."

마틴 포이저의 아버지는 가족들이 행렬을 이루어 가까이 다가오자 대문을 열어 주었다. 지팡이에 기대어 대문을 활짝 열어 놓고 닫히지 않도록 붙들고 있었다. 그는 식구들을 위해 이런 사소한 일을 해

---

129) 그리스도의 부활을 기념하는 축일. 춘분 후, 만월 다음에 오는 첫 번째 일요일
130) 그리스도가 약속한 대로 성령이 세상에 내려온 것을 기념하는 축일인 성령 강림절로부터 1주일.

주는 걸 무척 즐거워했다. 평생 일만 하며 살아온 모든 노인들이 그렇듯, 마틴 포이저의 아버지 역시 나이가 아무리 많아도 아직도 식구들에게 뭔가를 해줄 힘이 있다는 것에 자부심을 갖고 있는 듯했다.

밭에 양파를 심을 때 자신이 곁에서 지켜봤기 때문에 양파의 수확량이 더 많아졌고, 일요일 오후에는 자신이 집에서 젖소들을 돌봐야 더 질 좋은 우유를 생산할 수 있다는 걸 실감하고 싶었던 모양이다. 마틴 노인은 성찬식이 거행되는 일요일에는 항상 교회에 갔으나, 매주 규칙적으로 나가는 것은 아니었다. 일요일에 비가 온다든지 혹은 류머티즘으로 통증이 느껴진다든지 하면 마틴 노인은 교회에 나가는 대신, 집에서 창세기 1장에서 3장까지 읽고는 했다.

"너희가 교회 묘지에 도착하기 전에 사람들이 티아스 비드를 땅속에 묻어버렸을 게다."

아들이 가까이 오자, 아버지가 말했다.

"오전에 비가 내리기 직전에 묻었다면 그 양반한테는 참 다행일 텐데. 어째 지금은 비 한 방울도 내릴 것 같지가 않구나. 달이 하늘에 배처럼 떠 있네. 저기, 보이냐? 저런 달이 뜨면 분명히 날씨가 좋아진다는 징조야. 그런 징조가 맞지 않을 때도 있지만, 오늘은 틀림없이 날씨가 좋을 게야."

"네, 그래요. 이렇게 계속 좋은 날씨가 이어졌으면 좋겠네요."

아들이 대답했다.

"얘들아, 목사님이 뭐라고 말씀하시는지 잘 들어야 된다. 그분이 하시는 말씀을 잘 새겨들어야 해."

할아버지가 까만 눈동자를 가진 손자들에게 일렀다. 반바지를 입은 손자들은 호주머니 속에 한두 개의 조약돌을 넣어두고 설교를 들을 때 몰래 가만히 만지작거리려고 벼르고 있었다.

"안녕, 빠빠이. 할아부지, 나 교회 간다. 목걸이도 했어. 박하사탕 하나 줘."

톳티가 말했다.

할아버지는 '눈에 넣어도 안 아플 정도로 귀여운 손녀딸'의 떠듬 거리는 말을 듣고 온몸을 흔들며 박장대소를 했다. 그러더니 대문이 닫히지 않도록 붙들고 있던 왼손으로 지팡이를 옮겨 잡고 손가락을 천천히 조끼 주머니에 넣었다. 톳티는 틀림없이 박하사탕이 나올 거 라고 기대하며 주머니를 뚫어지게 바라보았다.

집안 식구들이 모두 떠나자, 마틴 노인은 다시 대문에 기대어 가족 들의 모습이 사라질 때까지 지켜보았다. 식구들은 홈 클로즈 농장 앞쪽으로 보이는 샛길 저편으로 걸어가, 멀리 보이는 농가의 대문을 지나, 산울타리가 있는 모퉁이를 돌아서더니 이내 사라졌다. 그 시 대는 관목들이 죽 늘어선 산울타리가 사람들의 시야를 가리는 게 보 통이었다. 아무리 관리가 잘된 농장들일지라도 관목들로 인해 시야 가 가려지는 건 마찬가지였다. 일요일 오후, 도그로즈(들장미의 일종) 의 분홍빛 화관이 흔들거리고, 까마종이(가지류의 식물)는 노란색과 자주색 꽃들이 피어 눈부셨다. 허약한 인동덩굴은 손이 닿지 않을 만큼 높이 자라서, 호랑가시나무 관목 숲은 물론이고 서양물푸레나 무나 큰 단풍나무의 키를 훌쩍 넘어서고 있었다. 서양물푸레나무와 큰 단풍나무는 시시때때로 길거리에 그림자를 드리우고 있었다.

포이저 가족이 다른 사람의 집 대문을 지나칠 때는, 문밖에 나와 있던 낯익은 사람들이 길을 비켜주었다. 그들이 홈 클로즈 농장의 대문 앞을 지날 때였다. 대여섯 마리의 젖소들이 길을 막고 있었는 데, 한 마리 뒤에 또 한 마리가 늘어서 있는 꼴이었다. 젖소들은 자 신들의 육중한 몸뚱이가 왜 길을 가로막고 있는지 전혀 이해하지 못 하겠다는 표정이었다. 좀더 멀리 떨어져 있는 대문에는 당나귀가 대 문 빗장 위로 머리를 내밀고 있었다. 그 옆에서 적갈색의 새끼 당나 귀가 어정쩡하게 양 다리를 쩍 벌린 채 어미 당나귀 옆구리에 머리 를 기대고 서 있었다. 쩔쩔매는 모습을 보니 이 새끼 당나귀는, 분명히 아직은 혼자 힘으로 서 있기가 버거운 모양이었다. 포이저 가족이 걷고 있는 길은 포이저의 논밭을 지나 마을에 이르는 간선도로까지 뻗어 있었다.

포이저는 길을 따라 가면서 눈에 띄는 가축과 농작물을 유심히 살폈고, 그의 부인은 보이는 모든 가축과 농작물에 대하여 뭐라고 한마디씩 줄줄이 논평하려 했다. 포이저 부인은 낙농장을 잘 운영하면서도 소작료를 받아냈다. 덕분에 가계 수입을 많이 올리는데 단단히 한 몫을 했던 것이다. 낙농장 운영으로 경험이 쌓인 포이저 부인은 가축이나 '사료의 비축'에 대하여 나름대로 자신의 일가견을 당당하게 말할 수 있었고 아는 것도 많아졌다. 그래서 여러 가지 문제에 대해 남편에게 조언을 할 수 있게 되었다.

그들이 홈 클로즈 농장에 들어서자, 유순한 소 한 마리가 누워 있었다. 새김질을 하면서 졸린 눈으로 포이저 가족을 바라보는 소를 보며 포이저 부인이 말했다.

"아유, 뿔 짧은 샬리 소네? 저런 소는 꼴 보기도 싫어. 3주 전에도 말했지만 지금 또 한 번 말할게요. 저런 소는요, 빨리 팔아 버릴수록 더 좋아요. 우리가 산 누런 샬리 소는 약해 빠져서 우유를 보통 소의 절반밖에 생산하지 못했어요. 그래도, 품질은 괜찮았던지 버터는 두 배나 많이 만들긴 했지만 말이에요."

"글쎄, 당신은 대체로 여자들을 싫어하잖소."

포이저가 말했다.

"그래도 보통 뿔 짧은 소는 여자들처럼 우유를 많이 생산하잖아. 챠운 씨 부인은 자기 남편한테 저런 소 말고 다른 소는 사지 말라고 한다던데?"

"챠운 씨 부인이 뭘 좋아하는지 그게 나랑 무슨 상관이에요? 챠운 씨 부인은 참새 대가리만도 못한 머리를 가졌으니, 미련하고 가엾은 여자잖아요. 그런 여자는 아주 큰 여과기에 넣어 기름을 짜내려고 해도 생채기 하나 입지 않고 통째로 빠져나가 버리고 말 거예요. 그 여자를 속속들이 알고 난 뒤, 나는 그 여자 집에서 일했던 하인은 절대로 데려오면 안 되겠다고 생각했어요. 뭐든 다 엉망진창이더라고요. 한번 그 집에 들어가 봐요. 아유…… 그날이 월요일인지 금요일인지…… 원, 알 수가 있어야지. 빨랫감은 일주일이 다 지나도록 잔뜩 밀려 있고, 그 여자가 만든 치즈는 한심해서 못 볼 지경이라구요. 작년부터 양철 통속에 넣어두었는지 몰라도 빵 덩어리처럼 부풀어 올라 버렸을걸. 그러면서도 그 여자는 뭐라도 잘못됐다 싶으면 날씨 탓만 해요. 사람들이 왜 머리를 땅에 대고 물구나무를 섰느냐고 물으면, 발에 신고 있던 부츠가 잘못돼서 그런다고 핑계를 댈걸요."

"그래? 챠운 씨는 샬리 소를 사고 싶어하던데. 그럼 당신이 바라던 대로 챠운 씨한테 팔아버리면 되겠군."

포이저는 이것저것 종합해서 정확한 결론을 내리는 부인의 뛰어난 머리를 은근히 자랑스러워하며 응수했다. 사실, 그는 최근에 시장에 갔을 때, 뿔 짧은 샬리 소에 대한 부인의 명민함을 몇 번이나 자랑했었다. 포이저 부인이 말했다.

"그렇죠. 멍청한 마누라를 고르면 그런 뿔 짧은 샬리 소를 사는 거나 진배없죠. 그것만큼 멍청한 짓이 있을까요? 머리를 수렁 속에 빠뜨리면 다리도 같이 따라 들어가게 될 거니까요. 음…… 다리로 말할 것 같으면, 당신 다리만큼 잘생긴 다리도 없을 거예요."

포이저 부인이 계속 말을 이어갈 때, 질퍽거리던 물기가 다 마른 길에 내려놓은 톳티가 엄마 아빠 앞에서 아장아장 걸어갔다.

"어머, 저 애 몸 좀 봐! 아유……. 저 애도 당신처럼 저렇게 다리가 길어요. 그 아빠에 그 딸 아니랄까 봐 어쩜 저렇게 똑 닮았을까."

"그…… 럼. 지금 톳티 모습이 헤티가 열 살이었을 때 모습이랑 똑같아. 눈 색깔만 빼고 말이야. 톳티의 눈은 당신을 꼭 닮았지. 우리 가족은 대대손손 파란 눈을 가진 사람은 없었어. 우리 어머니는 야생 자두 같은 헤티의 눈동자처럼 새까맸었는데."

"혹여, 내 딸이 헤티하고 닮은 데가 전혀 없다 해도 나쁠 건 없지요. 나는 우리 애가 지나치게 예쁘길 바라지는 않아요. 말이 나왔으니 하는 말인데요. 파란 눈에 금발머리도 검은 머리와 까만 눈을 가진 사람처럼 예쁘죠. 다이나의 뺨이 창백하지 않고 발그레하고 감리교도 모자도 쓰지 않고 다닌다면 까마귀들도 깜짝 놀랄 만큼 엄청나게 예쁠 거예요. 아마 사람들도 다이나보고 헤티 못지않게 예쁘다고 생각할걸요?"

"아니야, 그건 아니지."

포이저가 무시하는 듯이 강조하는 어투로 대꾸했다.

"당신은 여자의 미모에 대해 눈곱만큼도 몰라. 사내 녀석들은 헤티 같은 여자를 쫓아다니지, 다이나 같은 여자한테는 별로 관심 없다구."

"남자들이 누굴 쫓아다니든 그게 나하고 무슨 상관이에요? 그런 여자를 쫓아다닌 남자는 일단 결혼하고 나면, 막상 그 여자가 치맛자락이나 질질 끌고 다니는 단정치 못한 여편네란 걸 깨닫게 될걸요. 그것만 보더라도 남자가 아내를 고를 때 얼마나 신중하지 못한지 알 수 있잖아요. 얇은 천으로 만든 리본은 색깔이 바래버리면 아무짝에도 쓸모가 없지요. 그런 여자들이 바로 꼭 얇은 천 조각 같다니까요."

"어험, 그러니 내가 얼마나 아내를 잘 골랐는지……. 나 스스로 생각해도 정말 탁월한 선택이었다니까."

포이저가 말했다. 그는 보통 부부간의 입씨름을 해도, 그걸 은근히 자기부인을 칭찬하는 한마디 말로 끝맺고는 했다.

"그리고 말이야, 10년 전의 당신은 다이나보다 두 배는 통통하고 귀여웠어요."

"그렇다고 좋은 가정주부가 되려면 반드시 못생겨야 된다고 말한 적은 없어요."

포이저의 말을 받아 그의 부인이 응수했다.

"챠운 씨 부인은 못생겼어도 우유란 우유는 죄다 상하게 만들고, 겨우 응유효소[131]만 상하지 않게 보관이나 하는지 모른다니까. 아니, 뭐, 어떤 방법을 써서라도 뭐 하나 제대로 보존할 줄 모르니 참 변변 치 못한 여자에요. 그러나 다이나를 봐요. 불쌍한 아이지요. 그 애는 불행한 사람들한테 그저 베풀기만 하고 자기는 빵과 물로만 식사를 해결하니 절대로 통통해질 리가 없죠. 예전에 종종 그런 행동 때문 에 짜증 난다고 내가 말했더니, 다이나는 성경에 '네 이웃을 네 몸같 이 사랑하라.'고 했다고 또다시 당당하게 성경을 들먹이더군요. 하 지만 나는 이렇게 대꾸해줬어요. '만약 네가 너 자신을 사랑하기보 다는 네 이웃을 더 사랑한다면, 하느님을 위해서 아무것도 할 수 없 을 거야. 물론 네가 굶주려가면서까지 네 이웃을 사랑하면 너는 주 님께서 너에게 충분히 잘해주실 거라 생각하고 있을 테지만.' 하고 말이에요. 참, 오늘같이 축복받은 일요일에 다이나는 어디 갔는지! 틀림없이 또 어느 병든 여자 옆에 앉아 있겠지. 마음이 거기로 쏠리 면 그냥 달려가는 애니까."

"흠…… 정말 그 애 머릿속에는 헛된 망상 같은 연민만 잔뜩 들어 있으니 참 안됐구먼. 그냥 우리 식구들이랑 여름 내내 함께 지내면 안 되나? 지금 먹고 있는 음식의 두 배만 먹고 지내도 그렇게 아쉽지 는 않을 것 같소. 다이나가 집에 있으면, 솔직히 나는 그 애가 있는 지 없는지 별 차이를 모르겠어. 바느질할 때 보면 둥지에 앉아 있는 새처럼 조용히 앉아 있으니, 나는 그 애가 없는 줄 안다니까. 그러다 가도 뭘 가지러 가야 할 때는 정말 민첩하게 달려가더군. 만약 헤티 가 시집가면 당신이 계속해서 다이나를 데리고 같이 살면 좋을 것

---

131) 우유만으로 자란 생후 3~6개월쯤 되는 송아지의 제4위에서 추출 조제한 것으로, 치즈 의 제조 공정 중 응고 우유를 만드는 데 쓰인다.

같은데……."

"그런 생각해 봤자 아무 소용없어요."

포이저 부인이 대답했다.

"다이나보고 다른 사람들처럼 우리 집에 와서 편안하게 함께 살자고 말해 봤자 날아다니는 제비한테 이리 오라고 손짓하는 거나 다름없다니까요. 그 애 마음을 돌릴 수만 있다면, 내가 진즉 그렇게 했을 거예요. 어느 날은 한 시간 동안이나 계속해서 타일러보기도 했다가, 또 꾸짖어 보기도 했죠. 다이나는 내 친정 언니 딸이니까 당연히 그 애를 위해서라면 내가 무슨 일이든지 해주어야 하니까요. 그런데도 도무지……. 참 안타까워요. 그 애는 우리한테 '안녕히 계세요.'라고 하자마자 마차에 올라타고는 창백한 얼굴로 나를 뒤돌아보더니 그냥 떠나갔어요. 그때 그 모습이 꼭 죽은 주디스 언니가 다시 온 것처럼 어찌나 닮았던지, 나는 다이나를 야단쳤던 일을 생각하고 뜨끔했어요. 당신도 그 애가 세상 모든 도리를 다른 사람들보다 더 잘 알고 있다는 느낌을 가끔 받았을 거예요. 하지만 감리교인이기 때문에 그렇다고 인정하지는 않겠어요. 흰 송아지가 검은 송아지와 한 여물통에서 먹이를 먹고산다 해도 흰 송아지는 흰 송아지일 뿐이지요."

"아니지."

포이저가 대답했다. 거의 호통을 치다 싶은 소리로 말했으나 그의 성격이 워낙 좋아서 호통치는 소리로 들리지 않았을 뿐이다.

"나는 감리교인들을 별로 탐탁지 않게 생각해. 감리교인이 되는 사람들은 장사치들뿐인 걸로 알고 있소. 농부 중에 그런 괴상한 생각에 사로잡힌 사람은 당신도 보지 못했을 거요. 가끔 직공들 중에서는 본 적이 있을지 몰라도……. 세스 같은 목수들이나 자기 일에는 별반 재능이 없으면서 설교니 뭐니 하는 걸 쫓아다니지. 아담을 봐요. 아담은 이 근방에서 머리가 제일 좋은 사람 축에 속하고, 다른 사람보다 뭐든지 더 잘 알고, 또 훌륭한 교인이지. 그렇지 않았다면 아담을 헤티의 짝으로 절대 생각하지 않았을 거요."

"아이고, 맙소사."

남편이 말하는 동안 뒤를 돌아보며 포이저 부인이 외마디 소리를 질렀다.

"저기 좀 보세요. 아이들을 데리고 오는 몰리 좀 보라구요. 아까 전에 우리가 지나왔던 들판까지도 아직 못 오고 있네. 헤티, 아니, 너는 저 아이들이 저렇게 뒤처지는데, 그동안 뭐 했어? 차라리 허수아비 같은 네 초상화나 세워놓고 아이들을 지키라고 할 걸 그랬네. 빨리 아이들한테 뛰어가지 못해? 어서 가서 빨리빨리 오라고 해."

포이저 부부는 벌써 두 번째 들판 끝까지 건너가 있었다. 롬셔의 들판의 계단은 큰 돌들로 만들어져 있었다. 부부는 이 중 꼭대기에 있는 돌 위에 톳티를 앉혀 놓고 뒤처져 오고 있는 식구들을 기다렸다. 톳티도 편안하게 지켜보면서 말했다.

"저기 개구쟁이 오빠들 좀 봐. 나, 착하지."

사실, 그들이 뒤처진 건 나름대로 이유가 있었다. 나들이하기에 안성맞춤인 일요일에 들판을 걸어오는 동안 마티와 토미에게는 재미있는 일들이 많았다. 두 소년은 산울타리를 이루는 관목을 따라 뭔가가 쉴 새 없이 야단법석 떠는 것을 보고, 가던 걸음을 멈추었다. 그리고 그들은 한 쌍의 스패니얼(애완견의 일종)이나 테리어(애완용, 사냥개의 일종)보다도 더 참지 못하고 나무 사이를 들여다보았다. 마티는 커다란 서양물푸레나무의 가지에 앉아 있는 노랑촉새를 보았다고 자신 있게 말했고, 동생 토미는 나무 사이를 들여다보다가 목이 하얀 담비를 보았는데, 그 담비가 길을 건너 도망치는 바람에 놓쳐버렸다고 열을 올리며 떠들어댔다.

또 방울새가 방금 둥지를 떠났는지 땅 위에서 날갯짓하며 퍼덕이고 있어서, 토미는 방울새가 검은 딸기나무 덤불 속으로 퍼덕이며 날아가기 전에 붙잡을 수 있으리라 생각했다. 헤티는 이러한 야생 동물들에는 별 관심이 없었다. 그러나 몰리는 이런 동물들을 좋아하는 아이들의 비위를 맞춰주려고 했고, 무슨 소리가 들리기만 하면 바보같이 입을 헤 벌리고 나무 사이를 엿보며, 깜짝 놀랄 때마다 '종달새다!' 하고 외쳐댔다.

헤티가 달려가 외숙모가 화가 나서서 난리니 빨리 가야 한다는 말을 전하자 몰리는 놀라서 서둘렀다. 하지만 마티가 맨 먼저 소리 지르며 달려갔다.

"엄마, 얼룩덜룩한 칠면조 둥지를 봤어요."

마티는 이렇게 반가운 소식을 전하면 자신들은 야단맞지 않으리라고 본능적으로 믿었던 것이다.

"정말? 응, 그래. 잘했어. 근데 그게 어디 있었니?"

정말로 포이저 부인은 반가운 소리에 놀라 아들에게 야단치는 것을 완전히 잊어버리고 물어봤다.

"산울타리 밑에 있는 땅 구멍 속 깊숙한 곳이에요. 칠면조 둥지는 생전 처음 보았어요. 방울새를 쫓다 보니까 칠면조가 둥지에 앉아 있는 게 보였어요."

"너, 그 칠면조를 놀라게 해서는 안 돼. 알았지? 그렇지 않으면 자기 둥지를 버리고 어디론가 가버리거든."

아들의 말을 듣고 엄마가 타일렀다.

"알아요, 그래서 계속 살금살금 걸어다녔어요. 몰리한테도 소곤대면서 말했어요. 그렇지, 몰리?"

"자, 자, 어서 가자."

포이저 부인이 말했다.

"이제 너희들이 여동생 손을 잡고 앞장서서 걸어가거라. 지금 바로 가야 하니까. 착한 아이들은 일요일에 새들을 쫓아다니지 않아."

"하지만 엄마."

마티가 말했다.

"엄마는 얼룩덜룩한 칠면조 둥지를 찾으면 반 크라운 백동화(2실링 6펜스)를 주신다고 약속하셨잖아요. 제 저금통에 그 돈 넣어 주실 거죠?"

"자, 어디 좀 두고 보자. 애야, 네가 착한 아이같이 잘 걸어가는지 보고 나서."

아빠와 엄마는 큰아들의 명민함에 만족스러운 듯 의미 있는 시선을 나누었다. 그러나 어쩨 토미의 통통한 얼굴은 그늘져 밝지 않았다.

"엄마, 형의 저금통은 제 저금통보다 돈이 훨씬 많아요."

토미가 반쯤 울상을 지으며 엄마를 불렀다.

"엄마, 톳티 저금통에도 반 크라운 넣어줘."

톳티도 보챘다.

"쉿, 조용히, 조용히 해. 개구쟁이 녀석들."

포이저 부인이 말했다.

"계속 이러면 누가 너희들 말을 들어주겠니? 지금은 빨리 교회에 가야 해. 누구든 엄마 말 안 들으면 저금통을 뺏어버릴 거야."

협박이 두려웠는지 아이들은 부모의 말을 잘 들었다. 아이들은 앞으로 건너가야 할 두 개의 들판을 향해 세 쌍의 다리를 종종거리며 거침없이 걸어갔다. 조그만 연못에는 '황소개구리'의 올챙이가 득실거리고 있었다. 하지만 아이들은 아쉬운 듯 쳐다보기만 할 뿐 그냥 지나쳐갔다.

아직 말리지 못한 건초가 여기저기 흩어져 있었다. 아마 내일이면 건초를 잘 마르도록 다시 뒤엎어 놓아야 하리라. 이런 광경이 포이저의 눈에는 거슬렸다. 건초를 말리고 곡식을 수확하는 시기가 되면, 포이저는 앞으로 날씨가 어떻게 될지 몰라서 가끔 괜스레 걱정되고 신경 쓰였다. 그러나 일요일에는 무슨 일이 있어도, 아무리 이른 아침이라 해도 들에 나가서 일을 하지 않기로 했다. 미카엘 홀즈워즈는 성 금요일[132]에 밭을 갈았었다. 그 때문인지 한 쌍의 황소가 '더위를 먹어 힘이 없어지지' 않았던가? 그것만 보아도 성스러운 날에 일을 하면 나쁜 일을 당한다는 것을 알 수 있었다. 마틴 포이저가 주님을 기념하는 성스런 날에는 그 어떤 일도 하지 않기로 결심한 것은 이처럼 나쁜 일을 당할까 봐 두려웠기 때문이다. 하지만 또 다른 이유도 있었다. 성스러운 주님의 날에는 일해서 돈을 벌어도 절대로 번창하지 못한다는 생각 때문이었다.

"햇볕이 이렇게 쨍쨍 내리쬘 때 저런 건초를 보면 손가락들이 근질근질하다니까."

식구들이 '빅 메도우'(넓은 목장이란 뜻)를 지나갈 때 포이저가 말했다.

"하지만 양심을 거스르면서까지 일해서 돈을 모으겠다고 생각하는 것은 멍청이 짓이지. 아, 맞아. 사람들이 '신사 양반 웨이크필드'라고 부르는 짐 웨이크필드 알지? 그 양반은 일요일도 주중과 똑같이 일을 했대. 하느님이나 악마의 존재를 전혀 모르는 사람처럼, 뭐가 옳은 일인지 그른 일인지 아무 상관하지 않았다지 뭐야. 그런데 그 사람이 결국 어떻게 됐는지 알아? 글쎄 지난 장날에 보니까 바구니에 오렌지를 담아서 팔고 다니지 뭐야. 이 눈으로 똑똑히 보았다니까."

"그럼요, 그럴 거예요."

포이저 부인이 강조하면서 응해 주었다.

"못된 마음으로 미끼를 달아 놓으면, 그건 틀림없이 행운을 놓쳐 버리는 쓸모없는 올가미가 되고 말죠. 또 그런 마음으로 돈을 번다면, 돈이 호주머니를 태워서 구멍을 뚫어 놓고 말 거예요. 우리 자식들도 정당한 방법이 아니면 절대로 6펜스 은화 한 개라도 얻지 못하게 하고 싶어요. 날씨야 하느님의 뜻에 달렸어요. 그러니 우리는 날

---

132) 부활절 직전의 금요일로써 그리스도가 십자가에서 당한 고난과 죽음을 기념하는 날.

씨를 잘 참고 견뎌내야 해요. 이것저것 신경 쓸 게 많은 여자아이들에 비하면 날씨야 그렇게 골치 아픈 것도 아니죠."

포이저 가족들은 걸어가면서 여러 가지 장애물에 부딪치기도 했지만 다행히 1시 55분 전까지는 마을에 도착할 수 있었다. 현명한 포이저 부인이 항상 집에 있는 시계를 좀 빠르게 맞춰놓았기 때문에 가능한 일이었다. 교회에 나오려고 했던 사람들은 거의 다 교회마당 안에 들어와 있었다. 교회에 나오지 않고 그냥 집에 있는 사람들은 주로 티모시네 베스 같은 아기 엄마들이었다. 베스는 대문에 서서 아기에게 젖을 먹이며, 엄마로서의 뿌듯함을 만끽하고 있었다. 아기 엄마들은 엄마로서 해야 할 일 외에는 다른 어떤 것도 할 수가 없었다.

사람들이 예배가 시작되기 전에 마당에 오랫동안 서 있었던 이유는 티아스 비드의 장례식을 보기 위해서만은 아니었다. 보통 때와 같이 예배가 시작되기를 기다린 것도 있었다. 사실, 여자들은 여느 때와 마찬가지로 교회 안으로 곧장 들어갔고, 좀 넉넉한 농가의 부인들은 목소리를 낮춰가며 등이 높은 긴 의자 너머로 이야기를 나누었다. 어떤 병으로 몸이 아팠다는 둥, 의사가 처방해준 약이 아무 효과가 없었다는 둥, 그 병에는 민들레 차가 좋다는 둥, 그 외에 민간요법으로 쓰는 특별한 약이 훨씬 효험이 있었다는 둥, 하인들이 점점 과도한 임금을 요구하면서 일은 해가 갈수록 더 형편없이 못 한다는 둥, 요즘 새로 들어오는 하녀들은 예전에 있던 하녀들보다 더 믿을 수 없다는 둥, 또 트레들스톤의 식료품 장수인 딘갈은 수지가 맞지 않는 값을 받고 버터를 팔아서 그에게 돈을 갚을 능력이 있을지 의심해봐야 한다는 둥, 이런 이야기들이 부인들 사이에 오갔다.

원래 딘갈 부인은 신용 있는 여자였고, 가문도 좋은 사람이어서인지 딘갈 부인에 대해서는 모두가 그 부인이 남편 때문에 안 됐다고 이야기를 했다. 그러는 동안 남자들은 밖에서 뭉그적거리고 있었다. 합창대원만 교회 안으로 들어갔을 뿐 나머지는 어윈목사가 연단에

설 때까지 거의 다 들어오지 않았다.

　교회 안에 들어온 합창대원들은 흥얼대기도 하면서 간단한 예행연습까지 모두 끝마쳤다. 다른 사람들은 교회 안으로 일찌감치 들어갈 이유가 없었다. 하기는 예배가 시작되기 전에 그들이 교회 안으로 들어간들 무슨 할 일이 있겠는가? 그렇다고 예배당 안으로 들어가지 않고 밖에 서서 그저 '사업' 이야기만 나눈다면 하늘에 계신 신이 노여워할지도 모를 일이었다. 하지만 그들은 별로 대수롭지 않게 생각했다.

　채드 크라네지는 오늘 교회에서 처음 보는 낯선 사람 같았다. 보통 때는 그의 손녀뻘인 어린아이들은 낯설고 괴상한 채드 크라네지의 얼굴을 보기만 해도 무서워서 울음을 터뜨리고는 했었다. 그런 그가 오늘은 일요일이어서 그런지 깨끗이 얼굴을 단장하고 말끔한 모습으로 나타난 것이다. 좀 건방진 친구가 모자를 벗고 머리를 긁적이며 농부 아저씨에게 경의를 표하는 식으로 채드는 사람들을 향해 인사를 했다. 그러나 채드를 아는 사람은 그가 마을의 대장장이라는 것을 금방 알아차렸다. 왜냐하면 그는 주중에 얼굴이 새까맣게 되도록 열심히 일하는 사람은 자기와 같은 부류의 사람이라고 습관처럼 말했기 때문이다. 이런 말은 좀 듣기에 거북했지만, 실은 다른 뜻이 아니라 미덕의 뜻으로 말한 것이었다. 그리고 일을 열심히 하는 사람들을 떠받들어야 한다고도 말했다. 이를테면, 타고 다니는 말에 편자를 신기는 사람은 부지런한 사람이므로 존경해야 한다는 식이었다. 이 말은 맡은 바 일을 당연히 하는 사람을 미화시키는 것이나 다름없었다.

　하얀 가시나무 아래에 있는 묘소에서 멀리 떨어진 곳에 채드와 억세게 보이는 일꾼들이 초연하게 서 있었다. 묘소에서는 장례식이 진행되고 있었다. 샌디 짐과 다른 농장의 몇몇 일꾼들은 무덤 주변에 무리지어 서 있었다. 그들은 상을 당한 아들들과 미망인과 함께 슬퍼할 조문객으로서 경의를 표하기 위해 모자를 벗고 있었다. 그 밖에 다른 이들은 무덤가에 모여 있는 사람들을 주시하다가, 또 농부들의 이야기를 들어보기도 하면서, 어정쩡한 태도를 취하고 있었다.

농부들 중 몇몇은 교회 대문 가까이에 떼를 지어 모여 있었고, 또 몇몇은 포이저 가족이 교회에 들어오자 마틴 포이저와 합류하기도 했다. 이런 무리와 좀 떨어진 곳에 도니손 암스 여인숙의 주인인 카슨이 가장 눈에 띄는 자세로 서 있었다. 카슨의 자세는 참 희한했다. 그는 오른손 집게손가락을 조끼의 단추 구멍들 사이에 집어넣고, 왼손은 바지 호주머니에 넣고, 머리는 한쪽으로 갸우뚱하게 기울이고 있었다. 마치 단역 배우로서 맡은 연기를 잘하는 자신의 솜씨를 관중들이 알아보고 있다고 확신하는 듯한 모습이었다. 이 자세는 조나단 버즈 영감의 자세와 기가 막히게 대조를 이루었다. 버즈 영감은 몸을 앞으로 기울이고, 양손은 뒤로 한 채, 천식환자처럼 기침을 해 댔다. 그의 얼굴은 돈 한 푼도 벌지 못하는 지식인들을 모두 경멸하는 듯한 표정이었다. 오늘은 다른 날과 달리 대화를 나누는 사람들의 목소리가 낮았으나, 어윈 목사가 장례를 위한 마지막 기도문을 낭송하자 한층 더 조용해졌다.

그들은 모두 죽은 티아스 비드가 측은하다는 말을 하며 동정하였다. 그러더니 이내 세첼에 대한 불만을 차근차근 털어 놓았다. 세첼은 지주의 토지 관리인이었고, 도니손 경이 직접 재산관리를 하지 못하게 될 경우에는 집사 노릇까지 맡아서 직접 처리했다. 이 집사는 치사한 방식으로 지주의 소작료를 받아냈고 지주의 목재를 가지고 흥정하기도 했다. 이러한 대화를 하면서 그들이 목소리를 더욱 낮추었던 이유는 세첼이 어느 순간에 포장된 도로 위로 걸어와 교회 대문에 나타날지 모르기 때문이었다. 갑자기 말소리가 조용해졌다. 어윈 목사의 음성도 뚝 그쳤고, 하얀 가시나무 근처에 있던 무리들도 교회에 들어가려고 제각각 흩어졌다.

그들은 모두 옆으로 비켜서서 모자를 벗어들고 서 있었다. 그 사이로 어윈 목사가 먼저 지나가고, 다음은 아담과 세스가 어머니를 양쪽에서 부축한 채 다가왔다. 조슈아 랜은 교회서기의 직무를 수행하고 있는 교회지기(교회의 종도 치고 무덤도 파는 사람)의 우두머리 노릇을 하고 있어서, 아직은 목사를 따라 제복실로 들어갈 수 없었다. 상을 당한 세 사람이 다가오기 전에 잠시 침묵이 흘렀다. 리즈베스가 고개를 돌려 다시 무덤을 바라보고 있었기 때문이다.

아! 이제 하얀 가시나무 아래에는 갈색의 흙만이 덮여 있을 뿐 아무것도 없었다. 리즈베스는 울음을 잘 참고 있었다. 남편이 죽은 이래로 이렇게 눈물을 꾹 참은 것은 오늘이 처음이었다. 슬프지 않은 건 아니었지만 '장례식'을 치르는 이 자리에서는 자신이 여느 때와 달리 아주 중요한 위치에 있다고 생각했기 때문이었다. 또, 어윈 목사가 남편을 위해 아주 특별한 장례 예배를 드리고 있다는 걸 마음 깊이 새기고 있었고, 교회 찬송가 역시 남편의 장례를 위해서 부르는 걸 잘 알고 있었다. 그녀는 두 아들과 함께 교회에 들어가면서 이웃 사람들이 자신에게 동정한다는 듯이 고개를 끄덕이며 다정하게 인사를 해주자, 슬픔보다 더 짙은 고마움과 흥분을 느끼고 감격스러워했다.

장례를 치른 미망인과 아들들이 교회 안으로 들어갔다. 밖에 서 있었던 사람들도 한 사람씩 뒤따라 들어갔고, 아직도 몇몇 사람들은 밖에서 꾸물거리고 있었다. 아마 그들은 도니손 경의 마차가 천천히 언덕 위로 구불구불 돌아오는 것을 보고 구태여 서둘러야 할 필요가 없다고 생각했던 것 같다.

그러나 곧바로 오르간의 바순 음악과 유건 나팔[133] 소리들이 울려 퍼졌고, 예배 시작을 알리는 저녁 찬송가[134] 소리가 들려오기 시작하였다.

---

133) 이 당시 시골 교회는 대부분 오르간이 없어서 음악은 여러 가지 악기를 가지고 연주했다. 키 벌즈라는 유건 나팔은 구식 나팔이다.
134) 토마스 켄 주교의 저녁 찬송가 중에서 〈오늘 저녁, 나의 하느님이신 당신에게 영광을〉

이제는 모두가 교회 안에 들어와 자리를 잡고 앉아야 했다.

헤이슬롭 교회 내부는 신자들이 앉는 빛바랜 평범한 오크나무 의자들을 제외하고는 그 어떤 것도 주목할 만한 것이 없었다. 커다란 사각형으로 된 이 긴 의자들이 좁은 통로의 양쪽으로 가지런히 배치되었다. 사실, 이 오래된 교회 내부에서는 어색한 현대식 장식을 찾아볼 수 없었다.

성가대는 오른쪽 줄의 한가운데에 놓아둔 두 개의 좁고 긴 의자에 자리 잡고 앉았다. 조슈아 랜은 성가대 단원들 중에서 베이스(저음) 부분을 담당한 단원들의 선두 주자로 자리를 차지했다가 노래가 끝나면 자기 성서대로 되돌아가는 짧은 절차를 밟아야 했다. 설교단과 성서대는 긴 의자와 마찬가지로 오래되어 색깔이 바래 있었고, 이것들은 성단소(성직자의 자리가 있는 장소)로 가는 아치문의 한편에 놓여 있었다. 또한 성단소 안에는 사각형으로 된 빛바랜 긴 의자들이 배치되어 있었다. 이 의자들은 도니손의 가족과 하인들이 앉는 자리였다. 이 의자들은 황갈색으로 엷게 칠한 벽과 어우러져 초라한 교회 내부를 기분 좋은 분위기로 바꾸어 놓았고, 불그스레한 얼굴들과 빛나는 조끼들과도 썩 잘 어울렸다. 성단소까지 가는 주변은 온통 진홍색으로 넘실대고 있었다. 설교단과 도니손 지주가 앉을 긴 의자에는 멋있는 진홍색 천을 씌운 방석들이 놓여 있었다. 이런 광경을 완성시키기 위하여 제단 위에는 진홍색의 제대포를 씌워 놓았다. 이 제대포는 리디아가 손수 금실로 화려하게 수를 놓은 것이었다.

그러나 이 진홍색의 제대포가 없다 하더라도, 어윈 목사가 단상에 서서 순박한 교인들 모두를 따뜻한 눈길로 둘러보고 있을 때에는 교회 분위기가 온화하고 유쾌했다. 여기에 앉아 있는 교인들 중에는 무릎과 어깨가 굽었어도 아직 정정한 노인들이 꽤 많이 있었다. 그 노인들은 산울타리를 깎아 다듬고 이엉으로 지붕을 이는 등 많은 일을 할 수 있는 여력이 여전히 남아 있었다. 또 돌을 다듬는 석수들이나 목수들도 있었다. 이 사람들은 키가 크고 건장한 체격이었고, 햇볕에 그을린 청동빛 얼굴은 조각처럼 당당해 보였다. 그리고 사과같이 붉은 뺨을 가진 가족들과 함께 나온 대여섯 명의 유복한 농부들도 있었다. 그 외에도 깨끗이 단장한 나이가 지긋한 여인들이 앉아 있었는데, 대부분 농장에서 일하는 일꾼의 아낙네들이었다. 이 여인들은 눈처럼 하얀 테두리가 둘러져 있는 까만 끈 달린 모자를 쓰고 있었고, 팔꿈치 아래로 맨살을 드러내놓은 앙상한 양팔을 가슴 위로 다소곳이 모아서 맞잡고 있었다.

　그 어떤 노인도 성경책을 들고 있지 않았다. 꼭 성경책을 들고 있어야 할 이유도 없었다. 왜냐하면 노인들 가운데 글을 읽을 수 있는 사람은 한 명도 없었기 때문이다. 하지만 마음속으로 좋은 성경 말씀을 얼마쯤 알고 있었다. 노인들의 메마른 입술은 가끔씩 소리 없이 움직였다. 사실 확실히 이해도 못 하면서 예배식에 따라 중얼거린 것이다. 그들은 이렇게라도 중얼거리면 불행한 일을 당하지 않고 축복을 받을 수 있을 거라고 단순하게 믿고 있었다. 모든 신자들이 자리에서 일어나자, 그들의 얼굴이 한눈에 보였다. 꼬마 아이들은 자기들 의자 위에 올라서서 다른 사람들이 앉는 평범한 긴 의자의 가장자리 너머로 주변을 내다보았다. 그동안 옛날 토마스 켄 주교의 쾌활한 찬송가들 중 저녁 찬송가 한 곡조에 맞추어 노래하였다. 그 쾌활한 찬송가들은 지금은 마지막 세대의 목사들과 교회의 합창단인 교구 사무직원들과 함께 사라져 버렸다. 저녁 찬송가의 선율을 애호하고 듣기 좋아하는 교인들의 귀에서 노랫소리가 목양신 '판' 의 피리[135] 소리같이 슬그머니 사라졌다. 아담은 평소 성가대와 함께 앉던 자리에 앉지 않고 오늘은 어머니와 세스와 함께 나란히 앉아 있었다. 오늘따라 바틀 메이시 선생이 보이지 않았다. 아담은 메이시

---

135) 판은 그리스 신화에 나오는 목동과 양들의 신이다. 이 '목양신이 부는 피리' 는 서너 개의 갈대로 만든 피리를 불었기 때문에 전원적인 시골 음악의 즐거움을 연상시켜준다.

가 없어서 놀랐지만 조슈아 랜은 오히려 더 좋아하는 것 같았다. 랜은 평소보다 베이스 음조를 득의양양하게 더욱 흡족히 부르면서, 안경 너머로 영국 국교회를 거부하는 윌 매스커리에게 준엄한 시선을 보내고 있었다.

독자들이여! 이런 장면을 둘러보고 있는 어윈 목사를 상상해보라. 어윈 목사는 몸에 썩 잘 어울리는 하얀 중백의(의식 때 성직자, 성가대원 등이 입는 옷)를 입고, 머리 분가루를 뿌린 머리카락을 전부 뒤로 빗어 넘긴 모습이었다. 갈색 빛을 띠는 번지르르한 얼굴은 윤곽이 뚜렷한 코와 윗입술로 아주 잘생겨 보였다. 관대한 사람들의 얼굴은 모두가 빛나게 보이는 것처럼, 어윈의 표정은 날카로우면서 자애롭게 보여서 확실히 품위가 배어났다. 6월의 기분 좋은 햇살이 낡은 유리창으로 흘러들어왔다. 햇살은 노랗고, 빨갛고, 또 파란빛으로 사방을 물들이며 맞은편 벽마저 산뜻한 색깔로 물들이고 있었다.

어윈 목사는 오늘 교회에 나온 교인들을 쭉 둘러보다가 네모난 좌석에 앉아 있는 마틴 포이저와 그의 가족을 보았다. 그때 어윈의 시선은 잠시 동안이지만 어느 때보다도 오래 멈춰 있었다. 어윈의 시선이 그쪽으로 향할 수밖에 없었던 이유가 있었다. 헤티가 분홍색과 하얀색 옷차림으로 더할 나위 없이 화려하게 꾸미고 검은 눈을 깜빡이고 있었기 때문이었다. 그러나 헤티는 어떤 시선에도 아랑곳하지 않았다. 다만 이 시간쯤이면 마차를 타고 온 아서 도니손이 교회 정문에 도착해서 곧 안으로 들어올 거라는 생각에만 골몰하고 있었다. 목요일 저녁 숲 속에서 헤어진 이후로 헤티는 아서를 한 번도 만나보지 못했다.

오! 그동안의 시간은 얼마나 길었던가! 그날 저녁 이후에는 모든 일들이 예전처럼 별 탈 없이 지나갔다. 그날 밤에 맛보았던 경이로움은 그 후로도 전혀 변함이 없었다. 이제는 이미 그녀의 꿈이 되어 있었다. 헤티는 교회 문이 열리는 소리가 들리자 심장이 심하게 고

동쳐서 감히 눈을 들어 쳐다볼 수 없었다. 헤티는 숙모가 인사하는 것을 느끼고, 자신도 따라서 경의를 표했다. 그분은 도니손 지주임이 틀림없을 거라고 믿었다. 항상 지주님이 먼저 입장하기 때문이었다. 지주는 얼굴에 주름이 가득한 작달막한 노인으로 자기에게 경의를 표하거나 인사하는 교인들을 근시안의 시선으로 빙 둘러보며 들어왔다. 다음에는 리디아 양이 지나갔다. 리디아 양은 분명 작은 장미꽃 화환으로 둘레를 장식한 석탄 양동이 모양의 보닛(끈·리본을 턱밑에서 매게 된 여자·어린이용 모자)을 쓰고 있을 것이다. 헤티는 리디아의 최신 유행 보닛이 몹시 보고 싶었지만, 오늘은 참기로 했다. 그런데 이상했다. 더 이상 인사하는 사람이 없었다. 아니, 아서가 오지 않은 모양이었다. 이제 도니손 가의 가족 전용석 문을 통과하는 사람은 아무도 없었다. 다만 검은 모자를 쓴 가정부와, 한때 리디아의 모자였던 예쁜 밀짚모자를 쓴 하녀, 그리고 집사와 머리 분이 뿌려진 마부의 머리들이 지나가고 있을 뿐이었다. 오지 않는구나. 아서는 그곳에 없었다. 하지만 헤티는 곧 그를 보게 될지도 모른다고 생각했다. 아마 자신이 잘못 보았다고 생각한 모양이었다. 그러나 헤티는 결국 아서를 보지 못했다.

　그녀는 눈꺼풀을 들어 올려 성단소 안에 있는 방석이 놓인 긴 의자를 슬며시 들여다보았다. 그곳에는 도니손 지주가 하얀 손수건으로 안경을 닦고 있고, 리디아가 가장자리에 금박을 입힌 커다란 성경책을 펼치고 있을 뿐 아무도 없었다. 그녀는 너무 실망이 큰 나머지 으스스 몸이 떨리고 오한이 들어 견딜 수가 없었다. 얼굴이 창백해지고, 입술이 부들부들 떨리고, 금방이라도 울음이 터져 나올 것만 같았다. 아! 이제 어떻게 해야 되나! 모든 사람들이 그 이유를 알고 있을지도 모른다. 지금 자신이 울면 아서가 이 자리에 나타나지 않기 때문이라고 모두가 눈치 챌 것만 같았다. 더구나 크레이그가 단춧구멍에 아주 예쁜 온실의 꽃나무를 꽂은 채, 자신을 주시하고 있다는 것도 헤티는 잘 알고 있었다. 소름이 끼칠 정도로 길고 긴 순간이 지났다. 신자들의 참회의 기도[136]가 시작되자, 헤티도 드디어 무릎을 꿇었다. 두 눈에서 커다란 눈물이 방울방울 떨어졌지만, 마음씨 착한 몰리 외에는 아무도 헤티의 눈물을 보지 못했다. 헤티의 외숙부와 외숙모는 헤티 쪽으로 등을 향하고 무릎을 꿇고 있었다. 몰리는 실신할 정도로 앉아 있기 힘들 때에나 눈물을 흘리는 거라고 생각하고 있었다.

그녀는 자기 자신도 막연히 알고 있는, 전통적으로 전해 내려오는 민간요법의 하나를 생각해 냈다. 몰리는 주머니에서 작고 납작하고 괴상한 파란 병을 꺼냈다. 한참을 낑낑대다가 코르크 마개를 겨우 열고는 병의 가느다란 목 부분을 헤티의 코에 대주고 속삭였다.

"냄새 맡아봐."

그녀가 내민 병에는 약용소금이 들어 있었다. 그녀는 새로운 약용소금보다는 오래된 것이 효험이 좋을 거라고 믿었다. 그녀는 헤티에게 코를 톡 쏘지 않으면서 효과가 좋다고 일러주며 약병을 권했다. 헤티는 투정부리듯이 병을 밀어냈다. 약용소금은 별 소용이 없었지만 잠깐 짜증을 부리자 마음이 가라앉았다. 헤티는 얼른 눈물자국을 닦고 더 이상 울지 않으려고 애썼다. 어리석은 헤티였지만 이 정도의 의지력은 있었다. 헤티는 웃음거리가 되기 싫었고, 지금 이 순간만큼은 다른 사람들이 자신에게 찬탄하기보다는 아무런 관심도 가져주지 않기를 바랐다. 남에게 감추고 싶은 비밀을 다른 사람들에게 들키느니 차라리 자신의 부드러운 몸을 손톱으로 아프게 꾹 찌르는 게 나을 것 같았다.

어윈 목사는 엄숙하게 '사죄의 의식'[137]을 선언하였다. 여기서도 헤

---

136) 영국 국교회, 즉 성공회에서 아침 기도와 저녁 기도를 드리는 예배 중에 모든 신자들이 일반적인 죄에 대해 말하는 신앙고백이다. "우리는 죄를 짓고, 잃어버린 양처럼 하느님이 마련해주신 길에서 벗어났습니다. 우리는 우리 마음의 욕망을 좇아서 너무 많은 쾌락만 추종했습니다. 우리는 하느님의 성스러운 율법들을 위반했나이다."라는 고백의 기도를 드린다.

티는 아무런 관심을 두지 않았다. 헤티의 귀에는 선언이 들리지 않았으나 모든 교인들은 이 선언을 듣고 주님에게 간절히 죄 사함을 간청하는 기도를 드렸다. 이 시간 동안 헤티는 아서가 나타나지 않은 것에 몹시 실망하고 분노를 느꼈다. 짧은 소견으로 이리저리 생각하고 별의별 억측을 다하느라 헤티의 가슴이 얼마나 요동쳤던가!

그녀는 자신의 머리로 짜낼 수 있는 온갖 총명함을 다 동원하여 추측해보았다. 그리고 아서가 오늘 교회에 오지 않은 것은 결국 자신이 너무 보고 싶어서 차마 교회에 나올 수 없었을 거라고 결론을 내렸다. 그래도 분노는 쉽게 가라앉지 않았다. 다른 신자들이 일어서자, 헤티도 기계적으로 무릎을 펴고 일어났다. 헤티의 뺨은 혈색이 돌아와 한층 더 밝게 빛났다. 헤티는 속으로 잔뜩 화를 내며, 자기에게 이런 고통을 준 아서가 밉고 아서도 이런 고통을 똑같이 당했으면 좋겠다고 중얼거렸다. 그녀의 마음이 이기적인 격정으로 휩쓸리는 동안에도, 기도 책을 보느라고 눈을 내리뜨고 있을 때에도, 그녀의 눈꺼풀은 길고 검은 속눈썹으로 둘러싸여 여전히 사랑스럽게 보였다.

아담 비드도 무릎을 꿇었다가 일어나는 순간에 헤티를 바라보며 아주 사랑스럽다고 생각하고 있었다. 그러나 아담은 헤티를 생각하느라 예배를 소홀히 하지는 않았다. 우리는 의식이라는 통로를 통해서 지나온 과거를 돌아보고 앞으로 다가올 미래를 상상하며, 매 순간마다 고통스런 마음을 뼈저리게 느끼며 산다. 그것처럼 오늘의 예배가 아담에게는 자신의 의식을 흐르는 하나의 통로가 되어 있었다. 오늘의 예배는 헤티에 대한 생각들이 다른 깊은 감정과 한데 섞여서 아담에게 예리한 아픔이 되고, 자신의 의식을 되돌아보게 하는 최상의 통로가 되어 있었다. 예배시간 내내 후회, 열망, 체념 등이 한꺼

---

137) 참회의 기도를 드린 다음에 인간의 죄에 대한 사죄를 간구하는 목사님의 말씀이다. "자, 우리는 하느님께서 우리의 참회를 헤아려주시기를 간구합시다."

번에 구구절절이 밀려와 그 감정들을 뼈아프게 실감했다. 용솟음치는 믿음과 찬양을 하며 도움을 간청하는 외침소리와, 이 외침에 대한 응답 성가를 되풀이하는 노랫소리와 특도[138]의 익숙한 리듬이, 서로 교차했다. 아담은 어떤 형식의 예배에서도 이처럼 감동을 받은 적이 없었다. 그 감동은 바로 초기 기독교인들이 느꼈던 그런 감동이었던 것이다. 초기 기독교인들은 아주 어릴 때부터 어른이 될 때까지 로마의 지하 묘지[139]에서 예배를 드렸었다. 그들은 길거리의 이교도들을 비추는 햇빛보다 어두운 지하를 밝히는 횃불과 그림자에서 하느님의 존재를 훨씬 가깝게 느끼며 감격하고는 했다. 우리의 마음은 아무 연관성 없는 대상을 볼 때는 전혀 동요되지 않는다. 자신의 과거와 미묘한 관련이 없으면 어떤 감정도 느끼지 않는데 바로 이것이 사람이 가진 감정의 비밀이다. 이런 비밀로, 나와 생각이 다른 사람을 멀리 하는 것은 당연한 일일지도 모른다. 생각이 다른 사람은 마치 냄새를 맡기 위해 안경을 쓰는 것 마냥 자신과 아무런 관련이 없기 때문이다.

그러나 우연히 헤이슬롭 교회에 찾아오는 사람이 영국이 외딴곳에 있는 대부분 교회에서 예배 보는 것보다 이 교회의 예배가 유독 인상적이라고 여기는 데는 분명 한 가지 이유가 있다. 확신하건데 이 이유에 대해서는 독자들도 추호의 의심을 하지 않을 것이다. 그것은 조슈아 랜의 성경 낭독 때문이다. 능숙한 구두 수선공이 성경을 낭독할 생각을 어떻게 했는지, 그의 가장 절친한 친구조차도 불가사의한 일로 여긴다. 나는 조슈아 랜이 그런 생각을 자연에서 얻었을 것이라고 믿는다.

자연은 예전부터 소견이 좁은 사람들에게도 재주를 부여했던 것같

---

138) 짧은 기도문. 성공회의 기도 책에서는 주마다, 그리고 계절마다 다르게 짧은 기도문을 바꾸어가며 기도했다.
139) 지하 동굴에 있는 묘지. 기독교를 박해했던 옛 로마에서는 지하 동굴에서 비밀리에 예배를 드렸다.

이, 자연스런 음악적 소양을 어느 정도 정직하고 영리한 조슈아 랜에게 부여했던 것이다. 자연은 그에게, 적어도, 천부적으로 훌륭한 베이스를 낼 수 있는 목소리와 음악에 대한 탁월한 재능이 있는 귀를 선물했다. 단순히 이 재주만으로 조슈아 랜이 응답 성가를 할 때 그토록 아름다운 선율의 노래를 할 수 있었는지는 확실히 알 수 없다. 어쨌든 그가 노래하는 방법은 달랐다. 강한 음에서는 소리를 풍부하고 깊게 굴려서 훌륭한 첼로가 떨리며 여운을 남기는 소리를 내는 것 같이 했고, 악곡의 끝 소절에서는 구슬프게 가라앉는 억양으로 끝을 내며 희미한 여운을 남기는 소리를 내었다. 나는 이렇게 강하고 은은하면서 구슬픈 노랫소리는 어디에도 비교할 데가 없다고 믿는다. 기껏해야 가을에 바람이 나뭇가지 사이를 스치면서 세차게 몰아치거나 율동적으로 흘러가는 소리에나 비교해 볼 수 있는 정도이다.

한 교구의 교회서기가 성경을 어떻게 낭독하는지, 그것을 설명한다는 것은 색다르게 보일지 모른다. 교회서기는 옛날 안경을 쓰고, 머리칼이 억세고, 후두부는 커다랗고, 정수리는 튀어나온 모습을 하고 있었다. 그러나 그런 모습은 본래 자연이 만들어낸 작품이다. 자연은 어떤 신사에게는 걸출한 얼굴 모습과 시적인 영감을 부여했다. 대신 그 신사에게는 박자가 엉망으로 맞지 않는 노래를 부르게 하였지만, 자연은 전혀 그런 내색을 하지 않았다. 그와 반대로 자연은 어떤 친구들에게는 좁은 이마에 못난 얼굴을 부여했지만, 그 대신 선술집 한구석에서 민요를 부를 때는 새처럼 정확히 음정을 맞추어 부를 수 있게 하였다.

조슈아 본인은 낭독솜씨보다 노래솜씨를 더 자랑스러워했다. 그래서 항상 성서대에서 합창단 쪽으로 나갈 때 잘난 척하며 우쭐댔다. 오늘은 특히 더 심한 것 같았다. 왜냐하면 오늘 행사는 아주 특별했기 때문이다. 이 교구에 있는 모든 사람들과 친근하게 지냈던 노인 한 분이 아주 슬프게 돌아가셨다. 그것도 자기의 잠자리에서가 아니라 농부들이 가장 마음 아파하는 상황 속에서 이 세상을 떠났다. 조슈아는 그분과의 갑작스런 이별을 아쉬워하며 장례식을 위한 찬송가를 불렀다. 게다가 바틀 메이시가 오늘 교회에 나오지 않았으니, 합창단에서 조슈아의 위치가 더 중요해졌다. 그들은 엄숙하게 단조의 선율로 성가를 불렀다. 오래전부터 불러오던 찬송가는 비탄조의 선율로 되어 있는 경우가 많았다. 그리고 이런 가사는

하느님께서 우리를 홍수에 휩쓸어 버리셨도다.
우리도 이제 꿈처럼 사라질 것이다.[140)

평소 예배 때보다는 오늘 불쌍한 티아스의 죽음에 특별히 더 알맞은 것 같았다. 어머니와 아들들은 찬송가를 들으며 각자 나름대로 특별한 감회에 잠겼다. 리즈베스는 저 찬송가가 이 세상을 떠난 남편을 편하게 잠들게 해줄 것이라고 막연히 믿었다.

장례식은 매우 품위 있게 진행되었다. 만약 이런 장례식을 준비하지 않았더라면 남편에게 살아생전 저질렀던 잘못보다 더 큰 잘못을 저지를 뻔했다. 그녀는 남편에 대한 이야기를 많이 하면 할수록, 그를 위해 정성을 많이 들일수록, 분명히 더 평온하게 잠들 것이라고 믿었다. 불쌍한 리즈베스는 인간적인 사랑과 연민이야말로 다른 모든 사랑에 대한 믿음의 토대가 된다고 맹목적으로 믿고 있었다.

마음이 여린 세스는 눈물을 흘렸다. 세스는 아버지의 임종을 지키지 못한 것이 몹시 가슴 아팠고, 아버지가 숨을 거두는 마지막 순간이 바로 용서와 화해의 순간이 되었을 거라고 생각했다. 이 생각은 아버지가 돌아가신 뒤에도 끊임없이 떠올랐다. 그들이 노래 부르고 있는 찬송가의 가사에도 하느님이 하시는 일은 가늠할 수도 없고 시

---

140) 이 찬송가의 가사는 시편, 90:5. "주께서 잠으로 휩쓸어 가시면 사람은 아침에 돋아나는 풀과 같습니다." 에서 따온 것이다.

간에 따라 제한받지도 않는다는 말씀이 적혀 있지 않던가?

아담은 어릴 적부터 수많은 고통을 받아왔지만 이 순간처럼 서러운 적은 없었다. 이전까지 그는 한 번도 찬송가를 부르지 않은 적이 없었는데, 지금은 서러움에 목이 메어 찬송가를 부를 수 없었다. 자신을 그렇게도 괴롭히던 원인이 영원히 사라졌는데, 왜 이토록 목이 메도록 서러운 것인지 아담은 이상하기만 했다. 그는 아버지가 세상을 떠나기 직전까지도 손 한번 꼭 잡아보지 못했다. 그리고 이제는 '아버지, 이제 우리 사이좋게 지내요. 어렸을 때부터 베풀어 주신 은혜는 절대로 잊을 수가 없어요. 제가 아버지에게 성질부리고 버럭 화냈던 걸 용서해 주세요!' 하고 말할 수도 없었다. 오늘만큼은 힘들게 일해서 벌어놓은 돈을 아버지가 다 써버렸던 것도 별로 생각나지 않았다. 대신 아담은 이런 생각을 했다. 자신이 아버지를 비난했을 때 아무 말씀도 못 하시고 고개만 숙이고 계시던 모습과, 아들에게 당한 치욕 때문에 늙은 아버지의 심정이 어땠을까 하는 생각만 들었다.

우리는 끓어오르는 분노를 상대방이 순종하듯이 침묵으로 받아주었는데, 혹시 그 분노가 정당하지 않았다면, 나중에는 내가 너무 심했나 하고 의심하면서 양심의 가책을 느끼기 쉽다. 그런데 그 화나게 했던 상대가 영원히 침묵해 버린다면 그때의 심정은 오죽하겠는가! 급기야 죽음에 이르러 온순한 얼굴을 보여주었을 때는, 얼마나 극심한 양심의 가책을 느끼겠는가!

"아! 항상 내가 너무 심했어."

아담이 혼자서 말했다.

'나는 누군가 잘못을 저지르기만 하면 조금도 참지 못하고 불같이 화를 냈어. 마음을 꽉 닫아놓고서 절대로 사람들을 용서해 주지 않았지. 모두 나의 쓰라린 잘못이야. 아버지에게 따뜻한 말 한마디 하지 않고 비난만 퍼부어 아버지 가슴에 수천 번이나 못을 박았으니……. 이제는 그동안 내게 사랑보다는 자만심이 더 많았다는 것을 분명히 깨우쳤어. 한 번씩 가슴에 못을 박는 가슴 아픈 비난을 할 때마다 자만심에 똘똘 뭉쳐 못된 성질을 부린 일이 허다했어. 내가 전혀 융통성 없이, 의무를 다하지 못한다고 아버지를 몰아세우는 걸 보고서는 악마도 나에게 손가락질 했을 거야. 아무리 옳다고 해도, 바로 그 융통성 없는 게 죄악이 된다고 말이야. 내가 평생 제일 잘하던 일은 나 자신에게 제일 편하고 쉬운 일뿐이었어. 나는 항상 가만히 앉아 있지 못하고 일만 하는 것이 가장 편했던 거야. 그리고 나에게 가장 힘든 일이란 내 의지와 성질을 잘 다스려 자만심을 억누르고 올바른 길로 가는 것이었어. 오늘 저녁 아버지가 집에 계신다면 예전과 다른 태도로 아버지를 대할 텐데……. 하지만 누가 이런 교훈을 알았겠어. 무슨 일이든 때가 늦어 버리면, 절대로 잘못을 돌이킬 수 없다는 걸 어떻게 알겠냐구. 이 세상에서는 그런 잘못을 고칠 기회는 다시는 오지 않고, 옳은 일을 더 한다고 해서 잘못한 일이 지워지는 것도 아니지 않은가. 앞으로 살아가면서 두 번 다시 그런 실수를 하지 않겠다고 명심한다면 그것만으로도 다행한 일이지.'

이것이 아버지가 돌아가신 이후로 아담의 머릿속에 연속적으로 떠올랐던 생각이었다. 장례식을 위한 성가는 비탄조의 엄숙한 선율로 아담에게 지난날의 생각들을 더욱더 절실히 되돌아보게 해주었다. 티아스 비드의 장례식에 관련된 어윈 목사의 설교도 그랬다. 설교는 짧고 간단하게 하였다. '지금 우리가 세상을 살고 있는 이 순간에도 어느 누군가는 죽어 가고 있습니다.' [141] 어윈은 이렇게 말하면서 우리가 자비를 베풀고, 올바른 일을 하고, 가족 간의 우애를 돈독히 하고 있는 이 순간이 어떻게 전부 우리만의 것이라고 말할 수 있겠냐고 물었다. 함께 생활해 온 사람이 죽음에 이르렀을 때, 일주일 동안 그의 얼굴을 바라보면, 옛날부터 경험했던 모든 사실들이 생각난다. 너무

---

141) 이 말은 매장식 예배를 올릴 때 사제들이 하는 말이다.

오래되어 망각했던 사실들이 새삼스럽게 떠올라 깜짝 놀라게 되는 것이다. 절친하게 지내던 사람에게서 갑자기 처음 본 것 같은 생소한 모습을 발견했을 때, 우리는 그에게 그런 친숙한 면이 있었다는 걸 뒤늦게야 알게 된다. 그리고 지금껏 깨닫지 못했던 친숙한 모습이 얼마나 소중한 것인지를 확실히 헤아리게 되고, 그 모습은 우리의 머릿속에 강렬한 인상으로 남게 되지 않았던가?

마지막으로 강복할 순간이 되었다. 그 순간, '하느님의 평화, 그것은 모든 사람의 지혜로는 도저히 헤아릴 수 없도다.'[142]라는 고귀한 말씀이 고요한 오후의 햇살과 어우러져 고개 숙인 교인들의 머리 위로 강복하는 것 같았다. 마침내 모두가 자리에서 조용히 일어났다. 아기 엄마들은 설교를 듣는 동안 잠들었던 귀여운 여자 아기에게 모자를 씌워 주고, 아빠들은 기도 책들을 챙기고, 오래된 아치형의 입구를 물결 흐르듯이 지나서 교회의 푸른 경내로 나왔다. 그리고 이웃 사람들끼리 담소를 나누고, 문안인사를 하고, 다과회에 초대하는 말들을 나누기 시작했다. 누구나 일요일이면 손님을 맞이할 준비가 되어 있었고, 가장 옷을 잘 차려입는 기분 좋은 날이기 때문이었다.

포이저 부부는 교회 대문에 잠깐 멈춰 서서 아담이 다가오기를 기다리고 있었다. 미망인과 상을 당한 아들들에게 친절한 위로의 말 한마디 하지 않고 가기는 서운했기 때문이었다.

"저기…… 안녕하세요, 비드 부인."

리즈베스 일행과 함께 걸어가면서 포이저 부인이 말했다.

"너무 상심하지 마십시오. 비록 자식들을 다 기르고 머리가 하얘지도록 부부는 함께 살아야 하지만 말입니다."

"암요, 당연히 그래야지요."

포이저가 말했다.

"하지만 부부가 그렇게 오래오래 함께 살 수는 없는 모양입니다.

---

142) 성찬식 예배를 끝마칠 때 드리는 목사님의 강복의 말씀을 시작하는 말이다.

대신 부인께서는 이 지역에서 제일 건장하고 키가 훤칠한 아들을 둘씩이나 두었으니 얼마나 든든하십니까. 지금은 가엾게 됐지만 티아스도 두 아들 못지않게 풍채가 좋고 건장한 친구였지요. 비드 부인도 어느 젊은 여자들 못지않게 정정하시네요."

"네."

리즈베스가 대답했다.

"오래 쓴 큰 접시가 두 동강이 나면 참 운이 나쁘다고들 하죠. 하루라도 빨리 내가 저 하얀 가시나무 아래에 묻혀야 할 텐데요. 이제나는 누구한테든 아무짝에도 쓸모없는 사람이 됐어요."

아담은 어머니의 사소하지만 좀 억지스런 불평에 전혀 신경을 쓰지 않았다. 하지만 세스는 이렇게 응했다.

"아니에요, 어머니. 그렇게 말씀하지 마세요. 저희한테는 오직 어머니뿐이에요. 어느 누구도 절대로 어머니를 대신할 수는 없다구요."

"그건 그래요. 세스, 정말 맞는 말이에요."

포이저가 말했다.

"비드 부인, 슬픔에만 젖어 있다고 해서 좋을 건 하나도 없습니다. 그건 부모에게 물건을 빼앗긴 아이가 마구 울어대는 것이나 다름없는 일이에요. 모든 일은 하느님의 뜻대로 이루어지는 겁니다. 티아스 비드 씨를 먼저 데려가신 것도 주님의 뜻일 거예요. 그러니 너무상심 마세요."

"참……."

포이저 부인이 말했다.

"그리고 죽은 사람을 살아 있는 사람보다 더 중요하게 여기는 건좋지 못한 일이에요. 우리 모두 때가 되면 다 죽게 되겠지요. 우리는누가 됐든 세상을 떠난 뒤에 후회하지 않도록, 그 사람이 살아 있을때 소중하게 대해 주어야 할 거예요. 작년에 죽어버린 농작물에 물을 뿌린들 아무 소용이 없는 것처럼 말이죠."

"한데, 아담."

자기 아내가 비드 부인에게 한 말이 위로가 되기보다는 예리하게 꼬집히는 말로 들릴 것 같아서 이야기의 주제를 바꾸는 게 낫겠다고 생각한 포이저가 일부러 아담에게 말을 붙였다.

"이제 다시 우리 집에 놀러 왔으면 싶은데. 자네와 이야기를 나눈 지도 참 오래됐구먼 그려. 우리 집 사람이 가장 아끼던 물레가 고장이 나서 그러는데, 자네가 와서 좀 봐주었으면 하네. 물레를 고치는 것은 멋진 일이야. 모두가 물레를 좀 돌리고 싶어해. 가능하면 지금이라도 우리 집에 들러 줄 수 있겠나? 어려울까?"

포이저는 말을 하면서 주변을 살폈다. 그리고는 헤티가 어디 있는지 찾아보려고 잠시 말을 멈췄다. 아이들은 벌써 저만치 달려가고 있었다. 헤티도 말동무가 없는 것은 아니었다. 헤티는 어느 때보다도 더 하얀빛과 분홍빛으로 둘러싸여 있었다. 헤티는 손에 분홍색과 하얀색의 온실 꽃나무를 들고 있었는데 이 꽃의 이름이 꽤 길었다. 그녀는 꽃 이름이 꼭 스코틀랜드 사람의 이름 같다고 생각했다. 사람들이 원예가 크레이그를 스코틀랜드인이라고 말한 걸 들은 적이 있었다. 아담도 그 틈을 타서 주위를 돌아보았다. 헤티가 원예가의 잡담을 들으면서 뿌루퉁한 얼굴 표정을 짓고 있었다. 그런 헤티의 모습을 본 아담이 속상하고 짜증 날 것이라고 생각한 독자들은 없을 것이다. 사실 헤티는 원예가가 자기 옆에서 이야기해주는 것을 은근히 기뻐했다. 그녀는 원예가의 말을 듣고서야 왜 오늘 아서가 교회에 나오지 않았는지를 알게 되었다. 원예가에게 일부러 물어보지는 않았지만, 헤티가 원하는 대로 그는 자연스럽게 아서의 소식을 전해주었다. 크레이그는 자신이 대단한 사람인 것처럼 우쭐대며 그런 소식을 전하는 게 아주 흐뭇한 모양이었다.

크레이그는 헤티에게 말을 걸고 대화를 하면서도 그녀가 자신에게 쌀쌀맞게 대한다는 사실은 전혀 깨닫지 못하고 있었다. 자신의 한계를 넘도록 견해를 넓힌다는 것은, 가장 자유롭고 마음이 넓은 사람이라도 불가능한 일이다. 우리들은 어느 누구도 지능이 거의 없는 브라질 원숭이에게 우리가 어떤 인상을 주었는지 알 수가 없다. 원숭이도 우리를 보고는 아무런 인상도 받지 않을 것이다. 더구나 크레이그는 술을 잘 마시지 못하는 사람으로, 결혼과 독신생활 중에 어느 것이 상대적으로 유리한지 따지고 망설이다가 거의 10년이란 세월을 흘려보내 버렸다. 그는 독한 술을 마시고 조금이라도 취기가 올라오면, 흥겨운 분위기에 더 과감해져서 헤티를 보며 "그 처자 꽤 괜찮던데?"라든지 "어떤 남자라도 이만한 처자를 만나기 어려울 거야."라고 사람들에게 말해왔다.

마틴 포이저는 크레이그를 존중해 주었다. 포이저는 크레이그가 토양과 퇴비에 관해 굉장한 일가견을 가지고 있으며, '자기 직업에 대한 전문가'라고 생각했다. 그러나 포이저 부인은 그를 별로 달가워하지 않았다. 포이저 부인은 자기 남편에게 남몰래 서너 번씩이나 말했었다.

"당신은 크레이그 씨를 무척 좋아하는데, 내가 보기에 그 사람은 꼭 수탉 같아요. 자신이 '꼬꼬댁' 하는 소리를 듣기 위해 해가 뜬다고 생각하는 사람 같다니까요."

그렇지만 크레이그는 존경할 만한 원예가였다. 그가 자기 자신을 높이 평가하는 데는 그럴 만한 이유가 있었다. 그는 당당한 어깨에 광대뼈가 높이 튀어나왔고, 양손을 바지 주머니에 넣고 걸어갈 때는 머리를 약간 앞으로 내밀었다. 그가 스코틀랜드 사람이라는 근거는 가계 혈통에서 찾을 수 있었다. 그가 스코틀랜드에서 자랐기 때문이 아니었다. 그의 악센트가 후음(목젖을 떨어 울리는 r의 거친 음) 발음이 좀 더 강하다는 사실은 제쳐두고라도, 그의 말투는 주변에 사는 롬셔 사람들과 조금 달랐다. 그러나 프랑스 선생이 파리 사람이듯이, 그

원예가는 스코틀랜드 사람임에 틀림없었다.

"저어…… 포이저 씨."

크레이그는 착하면서도 행동이 느린 포이저가 끼어들어 무슨 말을 하기 전에 말했다.

"내일까지 건초를 운반하지 않을 생각이시죠? 제 생각에는 청우계(기후나 비를 측정하는 기압계나 온도계 같은 것)의 눈금이 '변화'를 가리키고 있다고 봐요. 건초를 더 망치기 전에 하루라도 빨리 운반하지 않으면 안 돼요. 제 말을 믿으시는 게 좋을 겁니다. 저…… 기 우평선[143] 위에 검푸른 구름이 보이세요? 제가 말씀드린 우평선이 뭔지 아시죠? 하늘과 육지가 만나는 곳 말입니다."

"응, 그래. 구름이 보이는군."

포이저가 말했다.

"수평선인지 아닌지는 몰라도, 바로 마이크 홀즈워즈네 휴경지 너머로 보이네. 저 휴경지는 워낙 질퍽거려서 엉망진창이지."

"네, 제 말을 잘 이해하시는군요. 저렇게 낮은 구름이 하늘을 뒤덮고 있어요. 한시라도 바삐 큰 건초더미들 중에 한 군데라도 방수포를 씌워놔야겠어요. 하늘에 떠 있는 구름을 보고 날씨가 어떻게 될지 알아낸다는 것은 대단한 일이죠. 당신에게 주님이 축복을 내리기를! 저는 기상학의 책력(일출시각, 월령(月齡), 조석, 날씨 등을 기록한 연감)에서 배운 거라고는 하나도 없어요. 아, 저기 아름다운 일행이 서 있네요. 저 사람들이 나에게 오겠다면 바로 환영이죠. 안녕하세요, 포이저 부인? 이제 곧 빨간 까치밥나무 열매를 거두려고 생각하셨죠? 그토록 고대하던 이런 날씨는 빨간 까치밥나무 열매를 거두기에 딱 좋은 날씨지요. 너무 익어버리기 전에 빨간 까치밥나무 열매를 거둬 놓겠다는 것은 아주 좋은 생각이에요. 안녕하세요, 비드 부인?"

---

143) 크레이그는 후음 발음이 강해서 수평선(horizon)을 말할 때 앞의 발음 ho가 뒤의 r 발음에 묻혀 거의 들리지 않고 '수'를 '우'로 소리 내고 있다.

크레이그는 말하는 도중에 아담과 세스에게도 고개를 끄덕이며 쉬지 않고 말을 계속 이어 나갔다.

"제가 전에 체스터 편에 댁으로 시금치와 구스베리(서양까치밥나무의 열매. 커런트와 같은 열매)를 보내드렸는데 잘 잡수셨는지요? 이렇게 상을 당해서 어려울 때에는 야채가 필요하시면 아무 염려 마시고 저한테 부탁하세요. 저는 다른 사람들한테 야채나 식품들을 잘 안 주는 사람이라고 소문이 났죠. 주로 가정집으로 배달하거든요. 저는 채소밭을 특별히 관리하고 있답니다. 지주 어르신이 그동안 채소밭 일을 떠맡겼던 사람들하고는 전혀 다르게 아주 잘 가꾸고 있지요. 저는 장담할 수 있어요. 제가 지주님께 낸 소작료를 모두 회수할 정도로 벌었는지 확실히 계산해 보았냐고 물으신대도 상관없어요. 지주님께서 고용하신 일꾼들 중에서 몇 사람이나 책력을 살펴보고 코앞에 닥친 날씨라도 저만큼 알아맞힐 수 있는지 알고 싶군요. 저 같은 사람은 책력을 보지 않고도 해마다 그 해의 일 년간 날씨를 미리 척척 알아맞히거든요"

포이저가 고개를 한쪽으로 갸우뚱하며 좀 점잖게 목소리를 낮추어 말했다.

"그 사람들도 먼 앞날을 내다볼 수 있을걸? 자네 말을 들으니 실감나는 그림 하나가 생각나는구먼. 무공을 세워 높은 작위를 받은 수탉을 그린 그림인데, 그 수탉의 머리를 닻으로 때려눕히니까, 그 수탉들이 다 도망치고 배와 대포만 고스란히 남겨놓은 광경을 그린 그림 말일세. 내 참, 그렇게 프랑스를 패배시킨 그림은 사실일 거라고 예측했는데, 성경처럼 그 그림이 진짜로 판명됐어. 사실, 수탉은 프랑스 놈들이고, 닻은 넬슨이지. 아, 저번에 사람들이 그랬다고 우리한테 말해주었다네"

"쳇!"

크레이그가 말했다.

"보통 사람들은 영국함대가 프랑스함대를 무찔렀다니 하는 시사적인 사건에 별로 신경 쓰지 않아요. 아니, 제가 확실히 아는 건, 프랑스 사람은 키가 아무리 커도 5피트밖에 안 된다고 하던데요. 그 사람들은 대부분 고기를 한 숟가락 정도만 먹고 사는 모양이에요. 이건 자기 아버지가 프랑스에 대해 특별히 잘 알고 있다는 친구한테서 들었던 이야기에요. 메뚜기 같은 프랑스 놈들이 우리 아서 대위님처럼 당당한 영국 사람과 마주치면 어떻게 할지 궁금하네요. 아마 아서 대위님을 쳐다보기만 해도 프랑스 놈들은 팍 기가 꺾일 거야. 대위님 팔뚝이 프랑스 사람 몸뚱이보다 더 두꺼울 테니까요. 틀림없어요. 그놈들은 몸을 코르셋으로 꽉 죄어놓고 산다고 그래요. 먹은 게 없어 뱃속이 텅 비었으니 몸을 조이고 사는 건 아주 쉬운 일이겠죠."

"그런데 대위님은 어디 계시지? 오늘 교회에서는 안 보이시던데."
아담이 물었다.

"금요일에 마주쳤을 때만 해도 벌써 떠나신다는 말씀은 전혀 없으셨는데."

"아, 이글데일에 가셨어. 낚시하시려나 봐. 아마 며칠 후에나 돌아오실 거야. 7월 30일이면 성년식이잖아. 그때를 대비해 모든 걸 정리하고 준비해야 하나 봐. 꼭 그렇지 않더라도 가끔씩 그곳으로 훌쩍 떠나시고는 하시지. 대위님하고 노지주님은 꽃과 서리처럼 서로 앙숙이라서 그런가 봐."

크레이그는 이렇게 마지막 말을 하면서 슬그머니 미소를 짓고 눈을 천천히 깜박거렸다. 갈림길에 도착했을 때, 아담 가족과 포이저 가족은 각기 다른 길로 가야 했기에 이야기는 더 이상 진전되지 않았다. 원예사 크레이그도 차 한잔 마시자는 포이저의 권유를 받아들이지 않았다면, 그들과 헤어져 아담의 가족과 같은 방향으로 갔을 것이다. 포이저 부인은 마지못해 원예사를 초대했다. 그녀는 자기 집에 오는 이웃 사람을 환영하지 않는 것은 큰 망신이라고 생각했다. 개인적으로 그 사람이 좋든 싫든 간에 자기 집에 오는 손님은 존중해야 한다는 전통을 어겨서는 안 되는 일이었다. 더구나 크레이그는 홀 팜에 사는 포이저 가족들에게 항상 깍듯이 예의를 차리고 존중해 주었다. 포이저 부인은 용의주도하게 선언했다.

"크레이그한테 새삼스레 더 할 말은 없네요. 하지만 딱 한 가지 있다면 사람이 또 한 번 태어날 수는 없다는 거죠. 설령 다시 태어난다 해도 크레이그는 지금과 하나도 다를 게 없을 테니 참 안 된 일이죠."

아담과 세스는 자기들 가운데에 어머니를 모시고 골짜기 아래까지 빙 돌아내려 갔다가 다시 정든 집으로 올라왔다. 이제 그 집은 오랜 세월에 걸친 해묵은 걱정거리 대신에 안타깝고 슬픈 추억이 자리 잡고 있었다. 아담이 집에만 들어오면 '아버지는 어디 계셔요?'라고 물었었는데 이제 다시는 그렇게 물어볼 일이 없게 되었다.

크레이그를 손님으로 모시고 포이저 가족은 홀 팜의 밝고 유쾌한 집으로 돌아왔다.

모든 식구들의 마음이 차분히 가라앉았지만, 헤티만은 그러지 못했다. 아서가 어디를 갔는지 알았지만, 왜 그곳에 갔는지 모르고 당혹스럽기만 해서 마음이 영 편치 않았다. 그가 이글데일에 간 것은 아주 자연스러운 일이었지만, 한편으로는 굳이 그곳에 가야 할 필요가 전혀 없어 보였다.

그가 만약 자기를 보고 싶어했다면 자기를 만날 수 있는 일요일에 이글데일로 가지 않았을 것이다. 환상적인 목요일 밤의 일이 없었더라면, 어떤 운명도 자신을 그토록 즐겁게 해줄 수는 없었을 거라고 생각하니 섭섭하기 그지없었다. 이렇듯 허전함과 실망과 두려움에 오싹하도록 춥기만 한 이 순간에도, 헤티는 아서와 다시 만날 날만을 고대했다. 그의 사랑이 담긴 눈길을 받아보고, 열정에 가득 찬 부

드러운 속삭임을 들을 날을 간절히 기다리고 있었던 것이다. 열정이
란 소위 말하는 '점점 더 고통스러워지는 아픔' 이라는 것을 헤티는
모르는 것 같았다.

19

아담이 일하러 가는 날

크레이그의 예언에도 불구하고, 검푸른 구름은 어디론가 흩어져 버렸고, 금방이라도 쏟아질 것만 같았던 비는 끝내 내리지 않았다. '여러분도 아시겠지만' 다음날 아침이 되자 크레이그는 날씨에 대해 말했다.

"날씨는 언제 어떻게 변할지 모르죠. 그래서 아무리 난다 긴다 하는 사람이라도 날씨를 못 맞추는 경우가 있는가 하면, 어떤 때는 멍청한 사람이 딱 알아맞히는 경우도 있지요. 날씨에 대한 책력을 보고서 곧잘 맞히기라도 하는 모양이죠. 이렇게 날씨처럼 종잡을 수 없는 것들 때문에 바보 같은 사람들도 때로는 쓸모가 있기 마련이에요."

그러나 크레이그 외에는 헤이슬롭에 사는 어느 누구도 이유 없이 변덕부리는 날씨 때문에 언짢아하지 않았다. 모든 일꾼들은 그날 아침에 이슬이 걷히자마자 곧바로 목초지로 나갔고, 모든 농가에서는 아낙네들과 딸들이 두 배로 일을 했고, 하녀들은 건초를 뒤집어주며 일을 도와주었다.

아담은 연장바구니를 어깨에 둘러메고 샛길을 따라 걸어가면서 산울타리 뒤에서 들리는 재미난 이야기 소리와 명랑한 웃음소리를 들었다. 건초 만드는 사람들이 유쾌하게 지껄이는 이야기소리는 멀리

서 들으면 굉장히 듣기 좋았다. 그러나 가까이서 들으면, 젖소 목에 걸어놓은 볼품없는 방울소리같이 거친 소리로 들리고, 심지어 삐걱거리는 소리로도 들려서 혹 여러분 귀에 거슬릴 수도 있다. 하지만 멀리 떨어진 곳에서 들으면 자연 속에서 들려오는 다른 상쾌한 소리들과 함께 어우러져서 아주 아름답게 들린다.

사람들이 유쾌하게 떠들어대는 소리는 새들의 지저귐처럼 상쾌하게 들리기보다는 귀에 거슬리는 소리로 들리지만, 인간의 육체는 이런 소리들을 즐거운 음악으로 들을 때에 훨씬 능률적으로 움직이게 되어 일을 더 잘하게 된다.

여름에는 하루 중 그 어느 때보다도 태양이 따가워지기 직전의 상쾌한 아침이 가장 기분 좋다. 이른 아침에는 태양빛이 그리 따갑지 않고 약해서 서늘하고 노곤하지 않다. 이렇게 아침 일찍 아담은 약 3마일 떨어져 있는 어느 시골집으로 가서 하루종일 일하려고 샛길을 따라 걸어가고 있었다. 아담은 이웃 지역에 사는 지주의 아들을 위해서 이 시골집을 수리해주기로 했다. 아담은 이른 아침부터 널빤지, 문, 그리고 벽난로 선반을 꾸려서, 마차에 실은 다음 자신보다 마차를 먼저 출발시키느라 무척 바빴다. 한편, 조나단 버즈는 말을 타고 미리 그 집에 도착해 마차가 오기를 기다리며 인부들을 지시하고 있었다.

아담에게는 이렇게 샛길을 걸어갈 때가 곧 휴식시간이었다. 이럴 때 그는 무의식적으로 자기 주변을 휩싸고 있는 분위기에 심취했다. 이 순간 그의 마음에는 어느 여름날 아침의 장면이 떠올랐다. 그날 아침, 헤티가 서늘한 햇살을 받으며 서 있는 모습이 그의 눈에 선했다. 햇살은 전혀 강렬하지 않았고 나뭇잎의 부드러운 그림자 속에서 살랑거리며 여러 가닥으로 비스듬히 비치고 있었다. 어제 교회를 나오면서 아담이 헤티에게 손을 내밀었을 때, 그녀는 그전에는 보이지 않던 어두운 얼굴을 하고 있었다. 하지만 아담은 헤티의 우울한 표정은 아담 가족이 당한 슬픔을 그녀가 다소 동정하고 있다는 표시로 여겼고, 오히려 헤티가 여느 때와 달리 매우 상냥하다고 느꼈다.

아! 불쌍한 친구! 헤티의 우울한 기색이 전혀 다른 이유 때문이라는 걸 그가 어떻게 알 수 있겠는가? 우리는 어머니 같은 대지의 얼굴을 바라보듯이, 자신의 열망에 대한 모든 해답을 찾고자 사랑하는 여자의 귀여운 얼굴을 바라본다. 아담은 지난주에 아버지가 돌아가셨기 때문에 이제는 자기도 결혼을 기대해도 되겠다고 생각했다.

사실 여태까지 그는 다른 남자가 헤티와 자기 사이에 끼어들어 그녀의 마음을 사로잡고 손도 잡았을지 모른다는 예민한 생각이 가끔씩 들기도 하였다. 하지만 그러면서도 여전히 헤티 앞에서는 주눅이 들어 자신의 마음을 받아 달라는 아쉬운 소리를 차마 입 밖으로 꺼내지 못했다.

아담은 헤티가 자기를 좋아해 주기를 바라기는 했지만 그건 정말 희망사항에 불과했다. 그런 희망을 이룰 수 있다는 자신감이 없었다. 왜냐하면 그에게는 여러 가지 부담스러운 일들이 많았다. 그 중에도 특히 그에게 가장 무거운 부담이 되는 것은 자신과 헤티가 같이 살 새 집을 마련해야 한다는 사실이었다. 그 집은 헤티가 안락하고 풍요로운 홀 팜 농장을 떠나서도 만족스런 생활을 할 수 있을 정도여야 한다. 하지만 자신감이 강한 모든 사람들처럼, 아담은 자기 자신의 능력이면 머지않아 자신이 뜻한 바를 꼭 이룰 수 있으리라고 확신했다.

그는 조금 더 오래 살다 보면, 언젠가는 가족을 거느리고 자신의 크고 넓은 꿈을 펼쳐 나갈 수 있으리라고 확신하고 있었다. 하지만 냉철한 그의 머리로도 그 자신이 극복해야 할 장애가 얼마나 클지는 충분히 가늠하지 못했다.

자신의 뜻을 이루려면 얼마나 오랜 시간이 걸릴까! 그리고 과수원 담 너머 높이 매달려 있는 탐스럽고 예쁜 사과처럼 모든 사람이 헤티를 쳐다본다. 누구든 그녀를 보기만 하면 그 사람들 모두 틀림없이 그녀를 갈망하게 되리라! 만약 헤티가 나를 아주 많이 사랑하고 있다면 그날까지 헤티는 흔쾌히 나를 기다려 줄 것이다. 그러나 정말 헤티가 나를 사랑하고 있을까?

아담은 헤티의 마음이 궁금했지만 그렇다고 감히 헤티에게 나를 사랑하느냐고 물어볼 만큼 절실하지는 않았다. 그는 매우 명민한 사람이라 그녀의 외숙부와 외숙모가 헤티를 향한 자신의 구애에 대해서 호감을 갖고 있다는 정도는 알고 있었다. 사실 그분들의 격려가 없었다면 홀 팜 농장에 갈 생각은 꿈에도 하지 못했을 것이다. 그러나 아담은 헤티의 마음을 정확히 몰라서 어떤 결론도 내릴 수 없었다.

헤티는 고양이같이 귀엽고 매혹적이며 예쁜 외모를 가졌지만, 사실 헤티와 가까운 사람들에게 그녀의 외모는 아무런 의미도 없었다.

그는 이제까지 많은 부담을 안고 살아야 했다. 하지만 이제는 그 부담들 중에서 가장 힘들었던 짐을 덜어버리게 되었다. 이런 상황으로 봐서 또 한 해가 지나기 전에 구체적으로 결혼을 생각해도 괜찮을 거라고 그는 혼자서 중얼거렸다. 아담은 누구든지 자신의 어머니와 함께 살면, 늘 힘들고 마음 편할 날이 없을 거라는 걸 잘 알고 있었다.

어머니는 아담이 어떤 여자를 아내로 선택하든, 그녀를 질투할 것이고, 특히 헤티는 더욱 탐탁치 않게 여길 것이다. 어머니는 아들이 분명 헤티를 선택할 것이라고 짐작하고 있다. 아담은 결혼하게 되면 어머니와 같은 집에 사는 것은 절대 안 된다고 생각했다. 그러나 자신이 분가하겠다고 말하면 어머니가 또 얼마나 서운해 하실지! 그건 불을 보듯 뻔하다.

그렇다, 어머니께 그것을 납득시키려면 엄청난 시련이 따를 것이다. 그래도 어머니는 아들의 의지가 확고하다는 걸 아셔야 한다. 결국에는 그것이 어머니에게도 좋은 일이 될 것이다. 아담의 입장에서는 세스가 결혼하기 전까지, 오래된 집을 보수하여 좀더 넓힐 때까지는 가족 모두가 함께 살았으면 좋겠다고 생각했다. 그는 '동생과 헤어지는 것'이 싫었다. 그들은 태어난 이후로 거의 하루도 떨어져 본 적이 없었다.

아담은 이렇게 상상의 나래를 펴다가, 자꾸만 미래가 불확실해지는 것 같아서 상상을 멈추었다. '벽돌이나 목재를 사용해서 예쁜 건물을 지을 거예요. 나는 다락방을 짓는 데는 정통하지만 우물 파는 일만큼은 별로 잘 못 해요.' 아담은 어떤 계획에 대한 확신이 생기면 마음속에서는 그 계획을 위한 원칙을 세우고 그것을 실행하는데 필요한 지식을 알아낸다. 예를 들면 '습기가 차면 녹이 슨다.'라는 식의 많은 지식을 찾아내려고 노력하는 것이다. 아마 무정하다고 비난했던 자신의 성격에 대한 비밀이 바로 이런 점이었을 것이다. 그것은 바로 앞날을 예측하고 어떤 결론이 생길지 뻔히 알면서도 잘못을 저지르는 나약한 사람들에게 너무 인정머리 없이 굴었다는 점이다. 인정미가 없다면, 우리는 멀고 변화무쌍한 인생여정을 함께 하면서 길동무가 비틀거리며 나락으로 빠질 때 어떻게 충분한 인내심과 자비심을 보여줄 수 있겠는가?

강한 정신력과 단호한 태도를 가진 사람이라면, 그가 자비를 배울 수 있는 한 가지 방법이 있다. 약점투성이에 실수를 연발하는 사람을 대할 때 가슴속 깊이 우러나오는 진실한 애정을 가지고 봐주면 된다. 그들의 실수로 인해 초래한 결과뿐만 아니라 그들의 마음속 고통도 함께 나누어 보면 자비를 배울 수 있게 된다. 물론 이것은 시간이 오래 걸리고 무척 어려운 교훈이다. 그리고 아담은 현재 아버지의 갑작스런 죽음에서 그런 교훈의 기본만을 배웠을 뿐이다. 아버지의 죽음으로 인하여, 화가 머리끝까지 치밀게 하고 짜증 나게 만들었던 아버지의 모든 실수들을 단숨에 잊어버리고, 그 대신 아버지에게 동정심과 애정을 보여드리지 못했던 기억들만이 그의 뇌리에 갑자기 엄습해왔다.

오늘 아침 아담을 명상에 잠기도록 한 것은 아버지를 냉대했던 일이 아니라 효도하지 못했다는 죄책감이었다. 그는 가족이 늘어날수록 점점 가난해질 것이 뻔한 처지에서 한창 피어나는 젊은 처녀와 결혼한다는 것은 바보 같은 짓이고, 잘못된 일이라고 오랫동안 믿어 왔다. 그리고 세스를 군대에 보내지 않으려고 목돈을 한꺼번에 낸 것 말고도 그가 저축한 돈은 끊임없이 새어나갔다. 심지어 작은 오두막집에 세간을 살 만한 돈조차 없었다. 비가 올 때와 같은 만약의 경우를 대비해서 저축해 놓은 돈도 없었다. 그래도 그는 '내 두 다리로 꿋꿋하게 서고 말 거야.' 라고 하면서 자신에게 큰 기대를 걸고 있었다. 하지만 그는 자기의 팔과 머리만 믿는 막연한 자신감으로는 만족할 수 없었다. 무엇보다 확실한 계획을 세워야 했고, 곧장 실행에 옮겨야만 했다.

현재로서는 조나단 버즈가 아담에게 동업을 하자고 해도 선뜻 동의할 수 없었다. 그가 아담이 승낙할 수 없는 무언가를 암암리에 제시할지 모르기 때문이었다. 그래도 유능한 목수로서 종사하고 있는 직업적인 일 이외에도 세스와 함께 최고 품질의 목재를 구입하여 가정용 가구들을 제작해 파는 작은 사업을 가외로 할 수 있을 거라고 생각했다. 아담은 이런 사업에 관한 계획을 수없이 세워 보았다.

세스도 평범한 목수로 일하는 것 외에, 아담의 지휘 하에 개별적으로 다른 일들을 함으로써 더 많은 수입을 늘릴 수 있을 것이다. 아담은 근무시간을 초과해서라도 특별한 기술을 요하는 '훌륭한' 일을 모두 해낼 수 있을 것이다. 이런 식으로 벌어들인 돈 외에도 십장(일꾼들을 직접 감독·지시하는 일꾼들의 우두머리)으로서 상당히 많은 임금을 받게 되고, 또 가족 모두가 절약하며 산다면, 금방 가정형편이 좋아져서 세상살이가 그리 힘들지만은 않을 것이다. 마음속으로 이런 계획이 구체화되자마자, 그는 목재의 구입가격을 계산하고 제일 먼저 착수해야 할 가구의 특별품목들을 정하느라 몹시 바빠졌다.

첫 번째 가구는 부엌찬장으로 자신이 직접 고안할 것이다. 찬장에는 미닫이문을 달고 손잡이를 아주 정교하게 배열하고, 칸칸마다 음식물을 편리하게 수납하도록 만들어야 한다. 찬장은 누가 보아도 효율적이고 조직적으로 균형이 잘 잡혀 있어서 참한 주부라면 누구라도 탐을 낼 것이다. 주부들 모두가 찬장을 사달라며 남편을 조르다 못해 우울증에 빠질 만큼 멋지게 만들 것이다.

아담은 포이저 부인이 날카로운 눈으로 꼼꼼히 살펴보고서도 허점을 찾아내지 못하는 모습을 혼자서 상상해보았다. 물론 포이저 부인 바로 옆에는 헤티가 서 있을 것이다. 그러자 그는 계산하고 고안하던 계획을 접어두고 다시 헤티에 대한 꿈과 희망에 매료되었다. 그렇다. 그는 오늘 밤 헤티에게 갈 것이다. 홀 팜에 갔다 온 지도 꽤 오래되었다. 또 그는 바틀 메이시가 어제 교회에 왜 안 나왔는지를 알아보기 위해 야간 학교에도 들러보고 싶었다. 자신의 오랜 친구가 혹 아파서 교회에 못 나온 건 아닌지 걱정이 되었기 때문이다. 그는 오늘 중에 홀 팜과 야간학교, 두 군데를 다 들르지 못한다면 야간 학교는 내일로 미뤄야겠다고 생각했다. 헤티를 보고 싶고 그녀와 이야기를 나누고 싶은 열망이 너무나 강했기 때문이다.

이런 결심을 하면서 걷는 동안 아담은 어느새 목적지인 시골집에 다다르고 있었다. 낡은 집을 수선하느라 뚝딱거리는 요란한 망치 소리가 벌써부터 그의 귀에 들려 왔다. 일을 좋아하는 숙련된 인부에게는 연장소리가 아주 특별하게 들린다. 마치 오케스트라가 바이올린 연주자에게 시험 삼아 들려주는 전주곡과 같이 들렸던 것이다. 연주에 익숙해지면 강하게 울리는 현의 소리는 연주자를 전율하게 만든다.

그리고 기쁨이나, 초조, 혹은 야망과 같은 감정을 느끼게 했던 음의 소리는 새로운 에너지를 느끼게 해주는 소리로 바뀌는 것이다.

우리가 오른팔로 작업을 하고, 오른손으로 솜씨를 부리고, 머리로는 소리 없이 창조적인 활동을 하게 되면, 모든 정열은 독자적인 좁은 한계를 벗어나 새로운 힘을 얻게 된다. 시골집에 도착한 이후로 그 날 하루종일 아담이 무엇을 하는지 유심히 지켜보자.

아담은 손에 2피트 줄자를 들고 발판 위에 서서, 낮은 소리로 휘파람을 불며, 비록 마루 장선(마루 밑을 일정한 간격으로 가로로 대어 마루청을 받치게 된 나무)이나 창틀 만들기가 어렵긴 하지만 어떻게든 잘 만들어 보겠다고 곰곰이 생각했다. 그러다가 갑자기 젊은 인부들 중 한 사람을 옆으로 밀치며, "아! 그냥 놔둬. 네가 그걸 들다간 잘못하면 뼈가 부러질라."라고 말하고는 그 인부를 대신하여 꽤 무거운 목재를 번쩍 들어 올렸다.

또 한편으로는 날카롭고 검은 눈동자로 방 반대쪽에서 일하고 있는 인부를 보고서 간격이 맞지 않다고 경고를 하기도 했다. 어깨가 떡 벌어지고 근육질의 팔을 훤히 드러내놓고 있는 이 장정을 보라. 그가 종이 모자를 벗을 때마다, 숱이 많고 뻣뻣한 검은 머리카락이 초원에 깔려 있는 풀처럼 이리저리 흔들렸다. 때로는 남아도는 힘을 배출하려는 듯이 엄숙한 찬송가를 강한 바리톤의 음조로 우렁차게 부르다가, 자신의 창법이 찬송가와 맞지 않는다는 생각이 들었는지 갑자기 노래를 멈추기도 하였다.

독자들이 이런 아담의 마음속에 있는 비밀을 모른다면, 손톱이 으스러지도록 부지런하고, 기력이 왕성한 이 육체에 무엇이 들어 있는지 알지 못할 것이다. 그의 마음에 들어 있는 슬픈 기억, 따뜻한 애정, 부드럽게 나부끼는 애틋한 희망을 하나도 짐작하지 못할 것이다. 이렇게 강직한 아담은 구약이나 신약성서, 그리고 특별한 경우에 부르는 찬송가보다 더 좋은 노래는 알지 못했다. 세속적인 세상사를 거의 알지 못했고, 지구의 모양과 움직임, 태양의 궤도, 계절의 변화를 아주 신비한 것으로만 생각했다. 한 마디로 그의 지식은 아주 단편적인 수준에 머물러 있었다.

그는 자신의 손재주에 담겨 있는 비밀 말고도, 평상시 자신이 알고 있던 지식 이상의 뭔가를 알아내기 위해 상당히 많은 시간을 투자했고 꽤 많이 고생했었다. 다행히 그에게는 천성적으로 타고난 학습능력이 있었다. 기계학과 산술, 또 그가 다뤄야 할 물질의 본질을 쉽게 익혔다. 글씨를 쓸 때도 철자를 틀리지 않고 정확하게 쓸 정도로 숙달되어 있었다. 혹시라도 글자가 틀렸다면 그건 아담이 철자를 몰라서라기보다는 맞춤법이 실정에 맞지 않기 때문이라고 해야 옳다. 더군다나 그는 음악적인 가락과 중창법을 아주 쉽게 습득했다. 이뿐만이 아니었다.

그는 성경은 물론, 성서 외전[144]도 읽었고, 『가여운 리처드의 연감』,[145] 『테일러의 성스러운 생과 죽음』,[146] 『천로역정』과 『버니언의 일대기와 성전(聖戰)』,[147] 『베일리 사전』[148]의 상당한 부분, 『밸런타인과 오손』,[149] 그리고 바틀 메이시가 그에게 빌려준 바빌론의 역사의 일부분도 읽었었다. 바틀 메이시에게서 더 많은 책을 빌려 읽을 수도 있었지만, 가외의 목수 일이 없는 시간에는 장부정리를 하느라 몹시 바빠서, 리즈베스가 말하는 소위 '일반적인 간행물'을 읽을 시간이 없었다.

독자들도 짐작했다시피, 아담은 절대로 천재이거나, 특출하게 뛰어난 사람은 아니었다. 하지만 그렇다고 그를 다른 일꾼들과 같이 평범한 사람이라고는 말할 수 없다. 아담은 독자들이 우연히 만난 어느 누구와 비교해 봐도 절대 뒤지지 않을 만큼 훌륭한 사람이었

---

144) 전거(典據)가 의심스럽다고 하여 개신교 측에서 구약 성서에서 삭제한 14편.
145) 벤저민 프랭클린이 말했던 격언들과 좌우명이 쓰여 있는 연감의 연속간행물이다. 1723~1757년에 출판되었다.
146) 『테일러의 성스러운 생』과 『테일러의 성스러운 죽음』은 성공회의 종교적인 신앙심을 고취시키는 고전적인 작품들이다.
147) 이 두 책은 비국교도들의 정신적인 고전이다. 영어를 사용하는 모든 파의 교회에서 고전으로 삼고 있다.
148) 베일리의 『모든 어원(語源)의 영어사전(1721)』은 영어의 모든 단어들을 최초로 목록을 작성하여 사전을 편찬했다.
149) 1550년에 영어로 번역된 프랑스의 연애소설이다.

다. 어깨에 연장바구니를 둘러메고 머리에 종이 모자를 쓴 바로 이 청년 말이다. 우리의 친구 아담은 강인한 양심과 건전한 정신, 그리고 감수성이 어우러진 자제력을 갖고 있었다. 분명한 건 아담이 결코 평범한 남자는 아니라는 것이다.

가끔 시골에서 대대로 살아왔던 가내수공업자들 가운데에는 아담처럼 유난히 솜씨 좋은 기능공들이 배출되기도 한다. 그들은 공동 책임을 지고 모두 함께 일하고 살아가는 가운데 평범한 가정생활을 영위하면서 애정을 키워 서로를 애지중지하였고, 능숙한 솜씨로 대담하게 노동을 하면서 단련된 재능을 자손 대대로 물려주었다.

그들은 양심에 따르면서 자신의 임무를 솜씨 있게 잘 수행하였다. 아주 드물게 천부적인 재능이 있는 사람도 있었지만 대부분은 아무리 힘들어도 근면하고 정직하게 살아가는 사람들로서, 평범한 자기들만의 꿈을 위해 노력했다.

그들의 삶은 이웃 사람들의 삶과 별반 다를 바 없었지만, 길도 잘 닦아놓았고, 대단한 건물도 짓고, 광물을 생산하여 잘 사용하고, 농사짓는 법을 개량하고, 교구의 폐습을 개혁하여 그들의 후손들과, 그다음 대의 후손들에게까지 자신의 이름을 남겨놓았다. 물론 그들의 고용주들은 그들에 비해 훨씬 부유했다. 그러나 자기 손으로 이루어 놓은 성과가 더 오래도록 유지되는 법이다. 그리고 두뇌로 일하는 사람은 다른 사람들에게 그들이 가진 기량을 어떻게 펴나가야 할지 잘 지도해준다. 젊은 시절에 그들은 플란넬 수건이나 종이 모자를 쓰고, 석탄가루를 까맣게 뒤집어쓴 외투나 연녹색과 빨간색 페인트가 묻은 줄무늬 웃옷을 입고서 열심히 일했다.

머리칼이 희끗희끗한 노년에 이르면 그들은 교회나 거래처의 상석에서 모습을 드러내기도 했다. 한겨울 저녁에는 불이 활활 타고 있는 벽난로 가에 빙 둘러앉아서 훌륭한 복장을 입은 성공한 자식들에게 자신이 난생처음 하루에 은화 2펜스를 벌었을 때 얼마나 기뻤는지를 이야기해주기도 한다.

그런 반면에 어떤 사람은 평생을 가난하게 살면서, 주중에 입고 일하던 작업복을 한 번도 벗어보지 못한 채 죽은 사람도 있었다.

그들은 돈 버는 재주를 가지지 못했으나 신용을 잘 지키는 사람들이었고, 자신의 일을 다 마치지 못하고 죽으면 기계에 어떤 중요한 나사를 느슨하게 조여 놓은 것처럼 생각했다. 그리고 그들의 고용주들은 그 사람들에게 한탄했다.

"어디 가서 당신만큼 훌륭한 일꾼을 찾을 수 있겠어."

20

아담, 홀 팜을 방문하다

아담은 아무것도 싣지 않아 텅텅 비어 있는 마차를 타고 작업장에서 집으로 돌아왔다. 아직 저녁 7시가 되려면 15분 정도 남아 있었지만 그는 미리 옷을 갈아입고 홀 팜 농장으로 갈 준비를 하고 있었다. 그가 아래층으로 내려오자 리즈베스가 못마땅하다는 듯이 말했다.

"뭣 하러 그렇게 멋진 옷을 차려입었어? 그거, 일요일에나 입는 거잖아. 설마 그렇게 빼입고서 학교에 가려는 건 아니지?"

"아니에요, 어머니."

아담이 조용히 대답했다.

"홀 팜 농장에 가려구요. 그다음에는 혹시 학교에도 들를지 모르겠어요. 그러니 제가 좀 늦더라도 너무 걱정하지 마세요. 세스는 마을에 갔는데 한 시간 반 정도 있으면 집에 올 거예요. 그러니까 세스도 너무 신경 쓰지 마시구요."

"그래, 알았다. 그런데 그렇게 좋은 옷을 입고 홀 팜 농장에 간단 말이냐? 너, 엊그제도 포이저네 식구들을 만났었잖아. 주중에는 늘 작업복만 입더니 오늘은 일요일처럼 차려입은 이유가 뭐야? 일할 때 작업복을 입는 건 당연한데, 그런 걸 좋아하지 않는 사람도 있는 모양이구나. 그런 사람하고는 친하게 지내봐야 좋을 게 하나 없다."

"어머니. 저, 늦었어요. 다녀오겠습니다."

아담이 모자를 쓰고 나가면서 말했다.

그러나 그가 문을 나서서 몇 걸음 걸어가자마자 리즈베스는 괜스
레 아들을 짜증 나게 했구나 하는 생각에 이내 불안해지기 시작했
다. 그녀가 제일 멋있는 옷으로 차려입은 아담을 달갑지 않게 생각
했던 건 물론 이유가 있었다. 혹 아들이 헤티에게 잘 보이려고 그러
지 않았을까 하는 의구심에서였다. 리즈베스가 트집을 잡은 것은 그
어떤 이유보다도 아들의 사랑을 많이 받고 싶어서였다. 리즈베스는
급히 아담을 뒤쫓아 갔다. 그리고 시냇가를 향하여 절반쯤 내려가기
직전에 아들의 팔을 붙잡고서 말했다.

"얘야, 이 어미한테 짜증 내고 나가면 못 쓴다. 네 어미가 집에서
혼자 너를 기다리며 걱정하느라 아무것도 못 하고 있으면 좋겠느
냐?"

"아니에요, 저는 괜찮아요, 어머니."

아담은 진지하게 대답하면서 조용히 어머니의 어깨에 팔을 얹고
서서 말했다.

"저 화나지 않았어요. 제발…… 어머니 자신을 위해서라도, 제가
뭘 하려고 할 때 말리지 마세요. 어머니하고 같이 사는 동안 저는 착
한 아들이 될 거예요. 어머니 마음에 들지 않는 아들은 결코 되지 않
을 거라구요. 하지만 누구든지 부모님에 대한 사랑 외에 다른 사랑
도 갖고 있어요. 어머니가 제 몸과 마음을 모두 독차지하고 어머니
뜻대로만 하시려는 건 잘못된 거예요. 계속 그러시면 제가 정말 하
고 싶은 일이 생겼을 때, 어머니 뜻을 따르지 못할 경우가 생길 수도
있잖아요. 그때는 마음 단단히 다잡으셔야 될 거예요. 그러니 우리
그 얘기는 그만해요."

"그래."

리즈베스는 아담이 무슨 말을 하려는지 다 알고 있으면서도 내색
하지 않고 대답했다.

"사실 자기 아들이 쫙 빼입고 다니면 이 어미보다 더 좋아할 사람이 누가 있겠니? 너는 하얗고 반들반들한 조약돌같이 깨끗하게 얼굴을 씻고, 머리도 멋있게 빗고, 눈이 반짝반짝하게 빛나도록 꾸며야 성이 찰지 모르지만, 이 늙은 어미는 그것의 절반만큼만 꾸민다고 해도 멋있다고 좋아할 텐데, 뭘 더 바라겠니? 네가 나를 조금이라도 생각했다면 일요일도 아닌데 굳이 이렇게 좋은 옷을 입진 않았을 게다. 뭐 어쨌든 이 문제로 더 이상 너를 괴롭히지 않으마."

"네, 그럼 다녀올게요, 어머니."

아담은 이렇게 대답하면서 어머니에게 입맞추고는 서둘러 떠났다. 이렇게 말고는 달리 대화를 끝낼 방법이 없다는 것을 알고 있었기 때문이었다. 리즈베스는 그 자리에 가만히 서서 눈이 부시지 않게 이마에 손을 얹고 아담이 보이지 않을 때까지 뒷모습을 바라보고 있었다. 리즈베스는 아담이 했던 말들이 모두 무슨 뜻인지 충분히 잘 알고 있었다. 아담이 보이지 않게 되자 그녀는 천천히 집으로 돌아오면서 크게 혼잣말을 했다. 그것은 남편과 아들들이 작업장에서 일하고 있는 동안 하루종일 혼자 집에 있으면서 생긴 그녀만의 버릇이었다.

"음…… 언젠가 한번은 꼭 그 계집애를 집에 데려오겠다고 하겠지. 그럼 그 애는 나를 제치고 이 집의 안주인이 될 테고. 나는 그 애가 하늘색 테두리의 커다란 접시들을 깨뜨려도 말 한마디 못 하겠지. 그 그릇들이 어떤 건데……. 이다음 성령 강림절[150]이 되면 그것들을 산 지 20년이 되는데. 아이들 아버지하고 시장에서 사 가지고 와서 한 번도 깨뜨린 적이 없었지……. 아!"

그녀는 탁자에서 뜨개질을 집어들면서 계속해서 큰소리로 중얼거렸다.

---

150) 기독교에서 부활절 후 50일이 되는 날. 즉 제7주일인 날에 성령이 강림한 것을 기념하는 축절. 기독교인들은 이날을 교회의 탄생일로 여겨 그 어느 때보다도 성령의 은사를 받기 위한 집회나 기도에 힘쓴다.

"그리고 내가 살아 있는 동안, 그 애는 긴 양말 하나라도 뜰 수 있을지 모르겠네. 발 부분까지는 짤 수 있을라나? 내가 이 세상을 떠나면, 누가 우리 아담한테 발에 딱 맞는 긴 양말을 짜 줄까? 결국 나중에는 그래도 이 늙은 어미밖에 없다는 걸 그 애도 알게 되겠지. 헤티? 흥! 장담하건대 그 애는 발목 부분을 좁게 할 줄도 모를걸? 발뒤꿈치는 어떻구? 발끝 부분은 너무 길게 짜서 장화도 신을 수 없게 만들어 놓겠지. 뭐, 젊은 처녀들이 결혼하면 다 그러지 않겠어? 나이 서른두 살에 내가 결혼할 때, 아이들 아버지는 서른 살이었지. 그런데도 우리는 상당히 젊었었는데……. 헤티가 서른 살이 되면, 안 봐도 뻔해. 분명히 칠칠치 못한 여편네가 되어 있겠지. 머리에 피도 안 마른 것이 결혼이 웬 말이야."

아담의 걸음은 아주 빨라서 7시가 되기 전에 벌써 홀 팜의 대문으로 들어섰다. 마틴 포이저와 노인은 아직 목초지에서 돌아오지 않았다. 모든 사람들을 비롯해 흑갈색 테리어 개까지 목초지에 나가 있었다. 집을 지키는 건 마당에 있는 불도그 외에는 아무도 없었다. 아담은 활짝 열려 있는 현관문으로 들어섰지만 밝고 깨끗한 거실에는 아무도 없었다. 아담은 포이저 부인과 다른 사람들의 말소리가 들리자, 그들이 집안 어딘가에 있을 거라고 짐작했다. 그래서 다시 큰소리로 물었다.

"포이저 부인, 안에 계신가요?"

"오, 들어와요. 비드 씨, 어서요."

포이저 부인이 낙농장에서 그를 불렀다. 포이저 부인은 집에 찾아오는 아담을 맞이할 때는 항상 이름 대신에 성으로 불렀다.

"낙농장 안으로 들어와도 괜찮아요. 지금 치즈를 만드는 중이어서 자리를 뜰 수가 없거든요."

아담은 낙농장으로 걸어갔다. 그곳에서는 포이저 부인과 낸시가 그날 저녁의 첫 번째 치즈를 치대고 있었다.

"사람이 살지 않는 빈집에 들어온 게 아닌가 했겠네요."

현관문이 열려 있는 출입구에 서 있는 아담에게 포이저 부인이 말했다.

"식구들이 모두 목초지에 나가고 집안에 아무도 없어서 말이에요. 그래도 아이들 아빠는 곧 들어올 거예요. 내일 아침에 제일 먼저 건초를 옮겨 놓아야 해서, 들판에 있는 건초를 원추모양의 작은 더미로 쌓고 있거든요. 오늘은 낸시에게 버터 만드는 걸 시켰어요. 헤티는 지금 빨간 까치밥나무 열매를 거둬야 해서 바쁘거든요. 꼭 일손이 딸릴 때가 되면 나무열매가 익어요. 아이들이 따는 건 또 못 믿겠구요. 아이들은 열매를 바구니에 담는 것보다 입으로 넣는 게 더 많을 테니 차라리 말벌한테 따라고 하는 게 낫다니까요."

아담은 포이저가 돌아올 때까지 정원에 가 있겠다고 말하고 싶었다. 하지만 차마 그 말을 할 용기가 없어서 이렇게 말했다.

"저…… 물레를 한번 봤으면 좋겠는데요. 뭐가 잘못되었는지 살펴볼게요. 집 안 어디에 있어요?"

"거실 오른쪽에 치워 놓았어요. 아니, 그럴 게 아니라 그냥 내가 갖고 와서 보여줄게요. 그것보다 비드 씨는 지금 정원으로 가서 헤티에게 톳티 좀 들여보내라고 말해주면 좋겠네요. 톳티가 그 말을 들으면 금방 뛰어들어올 거예요. 아마 헤티는 톳티가 까치밥나무 열매를 한없이 먹어대도 그냥 내버려 두었을 거예요. 그러니 비드 씨가 정원으로 가서 톳티를 집으로 들여보내주면 정말 고맙겠네요. 그리고 지금 정원에는 아름다운 요크 장미와 랑케스터 장미[151]들이 한창이에요. 그 아름다운 장관을 보고 싶죠? 아, 그보다 먼저 유장(젖 성분에서 단백질과 지방을 빼고 남은 부분)이 마시고 싶겠네요. 비드 씨도 유장을

---

151) 영국의 요크 가문과 랑케스터 가문은 왕위를 두고 30년 동안이나 전쟁을 벌였다. 요크 가문은 흰 장미를, 랑케스터 가문은 붉은 장미를 각각 상징으로 내세웠기에 이 전쟁의 이름이 '장미전쟁'이었다. 그 뒤로 영국에서는 흰 장미를 요크 장미, 붉은 장미를 랑케스터 장미라고도 부른다.

좋아하죠? 낙농장을 자주 들르지 않는 사람들은 유장을 마실 기회가
거의 없으니까요."

"감사합니다, 포이저 부인."

아담이 말했다.

"항상 유장을 대접해 주셔서요. 저는 언제나 맥주보다 유장이 더
마시고 싶거든요."

"그럼요, 그렇겠죠."

선반에 놓여 있던 작고 하얀 대접을 꺼내어 유장 통에 푹 담그면서
포이저 부인이 말했다.

"빵 굽는 사람한테만 빼고, 빵 냄새는 모든 이들에게 달콤한 법이
지요. 어윈 목사님 댁 아가씨들이 항상 말해요. '포이저 부인, 저는
부인의 낙농장이 샘나 죽겠어요. 닭들도 부럽구요. 정말 아름다운
농장이에요. 정말이라니까요.' 그러면 저도 '맞아요, 닭이나 뭐 이
런 것들을 구경하려면 농장이 딱이지요. 닭들이 이 안에 있으면 도
둑맞을 일도 없고, 비용도 안 들고, 속 태울 일도 없지요.' 라고 대답
하죠."

"포이저 부인은 이 농장 말고 다른 데 가서는 못사실 것 같네요.
이렇게 농장을 잘 관리하시니 말이에요."

아담이 하얀 대접을 받으면서 말했다.

"목초지에는 한없이 많은 튼튼한 젖소들이 자라고 있고, 들통에는
거품이 일고 있는 신선한 우유에, 방금 만들어서 시장으로 보낼 버
터, 거기다가 송아지, 가금류들까지 얼마나 보기 좋아요. 이보다 더
기분 좋을 것들은 없을 거예요. 자, 부인의 건강을 위해서, 그리고
부인께서 힘내서 낙농장을 돌보시라고, 또 이 고장의 모든 농가의
부인들에게 늘 모범이 되기를 빌면서 마시겠습니다."

포이저 부인은 칭찬을 듣고 금방 헤벌쭉 웃는 사람은 아니었지만
얼굴에는 매우 흡족한 듯한 표정이 은근한 햇살같이 활짝 퍼져 나갔

다. 유장을 마시는 아담을 바라보는 그녀의 푸른 눈동자는 평소보다 더 온화하게 빛났다.

"아! 유장 잘 마셨습니다. 맛이 정말 달콤하고 향기롭군요. 입안에서 사르르 녹는 것 같아요. 부드럽고 따뜻한 맛이 사람을 잔잔하고 행복하게 만들어 주네요. 꼭 꿈속에 있는 것처럼 황홀한 맛이에요. 그리고 뚝뚝 떨어지는 유장 소리는 창문 밖에서 지저귀는 새소리와 어우러져 음악 소리처럼 제 귓가에 울려 퍼지고 있어요. 저 창문에서는 정원이 훤히 내려다보이네요. 키 큰 불두화나무(유럽산 관상용 식물, 인동덩굴과의 낙엽성의 관목의 이름)들도 그늘을 드리우고 있구요."

"비드 씨, 조금 더 들지 그래요?"

아담이 대접을 내려놓자 포이저 부인이 말했다.

"아니에요, 잘 마셨습니다. 그럼 지금 바로 정원에 가서 꼬마아이를 들여보낼게요."

"그럼 그러세요. 톳티에게 엄마가 보잔다고 낙농장으로 오라고 말해주세요."

아담은 건초더미가 없어 텅 비어 있는 마당가를 돌아서 정원으로 이어지는 작은 나무 대문 쪽으로 걸어갔다. 이 정원은 한때 지주의 저택에 소속된 텃밭으로 아주 잘 가꿔져 있었다. 텃밭의 한쪽 편에 쭉 갓돌을 올려놓은 멋진 벽돌담만 없다면 진짜 농가의 채소밭이 되었을 것이다. 이 정원에는 사철 내내 지지 않고 피어나는 꽃과, 가지치기를 하지 않은 과일나무, 많은 야채들이 거의 방치되다시피 제멋대로 잘 자라고 있었다. 초목의 잎사귀들이 무성해지고, 꽃이 만발하게 피어나고, 관목이 무성해지는 시절이 돌아오면, 여기서 사람을 찾는다는 건 숨바꼭질하는 것이나 다름없었다. 지금은 분홍색, 하얀색, 노란색의 키 큰 접시꽃들이 막 피어나기 시작하여 눈부시게 아름다웠다. 그리고 라일락 나무와 불두화나무들은 사람의 손길이 미치지 않아 널찍하고 무질서하게 자라고 있었다. 또 담장은 온통 진홍빛 콩과 철 늦은 완두콩의 잎사귀들로 뒤덮여 있었다. 정원 한편에는 개암나무들이 한 줄로 길게 늘어서서 무성하게 자라고 있었고, 다른 쪽에는 어마어마하게 큰 사과나무가 가지를 널따랗게 뻗치고 있어서, 그 아래로 시원한 그늘을 드리우고 있었다. 사과나무 가지들 밑의 동그랗게 그늘진 곳에는 아무것도 자라지 못하고 있었다. 정원은 엄청나게 넓었기 때문에 한두 군데 이런 불모지가 있긴 했지만 아무런 문제가 되지 않았다. 또 누에콩이 항상 넘치도록 자라고 있었다.

콩밭 옆을 따라서 풀이 제멋대로 난 길을 끝까지 가려면 크고 빠른 아담의 걸음걸이로도 아홉에서 열 걸음은 걸어가야만 했다. 그리고 푸성귀들이 자랄 수 있는 땅이 필요 이상으로 많았다. 더구나 농작물들을 윤작[152] 하는 버릇이 있었는지 여기저기 빈 땅들이 생겨났다. 그래서 해마다 흔해빠진 잡초들이 이곳저곳으로 터전을 바꾸어가며 무성하게 자라고 있었다. 아담은 장미꽃이 피어 있는 곳에 멈춰 서서 장미 한 송이를 꺾었다. 그것은 야생장미 같았다. 장미꽃은 넓은 꽃잎들이 활짝 피어 나부끼고 있었고, 장미나무 덤불은 무성한 덩어리로 떼 지어 몰려 있었다. 장미꽃의 거의 모든 꽃잎에는 분홍색과 하얀색의 줄무늬가 있는 것으로 보아 틀림없이 요크가와 랑케스터가의 가문들이 잘 화합해서[153] 자라는 것 같았다. 꽃잎이 꽉 들어찬 프로방스 장미꽃 봉오리 하나가, 향기 없이 흔들거리는 줄무늬 장미꽃들에 파묻혀 숨이 막히는 듯, 빼꼼히 밖을 내다보고 있었다.

아담은 용케도 이 프로방스 장미꽃을 골라내 꺾었다. 아담은 손에 무언가를 들고 있어야 안심이 된다고 생각한 모양이었다. 그는 장미꽃을 손에 들고 걸어서 저 멀리 정원 끝까지 갔다. 정원에는 커다란

---

152) 돌려짓기. 작물들을 일정한 순서에 따라서 주기적으로 교대하여 재배하는 방법. 예로부터 유럽에서 발달하였고 특히 19세기에 이런 농업이 발달하였다.
153) 줄무늬가 있는 이 장미가 상징하는 것처럼 1485년에 두 가문이 화해하고 장미 전쟁은 끝났다. 1485년에 리처드 3세가 보스워즈 전쟁터에서 살해되고, 헨리 7세가 영국의 왕위에 즉위했다.

상록수가 있었고, 그 밑에 정자가 있었다. 그곳에서 별로 멀지 않은 곳에 까치밥나무가 줄지어 서 있다는 것을 아담은 기억하고 있었다.

하지만 아담은 장미꽃나무가 있는 곳을 지나 몇 발자국 채 걷기도 전에 나뭇가지가 흔들리는 소리와 소년의 목소리를 들었다.

"자, 톳티! 이제 앞치마를 내밀어 봐. 앗, 저기 누가 온다."

그 목소리는 키가 큰 벚나무 가지들 사이에서 들려 왔고, 아담은 가장 알찬 열매가 달린 벚나무 아래에서, 넓고 편한 자리를 차지하고 앉아 있는 하늘색 앞치마의 꼬마를 쉽게 찾을 수 있었다. 완두콩이 휘장처럼 완전히 뒤덮인 곳 뒤로, 그 벚나무 밑에 분명 톳티가 있었다. 그렇다, 톳티는 등 뒤로 보닛 모자를 늘어뜨리고 있었다. 통통한 얼굴은 빨간 즙으로 뒤범벅이 되어 기괴한 느낌마저 들었다. 톳티는 뒤범벅이 된 얼굴을 벚나무를 향해 들어 올린 채 귀여운 입을 동그랗게 벌리면서 앞치마를 펼쳐, 위에서 던져주는 것을 받아먹으려 했다. 사실, 땅에 떨어진 버찌 열매는 반 이상이 설익은 열매들이었다. 과즙이 많거나 붉은빛이 도는 잘 익은 열매라기보다는 단단하고 노란빛을 띠고 있는 것들이었다. 그러나 톳티는 그런 덜 익은 열매들은 별로 아쉬워하지 않고 상관하지도 않았다. 그리고 벌써 세 번씩이나 즙이 많은 열매를 빨아먹고 있었다. 그 모습을 본 아담이 말했다.

"톳티! 버찌 열매는 많이 먹었으니까 이제 그만 집으로 가자. 그거 들고 곧장 엄마한테 뛰어가렴. 엄마는 낙농장에서 너를 기다리고 계시거든. 자, 빨리. 곧장 뛰어갈 거지? 톳티는 참 착하고 귀여운 아이지."

아담은 이렇게 말하면서 튼튼한 두 팔로 톳티를 들어 올리고 뽀뽀해주었다. 톳티는 버찌 먹는 걸 방해하는 아담의 이런 행동이 성가시다는 태도를 보였다. 아담이 다시 땅에 내려놓자 톳티는 말없이 종종거리는 걸음걸이로 집을 향해 달려가며 계속 버찌 열매를 빨아

먹었다.

"토미! 열매를 쪼아 먹는 새들이 덤벼들지도 몰라. 그러니까 조심해!"

까치밥나무를 향해 계속 걸어가면서 아담이 외쳤다.

아담은 까치밥나무들이 줄지어 서 있는 곳의 한쪽 끝에 놓여 있는 큰 바구니를 보았다. 헤티가 멀지 않은 곳에 있을 것 같았다. 그는 헤티가 벌써 자기를 지켜보고 있을 것 같은 느낌이 들었다. 그러나 아담이 모퉁이를 돌아가 보니 헤티는 자기 쪽으로 등을 향한 채 허리를 구부리고, 낮게 드리운 나뭇가지에 매달린 열매를 따느라 정신이 없었다. 자신이 오는 소리를 헤티가 못 들었다니! 아담은 이상하게 생각했다. 아마도 열매를 딸 때 나뭇잎들이 바스락거려서 듣지 못했을 것이다. 헤티는 자기 옆에 누군가 있다는 느낌이 들자 움찔하더니, 깜짝 놀라서 까치밥나무 열매를 담은 바구니를 떨어뜨렸다. 그러고는 가까이 온 사람이 아담이라는 걸 알고는 창백하던 얼굴이 새빨갛게 변했다. 헤티의 얼굴이 빨개지자 아담은 새로운 행복감으로 가슴이 뛰었다. 이제껏 헤티가 아담을 보고 얼굴을 붉힌 적은 절대로 없었기 때문이었다.

"제가 놀라게 했나 보군요."

아담은 진정 놀라게 할 의도가 아니었다는 뜻으로 다정하게 말했다. 아담은 헤티도 자기와 똑같은 감정을 느끼는 줄 알고 다정하게 말했다.

"내가 열매를 주워담아 줄게요."

까치밥나무 열매들은 뒤얽혀 뭉친 채로 풀밭 위로 떨어졌기 때문에 순식간에 주워담을 수 있었다. 아담은 몸을 일으켜 헤티에게 바구니를 건네주면서, 처음으로 희망에 가득 찬 사랑을 느끼고 애정어린 눈빛으로 부드럽게 헤티를 바라보았다.

헤티는 시선을 다른 곳으로 돌리지 않았다. 그녀의 얼굴에서 홍조가 진정되자 아주 고요하고 슬픈 표정의 눈이 아담의 눈빛과 마주쳤다. 아담은 그녀의 지금 이 눈빛이 정말 마음에 들었다. 여태까지 헤티에게서 보았던 그 어떤 눈빛과도 전혀 달랐기 때문이다. 헤티가 말했다.

"까치밥나무 열매는 이제 얼마 안 남았어요. 금방 다 딸 수 있어요."

"내가 좀 도와줄게요."

아담이 말했다. 그리고 그는 큰 바구니를 가져왔다. 이 바구니에 까치밥나무 열매가 가득 차자, 그는 바구니를 그들 옆에 가져다 놓았다.

까치밥나무 열매를 딸 때 그들 사이에는 단 한 마디의 말도 오가지 않았다. 아담은 할 말이 굉장히 많았지만 왠지 헤티가 자기 속마음을 모두 알고 있을 것 같았다. 어쨌든 헤티는 바로 옆에 있는 자신에게 전혀 무관심하지 않았다. 그녀는 아담을 보자 얼굴이 새빨개졌고, 그녀가 보여준 슬픈 기색은 틀림없이 사랑을 의미하는 듯했다. 그런 표정은 헤티가 평소에 아담에게 아무 표정 없이 대했던 태도와는 정반대였기 때문이었다. 그녀가 몸을 구부려 열매를 줍는 동안에 그는 계속해서 그녀에게 눈길을 보냈다. 빽빽한 사과나무 가지 사이로, 저물어 가는 저녁 햇살이 수평으로 살며시 비추고 있었다. 그 햇살도 마치 헤티와 사랑에 빠지기라도 한 듯 그녀의 탐스런 뺨과 목을 조용히 어루만지고 있었다.

이 시간이 아담에게는 한 남자로서 죽어도 잊을 수 없는 바로 그 순간이었다. 아담은 자신이 사랑하는 첫사랑의 여인이 보여주는 어떤 사소한 일, 말, 말투, 시선, 입술 혹은 눈꺼풀의 떨림 같은 몸짓을 그녀가 조금씩 자신을 사랑하기 시작했다는 의미라고 믿었다. 하지만 그 표시는 너무 미미해서 귀나 눈으로는 감지할 수 없었다. 아담은 그 누구에게도 이것을 설명할 수 없었다. 이것은 단순히 깃털처럼 가벼운 감촉이었지만, 자신의 생애를 완전히 바꿔 놓은 것 같았다. 그는 불행했던 염원이 녹아버린 달콤한 이 순간만 의식될 뿐 다른 것은 아무것도 의식되지 않았다.

어렸을 적에 우리가 느꼈던 즐거움의 대부분은 이미 기억에서 완전히 사라졌다. 우리는 어린 시절에 어머니의 가슴에 머리를 묻고 다니거나 혹은 아버지의 등을 타고 다니던 기쁨을 다시는 기억해내지 못한다. 오랜 세월에 걸쳐 햇볕은 아침부터 저녁까지 살구를 비추어 왔다. 이렇게 비춰준 햇빛이 살구에 켜켜이 쌓여서 잘 익은 부드러운 살구 색으로 녹아든 것처럼, 분명히 어릴 적 기쁨들이 축적되어 우리의 본성으로 엮어졌을 것이다. 그러나 그것들은 우리의 기억에서 사라지고 단지 어린 시절이 즐거웠다는 사실만을 믿게 된다. 그러나 사랑을 처음 느낀 그 순간의 기쁨은 마지막 죽을 때까지 생생하게 되살아나 결코 잊혀지지 않는다. 그때의 환상적인 장면을 회상할 때마다, 아득히 먼 옛날 행복했던 순간에 풍겼던 달콤한 향기를 되풀이해서 느끼듯이, 특별하고 강렬한 감동적인 전율을 느끼게 한다. 추억은 사랑을 더욱더 애절하게 그리워하게 만들고, 미친 듯이 질투심을 부추기며, 절망의 고통을 가장 처절하게 느끼게 한다.

빨간 열매 다발을 주우려고 몸을 수그리던 헤티, 휘장처럼 드리워진 사과나무 가지 틈새로 수평으로 비치는 햇살, 저 너머 길게 늘어선 나무들로 우거진 정원, 아담은 헤티를 바라보면서 헤티가 아담 자신을 생각해 주고 있는 줄로만 알고, 그들 사이에 말이 필요 없다고 믿었을 때 느낀 이 소중했던 감정들, 아담은 이 순간의 모든 것을 생을 마감할 최후의 순간까지 잊지 못할 것이다.

그러면 헤티는 어떠했을까? 독자들은 아담이 헤티에 대해서 오해하고 있다는 걸 너무도 잘 알고 있을 것이다. 대부분의 남자들처럼, 아담은 헤티가 다른 사람을 떠올리면서 나타냈던 사랑의 표현을 바로 자신을 향한 사랑의 표현이라고 오해했다. 아담이 다가오는 걸 미처 알지 못했을 때, 헤티는 평소처럼 아서를 생각하면서, 그가 돌아올 수 있을지 없을지를 궁금해 하고 있었다. 이런 상황에서는 누구의 발걸음 소리에도 그녀는 똑같이 놀랐을 것이다. 다가오는 사람을 직접 보기 전까지 헤티는 그 사람을 아서라고 생각했을 테니 말이다. 그리고 순간적으로 감정이 동요되어 뺨에서 핏기가 사라지고 얼굴이 창백해졌다가, 갑자기 아담이라는 걸 알았을 때, 아담이 아닌 다른 사람을 봤어도 똑같이 얼굴에 핏기가 확 돌면서 새빨개졌으리라.

아담이 헤티가 좀 변했다고 생각한 것은 틀리지 않았다. 첫 열정에 대한 걱정과 두려움으로 그녀는 부르르 떨었다. 이런 걱정과 두려움은 허영심보다 훨씬 더 강하게 그녀를 사로잡았다. 처음으로 그녀는 어쩔 수 없다는 심정으로 다른 사람의 감정에 의지하고 싶어졌다. 헤티는 이런 감정으로 남자에게 매달리는 여성을 가장 천박하다고 멸시했다. 하지만 자신이 이렇게 경험하고 나니 예전에는 아주 힘들게만 생각되던 타인에 대한 배려가 그녀의 가슴속에서 저절로 우러났다. 아담이 보여주는 소심하지만 남성다운 애정에서 헤티는 처음으로 위로가 되는 뭔가를 느꼈다. 그녀는 누군가가 자기를 사랑해주기를 간절히 원했다. 아! 헤티는 사랑의 찬란한 순간을 직접 경험함으로써 알게 되었다. 사랑하는 사람의 부재, 침묵, 명백한 무관심. 이 빈자리를 감내해야 하는 것이 얼마나 힘든 일인가를……. 자신을 쫓아다니던 다른 남자들처럼 아담이 사랑한다는 말이나 아첨하는 말투로 자신을 조를지라도 그녀는 그가 걱정되지 않았다. 아담은 항상 헤티에게 과묵했다. 하지만 헤티는 이 강인하고 용감한 남자가 자기를 사랑하고 자기 가까이에 있어주는 것이 아무 두려움 없이 좋기만 했다. 그녀는 아담이 불쌍하다거나, 그도 언젠가는 틀림없이 고통을 당할지도 모른다는 생각은 전혀 하지 않았다.

헤티는 이미 다른 남자를 사랑하면서도 아담에게 살갑게 대해주었다. 하지만 헤티가 자신을 짝사랑하는 남자에게 부질없이 다정하게 대해주는 첫 번째 여자는 아니었다. 좋아하지도 않는 남자에게 친절을 베푸는 여자에 대한 이야기는 아주 오래전부터 있었다. 하지만 아담은 그것에 대해 전혀 아는 바가 없었기에 그저 달콤한 망상에 빠져 있었다. 얼마 후에 헤티가 말했다.

"그거면 충분해요. 외숙모가 나무에 있는 걸 전부 다 따지는 말고 조금 남겨놓으라고 하셨거든요. 이제 그 바구니를 가지고 집에 가야겠어요."

아담이 말했다.

"이리 줘요. 바구니는 내가 들어줄게요. 그 가냘픈 팔로는 너무 무거울 거 같은데."

"아니에요, 두 손으로 들면 돼요."

"이걸 집까지 들고 가려면 조그만 개미가 애벌레를 끌고 가는 것처럼 꽤 오래 걸릴 것 같은데요?"

아담이 웃으면서 말했다.

"작은 개미들이 자기 몸집보다 네 배나 큰 물건을 나르는 걸 본 적 있어요?"

"아니요."

헤티는 무심하게 말했다. 개미가 얼마나 어렵게 생활하고 사는지는 전혀 알고 싶지 않았다.

"꼬마였을 때 나는 종종 개미들을 유심히 보고는 했어요. 지금 나는 한쪽 팔로도 바구니를 빈 조개껍질처럼 가볍게 들 수 있어요. 그리고 다른 한쪽 팔에는 당신이 기대게 할 수도 있구요. 기대지 않을래요? 내 팔은 아주 굵어서 당신의 가냘픈 팔이 얼마든지 지탱할 수 있거든요."

헤티는 희미하게 미소를 짓고서 아담에게 다가가 팔짱을 꼈다. 아담은 헤티를 내려다보았지만, 헤티의 눈은 정원의 다른 쪽 구석을 꿈꾸듯이 바라보고 있었다.

"이글데일에 가본 적 있어요?"

길을 따라 천천히 걸어가면서 그녀가 물었다. 헤티가 자신에게 질문을 해주자 아담은 좋아서 대답했다.

"그럼요, 내가 어렸을 때, 10년 전에 가 봤죠. 아버지하고 일자리를 알아보러 갔었어요. 거긴 경치가 참 좋아요. 바위와 동굴들, 그런 것들을 당신은 지금까지 한 번도 보지 못했을 거예요. 나도 그곳에 가보기 전까지는 바위가 뭔지 전혀 몰랐거든요."

"거기 가려면 얼마나 걸리죠?"

"음…… 우리가 아무리 빨리 걸어도 이틀은 너끈히 걸리죠. 제일 좋은 조랑말을 타고 가면 하루 정도면 충분하구요. 대위님은 아마 9~10시간 정도면 그곳에 도착할 거예요. 그분은 훌륭한 기수거든요. 그리고 대위님이 내일 되돌아온다고 해도 나는 놀라지 않아요. 그분은 활동적인 분이라 혼자서 그렇게 한적한 곳에 오래 머물러 있을 수 있기 힘들거든요. 대위님이 낚시하러 간 곳에는 작은 여인숙 외에는 아무것도 없을 거예요. 저는 이곳 영지를 대위님이 물려받았으면 좋겠어요. 물론 당연한 일이지만요. 그렇게 되면 대위님은 일이 많아지시겠지만 잘해내실 거예요. 그분은 굉장히 젊으니까 자기보다 나이가 두 배나 많은 사람들보다는 사리판단을 더 잘하실 거예요. 지난번에는 내가 사업을 시작하는데 필요한 돈을 아낌없이 빌려주겠다고 말씀하시더라고요. 만약 대위님 덕분에 모든 일이 잘 풀린다면 나는 이 세상 누구보다도 그분을 존경할 거예요."

아담은 젊은 지주가 자신과 절친한 친구가 될 거라는 사실을 알면 헤티가 좋아할 거라고 생각했다. 그래서 아담은 가엾게도 계속해서 아서에 대한 얘기를 했다. 그럼으로써 자신의 미래는 전망이 밝고, 가능성이 있다는 걸 헤티에게 보여주고 싶었던 것이다. 헤티가 아담의 이야기를 새로운 눈빛으로, 입가에 반쯤 미소를 띠고 관심을 가지며 귀를 기울인 것은 사실이었다. 아담은 걸음을 멈추고서 장미꽃을 바라보며 말했다.

"이 장미꽃 좀 봐요. 얼마나 아름다운지! 제일 예쁜 꽃을 꺾어 왔어요. 물론 내가 가지려고 꺾은 건 아니죠. 이 장미꽃은 꽃잎이 모두 예쁜 분홍색에 잎사귀도 너무 싱싱해서, 줄무늬 있는 장미꽃들보다 훨씬 더 아름답지 않아요?"

아담은 바구니를 내려놓았다. 그리고 장미꽃을 자기 단추 구멍에서 꺼내 들고서 말했다.

"향기가 참 좋네요. 줄무늬 있는 장미꽃들은 향내가 나질 않거든요. 자…… 당신 옷에 꽂아 봐요. 나중에는 물병에 꽂아 두고요. 장미꽃을 그대로 시들게 내버려두면 보기 싫잖아요."

헤티는 어쩌면 아서가 빨리 돌아올 수 있겠다는 생각에 웃음을 지으며 장미꽃을 받아들었다. 그녀는 마음에 희망과 행복감이 번쩍 떠오르자 기분이 좋아져 갑자기 자기가 항상 해버릇 하던 짓을 했다. 장미꽃을 왼쪽 귀 위로 걸쳐서 머리에 꽂았다. 그게 좀 어색했던지 아담의 얼굴에 떠올랐던 애정 어린 감탄의 표정에 살짝 그늘이 드리워졌다. 치장하는 걸 좋아하는 헤티의 성품을 그의 어머니는 가장 싫어했다. 그리고 아담이 헤티에게 싫은 점이 딱 하나 있다면 바로 이렇게 사치를 한다는 점이었다. 아담이 말했다.

"정말로, 그렇게 하고 있으니 체이스 저택에 있는 그림 속 귀부인들 같네요. 귀부인들은 대부분 자기 머리에 꽃이나 깃털, 금붙이 같은 걸 꽂고 다니잖아요. 나는 그게 별로 좋아 보이지 않아요. 화장을 짙게 하고서 트레들스톤에서 열리는 박람회의 전시실 밖에서 서성거리는 천박한 여자처럼 보이거든요. 당신처럼 자연스럽게 곱슬거리는 머리칼은 아무리 치장을 해도 본래 모습보다 더 아름답진 않을 거예요. 나는 젊고 예쁜 여자는 그냥 평범한 옷을 입어야 아름다운 모습이 더 빛이 난다고 생각해요. 그런 면에서 다이나 모리스는 아주 멋진 사람이죠. 항상 평범한 모자와 가운을 입어도 정말 예쁘잖아요. 여자의 얼굴을 보면 꽃 같은 건 꽃을 필요가 없어요. 그 얼굴 자체가 꽃이거든. 나는 헤티의 얼굴도 꽃이라고 확신해요."

헤티는 장미꽃을 머리에서 빼면서 장난기 어린 말투로 입을 삐죽 내밀고서 말했다.

"알았어요, 집에 들어가면 다이나의 모자를 써 볼게요. 내가 그 모자를 쓰면 더 예뻐 보이는지 한번 보세요. 다이나가 모자를 두고 갔거든요. 그러니 나도 다이나처럼 예쁜 모자를 쓸 수 있겠죠."

"아니, 당신한테 다이나 같은 감리교도가 쓰는 모자를 쓰라는 건 아니오. 그건 아주 보기 싫은 모자겠지. 나는 이 근처에서 다이나를 볼 때마다 평범한 사람들과 전혀 다른 옷을 입고 다니는 게 보기에는 좋지 않다고 생각했어요. 사실 지난주에 다이나가 우리 어머니를 만나러 오기 전까지는 그녀의 얼굴도 제대로 본 적이 없었어요. 하지만 그때 다이나의 모자를 보고 도토리의 깍정이가 도토리에 딱 맞는 것처럼 그녀의 얼굴에는 그 모자가 딱 어울린다고 생각했죠. 그래서 나는 다이나가 그 모자를 쓰지 않았으면 그렇게 예뻐 보이지 않았을 것 같았어요.

하지만 헤티, 당신은 다이나하고 이목구비가 전혀 다르잖아요. 당신은 자신의 모습을 감추어 버리는 어떤 장식도 하지 않은 지금 그대로의 모습이 좋아요. 이건 어떤 사람이 노래를 썩 잘하는 것과 같은 이치예요. 당신도 고운 목소리가 노래 부를 때 종소리가 땡땡거려서 노랫소리가 제대로 들리지 않게 되면 짜증이 날 거요."

아담은 예뻐 죽겠다는 듯이 헤티를 내려다보면서 그녀의 팔을 잡아 다시 팔짱을 끼었다. 우리가 보통 그랬듯이 아담도 아직 절반도 표현하지 못한 자기의 모든 생각을 벌써 헤티가 속으로 다 짐작하고 있으리라고 상상했다. 그러면서 혹시나 자기가 그녀에게 잔소리했던 건 아닐까 하고 은근히 걱정됐다. 그리고 아담이 가장 염려하는 것은 어떤 불길한 구름이 나타나 이날 저녁에 맛보았던 행복을 덮어버리지나 않을까 하는 걱정이었다. 자신에게 지금 막 보여준 헤티의 친절이 의심할 여지없는 사랑으로 성숙할 때까지, 그는 절대로 헤티에게 자신의 사랑을 말하지 못할 것이다.

아담은 지금 현재 상황에 완전히 만족할 수는 없지만, 그는 앞으로 전개될 먼 미래를 상상해보고 헤티를 진짜 자기의 아내로 부를 수 있는 축복을 받을 수 있으리라 기대해보았다. 그는 다시 까치밥나무 열매가 담긴 바구니를 집어들었고, 그들은 집을 향해 걸어갔다.

아담이 정원에서 30분가량 머물다가 다시 홀 팜으로 돌아와 보니 아까와는 완전히 다른 광경이 펼쳐지고 있었다. 마당에는 활기가 넘쳤다. 마티는 꽥꽥거리는 암컷 거위들을 대문 안으로 들여보내기 위해 짓궂게 굴고 있었고, 수컷 거위는 씩씩거리며 마티에게 대들고 있었다. 알릭은 곡물을 끄집어 낸 뒤에 곡물창고 문을 경첩 위에서 '끼익' 소리를 내면서 밀고 있었다. 일꾼 팀이 물을 먹이려고 말들을 밖으로 끌고 나올 때였다. 몸집이 크고 유순한 말들이 뭔가 안다는 듯이 머리를 끄덕끄덕하며 털이 덥수룩한 발을 조심스럽게 들어 걸어갔지만, 말들이 바른길이 아닌 엉뚱한 곳으로 무턱대고 걸어갈까 봐 팀은 연방 "영차, 영차." 소리를 질러댔다. 그 소리에 맞춰 세 마리 개들도 떠들썩하게 멍멍 짖어댔다. 모든 식구들이 목초지에서 돌아와 있었다.

헤티와 아담이 집 안으로 들어서자 포이저는 세 발 의자에 앉아 있었다. 그 맞은편에 있는 커다란 안락의자는 노인이 차지하고 앉아서 참나무 식탁에 차려지는 저녁식사를 기대에 찬 눈으로 즐겁게 바라보고 있었다. 포이저 부인은 식탁 위에 직접 식탁보를 깔고 있었다. 빛나는 이 식탁보는 집에서 손수 만든 리넨 천으로 바둑판 무늬로 짜여 있었고, 흰색과 갈색이 잘 어우러져 있어서, 감각 있는 주부라면 항상 보고 싶어할 만한 식탁보였다. 그것은 표백을 해서 금방 흠집이 생기는 '일반 가게에서 산 천'이 아니라, 두 세대가 지나도록 전혀 낡지 않고 계속 사용할 수 있는 좋은 수제품이었다. 차게 식힌 송아지 고기, 신선한 양상추, 속을 채워 넣은 돼지등심 덩어리,[154] 이런 음식들은 정오쯤에 점심을 먹어서, 지금 배가 고픈 사람들에게는 보기만 해도 군침이 도는 성찬이었다. 벽의 맞은편에 놓여 있는 큰 전나무 식탁 위에는 알릭과 그의 동료들을 위하여 밝은 주석 접시와 수저, 큰 컵들을 놓아두었다. 홀 팜에서는 주인과 하인들이 따로 떨어져 앉지 않고 함께 어울려 저녁을 먹었다. 만약 포이저가 다음날 아침에 해야 할 일에 대해 말해야 한다면, 알릭이 바로 곁에서 그 말을 들을 수 있기 때문에, 모두가 모여서 식사를 하는 것은 더욱 즐거운 일이었다. 포이저가 말했다.

"어이, 아담. 자네를 다시 보니 정말 반갑구먼. 자네, 까치밥나무 열매를 따는 헤티를 도와준 모양이군. 이리 와서 앉아보게. 어서 앉아 봐. 우리하고 함께 저녁을 먹은 지가 3주 정도는 지난 것 같군. 우리 집사람이 속을 꽉 채운 훌륭한 돼지등심을 구웠다네. 이 자리에 자네가 와 있으니 참 좋구먼."

바구니 안에 있는 까치밥나무 열매를 들여다보며 포이저 부인이 헤티를 불렀다.

"헤티! 빨리 이층으로 가서 몰리한테 내려오라고 해라. 톳티를 재우고 있을 거다. 몰리에게 에일 맥주를 가져오라고 해. 낸시가 아직도 낙농장에서 바쁘게 일하고 있으니까 말이야. 그리고 너는 아이 좀 돌봐야겠다. 너는 도대체 톳티 하나를 제대로 못 보니? 어떻게 토미를 따라가서 그런 열매로 배를 채우게 내버려둘 수가 있느냔 말이야. 그 열매 때문에 저녁을 한 숟가락도 못 먹었잖아."

포이저 부인은 엄격하게 예의범절을 지키는 사람이었다. 그래서

---

154) 칠면조, 만두, 백숙용 병아리에 속을 넣는 것처럼, 돼지를 크게 자른 어깨나 다리, 혹은 등심 고기 속에 들어 있는 뼈를 제거하여 텅 빈 자리에 빵가루와 여러 가지 재료와 양념을 섞은 것을 한꺼번에 넣어 오븐에서 구워낸 요리이다.

남편이 아담에게 말하고 있는 동안, 자기 집에 살고 있는 젊은 처녀를 사모하는 멋진 남자 앞에서 그 처녀를 심하게 야단치지 않으려고 평소보다 낮은 어조로 꾸중했다. 평소에 하던 대로 헤티를 큰소리로 야단치는 것은 올바른 행동은 아닐 것이다. 모든 여자들은 젊었을 때 한 번쯤 결혼할 기회를 얻기 마련이다. 이런 기회를 다른 여자가 망쳐선 안 될 일이다. 이것은 처녀의 명예가 걸린 문제다. 이것은 계란을 파는 여자가 자기 고객이 다른 장사에게 다가간다고 고함을 질러서는 안 되는 것과 같은 이치다.

헤티는 외숙모의 꾸중에 말대답하지 못하고 서둘러 위층으로 뛰어올라갔다. 포이저 부인은 마티와 토미한테 저녁을 먹이려고 그들을 찾아 나섰다.

금방 집안의 모든 식구들이 자리에 모여 앉았다. 볼이 발그레하고 건장한 두 남자아이는 새하얀 얼굴의 어머니 양쪽 옆자리에 앉았고, 아담과 포이저 사이에 있는 헤티의 자리는 비어 있었다. 알릭도 들어와서 좀 떨어져 있는 구석진 자리에 앉았고, 주머니칼로 큰 접시에 놓여 있는 차가운 누에콩을 자르기 시작했다. 그에게 이 누에콩은 아무리 맛있는 파인애플[155]이라 해도 바꾸고 싶지 않을 정도로 맛있는 음식이었다.

속을 채워 넣은 돼지고기를 얇은 조각으로 썰어서 나눠주며 포이저 부인이 말했다.

"저 아이가 에일 맥주를 가져올 때가 됐는데……. 아마 저 애가 맥주병을 내려놓고서, 병마개 트는 걸 잊은 모양이네요. 저런 처녀들은 도무지 믿을 수가 없어요. 난로에 텅 빈 주전자를 올려놓고서 한 시간이나 지나서야 물이 끓었는지 보러올 테니까요."

포이저가 말했다.

"저 애가 남자들이 마실 술을 가져오고 있구려. 아, 당신, 저 애보

---

155) 당시에는 수입하거나 온실에서 재배했다. 그리고 맛이 좋아서 아주 비싼 과일이었음.

고 술병을 먼저 가져오라 하지 그랬소."

"뭐라구요?"

남편의 말을 듣고 포이저 부인이 대꾸했다.

"아니, 쟤네들이 눈치가 없어서 못 하는 걸, 전부 다 내가 일일이 이래라 저래라 일러주어야 하다니……. 그럼 나는 기운이 쪽 빠져버려 숨도 못 쉬게 헐떡거려도 좋다는 말이에요? 비드 씨, 양상추에 식초 좀 넣어 드시겠어요? 그렇게 드시는 게 아닌데……. 그렇게 드시면 돼지등심의 맛을 버리거든요. 고기를 식초나 기름 같은 양념을 섞어 드시면 제대로 고기 맛을 모르고 먹는 거예요. 사람들은 버터가 안 좋으면, 그걸 숨기려고 소금을 넣어 두죠."

몰리가 나타나자 포이저 부인의 관심이 다른 데로 쏠렸다. 몰리는 큰 술병과 작은 머그컵 두 개, 술 마시는 큰 컵 네 개를 한꺼번에 들고 오고 있었고, 모든 병과 컵에는 에일 맥주나 연한 맥주가 가득 차 있었다. 이 모습은 사람 손으로 컵을 얼마큼 잡을 수 있는지 그 능력을 보여주는 참으로 재미난 광경이었다. 몰리가 양손에 들고 있는 두 다발의 병과 컵에서 눈을 떼지 못하면서 조심조심 걸어올 때, 가여운 그녀의 입은 평소보다 더 크게 벌려져 있었고, 안주인의 눈에는 몰리가 진짜 한심하게 보였다.

"몰리, 나는 너 같은 사람은 첨 봤다. 홀로 계신 네 어머니를 생각하면 정말 가엾기 짝이 없구나. 아니, 나처럼 마음 좋은 사람이나 너 같이 한심한 애를 데려오지. 도대체 내가 몇 번이나 더 말해야겠니?"

미처 번갯불을 예상하지 못하고 있던 찰나에 갑자기 천둥소리가 쾅쾅 울리면 더 깜짝 놀라는 것처럼, 몰리는 갑작스런 포이저 부인의 말을 듣고 당황했다. 겁을 먹긴 했지만 그녀는 어떻게든 행동을 달리해야 되겠구나 생각하고, 따로 떨어져 있는 전나무 식탁에 큰 맥주 컵을 내려놓기 위해 발걸음을 재촉하였다. 그러다가 몰리는 앞치마 끈이 풀어져 앞치마에 발이 걸려 쿵 넘어졌고, 술병들과 컵들은 와장창 깨지고, 맥주는 사방으로 튀어서 바닥에 홍수를 이루었다. 그걸 보고 마티와 토미가 배를 잡고 웃었고, 포이저는 에일 맥주를 빨리 마실 수 없게 되자 짜증이 난다는 듯 소리쳤다

"어이쿠!"

몰리가 불쌍하게 술병이 깨진 조각들을 줍기 시작하자 포이저 부인이 일어나 찬장으로 가면서 다시 날카롭게 잔소리하기 시작했다.

"너, 또 일 저질렀구나! 내가 뭐라고 했어? 왜 이렇게 자꾸 일만 저지르니……. 나는 이것들을 10년 동안이나 가지고 있었지만 한 번도 깨뜨린 적이 없었다. 그 술병은 값으로 치면 이번 달 네 월급보다 더 비쌀 거다. 네가 이 집에 온 뒤로 줄곧 오지그릇을 깨뜨린 걸 보셨다면 목사님조차도 너를 야단쳤을 거야. 하느님 용서해주세요! 만약 아직 발효되지 않은 맥주가 큰 구리 솥에서 끓고 있는데, 그걸 쏟았다고 생각해봐. 너는 펄펄 끓는 물에 데어서 평생을 절뚝거리고 살아갈지도 모른다구. 만일 네가 그런 식으로 계속 일을 저지른다면 앞으로 네가 어떻게 될지 걱정이 태산 같구나. 누구든지 네가 깬 그릇들을 보면 네가 춤병을 얻어서 절름발이가 돼서 그랬는 줄 알 거야. 뭘 보든지 무슨 소리를 듣든지 모두 너한테는 아무 소용이 없겠지만, 네 눈앞에 깨진 그릇 조각들을 쌓아 놓고 두고두고 보면 꼴 좋겠구나. 어느 누구라도 너를 뻔뻔스럽다고 생각할 거야."

가엾은 몰리는 이때까지 눈물을 줄줄 흘리고 있었다. 알릭의 다리 쪽으로 맥주가 계속 세차게 흐르자 몰리는 걸레 대신 앞치마로 필사적으로 마루를 닦아냈다. 그동안 포이저 부인은 찬장을 열면서 그녀를 매몰찬 눈으로 쳐다보았다. 포이저 부인이 계속해서 말했다.

"얘, 아무리 울어봤자 소용없어. 아무리 마루를 훔쳐내도 네 눈물로 더 젖을 뿐이야. 일을 제대로 시키는 사람이라면 절대로 물건마다 족족 깨뜨리라고 말할 사람은 아무도 없었을 테니, 이건 전적으

로 네 탓이야. 저렇게 멍청한 사람은 멋없는 목재 제품이나 다루게 해야지 원······. 일 년에 세 번도 사용하지 않은 갈색과 흰색 술병을 가져와야 되겠네. 에휴, 내가 직접 포도주 저장실로 내려가야지. 그러다가 지독한 감기에 걸려서 폐렴으로 몸져눕게 돼도 어쩔 수 없지······."

포이저 부인이 손에 갈색과 흰색의 술병을 들고 찬장에서 돌아섰을 때였다. 부인은 부엌의 다른 쪽 끝에 뭔가가 서 있는 걸 보고는 너무 놀라 벌벌 떨었다. 아마도 유령이 나타났다고 착각한 것 같았다. 어처구니없는 일들은 쉽게 영향받는 것처럼 술병을 깨뜨리는 일도 전염이 되는 모양이었다. 포이저 부인은 그 뭔가를 쳐다보더니 유령을 본 것처럼 깜짝 놀라 그 소중한 갈색과 하얀색의 술병을 그만 바닥에 떨어뜨렸다. 그 바람에 술병의 주둥이와 손잡이가 다 깨져 버렸다.

"누가 이런 걸 본 적이 있나요? 술병이 마술에 걸렸나? 매끈매끈하고 고약한 손잡이 같으니라고, 글쎄 손잡이가 달팽이처럼 손가락에서 스르르 미끄러져 버리네."

순간적으로 당황한 눈빛으로 방을 휘둘러보고 나서 목소리를 갑자기 낮추면서 포이저 부인이 중얼거렸다.

"저런! 맥주 거품이 당신 얼굴에 튀었구려."

그녀의 남편이 젊은 사람들과 함께 껄껄 웃어대면서 말했다.

"내 얼굴을 보고 깔깔대고 웃는 건 다 좋아요."

포이저 부인이 말을 되받아 대답했다.

"아니, 그릇이 살아서 한 마리 새처럼 당신 손에서 날아갈 때도 있는 거예요. 유리는 때로는 가만 놔두어도 금이 가는 일도 있잖아요. 깨질 건 깨지기 마련이지요. 참, 나는 평생 실수한 적이 없는데. 나는 한 번도 물건도 떨어뜨려 본 적이 없거든요. 그렇지 않으면 내가 시집올 때 가져온 그릇들이 여태까지 남아 있을 리 없잖아요. 한데 헤티, 너 미쳤니? 도대체 무슨 속셈으로 그 모양을 하고 내려와? 사람들이 집에서 유령이 걸어다니는 줄 알고 깜짝 놀랐잖아!"

포이저 부인이 투덜대는 동안 사람들 사이에서 느닷없이 와락 웃음이 터졌다. 포이저 부인의 술병이 깨진 걸 핑계 대는 말 때문이 아니라, 그녀를 놀라게 했던 헤티의 괴상한 모습 때문에, 모든 사람에게서 웃음이 폭발했다. 이 귀여운 말괄량이는 다이나처럼 보이려고 외숙모의 검은색 가운을 찾아내서 목 주위를 꼭 맞게 핀으로 여미었다. 그리고 머리를 최대한 납작하게 만들어서, 층이 높고 테두리가 없는 다이나의 망사 모자를 쓰고 모자 끈을 매고 나타났다. 가운과 모자를 보면 으레 창백하고 엄숙한 얼굴에, 부드럽고 푸른 눈의 다이나를 떠올렸는데, 갑자기 통통하고 발그레한 뺨에 요염하고 까만 눈의 헤티로 바뀌어 나타났으니, 모두가 깜짝 놀랐다가 충분히 박장대소할 만도 했다.

어린 남자아이들은 깔깔 웃어대며 의자에서 벌떡 일어나 손뼉을 치면서 그녀 주위에서 팔딱팔딱 뛰었다. 알릭조차 콩을 먹다가 위를 쳐다보더니 아랫배를 잡고 웃어댔다. 이렇게 소란한 틈을 타서 포이저 부인은 부엌 뒤쪽으로 들어갔다. 그리고 낸시에게 커다란 백랍 계량 기구를 주어 지하 저장실에 내려 보낸 뒤 잠시나마 넋 빠진 순간을 만회하고 숨 돌릴 기회를 가졌다.

"아니, 헤티! 이 아가씨야. 너 갑자기 감리교 신자가 되기라도 한 거냐?"

건장한 사람들답게 즐겁고 커다란 웃음을 지으며 편안하고 여유 있게 포이저가 물었다.

"그런 모습으로 꾸미려면 너는 먼저 얼굴을 상당히 길게 늘였어야 해. 아담, 그렇지 않은가? 근데 왜 갑자기 그 옷을 입을 생각을 했어? 응?"

"아담이 내 옷보다 다이나의 모자와 가운을 입고 다니는 게 더 좋다고 말해서 그랬어요."

새침하게 자리에 앉으면서 헤티가 말했다.

"사람들이 형편없는 옷을 입었을 때 더 예쁘게 보인다고 그랬거든요."

"아니…… 아니에요."

아담은 탄복한 듯 헤티를 바라보며 대답했다.

"나는 그런 볼품없는 옷이라도 다이나에게 잘 어울린다고 말했을 뿐이에요. 나는 헤티가 그 옷을 입으면 예뻐 보일 거라고 말한 적은 없어요."

"여보, 당신은 왜 헤티를 보고 유령이라고 생각했지?"

그의 아내가 되돌아와서 다시 자리에 앉자, 포이저가 아내에게 물었다.

"당신, 완전히 겁에 질린 모습이었어."

"나는 내가 어떻게 보이든지 별로 상관없어요. 외숙모가 술병을 원래대로 만들어 줄 리도 없고, 또 웃는다고 해서 깨진 술병이 다시 붙을 리도 없잖아요."

포이저 부인이 말했다.

"비드 씨, 너무 오랫동안 에일 맥주를 가져다 드리지 못해서 미안하군요. 낸시가 금방 가져올 거예요. 감자가 식었지만 마음 편하게 좀 들어요. 감자 좋아하잖아요. 토미, 너 계속 웃으면 지금 당장 잠자러 가라고 쫓아버릴 거야. 뭐가 그렇게 우스운지 원……. 나는 저 다이나의 모자를 보기만 해도, 그 애가 불쌍한 생각이 들어서 금방이라도 눈물이 쏟아질 것 같은데 다들 어떻게 웃음이 나오는지……. 그리고 헤티, 너 말이지, 다이나의 모자를 쓰는 것보다는 다른 방법으로 다이나처럼 꾸몄다면 훨씬 좋았을 텐데. 이 집에서는 그 누구도 감히 내 언니의 딸을 놀림감으로 삼을 수는 없어요. 더구나 그 애가 우리 집을 떠난 지 얼마나 되었다고 저러는지 모르겠네. 나는 그 애가 없어서 너무도 마음 아픈데……. 하지만 나는 한 가지는 알고 있어요. 만약 우리에게 재난이 닥치거나, 내가 앓아눕거나, 아이들이 죽게 된다면, 지금은 이 아이들이 어떻게 될지 전혀 모르겠지만 말이에요, 또 가축들이 전염병에 걸리거나, 모든 것이 파멸되고 황폐해질 때, 우리는 모자에 테두리가 있든 없든 다이나의 모자를 보기만 해도 그 애의 얼굴을 본 것처럼 반가워서 어쩔 줄 몰라 할 거예요. 나는 분명히 장담할 수 있어요. 다이나는 비 오는 우울한 날도 가장 환한 날로 밝혀주는 그런 아이에요. 그리고 우리가 누군가를 가장 아쉬워할 때, 그때 우리를 가장 사랑해 줄 그런 사람이기도 하고……."

독자들도 알겠지만, 포이저 부인 역시 아무리 무시무시한 일이 생겨도 이렇게 우스꽝스러운 분위기를 진정시킬 수 없다는 걸 잘 알고 있었다.

토미는 다정다감한 성격으로 엄마를 매우 좋아했고, 오늘은 평소보다 식욕이 더 당겨서 체리를 많이 먹었었다. 그러나 토미는 엄마가 말한 대로 자신들의 미래가 정말로 그렇게 무섭게 돼버릴까 봐 겁을 먹고 울기 시작했다. 게으른 농부를 제외하고는, 모든 사람들을 끔찍이 좋아하는 너그럽고 인자한 아버지 같은 외숙부가 헤티에게 말했다.

"얘야, 그 옷을 그만 벗었으면 좋겠구나. 그 옷을 보기만 하면 너희 외숙모 마음이 아프다니까 말이야."

헤티는 다시 위층으로 올라갔다. 그리고 에일 맥주가 나오자 분위기가 한결 유쾌해졌다. 아담은 새로 가져온 술의 품질에 대해 자신의 의견을 말했다. 그것은 모두 포이저 부인을 칭찬하는 내용이었다. 좋은 술 빚는 비법과, '홉' 열매를 넣어서 맥주에 쓴맛을 내려 할 때 너무 인색하게 구는 것은 어리석은 행동이라는 것, 그리고 농부가 엿기름을 만들 때 어정쩡하게 절약하는 일 등등에 관하여 토론이 벌어졌다. 저녁식사가 끝나고, 에일 맥주병이 다시 채워졌다. 포이저가 파이프 담배에 불을 붙일 때, 포이저 부인은 이러한 주제에 대해서 자신의 의견을 진지하게 말할 수 있게 되자, 기분이 매우 좋아졌다. 그리고 아담이 고장 난 물레를 보여 달라고 하자, 아담에게 물레를 가져다주었다. 아담은 물레를 주의 깊게 살펴보면서 말했다.

"음…… 물레는 참 좋은데, 제대로 회전을 못 하는군요. 마을에 있는 녹로세공(둥글게 깎기)하는 가게에 맡겨야겠어요. 저희 집에는 녹로세공을 할 수 있는 편리한 설비가 없어서요. 아침에 버즈 씨의 가게에 갖다놓으면 수요일까지는 다 고쳐 놓을게요. 그리고……."

아담은 포이저를 바라보면서 계속해서 말했다.

"고급 가구 제작 같은 멋진 작업을 하기 위해 집에 좀더 많은 설비를 해둘까 곰곰이 생각해보았습니다. 항상 저는 시간적인 여유가 생기면 생활 가구들을 만드는 일을 많이 해왔어요. 그런 물건들이 이윤이 좀 남거든요. 재료보다는 기술이 필요한 일이니까요. 저와 세스는 그런 식으로 이익이 생기는 작은 사업을 알아보고 있습니다. 제가 로세터에 사는 어떤 사람을 알고 있는데, 그 사람이 우리가 만든 물건을 원하는 만큼 많이 구입하기로 했거든요. 또 이 근처에서도 주문을 많이 받을 생각이구요."

포이저는 아담의 계획을 흥미 있게 들었다. 이 계획은 아담이 당당히 사업의 '고용주'로 성장하는 하나의 단계가 될 것 같았다. 포이저 부인은 야채, 절인 식품들, 그릇, 리넨 제품들을 수납할 수 있는 최대한 작고 쓸모 있는 이동식 부엌 찬장을 만들어 준다는 계획에 전적으로 찬성했다. 헤티는 다시 자기 옷으로 갈아입고 나타났다. 그리고 이 흥겨운 저녁에 목에 스카프를 둘러 약간 뒤로 넘기고 아담에게 아주 잘 보이도록 창문 근처에 앉아 까치밥나무 열매를 골라내고 있었다. 아담이 일어나서 집으로 갈 때까지 시간은 유쾌하게 흘러갔다. 식구들은 그에게 곧 다시 오라고 신신당부하면서도 그를 오래 잡아 두지는 않았다. 이렇게 바쁜 철에는 아침 5시에 일어나야 하는데 너무 늦게 잠이 들면 다음날 제시간에 일어나지 못할지도 모른다. 그래서 상식 있는 사람이라면 늦게까지 남의 집에 머물지 않았던 것이다. 아담이 일어서며 말했다.

"집에 가기 전에 한 군데 더 들러 가야 할 데가 있어요. 메이시 선생님을 좀 뵈려구요. 지난 일주일 동안 도통 뵙지 못했는데 어제 교회에도 나오지 않으셨거든요. 그분은 한 번도 교회에 나오지 않으신 적이 없었어요."

포이저가 대답했다.

"그렇군. 지금은 우리 집 일꾼들이 야간 학교를 가지 않는 휴일이라서 우리도 메이시 선생 소식에 대해 아는 게 없구먼."

"아니, 이렇게 늦은 밤에 거길 가겠다는 거예요?"

하고 있던 뜨개질을 제쳐놓고서 포이저 부인이 물었다.

"음…… 메이시 선생님은 늦게까지 안 주무실 거예요."

아담이 말했다.

"그리고 야간학교 수업도 아직 끝나지 않았구요. 어떤 사람들은 야간학교에 아주 늦게 나오거든요. 먼 데서 걸어와야 하니까요. 바틀 씨도 밤 11시까지는 절대 주무시지 않아요."

"나 같으면 그런 사람이랑은 같이 못살겠네."

포이저 부인이 남편을 바라보며 말했다.

"촛농이 여기저기 뚝뚝 떨어져 있으면 당신 같은 사람은 아침에 일어나자마자 미끄러져서 마루 위에 나뒹굴어 떨어지잖아요."

"그렇지, 밤 11시는 늦은 시간이지. 늦고말고."

마틴 노인이 말했다.

"나는 결혼 첫날밤하고, 영세 받던 날, 장례식 전야에 밤을 샐 때, 그리고 추수 감사 만찬을 할 때에만 늦게까지 안 잤지. 그 외에는 평생 그렇게 늦게 잔 적이 없어. 밤 11시는 퍽이나 늦은 시간이지."

"글쎄요, 저는 12시가 넘어도 안 자는 때가 많은데요."

웃으면서 아담이 말했다.

"물론 먹고 마시느라 그런 게 아니라 일을 더 많이 하느라고요. 안녕히 주무세요, 포이저 부인. 잘 자요. 헤티."

헤티는 미소만 지을 뿐 악수는 하지 않았다. 까치밥나무 열매즙으로 그녀의 손이 빨갛게 물들고 축축하게 젖어 있었기 때문이었다. 그러나 나머지 사람들은 아담이 내민 커다란 손을 잡고 진심 어린 마음으로 악수를 하며 말했다.

"또 오세요, 또 와요."

"정말 부지런하고 열심히 사는 훌륭한 남자야."

아담이 집 밖에 있는 길로 나가자 포이저가 말했다.

"작업을 더 하려고 12시가 넘도록 안 자다니! 헤티, 네가 스물여섯 살의 남자 중에 저렇게 아담처럼 열심히 일하는 사람을 만나긴 힘들 거야. 만약 네가 아담과 결혼한다면 얼마 지나지 않아서 용수철 달린 짐마차를 타고 다니게 될 거야. 암, 내가 장담하지."

헤티는 까치밥나무 열매바구니를 들고 부엌으로 가면서 외숙부에게 고개를 새침하게 흔들어 답했지만, 외숙부는 그 모습을 보지 못했다. 용수철 달린 짐마차를 탈 정도라면 그것은 지금의 헤티에게는 정말로 비참한 운명인 듯싶었다.

21

야간 학교와 선생님

바틀 메이시의 집은 마을의 공터 끝자락에 흩어져 있는 몇몇 집들 중 하나였다. 트레들스톤으로 가는 길은 이 마을 공터를 가로질러 나 있었다. 아담은 홀 팜을 떠난 지 15분 만에 이 집에 도착했다. 아담은 대문을 열려고 빗장에 손을 얹으면서, 커튼이 없는 창문 사이로, 가느다란 촛불 아래 8~9명의 사람들이 고개를 숙이고 책상 앞에 앉아 있는 모습을 보았다.

아담이 들어갔을 때는, 읽기 수업이 한창이었고, 바틀 메이시는 아담에게 고개만 한 번 까딱거리고서는 그가 아무 데나 좋은 자리에 가서 앉도록 내버려 두었다. 아담은 오늘 밤 수업 때문에 온 것이 아니었다. 그의 머릿속은 사적인 문제, 즉 지난 두 시간 동안 헤티를 만났던 일만 생각하느라고 수업이 끝날 때까지도 공부하고 싶은 마음이 들지 않았다. 그는 한쪽 구석에 멍하니 앉아 있기만 했다. 교실은 수년 동안 아담이 거의 매주 보아왔던 익숙한 풍경이었다. 그는 바틀 메이시가 손으로 직접 쓴 아라비아풍의 장식 문구를 익히 알고 있었다. 그 문구는 액자에 넣어 선생님의 머리 위쪽에 걸어놓고 학생들이 마음속으로 높은 이상을 간직하도록 했다.

회칠한 벽면을 따라서 필기용 석판들을 걸어 놓은 못들 위로 선반이 줄지어 놓여 있었다. 그는 선반 위에 꽂혀 있는 모든 책의 제목들을 다 알고 있었다. 또 한쪽 서까래에 달려 있는 옥수수 낟알들이 얼마나 많이 떨어져 나갔는지도 정확히 알고 있었다. 그는 가죽 같은 해초다발이 어떻게 보이는지, 또 그것이 본래의 서식지인 물 속에서 어떻게 자랐는지 생각하느라 다른 상상을 할 여유가 없었다. 그가 알아볼 수 없는 유일한 것은 자신의 자리 반대편 벽에 걸려 있는 옛 영국지도였다. 얼마나 오래되었는지 지도는 누런 갈색으로 허옇게 바래져, 마치 잘 말린 해포석[156]같이 보였다. 눈앞에서 진행되는 이 수업은 아담에게는 아주 친숙한 장면이었다. 그렇다고 해도 그는 늘 하던 대로 관심을 가지고 수업을 지켜보았으면 보았지, 아주 무관심하지는 않았다. 지금 이렇게 멍하니 상념에 빠져 있으면서도, 아담은 군살투성이인 우락부락한 손으로 펜이나 연필을 힘들여 쥐고 있거나, 읽기 시간에 쩔쩔매며 고생하는 거친 사내들을 보고 순간적으로 오랫동안 품어온 동료애를 다시금 느꼈다.

　지금 선생님의 책상 앞에는 실력이 제일 뒤처진 세 명의 학생이 모여앉아 읽기 수업을 하고 있었다. 바틀 메이시는 안경을 콧잔등에 걸쳐 놓은 채 그 너머로 학생들을 쳐다보고 있었다. 굳이 안경을 쓸 필요가 없어도 늘 그런 모습으로 있다는 것을 아담은 잘 알고 있었다. 지금 선생의 얼굴은 가장 온화한 표정이었다. 털이 무성한 반백의 눈썹은 날카로운 각을 이루고 있었지만 동정심이 많고 친절한 느낌을 주었다. 아랫입술은 약간 내민 채 습관적으로 꼭 다물고 있었지만, 필요한 때는 언제든지 학생들에게 도움이 되는 어휘나 음절을 말할 준비가 되어 있었다.

　이 부드러운 표정은 상당히 흥미로웠다. 선생의 코는 매부리코인데다, 한쪽으로 약간 비뚤어져 있어서 좀 무서운 인상을 자아냈기 때문이다. 게다가 그의 이마는 잔뜩 긴장된 듯 찡그리고 있어서, 날

---

156) 규산, 결정수 따위로 이루어진 흙이나 점토 모양의 광물. 흰색 또는 잿빛을 띤 흰색이며, 가볍고 불투명한 다공질인데, 마르면 물에 뜬다. 담배 파이프 따위를 만드는 데 쓴다.

카롭고 참을성 없는 인상을 심어 주었다. 노르스름한 피부 속에는 노끈 같은 푸르스름한 혈관이 비추었고, 무섭게 보이는 이마는 대머리가 될 기미가 없어서 그나마 좀 온화해 보였다. 1인치 정도로 짧게 이발한 뻣뻣한 회색 머리카락이 이마 위로 무성하게 빽빽이 자라고 있었다.

"아냐, 빌. 그게 아니야."

바틀은 아담을 향해 고갯짓을 하며 온화한 목소리로 말하고 있었다.

"그 부분 다시 해보게. 'd, r, y'라는 철자를 보면 어떻게 읽어야 할지 감이 잡힐 걸세. 이건 지난주 수업과 똑같은 부분이잖아."

빌은 스물네 살의 건장한 청년으로 노련한 석공이었는데, 자기 나이 또래의 다른 석공들보다 높은 봉급을 받고 있는 사람이었다. 그러나 한 음절 한 음절 읽어야 하는 읽기 수업은 그에게 있어 제일 단단한 돌을 자르는 일보다 훨씬 어려운 일이었다. 그는 이렇게 불평했다.

"문자들이 너무 제각각이라서 이 말인지 저 말인지 도무지 알 수가 없어요."

석공의 일은 글자의 끝을 올려 쓰고 내려 쓰는 것에 따라 의미가 달라지는 미세한 차이와는 전혀 상관이 없다. 하지만 빌은 두 가지 이유 때문에 꼭 글을 배워서 읽겠다고 굳게 마음먹었다.

첫 번째는, 그의 사촌 톰 헤이즐로가 인쇄체든 필기체든 글자를 척척 읽어내고, 20마일이나 멀리 떨어져 살면서 자기가 어떻게 성공 가두를 달리고 있고 작업반장이 되었는지를 자랑하는 편지를 보냈기 때문이었다.

두 번째는, 함께 석공 일을 하는 샘 필립스가 스무 살이 되면서 글 읽는 것을 배웠기 때문이었다. 빌 생각에, 샘 필립스는 언제든지 자기가 때려 눕혀 진창에 처박을 수도 있는 녀석이었다. 그런 샘같이 어린 녀석도 하는 걸 자신이 못 하란 법도 없다고 생각했다. 그래서 그는 굵직한 손가락으로 한 번에 세 글자를 짚어가며 수업을 하고 있었다. 비슷한 단어 중에서 한 단어를 구별해놓고 그 단어가 무언지 몰라서 고개를 한쪽으로 기울인 채 그 단어를 알아내려고 아주 열심히 집중하고 있었다. 빌은 바틀 메이시가 가진 지식의 양은 헤아릴 수 없을 만큼 방대하다고 상상했기에 언제나 선생님 앞에서는 잔뜩 움츠러들어 있었다. 심지어 그는 매일 어김없이 해가 뜨고 날씨가 변하는 것에도 선생님이 어떤 역할을 하고 있을지 모른다고 생각할 정도였다.

그러나 빌 옆에 앉아 있는 남학생은 사뭇 달랐다. 그는 감리교도로 벽돌 제조공이었는데, 서른 살이 넘었을 때까지만 해도 자신이 문맹이라는 것에 전혀 불만이 없었다. 하지만 뒤늦게 신앙을 가지게 되면서 성경책을 읽고 싶어서 공부를 시작했다. 그러나 그런 그에게도 역시 학습은 버거운 짐이었다. 오늘 밤 학교로 오는 길에, 그는 자신의 영혼에 자양분이 될 이 힘든 과업에 오늘도 착수하였노라며, 평소와 다름없이 하느님께 도움을 청하는 특별 기도를 올렸다. 성경과 찬송가를 더 많이 접해서, 나쁜 기억과 낡은 습관의 유혹, 즉 죄악들을 떨쳐버릴 수 있게 되리라 기대하면서 말이다.

벽돌 제조공은 과거에 악명 높은 밀렵꾼이었던 데다가, 확실한 증거는 없지만 이웃인 사냥터지기의 다리에 총을 쏘았다는 혐의까지 받고 있던 사람이었다. 그 사건의 진위여부가 확실치 않은 상황에서 바로 며칠 후, 사람들을 깨우치기 위해 트레들스톤에 설교자가 나타났다. 그날부터 이 벽돌 제조공에게는 큰 변화가 생겼다. 그는 여전히 이웃들에게 옛 별명인 '브림스톤'[157]으로 알려져 있었지만, 지금은 악의 냄새가 심하게 풍긴다고 생각할 만큼 나쁜 구석은 하나도 없었다. 그는 가슴이 넓고 열정적인 남자였고, 그 열정 덕분에 무미건조

---

157) 요한 계시록, 19:20. 그들은 산 채로 유황이 타는 불못에 던져졌습니다라는 말에서 나온 지옥의 유황 불바다와 연관되는 말이다. 유황이지만, 여기서는 악마라는 뜻이다.

하게 철자를 아는 수준의 단순한 지식을 받아들이는 것보다는 종교적 관념을 습득하는 데에 더 뛰어났다. 사실, 그는 한 감리교 교우 때문에 글을 배우겠다는 결심이 약간 흔들린 적이 있었다. 그 감리교 교우는 글공부가 신앙심에 걸림돌이 될 뿐이라고 주장하면서,[158] 브림스톤이 자만심만 키우는 지식[159]에 지나치게 열성적이라고 우려했기 때문이다.

세 번째 학생은 상당히 우수한 사람이었다. 그는 키가 크고 깡말랐는데, 브림스톤만큼이나 나이가 많았으며 몹시 창백한 얼굴에 손은 파란색으로 얼룩덜룩했다. 그는 염색업자였다. 이 염색업자는 가내 수공한 모직과 성인 여자용 페티코트를 염색하던 중, 색깔에 대한 신비한 비밀을 보다 많이 공부해보고 싶은 강한 열망에 사로잡혔다. 그는 이미 이 지역에서 염색을 잘하는 사람으로 꽤 유명했고, 진홍빛과 자줏빛 물감의 비용을 절감할 수 있는 새로운 염색 방법을 찾아내는 데 열심이었다. 그러던 중, 트레들스톤에 사는 약제사의 말을 듣고 짬을 내서 야학에 다니기 시작했다. 약제사는 그에게 글자를 알면 엄청난 수고와 비용을 줄일 수 있다고 충고했던 것이다. 염색업자는 자신의 아이가 학교에 갈 나이가 되면 때를 놓치지 않고 메이시의 주간학교에 보내야겠다고 마음먹고 있었다.

힘든 생업의 흔적이 고스란히 묻어 있는 세 명의 덩치 큰 남자가 낡은 책 앞에 엎드려서 열심히 공부하며 책을 읽고 있었다. "풀은 초록색이다.", "나무토막은 말라 있다.", "곡식이 여물었다." 이렇게 힘겹게 글자를 읽어 내는 모습은 감동적이었다. 그들에게는 첫 글자만 다르고 다른 글자는 모두 다 똑같아 보이는 단음절의 글자들을, 세로로 모아서 만들어 놓은 일람표들을 한 줄 한 줄 따라 읽어 내는 것만으로도 몹시 힘들어했다. 그것은 마치 세 마리의 야생 동물이

---

158) 고린도후서, 3:6. 우리에게 문자가 아니라 성령의 언약인 새 언약의 일꾼에 합당한 자격을 주셨습니다. 그것은 문자는 죽음을 가져오는 반면, 성령께서는 생명을 주기 때문입니다.
159) 고린도전서, 8:1. 지식은 교만하게 하고 사랑은 덕을 세운다는 사실입니다.)

인간이 될 수 있는 방법을 알아내려고 겸허하게 노력하는 모습 같았다. 이런 태도는 바틀 메이시의 상냥한 성격을 크게 감동시켰다. 이 덩치만 큰 학생들은 메이시가 심한 욕설을 해대며 짜증스럽게 언성을 높인 적이 없는 유일한 제자들이었다. 메이시는 침착하지 못한 사람이었지만 특히 음악 수업이 있는 날 밤이면 자신의 감정을 더욱 참지 못했다. 그러나 오늘 밤, 'dry'라는 글자 앞에서 완전히 머리가 먹통이 되어버린 듯 한쪽으로 고개를 돌려 쩔쩔매고 있는 석공 빌 다운스를 안경 너머로 바라봤을 때, 메이시는 가장 부드러운 눈빛으로 용기를 북돋워주고 있었다.

읽기 수업이 끝나고 열여섯 살에서 열아홉 살가량 되어 보이는 두 청년이 각자 필기용 석판에 받아 쓴 가상의 소포 가격표를 가지고 나타났다. 가격표를 보고 그들은 즉석에서 계산하는 시험을 본 것이었는데, 제대로 다 풀지 못했다. 잠깐 동안 안경 너머로 그들을 무섭게 쏘아보던 바틀 메이시는 급기야 크고 격한 목소리로 소리를 지르면서, 야단치는 말을 끝낼 때마다 자신의 다리 사이에 둔 손잡이 달린 지팡이로 바닥을 쾅쾅 쳤다.

"지금 보니, 자네는 2주일 전보다 조금도 나아진 데가 없군. 왜 그런지 내가 이유를 말해주지. 자네는 계산법을 배우고 싶지? 좋아, 그건 잘 생각한 일인데……. 자네는 일주일에 두세 번 나와서 한두 시간 정도만 셈을 배우면 된다고 생각하는 게 문제야. 그리고 모자를 쓰고 문을 나서자마자 배운 걸 까맣게 잊어버린단 말이야. 휘파람이나 불고 방금 배운 것은 전혀 생각지도 않고 그저 걸어가면서 뭘 할까 하는 쓰레기 같은 잡생각으로 가득하지. 혹 뜻밖의 좋은 생각이 떠올라도, 금방 싹 잊어버리고 말지. 자네는 지식을 값싸게 얻을 수 있다고 생각하나 보군. 바틀 메이시에게 일주일에 6펜스만 내고 배우면 자네는 고생하지 않아도 계산을 잘하게 될 줄 아나 보지? 천만의 말씀. 지식은 6펜스를 지불한다고 해서 그냥 얻어지는 것이 아니라네. 만약 자네가 정말로 셈을 하고 싶다면, 머릿속으로 자꾸 계산해보고 그것에 집중해야지. 자네가 셈을 못 할 이유는 없어.

셈이라는 것은 온통 숫자로만 되어 있다네. 바보라도 그런 건 다 한다구. 그럼 한번 스스로에게 물어봐. '나는 바보다. 잭도 바보다. 만약 내 이 멍청한 머리가 4파운드이고, 잭의 머리는 3파운드 3온스 3쿼터라면 잭의 머리보다 내 머리가 얼마나 더 무거울까?' 하고 말이야. 열심히 산수를 배우려는 사람은 혼자서 셈도 해보고 머릿속으로 부지런히 연습도 해볼 걸세. 앉아서 신발을 만들 때에도 자기가 꿰매는 바느질 땀들을 다섯 개씩 한 묶음으로 해서, 한 묶음의 바느질을 반 파딩(영국의 청동화. 1/4 페니. 1961년에 폐지)이라고 치면 1시간에 얼마나 벌 수 있는지 계산해 본단 말이야. 또 그런 비율로 하루에 얼마나 벌 수 있는지도 생각해보고, 열 사람이 3년, 20년, 혹은 100년 동안 그렇게 돈을 벌면 얼마를 벌 수 있는지를 계산해 보기도 하는 거야. 그렇게 머릿속으로 계산을 하는 사람은 돈 버는 것 외에 다른 생각은 할 틈이 없어. 마치 신들린 사람처럼 아주 빠른 손놀림으로 바느질한단 말이야.

자, 요점을 말하자면 셈을 늦게 배우든 금방 배우든 상관없이, 내 야학에서는 컴컴한 토굴 감옥에서 밝은 세상으로 나오려고 발버둥치듯 아주 열심히 공부하는 학생들만 가르칠 거다, 이 말이지. 나는 멍청하다는 이유로 학생을 안 받지는 않아. 만약 아둔한 빌리 태프트가 뭐든 공부하겠다고 해도 나는 가르칠 거라네. 하지만 겨우 6펜스를 내고 배워서 그 지식을 1온스 정도의 코담배 연기로 훌훌 날려보내는 사람들한테는 훌륭한 지식을 알려주지는 않겠네. 그러니 자네도 나한테 돈 내고 배운다는 생각은 접고, 스스로 머리를 써서 열심히 공부하고 있다는 걸 보여주게나. 안 그럴 거면 다시는 내 앞에 나타나지 말게. 이게 내가 자네들에게 해주는 마지막 말이네."

이 마지막 말과 함께 바틀 메이시 선생은 지팡이로 그 어느 때보다 훨씬 신경질적으로 바닥을 딱딱 쳤다. 잔뜩 겁 먹은 학생들은 얼떨떨한 표정으로 일어서서 집에 가려고 했다. 다른 학생들은 다행히 글자연습을 한 습자 책만 보여주면 되었다. 이 학생들은 여러 페이지에 걸쳐 서투른 S자 모양의 글씨를 둥근 글씨체로 익숙하게 쓰기까지의 다양한 진행과정을 보여주고 있었다. 그리고 펜으로 쓰는 필체 연습은, 아무리 생각대로 되지 않더라도, 바틀 메이시가 별로 까다롭게 굴지 않았지만, 엉터리로 셈을 했던 학생들에게는 불같이 화를 냈다. 오늘따라 메이시 선생은 제이콥 스토리란 학생이 잘못 써놓은 Z의 필체에 대해서는 평소보다 별로 엄하게 굴지 않았다. 제이콥은 가엾게도 종이 한 장 가득 Z를 연습했는데도 글자의 윗부분의 방향을 모두 뒤집어 써놓았다. 맞게 쓴 것 같기도 하고 '어쩐지 뭔가 이상하다.' 고 어리둥절해 하면서도 잘못 썼던 것이다. 하지만 그는 선생님도 그렇게 글자를 잘못 쓰는 것을 별로 좋아하지 않을 거라고 죄송하다고 말하면서도, 그 글자는 '알파벳 전체 글자를 끝내기 위해서 그 자리에 있을 뿐' 이고, S를 &처럼 써놓고도 자기는 '내가 할 수 있는 한 최선을 다했다.' 는 식으로 변명을 늘어놓았다.

마침내 학생들은 모두 모자를 쓰고 인사를 했다.

"안녕히 계세요."

그러자 아담은 나이 지긋한 자기 스승의 버릇을 잘 알기에 일어나서 물었다.

"선생님, 촛불을 끌까요?"

"그래, 그러거나. 이 촛불은 집에 가지고 들어가야 하니 이것만 빼고 나머진 다 꺼. 그리고 자네 옆에 있는 그 덧문도 잠그게."

바틀은 이렇게 말하면서 의자에서 내려오기 좋게 지팡이를 적당히 기울여 짚고 일어섰다. 의자에서 바닥으로 내려오자마자 왜 그에게 지팡이가 필요한지 그 이유가 분명히 드러났다. 왼쪽 다리가 오른쪽 다리보다 훨씬 짧았던 것이다. 그는 다리가 불편해도 상당히 활동적이어서 신체적 장애를 그다지 불행하게 여기지 않았다. 그가 교실바닥에서 걸어나와 부엌으로 향하는 계단을 올라가는 모습을 보면, 어떨 때에는 그의 걸음걸이가 아주 빨라서, 장난꾸러기 녀석들이 아무리 힘껏 달려도 그와 그의 지팡이를 따라잡지 못한다는 걸 독자들은 알게 될 것이다.

그가 손에 초를 들고 주방 입구에 나타나는 순간 난롯가 한구석에서 나지막하게 낑낑거리는 소리가 들려왔다. 몸통은 길고 다리는 짧은 영리한 혈통인 자연산 턴스피트[160]종의 황갈색 암캐가 꼬리를 흔들며 한 발짝 한 발짝 주저하면서 조심스럽게 마룻바닥을 기어오는 것이었다. 그 모습은 난롯가 구석의 바구니 속에 앉아 있고 싶지만 주인을 반기지 않고는 배길 수 없는 두 가지 마음으로 어쩔 줄 몰라 하는 것처럼 보였다.

"빅슨! 그래, 그래. 네 새끼들은?"

학교 선생은 이렇게 말하면서 서둘러 난롯가 구석으로 가서 나지막한 바구니 위로 촛불을 비춰보았다. 바구니 속에서 아직 눈도 못 뜬 두 마리 강아지들이 플란넬 천과 양털이 깔린 보금자리에서 불빛을 향해 머리를 쳐들었다. 빅슨은 여전히 망설이면서 새끼들을 들여다보는 주인을 바라보았다. 그 녀석은 바구니 속으로 들어갔다가 이내 다시 나와서 암놈다운 애교를 부렸다. 약삭빠른 여성스러운 행동으로 봐서는 제법 똑똑해 보이긴 했지만, 난쟁이 같은 녀석의 커다란 머리와 몸뚱이는 촌스러웠고, 다리는 그렇게 짧을 수가 없었다. 아담이 주방에 들어서면서 얼굴에 미소를 지었다.

"아니, 가족이 생겼군요. 메이시 선생님, 어떻게 된 거예요? 평소 선생님의 생활신조가 무너진 거 같은데……."

"생활신조라고? 일단 남자가 여자를 집안에 들일 정도로 바보가

---

160) 당시 영국에서 많이 키웠던 이 개는 주인이 고기를 구울 때 밑에 있는 발판을 밟아서 고기가 끼워진 회전꼬챙이를 돌리는 일을 했다.

되어버리면 그런 게 다 무슨 소용이겠어?"

바틀이 바구니 앞에서 돌아서며 좀 신랄한 어조로 말했다. 그는 항상 빅슨을 자기 여편네라고 불렀고, 아무런 생각 없이 그런 비유적인 표현을 쓰고 있었다.

"빅슨이 암놈이라는 것을 진작 알았더라면 꼬마 녀석들이 저 녀석을 물에 빠뜨려 죽이려고 했을 때 그냥 내버려뒀을 거야. 하지만 그걸 모르고 저 녀석을 품에 안았을 때는 내가 꼭 돌봐줘야 되겠구나 하고 생각했지. 그리고 지금 자네도 봤지? 저 녀석이 나한테 저따위로 보답했다니까. 음흉하고 가식적인 계집애 같으니라고."

바틀은 비난하는 듯한 어조로 마지막 말을 내뱉으며 빅슨을 바라보았고, 빅슨은 머리를 수그리고 부끄럽다는 듯이 그를 쳐다보았다.

"게다가 저 녀석은 일요일에 교회 갈 시간이 되면 내가 자기를 침대로 갖다 놓도록 머리를 쓴단 말이야. 나는 저 어미와 새끼들을 노끈 하나로 꽁꽁 묶어 죽여 버릴 만큼 지독한 사내가 됐으면 하고 거듭 바란다네."

"그 일 때문에 교회에 못 나오셨다니 천만 다행입니다."

아담이 말했다.

"저는 선생님이 평생 처음으로 병이 나신 건 아닌가 하고 걱정했었어요. 어제 예배 때 선생님을 못 뵈어서 어찌나 섭섭했던지요."

"아, 이 사람. 왜 그런지 알지. 알구 말구."

바틀은 다정하게 말하면서 아담에게 다가왔다. 그리고 자신의 키 높이에 닿는 아담의 어깨에 손을 올렸다.

"우리가 못 본 동안 자네는 하루하루가 순탄치 못했지. 힘들었을 거야. 하지만 앞으로는 자네에게 좋은 날이 꼭 올 거야. 나는 늘 그런 희망을 갖고 있다네. 아, 자네에게 전해줄 소식이 있네. 근데 그전에 먼저 저녁식사를 해야겠어. 배가 너무 고파서 말이야. 자, 앉게. 앉아."

바틀은 작은 찬장으로 가서 집에서 직접 만든 아주 훌륭한 빵을 꺼내왔다. 요즘같이 물가가 비쌀 때(나폴레옹과의 전쟁으로 빵 가격이 아주 비쌌다.)에도 그는 귀리 비스킷 대신 하루에 한 번씩 흰 빵을 먹는 일로 호사를 부렸다. 그는 학교 선생에게 필요한 것은 머리이고, 귀리 비스킷은 머리보다는 뼈에 더 좋은 음식이라고 하면서 이 호사스러움을 정당화시켰다. 그는 곧 치즈 한 덩어리와 거품이 왕관 모양으로 뒤덮인 1쿼트의 맥주잔을 가지고 왔다.

그는 음식들을 둥근 전나무 탁자 위에 내려놓았다. 난롯가의 구석에 있는 탁자 앞에는 큰 안락의자가 놓여 있었고, 안락의자의 한편에는 빅슨의 보금자리가 있고, 다른 쪽에는 진열장이 있고, 그 진열장 선반에는 책이 몇 권 쌓여 있었다. 탁자는 빅슨이 체크무늬 앞치마를 두른 근사한 주부가 되어 말끔히 치워 놓기라도 한 것처럼 아주 깨끗했다. 타일이 깔린 바닥도 마찬가지였다. 무늬가 새겨진 오래된 오크나무 장롱, 탁자, 의자들은 요즘에는 고가의 가구여서 귀족 가문에나 있을 법한 물건이었다.

최근에는 거미 모양의 다리와 상감 세공 큐피드 모양이 유행이었지만, 바틀은 옛 노랫말에 나온다는 이유로 이러한 가구들을 구입해 놓은 것이었다. 가구들은 늦여름의 어느 눈부신 날처럼 먼지 한 점 묻어 있지 않았다.

"자, 이 사람아. 이리 오게. 이리 와. 저녁식사를 다 마칠 때까지는 일 얘기는 관두자고. 누구든 배가 고프면 아무 생각이 나지 않거든. 아 참."

바틀이 의자에서 다시 일어나면서 말했다.

"빅슨에게도 저녁밥을 줘야겠군. 망할 녀석! 밥벌이도 못 하는 녀석에게 쓸모없는 제 새끼들을 먹여 살리라고 밥을 줘야 한다니 원. 이런 게 바로 여자들이 하는 짓하고 똑같지 뭐야. 여자들은 밥을 먹어도 머리에는 하나도 도움이 되지 않고, 그저 살만 찌고 애새끼나 만들뿐이지."

그가 찬장에서 개가 먹을 음식을 한 접시 가져오자, 곧바로 그릇만을 주시하고 있던 빅슨은 바구니에서 뛰쳐나와 재빨리 먹이를 핥아 먹었다.

"저는 저녁은 벌써 먹었습니다."

아담이 말했다.

"선생님이 식사하시는 동안 그냥 앉아 있을게요. 홀 팜에서 오는 길이거든요. 그 집 사람들은 항상 저녁을 일찍 먹잖아요. 이렇게 늦은 시각까지는 못 참죠."

바틀은 덤덤히 빵을 쪼개며 부스러기가 튀든 말든 개의치 않고 말했다.

"나는 그 사람들이 시간을 어떻게 보내는지는 잘 몰라. 나는 그 집 아이들도 좋아하고, 마틴 포이저도 꽤 괜찮은 친구이긴 하지만 거기는 잘 안 가. 내 보기에 그 집에는 여자들이 너무 많아. 나는 여자들 목소리도 듣기 싫어. 여자들은 항상 쫑알쫑알 거리고 재잘대지. 재잘재잘 대고 깩깩거리고 말이야. 특히 포이저 부인은 고적대(가로피리와 큰북, 작은북으로 구성된 행진 또는 의식용 취주악대) 지휘관처럼 수다쟁이들 중에서도 최고야. 그리고 젊은 아가씨들을 보면, 꼭 물가에 사는 벌레 같아 보여. 나는 그들이 어떻게 변할지 알고 있다네. 사람을 침으로 콕콕 찌르는 각다귀들로 변할걸? 귀찮게 구는 각다귀 말이야. 여기 에일 맥주 좀 들게나. 자네 마시라고 가져온 거야. 이거 자네 잔이란 말일세."

"메이시 선생님, 신께서 우리 남자들의 동반자로 만들어 주신 피조물[161]에 대해 너무 심하게 말씀 하지는 말아주세요. 가정을 돌보고 음식을 만들어 주고 집안을 깨끗하고 안락하게 보살필 아내가 없다면 일하

---

161) 창세기, 2:18. 하느님께서 말씀하셨습니다. "남자가 혼자 있는 것이 보기 좋지 않으니, 내가 그를 도울 짝을 만들어 줄 것이다.

는 남자들은 아주 형편없어질 거라고요."

아담은 오늘 밤 다정한 어르신의 변덕스러운 마음을 평소보다 더 진지하게 받아들이며 말했다.

"말도 안 돼! 여자가 집을 안락하게 해준다고? 자네같이 분별력 있는 남자가 그런 말도 안 되고 바보 같은 거짓말을 믿다니! 여자들은 집에 있으면 자기들이 해야 할 일이 있기 때문에 더욱 끊임없이 수다거리를 만들어내지. 내 자네니까 하는 말인데……. 이 태양 아래서 남자들은 여자들보다 뭐든 더 잘하지만, 그래도 할 수 없는 게 딱 하나 있어. 그건 바로 아이 낳는 일이야. 그런데 그 일도 남자에게 맡겨 두는 것이 더 나아. 암, 더 낫지. 여자는 한평생 매 주마다 파이를 굽고 살면서도 오븐이 뜨거워질수록 굽는 시간이 더 짧아진다는 것조차도 깨닫지 못하는 족속이라네.

여자는 20년 동안 매일같이 자네에게 죽을 만들어 주면서도 한 끼니 분량의 옥수수 가루와 우유 양의 비율도 재는 법이 없지. 여자들은 양이 좀 많든 적든 대수롭지 않게 여긴다니까. 그러니 죽도 이따금씩 형편없이 만들어지지. 만약 죽이 잘못되었다면 틀림없이 옥수수 가루 양이 잘못되었거나, 우유 양이나 아니면 물 양이 잘못되었거나 해서겠지.

날 봐봐! 나는 혼자서 빵을 만들어도, 해마다 일정하게 구워내잖아. 만약 내가 이 집에 빅슨 말고 다른 여자를 두었어 봐. 빵이 너무 딱딱하게 구워질 때마다 그걸 참을 수 있도록 내게 인내심을 주십사 하고 신께 기도해야 되겠지. 또 청소 말인데, 우리 집은 이 공터 주변의 다른 어떤 집보다도 깨끗하다네. 이 동네 사람의 절반 이상이 여자들로 득실거리고 있는데도 말이야.

윌 베이커 댁에서 아침마다 머슴이 나를 도와주려고 온다네. 그러면 우리는 조용히 1시간 만에 말끔하게 청소를 하지. 여자들이라면 그만큼 일하는데 3시간은 족히 걸릴걸? 청소하는 내내 물 양동이가 자네 발치에 거치적거리고, 흙받이와 불쏘시개는 반나절이나 마루 한가운데에 떡 하니 놓여 있어서, 자네는 거기에 정강이를 부딪치고 말 거야. 하느님께서 그런 족속들을 동반자로 만들어주셨다니! 말도 안 돼! 나도 하느님이 낙원에서 아담의 짝으로 이브를 만드셨다는 것을 부인하지는 않아. 낙원에서는 요리할 일이 없으니 요리를 망칠 일도 없을 테고, 함께 수다 떨고 못된 짓이나 할 여자들도 없을 테니까.

여자들은 틈만 있으면 어떤 사고를 칠지 몰라. 여자가 남자한테 축복이라고 말한다면 그건 성서에도 어긋나는 불경스러운 말이야. 오히려 살모사와 말벌, 돼지와 야생 짐승들을 축복이라고 말하는 편이 더 낫지. 그것들은 당연히 시련[162]을 겪어야만 할 죄악처럼 못된 놈들이거든. 사람들이 이 세상에서 항상 죄악들을 없애려고 하는 게 당연하니 말이야. 정말로 저 세상에서 그런 죄악들을 영원히 싹 없애버리고 싶단 말이야. 영원히 그 씨를 말려버리고 싶어."

바틀은 비난을 하다가 너무 흥분하고 화가 난 나머지, 저녁식사 중인 걸 깜박 잊고 나이프로 탁자를 치고 말았다. 흥분이 수그러질 때까지, 탁자를 계속 신경질적으로 탁탁 소리가 나도록 치고, 윽박지르는 듯이 크게 화를 냈다. 빅슨은 이 소리를 듣고 주인이 자기를 부르는 줄 알고 광주리에서 튀어나와 아무 이유도 없이 짖어댔다. 바틀이 빅슨에게 고래고래 소리 질렀다.

"조용히 해, 빅슨! 너도 다른 여자들하고 똑같아. 이유도 모르면서 늘 제 말만 먼저 늘어놓는 꼴이라니, 원."

빅슨은 면박을 당하고 다시 자기 바구니로 되돌아갔다. 주인은 다시 말 없이 저녁식사를 계속했고 아담은 그의 식사를 방해하지 않았다. 그는 이 어른이 저녁식사를 끝마치고 파이프에 불 붙일 때가 되

---

162) 시련이나 시험당하는 일. 기독교적인 사고방식으로 이 지상에서 사는 동안은 시련을 받고 살아가는 기간이고 천국의 삶으로 보답받는다고 믿는다.

면 기분이 한층 나아진다는 것을 알고 있었다. 아담은 이런 식으로 그의 이야기를 들어주고는 하였으나, 정작 바틀의 과거에 대해서는 그다지 들은 바가 없었다. 그래서 아담은 결혼을 해서 얻는 안락함을 극구 부정하는 바틀의 생각이 경험에서 우러나온 것인지 아닌지 도통 알 수가 없었다. 바틀은 그 부분에 있어서만큼은 입을 굳게 다물었다. 바틀이 이웃의 농부들과 솜씨 좋은 장인들을 위한 학교 선생으로 자리 잡고 그들 가운데에 정착하기 전인 20여 년 전에는, 그가 어디에서 살았었는지는 베일에 싸여 있었다. 이 문제에 대해 물어보면, 바틀은 항상 이렇게 대답할 뿐이었다.

"아, 나는 이곳저곳 많이 돌아다녔지. 주로 남부에서 있었고."

그러면 롬서 사람들은 '남부'라는 대답을 듣기만 해도 금방 남부를 아프리카로 착각하고 아프리카의 어떤 특정한 마을이나 도시에 주로 있었느냐고 묻고 싶어했다.[163]

에일 맥주를 한 컵 더 따르고 파이프에 불을 붙이면서, 바틀은 마침내 입을 열었다.

"자, 이보게. 그럼 이제 우리 얘기나 좀 해볼까. 자네가 먼저 말해보게. 오늘 무슨 특별한 소식이라도 들었나?"

아담이 대답했다.

"글쎄요, 저는 아무것도 들은 게 없는데요."

"아, 사람들이 그걸 숨길 작정이군. 입을 다물 작정이야. 나도 우연히 알게 됐지. 자네에 대한 얘긴데……. 아담, 만약 그게 자네 얘기가 아니라면 나는 1평방피트와 정육면체도 구분 못 하는 인간이겠지."

이때, 바틀은 아담을 진지한 눈빛으로 바라보면서 담배를 연속해

---

163) 그 당시 영국은 세계 여러 지역이나, 아프리카 등지에 식민지가 많아서 그런 식민지에서 이주해 온 사람들이 많았다. 그래서 영국 사람들은 아프리카나 캐나다 같은 곳은 오히려 잘 알지만, 영국 본토의 북부에 사는 사람들은 영국의 남부를, 남부 사람들은 북부를 전혀 모르는 사람들이 많았다고 한다. 같은 영국 본토에 있는 지역을 외국 식민지보다도 잘 몰랐다고 한다.

서 뻑뻑 피워댔다. 참을성 없고 수다스러운 이 어른은 파이프 담배를 한 모금 필 때마다 부드럽게 적정량을 머금을 생각은 전혀 하지 않았다. 그는 항상 담배가 끝까지 다 타든지 말든지, 아무렇게나 피워댔다. 마침내 그가 말했다.

"세첼이 중풍에 걸렸대. 그 집 사람들이 의사를 부르러 트레들스톤에 아이를 보냈는데……. 그 아이에게서 소식을 들어 알게 되었어. 오늘 아침 7시도 채 되기 전이었지. 자네도 알지? 세첼은 꽤 오래전에 환갑을 넘겼잖은가. 그래서 병을 이겨내기에 좀 버거울 게야."

아담이 말했다.

"그런가요? 제 생각에, 우리 교구 사람들은 그분이 앓아누운 걸 불쌍하게 여기기보다는 오히려 기뻐할걸요. 그분은 이기적이고, 소문 퍼뜨리기를 좋아하는 못된 분이었어요. 그래도 지주 어르신보다 더 지독하게 당한 사람은 없으니, 어르신만이 그분을 비난할 권한이 있겠지요. 영지를 맡아 볼 집사를 두는 일인데, 돈 좀 아낀답시고 그렇게 어리석은 사람한테 모든 일을 맡겨 놓다니. 원, 세첼 씨가 삼림 관리를 잘못하는 바람에 집사를 두 명 고용하는 것보다 더 큰 손해를 봤잖아요. 만약 세첼 씨를 해고한다면, 더 좋은 사람이 나타나리라는 희망이 생기겠지요. 근데 제 생각에는 그다지 별 차이 없을 것 같아요."

바틀이 말했다.

"하지만 나는 눈에 선한데? 눈에 선해. 나 이외에 다른 사람들도 마찬가지일걸? 도니손 대위가 이제 성년이 다 됐잖나. 자네도 나만큼이나 잘 알걸세. 이제 그 도련님이 모든 일에서 더 영향력 있는 목소리를 내게 되어 있다는 걸 말이야. 그분이 적당한 기회에 어떤 변화를 일으킨다면……. 도니손 대위가 삼림에 대해서 어떤 생각을 가지고 있는지는 나도 알고, 자네도 알잖은가. 그분은 자신이 권한을

415

갖게 된다면 자네를 미래의 관리인으로 삼겠다고 많은 사람들 앞에서 장담했다더군. 왜 캐롤이라고 있잖나. 어원 목사님 댁 하녀 말이야. 그녀가 얼마 전에 들었다더군. 대위님이 목사님께 그렇게 말하는 걸 말이야. 우리가 토요일 밤에 카슨 씨네 집에 모여서 담배를 피울 때, 캐롤이 들렀다가 그 말을 해줬어. 그리고 누구든지 자네를 좋게 말해주기만 하면 언제나 목사는 그 말을 지지한다고 하던데, 나도 그렇게 자넬 보증하지. 카슨 씨 집에서 우리는 이러쿵저러쿵 꽤 의논을 많이 했어. 모두 자네 편을 들어줬지. 당나귀들이 모두 같은 노래를 부르기 시작하면 그 노래의 음색이 어떨지는 자네도 잘 알겠지."

"버즈 씨 앞에서 그런 이야기를 나누었단 말이에요?"

아담이 물었다.

"아니면 토요일 날 그 자리에 버즈 씨는 안 계셨나요?"

"응, 버즈 씨는 캐롤이 오기 전에 이미 나가버리고 그 자리에 없었어. 그리고 뭐 자네도 알다시피, 카슨, 그 사람은 항상 다른 사람들에게 바른 말이랍시고 말하잖아. 그는 버즈가 삼림 관리인이 되어야 한다고 하더구먼. 카슨이 말하기를 '그 자리를 대신할 사람은 목재에 대해 60년 정도는 경험을 해 본 실력이 있는 사람이라야지. 그리고 버즈 씨 밑에서 아담 비드가 일하는 것이 모양새도 훨씬 좋잖아? 나이도 지긋하고 보다 나은 사람들이 지척에 있는데, 지주님이 아담 같이 젊은이를 그 자리에 앉힐 리가 없어.' 라고 말이야. 그래서 내가 이렇게 대꾸했지. '카슨, 그거야 자네 생각이지. 아니, 버즈는 목재를 구입하는 사람이잖나. 삼림을 그의 손에 맡겨서 자기 마음대로 흥정하도록 놔두자고? 자네는 고객들이 몇 잔 마시는지 헤아려가면서 술을 마시도록 내버려두지는 않겠지, 그렇잖아? 그리고 나이에 대해서도 말이야. 도대체 나이하고 술의 품질이 무슨 상관이 있겠어. 조나단 버즈의 사업에서 누가 중추 역할을 하는지는 우리는 다 잘 알고 있잖은가.' 하고 말이야."

"메이시 선생님, 저에 대해서 좋게 말씀해 주셔서 감사합니다. 하지만 일단 모든 면에서 카슨 씨의 말이 일리가 있어요. 그리고 무엇보다 지주 어르신께서 절대 저를 고용할 것 같지 않은데요. 제가 2년 전에 그분 뜻을 거스른 적이 있어서 그분이 저를 용서하실 리가 없거든요."

"아니, 어떻게 그런 일이? 자네, 그런 이야기를 한 적은 없잖아."

"아, 그야 별일 아니니까요. 제가 리디아 양이 자수를 놓은 수예품을 위한 액자를 만들었거든요. 선생님도 아실 거예요. 리디아 양은 항상 소모사[164]로 뭔가 자수를 놓고 계시잖아요. 그때 그녀가 이 수예품을 끼워놓을 액자를 특별 주문을 했었어요. 꼭 집을 짓는 것처럼 얘기도 많이 하고 치수도 엄청 많이 쟀지요. 상당히 손이 많이 가는 일이었지만, 리디아 양을 위해 일한다는 것이 기분 좋았어요. 근데, 선생님도 아시겠지만 그게 별것 아니면서도 꽤 까다로워서 시간이 많이 걸리잖아요. 저는 작업이 끝나고 남는 시간에는 그 일만 해야 했어요. 밤늦게까지 한 적도 종종 있었죠. 쇠못과 장비 등 소소한 물건이 필요해서 수차례 트레들스톤에 들러야 했구요.

액자를 가능한 보기 좋도록, 자그마한 둥근 모조 구슬 장식들을 달고, 버팀 기둥을 둥글게 깎고, 밋밋한 부분에는 도안해놓은 대로 문양을 조각했지요. 액자를 다 만들었을 때는, 다른 일을 마쳤을 때보다 훨씬 기뻤습니다. 완성된 액자를 리디아 양께 갖다 드리자 응접실에 좀 갖다 놓아 달라고 하시더군요. 그리고 매우 섬세한 자수를 놓은 수예품을 이 액자에 단단히 끼워 놓으라고 지시했어요. 야곱과 라헬이 양떼들 사이에서 입맞추고 있는 자수였는데, 한 폭의 그림 같더군요.

164) 방적 공정을 통하여 길고 품질이 좋은 양털 섬유를 잘 빗어서 짧은 섬유와 불순물을 제거하고 섬유를 평행 상태로 가지런히 하여 꼬아 만든 실. 서지, 우스티드, 모슬린 따위를 짜는 데 쓰며, 소모에 다른 섬유를 섞어서 만든 털실을 이르기도 한다.

그때 지주 어르신께서 거기에 앉아 계셨거든요. 보통 그녀하고 같
이 앉아 있고는 하셨나 봐요. 어쨌든, 그녀는 그 액자를 매우 마음에
들어 하면서, 액자 값이 얼마냐고 물었어요. 저는 어림짐작해서 말
하지 않았죠. 제가 아무렇게나 계산하지 않는다는 걸 선생님도 잘
아시잖아요. 비록 계산서를 작성하지는 않았어도, 저는 아주 정확하
게 계산했어요. 그리고 1파운드 13펜스를 달라고 말했지요. 그건 재
료비와 제 인건비를 합친 가격이었어요. 절대 바가지가 아니었다구
요. 근데 지주 어르신께서 그 말을 듣고 리디아 양과 저를 쳐다보시
더니 액자를 자세히 들여다보고는 이렇게 말씀하시더군요.

'저런 형편없는 물건에 1파운드 13펜스이라니! 리디아, 이런 데다
돈을 써야겠니? 이렇게 하잘 것 없는 물건에 두 배나 되는 가격을 주
느니 차라리 로세터 시장에 가서 사지 그랬어. 저건 아담 같은 목수
가 할 일이 아니야. 아담한테는 1기니만 줘라. 더 이상은 안 돼.'

그러시는 거예요. 또 리디아 양도 어르신 말씀을 믿는 것 같더라고
요. 그녀도 자기 돈 쓰기가 몹시 아까웠던 모양이에요. 그녀는 마음
씨 나쁜 여자는 아니지만 지주 어르신이 시키는 대로만 하면서 자랐
던 거죠. 그녀는 지갑을 만지작거리더니 머리에 맨 리본 색처럼 얼
굴이 빨개지더군요. 그래서 저는 머리 숙여 절하고 말했습니다.

'됐습니다, 아가씨. 그냥 제가 아가씨께 선물로 드리려고 액자를
만든 셈 치겠습니다. 보통 주시는 수고비만큼만 주세요. 저는 제 작
품이 제법 잘 만들어졌다고 생각합니다. 지주님께 양해를 구하면서
한 말씀드리겠습니다. 지주님께서 2기니도 들이지 않고 로세터 시
장에서 저렇게 잘 만든 액자를 구하기는 힘들 겁니다. 저는 온갖 정
성을 다했어요. 제 개인적인 시간이 부족했는데도 불구하고 시간을
쪼개가면서 만들었고, 어느 누구도 저만한 액자를 만들 수 없을 겁
니다. 저에게 돈을 지불하시겠다면, 저는 품삯으로 제가 말씀드린
액수보다 더 작게는 받을 수 없답니다. 그건 제가 바가지를 씌운다

는 말과 마찬가지니까요. 차라리 저는 리디아 아가씨께 저의 작품을 선물로 드리겠습니다. 죄송하지만 아가씨, 이만 실례하겠습니다.'

이렇게 인사드리고, 그녀가 뭐라고 더 말하기도 전에 나와 버렸지요. 그녀는 바보 같은 표정으로 손에 지갑을 쥔 채 멍하니 서 있더군요. 저는 무례하게 굴 의도는 전혀 없었어요. 가능한 한 공손하게 말했지요. 하지만 그분이 저한테 무례하다고 말한다 해도 절대 양보할수는 없었어요. 그날 저녁, 마부가 1파운드 13펜스를 종이에 싸서 가져다주더군요. 그 이후로 저는 지주 어르신께서 저에 대해 넌덜머리 난 것이 분명하다고 확신하게 되었죠."

바틀이 생각에 잠긴 듯이 말했다.

"그래, 그 정도면 충분하군. 충분해. 그분을 설득할 수 있는 유일한 방법은, 무엇이 그에게 이익이 되는가를 보여주는 것뿐이라네. 그 일은 젊은 대위가 할지도 모르지, 아서 대위가 말이야."

아담이 말했다.

"아니오, 저는 모르겠어요. 지주 어르신은 아주 눈치가 빠르시거든요. 하지만 사람이 자신에게 무엇이 이익인지 알게 해주는 건 눈치가 아니죠. 그것은 옳은 것과 그른 것을 분간하는 양심과 신뢰입니다. 확실해요. 선생님도 지주님을 설득하기는 어려울 거예요. 속임수와 술책으로 많은 이익을 얻을 수 있겠지만 정직한 방법으로도 많은 것을 얻을 수 있다고 믿게 하는 건 정말 어려운 일이죠. 게다가 저는 그분 밑에서 일할 마음이 별로 없어요. 저는 어떤 주인하고도 다투고 싶지 않거든요. 특히 여든이 넘은 노인 양반하고는 절대로 다투고 싶지 않아요. 저는 그런 분과는 꽤 오랫동안 마음이 맞지 않다는 걸 잘 알고 있어요. 만약 대위님이 영지의 주인이 된다면, 그때는 또 다르겠지요. 그분은 양심이 있고, 옳은 일을 하겠다는 소신도 있으니까요. 저는 그분을 위해서라면 지금 당장이라도 일할 수 있지만 다른 분을 위해서는 그럴 수 없답니다."

"그래, 그래, 이 사람아. 하지만 행운이 자네 집에 찾아와 문을 두드릴 때, 창밖으로 고개를 내밀고 그저 제 일이나 열심히 하라고 쫓아버리지는 말게. 내가 하고 싶은 말은 그게 전부라네. 자네는 셈하는 법만큼이나 인생에서 좋은 일과 궂은 일, 어느 쪽이든 다루는 법을 배워야만 해. 10년 전에 자네에게 당부했던 것처럼, 지금 똑같은 당부를 하겠네. 그때 자네는 어린 마이크 홀즈워즈가 한 말이 농담인지 진담인지 확인하기도 전에, 그가 위조화폐 1실링을 달란다고 그를 주먹으로 두들겨 팼었지. 자네는 너무 성급하고 오만한 사람인 거야. 또 자네와 생각을 달리하는 사람에게는 정면으로 이를 드러내고 으르렁거리는 꼴이 되지. 내가 좀 불같이 화를 내고 뻣뻣하게 구는 것이야 아무런 해 될 것이 없어. 나는 늙은 학교 선생에 불과하고 높은 자리에 오르기를 원치도 않으니까 말이야. 나는 그렇다 치자구. 자네는 출세할 욕심은 없고, 바보 같은 머리가 아니라, 그 영리하고 훌륭한 머리를 갖고 있으면서도 남에게 알리고 싶어하지를 않지. 그러니 내가 지금껏 자네한테 글과 지도 그리기와 측량법을 가르치느라 무던히도 애를 썼건만, 지금에 와선 아무 소용도 없단 말인가? 자네는 어떤 기회가 찾아와도 콧방귀나 뀌고 무시해 버릴 텐가? 거기에서 무언가 냄새나는 걸 아무도 못 맡았지만 자네 혼자만 맡았다고 말이야. 그건 고생하는 남편을 위해 아내가 편안하게 내조해 줄 것이라는 자네의 생각만큼이나 어리석은 짓이라고. 한마디로 말도 안 되는 소리지! 암 그렇고 말고! 그 생각은 단순한 덧셈도 못 하는 바보들에게나 어울리지. 간단한 덧셈 정도면 충분해! 바보 하나를 다른 바보에 더하면 6년 후에는 바보가 여섯이나 더 생기겠지. 그들은 모조리 다 똑같은 반편이들이야. 크건 작건 합계와는 상관없는 것이지!"

격렬했던 훈계가 차분해지고 신중해질 무렵, 파이프 담배가 모두 꺼져 버렸다. 바틀은 웃음을 참고 있는 아담을 응시하면서 벽난로 시렁에 성냥을 확 그어 불을 켜서 이야기의 절정을 장식했다. 그리고 단호한 결심이라도 한 듯이 불을 붙인 담배를 뻑뻑 피웠다.

아담이 꽤나 진지하게 이야기를 시작했다.

"메이시 선생님, 선생님의 말씀을 듣다 보면 항상 굉장한 통찰력이 느껴집니다. 하지만 저는 가망성도 없는 기회에 의지하는 터무니없는 일 따위는 절대 하지 않을 겁니다. 저는 그냥 제가 할 수 있는 일만 할 거예요. 손에 지니고 있는 연장과 재료를 가지고 할 수 있는 일은 물론이구요. 저한테 좋은 기회가 생기면 선생님의 말씀을 떠올려 볼게요. 하지만 그때까지는 제 손과 아둔한 머리를 믿을 수밖에요. 저는 세스와 함께 조그마한 계획을 세우고 있는데요. 작은 찬장이나 만들어 보려고 해요. 한 1~2파운드의 이익은 얻을 수 있을 것 같아요. 어휴, 날이 꽤 많이 저물었네요. 집에 도착하면 11시가 다 되겠어요. 어머니께서 안 주무시고 기다리고 계실지 몰라요. 요즘은 평상시보다 더 불안해 하시니까요. 그러니 이만 일어나겠습니다."

"그래, 그래. 문 앞까지 배웅해 주겠네. 오늘 저녁 참 즐거웠네."

바틀이 지팡이를 집어들면서 말했다. 빅슨도 얼른 일어섰다. 바틀과 아담 그리고 빅슨, 이렇게 셋은 말없이 별빛이 비추는 밖으로 나와 바틀의 감자밭 옆을 지나 작은 대문이 있는 데까지 걸어갔다.

"가능하면, 금요일 밤 음악회에 오도록 하게."

아담을 내보내면서 문에 기대서서 바틀이 말했다.

"예, 그럴게요."

아담은 별빛이 희미하게 비치는 길을 따라 성큼성큼 걸어가면서 대답했다. 그는 이 넓은 마을 공터에서 움직이고 있는 유일한 존재였다. 가시금작화 덤불 앞에는 간신히 보일락 말락 한 회색 당나귀 두 마리가 석회암 석상처럼 경직된 모습으로, 그리고 저 멀리 보이는 흙집의 회색 초가지붕들처럼 가만히 서 있었다. 바틀은 걸어가는 아담의 모습이 어둠 속으로 사라질 때까지 지켜보고 있었다. 그동안 빅슨은 이러지도 저러지도 못한 채 두 번이나 집안으로 뛰어들어가 새끼들을 사랑스러운 듯 핥아 주고 나왔다.

아담이 사라지자 바틀 선생은 이렇게 중얼거렸다.

"그래, 그래. 이제 갔군. 힘차게 걸어서 말이야. 힘차게 걸어서……. 하지만 자네가 늙고 절름발이인 이 바틀 말을 조금이라도 새겨듣지 않았으면, 자네는 지금 그 모습도 지키지 못했을 걸세. 아무리 튼튼한 송아지라도 엄마 젖을 빨지 않고는 살 수 없는 법이거든. 덩치 크고 걸음걸이가 육중한 청년들 중에는, 이 바틀 메이시가 없었다면 A, B, C도 모르는 이들이 수두룩했을 거야. 그래, 빅슨, 이 멍청이 여편네야. 그게 뭐야? 뭐라구? 집안에 들어가자구? 그래, 알았다. 알았어. 더 이상 내 마음대로 되는 것이 하나도 없구만. 하다 못해 저 강아지 녀석들까지도 말이야. 빅슨, 저 녀석들이 네 몸집보다 두 배나 커지면 저 녀석들을 데리고 내가 뭘 할 수 있을지 생각하는 거야? 윌 베이커 댁의 덩치 크고 보기 흉하게 생긴 불테리어가 확실히 저 녀석들의 애비지? 안 그래? 이 교활한 바람둥이야!"(이때 빅슨은 다리 사이로 꼬리를 비비꼬아 말아 올리고는 집을 향해 곧바로 뛰어들어갔다. 바틀이 종알대는 이런 말들은 좋은 집안에서 자란 여자들이 대체로 무시해 버리는 주제들이다.)

바틀이 말을 이었다.

"하지만 아기가 딸려 있는 여자한테 말해봐야 무슨 소용이 있겠어?"

"그런 여자는 양심도 없거든. 양심도 없다구. 그저 젖 먹이려고 뛰어가는 게 전부니까!"

3부

22

생일잔치에 참석하다

7월 30일이 다가왔다. 여름 장마철에도 불구하고 가끔씩 무더운 날이 엿새쯤 계속되기도 하였다. 오늘도 그 무더운 날들 중 하루였다. 최근 사나흘 동안은 비가 한 방울도 내리지 않았고, 오늘은 1년 중 가장 날씨가 좋은 것 같았다. 줄지어 늘어서 있는 암녹색 울타리와 길가에 피어 있는 야생 카모밀라에는 평소보다 별로 먼지가 내려앉지 않아 산뜻했다. 비에 젖어 있던 잔디는 아이들이 뒹굴고 놀 수 있을 만큼 완전히 말랐다.

저 멀리 높고 파란 하늘에는 구름 한 점 없고, 햇살은 부드러운 물결처럼 높이높이 길게 뻗어나가고 있었다. 지금은 7월이지만 야외로 놀러 가기에는 더할 나위 없이 좋은 날씨였다. 그렇지만 새 생명이 움트기에 가장 좋은 때는 결코 아니었다. 뜨거운 태양이 하늘 한가운데 딱 멈춰 있는 듯 강렬한 더위가 느껴지는 날씨였다. 예쁜 꽃들은 모두 시들시들했다. 만물이 움트고 어렴풋한 희망이 숨 쉬던, 그 달콤했던 순간은 벌써 다 지나갔으나, 아직 추수와 수확의 계절은 다가오지 않았다. 사람들은 폭풍우가 몰아쳐 지금 막 익고 있는 귀한 열매들이 망가질까 봐 노심초사했다. 숲은 온통 진초록 한 가지 색깔만 단조롭게 보여줄 뿐이었다. 검은 딸기나무 가지 위로 달콤한 향내 나는 건초 부스러기를 흩뿌리며 굴러가는 건초 마차는 전혀 보이지 않았다. 목장은 햇볕에 조금씩 초록색으로 물들여지긴 했지만, 곡식은 아직 붉은 황금빛 광채가 타오를 만큼 무르익지는 않았다. 새끼 양과 송아지들이 예쁜 짓을 하며 순진한 모습으로 깡충깡충 뛰놀던 모습은 찾아볼 수 없었다. 이제는 그 녀석들도 자라서 양과 우둔한 소로 성장했다. 지금은 건초를 모으고 곡식을 수확하다가 잠깐 숨 돌릴 틈이 날 때였다.

이때가 농장에서 모처럼 여가를 즐길 수 있는 시간이어서, 헤이슬롭과 브록스톤에 사는 농부와 일꾼들은 지주의 후계자인 대위가 하루 빨리 성년이 되는 날을 기대한다는 담소를 나누었다. 그의 스물한 번째 생일에는 그가 태어났던 해 가을에 양조해 두었던 큰 에일 맥주 술통의 뚜껑을 열기로 되어 있었다. 21년간 저장했던 이 맥주를 모두가 한마음으로 맛볼 수 있을 것이다. 이날 아침 공기는 일찍부터 울리는 교회 종소리와 함께 즐거운 축제 분위기를 띠었고, 모든 사람들은 바삐 움직이며 정오가 되기 전에 해야 할 일들을 서둘러 마쳤다. 정오에는 체이스 장원으로 갈 준비를 해야 하기 때문이다.

한낮의 태양이 헤티의 침실에도 흘러들어 왔다. 그녀의 침실에는 뜨거운 햇살을 가려줄 만한 커튼이 없었다. 그래서 헤티가 낡고 얼룩진 거울에 자신의 모습을 비춰보고 있을 때에 햇살은 그녀의 머리 위에서 곧장 내리쬐고 있었다. 거울은 그녀가 자신의 목과 팔을 비춰 볼 수 있는 유일한 물건이었는데, 그나마도 다이나가 쓰던 옆방에서 가져온 작은 벽걸이 거울이었다. 거울은 그녀의 귀여운 턱 아래로는 전혀 비추지 못했다. 살짝 보일 것 같던 아름다운 목도 보이지 않았다. 곱실거리는 우아한 머리카락의 그림자 때문에 통통한 뺨에서 이어지는 고운 곡선을 따라 내려온 목이 가려져 있기 때문이다. 오늘따라 그녀는 특히 자신의 목과 팔에 대해 더 많은 생각을 하였다. 그녀는 오늘 밤 무도회에서 춤을 출 때에는 어떤 스카프도 걸치지 않을 생각이다. 어제는 분홍색과 흰색 점박이 무늬 있는 드레스의 소매를 길게 할까, 짧게 수선할까 고민하느라고 몹시 분주했다. 그녀는 어제 저녁에 입어 보았던 저녁 무도회 옷차림으로 갖춰 입고 '진짜' 레이스로 만든 숄(17~18세기의 여성들이 목에 걸어 가슴에서 묶는 마직, 모슬린 따위의 천)까지 목에 둘러보았다. 레이스 숄은 그녀의 외숙모가 오늘 저녁 무도회처럼 중요한 행사를 위해 그녀에게 빌려 준 것이었지만 그 외에는 아무 장신구도 없었다. 그녀는 매일 달고 다니는 작은 원형 귀걸이를 꺼내보았다. 그러나 그녀에게는 낮에 입으려던 긴소매 옷과 숄 말고도 치장할 만한 것이 분명 더 있는 모양이었다. 그녀는 비밀 보석들이 든 서랍을 열었다. 그 서랍을 연 지 한 달도 더 된 것 같았다. 지금은 새로운 보석이 들어 있었고, 이것은 한쪽 구석으로 치워 버린 옛날 보석들보다 훨씬 값비싼 것들이었다. 헤티는 큰 색유리 귀걸이를 하고 싶지 않았다. 보라! 그녀는 흰 공단으로 가장자리를 두른 작고 귀여운 보석함 속에 금과 진주 그리고 가넷으로 꾸며진 아름다운 귀걸이 한 쌍을 간직하고 있었다. 작은 보석함을 꺼내어 귀걸이를 보는 기쁨이란!

철학적인 독자들이여, 헤티가 어떻게 해서 그 귀걸이를 갖게 되었는지에 대하여 왈가왈부 논하지 말라. 예쁜 헤티가 치장하는 것은 별 의미가 없다는 것을 알아야 한다고 말해서는 안 된다. 허영은 본질적으로 다른 사람들의 감탄을 자아내게 하는 것이 목적이기 때문에, 그녀가 침실 밖에서는 착용하고 다닐 수 없는 귀걸이를 보는 것만으로는 만족하지 못할 거라고 꼬집어 말하지 말라.

독자들이 만약 지나치게 이성적이라면 여성의 본성을 이해하지 못할 것이다. 이성에 치우친 모든 편견은 마치 카나리아라는 새의 심리를 연구하는 것과 같으니 당신은 그런 편견을 벗어버려야 한다. 그러면 작은 보석함 안에 간직한 귀걸이를 보고 무의식적으로 미소 지으며 한쪽으로 고개를 돌려보는 귀엽고 포동포동한 여인의 움직임에만 주목하게 될 것이다. 그 기쁨은 보석을 그녀에게 선물한 사람을 위한 것이고, 그녀의 머릿속은 그 물건이 자신의 두 손에 쥐어졌던 때로 거슬러 올라가고 있다는 것을 독자들은 알게 될 것이다. 독자들이 그렇게 생각하지 않는다면, 왜 그녀는 다른 것보다도 그 귀걸이에 더 신경을 써야만 하는 것일까? 내가 아는 바로는, 그녀는 상상할 수 있는 온갖 장신구 중에서 귀걸이를 가장 좋아한다.

"아주 사랑스런 귀야."

어느 날 밤, 아서가 그녀의 귀를 꼬집는 시늉을 하면서 말했다. 그때 헤티는 모자도 쓰지 않고 그와 함께 잔디밭 위에 앉아 있었다.

"저는 예쁜 귀걸이가 갖고 싶어요!"

그녀는 자신이 무엇을 말하고 있는지도 모른 채 입 밖으로 내뱉어 버렸다. 그 소원이 그녀의 입술 가까이 와 있어서, 아주 미약한 숨결에도 팔랑팔랑 나부끼며 입 밖으로 불쑥 나와 버린 것이다. 그리고 그 다음날, 겨우 지난주의 일이긴 하지만 아서는 귀걸이를 사기 위해 말을 달려 로세터로 향했다. 아주 순진하게 입 밖으로 내뱉어진 작은 소원이 그에게는 어린아이처럼 귀여운 모습으로 보였던 것이다. 그는 그렇게 귀여운 말을 생전 들어본 적이 없었다. 그는 여러 겹으로 상자를 포장했고, 헤티가 포장을 뜯으며 점점 더 궁금해 하다가 마침내 기쁨에 가득 찬 눈을 반짝거리며 아서 자신을 바라볼 것이라고 생각했다.

그러나 지금 이 순간 그녀가 귀걸이를 보며 미소 지을 때, 온통 아서만 생각한 것이 아니었다. 지금 그녀는 귀걸이를 단지 입맞추기 위해서가 아니라 직접 귀에 달기 위해 상자 밖으로 꺼냈다. 그리고 벽에 걸려 있는 거울에 귀걸이를 단 자신의 모습을 비춰보았다. 마치 귀를 기울여 어떤 소리를 듣고 있는 새처럼 머리를 이리저리 돌리면서, 그 귀걸이들이 얼마나 예쁜지 확인하고 싶었다.

헤티의 지금 이 모습을 본다면, 누구라도 귀걸이에 대해 객관적으로 판단할 수 없을 것이다. 섬세한 진주와 크리스털이 그녀의 귀를 위해 만들어진 것이 아니라면, 도대체 무엇을 위해 만들어졌단 말인가? 귀걸이를 떼면 남아 있는 작고 동그란 구멍도 전혀 흠이 되지 않는다고 누구나 그렇게 생각할 것이다. 물의 요정들과 사랑스러운 님프들은 보석을 걸 수 있도록 본래부터 귀에 작고 동그란 구멍을 가지고 있다. 헤티도 그런 요정들 중 하나임에 틀림없었다. 그러나 이렇게 아름다운 그녀도 앞으로 여자로서의 운명을 거스르지 못할 한 여자에 불과하다는 것을 생각하면 가슴 아프다. 헤티는 아직 어려서 어리석고 헛된 희망을 갖고 있었다. 그녀는 어리석음과 헛된 희망이라는 가느다란 거미줄을 자아내면서, 언젠가 이 거미줄이 자신을 옭아매고 죄어올지 전혀 알지도 못한 채 옷을 지어 입을 것이다. 이 옷에 악의에 불타는 독이 스며 있어서, 거미줄에 걸려 힘없이 파닥이는 나비처럼 연약한 그녀의 감성을 순식간에 인간적인 깊은 고뇌로 바꿔버리게 될 줄을 꿈에도 생각하지 못하는 여자, 자신이 그런 여자임을 안다면 그녀는 너무나 고통스러울 것이다.

헤티는 귀걸이를 오랫동안 달고 있을 수 없었다. 이렇게 지체하다가는 외숙부와 외숙모가 한참 기다릴지 모를 일이었다. 그녀는 재빨리 그것을 상자 안에 다시 넣고 뚜껑을 닫았다. 훗날 그녀는 마음에 드는 어떤 귀걸이라도 달고 다닐 수 있을 것이다. 체이스 저택에 있는 하녀가 헤티에게 리디아 양의 옷장을 보여준 적이 있었다. 그 옷장 안에 있던 화려한 옷, 하늘거리며 반짝이는 갑사, 부드러운 비단과 벨벳 옷……. 그녀는 그런 옷들을 입고 지낼 환상의 세계 속에 벌써 푹 빠져 있었다. 그런 옷을 입은 헤티는 팔에 걸려 있는 팔찌를 매만지며, 커다란 거울 앞에서 부드러운 카펫 위를 사뿐사뿐 걷고 있으리라. 그녀는 오늘같이 중요한 날에 과감히 착용할 수 있는 단 하나의 장식품을 서랍 속에 넣어두고 있었다. 그 장식품은 로켓(사진 따위를 넣어 목걸이 줄에 매다는 소형 케이스)이었다. 그녀는 보통 때 걸고 있던 짙은 갈색 구슬 목걸이 줄에 그 로켓을 매달았다. 그리고 목걸이 줄 뒤쪽 끝에 매달려 있는 작고 납작한 향수병은 드레스 속으로 쏙 집어넣었다. 그녀는 이런 짙은 갈색 구슬 목걸이라도 해야만 한다. 그것마저 하지 않는다면 목이 허전해 보일 것이다. 헤티는 방금 목걸이에 건 로켓을 귀걸이만큼 썩 좋아하지는 않았다. 그 로켓은 멋지고 컸으며, 뒤쪽에는 에나멜로 꽃송이가 새겨져 있었고, 로켓 안에 있는 거울은 가장자리에 아름다운 금빛 테두리가 쳐져 있었다.

그 거울은 찰랑찰랑한 금발 머리 타래와 그 위에 동그랗게 말아 놓은 짙은 색의 귀여운 두 가닥의 머리카락을 잘 비추고 있었다. 로켓을 옷 속에 감춰버리면 아무도 보지 못할 것이다.

헤티는 다른 열망이 있었다. 아름다운 장신구를 좋아하는 마음보다는 다소 못한 것이었지만. 그 열망 때문에 헤티는 로켓을 가슴속에 감춰서라도 걸고 싶었다. 만약 외숙모가 헤티가 목에 걸고 있는 리본이 무엇이냐고 물어보더라도 과감히 대꾸할 수 있었다면 항상 리본에 로켓을 걸고 다녔을 것이다. 하지만 그녀는 리본 대신 로켓에 진한 갈색 구슬 목걸이를 걸고 목걸이 줄을 연결했다. 이것은 그다지 긴 목걸이가 아니기에, 로켓이 드레스 가장자리 아래로 살짝 내려갈 것이다. 그녀는 긴소매 옷을 입고 새로 장만한 흰색 갑사 스카프를 하였다. 그리고는 7월 햇볕 때문에 약간 빛이 바래진 분홍색 테두리 모자 대신에 흰색 테두리가 달린 밀짚모자를 썼다. 이것만이 그녀가 할 수 있는 모든 일이었다. 모자는 오늘 헤티가 계획하던 옷차림 중에서 제일 못마땅한 씁쓸한 품목이었다. 그 모자는 그다지 새것도 아니었고, 하얀 리본에 비하면 햇볕이 더 밝아서 모자가 낡았다는 걸 사람들이 모두 눈치 챌 것이 분명했다. 메리 버즈는 분명 새 모자나 보닛을 쓰고 나타날 것이다.

헤티는 자신이 신은 곱고 흰 면양말에서 그나마 위안을 얻었다. 그것은 정말 예뻤다. 그녀는 그 양말을 사기 위해 모아둔 돈을 거의 다 써버렸다. 헤티는 지금 승리감에 도취해 있었다. 심지어 그녀가 꿈꾸는 미래의 모습에서도 이런 승리감을 찾아볼 수 없었다. 도니손 대위는 그녀를 무척 사랑하기 때문에 다른 사람들은 쳐다보지도 않을 것이다. 그러나 다른 사람들은 그가 헤티를 얼마나 사랑하는지 알지 못할 것이다. 그녀는 사람들의 눈에 잠깐이라도 자신의 신세가 누추하고 시시해 보이는 것은 참을 수 없었다.

헤티가 아래층으로 내려오자 모든 식구들이 일요일 예배에 갈 때 입는 옷으로 차려입고 거실에 모여 있었다. 아침부터 대위의 스물한 번째 생일을 축하하는 종소리가 울려 퍼지고 있었다. 사람들은 일찌 감치 해야 할 일을 다 마무리해 놓은 상태였다. 마티와 토미가 영문을 몰라 불안해하는 것을 보고, 어머니가 오늘은 축제를 즐기려 가는 것이지 교회에 가는 건 아니라고 말해주자, 아이들은 그제야 안심했다. 포이저는 아무도 없이 집을 비우려면 문단속을 잘해야겠지만, 오늘 같은 날에는 그냥 집을 비워놓아도 별탈이 없지 않겠느냐며 말을 꺼냈다.

"왜냐하면 누군가가 집에 침입할 위험은 없을 거야. 오늘은 모두가 체이스 장원에 모여 있을 테니까. 심지어 도둑까지도 말이야. 그래도 집을 비우려면 문단속은 잘해야겠지. 오늘은 우리 인생에서 두 번 다시 볼 수 없는 날이 될 거야."

그러나 포이저 부인은 단호하게 대답했다.

"나는 결혼하고 나서 지금까지 단 한 번도 집을 비우고 외출한 적이 없어요. 앞으로도 그럴 거구요. 지난주에는 남루한 떠돌이 부랑자들이 우리 집에 있는 햄과 숟가락을 모조리 훔쳐 가려고 이 근처에서 어슬렁어슬렁 거렸어요. 알고 보니 그 떠돌이들 모두가 함께 공모했더라고요. 일꾼들한테 급료를 주는 금요일에 쳐들어오지 않은 게 얼마나 다행인지 몰라요. 만약 우리한테 돈이 있다는 걸 알고 밤에 들어와서는, 개한테는 독약을 먹이고 자고 있는 우리들 모두 죽였으면 어쩔 뻔했어요. 그 부랑아들은 우리가 어디 외출하는지 무얼 하려고 하는지 다 알고 있는 눈치더라구요. 늙은 악마 해리(게으른 사람들을 찾아내 해롭고 나쁜 짓을 한다는 악마로 유명함.)는 악한 일을 저지르려고 마음만 먹으면 무슨 방법이든 기어코 찾아내고야 말잖아요. 그건 모두가 다 아는 얘기잖아요."

포이저가 대꾸했다.

"자고 있는 우리를 해친다니 말도 안 되는 소리! 우리 집에는 총도 있다고. 안 그래? 게다가 당신은 쥐가 베이컨 갉아먹는 소리도 들을 만큼 잠귀가 밝고 말이야. 정 그래도 당신 마음이 안 놓인다면 오전 반나절 동안은 알릭이 집에 있으면 되지. 팀은 5시쯤 돌아올 테니까 그때 알릭과 교대하면 되잖아. 혹 누가 못된 짓이라도 할라치면 으르렁거리는 무섭게 생긴 개를 풀어놓을 수도 있어. 또 알릭한테도 개가 있잖아. 그 녀석은 알릭이 눈 한번 찡긋하면 떠돌이 부랑아를 바로 덥석 물어뜯을 정도로 보초를 잘 선다고."

포이저 부인은 이 절충안을 받아들였으나, 빗장도 자물쇠도 확실히 잘 잠그는 것이 옳다고 생각했다. 알릭과 개들이 창문 바로 가까이에 있어서 도둑이 창문으로 들어올 확률도 낮았다. 그럼에도 불구하고 낙농장 일을 맡은 하녀 낸시는 출발하기 전에 집의 덧문을 또 잠가야 했다.

덮개를 씌운 스프링 없는 마차는 하인들을 제외한 집안 식구 전부를 태워갈 준비를 하고 기다리고 있었다. 포이저와 노인은 앞쪽 좌석에 자리를 잡았고, 마차 안에는 여자들과 아이들이 자리 잡았다. 마차는 사람을 많이 태우면 태울수록 더 좋았다. 사람들 무게로 마차가 덜거덕거리지 않아서 사람들이 그만큼 덜 시달리기 때문이다. 낸시의 풍만한 몸집과 살집 있는 팔뚝은 사람들이 안기기에 아주 좋은 쿠션역할을 했다. 그러나 포이저는 오늘같이 더운 날에도 가능한 한 마차가 덜걱거리지 않도록 마치 걸어가듯이 조심조심 마차를 몰아서, 같은 방향으로 걸어가는 사람들과 여유 있게 인사를 하고 이야기도 주고받을 수 있었다.

이 마차 옆을 지나가고 있는 사람들은 푸른 목초지와 황금빛 논밭 사이로 나 있는 샛길 위를 마치 얼룩덜룩한 반점을 찍으며 밝은 색깔의 수를 놓는 것처럼 걸어가고 있었다. 진홍빛 조끼나 최신형 흰색 겉옷 위로 나부끼는 짙은 파란색 스카프 끝자락은, 논밭 사이사이에 만발하여 살짝살짝 고개를 까딱거리는 빨간 양귀비꽃과 잘 어울렸다. 브록스톤과 헤이슬롭의 모든 사람들이 체이스 장원에 도착하여 그 가문의 후계자를 축하하며 흥겨운 시간을 보내기로 되어 있었다. 지난 20년 동안 제일 먼 거리라고는 체이스 장원으로 향하는 고개 아래까지밖에 가 본 적이 없는 노인들과 여자들도, 어윈 목사의 제안에 따라 농부들의 마차에 타고 브록스톤과 헤이슬롭으로부터 오고 있었다. 교회 종이 다시 한 번 울렸다. 이 종은 종치기가 파티에 참석하기 위해 언덕 아래로 내려오기 직전에 마지막으로 치는 종소리였다. 종소리가 사그라지기도 전에 다른 음악소리가 점차 가까이 들려왔다. 그 소리가 들리자 포이저 가족이 탄 마차를 끄는 얌전한 늙은 말 브라운조차도 귀를 쫑긋 세웠다. 이 음악은 베네핏 클럽[165]의 악단이 연주하는 것으로써 축하연의 기분을 한껏 드높이고 있었다. 악단의 대원들은 파란색 리본에 환한 하늘색 스카프를 두르고 있었고, 현수막도 게양해 놓았다. 이 현수막에는 채석장의 그림을 에워싸는 식으로 '늘 형제처럼 사랑하자.'[166]라는 표어가 쓰여 있었다.

물론 마차는 체이스 장원으로 들어 갈 수 없었다. 모든 사람들은 문간채에서 내리고 마차를 되돌려 보내야만 했다.

"아니, 체이스 장원은 벌써 시장같이 북적거리네요."

---

165) 이 베네핏 클럽은 노동자 계급을 위한 보험협회이다. 회원들은 정규적으로 적은 액수의 돈을 내고 늙거나 병들었을 때 경제적인 도움을 받는다.
166) 히브리서, 13:1. "그리스도 안에서 한 형제로 서로서로 사랑하십시오." 라는 구절에서 유래함. 공제조합이나 직종별 노동조합 같은 단체들이 노동자 계급에 속한 사람들의 상호협력과 자립심을 함양하기 위하여 즐겨 쓰는 표어이다.

포이저 부인은 마차에서 내렸다. 이때 벌써 큰 떡갈나무들 아래에는 사방으로 사람들이 흩어져 있었고, 소년들은 높다란 기둥들을 가늠해 보느라 땡볕 아래에서 이리저리 뛰어다니고 있었다. 기둥에는 꼭대기까지 올라가는 사람에게 상으로 수여될 옷이 팔랑거리며 걸려 있었다. 이러한 광경을 보고서 포이저 부인이 말했다.

"두 교구에 사람이 이렇게 많은지 미처 몰랐네. 그늘만 벗어나면 이렇게 더우니 원! 톳티, 이리 오렴. 햇볕 때문에 이 귀여운 얼굴이 화상 입겠네! 불을 따로 지필 필요도 없겠어. 이 뜨거운 햇볕으로 요리하면 되겠네. 나는 베스트 부인 방에 가서 좀 앉아 있어야겠어요."

포이저가 말했다.

"잠깐! 잠깐만 멈춰 봐요. 저기 어르신들이 마차를 타고 오고 계시네. 저 어르신들이 마차에서 내려 모두 함께 걸어오시는 장면은 두 번 다시 보기 힘들걸? 저 분들 중 몇 분은 젊었을 적 모습이 기억날 것 같은데……. 아버지, 기억나세요?"

"그럼, 그럼."

포이저의 부친은 현관 문간채의 그늘 아래로 천천히 걸어나오며 대답했다. 거기서 포이저의 부친은 노인들 일행이 마차에서 내려오는 모습들을 볼 수 있었다.

"스코틀랜드 반란[167]이 끝난 후 사람들이 스토니톤에서 돌아올 때 제이콥 태프트가 50마일이나 걸어왔던 기억이 나는구나."

헤이슬롭에서 제일 나이가 많은 페이써 태프트 노인이 갈색 모자를 쓰고 지팡이 두 개를 짚고 마차에서 내려와 포이저의 부친을 향해 걸어왔다. 그것을 보자 마틴 노인은 자신이 아주 젊은 청년이 된 것 같은 기분이 들어서 페이써 태프트보다 더 오래 살 것처럼 느껴

---

167) 1745년에 스코틀랜드 사람들, 즉 스튜어트 왕가의 지지자들이 찰스 에드워드 스튜어트에게 영국의 왕위를 양위하라고 요구하며 침략하여 영국 남쪽에 있는 더비 지방까지 내려왔다.

졌다. 마틴 노인은 한껏 목소리를 내어 소리쳤다.

"태프트 선생님, 노인이 되면 귀가 어두워지는 것은 당연한 일이지만 그렇다고 인사를 하지 않을 수는 없는 노릇이죠. 아직도 기운이 펄펄 넘치시는군요. 오늘 즐겁게 잘 지내시겠어요. 아흔 살이나 됐는데도 이렇게 정정하시니 말이에요."

"자네보다는 못하지, 못해."

페이써 태프트가 사람들 사이에서 마틴 노인을 발견하고는, 새된 소리로 대답했다.

노인들 일행은 이제는 수척하고 시들어 버린 몸으로 아들과 딸의 부축을 받으며, 저택을 향해 곧게 뻗어 있는 마차 길을 지나가고 있었다. 저택에는 노인들을 위한 식탁이 특별히 따로 마련되어 있었다. 포이저 가족은 현명하게도 큰 나무 그늘 아래로 잔디밭을 가로질러 갔고, 잔디밭과 화단이 경사져 있어서 집 앞의 경관이나 잔디밭 가에 세워진 예쁜 줄무늬 천막을 볼 수 있었다. 줄무늬 천막은 두 개의 커다란 천막들과 직각을 이루어 T자 모양으로 맞붙어 세워져 있었고, 이 커다란 천막들 양쪽으로는 확 트인 초록색 벌판이 펼쳐져 있었다. 바로 이 벌판에서 게임이 진행될 예정이었다. 저택은 앤 여왕 시대의 건축 양식인 평범한 장방형으로 지어졌다. 이 저택의 한쪽 끝에 연결된 옛 대수도원의 자취만 없었다면, 사람들은 이 저택을 새로 지은 농장 집과 같은 건물로 보았을 것이다. 새로 지은 농장 집은 저택보다 더 낡고 낮은 건물의 한쪽 끄트머리에 높이 솟아 있어서 사람들의 눈에 종종 띄었다.

오래되고 멋진 자취로 남아 있는 대수도원은 약간 더 뒤쪽으로 물러서 있었으며, 큰 너도밤나무가 그늘을 드리우고 있었다. 태양은 이 너도밤나무보다 더 높게 솟아올라 훨씬 앞쪽으로 나아가서 쨍쨍 내리쬐고 있었다. 이 햇빛을 가리고자 모든 커튼이 내려져 있어서 저택은 무더운 대낮에 낮잠을 자고 있는 것만 같았다. 헤티는 그 모습을 보기만 해도 슬픔을 느꼈다. 아서는 틀림없이 뒷방 어딘가에서 많은 사람들과 함께 있을 것이다. 그리고 그는 지금 헤티가 왔다는 것도 모르고 있을 것이다. 사람들이 말하는 것처럼 아서가 만찬에 나와서 연설을 할 때까지, 그는 꽤 오랜 시간 동안 그녀를 볼 수 없다는 것도 알지 못할 것이다.

하지만 헤티의 짐작은 틀렸다. 아서가 마차를 좀 이른 시각에 보내 준 덕분에 어윈 가족만 일찍 도착했고, 나머지 중요한 손님들은 아직 도착하지 못하고 있었다. 아서는 그 시각 뒷방에 있기는커녕, 어윈 목사와 함께 오래된 대수도원의 넓은 회랑 안으로 걸어 들어가고 있었다. 돌로 된 이 회랑 안에는 오두막집에 사는 소작인들과 농장 일꾼들을 위해 기다란 식탁이 마련되어 있었다. 아서는 오늘 최고급의 환한 청색 프록코트(서양식 신사 예복의 한 가지. 무릎까지 오는 긴 윗옷과 줄무늬가 있는 바지가 한 벌임.)를 입고 그 어느 때보다 활기에 넘쳐 아주 잘생긴 젊은 영국 남자로 보였다. 팔에는 붕대도 하지 않았다. 그래서인지 개방적이고, 솔직 담백한 인상까지 갖추게 되었다. 아무리 솔직한 사람이라도 비밀이 있기 마련인데, 이 젊은 청년의 얼굴에서는 비밀이 있다는 어떤 표시도 찾을 수 없었다. 목사와 아서가 서늘한 회랑 안으로 들어섰을 때 아서가 말했다.

"확신하건대, 저는 농장 일꾼들에게는 이곳이 제일 마땅한 장소라고 생각합니다. 이 회랑은 특히 무더운 날에 기분 좋게 식사를 할 수 있는 곳이거든요. 소작인들만을 위해서, 그것도 특별히 몇 사람만으로 제한하여, 그분들이 만찬을 편안하게 즐길 수 있도록 따로 준비하라는 목사님의 조언은 정말 최고였어요. 할아버지께서는 제 마음대로 쓰라고 저한테 까르데 블랑쉬를 주셨지만, 아직까지도 중대한 문제에 있어서는 저를 믿지 못하시겠나 봐요."

어윈이 말했다.

"걱정 말게. 자네가 이렇게 신경 써서 조용한 자리를 마련했으니 사람들에게 더 많은 즐거움을 줄 수 있을 걸세. 여기 온 사람이면 누구든지 와서 먹어도 좋다고 저렇게 많은 양고기와 소고기를 굽다니, 정말 근사하군. 누구도 이런 식사를 하고서 만족하지 못할 사람은 하나도 없을 걸세. 하지만 오늘 같은 날 너무 너그럽게 대해주면 사람들은 방종하고 무질서해도 좋은 것으로 알지. 나는 사람들이 식사를 충분히 즐기되, 한낮이니까 에일 맥주는 너무 과하게 마시지 않았으면 좋겠네. 그래야 이따 날씨가 시원해지면 신나게 게임을 즐길 수 있을 테니까. 몇몇 사람들이 저녁때까지 계속 남아 있겠다 해도 자네가 막을 수는 없겠지. 하지만 대낮에 술 취하는 것보다는 밤에 취하는 것이 더 잘 어울리지 않겠나?"

"음…… 저는 너무 과한 것은 원치 않아요. 저는 트레들스톤 사람들을 위하여 미리 축제를 열어주어서, 그 사람들은 오늘 이 잔치에 참석하지 않도록 신경써두었죠. 이번에는 카슨 씨와 아담 비드, 몇몇 좋은 사람을 초대해서 술 저장고에 있는 에일 맥주를 대접할 거예요. 무엇보다 파티가 너무 무리하게 진행되지 않도록 신경 써야겠죠. 자, 이제 위층으로 올라가서 부유한 소작농들을 위해 차려진 식탁을 둘러보죠."

그들은 2층에 있는 긴 화랑으로 이어진 돌계단을 따라 올라갔다. 화랑에는 먼지만 낀 쓸모없는 옛 그림들이 3대째 전시된 채 방치되어 있었다. 곰팡이가 핀 엘리자베스 여왕과 여왕을 모시는 귀부인들의 초상화들, 눈을 얻어맞은 몽크 장군,[168] 어둠 속에서 여러 마리의 사자들과 어울려 있는 다니엘,[169] 코를 높이 쳐들고 머리에 월계관을 쓴 줄리어스 시저가 손에 들고 있는 자신의「전쟁기록(戰記)」[170]들을 들고서 말을 타고 있는 그림들이 걸려 있었다. 아서가 말했다.

168) 조지 몽크(1608~70)는 영국의 청교도 혁명이 일어났을 때 크롬웰의 장군이었다.
169) 다니엘서, 6장. 바빌로니아의 왕 다리우스가 히브리의 예언자 다니엘이 여호와를 진실로 믿는다고 하자 사자들 소굴에 내던졌으나 기적적으로 하나도 다친 데 없이 살아나왔다고 한다.
170) 시저의「갈리아 전기(戰記)」는 갈리아(북이탈리아·프랑스·벨기에의 전역과 네덜란드·독일·스위스 일부를 포함하는 지역)에 대항하여 싸웠던 식민지 전쟁에 대한 기록이다.

"옛 대수도원 같은 저택의 일부를 이렇게나마 보존하고 있다는 것은 얼마나 훌륭한 일입니까. 나중에 제가 이 저택의 주인이 되면 이 화랑을 최고급으로 꾸며놓을 겁니다. 우리 집 큰 방은 이 집의 3분의 1도 안 돼요. 저기 있는 두 번째 식탁은 농부의 아내들과 아이들을 위해서 마련한 것이죠. 베스트 부인이 아이들은 어머니와 함께 있게 하는 게 훨씬 더 편할 거라고 말하더군요. 저는 앞으로 아이들이 있는 정상적인 가족을 이루고 싶어요. 언젠가 저도 이 사내아이들과 계집아이들에게 '노지주 어르신'이 될 날이 오겠지요. 그때는 이 꼬마들이 어른이 되어서 자기들의 아이들한테 '노지주 어르신'이 젊었던 시절에는 지금의 젊은 지주보다 훨씬 더 멋진 청년이었다고 이야기해주겠지요. 저 아래에는 여자들과 아이들을 위한 식탁이 또 준비되어 있습니다. 목사님께서는 그들 모두를 둘러보시고 식사를 하신 후에 저와 함께 위층으로 올라와 주실 거죠?"

어윈 목사가 대답했다.

"아, 물론이지. 자네가 소작인들에게 처음으로 하는 연설인데 놓칠 수야 없지."

"참, 목사님이 듣고 싶어할 이야깃거리가 또 하나 있습니다. 서재로 가시죠. 할아버지께서 부인들과 함께 거실에 계실 동안 제가 목사님께 모두 말씀드리겠습니다. 목사님한테는 좀 놀라운 이야기일 겁니다."

그들이 자리에 앉자 아서는 말을 이었다.

"저희 할아버지께서 결국은 나서시겠지만요."

"뭔가? 혹시 아담에 관한 얘긴가?"

"네, 제가 목사님께 진작 그 문제를 상의했었어야 했는데, 제가 좀 바빴습니다. 목사님도 아시다시피 제가 할아버지와 그 문제를 논의하다가 포기했다고 말씀드렸었죠? 전혀 가망이 없다고 생각했으니까요. 하지만 어제 아침 할아버지께서 저더러 외출하기 전에 좀 보자고 하시더라고요. 그리고는 늙은 세첼이 결국 일을 못 하게 돼서, 모든 계획들을 새로 짜셨다고 했어요. 저희 조랑말을 빌려준다는 조건과 주당 1기니의 월급을 주고 아담에게 숲을 감독하는 일을 맡기려 하신다고 했어요. 그 말씀을 듣고 저는 몹시 놀랐어요. 할아버지께서 그런 결정을 내리시게 된 내막을 말씀드릴게요.

할아버지는 아담에게 그 일을 맡기는 게 이익이 된다는 걸 뻔히 아시고 계셨지만, 아담을 별로 좋아하지 않으셨어요. 그래서 아담에게 숲을 맡기고 싶지 않으셨던 거예요. 그런 상황에서 제가 아담을 추천했는데, 그게 할아버지께는 제가 추천한 사람이 아담이라는 이유만으로도 충분히 싫어할 이유가 되거든요. 할아버지는 정말 알 수 없는 모순을 갖고 계세요. 저는 할아버지가 모아 놓은 모든 재산을 저에게 물려주시려 한다는 걸 알아요. 불쌍한 리디아 고모와는 아마 의절하시겠죠. 고모는 평생을 할아버지의 하녀처럼 지내면서 1년에 겨우 500파운드만 받았는데, 할아버지께서는 그렇게까지 해서 아껴 모은 돈을 모조리 저에게 물려주시려 하는 겁니다. 그런데 한편으로는 할아버지께서는 상속자라는 이유만으로 그렇게도 저를 미워하고 계신다는 생각이 들고는 해요. 마치 제가 할아버지의 돈과 권력을 빼앗아가는 사람처럼요. 그러면서도 만약 제 목이 부러지게 된다면, 할아버지는 그게 자신이 당할 수 있는 가장 큰 불행이라고 여기실 거예요. 그러시면서 또 한편으로는 제 인생에 별 볼일 없는 성가신 일만 계속 일어나기라도 하면 꽤나 고소한가 봐요."

"아, 이 사람아. 늙은 아이스킬로스[171]가 말한 것같이 여자만 '애정이 없는 사랑'을 가진 것이 아니라네. 남자들 세계에서도 '애정이 없는 사랑'은 아주 많아. 이제 아담에 대해서 말해주게나. 그가 그 자리를 받아들였나? 나는 그 자리가 아담이 지금 하고 있는 일보다

---

171) 아이스킬로스의 『코에포로이』에 나온 말을 번역하여 인용한 말이다. 『코에포로이』는 『오레스테이아』 3부작 중 2부에 해당된다.

큰 이득은 별로 없을 것 같은데. 그래도 시간적인 여유가 많이 생기기는 하겠지."

"음…… 제가 아담한테 말했을 때, 좀 이상했어요. 처음에는 좀 주저하는 것 같더니, 저의 할아버지를 만족시킬 수 없다며 거절하더군요. 그래서 제가 그랬죠. 일자리가 마음에 들고, 아담 자신에게 이로울 것이 있다면 저를 생각해서라도 거절하지 말아달라고요. 그랬더니 아담은 다른 어떤 일보다도 그 자리를 정말 원한다고 말했습니다. 그 자리는 사업상으로 보아 자기가 더 크게 발전할 수 있는 계기가 될 것이고, 오랫동안 하고 싶었던 일을 할 수 있는 발판이 될 것이라고 했어요. 그리고 버즈 씨의 일을 그만 두어야겠다고 하더라고요. 세스와 함께 자신들의 작은 사업을 운영하면서 차차 확장시켜 가려면 시간을 많이 할애해야 한다고도 했고요. 결국 아담은 그 일자리를 받아들인 거죠. 오늘 저녁식사 때 아담이 부유한 소작농들과 식사를 할 수 있도록 자리를 만들고, 그 사람들한테 체이스 장원의 숲을 감독할 사람으로 아담을 임명하였다고 선언할 생각입니다. 그리고 아담을 위해 건배를 하자고 요청할 겁니다. 아담을 축하하려고 제가 직접 일어나서 그렇게 말하면 참 극적이겠죠? 아담은 진짜 좋은 친구예요. 저는 이번 기회에 사람들에게 제가 어떤 생각을 하는지 알리고 싶어요."

"야아, 아서! 자네가 뽐내면서 연기할 수 있는 멋진 연극인데?"

어윈이 싱긋 웃으며 말했다. 그리고 어윈은 아서의 얼굴빛이 붉어지는 것을 보며 부드럽게 말했다.

"항상 내 역할은 시대에 뒤처진 늙은이의 역할이야. 그건 자네도 알다시피 젊은이들이 감탄할 만한 것은 전혀 없는 역할이지. 나는 내 제자가 훌륭한 일을 했을 때, 그를 자랑하는 건 별로 좋아하지 않아. 하지만 이번에는 나도 사랑스런 늙은 신사 역할을 한 번쯤은 해보고 싶군. 그리고 자네가 아담에게 경의를 표하며 건배를 외칠 때

나도 맞장구를 쳐야겠는걸. 한데 자네 조부께서는 다른 사안들을 양보하시고 덕망 있는 그 친구를 집사로 삼겠다는데 동의하셨나?"

"아, 아닙니다."

아서가 가만히 앉아 있을 수 없다는 듯 의자에서 일어나 호주머니에 손을 넣고 방 안을 이리저리 거닐며 말했다.

"할아버지께서는 체이스 농장을 임대해서 각 가정에 우유와 버터를 공급하는, 뭐 그런 사업을 할 요량이셨습니다. 하지만 저는 일언반구도 하지 않았어요. 그것 때문에 좀 화가 나 있거든요. 제 생각에 할아버지는 모든 사업을 혼자서 몽땅 다 처리하려 한단 말입니다. 정작 집사 건에 대해서는 아무런 생각도 하지 않으시구요. 그래도 저는 할아버지가 그런 대단한 기력을 가졌다는 게 그저 놀라울 따름입니다."

"자, 이제 숙녀 분들에게나 가볼까?"

어윈 목사가 자리에서 일어나며 말했다.

"나는 자네가 우리 어머니를 위해 천막 아래에다 얼마나 근사하고 높은 자리를 준비해 놓았는지 어머니께 직접 말씀드리고 싶다네."

아서가 말했다.

"네, 그러시죠. 그러고 나서 우리 모두 점심식사를 해야겠어요. 2시에는 점심식사를 해야 해요. 그때부터 소작인들과 함께 할 식사 시간을 알리는 종소리가 울릴 테니까요."

23

생일 잔칫날의 만찬

아담은 부유한 소작농들과 함께 위층에서 따로 저녁식사를 하게 될 것이라는 말을 들었을 때, 심기가 좀 불편했다. 어머니와 세스보다 윗자리에 앉아 자신이 더 대접받는다는 게 못마땅했다. 어머니와 세스는 아래층 회랑에서 식사를 하게 되어 있었다. 하지만 집사인 밀스는 도니손 대위가 식탁에다가 아담의 자리를 특별히 지정하였으므로 만약 그 자리에 앉지 않는다면 대위가 몹시 기분 나빠 하실 거라고 말하였다.

아담은 고개를 끄덕이고는 몇 야드 정도 떨어져 서 있던 세스에게 다가가서 말했다.

"세스, 대위님께서 나더러 위층에서 식사하라고 하셨다는구나. 밀스 씨가 그러는데 대위님이 나를 특별히 위층으로 초대한다고 하셨대. 그러니 그 말씀에 따르지 않으면 불손하게 보일 것 같다. 그런데 내가 더 높은 사람처럼 너하고 어머니보다 상석에 앉는 것이 좀 어색하다. 네가 불쾌해하지 않았으면 좋겠는데……. 괜찮겠니?"

세스가 말했다.

"당연하지. 형, 괜찮아. 형의 명예가 곧 우리 집안의 명예지. 만약 형이 존경을 받는다면, 마땅히 받을 만하니까 그런 거야. 형은 언제나 나의 형이야. 형이 출세하면 할수록 나는 더 기쁘다구. 형이 숲을

442

감독하는 일을 맡게 된 건 당연한 거야. 그런 자리는 신임을 받아야 만 가능한 자리잖아. 이제 형은 보통 일꾼들하고는 달라. 일꾼들보 다 더 높은 자리에 올라가는 거라구."

"응, 근데 그 일은 아직 아무도 몰라. 버즈 씨한테 그만두겠다는 말도 아직 못 했거든. 내가 다른 일을 하게 된다면 누구보다도 버즈 씨가 제일 먼저 알아야 하지 않겠어? 그래야 그분이 조금이라도 덜 마음 상하실 것 같아서 말이야. 내가 저 자리에 앉아 있는 걸 보면 사람들은 의아해 하겠지. 온갖 상상을 하면서 물어보고 싶어할 거 야. 최소한 앞으로 3주 동안은 내가 여기 관리를 맡게 된 것에 대해 사람들이 수없이 입방아를 놀려댈 거란 말이야."

"그렇겠지, 대위님이 사람들한테 아무 이유도 말해주지 않고 형한 테 그 자리에 참석하라고 명령하실 수는 없을 테니까. 그건 그렇구, 어머니가 이 얘길 들으면 얼마나 기뻐하실까. 형, 어서 가서 말씀드 려."

위층으로 초대받은 사람들은 대부분 소작료를 많이 내는 사람들이 었지만, 다른 이유로 이곳에 초대 받은 손님들도 있었다. 그 중에 한 사람이 바로 아담이었고, 두 교구에서 온 다른 사람들도 있었다. 그 들은 부유해서 초대받은 손님들이 아니었고, 자신의 직분에 걸맞은 명예 덕분에 초대받았다. 바틀 메이시도 그런 사람들 중 하나였다. 그의 절뚝거리는 걸음걸이는 오늘처럼 무더운 날씨에는 평소보다 한층 더 느렸다. 그걸 알고 있던 아담은 식사를 알리는 종이 울렸을 때, 곧바로 자리로 가지 않고 뒤에 남아서 기다리다가 자신의 연로 하신 선생님과 함께 갈 생각이었다. 아담은 수줍음을 잘 타는 편이 었기 때문에, 이런 공공연한 파티에서 포이저 가족과 함께 자리하는 것이 쑥스러웠던 것이다. 헤티의 옆자리를 차지할 기회가 오늘 하루 중 언젠가는 반드시 생길 것이었고 아담은 이에 만족했다. 그는 헤 티 때문에 놀림당하고 싶지 않았다. 덩치도 크고, 거리낌 없이 말도 잘하며, 두려움이라고는 보이지 않는 이 남자가 연애에 있어서만큼은 몹시 수줍어하고 소심했다.

아담이 천천히 걸어오고 있는 바틀에게 말했다.

"메이시 선생님, 오늘은 저도 선생님과 함께 위층에서 식사할 겁니다. 대위님이 저한테 올라와서 같이 식사를 하자고 하셨다네요."

바틀이 한 손을 아담의 등에 갖다 대며 멈춰 서서 말했다.

"아! 그래서 분위기가 달랐군. 뭔가 달라진 것 같았어. 지주 어른이 뭘 하시려는 건지……. 혹시 들은 거라도 있나?"

아담이 대답했다.

"네, 그게……. 음, 다 말씀드릴게요. 저는 선생님께서는 입이 무겁다고 믿거든요. 대신 세간에 알려질 때까지는 비밀을 지켜주셔야 해요. 제겐 이 일이 미리 알려지지 않았으면 하는 특별한 이유가 있거든요."

"이보게, 나를 믿어. 믿으라구. 나한테는 내 입에서 슬금슬금 이야기가 나오게끔 꼬셔놓고 그걸 다른 사람들한테 소문낼 마누라도 없지 않은가. 자네가 어떤 사람을 믿으려면, 그 사람을 독신자로 살게 하면 돼. 평생 독신으로 말이지."

"그럼 말씀드릴게요. 제가 여기 숲의 관리인을 맡게 되었어요. 바로 어제 결정된 거예요. 대위님께서 사람을 보내 그 일자리를 제안하셨어요. 그때 저는 여기 장대 기둥이랑 이것저것 좀 살피고 있었죠. 어쨌든 저는 그 일을 맡겠다고 수락했어요. 만일 위층에 있는 사람들이 뭐라도 물으면 절대 아는 척하지 마시고 화제를 다른 데로 돌려주세요. 그렇게 해주신다면 정말 고맙겠습니다. 자, 이제 가시죠. 아무래도 우리가 제일 뒤처진 것 같네요."

바틀이 계속 걸으며 말했다.

"그래, 걱정 말게나. 어떻게 해달라는 건지 잘 알겠네. 덕분에 오늘 저녁 만찬은 훨씬 뜻 깊겠는걸? 이보게, 잘해보라구. 자네는 이

지역에서 누구보다도 정확하게 측량할 수 있는 눈을 가졌어. 물론 숫자 계산을 잘할 수 있는 총명한 머리도 갖고 있구. 그건 내가 보장하지. 자네는 교육을 잘 받았어. 암…… 그렇구말구."

그들이 위층으로 올라갔을 때, 아서는 미결인 채로 그냥 팽개쳐 두었던 문제, 즉 누가 의장이 될 것이며, 누가 부의장이 될 것인가 하는 문제를 가지고 한창 논의 중이었다. 그래서 어느 누구도 지금 막 들어오는 아담에게 먼저 말을 걸지는 않았다.

"포이저 씨 부친께서 이 방에 있는 사람들 중 가장 연장자가 되시니 당연히 상석에 앉으셔야죠."

카슨이 말을 이어갔다.

"그게 응당 이치에 맞죠. 제가 15년 동안이나 집사 노릇을 해왔는데, 이런 만찬에서 뭐가 옳고 그른지도 모르겠습니까?"

마틴 노인이 말했다.

"아니오, 아니오. 나는 내 아들에게 그 자리를 내줬으면 하오. 더 이상 나는 농장 주인이 아니니까. 내 아들이 그 자리에 앉게 해주시오. 늙은이들 차례는 이미 끝났어. 이제는 젊은이들에게 자리를 내줘야지."

비판적인 포이저를 그다지 좋아하지 않는 루크 브리튼이 말했다.

"나는 나이가 제일 많은 사람보다는 제일 큰 농장을 소작하는 사람이 더 많은 권리를 차지해야 한다고 생각해요. 그 누구보다도 홀즈워즈 씨가 이 영지에서 제일 많은 땅을 가지고 있잖아요."

루크 브리튼의 말을 듣고 포이저가 말했다.

"그러면 이건 어떻습니까? 가장 형편없는 땅을 가지고 있는 사람이 상석을 차지하는 거예요. 그러면 누가 그 자리를 차지하든 아무도 부러워하지 않을 테니까요."

그 논쟁에서 중립적인 태도를 취하고 있던 크레이그는 어떻게 해서든지 사람들의 의견을 조정하려는 것 같았다.

"아, 여기 메이시 선생님이 계십니다. 학교 선생님은 어떤 게 가장 옳은 방법인지 말씀해 주실 수 있을 겁니다. 메이시 선생님, 누가 상석에 앉아야 할까요?"

바틀이 말했다.

"글쎄, 가장 몸집이 큰 사람이 좋겠는데. 그러면 다른 사람의 자리까지 차지하지는 않을 테니까. 그리고 몸집이 두 번째로 큰 사람은 맨 끝자리, 말석에 앉고 말이지."

논쟁이 이렇게 만족스럽게 마무리되자 여기저기서 웃음이 터져 나왔다. 작은 농담 하나가 논쟁을 흡족하게 이끌었다. 하지만 카슨은 이런 우스운 결정에도 위엄 있고 상식이 많은 자신의 품위를 고려해서 그들과 함께 웃지 않았다. 그러나 자신이 두 번째로 몸집이 큰 사람으로 지정되자, 결국 다른 이들과 함께 폭소를 터뜨렸다. 의장으로는 가장 몸집이 큰 마틴 포이저가, 부의장으로는 두 번째로 몸집이 큰 카슨 씨가 확정되었던 것이다.

이렇게 조정이 된 덕분에 아담은 식탁의 맨 아랫자리에 앉게 되었다. 상석에 대한 문제로 온통 정신이 팔려 있던 카슨은 아담이 언제 들어왔는지조차 모르고 있다가 그제야 아담을 발견했다. 카슨은 우리가 관찰했던 것처럼, '아담은 우쭐대고 까다로운 성격의 사람'이라고 간주하고 있었고, 상류계급 사람들이 이 젊은 목수에 대해 필요 이상으로 야단법석을 떤다고 생각하였다. 자기는 15년 동안 그렇게도 훌륭하게 집사 노릇을 해왔건만, 거기에 대해서는 사람들이 전혀 알아주지도 않는데도 말이다.

아담이 자리에 앉자, 그가 입을 열었다.

"그런데 비드 군, 자네 출세했군. 내가 기억하기로, 자네는 여태까지 이런 자리에서 식사한 적이 없었지, 아마?"

아담이 식탁 저쪽에까지 들릴 정도로 크게 말했다.

"네, 카슨 씨. 지금까지 한 번도 이런 자리에서 식사한 적이 없었

446

죠. 그러나 오늘은 도니손 대위님께서 부탁하셔서 온 겁니다. 그래서 제가 이 자리에 앉아 있는 게 여기 계신 여러분들께 누가 되지 않기를 바랄 뿐입니다."

즉시 몇 사람이 대답했다.

"아냐, 아냐. 우리는 모두 자네를 좋아해. 여기서 혹시 내 말이 틀렸다고 생각하는 사람 있나?"

챠운이 말했다.

"자네, 식사하고 나서 우리에게 〈언덕 너머 저 멀리〉라는 노래 좀 불러주게나. 그럴 수 있지? 나는 참 희한하게도 그 노래가 좋아."

크레이그가 말했다.

"제기랄! 그 노래는 스코틀랜드 노래라는 것 외에는 별거 없어요. 저는 노래를 부르는 건 별로예요. 노래보다 더 잘할 수 있는 것이 얼마든지 있으니까요. 머릿속에 나무 이름들과 그 특성만이 꽉 차 있는 사람한테는 노래 따위가 들어갈 자린 없는 법이죠. 제 육촌 형제 중에 마부가 하나 있는데, 그 친구는 스코틀랜드식 노래를 기억하는 비상한 재주를 가졌어요. 그 친구는 노래 빼고는 달리 생각할 거리가 없어서 그러는 거라구요."

바틀 메이시가 경멸조로 말했다.

"스코틀랜드식 노래라구! 나는 평생 스코틀랜드식 노래를 진절머리 나게 들어 왔어. 그 노래는 새들을 놀라게 해서 쫓아낼 때 빼고는 도무지 쓰일 데가 없지. 스코틀랜드 새들은 분명 스코틀랜드 말로 지저귈 거란 말이야. 어린아이들한테 딸랑이 대신 백파이프를 쥐어 주면 아마 새들이 죄다 날아가 버릴걸? 덕분에 곡식은 지킬 수 있겠네. 내 장담한다구."

크레이그가 말했다.

"그래요, 별로 잘 알지 못하는 것을 과소평가하기 좋아하는 사람들이 있지요."

"그야 스코틀랜드식 노래는 욕지거리하고 쨍쨍거리는 여자 목소리와 똑같으니까 그런 거지."

바틀은 크레이그의 말을 전혀 개의치 않고 말을 이어갔다.

"여자들은 똑같은 말을 계속 반복하면서도 합리적인 결론은커녕 흐지부지 끝내고 말거든. 태프트 노인처럼 귀먹은 사람에게는 계속 질문을 해대도 누구든지 절대 대답을 듣지 못하지. 바로 그런 식의 노래가 스코틀랜드식 노래일 거야."

아담은 자신을 탐탁치 않게 여기는 카슨 옆에 앉아 있게 된 것에 대해 별로 마음 쓰지 않았다. 왜냐하면 이 자리라야 그리 멀지 않은 옆 식탁에 앉아 있는 헤티를 잘 볼 수 있었기 때문이다. 하지만 헤티는 톳티를 돌보면서 매우 짜증이 나 있었기 때문에, 아담이 이곳에 있는지 없는지조차 아직 모르고 있었다.

톳티는 고풍스러운 벤치 위에 자기 발을 올려놓겠다고 고집을 피우고 있었고, 그 때문에 헤티의 분홍색과 흰색 무늬가 있는 드레스에 흙 묻은 발자국이 묻을 것만 같았다. 톳티는 두 눈으로 자두 푸딩을 찾느라 큰 접시만 열심히 살피고 있었기 때문에 자기 다리가 어디에 있는지는 상관하지 않았다. 그래서 헤티가 그 작고 통통한 다리를 아래로 끌어 내려놓자마자 또다시 올려놓고는 했던 것이다. 헤티는 더 이상 참지 못하고, 인상을 썼다. 헤티는 눈물이 날 것 같은 뿌루퉁한 얼굴로 마침내 입을 열었다.

"어휴, 외숙모님. 톳티한테 뭐라고 말 좀 해주세요. 얘가 자꾸만 다리를 드는 바람에 제 치마를 다 버리겠어요."

톳티의 엄마인 포이저 부인이 말했다.

"저 녀석이 왜 저러지? 저 애가 너를 괴롭히려고 작정한 모양이구나. 톳티를 내 옆으로 보내거라. 나는 좀 불편해도 참을 수 있으니까."

아담은 헤티를 계속 보고 있었다. 찌푸리고 뿌루퉁한 표정도 보았고, 토라져서 반쯤 눈물을 글썽거리다가 점점 더 커지는 검은 두 눈도 바라보았다. 조용하고 내성적인 메리 버즈는 헤티와 가까이 앉아 있었기 때문에 헤티가 짜증 내는 걸 잘 볼 수 있었다.

메리 버즈는 짜증을 부리는 헤티에게 두 눈이 고정되어 있는 아담을 바라보며 생각했다. '아담같이 지각 있는 남자도 여자의 하찮은 미모에 빠져서 이렇게 못된 성질은 마음에 두지 않는구나.' 메리는 착한 여자라서 나쁜 감정을 품지는 않았지만, 아담이 헤티의 고약한 성격을 알았으면 좋겠다고 생각했다. 그리고 만약 헤티가 평범했다면, 그 순간 사랑스럽기커녕 아주 못생겨 보였을 것이었으며, 도덕적인 잣대로 헤티를 평가하는 사람이라면 분명히 그녀의 예쁜 모습에 속지 않을 것이라고 생각했다. 그러나 정말이지 헤티는 토라지는 모습조차도 매력적이었다. 못돼 보이기보다는 오히려 순진한 고민쯤으로 보였던 것이다. 엄격한 아담조차도 아무런 불만을 느끼지 못할 정도였으니까.

아담은 헤티의 모습을, 등을 세워 일어나려 애쓰는 아기 고양이나, 깃털을 엉클이고 있는 작은 새를 보는 것처럼, 재미있게 바라보며 오직 딱하게 여길 뿐이었다. 아담은 헤티가 무엇 때문에 저렇게 심술이 났는지 헤아리지 못했다. 하지만 그녀가 세상에서 가장 예쁜 여자라는 것, 그리고 자신이 모든 것을 마음대로 할 수만 있다면 그 어떤 것도 그녀를 짜증 나게 만들지 않을 텐데라는 생각만 하고 있었다. 톳티가 가고 나자, 헤티는 금방 아담의 눈길을 알아차렸다. 그녀는 아담에게 고개를 까닥이며 인사하고는 아주 환하게 웃는 낯으로 표정을 바꾸었다. 그것은 일종의 장난기였다. 그녀는 메리 버즈가 자신을 보고 있다는 것을 의식하고 있었던 것이다. 그러나 아담에게는 헤티의 미소가 환상적인 포도주 같았다.

24

축배

저녁 만찬이 끝나자 생일 축배를 들기 위해, 커다란 맥주 통에서 21년 만에 처음으로 딴 에일 맥주가 나왔다. 그때는 이미 식탁의 한쪽에 몸집이 큰 포이저를 위한 자리가 마련되어 있었고, 식탁의 상석에는 두 개의 의자가 놓여 있었다. 생일을 맞은 젊은 지주가 나오면 포이저가 해야 할 일은 아주 분명하게 정해져 있었다. 그는 반대쪽에 있는 어두침침한 그림에 눈을 고정시키고서는, 손을 바쁘게 움직여 바짓주머니 속에 있는 푼돈과 잡동사니들을 만지작거리면서 5분 동안이나 멍하니 생각에 잠겨 있었다.

젊은 지주가 어윈 목사를 모시고 나란히 들어서자 모두가 일제히 일어섰다. 이렇게 경의를 받는 순간을 아서는 매우 흐뭇해했다. 그는 자신이 귀빈대접을 받는 것을 매우 좋아했고, 사람들의 이런 호의를 굉장히 흡족해했다. 그는 사람들이 자기를 진심으로 좋아해주고, 특별한 존경을 바친다고 생각했다. 아서는 뿌듯하고 즐거운 표정으로 말했다.

"할아버지와 저는 여기 계신 모든 분들께서 만찬을 즐기시고, 저의 생일 맥주도 즐겁게 마시기를 바랍니다. 어윈 목사님과 저는 그 맥주를 여러분과 함께 맛보려고 왔습니다. 목사님께서 우리와 함께 자리하신다면 모두가 훨씬 더 기뻐할 거라고 저는 확신했습니다."

포이저는 아직도 호주머니 속에서 바쁘게 손으로 만지작거리고 있었다. 모든 사람들의 시선이 천천히 종소리를 내는 시계처럼 이제 막 말을 시작하려는 포이저에게로 쏠렸다.

"대위님, 이웃 사람들이 오늘 저에게 대표로 연설하라고 부탁하더군요. 대표로 한 사람이 연설하는 것이 스무 명이 한 거나 다름없이 좋은 일이라구요. 우리는 어떤 일을 할 때 자신의 생각과 정반대인 사람들도 많이 보죠. 사람들이 농토에 뭔가를 심을 때 각자 자신이 원하는 것을 심는 것처럼 말입니다.

아, 지금 제가 제 농장 경영도 아닌 다른 사람들의 농장 경영에 대해 말하려는 건 아닙니다. 단지 여기 있는 사람들 모두가 젊은 지주님에 대해 똑같이 한마음이라는 걸 말하려는 겁니다. 우리 모두가 젊은 지주님을 어렸을 때부터 지금까지 보고 지내왔습니다. 우리는 대위님이 정말로 훌륭하고 명예로운 분이라는 것을 잘 알고 있습니다. 매사에 공명정대한 언행을 보여주셨으니까요. 그래서 우리는 기쁜 마음으로 대위님이 우리의 지주가 될 날을 학수고대하고 있답니다. 대위님은 모든 이들에게 올바른 행동을 보여주려 애쓰셨고, 그 어떤 사람도 쓰라린 빵을 먹게 하지 않으려고 노력했다는 것을 믿고 있습니다. 이게 우리 모두가 하고 싶었던 말입니다. 자, 저는 할 말을 다했으니 이만 마치겠습니다. 에일 맥주를 따라서 오래 두면 김이 빠져 맛이 없어지거든요. 아직 젊은 지주님을 위해 축배를 들지 않았으니 에일 맥주 맛이 어떻다고 말할 수가 없지만요.

이렇게 훌륭한 만찬을 즐기지 못한 사람이 있다면 틀림없이 오늘 어딘가 몸이 아픈 불쌍한 사람일 겁니다. 그리고 함께 자리해주신 목사님! 목사님이 어떤 교구에 계시든 그곳의 모두가 목사님을 환영한다는 건 누구나 다 아는 일이지요. 저를 비롯한 우리 모두가 바라는 대로 오래오래 사십시오. 우리가 노인이 되고, 우리 아이들이 커서 어른이 되고, 대위님께서 명예로운 가문의 한 가장이 되는 걸 모두 지켜보셔야죠. 자, 이제는 진짜로 할 말이 없네요.

　자, 우리의 젊은 지주님의 건강을 위해서 건배 삼창을 세 번하여 축배를 듭시다. 건배! 건배!~ 건배! 건배! 건배!~ 건배! 건배! 건배!'

　포이저의 찬사가 끝나자 모두 일제히 열광적으로 환호했고, 두드리고, 탕탕거리고, 떠들썩하게 부딪히고, 유쾌하게 "아서!"를 외치는 소리가 계속 반복해서 울렸다. 처음으로 이런 찬사를 받은 사람에게는 요란하게 울리는 이 소리들이 그 어떤 숭고한 음악보다도 더 즐겁게 들렸으리라. 포이저가 연설하는 동안 아서는 속으로 양심의 가책을 느꼈으나, 그 가책은 찬사를 들을 때의 기쁨을 수포로 돌리기에는 너무 미약했다. 전반적으로 보아서, 과연 그는 사람들의 찬사를 들을 만한 자격이 없었던가? 그의 행동 가운데 포이저가 알면 마땅치 않게 볼 만한 어떤 일이 있다 하더라도, 그 대수롭지 않은 것까지 일일이 까다롭게 감시받는다면 누구라도 견딜 수 없을 것이다. 하지만 포이저 역시 그런 것을 별로 알고 싶어하지 않을 것이다. 그리고 설사 그렇다 하더라도 그가 무슨 짓을 했단 말인가! 연애장난을 한 건 좀 지나친 일이긴 하다. 하지만 다른 사람이 아서와 같은 입장이었다면 자신에게는 털끝만큼도 피해가 오지 않도록 처신하면서 헤티에게 더 형편없이 굴었을지도 모른다.

　아서는 다음번에 헤티와 단둘이 있게 된다면 단호하게 주의를 줄 생각이다. 아서 자신에 대해서나 혹은 지금까지 둘 사이에 있었던 일들에 대해서 지나치게 심각하게 생각하지 말라고 단속해야겠다. 그러면 헤티는 아무런 피해도 입지 않을 것이다. 아서는 어떻게 해서든지 자신이 했던 일은 전부 잘한 일로 느껴야만 마음이 편안했다. 그리고 자신의 밝은 장래를 위해서라도 잘못을 저질렀다는 언짢은 생각들은 없애버려야만 한다. 이런 생각을 하게 되자 그는 갑자기 불안한 생각이 싹 가시고, 느릿느릿한 포이저의 연설이 채 끝나기도 전에 벌써 마음이 편안해졌다. 그래서 마침내 자신이 연설할 때가 되었을 때는 이미 모든 걱정은 다 사라지고 마음이 홀가분해졌다.

"여기 계신 친구들과 이웃 여러분, 감사합니다. 여러분을 대표해서 포이저 씨가 말씀하신 내용을 잘 들었습니다. 저를 그렇게 훌륭하게 봐주시고 칭찬해주시고 아껴주시는 여러분 모두에게 정말 감사드립니다. 저도 여러분이 생각하는 그런 사람이 되기를 진심으로 바라고 있습니다."

아서는 계속해서 말을 이어갔다.

"여러분도 아시다시피, 앞으로 언젠가 저는 여러분의 지주가 될 것입니다. 사실 그런 기대 때문에 제가 여러분과 함께 오늘을 축하할 수 있도록 할아버지께서 이런 자리를 마련해주신 거죠. 개인적으로 저는 이 순간을 간절히 기다렸습니다. 여러분의 지주가 된다는 건 정말 영광스러운 일이니까요. 또 이런 지주라는 지위를 빌어서나마 이웃 사람들에게 도움을 베풀 수 있으니 얼마나 기쁜지 모르겠어요. 연륜 있고, 경험도 풍부한 여러분 앞에서 저처럼 젊은 사람이 감히 농사에 대해 왈가왈부한다는 건 가당치도 않겠죠. 하지만 저는 농사에 대해 아주 관심이 많습니다. 기회가 되는 대로 많은 것을 배우려고 노력해 왔구요.

제가 영지를 물려받게 되면 제일 먼저 하고 싶은 일이 있습니다. 소작인들이 농토를 개선하고 농사를 잘 지으려고 노력할 때, 저는 지주로서 그분들에게 가능한 한 많은 용기를 북돋아줄 것입니다. 그분들은 충분히 그런 혜택을 받을 만한 자격이 있습니다. 그러니 소작인들께서도 저를 여러분의 가장 좋은 친구로 생각해주시고 지켜봐 주십시오. 저는 이 영지에 사는 모든 사람들을 존중할 것입니다. 만약 소작인들이 그 보답으로 저를 존경해 주신다면 그것만큼 행복한 일이 또 어디 있겠습니까? 제가 지금은 소작인들과의 문제에 세세하게 개입할 입장은 못 됩니다.

하지만 제가 꼭 달성하고 싶은 목표를 여러분들도 기대하고 있다는 것은 잘 알고 있습니다. 여러분의 순수한 바람이 꼭 이루어졌으면 좋겠습니다. 아까 포이저 씨가 그러셨죠? 사람은 자기가 할 말을 다 했을 때 그만두는 것이 좋다구요. 그 말에 저도 동의합니다. 여러분! 제 부모님의 빈자리를 채워주셨던 저의 할아버지를 위해 축배를 들어주십시오. 그렇지 않다면 여러분이 저를 위해 아무리 많은 축배를 들어도 온전히 기쁘지는 않을 것 같군요. 미래의 도니손 가문과 가족의 대표자로서 저를 여러분 앞에 서게 해주신 할아버지를 위해 축배합시다. 이 밖에는 더 이상 드릴 말씀이 없습니다."

어윈을 제외하고, 이 자리에 참석한 사람들 중 자기 할아버지의 건강을 위해 축배를 제안하는 아서의 품위 있는 행동을 제대로 이해하고 인정하는 사람은 없었다. 농부들은 노지주를 싫어하는 자신들의 마음을 젊은 지주가 잘 알고 있다고 생각했었다. 포이저 부인은 이렇게 말했다.

"그 어른이 시어빠진 국물이 담긴 국그릇을 흔들지만 않았어도 좋았을걸."

시골 인심은 귀족의 세련되고 멋진 취향을 쉽사리 알아차리지 못한다. 그러나 축배는 거부될 수 없었고 축배를 들자 아서가 말했다.

"우리 할아버지와 저를 위해 축배를 들어주신 여러분, 감사합니다. 여러분께 말씀드리고 싶은 게 한 가지 더 있습니다. 이것도 여러분과 함께 축배의 즐거움을 나누고 싶습니다. 저는 여기 계신 모든 분들이 다 존경받을 만하지만 그 중에서도 제 친구 아담 비드를 진심으로 존경하는 분들이 몇몇 있다고 생각합니다. 아마 여기 계신 모든 분들이 그 어떤 사람의 말보다도 아담의 말을 더욱 신뢰하고 계실 겁니다. 그는 마음만 먹으면 무엇이든 잘해냈고, 누구의 일이 됐든지 간에 마치 자신의 일처럼 정성을 다해 일을 해왔습니다. 저는 어렸을 적부터 아담을 매우 좋아했었습니다. 그때 아담에게서 느꼈던 호감을 저는 결코 잊어본 적이 없습니다. 아담을 만났을 때, 저는 그가 저의 좋은 친구가 될 것이라는 걸 알았습니다. 그래서 아담이 영지 안에 있는 숲을 관리해 주기를 오랫동안 바라왔습니다. 그렇게만 된다면 그건 매우 값어치 있는 일이 될 테니까요. 제가 보기에 아담은 아주 고매한 인격을 가지고 있고, 그 자리의 적임자라고 할 수 있을 만큼 충분한 지식과 기술을 가지고 있습니다. 그래서 아담을 우리 숲의 새로운 관리자로 임명했습니다. 저희 할아버지 역시 허락하셨구요. 여러분께 이 사실을 알려드리게 되어 무척 기쁩니다. 저는 아담이 이 일을 맡아 주면 이 영지에서 대단한 수익을 올릴 것이라고 확신합니다. 그럼 이번에는 저와 함께 아담을 위해 축배를 들어주세요. 아담의 앞날이 번창하기를 바라면서요. 그리고 또 하나, 이 자리에는 아담 비드보다 훨씬 더 오랫동안 저와 절친하게 지내온 분이 계십니다. 굳이 어윈 목사님이라고 말하지 않아도 모두 아시겠지요. 제일 먼저 목사님을 위해 축배를 들어야 한다는 생각에 모두 동의하시죠? 저는 여러분이 목사님을 좋아하는 이유를 알고 있습니다. 하지만 목사님의 교구민들 중에서 그분을 사랑하는 이유를 저만큼 많이 가진 사람도 없을 겁니다. 자, 여러분! 잔을 채워주세요. 그리고 훌륭한 우리 목사님을 위해 건배 삼창을 세 번 합시다. 건배! 건배! 건배!~ 건배! 건배! 건배!~ 건배! 건배! 건배!"

아서의 바람대로 축배가 끝날 때까지 모든 이들이 온갖 열의를 다하여 축배를 들었다. 어윈 목사가 연설하려고 일어서자 방에 있던 모든 사람들의 얼굴이 어윈을 향했다. 오늘의 여러 장면들에서도 이 순간은 생생한 그림처럼 가장 아름다웠다. 이곳에 모인 사람들 중 누구와도 비교되지 않을 만큼 고상한 어윈의 얼굴은 아서의 얼굴보다 더 인상적이었다. 물론 아서의 얼굴이 훨씬 더 평범한 영국인처럼 생겼고, 잘 다듬어져 있긴 했다. 그리고 희끗희끗하게 닳아버린 어윈의 검정색 옷보다는 최신유행으로 차려입은 아서의 화려한 옷이 젊은 농부들의 취향에 더 잘 맞았다. 어윈은 중요한 자리에 갈 때에만 검은 옷을 입는 것 같았다. 그가 새 코트를 절대로 입지 않는 것은 도무지 알 수 없는 일이었다. 어윈이 일어나서 말했다.

"저에게 많은 호의를 베풀어주신 교구민들에게 감사드리는 일이 이번이 처음은 아닙니다만, 정말 거듭 감사드립니다. 여러분은 나이가 들수록 이웃 간에 더욱 사이좋게 지내야 합니다. 오늘 우리가 이 유쾌한 모임을 가진 것은 성년이 되고 계속 나이를 먹는 걸 기뻐한다는 증거입니다. 제가 처음 여러분과 만난 지도 벌써 23년이 되었습니다. 그러니까 저와 교구민들의 관계는 벌써 2년 전에 성년이 된 셈이죠.

저는 이 자리에서 꽃처럼 한창 피어나는 젊은 여인들뿐만 아니라, 키 크고 잘생긴 남자들도 몇몇 보았습니다. 오래전 제가 그들에게 세례를 줄 때는 저를 별로 기분 좋게 쳐다보지 않았었는데 지금은 기쁜 마음으로 저를 바라봐주니 매우 행복합니다. 여기 계신 모든 젊은이들 중에 가장 많이 저의 관심을 받은 사람은 여러분이 방금 경의를 표했던 아서 도니손입니다.

저는 몇 년 동안 그의 개인 교사로 지내면서 자연스럽게 그와 가깝게 지낼 수 있었습니다. 그런 기회는 지금 여기 있는 어떤 사람에게도 생기지 않았던 것입니다. 여러분이 아서에게 거는 기대가 큰 만큼 저도 그에게 많은 기대를 하고 있습니다. 그는 앞으로 여러분과 살면서 중요한 자리를 차지하게 될 것입니다. 여러분이 믿고 계신 것처럼 저 역시 아서가 훌륭한 지주로서의 자격을 갖추고 있다고 확신합니다. 정말 기쁘고 자랑스러운 일이지요. 우리는 많은 문제에 있어서 서로 다 비슷하게 느낍니다. 이 문제는 쉰 살이 돼가는 사람도 스물한 살의 젊은 사람과 똑같이 느낄 수 있는 것들이지요. 방금 아서가 말할 때의 심정이 제 심정과 똑같다고 느꼈거든요. 하지만 그렇다고 해서 제가 말할 수 있는 기회를 놓치고 싶지는 않습니다.

제가 말씀드리고 싶은 것은 저 역시 아담 비드의 가치를 인정하고 존경하고 있다는 것입니다. 우리는 평범한 사람들보다는 높은 지위에 있는 사람들을 더 많이 생각하고, 이야기하고, 그들의 미덕을 칭찬하게 됩니다. 그러나 상식 있는 사람이라면 소박하게 사는 것이 얼마나 필요한 일인지, 그런 일을 잘 행하는 것이 또 얼마나 중요한 것인지를 알 것입니다. 저는 여러 사람이 자기가 해야 할 일을 마땅히 하면서 어떤 위치에서도 모범적인 사람이라면 그 공로를 인정해야 한다는 아서 도니손의 생각에 동의합니다.

아담은 명예를 당연시하는 부류의 사람들 중 하나이며, 그의 친구들도 기꺼이 그를 존경하고 있습니다. 저는 아담 비드를 잘 알고 있습니다. 일꾼으로서, 아들로서, 형으로서 그가 어떤 사람인지를 잘 알고 있습니다. 제가 살아 있는 위인 중 그 누구보다도 아담을 더 많이 존경한다면 그건 가장 단순한 진실입니다. 그렇다고 제가 낯선 사람을 여러분에게 말하고 있는 것은 아닙니다. 여러분 가운데서 아담의 친구인 사람들도 몇몇 보이는군요. 여기 계신 분들 중 아담을 모르는 사람은 한 사람도 없을 겁니다. 그러니 진심으로 축배를 들어줍시다."

어원이 잠깐 말을 멈추자, 아서가 벌떡 일어나 잔을 채우면서 말했다.

"아담 비드를 위해서! 그리고 아담이 자기만큼 충직하고, 영리한 아들을 갖게 되기를 기원하면서, 자, 술잔을 가득 채우고 건배합시다."

이 축배의 말에 가장 기뻐한 사람은 포이저 씨였다. 그는 심지어 바틀 메이시보다도 더 기뻐했다. 포이저는 자신이 여기서 또다시 연설을 한다면 예의에 어긋난다는 걸 알기에 더 이상 나서지는 않았다. 만약 그가 예의를 모르는 사람이었더라면 적절하고 멋진 말을 찾아내는 것이 아무리 힘들어도 또다시 연설을 시작했을 것이다. 연설을 하고 싶은데 할 수 없어져 속이 상한 포이저는 평소와 다르게 에일 맥주를 단숨에 들이키고는 못마땅한 듯 팔을 휙 저으며 쾅 소리가 나게 잔을 내려놓았다. 조나단 버즈와 다른 몇몇 사람들은 이런 포이저의 모습을 보고 조금 언짢았지만 겉으로 내색하지 않으려고 노력했다. 사람들은 만장일치로 기꺼이 축배를 들었다.

아담은 평소보다 조금 더 핏기 없는 얼굴로 동료들에게 고맙다는 말을 하기 위해 일어섰다. 그는 많은 사람들의 찬사를 받고 매우 감동했다. 그것은 아주 자연스러운 일이었다. 비록 작은 세계라 할지라도 자신과 함께 살고 있는 이 고장의 이웃들이 다 모여서, 하나같이 자신에게 경의를 표하고 있었다.

아담은 자신이 무슨 말을 해야 할지 분명히 알고 있었고, 자신이 맡은 자리에 대한 허영심은 조금도 가지고 있지 않았다. 그래서인지 쑥스러워하지 않았고, 아무런 부담 없이 연설을 할 수 있었다. 그는 어색해하거나 쩔쩔매지는 않았지만, 고개를 약간 뒤로 젖히고, 손은 옆으로 완전히 붙이고 있었다. 이런 꼿꼿한 자세는 꼭 그의 평상시 모습 그대로였다. 그는 지적이고, 솔직하고, 건장하고, 자신의 일에 대해 자신 있는 소박한 일꾼의 위엄을 갖추고 있었다. 그가 말했다.

"저는 깜짝 놀랐습니다. 전혀 기대하지 않았던 일이었습니다. 제가 지금 받고 있는 임금보다 훨씬 더 많은 돈을 받게 되었으니까요. 저를 위해 축배를 들어주시고 제가 잘되기를 빌어 주신 대위님, 어윈 목사님, 그리고 이 자리에 계신 모든 친구 분들에게 감사드려야 할 이유가 너무 많습니다.

제가 여러분의 칭찬을 받을 자격이 전혀 없다고 말씀드리면, 너무 터무니없는 말이 될까요? 수년간 저를 알고 지낸 분들께 아직 저에 대해 많이 알지 못한다고 말씀드린다면, 그건 제가 여러분께 제대로 감사할 줄 모르고 하는 말이 될 것입니다.

여러분도 아실 겁니다. 저는 별것 아닌 일이라도 한 번 맡은 일은 보수가 많든 적든 간에 열심히 잘해 왔습니다. 그건 분명한 사실입니다. 만약 그렇지 않았다면 저는 부끄러워서 여러분 앞에 서 있지도 못할 것입니다. 하지만 저에게 있어 그런 일은 한 남자가 해야 될 명백한 의무이지, 전혀 자만심을 가질 일이 아닙니다. 그러나 분명한 것은 저는 반드시 해야 할 일을 제 능력껏 했지, 제 힘이 닿지도 않는 일까지 더 지나치게 일한 적은 결코 없다는 겁니다.

우리는 일단 맡은 일이라면 그 일이 어떻더라도 자신이 가진 모든 정성과 노력을 다하여 수행해야 합니다. 여러분이 저에게 보여주신 친절은, 여러분이 저에게 진 빚이 아니라 대가 없는 선물로 여기겠습니다. 그러기에 감사히 받아들이겠습니다. 또 제가 앞으로 맡게 될 새로운 일에 대해서 드리고 싶은 말은, 도니손 대위님이 원하셨기에 일을 맡았으며, 대위님의 기대에 어긋나지 않도록 최선을 다할 것이라는 말입니다.

저는 그분 밑에서 일하는 것보다 더 좋은 운명은 없을 거라고 생각합니다. 저는 제 생계를 꾸려가면서 또한 대위님의 이익도 소중하게 여겨야 한다는 것을 잘 알고 있습니다. 저는 대위님이 올바른 일을 실천하려고 애쓰고, 이 세상을 좀더 좋게 개선하려고 노력하는 사람들 중 한 분이라고 믿습니다. 귀족이든지 평민이든지, 일을 해서 돈을 많이 벌든지 적게 벌든지, 자기 손으로 일을 하는 사람이든지 아니든지 간에, 누구나 다 옳은 일을 하려고 노력할 수 있다는 것이 저의 신념입니다. 제가 대위님에 대해서 어떻게 생각하는지 말하기에 이 기회만큼 좋은 기회는 없을 것입니다. 앞으로 평생 제가 그분을 어떻게 생각하고 있는지 행동으로 보여드리겠습니다. 지켜봐 주십시오."

아담의 연설에 대해서는 여러 가지 의견이 있었다. 감사하다는 말을 제대로 다하지 못했고, 좀 거만한 태도로 연설했다고 몇몇 여자들은 숙덕거렸다. 그러나 대부분 남자들은 누구도 그 이상 더 솔직하게 말할 수 없고, 아담이야말로 자기들이 필요로 하는 좋은 사나이라고 말했다. 이처럼 여러 가지 의견이 분분한 가운데 사람들은 도니손 경이 토지 관리인을 위해서 무슨 일을 하려는지, 그리고 새로운 지배인을 채용하려는지 등에 관해 궁금해 하며 웅성거렸다. 이때 두 신사가 일어나 부인들과 아이들이 앉아 있는 식탁을 빙 돌아가며 걸었다. 이 식탁에는 독한 에일 맥주 같은 것은 하나도 놓여 있지 않았고, 와인과 디저트, 그리고 젊은이들이 마실 거품 이는 구즈베리 술과 엄마들을 위한 좋은 백포도주들이 나와 있었다. 포이저 부인은 식탁 윗자리에 있었고, 톳티는 엄마 무릎에 앉아서, 몸을 구부려 작은 코를 와인 잔에 푹 처박고는 둥둥 떠다니는 열매를 찾고 있었다.

아서가 인사했다.

"안녕하십니까, 포이저 부인? 오늘 남편의 훌륭한 연설을 듣고 기쁘셨죠?"

"대위님, 남자들은 대부분 너무 혀가 굳어서 잠자코 있어요. 대위님께서는 남자들을 말 못 하는 짐승들을 다루듯이 대하셔야 말해요. 그래야 그들이 의도하는 바가 무엇인지를 조금이라도 추측할 수 있거든요."

"뭐라고요? 남편보다 부인께서 연설을 하셨다면 더 잘했을 거라고요?"

어윈 목사가 웃으면서 말했다.

"저기…… 대위님, 저는 뭔가 말하고 싶은 것이 있으면, 그 상황에 맞게 거의 다 말할 수 있답니다. 참 감사할 노릇이지요. 제가 남편을 흠잡으려는 건 아니지만, 그이는 말이 거의 없는 사람이에요. 대신 한 번 뱉은 말은 꼭 지키는 사람이죠."

사과같이 볼그레한 뺨을 가진 아이들을 살펴보면서 아서가 말했다.

"저는 지금 이 자리보다 더 멋있는 연회는 한 번도 본 적이 없어요. 얼마 안 있으면 저의 고모님과 어윈 자매들이 여러분을 보러 올 겁니다. 그분들은 사람들이 건배하며 시끄럽게 소란 떠는 것을 꺼려 하지요. 그래도 만찬을 즐기시는 손님들을 돌아보지 않는다면 그건 부끄러운 일이겠죠."

아서는 엄마들에게 말을 걸기도 하고 아이들을 토닥거려 주기도 하면서 계속 걸어갔다. 그동안 어윈은 저 멀리 가만히 서서 흡족해 하며 고개를 끄덕이고 있었다. 그날의 주인공인 젊은 지주에 대해 무관심한 사람은 아무도 없었다. 아서는 헤티에게 가까이 다가가려 하지 않았다. 그는 반대편을 따라 지나가면서 헤티에게는 인사만 했을 뿐이었다. 어리석은 아가씨는 그 점이 불만스러웠다. 아서의 행동이 사랑의 가면이라는 것을 안다고 할지라도, 어느 여자가 완전히 무시당하는 걸 좋아하겠는가! 헤티는 여태껏 지내온 나날 중 오늘이 가장 비참한 날이 될 거라는 생각이 들었다. 그러자 그녀는 뜨거운 햇빛조차도 오싹하게 느껴지는 이 현실이 꿈에서라도 다시 나타날까 두려웠다. 불과 몇 시간 전까지만 해도 자신과 그렇게 가까웠던 아서가 자꾸만 멀어져 가는 것이었다. 마치 대단히 큰 행렬을 이끌고 가는 영웅과 군중 속의 보잘것없는 구경꾼으로 분리된 것처럼……

아담 비드 ①
Adam Bede

초판 1쇄 인쇄일 / 2007년 08월 30일
초판 1쇄 발행일 / 2007년 09월 05일

지은이 / 조지 엘리엇
옮긴이 / 유종인
발행처 / 현대문화센타
발행인 / 양장목
출판등록 / 1992년 11월 19일
등록번호 / 제3-448호
주소 / 서울특별시 은평구 대조동 191-1(122-842)
대표전화 / 384-0690~1   팩시밀리 / 384-0692
이메일 / hdpub@hanmail.net

ISBN 978-89-7428-316-2(04840)
        978-89-7428-315-5(전2권)

값 15,000원

사랑과 감사의 마음을 담은
제인 오스틴 전 작품 완간